KB006987

격정시대

상

김학철 문학 전집 제1권

격정시대

상

보리

일러두기

1. '김학철 문학 전집'은 김학철이 남과 북, 그리고 중국에서 쓴 글을 모두 모아 보리출판사에서 전집으로 다시 펴내는 것입니다.

2. 작가가 살았던 광복 초기 서울, 북녘과 중국에서 쓰이던 말, 비표준어들을 원전에 따라 그대로 표기했습니다. 현행 한글 맞춤법과 다른 부분이 있지만 우리말이 지역과 시대에 따라 다양하게 쓰이는 모습을 볼 수 있도록 했습니다.

   예) 고르롭다, 낙자없다, 내리꼰지다, 때벗이, 말째다, 맥살, 생일빠낙, 권연(궐련), 말라팽이(말라깽이), 안해(아내), 엉뎅이(엉덩이), 우습강스럽다(우스꽝스럽다), 장졸임(장조림), 쪼각(조각), 네(네), 반가와서(반가워서)

3. 독자들이 읽기 쉽도록 한글 맞춤법에 따라 고친 것도 있습니다.
   ㉠ 한자말은 두음법칙을 적용했습니다.
      예) 란리→난리, 래일→내일, 력사→역사
      단, 인명 표기와 고유명사는 두음법칙을 적용하지 않고 원전을 따랐습니다.
      예) 이→리, 유→류, 임→림, 인→린
   ㉡ 사이시옷, 된소리 따위도 적용했습니다.
      예) 바줄→밧줄, 혼자말→혼잣말, 배군→배꾼, 잠간→잠깐, 되였다→되었다
   ㉢ 외국에서 들어온 말은 외래어 표기법을 따랐습니다.
      예) 그로뽀뜨낀→크로뽓킨, 뽀트→보트, 라지오→라디오, 뻐스→버스, 샴팡→샴페인, 씨비리→시베리아
      단, 중국 고유 인명과 지명은 외래어 표기법을 따르지 않고 원전에 나오는 대로 표기했습니다.
      예) 모택동(마오쩌둥), 장개석(장제스), 북경(베이징), 연안(옌안), 태항산(타이항산)

1938년 10월 10일 중국 무한(우한)에서 창립한 조선의용대 기념사진. 김학철을 비롯하여 중앙육군군관학교(황포군관학교) 졸업생들로 구성된 이들의 늠름한 모습은《격정시대》의 주인공들로 생생하게 재현된다. (동그라미로 표시한 사람이 김학철.)

김학철이 다녔던 중앙육군군관학교(황포군관학교)의 모습. 이 학교는 항일 투쟁에 필요한 정치, 기술, 군사훈련 등 실전 기능을 제공한 군사교육 기관이다.

중국인 교관들과 함께 김두봉, 한빈, 석정(윤세주), 왕웅, 리익성, 주세민 등 조선인 교관들도 학생들을 가르쳤다.

1940년 10월 조선의용대 창립 2주년 기념 대회에서 김원봉 대장이 연설하는 모습. 대회장 정면에 태극기가 걸려 있다.

조선의용대 전사들의 군사훈련 모습. 뒤편에 태극기가 펄럭인다. 김학철 유신 등 항일투사들의 당시 모습이 눈앞에 다가오는 듯하다.

평북 유격구에서 '중한 두 민족은 연합하여 일본 강도를 타도하자! 조선의용군'이라고 반일 구호를 쓰는 조선의용군 대원. 현지 농민이 사진기를 신기한 듯 바라본다.

일본어에 능숙한 조선의용군 전사들이 일본군 적진을 향해 구호를 외치며 무장 선전전을 한다. 젊은 군관 김학철의 모습이 보이는 듯하다.

태항산 호가장 전투에서 희생된 네 전우와 작별 인사를 나누는 조선의용군 전사들. 조선의용군이 시종일관 지켜왔던 태극기가 선명하게 보인다.

항일 전쟁 시기 중국 전장에서 발행한 조선의용대의 선전 간행물. 김학철은 당시 선전부의 남포등 아래서 조선의용대 간행물을 만들었다.

태항산 호가장전투장에 세워진 '호가장전투기념비' 좌우로 '김학철항일문학비'와 '김사량항일문학비'가 당시 치열한 전투장면을 말해 준다.

석가장 일본헌병사령부 옛 건물. 지금은 중국 당국이 하북성 중점보호건물로 지정해 원형을 유지하고 있다. 호가장 전투에서 총을 맞고 일본군 포로가 된 김학철은 사진에서 보이는 일본헌병사령부 윗층 끝방에 갇혀 모진 취조를 당했다.

상해에서 반일지하테러활동을 하던 아지트 애인리 42번지 건물. 반세기가 지나 김학철과 아들 김해양이 어렵게 찾아갔는데 신기하게도 문패까지 변함없이 지나간 역사를 지키고 있었다.

김학철은 진실된 역사를 기록하겠다는 투철한 사명감으로, 청춘을 조국 독립에 바친 전우들을 위하여《격정시대》를 써내려 갔다.

추천사

혁명적 낙관주의자 김학철

김학철 선생은 정통 사회주의자이고 인류가 가야 할 길은 사회주의라는 생각을 한 번도 버린 적 없다. 끝내 권력과 타협하지 않고 자신의 길을 꿋꿋이 걸어간 사람이다.

내가 이런 김학철 선생의 작품을 처음 읽은 것은 1948년 〈담뱃국〉이라는 소설이었다. 김학철 선생은 사회주의자이지만 그가 쓴 소설에서는 인간의 여러 가지 모습, 사람 사는 기쁨이 고스란히 담겨 있었다. 그 뒤 그 작품에 대해 서평을 쓴 인연으로 연변에서 김학철 선생을 여러 차례 만나게 되었다. 내가 본 김학철은 정직하고 겸손한 사람이었다. 또 소설 쓰는 것을 매우 즐겨했다.

김학철 선생의 글은 한국 문학을 매우 풍부하게 만드는 중요한 한국 문학의 한 갈래라고 본다. 그가 쓴 글들이 〈김학철 문학 전집〉으로 나온다니 참으로 기쁘다. 혁명적 낙관주의자 김학철 선생을 다시 만나게 되었다.

〈김학철 문학 전집〉 발간을 축하하며

오무라 마스오 와세다 대학 명예교수

한국의 보리출판사에서 〈김학철 문학 전집〉 전 12권이 출판된다고 합니다. 정말 반갑습니다.

김학철은 불요불굴의 사회주의자였습니다. 그가 평생 지향한 것은, 그의 말을 빌리면 '인간의 얼굴을 한 사회주의'였습니다. 그것은 어려움 속에서도 마음은 넉넉했던 팔로군 생활에서 나온 것입니다. 그에게는 인간의 얼굴을 하지 않은 사회주의는 있을 수 없고, 사회주의가 되려면 인간적이어야만 하는 것이었지요.

2001년, 김학철의 유해는 태어난 고향인 원산에 닿도록 두만강에 띄워 보내졌습니다. 원산에 닿은 유해는 한국에 와서 〈김학철 문학 전집〉으로 태어났고, 동해를 건너 일본으로 가서 〈김학철 선집〉이 되었습니다. 이제 더 나아가 태평양, 대서양, 인도양을 건너 전 세계로 퍼져 나갈 것입니다.

김학철 선생을 기리며

이종찬 우당교육문화재단 이사장

김학철 선생이란 어른의 성함을 처음 들은 것은 1980년대이다. 내가 국회에서 선배로 모신 송지영 선생이 "김학철이란 분이 계시는데 그분이야말로 진정한 휴머니스트이고 오염되지 않은 순수한 공산주의자이시지. 그분은 한 번도 지조를 꺾지 않으셨고 올곧은 그대로 삶을 사셨다."고 소개했다.

최후의 독립군 분대장 김학철 선생은 일찍부터 독립운동에 가담해 태항산에서 일본군과 전투 중 총격을 당해 다리를 다치고 일본군에 붙잡혔다. 일본에 협조했다면 치료라도 제대로 받았을 테지만, 그것도 거부하여 평생 다리 하나가 없는 불구가 된 채 일본 감옥에서 해방을 맞이했다.

김학철 선생은 전 생애를 레지스탕스로 일관하셨다. 그분이 누리고 바라는 삶은 간단하다. 필수품으로 원고지와 펜, 그리고 간단한 옷가지, 누울 자리만 있으면 그것으로 족했을 것이다. 왜 우리는 마하트마 간디를 찾아야 하나? 우리의 스승은 바로 김학철 선생인데!

이제라도 김학철 선생의 작품을 모아 전집을 낸다고 하니 매우 반갑다. 김학철 선생의 해학과 유머가 있는 여유로운 필체를 독자들도 함께 느끼길 바란다.

혁혁한 투사, 진솔한 문인 김학철

조정래 소설가

김학철이 없었다면 우리의 굴욕적인 식민지사의 한 부분은 어찌 되었을까. 그 굴욕이 한결 비참하고 수치스럽지 않았을까. 우리의 독립투쟁사 말기에 '조선의용대(군)'라는 다섯 글자가 박혀 있다. 그런데 그 독립군이 어떻게 결성되고, 어디서, 어떻게 싸웠는지 실체적인 명확한 기록이 없었다. 그 역사 망실의 위기를 막아낸 사람이 바로 김학철이다.

김학철은 바로 조선의용군의《최후의 분대장》으로 싸우다가 왼쪽 다리에 총상을 입었고, 치료를 받지 못해 상처가 썩어 들어가다가, 일본의 나가사키형무소까지 끌려가 결국 절단당하고 말았다.

그 후 그는 불편하기 짝이 없는 '외다리 인생'을 살아 내면서 총 대신 펜을 들고 문인의 삶을 개척했다. 그리고 소설을 창작하기 시작했다. 그의 고결한 영혼 속에서 탄생한 진솔한 작품이 바로《격정시대》이다. 그는 그 소설을 통해 작가의 진정한 소임이 무엇인지를 보여 주었다. 작가는 민족사에 기여하고, 인류사를 보존해 가는 존재다.

이제 그분의 모든 작품들이 전집으로 묶여 우리 문학사에 크게 자리잡으며 많은 독자들을 만나게 되었다. 기쁘고 보람스러운 일이다. 선생께서도 특유의 잔잔한 미소를 지으실 것이다.

한국판에 부처

〈김학철 문학 전집〉이 드디어 고국에서 출판된다. 김학철은 이 땅의 자유와 독립을 위하여 피 흘리며 싸웠고 다리 한쪽을 이국땅인 일본의 나가사키형무소 무연고 묘지에 파묻었다. 그리고 평생을 쌍지팡이(목발)에 의지해 살아야 했다. 그러나 그는 행복했다. 그의 피 흘림이 고국의 독립과 자유를, 동아시아의 평화를 가져왔고 고국의 번영과 민주주의 실현을 보았다. 그러나 아픔도 안고 갔다. 고국의 분단이, 고향 동포의 배고픔과 신음 소리가 그를 평생 괴롭혔다. 그 땅에도 자유와 민주를 실현하기 위하여, 권력에 아부하는 타락한 좌익 위선자들과는 달리 일생을 몸과 붓으로 독재 권력과 싸우며 고군분투했다. 그의 호소와 날카로운 비판이 이 〈김학철 문학 전집〉에 고스란히 스며 있다.

김학철은 《격정시대》에서 어린 시절 본 충격적인 사건을 신나게 서술하였다. 20세기 초 고향 원산대파업이다. 그 당시 어린 김학철이 이해할 수 없는 것은 조선 부두 노동자들의 대파업에, 원산항에 정박한 일본 선박들이 일제히 고동을 울리며 성원을 하는 것이다. 이것이 인류의 공동체 의식이, 세계 각국의 노동자들이 같은 정의의 가치를 공유함을 어린 김학철은 알 리가 없었다.

그러나 훗날 김학철은 평생을 이 공통된 정의의 가치관을 위하여 피 흘려 싸웠다. 그 흔적은 중국 대륙의 치열한 항일 전장에, 일본 감옥에, 조선 반도 남과 북에 어려 있다. 그것은 조선 민족의, 일본 민족의, 중국 민족의, 동아시아 모든 민족의 자유와 독립과 민주주의 권리를 위하여, 모든 피압박 민중과 약자의 권리를 위하여, 정의와 자유를 갈망하는 투사들과 함께 파쇼와 전제주의를 향해 싸우고 피 흘리며 돌진하였다. 그의 사상과 작품은 그 어느 한 민족의 것이 아니고 자유와 정의를 위한 모든 분들께 속한다. 이것이 한국에서 〈김학철 문학 전집〉 출판이 가지는 의미라고 본다.

이번 출판을 위하여 여러 한국 학자, 지성인들이 심혈을 경주하였다. 보리출판사와 유문숙 대표님, 윤구병, 신경림, 김경택, 김영현 등 선생님들과 편집인 여러분께, 또한 수년간 지원을 아끼지 않은 한국문화예술위원회에 감사드린다. 그리고 그동안 김학철 작품을 한국에서 출판한 창작과비평사, 실천문학사, 문학과지성사, 풀빛출판사 등 출판 부문 여러 선생님들께 다시 한번 충심으로 감사드린다.

우리 세대가 만든 분열과 아픔의 벽을 넘어 동아시아 여러 민족의 정상적인 교류와 공동 번영을 위하여 〈김학철 문학 전집〉 한국판 출판이 기여하기 바란다.

마지막으로 이 〈김학철 문학 전집〉 한국판을 치열한 항일 전장에서 희생된 김학철의 친근한 전우들인 석정, 김학무, 마덕산 등 수십 명 전사자들께 삼가 드린다.

김해양

2022년 8월 중국 연길에서

저자의 말

이족 침략자의 철제 밑에 짓밟히는 민족 앞에는 대개 세 가지 운명이 선택을 기다리고 있는 법이다. 그 하나는 꼬리를 치고 나서서 앞잡이 노릇을 하는 것이고 또 하나는 나 잡아 잡수 하고 가만히 엎드려 있는 것이다. 그러고 마지막 하나는 분연히 떨쳐 일어나 반항을 하는 것이다.

지난날 우리 민족의 머리 위에 암담한 비운이 낮추 드리웠을 때 감연히 무기를 들고 일떠섰던 혈성 남녀들의 걸은 길에는 파란곡절이 중첩하였다. 그러하기에 일본이 무조건 항복을 하니까 어느 한 전사는 "승리란…… 이제 알구 보니…… 참혹의 별칭 같은 거였구나!" 하고 외치기까지 하였지.

우리 민족의 자랑스러운 아들딸들이 걸어온 발자취를 망각의 흐름 모래 속에 묻혀 버리지 않게 하려고 나는 총 아닌 붓을 들고 또 한바탕 분투를 해야 하였다. 일찍이 태항산의 험준한 벼랑길을 톺아 오르고 또 미끄러져 내리며 나는 꿈에도 생각을 못 하였다. 나중에 내가 살아남아 가지고 전우들의 피흘린 역사를 기록하게 되리라고는.

그런데 막상 일을 시작하고 보니 당시 조선의용군에서 나의 직위가 낮았던 탓으로 아는 면이 넓지 못한 데다가 근거로 삼을 만한 자료마저 거의 다 전화 속에서 재로 화해 버린 까닭에 곤란은 그야말로 중중첩첩하였다. 태항산 풀 우거진 땅속에 영원히 잠들어 있는 전우들에 대한 가실 줄이 없는 애틋한 동지애가 아니었던들 집필을 끝까지 견지하였을

지 마침 모를 일이다.

더 말할 것도 없이 《격정시대》는 소설의 형식을 빌려서 엮어 놓은 전기문학이다. 그러므로 모종의 정치적 원인으로 조성되었던 역사의 공백을 능히 메울 수 있으리라고 자신을 하는 바이다.

운명의 신은 나로 하여금 호가장 전투를 마지막으로 싸우는 태항산을 떠나게 만들었다. 그래서 자연 '친히 겪은 것을 충실히 재현'한다는 종지에 따라 《격정시대》도 중도에서 끝 아닌 끝을 맺게 된 것이다. 아쉽고 섭섭하고 허전하다 못하여 감질이 날 지경이기는 하나 별도리 없는 일이다. 하긴 반드시 승리적으로 끝이 나야만 한다는 철칙도 이 세상에는 없다. 진실한 역사의 기록은 왕왕 읽는 사람을 맥살나게 만드는 수도 있다는 것을 우리는 알고 있는 터이다.

자랑할 만한 역사를 갖지 못한 민족은 불행한 민족이다. 그런 의미에서 우리 민족은 다행하다 할 것이다. 세상에 떳떳이 내놓을 자신의 역사를 갖고 있으니까.

조선의용군의 골간을 이룬 것은 조선 적의 중앙육군군관학교(황포군관학교) 출신들이었다. 그러므로 조선의용군의 역사는 중국 혁명의 역사와 갈라놓을 수 없는 맥락으로 이어져 있다. 그리고 서술 가운데 여러 번 '태극기'가 나오는데 그것은 당시 당지의 역사적 사실이 바로 그러하였기에 인위적인 변경을 삼가하였다. 무릇 왜곡되거나 날조된 역사는 몇 참을 못 가 곧 들통이 난다는 것을 우리는 너무나 잘 알고 있는 터이다.

김학철

1986년 정월

1

평생을 버들잎 같은 나무배 — 야거리 한 척에 목숨을 걸고 고기잡이를 하여 근근이 생계를 유지하는 서 서방이 세상에서 제일 부러운 것은 돛도 노도 다 필요 없는 20톤급 발동선의 선장이었다. 그래서 그 아들의 이름을 선장이라고 지었는데 그 선장이도 그럭저럭 자라서 이젠 보통학교 즉 소학교의 4학년생이 되었다.

이날 4월 1일은 개학 날이다. 선장이가 학교에서 돌아오는 길로 책보를 방구석에 내던지고 부랴부랴 도화지, 크레용 등속을 챙겨 들고 밖으로 나오는데 "어딜 또 갈라구?" 하고 그 어머니가 부엌문을 펄떡 열더니 손에 든 빈 함지박을 내밀었다.

"반찬거리가 하나두 없다. 얼른 가서 조개나 좀 주워 오너라."

선장이가 그 함지박을 거들떠보지도 않고 "엄마는 왜 나만 자꾸 시키우? 누나더러 좀 가라면 못쓰우? 남은 지금 도화 숙제가 밀려서 바빠 죽겠다는데!" 핑계하고 그대로 뛰어나왔다. 그리고 "아버지 들어오시면 내 다 이르잖나 봐라." 하고 어머니 역증 난 말소리를 귓등으로 흘려들으며 잔교를 향해 달음질치듯 걸어갔다.

이날 선장이도 여느 아이들처럼 처음으로 '사생 허가증'이라는 것을 탔다. 사생 허가증이란 일본군 영흥만 요새 사령부에서 발급하는 것으로써 사령부의 주홍색 관인이 찍히고 또 먹글씨로 소지인의 성명을 기입한 카드다. 이때 원산항은 요새지대였으므로 아무도 군의 허가 없이 옥외에 나와서 그림을 그리거나 사진을 찍어서는 아니 되었다(헌병대에 때어 가도 괜찮은 사람 또는 헌병대에서 곧바로 저승 행차를 하고 싶은 사람은 맘대로 그리고 찍고 해도 되었다). 그래서 소학교 4학년부터는 벌써 그 단속의 대상으로 되었던 것이다. 선장이가 지각이 없는 탓으로 그러한 부룩송아지에게 꿰는 코뚜레 같은 사생 허가증을 타게 된 것이 바로 무슨 면허증이라도 탄 것마냥 마음에 대견하여 당장 한번 써먹어 볼 생각이 긴하였던 것이다.

선장이가 잔교에 거의 다 와서 마주 오는 씨동이와 맞다들었다. 씨동이는 이웃에 사는 배꾼 양 서방의 둘째 아들인데 이제 스무 살밖에 안 된 녀석이 벌써 턱 밑에는 보르르한 수염이 검실검실하였다. 빡빡 깎은 중머리에 맨발을 벗었는데 갓 잡은 가재미를 허름한 상자에 그들먹이 담아서 국수 목판처럼 손바닥으로 떠받쳐 메고 집으로 돌아오는 길이었다.

씨동이가 뒤를 돌아보는 데 정신이 팔려서 발을 헛디디고 휘뚝하는 바람에 어깨에 멘 것을 놓치지 않으려고 몸을 가누다가 더욱 보기 좋게 엉덩방아 찧고 뒤로 벌렁 나자빠졌다. 그 통에 가재미가 와르르 쏟아져 온 데 널리었다. 근처에서 얼찡거리던 동네 개들이 이것을 보고 살판 만난 줄 알고 우 달려들었다. 씨동이는 결이 나서 "이 개새끼들!" 벼락같은 소리를 지르며 뛰어 일어나 발길을 날려서 이놈 차고 저놈 차고 하는데 발길에 걷어채이면서도 아가리에 든 가재미는 그대로 물고 뛰는 놈에 공연히 옆구리만 걷어채여서 깨갱거리며 도망질을 치는 놈에 별놈이 다 있었다. 장관의 쌈은 씨동이의 승리로 삽시간에 끝이 났다.

그런데 씨동이가 그토록 넋을 놓고 뒤를 돌아다본 데는 역시 그럴 만한 까닭이 있었다. 이제 열여덟 살밖에 안 된 쌍년이가 머리에 기름을 발라 쪽을 찌고 얼굴에다는 하얗게 분칠을 하고 그리고 밤낮 벗고 다니던 발에다는 옥색 고무신에 하얀 버선까지 받쳐 신고 한드작거리며 옆을 스쳐 지났기 때문이다.

집의 일은 죽어도 하기 싫어하면서도 남의 일에는 발 벗고 나서기를 좋아하는 선장이가 손에 든 것을 얼른 땅바닥에 내려놓고 대들어서 씨동이를 거들어 모래땅에 흩어진 가재미를 그러모아 찌그러진 상자에 도로 담아 주었다. 맨발 벗은 씨동이의 엄지발가락에는 전투의 유적인 양 개털이 아직도 여러 대 달라붙어 있었다. 선장이와 씨동이가 한창 가재미 역사를 하고 있을 즈음 바다 쪽에서 회오리바람이 불어와서 크레용 갑에 한쪽을 지질리었던 선장이의 도화지가 펄렁펄렁하다가 마침내 획 날아났다.

쌍년이가 발을 멈추고 돌아서서 저 때문에 난 개 난리, 가재미 난리를 재미스럽게 구경하다가 눈결에 도화지가 날아나는 것을 보고 "에고, 저 종이!" 소리치며 두 팔을 앞으로 내뻗고 치맛자락을 휘날리며 탈토와 같이 빨리 뛰어서 도화지를 잡으러 갔다. 그놈의 도화지는 길 위를 굴었다 날았다 하며 무엇이 접한 것처럼 자꾸 달아났다. 그래도 워낙 억척스러운 쌍년이는 엎드러지며 곱드러지며 끝내 따라잡고야 말았다. 붙잡은 도화지를 한 손에 쥐고 가쁜 숨을 돌리며 한 발을 들고 까불어서 신 속에 들어간 모래를 털어 낼 때 선장이가 씨근벌떡 쫓아왔다.

가재미물이 묻어서 끈적끈적한 데다가 모래까지 범벅이 된 손을 옷 자락에다 썩썩 문지르며 앞에 와 서서 "내 도화지." 하고 손을 내미니 쌍년이는 콧살을 찌프리며 "에, 저 손……. 더러운 것두 모르구." 타박을 주었다. 그리고 곧 다시 상글거리며 "그건 왜 주워 담아 주느라구 그러니? 내버려 둘 거지…… 싱거운 녀석!" 거짓으로 나무란 뒤 "옜다." 하고 도화지를 건네주었다.

선장이가 한 손에 도화지를 잡아 쥐고 그 분 바른 얼굴을 구경하듯 바라보니 쌍년이 더욱 생글거리며 "왜 보니? 이뻐 보이니?" 말하고 크림 내 풍기는 손으로 선장이의 뺨을 가볍게 한번 찰싹 때렸다. 선장이가 맞은 뺨에다 한 손을 대고 몸을 돌쳐서 달아나다가 따라잡지 못할 만큼에서 되돌아서서 보아라 하고 뒷걸음질 치면서 "왜갈보 호박 갈보……. 양양 죽겠니?" 하고 놀려 주었다. 쌍년이가 "요놈!" 하고 쫓아올 시늉을 하니 쌍년이의 달음박질 잘 치는 것을 알고 있는 선장이는 얼른 다시 몸을 돌쳐서 꽁지가 빠지게 도망질을 쳤다. 선장이는 저의 누이 정실이가 마침 빨래 담은 자배기를 이고 우물에서 돌아오다가 골목 안에서 저의 하는 짓거리를 매서운 눈으로 쏘아보는 것을 알지 못하였다.

쌍년이는 여러 해 전에 바다에 나갔다가 풍랑을 만나 빠져 죽어서 시체도 건지지 못한 손 서방의 외동딸이다. 남편이 죽은 뒤에 그 어머니는 술장사를 해서 딸자식 하나를 가까스로 키웠는데 엎친 데 덮친 데로 허리를 못 쓰는 병에 걸려 더는 영업을 할 수가 없게 되자 목구멍이 포도청이라 생각다 못해 외동딸 쌍년이를 돈 많은 일본 사람 첩으로 주었다. 야마다라는 그 머리가 희끗희끗한 일본 사람의 본집은 왜관에 있었으나 그들이 흔히 하는 것처럼 그도 시가지의 남쪽 끝인 이 근처에다 자그마한 일본집 한 채를 지어 놓고 가끔 생각나면 하룻밤씩 와 자고 가는데 그 집지킴 겸 식모 겸 쌍년이를 얻어 두었다. 그것은 식민지에서만 볼 수 있는 가장 경제적인 형태의 첩 — 싸구려 첩이었다.

선장이가 잔교 끝에 퍼더앉아 오른팔 같은 갈마반도와 왼팔 모양의 호도반도에 안겨서 나른해 보이는 원산항의 봄 바다 풍경을 그리느라고 여념이 없다. 멀기가 다릿발에 부딪쳐서 철버덕거리는 소리와 머리 위를 날아도는 갈매기들의 울음소리가 정취 그윽한 어항의 풍물시를 엮는 듯한 오후였다. 잔교 양옆에는 칠팔 척의 가련하리만큼 작은 고깃배 — 야거리들이 돛을 내리고 또 어떤 것은 돛대까지 누이고 줄느런히 뱃줄에 매여서 흔들거리고 있다. 거지반 다 한산한 빈 배들인데 그 틈에는 선장이의 아버지 서 서방네 배도 씨동이 아버지 양 서방네 배도 끼어 있었다.

선장이가 마분지 쪼각에다 도화지를 받쳐 들고 한창 그리고 있는데 등 뒤에 인기척이 나는 것 같더니 이어 무엇인가가 저의 앉은 바로 옆에 철썩 와 떨어졌다. 무언가 하고 고개를 돌이켜 보니 잔교 널빤지 위에 커다란 어기가재미 두 마리가 어슥비슥 포개져 떨어졌다. 고개를 젖히고 쳐다보니 등 뒤에 푸른 하늘과 흰 구름을 떠이고 씨동이가 서 있다.

씨동이가 "거 그리는 게 뭐야?" 하고 물으며 허리를 구푸리고 들여다보려 하기에 선장이는 아무 말 않고 그리던 그림을 어떤가 한번 보란듯 머리 위에 쳐들어 보였다. 씨동이가 한참 그림을 들여다보다가 "임마, 그것두 그림이야!" 타박을 하고 한쪽 무릎으로 선장이의 등때기를 한번 쿡 떠받았다. 그리고 시적시적 걸어서 저의 야거리가 매인 데로 도로 가 버렸다.

씨동이에게 의외의 혹평을 받고 선장이의 뜨겁던 머리가 싹 식었다. 정상적인 상태로 돌아와 다시 보니 아닌 게 아니라 여태껏 대단한 명화로만 보이던 그 그림이 무슨 범벅인지 알 수 없을 정도의 실패작이었다.

"제기." 하고 선장이는 애써 그린 그림을 두 손으로 마구 구겨서 바다에 처넣었다. 그리고 받치개로 쓰던 마분지 쪼각도 비행기 삼아 가로 뿌려서 날려 버렸다. 마분지 쪼각은 멋들어지게 날아가다가 엇비슥이 바닷물 위로 떨어졌다.

선장이는 벌떡 일어서자 단바람에 씨동이가 놓고 간 가재미의 꽁지를 양손에 하나씩 집어 들고 촘촘히 가로 깐 잔교의 널빤지 위를 지나 집을 향하여 달음질쳤다.

"엄마, 반찬거리."

"아유, 크구나. 어디서 났니?"

"벌어 왔지, 어디서 나."

"네깟 녀석이……."

"아니야, 씨동이가 준 거야."

그리고 또 네 식구가 둘러앉은 밥상머리에서는 딸 정실이가 먼저 아버지에게 "선장이가 오늘 글쎄 쌍년이를 보구…… 입에 못 담을 더러운 욕을 하잖겠어요. 난 그걸 듣구……." 하고 일러바치는데 선장이는 누이가 말을 하기도 전에 "뺨따귀를 맞구 그래 가만있어!" 하고 재빨리 변명을 하였다.

"뺨따귀를 누가 때려, 거짓말! 곱다구 좀 만져 봤겠지."

"곱다구 좀 만져 봐? 네 눈으로 봤니?"

아버지가 숟가락을 손에 든 채 "죽구 싶으냐? 다 큰 누이보구 그게 무슨 말본새야!" 하고 꾸짖으며 아들을 노려보니 아들은 눈을 지릅뜨고 저의 누이를 흘기며 아랫입술을 빼물었다.

"대체 무슨 욕을 어떻게 했단 말이냐?" 하고 아버지가 딸을 쳐다보니 딸은 고개를 다소곳하고 대답을 아니 하였다. 아버지는 필시 무슨 입에 담기 거북한 말이려니 짐작하고 더욱 성이 나서 숟가락으로 밥상을 딱 쳤다. 그리고 아들을 보고 "밥 먹구 당장 가 빌어!" 분부한 뒤 다시 딸에게 얼굴을 돌리며 "정실아, 네가 데리구 가거라." 말을 이르고 잇달아서 푸념을 섞어 가며 야단을 하였다.

"쌍년이 아버지가 죽은 뒤에 생전에 정리를 생각하면 뒤에 남은 그 모녀를 내가 의당 힘 자라는 데까지 도와줘야 할 것인데 내 살림이 이 꼴, 이 모양으로 밤낮 쪼들리다 보니 무어 하나 변변히 도와주지두 못했다. 이것만 해두 내 맘에 무엇이 늘 걸려서 내려가지를 않는데……. 네놈이 또 나서서 입에 못 담을 욕까지 해?"

식후에 정실이가 선장이를 데리고 쌍년이에게 사과를 시키러 가는데 누이가 "우선 발부터 씻어라. 그 끔찍한 발족다릴 해 가지구 염체없이 남의 새 다다미방엘 들어가겠니?" 말하고 곧 가서 놋대야에 발 씻을 물을 떠다 주었다. 어머니는 "바지만이라두 좀 깨끗한 걸 갈아입혀야지야." 하고 웃방 농짝에서 무릎과 엉덩판을 꺼먼 헝겊 쪼각을 대고 깁기는 하였으나 빨아서 풀을 먹인 흑백 교직의 고구라 학생복 바지를 내다 주었다.

쌍년이의 지키는 집이 아담하고 정갈하기는 하였으나 무슨 당집같이 인적기 없이 괴괴하여 누구나 밤에는 여자 혼자 있기가 무서울 정도였다. 가까이 사는 어머니가 와 잠동무나 좀 해 주었으면 좋으련만 일본인 주인이 허술한 조선인 마누라가 저의 집에 와 자는 것을 덜 좋아하는 까닭에 밥통을 깨칠까 봐 그러지도 못하였다.

쌍년이가 호젓한 전등 불빛에 그저 오도카니 앉아 있기가 멋적어서 상보를 갖다가 수를 놓는 중에 마당에서 신발 소리들이 나는 것 같더니 이어 "쌍년아." 부르는 것이 귀에 익은 목소리라 마음에 반가와서 손에 든 일감을 내려놓고 얼른 일어서며 "정실이냐?" 반색하여 맞소리를 치고 급히 가서 장지를 활짝 열었다. 쌍년이가 마루 끝에 나서니 정실이는 섬돌 위에 올라섰다. 하늘에서 내리비치는 으스름한 달빛과 방 안에서 흘러나오는 전등 불빛에 마당에 서 있는 작은 사람 그림자 하나가 드러났다.

쌍년이가 선뜻 짐작 가면서도 짐짓 "저건 누구냐?" 하고 손을 들어 가리키며 정실이를 보고 물었다. 정실이가 미처 입을 열기도 전에 뒤에 처졌던 선장이가 한 발자국 앞으로 나서서 위를 쳐다보며 "누나, 내가 잘못했소. 다신 안 그럴 테니 용서해 주우." 빌고 꾸뻑 경례를 하였다. 저의 누이가 데리고 오며 가르친 대로 한 것이다.

쌍년이는 깔깔 소리 내어 웃고 "어서들 올라오나, 어서들 올라오나." 하고 남매를 방 안으로 청해 들였다. 남매가 다 방 안에 들어와서 앉지 않고 주저하는 것을 보고 쌍년이는 "어서들 앉아라." 말하여 제가 먼저 앉아서 일감을 한옆으로 밀어 놓았다.

사람이 거처하는 방에다는 으레 삿자리를 까는 게 법인 줄만 알았던 선장이가 난생처음 폭신폭신한 다다미 위에 앉아 보니 호사스러운 것보다도 송구한 마음이 앞서고 또 남포등을 인간세상의 유일한 조명 수단으로만 알아 왔는데 젖빛의 고운 갓을 씌운 전등 불빛에 윤기가 흐르는 방세간이 늘어놓인 방 안을 둘러보니 선장이는 정신이 황홀하였다. 그리고 같은 동갑이라도 머리를 쪽 찌고 옷치레를 곱게 한 쌍년이가 머리를 땋아 내려서 빛바랜 댕기를 들이고 추레한 옷을 입은 저의 누이보다 몇 배 더 돋우보였다. 뿐만 아니라 쌍년이는 어깨가 둥글고 엉덩이가 펑퍼짐한데 저의 누나는 대살져서 꼬챙이같이 볼품이 없었다. 저의 누이보다 저우 높은 이런 여자에게 감히 그런 욕을 하다니 '내가 정말 하늘이 높은지 땅이 낮은지 몰랐구나' 하고 생각이 들어서 선장이는 점점 더 쪼그라들었다.

쌍년이가 일본 사람들에게서 배운 법식대로 차를 따라다 주고 또 차반에 과자를 담아 내놓고 어서들 먹으라고 권하는데 선장이는 멋도 모르고 주는 찻잔을 받아서 한 모금 마셔 보고 대번에 오만상을 찌프렸다.

쌍년이가 웃으면서 "왜?" 하고 물으니 선장이는 "약." 하고 찻잔을 도로 내려놓았다. 쌍년이와 정실이가 서로 돌아보며 한바탕 깔깔거리고 나서 쌍년이가 "그럼 과자나 먹어라, 촌놈!" 하고 놀려 주고 과자 담은 차반을 선장이 앞으로 썩 밀어 놓았다. 선장이가 와삭와삭 소리를 내며 파래 박은 '센베이'를 먹는데 정실이가 입을 비쭉 내밀어서 저의 동생을 가리켜 보이며 쌍년이더러 "물덤벙술덤벙이니 어떡하니." 하고 탄식하듯 말하니까 쌍년이는 "괜찮아. 그래두 크면 제구실 다해. 시르죽은 이보다 낫지." 말하고 선장이를 돌아보며 웃었다.

둘이 마주 앉아 한동안 지껄이다가 쌍년이가 무슨 말끝에 문득 생각이 나는 듯 "글쎄, 우리 그놈의 두상……. 내 이름이 부르기가 말째다구 제 맘대루 고쳐 놓잖았겠니." 하고 말하니 "뭐라구 고쳤는데?" 하고 정실이는 쌍년이의 입을 바라보았다.

"찌요라나."

"찌요? 찌요 찌요……. 똑 무슨 병아리 울음소리 같구나."

"누가 아니라니."

둘이 마주 보며 새삼스레 한바탕 깔깔거리고 나서 "하긴 네 그 이름두 그리 좋은 이름은 못 돼." 하고 정실이가 말하니 쌍년이는 "좋지 않아두 할 수 없지……. 할아버지가 지어 주신 건데." 하고 말을 받았다.

"너의 할아버지가 허구많은 이름에 왜 하필이면 그런 별스러운 이름을 지어 주셨다니?"

"너 여태 모르니?"

"무슨? 난 모른다."

"우리 엄마가 외아들 며느리 아니냐. 그래서 다들 아들 낳기를 바라는 판에, 글쎄 덜컥 나를 낳았지 뭐냐. 그러니 우리 할아버지가 왜 화가 안 나시겠어. 그래 내 이름을 짓는데…… 집안 망할 년이라구 쌍년이라구나 지으라구 야단하셨다잖아. 그래 우리 아버지가 하는 수 없이 그대루 가 출생신고를 해 놔서, 쌍년이가 고만 호적에 올라 버렸지 뭐냐."

"너의 할아버지두 참 어지간하시다."

"그러게 노인 아니냐."

"그러구 보니 너는 태어날 때부터 벌써 언짢았구나."

"그것두 다 팔자지 뭐냐."

둘이서 받고차기로 끝이 없이 지껄이다가 선장이 눈에 잠이 가득히 실린 것을 보고 "아이고, 지껄이는 데 정신이 팔려서 내가 이거 너무 늦었다." 하고 정실이가 일어서며 옆에 앉은 선장이의 어깨를 툭 치니 선장이는 흐리멍텅한 눈을 떠 보고 곧 누이를 따라 벌떡 일어섰다.

쌍년이가 따라 일어나 차반에 남은 과자를 선장이 학생복 호주머니에 쏟아 넣어 주면서 "공부는 그래, 잘하냐?" 하고 물으니 당자는 말이 없고 그 누이가 대신 "잘이 다 뭐니, 통신부가 온통 오리투성인데. 오죽하면 아버지가 '갑' 자를 하나만 이 눈으로 봤으면 죽어두 눈을 감구 죽겠다시겠니." 하고 대답하였다. 쌍년이는 웃으며 선장이의 밤송이 같은 머리를 한번 내리 쓰다듬고 "괜찮다. '병' 자나 '정' 자투성일세 말이지. 오리 '을'투성인 괜찮다." 하고 위로해 주었다.

남매가 일본집을 나와 몇 발자국 아니 와서 으스름달빛에 맞은편 아카시아나무 밑에 사람의 그림자가 얼씬거리는 것을 본 것 같았다. 공연히 마음이 들떠서 그 근처를 어슬렁거리는 씨동이를 본 것이었으나 처음에는 웬 사람인지를 몰라서 무서운 생각이 들다가 나중에 알아보고 선장이가 앞으로 나서며 알은체를 하였다.

"형님 아니요?"

그리고 다시 "여기서 무어 하우?" 하고 물으니 씨동이는 우물쭈물하며 선뜻 대답을 못 하였다. 정실이가 얼른 동생의 팔꿈치를 잡아당기며 "어서 가자, 너무 늦어서 아버지 사설하시겠다." 하고 말하여 슬그머니 씨동이를 궁지에서 건져 주었다.

2

선장이네 집에서 바다까지는 불과 몇 발자국……. 갈바람(서풍)이 부는 날 방문을 열고 침을 퉤 뱉으면 침이 가 떨어질 만한 거리였다. 여기는 유식한 사람들이 일컬어 해발 영 미터라는 지대였다. 노인들의 말에 따르면 어느 해 연분인가 밤중에 해일이 일어나며 산더미 같은 바닷물이 밀려들어 삽시간에 온 동네를 휩쓸어 간 일까지 있었다 한다. 사철 찝쩔한 간내를 풍기는 바닷바람이 부는 까닭에 집에서 쓰는 바늘이건 식칼이건 못이건 장도리건, 아무튼 쇠붙이 명색이기만 하면 다 걷잡을 수 없이 녹이 슬었다. 샛바람이 세차게 불어서 거센 파도가 밀려들 때면 집이 흔들릴 뿐 아니라 방바닥까지 움씰움씰 들놀았다.

선장이도 동네 아이들과 마찬가지로 파도 소리를 자장가로 들으며 자랐다. 그래서 예닐곱 살 때부터 벌써 누나를 따라 젖가슴까지 오는 바닷물 속에 들어서서 발뒤꿈치로 모랫바닥을 비비어 조개가 마치면 얼른 자맥질을 해서 집어내다 물 위에 띄운 함지박에 담군 하였다. 개헤엄은 하나에다 둘을 가하면 셋이 된다는 것을 알기 전에 벌써 배웠고 또 개구리헤엄은 제 이름 석 자를 쓰는 것보다 훨씬 먼저 익혔다.

선장이가 가장 우러러보는 인물은 씨동이었다. 여름밤에 시원한 바닷바람을 쏘이느라고 잔교에 모여 앉아 구수한 이야기장을 벌이는 어른들의 이야기에 나오는 임꺽정, 홍길동이가 바로 양씨동이가 아닌가 싶었다. 씨동이는 남들이 여섯 해 걸려 졸업하는 보통학교를 7년인가 8년인가 걸려서 졸업한 비범한 인재였다. 그리고 일본인 선주의 하는 짓이 뇌꼴스럽다고 그자네 발동선에 기어올라 가 똥을 한 무더기 싸놓고 잡혀가 유치장에서 하룻밤을 자고 나온 영웅이기도 하였다. 하긴 씨동이 편에서도 선장이를 제 심복으로 믿고 또 장래의 계승자로 지목을 하는 모양이었다.

언젠가 한번은 이런 일이 있었다. 일본 화물선이 반두 모양의 큰 그물이 달린 기중기로 어리둥절 불안해하는 황소, 암소들을 한 마리 한 마리씩 달아 올리는 것을 보고 선장이가 저 소들은 저렇게 배에 실어

다가 무얼 하느냐고 물어보았더니 씨동이는 바로 점잖게 "왜놈들이 지금 우리 조선 소를 빼앗아 가는 거다. 일본엔 소가 없거든……. 물고기만 있구." 하고 가르쳐 주었다.

"일본엔 왜 소가 없소?"

"왜놈들이 쪽발이 아니냐. 소두 쪽발이 아니냐. 그러니까 없지."

"왜놈들이 쪽발인데 왜 소가 없소?"

"같은 쪽발이라두 왜놈들은 발이 둘이구 소는 넷이니까 그렇지."

선장이가 납득이 잘 되지 않아 고개를 갸우뚱하고 말똥말똥 쳐다보니 씨동이는 천연덕스럽게 "너 아직 어려서 그런 속내를 잘 모른다. 이담에 5학년에 올라가 이과를 배우면 그때 알게 될 게다." 하고 강령적인 교시를 하였다.

영흥만은 난류와 한류가 이마받이를 하는 어름이라 봄에서 여름에 걸쳐서는 멸치, 고등어, 정어리, 방어, 다랑어 따위의 호온성 고기들이 바다가 좁다고 밀려들고 또 선기가 떨어지면서부터 이듬해 해동머리까지는 한대성 어족들인 공치, 명태, 청어, 대구, 도루메기 등속이 떼떼이 몰려온다.

그런데 골칫덩이는 여름철에 잡히는 고기들이다. 이때의 원산항에는 일본인들의 거류 구역인 왜관 일대를 제외하고는 냉동 시설이니 통졸임 공장이니 하는 따위가 거의 없다고 해도 과언이 아니었다. 한여름에 잡히는 고기들 중에 특히 고등어 같은 것은 시간이 조금만 지나도 곧 상해서 대가리빛이 벌개지며 독성분이 생기는 까닭에 처치가 더욱 곤란하였다. 그래서 한창때에는 바닷가에서 고등어의 배를 따고 소금을 쳐서 절이는 작업이 밤에 낮을 이어 진행되는데 거기서는 주로 여자들이 ─ 처녀와 아낙네들이 주력을 담당하였다. 낮에는 불을 퍼

붓는 듯한 뙤약볕을 가리느라고 수건을 쓰거나 대팻밥모자들을 썼고 또 밤에는 대낮같이 눈이 부시게 밝은 가스등들을 켜 달아 놓고 밤일을 하였다(몇 해 후에는 전등을 켰지만 이때는 아직 보급이 되지 않았다).

한편 아이들이 잔교 끝에 나서서 어느 게 저의 배인가 눈이 자라는 데까지 살피는 가운데 진보라색 풍어기를 휘날리며 앞서거니 뒤서거니 돌아오는 배들은 개개 다 만삭이 된 아낙네처럼 몸들이 무거워서 물이 뱃전에 찰락찰락하였다.

선장이 아버지 서 서방이 철철 넘쳐나도록 많은 고등어를 잡아 가지고 돌아와 동사하는 사람들과 함께 벗어붙이고 대들어 고기를 다 푼 뒤에 저녁을 먹으러 집으로 왔을 때는 그 딸과 함께 고기 밸을 따러 갔던 마누라가 혼자 와서 저녁을 짓느라고 부산하였다. 남편이 세수하고 발 씻는 동안 선장이 어머니는 금세 부신 것을 거꾸로 들어서 물방울이 아직 듣는 빈 사이다병 하나와 동그란 구멍이 뚫린 10전짜리 백통전 한 잎을 아들에게 건네며 말을 일렀다.

"핑하게 가 술 한 병 받아 오너라."

되로 되어 파는 소주가 맥주병 한 병에는 15전이고 사이다병 한 병에는 8전이었으므로 거스름돈 2전은 깨끗이 두 가락이라 아무 때고 아버지 술 받아 오라는 소리만 들으면 선장이는 만사를 제치고 뛰어 일어나 효성이 지극한 효자 노릇을 하였다.

부자 겸상으로 저녁상을 차려서 들여다 놓고 선장이 어머니는 앉지도 않고 선 채로 남편에게 "난 아무래도 정실이하구 같이 밤새움을 해야 할 모양이니……. 저레 저녁, 밤참 둘이 먹을 밥을 싸 가지구 가겠에요. 그러니 당신은 곤하신데 기다리지 말구 그대루 주무시우." 말하고 곧 다시 선장이를 보고 "상이 나거든 네가 좀 치워라." 하고 말을 일렀다.

　선장이 아버지는 제 손으로 사기 고뿌에 술을 따르고 싱글벙글하면
서 마누라에게도 아니고 아들에게도 아니게 들떼놓고 "그놈의 고등
어, 어찌나 많던지 배들이 모두 고기에 걸려서 빠져나올 수가 없을 지
경이야. 경치게시리 많지……." 지껄이고 다모토리로 술 한 고뿌를 단
숨에 죽 들이켜고 나서 "카!" 하고 젓갈을 집어 들었다. 그리고 고등어
구이 한 토막을 집어서 절반을 베물고 나머지 반 토막을 도로 접시에
내려놓은 뒤 막 돌아서 나가려는 마누라를 쳐다보고 일변 씹으며 일
변 말하였다.

　"이번에 선장일 학생복 한 벌 사 입힙시다. 서만금이의 아들이 학교
엘 가두 좀 버젓해야지……. 밤낮 누데기옷만 입구 다녀서야 어디
쓰겠소."

　그리고 눈이 가늘어져 가지고 아들의 얼굴을 쳐다보며 "안 그러냐?"
하고 허허허 너털웃음을 웃었다. 나가려던 마누라가 그 소리를 듣고
되돌아서 "그러면이야 오죽이나 좋겠에요." 하고 말을 받으니 남편은
"염려 말아. 내 내일…… 아니 내일은 안 되겠구 모레…… 모레두 안
되겠구 글피…… 그래, 글피. 글피는 내 왜관에 데리구 올라가서 번쩍
번쩍하는 놋 단추가 달린 학생복 한 벌을 사 입혀 가지구 내려올 테니
두구 봐." 하고 잘라 말하였다.

　선장이가 아버지의 말을 듣고 대번에 입이 쩍 벌어지다가 피뜩 생
각이 나서 "그럼 모자는? 모자두 다 헐었는데……." 하고 재빠르게 한
술을 더 뜨니 기분이 한껏 좋은 아버지는 "사포 말이지? 좋아 사포두."
하고 선선히 허락하였다(어떻게 된 셈인지 이때는 낫 놓고 기억 자도 모르는 사람
들 모두 외래어 ― 프랑스말을 썼다).

마누라가 그 말을 듣고는 못마땅한 듯 눈을 샐쭉하며 "여보." 남편부터 눌러 놓고 그다음에 아들에게로 얼굴을 돌리고 "사포는 아직두 쓸 만한데 또 무슨 사포까지?" 하고 사설하였다. 그리고 다시 남편을 보고 "계집아이가 이젠 대가리가 커다란 게…… 입구 다니는 주제꼴이 말이 아니녜요. 눈 뜨구는 차마 볼 수가 없에요. 여느 집 아이들처럼 옷 투정 한번을 해 봤나요 어쨌나요, 밤낮 수걱수걱 시키는 일이나 하구. 그러니 폐일언하구 이번에 옷 한 벌 해 입힙시다. 때벗이를 좀 시키잔 말이예요." 말하고 잇달아서 혼잣말하듯 "우리야 그저 굶어 죽지만 않으면 고만이지……. 뭐 더 바랄 게 있나요." 하고 중얼거렸다.

남편은 고개를 크게 끄덕이고 순탄하게 "당신 말대루 그럼 그렇게 합시다." 말한 다음에 아들을 돌아보고 "그럼 네 사포는 다음에 보자, 누나 옷주제가 말이 아니니." 하고 말하였다.

아들이 딴소리가 없는 것을 보고 그 어머니는 "다음번에 꼭 사 준다." 아들을 달래고 다시 남편을 향하여 "그럼 난 바빠서 이만 가 보겠에요. 정실이가 배가 고플 텐데……." 말하고 부지런히 부엌으로 내려갔다.

선장이는 언젠가 저의 누나와 쌍년이가 밝은 전등불 밑에 마주 앉았을 때 둘의 팔팔결 다른 옷차림을 비교해 보고 저의 누나를 가엾게 생각하던 일이 머리에 떠올라 마음 한구석에서 자꾸 살아나려는 새 모자를 억지로 눌러 죽이고 밥을 부지런히 퍼먹었다.

이날 밤 선장이가 꿈을 꾸는데 새 교복에다 새 모자를 쓰고 아이들 앞에서 뽐내다가 어디서 본 적이 있는 것 같은 칼 찬 순사에게 모자를 빼앗기고 엉엉 울다가 제 소리에 놀라 잠을 깼다.

선장이 어머니가 이른 새벽에, 하던 일을 일단 거두고 집에 돌아와 또 부리나케 아침밥을 지었다. 남편이 아침을 먹고 배를 타러 나간 뒤에 늦잠 자는 아들을 흔들어 깨우는 중에 그 딸 정실이가 일을 마치고 돌아왔다. 정실이는 고등어 몇 마리와 배 따는 데 쓰는 식칼 하나를 함지박에 담아서 머리에 이고 왔는데 이고 온 함지박을 토방에 내려놓고 열어 놓은 방문으로 들여다보며 "엄마두, 엉뎅일 쾅쾅 좀 박아 놓지 못하구." 말하고 씩 웃었다.

"어서 일어나 세수하구…… 밥을 먹어야지야."

어머니의 야단하는 소리는 귓속에도 들어오지 않던 선장이가 "남먼저 가야 활동사진 깃대가 차례지지야." 하는 누이의 말을 듣고는 불에 덴 놈처럼 건공잡이로 벌떡 일어났다. 눈을 두리번거리다가 "밥…… 어디 있소?" 하고 어머니를 쳐다보았다.

"이 녀석아, 세수두 안 하구 밥부터 찾냐? 냉큼 일어나 나가 씻지 못할까!"

어머니가 처네 쪼각을 개키니 속잠뱅이 바람의 선장이는 옷 위로 자지를 움켜쥐고 뛰어나왔다. 정실이가 한옆으로 비켜서며 얼른 손을 내밀어 그의 귀때기를 붙잡고 "오늘은 머리 좀 감자. 끔찍하다." 하고 말하니 선장이는 고갯짓으로 잡힌 귀를 뿌리치며 "이거 놔! 남은 오줌이 마려워 죽겠는데……." 하고 투덜거렸다. 정실이가 잡은 귀를 놓아주고 "그 지경 꿰차구 있었을 건 뭐냐." 하고 조롱하니 방 안의 그 어머니도 "깨우지 않았더라면, 오줌통을 터뜨릴 뻔하잖았니." 하고 웃었다.

오줌을 다 눈 뒤에 정실이가 끌고 와 우격다짐하다시피 하여 머리를 감기는데 선장이는 눈에 비눗물이 들어온다고 엄부럭을 떨고 또 "고만 고만!", "됐어, 됐어. 됐단데!" 연거푸 소리를 질렀다.

선장이가 입쌀보다 좁쌀이 더 많이 섞인 밥(귀한 아들이라고 입쌀 쪽으로 골라 폈건만) 한 그릇을 후딱 먹어 치우고 방학 숙제 안 한다고 잔소리하는 누이와 "또 남의 집 호박에다 활쏘기 내기할 테냐? 점순이 할아버지가 단단히 벼르시더라." 사설하는 어머니의 말을 모두 못 들은 체하고 맨발로 집을 뛰쳐나와 꼿꼿이 동락좌로 달아갔다.

이때 원산에는 활동사진관이라고 불리는 영화관이 모두 둘이 있었는데 그 하나는 왜관에 세워진 유락관이고 다른 하나는 남촌 구역에 자리 잡은 동락좌였다. 유락관에 비하면 동락좌는 내부의 설비가 퍽 못하였다. 관람석은 남녀유별로 부인석이라는 게 따로 설치되어 있었고 또 바닥에는 삿자리를 깔았는데 신발은 각자가 벗어서 신문지 따위 허술한 종이에 싸 들고 들어가야 하였다(변소 갈 때 휴지부터 마련해야 하는 것처럼 활동사진관에 갈 때도 헌 신문지부터 마련을 해야 하였다). 그리고 영사기는 손으로 돌려야 하는데 그나마 한 대밖에 없는 까닭에 필름 한 권을 다 돌리면 호르래기를 불고 불을 켜고 필름을 도로 감는 동안은 휴식을 해야 하였다.

상영하는 영화는 거의 모두가 미국 할리우드에서 제작한 것이었고 또 흑백에 무성이었다. 그러므로 활동사진관에 전속된 변사라는 게 있어서 해설을 해야 하였다. 그런데 그 변사라는 게 또 흔히 그러하듯이 기생방에 가 술에 곯아떨어지거나 드잡이를 놓다가 어디가 터지거나 부러지거나 해 일어나지를 못하면 관람객들은 부득이 참고 벙어리 활동사진을 보아야만 하였다. 그래도 대부분 사람들은 입장료 10전을 낸 것이 아까와 그 값을 빼느라고 한 권 보고 한동안 쉬고 한 권 보고 또 한동안 쉬고 하면서도 자정까지 검질기게 참아서 끝장을 보고야 말았다.

활동사진의 광고 행렬이 낮에 한 바퀴씩 큰 거리를 누비는데 그 진용을 볼작시면 맨 앞에는 붉은 바탕에 흰 글자로 '동락좌' 석 자를 염색한, 길이가 길고 폭이 좁은 기가 서고 바로 그 뒤를 둘이서 목도를 하는 활동사진 광고판이 따르고 또 그 뒤를 트럼펫 하나와 색소폰 하나 그리고 클라리넷 하나와 대고 하나로 구성된 악대가, 듣는 사람의 마음을 걷잡을 수 없이 들뜨게 하는 흥행 전용의 곡을 불며 치며 따르고 또 그 뒤꽁무니에는 역시 붉은 바탕 흰 글자의 동락좌 기 둘이 따른다. 광고판은 큰 아이들이 메고 깃대는 작은 아이들이 메는데 이것을 한 번 메면 보수로 그날 밤 입장권 한 장이 차례지는 까닭에 경쟁이 여간만 치열하지가 않았다.

선장이가 두 주먹 불끈 쥐고 달아간 것은 바로 그 때문이었다. 그러나 이 세상에는 자고로 기는 놈 위에 나는 놈이 있는 법이라 이날도 또 선장이는 깃대를 얻어 메지 못하고 우거지상이 되어서 터덜터덜 힘없이 집으로 돌아와야 하였다.

선장이가 집을 뛰쳐나간 뒤에 정실이가 부엌에 내려가 설겆이를 하는 중에 방 안에서 그 어머니가 "이애, 대충 거두고 어서 들어오너라. 꼬박꼬박 졸려서 정신이 하나 없다. 눈 좀 붙이구 일어나자." 하고 재촉을 하여 "네, 이제 들어가요." 대답하고 조금 지나서 젖은 손을 행주에 닦으며 방으로 들어왔다. 옆에 갖다 딩굴려 놓은 베개에 딸이 와 눕기를 기다려서 그 어머니가 누운 채 얼굴을 딸에게로 돌리고 "아버지가 이번에 너 새 옷 한 벌 해 주시겠다더라. 노랑 저고리에 분홍 치마가 어떨까?" 하고 의논을 하니 딸은 "새 옷은 해 무어 하오. 일하는 데 아무거나 입으면 되지요, 뭐." 하고 별로 당길심을 보이지 않았다.

"그래두 나들이옷 한 벌은 있어야지야."

"갑자기 나들인 또 무슨 나들이……. 해 줄라거든 선장이나 해 주시오."

"그 애두 학생복 한 벌 사 입히기루 했어."

"신발이 다 해졌던데 운동화두 한 켤레 사 주구 그리구 모자두 하나 사 씌워야지요."

"그런 건 차차 하지야."

"차차 언제? 내 걱정을 말구 선장이나 좀 말쑥하게 가꿔 줘요. 동생 이 허술하면 내 낯이 깎이거든요. 난 저만 쪽 빼구 저의 동생은 허술 하게 해 가지구 다니는 기집애들을 보면…… 저것들두 사람인가 싶 습디다."

어머니가 잠시 입을 다물었다가 가볍게 숨을 몰아쉬고 "너 참 이상 한 애다. 어려서두 생전 때때옷 해 달라구 조르는 법을 모르더니…… 커서두 그렇구나. 천생 팔자에 타고난 가난뱅이의 딸이다." 하고 괴탄 하는데 딸은 아무 소리 않고 어머니께로 등을 돌리고 돌아누우며 짧 게 하품 한번을 하고 "이제 고만 주무세요…… 나두 좀 자게." 말하고 눈을 감았다.

3

한 진사 댁은 기와를 잇고 회벽칠을 한 담으로 둘렀는데 솟을대문이 으리으리하였다. 권세가 가근방에 뜨르르하건만 사람들에게 별로 뒷 욕을 먹지 않는 것은 그 집의 인품이 좋아서일 것이다. 한 진사 본인은 인제 나이 칠십여 세라 집안의 대소사를 맡아서 알음하는 것은 그 장 남인 성진이었다. 성진이는 한 쉰쯤 된 사람으로 슬하에 삼 남매를 두 었는데 맏아들 정희는 소문난 무정부주의자로 그 아버지와 갈등이 나

집을 뛰쳐나갔고 딸 선희는 미국 여자가 설립한 이름난 학교 — 루씨여학교에 재학 중이었다. 그리고 막내 — 작은아들 은희는 아직 나이 어린 소학생으로 서선장이와 한 학급이었다.

이날 다저녁때 선장이가 배 속에서 꼬르륵 소리가 나서 비로소 끼니때가 된 것을 깨닫고 집으로 돌아오다가 길에서 마주 오는 동급생 한은희를 만났다. 은희는 저의 누이 선희와 함께 어디를 갔다 오는 모양으로 하얀 반소매 운동 셔츠에 무릎까지 내놓는 깡동바지를 입고 또 머리에는 하얀 일모를 씌운 교모를 쓰고 그리고 발에다는 역시 하얀 정구화를 신었다. 그 누이 선희는 하르르한 깜장 치마에 모시 적삼을 입었는데 한쪽 손에 바이올린 케이스를 들었다.

선장이는 해마다 여름방학 마흔 날을 노상 바다에 나가 벌거벗고 사는 까닭에 뙤약볕에 잔등이 새까맣게 타서 두어 주일에 한 차례 꼴로 허물을 벗어서 세 번을 벗으면 개학 날이 온 것을 알게 되어 있었다. 이날도 종일 바닷물 속에서 해를 지운지라 웃통을 벗은 몸뚱이와 팔다리 그리고 얼굴은 숯 더미에 서리가 내린 것처럼 허옇게 소금이 내돋았다.

다 큰 여학생 선희가 먼저 알은체를 하였다.

"너 선장이 아니냐. 왜 요새 통 볼 수가 없니?"

묻는 말에 대답을 않고 선장이가 "그 깡깽이는 콩나물을 알아야 배우잖우?" 엉뚱한 말을 물으니 선희는 호호 웃고 "그래, 너두 배울라니? 배우구 싶거든 와. 내 가르쳐 주께." 하고 상냥하게 말하였다.

"콩나물이…… 일이삼사보다 배우기 어렵소?"

"일이삼사? 오, 아라비아숫자……. 오호호!"

"어렵소?"

"글쎄, 그리 어려울 것두 없겠지 뭐."

선장이가 그 말은 그쯤 접어 놓고 다시 옆에 섰는 은희를 향하여 "우리 아버지가 낼 왜관에 올라가…… 나 고구라 양복 사 준댔다. 멋이 있는 걸루." 하고 자랑을 하니 은희 당자는 아무 말도 안 하는데 그 누이가 생글생글 웃으면서 "아이고, 그럼 선장이가 내일부턴 아주 멋쟁이 남학생이 되겠구나." 말하고 잇달아서 "그럼 놀러 와요." 하고 고개를 까댁여 보였다. 남매가 몇 발자국 아니 가서 동생이 누이더러 "혜, 무슨 돈이 있어서 양복을 다 사 줘, 술꾼이." 하는 소리가 선장이 귀에까지 들려왔다. 선장이가 몹시 귀에 거슬리어 무춤 걸음을 멈추고 뒤를 돌아다보는데 그 누이는 "그런 소리 하면 못써! 좀스럽게." 하고 나무라며 제 동생을 한번 탁 때렸다.

선장이는 속이 적이 풀려서 집을 향하고 걸음을 성큼성큼 떼어 놓았다. 누나가 보면 또 빙글거리며 "배꼽시계가 오늘은 좀 빨리 가잖았니?" 하고 놀릴 거라고 생각하면서. 그런데 장마당으로 통하는 골목 어귀까지 왔을 때 골목 안에서 쬐꼬만 계집아이 하나가 갑자기 내달아 오며 급한 목소리로 "선장아, 선장아!" 부르는 것이었다. 선장이가 발을 멈추고 돌아보니 머리가 쑥바구니 같은 점순이다.

"큰아버지가 저기서 막 울구 야단이다."

점순이가 손을 들어 장마당 쪽을 가리키며 말하는데 선장이는 좀 어리둥절하여 점순이의 알락고양이 같은 얼굴을 물끄러미 바라보며 "큰아버지? 어느 큰아버지?" 하고 물었다.

"너의 아버지 말이여."

"우리 아버지?"

"그래여, 저기서 지금 막 울구 야단이다. 얼른 가 봐라."

"저기 어디?"

"술집이지 어디여."

선장이가 두 주먹 불끈 쥐고 곤두박질쳐 달아갔다.

장마당 모퉁이의 그 술집은 두 칸 통방에 십여 명 사람이 마주 대하고 앉을 만한 좁고 길다란 상 — 목로를 놓고 술을 먹게 되어 있다. 선장이가 숨이 턱에 닿아 달려와 보니 아버지 서 서방은 어지러운 토방에 퍼더버리고 앉아 술꾼들이 벗어 놓은 형형색색의 고린내 나는 고무신짝 미투리짝들을 두 손으로 그러모아 벌린 가랑이 사이에다 더미를 지으며 엉엉 울고 있었다. 그러다가 또 손바닥으로 땅을 치며 넋두리를 하였다.

"고기가 안 잡히면 안 잡혀서 못살지…… 잡히면 또 잡혀서 못살지……. 이런 제길할 놈의 세상을 어떻게 산단 말이……."

고등어가 일시에 들이밀리는 바람에 시세가 똥값으로 떨어져서 잡는 데 들인 밑천도 건지기가 어렵게 된 까닭에 서 서방은 처자식 거느리고 입에 풀칠할 일이 아득하였던 것이다. 선장이가 흐르는 눈물을 손등으로 눌러 씻고 토방에 뛰어올라가 "아버지, 아버지!" 부르며 술이 억병으로 취한 아버지를 붙들어 일궈 세우려 하였다. 그러나 열한 살 먹은 아이가 제 몸을 잘 가누지 못하는 실장정을 무슨 수로 붙들어 일으킬 것인가.

방 안에서 아랫목 상머리에 앉은 술장사 여편네가 한 손에 술구기를 든 채 밖을 내다보며 "저 양반이 오늘 왜 저러시여." 하고 대수롭지 않게 뇌까리는데 목로에 두 줄로 마주 대하고 앉았는 술꾼들이,

"내버려 두우, 울다가 싫으면 고만두겠지."

"우는 것도 무리는 아닐세."

"사내자식이 이왕 그리된 바에…… 울며불며할 게야 뭐람."

"아니야, 난 남의 일 같잖아."

"세상에 불쌍한 게 우리 뱃놈들이지."

"속상하이, 어서 술들이나 더 먹세."

제각기 한마디 지껄였다.

선장이가 육중한 아버지를 붙들고 쩔쩔매고 있을 즈음에 "비켜라." 하고 누군가가 억센 손으로 쓱 밀어내서 선장이가 아버지를 놓치고 밀려나며 눈물로 얼룩진 얼굴을 들어 보니 어느 결에 거머무트름한 양씨동이가 옆에 와 서 있었다.

"아저씨 왜 이러시우. 자 어서 일어서시우, 내 모셔다 드릴 테니." 하고 씨동이는 곧 등 뒤에서 양쪽 겨드랑이 밑에다 손을 넣어 서 서방을 붙들어 일으킨 뒤 한 팔로 그 허리를 껴안고 또 남은 손으로 팔죽지를 단단히 붙잡고 조심조심 토방을 내려 천천히 걸음을 떼어 놓았다.

선장이가 일단 토방 아래 내려섰다가 아버지의 맨발 벗은 것을 보고 "아버지 신발!" 소리치고 곧 다시 뛰어올라가 허리를 구푸리고 고기비늘이 더덕더덕 말라붙은 고린내 나는 신발짝들을 부산히 헤쳐 보았다.

씨동이가 한 발자국 한 발자국 힘을 들이며 걸어가다가 고개를 뒤로 돌리고 "아무거나 그중 나은 걸루 두어 켤레 집어 들구 오나." 하고 말을 일렀다. 선장이는 놀라서 누가 혹시 듣지나 않았나 얼른 방 편으로 눈길을 보냈다. 방 안에서는 술 먹는 사람들이 서로 지껄이고 떠들고 또 술장사 여편네는 제 나름으로 해해거리며 만수받이하느라고 밖에서 하는 말은 모두 못 들은 모양이었다. 선장이는 씨동이가 시키는 대로 하지 않고 유표한 아버지의 고무신을 찾아내었다. 얼른 두 손가락을 갈구리처럼 꼬부리고 신코를 꿰어 들고 부지런히 앞선 사람을 따라갔다.

씨동이는 선장이 어머니와 정실이가 선장이 아버지를 받아서 눕히는 것을 방 밖에 서서 보다가 문설주에 붙어 섰는 선장이의 뒤통수를 손바닥으로 한번 툭 갈기고 아무 말 없이 가 버렸다.

저녁밥을 먹은 뒤에 선장이는 어둑컴컴한 토방 끝에 혼자 걸터앉아 갈래 많은 생각에 잠기었다. 무릎 위에 팔꿈치를 세워서 두 손바닥으로 턱을 괴고 멍하니 울타리에 핀 희끄무레한 박꽃을 바라보며 이런 궁리 저런 궁리 하였다. 놋 단추가 번쩍번쩍하는 고구라 양복도 이젠 다 틀렸다. 모표 달고 일모 씌운 새 모자도 이젠 다 틀렸다. 아름다운 꿈은 산산쪼각이 나 버렸다. 모든 것은 물거품같이 자취도 없이 사라졌다.

'개학 날 은희가 보면 무어랄까. 괜히 자발적게 자랑이나 말았을걸.'

'고기가 안 잡혀두 구차하구…… 고기가 많이 잡혀두 구차하구, 도대체 이건 어찌 된 까닭일까?'

선장이로서는 도저히 풀 수 없는 수수께끼였다. 그 수수께끼의 의문표는 선장이 머릿속에 쓰지 않는 낫처럼 오랜 세월을 더 걸려 있어야 하였다. 운명은 선장으로 하여금 곡절 많은 십여 년의 세월이 흐른 뒤에야 비로소 그 수수께끼를 풀게 하였다.

그러나 배꾼들을 못살게 구는 것은 고기만이 아니었다. 사람만도 아니었다. 하늘마저 심청 사납게 짝자꿍을 놀아서 사람을 못살게 굴었다. 이때 원산에는 라디오라는 게 없었다. 신문도 지방에서 발간하는 것은 왜관의 일자신문 하나가 있을 뿐이었다. 따라서 배꾼들은 일기예보니 기상통보니 하는 따위의 말 자체를 모르고 살았다. 다만 물고기란 큰 배로도 잡고 작은 배로도 잡고 또 먼바다에 나가 잡고 가까운 바다에서도 잡아야 한다는 것을 조상 때부터 대대로 물려받은 경험으로 알고 있을 뿐이었다. 원산은 태풍이 북상하는 '간선항공로'에서 어지간히 외진 까닭에 그 피해를 비교적 적게 받으므로 기후적으로도 말하자면 천연의 양항이었다. 하지만 그렇다고 언제나 발편잠을 자라고 내버려 두지는 않았다.

등덜미가 허물을 세 번째 벗어서 개학 이삼일밖에 안 남은 어느 날 밤에 선장이가 곤히 자다가 지동 치듯 불어 대는 바람 소리와 거세찬 파도 소리에 놀라 잠을 깼다. 집이 금세 떠나갈 듯이 흔들리고 방바닥이 우르르우르르 떨리는 중에 눈을 떠 보니 옆에 누웠던 어머니가 어느 틈에 일어나 어둑컴컴한 방 안에 옷을 다 주워 입고 앉았는데 그 옆에 붙어 앉은 것은 웃방에서 자던 누이다.

"너 깨었니?"

어머니의 묻는 말을 대답할 대신에 "아버지는?" 하고 되물으며 선장이가 자리에 일어났았다.

"아버지 배 보러 나가셨다."

어머니가 말하는데 정실이가 옆에서 "선장인 일어나 무어 하오, 더 자래지." 하고 말하여 그 어머니는 "누가 일어나랬니, 제가 일어났지." 되받고 선장이더러 "어서 넌 더 자거라." 하고 말을 일렀다. 아들이 드러눕는 것을 보고 나서 어머니는 다시 딸에게 "너두 내려가 자. 괜히 온 집안 식구가 다 건밤을 새울 건 뭐니." 하고 말하였다. 이때 방문에 어른어른하는 불빛이 비쳐서 "아버지 들어오신다." 하고 어머니가 벌떡 일어서니 딸도 얼른 따라 일어섰다.

선장이 아버지는 곧바로 방으로 들어오지 않고 먼저 부엌으로 들어가 손에 든 선등을 부뚜막에 내려놓고 물이 줄줄 흐르는 가빠를 벗어서 풋나뭇단 위에 펼쳐 널었다. 그리고 고무장화를 한 짝씩 한 짝씩 벗어서 벽 밑에 세워 놓았다. 그런 연후에 다시 선등을 집어 들고 안해와 딸이 열어 놓고 서서 기다리는 부뚜막 옆의 외짝 미닫이문으로 방 안엘 들어섰다.

"어떻습니까?"

안해의 걱정스레 묻는 말에 선장이 아버지가 "글쎄, 배들이 서로 부딪치지 못하게 해 놓구 들어왔으니까 일은 없겠지만⋯⋯." 하고 두리뭉실한 대답을 하는데 옆에서 딸이 "그럼 바다에 나가서 아직 돌아오지 않은 사람들은 어떻게 되나요?" 하고 남의 일을 염려하였다.

"글쎄 말이다. 날씨가 급작스레 이렇게 변덕을 부릴 줄 누가 알았어야 말이지."

선장이 어머니가 남편의 손에서 선등을 받아서 깔아 놓은 요의 머리맡에다 놓으며 남편의 말에 동을 달듯이 "무사히 돌아와얄 텐데⋯⋯." 하고 중얼거렸다.

날이 밝기가 바쁘게 근심스러운 얼굴을 한 사람들이 남녀노소 할 것 없이 육속 바닷가로 나와서 잔교께로 모여들었다. 성벽 같은 파도가 해안선을 덮치듯 밀려들었다가는 돌을 나지막하게 대충 쌓아 만든 방파제 명색에 부딪쳐서 산산이 부서지며 물러나고 또 밀려들었다가는 산산이 부서져서 물러나고 하는데 지축을 흔드는 듯 육중한 소리와 함께 산탄처럼 비말을 뿌려서 멀찌막이 서 있는 사람들까지 모두 물투성이가 되었다. 항내는 광란의 물이랑 물고랑이 판을 쳐서 그 많던 물새들도 다 어데로 피신을 했는지 그림자 하나 얼씬하지 않았다.

이렇듯 형세가 흉흉한 판에 광풍에 돛대가 부러진 한 척의 고깃배가 노질을 하여 간신히 목숨을 살리려다가 코끼리 같은 무서운 힘으로 후려갈기는 파도에 마지막 희망이던 노까지 빼앗겼다. 기진맥진한 네댓 명의 사람은 뱃전을 붙잡고 엎드려서 뭍을 지척에 바라보면서도 사경을 헤매었다. 버들잎 같은 배가 산마루 같은 파도 마루에 올리떴다가는 또 눈 깜박할 사이에 파도 골로 떨어져 내려가고 또 올리떴다가는 떨어져 내려가고 하는데 올리떴을 때마다 간간이 손을 내젓는 것이 보이고 또 소리를 치는 것이 들리는 것도 같았다.

바닷가에 모여 선 사람들은 서로 돌아보며 속이 달아서 "저걸 어쩌지.", "저걸 어쩐다." 발들을 구를 뿐 속수무책으로 어찌할 도리가 없었다. 몇천 톤급의 철갑선이나 있으면 모를까 목선 따위 임시 구조선은 도저히 구해 낼 수가 없는 형편이었다. 그렇다고 또 하늘에서 무슨 기적의 손길이 뻗어져 내려올 것을 바랄 수도 없는 형편이었다. 남편이나 아들이 바다에 나가 아직도 돌아오지 않은 집 가족들 중에는 벌써 땅바닥에 주저앉아 목 놓아 우는 이가 한둘이 아니었다.

이렇듯 위급한 시각에 사람들의 이목을 한 몸에 끌며 사람 하나가 나섰다. 사람들이 죽어 가는 것을 도저히 그냥 보고만 있을 수 없어서, 허옇게 센 풍채 좋은 채수염을 모진 바람에 흩날리며 고희가 넘은 한 진사가 나선 것이다. 한 진사는 그 아들 성진이와 함께 벌써부터 바닷가에 나와 서 있었다. 손녀 선희와 손자 은희도 서로 손을 맞잡고 따라 나와 서 있었다. 한 진사가 몰켜 선 사람들을 둘러보며 약간 갈린 목소리로 호소를 하는데 뒤에 선 사람들은 말을 놓치지 않으려고 많이는 손을 쪽박같이 오그려서 귓바퀴에 대고 들었다.

"사람이 죽어 가는 걸 가만히 보구만 섰다니…… 참으루 인사불성이요. 누구라두 좋으니 목숨을 걸고 나서서 저 사람들을 좀 구해 주시오. 구해 주는 사람에겐 내가 상급으루 50원을 주리다."

50

사람들은 서로 돌아보며 혹은 놀라서 입을 벌리기도 하고 혹은 감탄하여 혀를 내두르며 고개를 흔들기도 하였다. 그러나 파도가 하도 어마어마한데 눌리어 감히 앞으로 나서는 사람이 없었다.

한 진사는 학식이 있는 사람이고 또 갖은 경난을 당한 사람이라 '중상지하 필유용부(重賞之下必有勇夫)'란 말의 뜻을 잘 알고 있었다. 사람들을 위험한 일에로 불러일으키는 데는 후한 상금이 왕왕 결정적인 추동력으로 된다는 것을 잘 알고 있었다. 한 진사는 자신의 호소에 선뜻 호응하는 사람이 없는 것을 보고 실망하기도 하고 또 초조하기도 하였다. 50원 소리에 크게 놀란 아들이 나지막이 "아버님." 부르며 두루마기 소매를 지그시 잡아당기는 것을 뿌리치고 한 진사는 다시 한번 목청을 돋우어서 "없소? 아무두 없소?" 하고 물으며 누구를 찾기라도 하는 것처럼 사람들을 하나하나 둘러보았다.

이때다. 벌써부터 사나운 바다를 노려보며 우리 안에 갓 갇힌 들짐승처럼 안절부절못하던 씨동이가 아무 말 없이 윗도리를 홀떡 벗어서 땅바닥에 던지고 또 고의까지 땅바닥에 벗어 던졌다. 그 아버지 양 서방이 이것을 보고 눈이 휘둥그래져 가지고 쫓아와서 팔죽지를 덥석 잡고 "이놈아, 어쩔라구?" 하고 소리치니 씨동이는 잡힌 팔을 심술스레 홱 뿌리치고 바로 한 진사를 향하여 "댁 어구창고의 마닐라로프를 좀 쓰게 해 줍시오!" 하고 소리를 질렀다. 한 진사가 그 의취를 선뜻 짐작하고 "오냐, 그래라." 대답한 뒤 곧 아들을 돌아보고 "빨리 가 열어 줘라." 하고 분부하였다.

한 진사 댁 어구창고의 바다를 향한 함석문이 지체 없이 활짝 열렸다. 우 몰려들어간 사람들이 아름드리 밧줄 감개에 가득 감긴 신품 마닐라로프를 줄줄 풀어내 왔다. 속옷 바람의 씨동이는 잽싸게 로프 끝을 받아 쥐고 로프가 등판에서 서로 어긋나도록 양어깨에 갈라 메고 또 허리를 한번 든든히 동여매었다. 긴 꼬리처럼 로프를 뒤에 끌며 파도의 비말이 탄막같이 뿌려쳐서 물판이 된 잔교 끝에 잠시 섰다가 낮은 파도 골이 밀려닥치는 순간 몸을 날려 첨벙 물속에 뛰어들었다.

양 서방은 자기 아들이 파도 마루에 높이 올리뜨는 것을 보고 "아!" 하고 입을 딱 벌렸다가 금세 또 파도 골에 떨어져 내려가 보이지 않게 되자 숨이 막혀서 헉 소리를 삼키며 눈을 꽉 감았다. 씨동이의 형 원동이는 여느 장정 서넛과 함께 로프를 소방대의 호스처럼 잔교 끝까지 미끄러지며 자빠지며 끌어다가 두둑이 사려 놓고 동생이 헤어 나가는 데 지장이 없도록 연방 줄을 주었다.

선장이는 저의 숭배하는 선배와 행동을 같이 못 하는 것이 유감스럽고 또 염려스러워서 어린 속을 끓이며 왼새끼를 꼬았다. 선희는 씨동이가 파도 마루에 올리뜰 때마다 아슬아슬하여 제 동생의 손을 으스러지게 꼭 쥐었다. 그리고 씨동이를 여적 보잘것없는 한낱 후보 배꾼으로 보아 온 자신의 생각이 얕고 얇았음을 깨닫고 뉘우쳤다. 한 진사는 씨동이가 무사하기를 빌고 또 성공하기를 바랐다.

한성진은 '돈이 과연 무섭구나' 하고 새삼스레 감탄해 마지않는 한편 신품 마닐라로프가 물에 들어가 중고품이 되는 것을 생각하고 가슴을 앓았다. 그것이 현금 50원보다 손실이 더 컸기 때문이다. 정실이는 땅바닥에 벗어 버린 씨동이의 고의적삼이 바람에 부대끼어 똘똘 말려서 굴러가는 것을 따라가 잡아 가지고 털어 개켜서 덜덜 떨며 서 있는 씨동이 어머니를 갖다주었다. 쌍년이의 마음눈에는 시커먼 소도둑놈같이 생긴 씨동이가 옛이야기에 나오는 신라의 화랑과도 같이 잘나 보이고 또 장해 보였다.

한편 씨동이는 '내가 가 닿을 때까지만 버텨다우, 제발 제발 배가 뒤집히지만 말아다우' 이렇게 속으로 빌며 헤어 나갔다. 떴다 가라앉았다 하면서 구명용의 로프를 꽁무니에 길게 끌고 억척스럽게 헤어 나갔다.

4

바닷가에 몰켜 선 사람들이 제각기 목을 늘이고 발돋움을 하고 바라보는 가운데 물이 들어와 거의거의 가라앉게 된 배에서 기운이 탈진하여 가로세로 쓰러진 사람들이 겨우 고개를 쳐들고 눈이 빠지게 지켜보는 가운데, 씨동이가 죽을힘을 다하여 헤어 나가다가 벌린 입으로 왈칵 쏟아져 들어오는 간물 한 모금을 착실히 먹고 물속에서 진저리를 쳤다. 그러나 칼 물고 뜀뛰기였다. 어쨌든 조난한 배에까지 헤어가 닿아야 하였다. 씨동이가 젖 먹은 힘을 다하여 헤어 나가다가 사람을 공기 놀리듯 하는 격랑 속에서 기운이 진하여 죽은 물고기 모양으로 배를 위로 하고 물 위에 벌렁 자빠졌다.

잔교 끝에서 연방 줄을 주며 긴장해 지켜보던 원동이가 저의 동생이 위태롭게 된 것을 알자 곧 뒤에서 거드는 동무들에게 소리쳐서 서넛이 함께 달려들어 주던 줄을 도로 사리기 시작하였다. 눈을 감고 물 위에 자빠져서 숨을 돌리던 씨동이가 허리에 맨 로프가 갑자기 팽팽해지는 것을 느끼고 얼른 다시 몸을 뒤치어 물 위에 엎드린 뒤 고개를 비틀고 뒤를 돌아보며 한 손을 쳐들어 연신 흔들었다. 그러자 팽팽하던 로프가 금세로 느슨해지는 것이 알리었다. 원동이가 동생의 신호를 바로 이해하고 사리던 줄을 얼른 다시 주기 시작한 것이다.

이때 뭍에서는 눈도 깜박 않고 이 광경을 바라보던 쌍년이가 필시 무슨 사고가 난 줄 알고 어마지두에 씨동이 어머니 곁에 와 딱 달라붙었다. 정실이는 아까부터 저편에 붙어 섰던 까닭에 각성받이 노소 세 여자가 저들도 모르는 사이에 한데 뭉치었다.

씨동이가 물결에 복대기며 간신히 한 손을 뻗치어 요동치는 뱃전을 붙잡으니 배 안에 지쳐서 늘어졌던 네 사람 중의 두 사람이 일시에 손을 내밀어 씨동이의 미끈미끈한 팔뚝을 부여잡고 끌어올리려고 애를 썼다. 그 두 사람은 점순이 작은삼촌과 점순이 오래비였고 또 기신을 못 하는 두 사람은 점순이 아버지와 점순이 큰삼촌이었다. 씨동이가 그제는 두 손을 다 써서 뱃전을 부여잡고 몸을 불쑥 솟구쳤다. 그 통에 배가 휘뚝하여 하마트면 뒤집힐 뻔하였다. 씨동이가 배에 기어오르는 결에 우선 먼저 허리에 동여맨 로프부터 끄르는데 물에 젖은 로프가 좀처럼 잘 끌러지지를 않았다. 점순이 작은삼촌과 점순이 오래비가 번갈아 달려들어 애를 무진 써 보았지만 종시 끌러지지 아니하여 마침내 끄를 것을 단념하고 그대로 로프를 대여섯 발 잘되게 더 사려서 제각기 팔에다가 감고 또 허리에다도 둘렀다.

네 사람이 한 줄에 묶인 죄인 모양이 되어 가지고 다시 엎드린 뒤에 씨동이가 로프를 오라지듯이 진 채 두 다리를 든든히 버티고 잔교를 향하여 손을 흔드니 잔교 끝에서 대기하던 원동이와 그 외의 서너 사람이 성수가 나서 "이여차, 이여차!" 줄들을 당기기 시작하였다. 바닷가에 몰켜 서서 간을 줄이던 남녀노소가 이것을 보자 우 달려들어 장관의 줄다리기를 하는데 선장이를 비롯한 크고 작은 아이들은 물투성이가 되며 잔교로 내달아서 엎드러지며 곱드러지며 줄들을 당기었다.

일직선으로 끌려오는 배가 파도 속을 마구 꿰뚫으다시피 하는데 배 위의 물초가 된 사람들은 로프를 놓칠까 봐 죽어라 하고 매달렸다. 꺼칠꺼칠한 로프에 마구 쏠리어 껍질이 벗겨져서 피가 나는 것도 다 몰랐다. 상사말처럼 날뛰는 조난선을 배꾼 여럿이 달려들어 가까스로 잔교 옆댕이에 끌어다 매 놓고 반죽음이 된 사람들을 하나씩 하나씩 끌어올렸다. 맨 나중에 로프에 매인 씨동이가 힘겨웁게 잔교에 올라서서 비틀비틀하니 원동이가 두 팔을 벌리고 달려들어 동생을 얼싸안았다.

아차아차하게 목숨들을 건진 점순이 아버지 — 리 서방네 네 식구가 이웃 사람들의 부축을 받으며 집으로 돌아가고 또 씨동이가 젊은 배꾼들의 도움을 받아 로프를 끌러 놓고 저의 형 원동이와 함께 집으로 돌아갈 때 한 진사가 씨동이 아버지를 불렀다.

"여보게, 양 서방. 나 좀 보세."

"네."

대답하고 양 서방은 앞으로 나와서 허리를 굽실하였다.

"자네가 아들 하나 잘 두었네."

"원, 별말씀을 하십니다. 진사님."

"아니야, 참말이야. 공부를 시켰더라면 좋았을걸…… 그리되지 못한 게 유감일세."

양 서방은 말없이 그저 허리만 한 번 또 굽실하였다.

"자네 아들을 이따 내게루 좀 보내게."

"네, 진사님." 하고 양 서방은 황송하여 또 한 번 허리를 굽실하였다.

한 진사가 먼저 집에 돌아와 작은사랑에 앉아서 돋보기를 쓰고 기차로 550리를 오느라고 하루 늦게 배달되는 그날 신문 —〈조선일보〉를 보는 중에 일꾼들을 데리고 물에 젖은 마닐라로프의 뒷거둠질을 하느라고 지체된 아들이 돌아와서 곧바로 안에 들어가 옷을 갈아입고 다시 안사랑으로 나왔다. 한 진사가 돋보기를 벗어서 신문과 함께 장판 바닥에 내려놓으며 벽 쪽으로 모 꺾어 앉는 아들을 보고 "뒷거둠을 다 하구 들어오는 거냐?" 하고 물으니 아들은 "네, 대충 다 치우구 들어왔습니다. 우선 그렇게 해 두었다가, 날이 들면 다시 널어 말려얍지요." 하고 대답하였다.

한 진사가 불콰한 얼굴에 만족한 빛이 가득해지며 "이애, 돈 50원으로 인명을 넷이나 구했다. 이보다 더 보람찬 일이 또 어디 있겠니." 하고 자랑스럽게 말하는데 아들은 '왜 50원입니까, 로프의 손료를 안 치십니까?' 말하고 싶은 것을 꿀꺽 참고 "네, 아버님께서 활인적덕을 하시면 자손들에게두 여택이 미칩지요. 다행한 일입니다." 입에 발린 수작을 하였다.

"내가 아까 양 서방더러 아들을 이따 좀 보내라구 말을 일렀다. 그 아이가 오거든…… 무어라더라 그 아이 이름이?"

"씨동이, 양씨동입니다."

"오, 그래 씨동이. 씨동이가 오면 내가 손수 상급을 주어야겠으니…… 미리 네가 준비를 좀 해 두어라."

"네, 알았습니다. 빨락빨락한 새 돈으루, 5원짜리 열 장을 마련합지요."

새 돈이나 낡은 돈이나 화폐로써의 가치는 매일반인데 같은 값에 다홍치마로 아버지의 기분을 더욱 좋게 해 드리자는 생각에서 아들이 이렇게 말하니 한 진사는 "그러면이야 더욱 좋지." 하고 희색이 만면하였다. 한 진사가 다시 "그 녀석이 억척스럽더라. 난 꼭 잘못되는 줄만 알았다." 하고 감탄하여 말하니 그 아들은 "아, 50원이 어딥니까. 가난한 사람들이…… 목숨을 걸려구 않겠습니까." 하고 가볍게 말을 받왔다.

"아니야. 그럼 왜 다른 사람들은 엄두를 못 내니, 가난하기는 다 매 일반인데."

아들은 대꾸할 말이 없어서 한동안 잠자코 앉았다가 "그럼 전 이제 바깥사랑엘 좀 나가 봐야겠습니다. 서사가 기다리는데." 말하고 곧 일어나 큰사랑으로 나왔다. 큰사랑은 원래 한 진사가 썼으나 살림을 아들에게 쓸어맡길 때 저레 큰사랑까지 내주고 아들이 쓰던 작은사랑으로 거실을 옮겼다.

씨동이는 어머니가 끓여다 주는 뜨거운 토장국 뚝배기에 조밥 한 사발을 다 말아서 마파람에 게 눈 감추듯 먹어 치운 뒤에 어머니가 갖다 덮어 주는 헌 이불 쪼각을 푹 뒤집어쓰고 아랫목에 누워서 코를 골며 잠 한숨을 옳게 잤다.

씨동이가 눈을 뜨고 덮었던 이불을 젖히려는데 팔꿈치에 부딪치는 것이 있어서 고개를 돌려본즉 옆에 형 원동이가 눈을 뜨고 번듯이 누워 있었다.

"어떠냐 좀. 괜찮냐?"

형의 묻는 말을 "이젠 괜찮소. 아까는 꼭 죽을 것만 같더니." 씨동이가 대답하며 보니 빨아 손질한 헌 적삼을 앞에 놓고 앉았는 웃방의 어머니와 아랫방 윗목에 앉아서 그물바늘을 깎는 아버지 사이에 말이 오가고 있었다.

"그 애 적삼이라구 이것밖에 없으니 어떡허면 좋아요?"

"그럼 적삼두…… 내 걸 입혀 보내지."

"아무려나 그렇게 합시다. 대가리가 커다란 녀석이 고의적삼 한 벌이 없어서 아버지 걸 얻어 입구 다녀야 하다니…… 참."

"양말은 있겠소?"

"그 애가 언제 양말 신어 본 적 있나요? 동삼에두 맨발루 달아다니는 녀석이."

"양말두 안 신구 염체 어떻게 진사님 댁엘 들어간담?"

"누가 아니래요."

"큰애구 작은애구 당신 언제 양말 사 신겨 본 적 있으세요?"

아버지가 쓴 듯이 입맛을 쩍 다시니 어머니는 가볍게 한숨을 쉬었다. 씨동이가 벌떡 일어앉으며 웃방에 앉았는 어머니를 바라보고 "엄마, 아버지하구 지금 무슨 의논들 하우?" 하고 물었다.

"너 한 진사 댁에 가는데 입혀 보낼 게 마땅찮아 그런다."

씨동이가 대번에 "미쳤소. 한 진사 댁엔 왜? 난 안 가우." 하고 왼고개를 치니 아버지는 놀라서 눈을 크게 뜨며 "뭐라구?" 묻고 어머니는 "너 정신이 나가잖았니?" 하고 어이없어하였다. 누워 있던 원동이가 벌떡 일어나 앉아 동생의 얼굴을 들여다보며 "너 정말이냐?" 미심쩍어 물었다.

"치사스레 거긴 무엇하러 간단 말이요."

"치사스럽긴 뭐가 치사스러워? 좋은 일 하구 상급을 타는 게 치사스러워? 그 자식 장히 어쭙잖다."

아버지가 나무라는데,

"이 녀석아, 너 언제나 지각이 좀 나겠니. 50원이면 입쌀이 여덟 가마야, 입쌀이 여덟 가마. 일 년 열두 달 쌀 구경을 못 하구 사는 주제에 또 들어오는 복을 차던져? 에미가 밤낮을 가리잖구 뼈 빠지게 일해서 너희들 뒤치닥거리하느라구 시집온 지 20여 년에 이날 여적 주사니것 한 벌 못 얻어 입어 봤다. 에미 불쌍한 생각두 좀 못 하느냐."

어머니가 푸념을 섞어 가며 긴사설을 늘어놓으니 원동이는 말참례를 아니 하구 한옆에 잠자코 앉아서 눈만 끔벅끔벅하였다.

"엄마가 아무리 불쌍해두 인끔이 떨어질 일은 나 못 하겠소. 죽는 사
람을 구하는 데 상급은 다 뭐야, 개콧구멍같이! 상급이 없었다면 사
람이 죽는 걸 눈앞에 보구두 가만히 서 있었겠구면."

"동이 닿지두 않는 소리 지껄이지 말아, 듣기 싫다!"

아버지가 어머니의 편을 들어 아들을 누르려 하니,

"동이 닿지 않긴 뭐가 닿지 않아요. 그래, 아버지는 내가 그 잘난 돈
50원 바라구 목숨을 건 줄 아시우? 내 목숨이 고작 쌀 몇 가마 값어
치밖에 안 간단 말이요? 긴말할 것 없이 나 그런 치사한 상급은 타러
가지 않을 테니 그런 줄들 아시우."

잘라 말하고 씨동이는 훌쩍 일어나 방문을 열고 밖으로 나왔다.

원동이가 뒤에서 "어딜 가니?" 물어서 "나가서 바람이나 좀 쏘일라
우." 씨동이가 대답하니 "그럼 좀 가만있거라. 나하구 같이 가자." 하고
원동이도 따라 일어났다.

오후가 되면서 바람은 좀 뜨음해졌으나 하늘을 뒤덮은 헌 이불솜같
이 어지러운 구름장들은 여전히 뭉텅이가 졌다, 쪼각이 떨어졌다 하면
서 북으로 북으로 계속 밀려가고 있었다. 땅이 워낙 모래땅인 데다가
이르는 곳마다에 조가비들이 깔려 있어서 비가 와도 발에 흙 한 점이
묻지 않는 까닭에 왜관의 포장도로가 부러울 것이 없을 정도로 정취
그윽한 어촌 풍경이건만 이날은 바닷가를 헤매는 노인네와 아낙네와
아이들의 울음소리가 듣는 사람의 창자를 끊었다. 돌아오지 않는 남편
을 부르면 무엇 하고 돌아오지 않는 아들을 울면 무엇 하고 돌아오지
않는 아버지를 찾으면 무엇 하랴. 그 소리가 듣기에 너무 애처로와서
씨동이가 미간을 찌프리고 발길을 사대 쪽으로 돌렸다.

사대는 낙락장송이 빽빽이 들어서서 바람이 부는 날은 송도 소리가 더우기 처량하였다. 사대는 이 나라가 이족의 철제하에 망하기 전에 묵은 통치 계급이 죄수들을 끌어내다 목을 자르던 곳 — 사형장이다. 그래서 솔가지를 건너는 바람 소리가 원귀들의 울음소리와도 같이 처량한가? 사대를 지나 내려가면 유명한 석유회사 — 라이징썬의 성곽같이 어마한 석유 저장고들. 거기를 지나서면 백사청송에 해당화가 점점한 명사십리다.

원동이가 한동안 잠자코, 키도 저보다 귀에서 위 하나 더 크고 몸집도 월등 더 우람한 동생을 따라오다가 명토 없이 "너 잘 생각해 봤니?" 하고 물어서 씨동이는 노량으로 걷는 걸음을 멈추지 않고 고개만 조금 돌이키며 "뭐 말이요?" 하고 되물었다.

"상급 타러 가는 거 말이다."

"나 아까 다 말했는데 무슨 말을 또 하라우."

"넌 엄마가 불쌍하지두 않니?"

씨동이는 못 들은 체하고 그냥 걸어가기만 하였다. 한동안 기다려도 아우가 대척을 않는 것을 보고 그 멧돼지 같은 곧은목성질을 잘 아는 원동이가 제풀에 마음을 눙쳐서 "모르겠다. 똥집대루 해라. 네 일인데 네가 알아 하겠지." 하고 펼쳤던 책장을 도로 덮어 버렸다.

형제가 심심파적으로 거니는 길가에 원두밭 하나가 나섰다. 점순이 할아버지가 여름 한철은 원두막에서 노상 시묘를 살다시피 하였으나 이날은 아들 삼 형제와 맏손자가 거의 죽다가 살아오는 통에 원두밭을 돌아볼 경황이 없었다. 씨동이가 바로 저의 밭 드나들듯이 버젓이 드러내 놓고 원두밭에 들어가 줄참외 대여섯 개를 익은 것으로 골라 따서 앞섶에 안고 나왔다. 둘이서 껍질도 벗기지 않고 그대로 우적

우적 먹으면서 서로 돌아보고 웃었다. 앞에서 발 가는 대로 따라가는 씨동이가 "점순이 할아버지, 그 고불이가 나 참외 서리한다구 혼 한 번 단단히 내놓겠다구 벼른다더니…… 인젠 벙어리 냉가슴이나 앓게 됐소." 하고 큰소리로 지껄이고 하하 웃으니 원동이도 따라 웃으면서 "참외값을 아들 값으루 엇셈하자지." 하고 같이 너덜거렸다.

정작 상급을 타러 갈 당자가 싫다고 도리머리를 흔드는데 곁다리들이 나서 보았자 아무 소용없겠기에 양 서방은 하릴없이 아들 대신 한 진사 댁에 가 사유를 말씀드리고 사과를 하지 않을 수가 없게 되었다. 그들 내외는 작은아들의 외고집을 꺾지 못한다는 것을 익히 아는 터였다. 양 서방이 주니가 나서 자꾸 망설망설하며 한 진사 댁 문턱을 넘어서 바깥마당에 들어서니 큰사랑 모서리방에서 미닫이문 한 짝을 열어 놓고 앉아 무슨 적바림을 하고 있던 서사 최 선생이 웃으며 내다보고 상가롭게 물었다.

"양 서방, 왜 혼자 오시우? 아들은 안 데리구."

최 선생은 나이가 한 마흔쯤 된 사람으로 홀쭉한 얼굴에 두 귀가 유난히 발쪽하여 흡사 우승컵에 달린 손잡이 같았다. 양 서방이 무춤무춤하면서 "아…… 네, 저…… 진사님 댁에 기신가요?" 하고 어려운 말 문듯이 물으니 서사는 손에 들었던 붓을 내려놓고 "가만 좀 기시우. 부자분 다 지금 작은사랑에 기신데, 내 먼저 들어가 연통을 하오리다." 말하고 곧 일어나 나와 신발을 신고 마당으로 해서 뒤채로 들어갔다.

잠시 후에 최 선생이 다시 나와 들어오라고 하여 그 뒤를 따라 들어간즉 작은사랑에 아들하고 엇비슥이 마주 대하고 앉아서 열어 놓은 미닫이문으로 내다보던 한 진사가 적이 괴이쩍은 듯이 "자네 어째 혼자 오나?" 하고 소리하였다. 양 서방이 뜰아래 서서 허리를 굽실하고 말이 나오지 않아 우물쭈물하니 한 진사는 다시 "어서 올라오게." 말한 다음 뜰아래 그저 서 있는 서사더러 물러가라고 손짓을 하였다. 양 서방이 몹시 어줍은 태도로 "여기서 그냥 잠깐 말씀을 여쭙구 가겠습니다." 하고 또 한 번 허리를 굽실하였다. 까닭을 모르는 한 진사는 "무슨 말인고?" 하고 양 서방의 입을 물끄러미 바라보았다.

"말씀 여쭙긴 황송합니다만……. 저의 그 작은 녀석의 말이, 상급을 바라구 한 일이 아니니까……."

"뭐시?" 하고 한 진사가 저의 귀를 의심하듯이 눈을 크게 뜨고 고개를 비트니 양 서방은 더욱 몸 둘 바를 몰라 하며 "죄송합니다." 하고 또 허리를 굽실하였다. 한성진이가 옆에서 듣고 속으로는 '이키, 50원이 굳나 보다' 생각이 들었으나 내색은 하지 않고 곧 출반좌하며 "상급을 바라구 한 일이 아니니까…… 상급을 타러 오지 않겠다는 말이요?" 하고 아버지 대신 말을 물었다.

"네, 말하자면 그런 뜻입지요."

양 서방의 이 대답을 듣고 한 진사 부자는 서로 얼굴을 마주 보고 한동안 말이 없었다. 한 진사는 생후 처음 당하는 경계라 어안이 벙벙하였다. 그 아들은 50원이 확실히 굳은 것을 알고 얼굴에 기뻐하는 빛이 나타날까 봐 조심을 해야 하였다.

"그럼 전 이만 물러가겠습니다. 죄송합니다. 안녕히들 기십시오."

양 서방이 죽지 부러진 새 모양을 하고 얼음 위를 건너는 것처럼 조심조심 걸어 나가는 것을 멍하니 바라보고 앉았던 한 진사가 꿈꾸다가 깬 때와 같은 태도로 "개천에서 용이 나는구나!" 하고 허공을 바라보며 탄식하였다. 옆에서 아들이 아버지의 눈치를 살피다가 "어떡허시겠습니까?" 하고 물으니 그 아버지는 아들을 돌아보며 "어떡허다니?" 하고 되물었다.

"당자가 싫다는 거야 할 수 없잖습니까. 우리가 식언을 하는 것두 아
닌 게구."

"그게 될 말이냐. 사리를 밝혀 타일러서, 어떻든 받도록 해야지. 뺏던
칼을 그대루 꽂는 건 사내로서 견모야. 세상에서 무어라구 하겠니."

아들이 더 말을 못 하고 지수굿해 앉았는 것을 보고 한 진사는 다시
"서사를 불러라." 하고 분부하였다.

씨동이가 형하고 둘이서 피천 한 잎 없는 주제에 장마당까지 한 바
퀴 돌아보고 나오다가 장래 형수 — 원동이의 약혼녀 — 의 오래비를
만나서 형을 떼어 놓고 저만 혼자 집으로 돌아왔다. 집 근처에 거의 다
와 골목 안에서 나오는 한 진사 댁 서사 최 선생과 마주쳤다. 최 서사
가 먼저 빙글거리면서 "씨동이 너 이젠 다 컸구나. 색싯감 하나 말해
주랴." 하고 전에 없이 친근스레 굴었다.

"어딜 갔다 오시우?"

"네 색싯감 말하러 갔다 온다."

"사람을 놀리지 마시우."

"미덥잖거든 너의 집에 가 물어보렴, 내 말이 거짓말인가."

씨동이가 씩 하고 고개를 외치니 최 서사는 능갈치게 웃으며 가는
말소리로 "인석아 조심해, 괜히 그러다가…… 야마다 귀에 들어가면
너 졸경 친다." 말하고 씨동이의 어깨를 한번 툭 치고 가 버렸다.

씨동이가 집에 와 보니 어머니와 아버지의 눈치가 별나게 서먹하여
"최 서사가 여긴 왜 왔댔소?" 하고 넘겨짚으니 어머니 아버지는 대번
에 수그러지며 아버지가 나서서 실토하기를, 최 서사가 한 진사의 부
탁을 받아 가지고 와 중언부언 타이르며 억지로 떠맡기는 바람에 할

수 없이 받았다고 말하고 나서 "옜다. 네 께니 네 맘대루 해라." 하고 개켜 얹은 이불 갈피에 끼웠던 돈 봉투를 도로 꺼내 주었다.

씨동이가 골이 나 혀를 쯧 차고 아버지가 건네는 돈 봉투를 채듯이 받아 쥐고 꼿꼿이 한 진사 댁으로 달아왔다. 대문간에서 마침 바스켓을 들고 나오는 한선희와 마주쳤다. 선희는 꿈 많은 시절의 여학생이다. 선희의 눈에 어제까지도 한낱 후보 배꾼으로밖에 보이지 않던 씨동이가 이제는 헤라클레스 — 희랍신화에 나오는 용사로 변하였다.

선희가 먼저 반색을 하며 "할아버지, 아버지 다 지금 안사랑에 기세요. 내 들어가 선통할게요." 말하고 곧 손에 들었던 바스켓을 땅바닥에 내려놓고 되돌아 들어가니 씨동이는 얼굴이 지지벌개지면서 "아니요. 아가씨, 잠깐……." 하고 불렀다. 선희가 발을 멈추고 돌아보니 씨동이는 손에 들고 온 돈 봉투를 팔을 늘여 바스켓 위에다 놓은 다음 선희를 한번 쳐다보았다. 그리고 돌아서서 시적시적 걸어가다가 담모퉁이까지 와서는 무엇이 따라오기라도 하는 것처럼 갑자기 들고뛰었다.

5

이날 원산항의 바닷물은 유사 이래 처음으로 무지하게 무거운 짐을 떠받쳐야 하였다. 시민들에게는 사전에 통고 없이 수십만 톤의 함정이 들이닥친 것이다. 일컬어 대일본제국의 연합함대라는 것이 군용을 정제하고 위압적으로 입항 즉 기항을 한 것이다. 배수량 3만 6천 톤의 초노급함들인 '무츠', '나가도'를 비롯한 무려 30여 척의 전함, 순양함, 구축함, 잠수함 따위들이 정박할 자리가 모자라 항구 밖 멀리에까지 넘쳐

났다. 이 일대 장관을 이룬 진회색의 수상 요새들을 목도한 시민들은 공연히 들떠나 이리 닫고 저리 닫고 하면서 서로 소식을 전하고 또 제각기 억측을 지껄였다.

선장이네 새로 지은 학교에서는 휴식시간에 3층 꼭대기 ― 옥상에 올라가 어정거리던 아이들이 먼저 아래다 대고 소리를 쳐서 숱한 조무래기들이 방화 훈련을 하는 기세로 헐레벌떡 옥상으로 뛰어올라왔다. 바다로 향한 쪽 철망 난간에 아이들이 뽕나무의 오디처럼 다닥다닥 열려 가지고 와글와글 떠드는 중에 홍돼지라는 별명을 가진 엿방 집 아들이 "저 꼬부랑굴뚝 달린 게 사령관이 탄 군함이다." 하고 가장 아는체를 하니 한은희가 옆에 섰다가 놀라는 기색으로 "그걸 너 어떻게 아니?" 하고 물었다. 그 군함은 무지스럽게 굵은 연통이 모두 둘인데 그중 하나는 마도로스파이프 모양으로 허리가 꾸부정하게 휘었다.

"나 안다."

"그럼 꼬부랑굴뚝 달린 군함이 모두 둘인데…… 어느 게 사령관이 탄 거냐?"

"저 왼쪽 거."

"그럼 이 오른쪽 건?"

"그건 사령관 마누라가 타는 거다." 하고 홍돼지가 세상만사를 무불통지하는 것처럼 서슴없이 잘라 말하니 저쪽 옆에 섰던 약방집 아들이 그 아는체하는 것을 뇌꼴스럽게 보았던지 "아니다, 그건 홍돼지가 타는 거다." 하고 시까슬렀다.

홍돼지가 대번에 "죽고 싶니?" 하고 눈방울을 굴리니 약방집 아들은 비아냥스럽게 "살구 싶다." 말하며 얼굴을 되들고 턱을 내밀었다. 은희가 "그러다 쌈하겠다, 고만들 둬라." 하고 말리는 것을 뒤에 섰던 선장이가 도리어 "뺑덕할미 이긴다." 하고 약방집 아들의 편을 들어 부추기니 홍돼지는 더욱 골이 나 선장이를 돌아보며 퉁방울눈을 뒤룩거렸다. '뺑덕할미'는 약방집 아들의 별명이다.

이때 상학종이 요란하게 울려서 아이들은 구경이고 아귀다툼이고 다 중동무이하고 눈사태처럼 와 승강구로 몰리었다.

선장이가 이날 하학종이 나기가 바쁘게 급급히 집으로 달아오다가 집 근처 거의 와서 앞길에 감자 담은 다래끼를 머리에 이고 두 손 놓고 한드작거리며 가는 정실이를 따라잡게 되었다.

"누나!"

선장이의 부르는 소리를 듣고 정실이는 걸음을 멈추며 곧 한 손으로 다래끼의 전을 부여잡고 몸을 틀고 뒤를 돌아보았다. 선장이가 그 코 앞에다 책보를 불쑥 내미는데 책과 함께 싼 빈 도시락 속에서 반찬 그릇이 달칵달칵 소리를 내었다. 정실이는 엉겁결에 손을 내밀어 책보를 받다가 임을 인 채 허리가 휘뚝하는 바람에 "어머!" 입속으로 짧게 소리치고 곧이어 "어딜 또 가려구?" 하고 나무라는데 선장이는 못 들은 체하고 몸을 돌쳐서 잔교 쪽으로 달아갔다.

정실이가 그 등 뒤에다 대고 "외갓집 할머니가 편찮다구 엄마가 아까 가면서…… 너 돌아오거든 곧 보내라더라." 하고 소리치니 선장이는 부지런히 달아나면서 뒤도 돌아보지 않고 "몰라!" 외마디 대답을 홀뿌렸다. 선장이는 배를 타고 가까이 가서 그 굉장한 군함들을 자세히 좀 구경할 생각이 긴하였던 것이다.

선장이가 잔교에를 나와 보니 씨동이가 웃통을 벗고 저의 야거리에 퍼더앉아 그물을 뜨고 있었다. 선장이가 허리를 꼬부리고 발끝으로 고양이 걸음을 걸어가다가 갑자기 그 야거리 위에 쿵 뛰어내리니 야거리가 뒤뚱하는데, 누군가 하고 씨동이가 고개를 들었다.

"형님, 군함 구경 갑시다."

"군함 구경? 난 이 그물을 떠야지."

씨동이가 짐짓 딴전을 피우니 선장이는 들은 체도 않고 "빨리빨리!" 재촉하며 달려들어 잔교에 매인 뱃줄부터 끄른 다음 상앗대를 집어 들고 잔교를 내질러서 배를 떠웠다. 씨동이가 싱긋 웃고 뜨던 그물을 한옆으로 밀어 놓고 일어나 두 손으로 노를 들어다가 노젖에 얹을 때 닻을 내린 군함들이 웅긋웅긋 떠 있는 어름에서 풍편에 '군함행진곡'을 취주하는 군악 소리가 들려왔다. 그 소리를 듣고 선장이가 더욱 몸을 달구며 "언제 노질하구 있겠소, 돛을 달아야지!" 하고 발을 구르니 씨동이는 "그 자식 급하긴 우물에 가 숭늉 찾겠네. 돛은 저만큼 나가서야 달지, 여기서 어떻게 달아?" 핀잔을 주고 시적시적 노질을 시작하였다.

이윽고 시르죽은 마파람을 엇비슥이 받아서 돛을 올린 야거리가 천천히 반원을 그리며 미끄러져 나가는데 씨동이는 고물에 앉아서 한 손에 키를 잡고 또 한 손에 돛줄임줄을 잡았다. 이물에 서 있는 까닭에 돛에 가리어 보이지 않는 선장이를 돛을 사이에 두고 씨동이가 놀려 주었다.

"선장아, 군함이 그렇게 보구 싶어서 너 오늘 공부는 어떻게 했니?"

선장이가 그 말에는 대꾸를 아니 하고 "쩌쩌, 어디루 가우?" 하고 배의 나가는 방향이 비뚤어지는 것을 탄하였다. 선장이는 형이 없는 까닭에 씨동이를 형으로 알고 따르고 또 씨동이는 동생이 없는 까닭에 선장이를 동생으로 여기고 사랑하는 터였으므로 무슨 일을 하거나 그들 둘은 손이 척척 맞았다.

선장이가 달리는 배 위에 박은 듯이 서서 차츰 커지는 군함들을 바라보고 있는 중에 전방에 물수리 한 마리가 쏜살같이 날아내려오더니 날개로 물을 치고 눈 깜박할 사이에 다시 날아올라가는데 그 발톱에 움킨 고기란 놈이 펄떡거리는 것이 똑똑히 보였다.

이때 제일 가까운 군함의 그늘에서 고물에다 붉은 햇살이 사방으로 뻗은 군함기를 단 모터보트 한 척이 달려오더니 엔진 소리를 요란스레 울리며 쏜살같이 쫓아왔다. 선장이와 씨동이가 다 어리둥절하는 동안에 모터보트는 벌써 뱃머리 가까이까지 와 멋들어지게 급커브를 꺾어 돌면서 그 위에 수병 하나가 야거리를 돌려세우라고 손짓을 하였다. 모터보트가 일으키는 세찬 물결에 손바닥만 한 돛배가 갑자기 크게 들노는 바람에 선장이는 하마트면 넘어질 뻔하였다.

모터보트는 속력을 푹 줄이며 한바퀴 빙 둘러 오더니 뱃전이 서로 맞닿을 만큼 바싹 가까이 와 달라붙었다. 모터보트에는 승조원이 기관사까지 모두 셋인데 그중 아까 손을 내젓던 수병이 선장이를 잠시 바라보고 나서 저의 동료 수병을 돌아보며 저의 말로 "고놈 똑똑하게 생겼지." 말하고 둘이 같이 웃은 뒤에 다시 선장이를 향하여 "몇 살이지?" 하고 역시 일본말로 물었다. 선장이가 "열한 살." 하고 대답하니 그 수병은 싱글거리며 다시 "겡카 스키까?(쌈을 잘하니?)" 하고 두 주먹을 쥐고 권투하는 시늉을 해 보였다. 선장이가 그렇다는 뜻으로 고개를 까댁까댁하니 모터보트의 일본 수병들은 기관사까지 서로 돌아보며 한바탕 와하하 웃어 대었다.

말을 묻던 수병이 "이젠 고만 돌아가라. 이 이상 더 들어오면 안 된다." 하고 타이르듯 말을 이른 뒤에 모터보트는 다시 폭음을 울리며 꼿꼿이 되돌아갔다. 그 수병이 쓴, 앞에 채양이 없는 대신에 뒤에 까만 댕기가 둘이 달린 수병모에 금자로 가로 쓰인 '대일본제국해군' 일곱

자가 어째서인지 선장이 눈 속에 오래도록 남았다.

구경을 못 하고 소풍만 하고 돌아오는 길에 선장이가 고물로 기어와서 키를 잡은 씨동이와 마주 앉아 한동안 두서없이 지껄였다.

"그 모터보트 빠르지?"

"해군에서 쓰는 건데 안 빠르구 어쩌겠니."

"난 우릴 잡으러 오는 줄만 알았소."

"설마한들 가만있는 놈을 맹탕 잡아가기야 하겠니."

"스미레(제비꽃) 하는 게 그 에미군함의 이름인가 보지?"

선장이의 말하는 '에미군함'이란 그 모터보트가 소속한 구축함을 일컫는 것이다.

"그렇겠지, 아마."

"그런데 왜 우리 조선엔 군함이 없소? 맨 그냥 배뿐이구."

"지금은 나라가 망했으니까 없지만…… 그전엔 있었다."

"그전에 언제?"

"임진왜란 때."

"임진왜란? 임진왜란이 뭐요?"

"여러 백 년 전에 왜놈들이 우리나라를 쳐들어온 일이 있었는데, 그때 우리나라의 유명한 해군 대장이…… 리순신 장군이 거북선을 무어 타구 나가서 왜놈의 군함들을 몰살시켜 놨다. 우리 리순신 장군 앞에서 제깟 놈들이 배겨 낼 게 뭐야."

씨동이가 입에 침이 마르도록 거북선이 대단한 것을 이야기하는데 선장이는 생전 처음 듣는 소리라 너무 놀라와서 눈을 동그랗게 뜨고 입을 딱 벌렸다. 씨동이의 말대로 하면 그 거북선만 있으면 이 수십 척의 일본 해군 연합함대도 반나절이 채 아니 걸려 다 바닷속에 처박을 수 있을 것만 같았다.

거북선 이야기에 정신들이 팔리어 모르는 사이에 잔교에 도로 와 닿게 되어서 씨동이가 돛을 내려 치우는 동안 선장이는 재빨리 밧줄 끝을 잔교에 치뜨려서 배를 매 놓고 그물 무데기 앞에 와 퍼더앉았다. 외할머니야 병이 나건 말았건 씨동이의 조력부터 할 작정이다. 이때는 세계에 그 정예를 자랑하던 무츠, 나가도와 같은 초노급함들도 다 석탄을 때서 증기의 힘으로 달렸으므로 현재와 같은 나일론 그물 따위는 아직 꿈도 꾸지 못하던 시절이다. 일수가 사나와서 돌고래 떼 같은 불한당들을 만나기만 하면 그물은 우박 맞은 상추밭 꼴이 되어 버리는 까닭에 배꾼들에게는 그물 또한 골칫덩이였다.

씨동이가 밀어 놓았던 일감 ― 그물 무데기를 도로 끌어다 펼치면서 "네 할 일은 없다. 옆에서 구경이나 해라." 하고 말하여 선장이는 잠시 무료하게 그물 뜨는 손만 지켜보고 앉았다가 문득 생각이 나서 "형님이 쌍년이네 집엘 드나든다구 말들 합디다. 거긴 드나들어 무어 하우?" 하고 물었다. 씨동이는 의외의 말을 듣는 것처럼 일손을 멈추고 선장이의 얼굴을 물끄러미 바라보다가 "누가 그러디?" 하고 되물었다. 선장이가 "다들 그럽디다, 쌍년이네 집엘 드나든다구." 대답하니 씨동이는 한참 만에 "맞다, 드나든다." 하고 고개를 끄덕끄덕하였다.

선장이가 괴상하게 생각하여 재차 "거긴 드나들어 무어 하우?" 하고 물으니 씨동이는 난당한 얼굴을 하고 한참 생각해 보다가 "볼일이 좀 있어서 그런다." 하고 얼버무렸다. 선장이가 아직 철이 덜 든 까닭에 그 말만으로는 납득이 잘 가지 않아서 좀 더 똑똑히 알려고 "볼일이란 게 무슨 일이요?" 하고 꼬치꼬치 캐어물으니 씨동이는 열적은 웃음을 씩 웃고 나서 "임마." 하고 어깨를 한번 툭 치고 "지금은 말해두 넌 잘 모른다. 이담에 크면 자연히 알게 될 게다." 하고 먼 훗날로 미루어 버렸다.

댓 달 전의 일이다. 씨동이가 봄바람에 공연히 마음이 싱숭생숭해나서 으스름달밤에 쌍년이네 집 근처를 물매미처럼 자꾸 뱅뱅 돌다가 도저히 더 참을 수가 없는 지경에 이르러서 마침내 큰맘을 먹고, 울타리 대신에 노가주나무의 유목들을 둘러 심은 마당 안에 발을 들여놓았다. 한동안 박은 듯이 서서 불빛이 환히 비친 정지를 바라보다가 주니가 나서 그만두고 돌아설까 어쩔까 망설인 끝에 하회를 보려고 헛기침 한 번을 하였다. 그러나 집 안에서는 잠잠하니 아무 기척이 없었다. 씨동이가 헛기침 한 번을 더 해 보았더니 그제는 동정이 있었다.

쌍년이가 앉아 있다가 일어서는 듯 일본 창호지를 곱게 바른 장지에 그림자가 어른거리더니 이내 장지 한 짝이 빠끔히 열리면서 그리로 쌍년이의 해끔한 얼굴이 나타났다. 씨동이가 용기를 북돋우고 두어 걸음 앞으로 나서니 쌍년이는 으스름달빛과 방에서 내비치는 전등 불빛에 씨동이를 알아보고 적이 놀란 목소리로 "웬일이요?" 하고 물었다.

"너 보러 왔다."

별미적은 씨동이 말을 "이 밤중에……" 하고 어쨌으면 좋을지 모르는 어투로 쌍년이가 받는데 씨동이는 긴말 않고 바로 섬돌에 올라와서 신발 명색 ─ 헌 고무신 두 짝을 벗어 놓고 맨발로 마루 위에 성큼 올라섰다. 쌍년이가 하릴없이 한옆으로 비켜서서 문길을 틔워 주니 씨동이는 별로 어줍어하는 기색도 없이 다다미방에 들어와 아무렇게나 펄썩 주저앉았다. 씨동이는 쌍년이의 얼굴이 장지 틈으로 나타나는 것을 보자 갑자기 담이 커져서 그때까지 울렁거리던 가슴이 저으기 가라앉았다. 쌍년이가 장지를 닫치고 제자리에 도로 와 살며시 쪼크리고 앉기는 않았으나 둘이 다 할 말이 없어서 한동안 소 닭 보듯 덤덤히 앉아만 있었다.

"내가 너를 보러 온 게 잘못이냐?" 하고 씨동이가 먼저 말시초를 내니 쌍년이는 입을 꼭 다물고 옷고름만 만지작거렸다. 한동안 기다려도 말이 없는 것을 보고 씨동이는 제풀에 소회를 털어놓는데 말투가 어지간히 무뚝뚝하였다.

"너는 눈치를 알았는지 모르겠다만…… 난 전부터 너를 좋아했다. 그렇지만 이젠 일이 이렇게 돼 버렸으니…… 어떡허니."

쌍년이가 고개를 다소곳하고 말이 없어서 씨동이는 한참 기다리다가 다시 말을 이었다.

"그래두 내 맘은 전이나 마찬가지로 변치 않았으니…… 이를 어쩌니. 그래 생각다 못해 네 말을 좀 들어 보려구, 이렇게 찾아왔다."

쌍년이가 그래도 대꾸를 아니 하니 씨동이는 답답증이 나서 "너 왜 말이 없니?" 따짐조로 물으며 앞으로 썩 다가앉았다. 그제야 쌍년이 입에서 "한번 엎지른 물을 다시 주워 담을라우?" 하고 야무진 말이 튀어나왔다.

"엎지른 물? 그러니까 이젠 아주 끝장이 났단 말이야 뭐야?"

"끝장은 무슨 끝장!"

"그럼?"

쌍년이가 홀제 고개를 들고 똑바로 보면서 "남 속 뒤집어지라구…… 그런 말 하러 오밤중에 찾아왔소?" 하고 매원을 내놓으니 씨동이는 당황하여 "괜한 소리 말아. 내가 미쳤다구 네 속을 뒤집으러 와?" 하고 아니라는 발명을 하였다.

"그럼 왜 왔소?"

"네가 보구 싶어 왔지."

"내가 보구 싶어서……."

"난 지금이라두 너하구 둘이서 어디 먼 데…… 아무두 모르는 데 가 살았으면 좋겠다."

"미쳤소."

"나진인가 어딘가 가면 벌이가 좋다던데……. 그런 데 가 단둘이 살 면 좋지 않아?"

"꿈 같은 소리 하지두 마오. 우리 엄마를 두구 내가 어디를 가? 그 엄 마 하나 모실 길이 없어서…… 내가 오늘날 요 모양이 됐는데."

"그럼 엄마까지 모시구 가면 되잖아. 차에 오를 때랑은 내가 업구 올 라두 되지 뭐."

쌍년이가 하도 우습강스러워서 "한입 건사두 어려운 주제에 또 우 리 엄마까지." 말하며 킥 웃으니 씨동이도 열적게 따라 웃으면서 "그 럼 네 생각엔 어떡했으면 좋을 것 같으냐?" 하고 의논을 하였다.

"어떡하긴 무얼 어떡해. 그저 이렇게 사는 게지."

"이렇게야 어떻게 사니. 그래두 달리 무슨 변통을 해야지."

"이제 고만 돌아가요. 이러다간 밤새움하겠소."

"밤새움 좀 해두 좋지 뭐."

"한다 할수록…… 남은 졸려 죽겠다는데."

"졸리면 자려무나, 누가 자지 말라니?"

"가야 자지."

"나두 여기서 좀 자다 갈란다."

"어디서 자?"

"너 거기서 자구, 난 여기서 자구……. 난 여기서 자면 되잖아."

"정신이 나갔나! 영감쟁이가 오면 어떡하구?"

"그깟 자식 오면 패 주지, 걱정이냐."

"저렇게 큰소릴 하다간 혼꾸멍이 한번 단단히 날걸."

"그럴 때까지만 살아라."

둘이 마주 앉아 지루한 줄 모르고 입심을 겨루는 중에 기둥에 걸린 벽시계가 맑은 소리로 천천히 열두 점을 쳤다. 쌍년이가 "어머, 이러다간 닭 울리겠네." 혼자 말하고 일어나 웃으면서 앉았는 씨동이를 내려다보고 "저리 좀 비켜요, 자리 펴게." 말하고 곧 장롱에서 이부자리를 안아 내렸다.

선장이가 거북선 구조를 좀 더 상세히 알아볼 생각으로 말머리를 돌려서(씨동이가 쌍년이네 집에 드나드는 까닭은 이다음에 커서 알기로 하고) "그 거북선두 석탄을 때우?" 하고 물으니 씨동이는 "아니, 그때는 석탄이 없었으니까 노를 저었다…… 여럿이서." 하고 대답하였다.

"그땐 어째 석탄이 없었소?"

"석탄은 그 후에 나온 거니까."

"석탄이 나온 지가 그럼 얼마나 되우?"

"아마 한 백 년밖에 안 될 게다."

"고렇게밖에 안 되우?"

"숯은 오래지만…… 석탄은 고렇게밖에 안 된다."

지구 위의 변화는 갑자기 생기는 것이 아니라 현재 지구 위에서 행하여지고 있는 것과 같은 천천한 변화 현상이 쌓이고 쌓인 결과라는 지질학적 원리가 양씨동이의 신학설에 의하여 밑뿌리채 뽑히려는 아슬아슬한 찰나에 구성이 나타났다. 정실이가 다리목에 나와 서서 선장이를 부른 것이다.

"넌 밤낮 여기 나와 뭐 하니? 할머니가 다 돌아가시게 됐다는데!"

선장이를 보자 정실이는 이렇게 잔소리하며 선장이의 손목을 잡아끌었다.

"빨리 외갓집에 가자, 엄마가 기다린다."

외할머니가 왕진 나온 반도병원 의사의 놓아 주는 주사를 맞고 혼곤히 잠이 든 것을 보고 나서 눌러 저녁까지 얻어먹고 밤이 들어서 오누이 함께 외갓집을 나섰다.

원산의 밤하늘은 각 군함에서 내쏘는 탐조등의 광망들이 칼춤 추듯 난무하여 개항 이래의 일대 장관을 이루었다. 탐조등의 눈부신 빛다발에 비쳐서 남산의 소나무들이 동화의 세계인 양 어둠 속에서 한 그루, 한 그루 뚜렷이 나타나는데 그 잎들을 하나하나 세래도 셀 수 있을 것 같았다. 어느 때 어느 곳의 불꽃놀이가 과연 연합함대 수십 척의 군함에서 일제히 내비치는 탐조등의 빛발과 휘황함을 견주랴. 이날 밤의 원산은 겉으로 보기에는 온통 명절 기분으로 들떴다. 특히 왜관에서는 환영 나온 사람들로 길이 메었고 경축놀이에 밀려드는 인파로 거리가 바글바글 끓었다.

6

호소가와 교장은 여름, 겨울 할 것 없이 언제나 흰 와이셔츠에 깜장 넥타이를 매고 다녔다. 무슨 의식이 있을 때는 프록코트에 흰 장갑을 끼고 교육 칙어가 든 상자를 신주 모시듯 모시고 다니는데 근엄하기가 짝이 없다. 복도에서는 꼭 모자를 벗어서 손에 들고 발자국 소리를 내는 법이 없이 발끝으로 사뿐사뿐 걸었다. 조회 때는 그러한 문명한 예의를 따라 배울 것을 누누이 강조하였다. 키는 작달막하고 코밑에는 채플린 수염이 달렸는데 말을 할 때는 쨍쨍 쇳소리가 났다.

전교의 수신과는 교장이 친히 도맡아 가르치다시피 하였다. 그래야 대일본제국에 충성을 다하는 국민으로 도야할 수가 있겠기 때문이다. 그 호소가와 교장이 이날 조회 시간에 전교 학생을 운동장에 정렬시켜 놓고 훈시를 하는데 선장이는 그 꼴이 밉살머리스러워서 처음에는 귀담아듣지 않다가 나중에는 차차로 끌려들어 가서 명심해 듣게 되었다.

"만승천자께옵서 통솔하시는 우리 대일본제국의 황군은 세계 최강의 군대로서 이에 맞설 군대는 지구상에 존재하지 않는다. 우리 대일본 해군의 연합함대는 무적함대다. 그러한 무적함대가 우리 원산항에 기항한 것은 우리들에게 있어서 크나큰 영광이다."

"오늘 우리 전교 4학년 이상의 생도들은 연합함대 사령관 각하의 특별한 배려로 군함 견학을 하게 된다."

이 말이 떨어지자 대열 속에서 "와." 환성이 올랐다. 이때부터는 선장이도 한마디라도 놓칠세라 귀를 도사렸다.

"무츠와 나가도는 배수량이나 구조가 다 똑같은 자매함이다. 승조원도 각각 일천이백 명씩이다. 그러나 무츠는 현재 기함이므로 군사상의 이유로 우리는 나가도를 견학하게 된다."

"와."

환성이 또 올랐다.

"질서를 준수해야 하며 또 예모다와야 한다."

이것은 의례건 해 보는 수작이므로 들으나 마나 하다. 선장이도 귀담아듣지 않았지만 다른 아이들도 다 귓등으로 흘려들었다. 따라서 환성 같은 것은 오를 리가 만무하다. 선장이가 호소가와 교장을 특히 밉게 보고 또 너절하게 보는 데는 까닭이 있다.

지난 초여름의 일이다. 선장이가 학교의 정면 현관으로 들어와서 교무실 쪽으로 복도의 굽인돌이를 돌아가 보니 동쪽 현관으로 들어온 약방집 아들 뺑덕할미가 손에 무슨 글쪽지 같은 것을 들고 이리로 오고 있었다. 선장이가 뺑덕할미에게 '깜짝이야'를 하려고 얼른 한 걸음 뒤로 물러나 벽 모서리에 가 착 달라붙었다. 이런 일이 있을 줄을 모르는 뺑덕할미가 앞에 와 다닫는 순간 선장이는 와락 달려들어 두 손으로 콱 덮치면서 "아옹!" 소리를 질러 놓고 제가 되려 기절초풍을 하였다. 선장이가 '깜짝이야'를 한 것은 천만뜻밖에도 뺑덕할미가 아니고 호소가와 교장이었던 것이다. 더더구나 큰일 난 것은 교장이 손에 들고 오던 새 맥고모자의 빳빳한 딱지가 덮치는 주먹에 맞아서 퐁 하고 구멍이 뚫어진 것이다.

교장도 불의에 봉변을 당하고 처음에는 몹시 놀랐으나 이내 영문을 알고 약이 상투 밑까지 올랐다. 알고 본즉 뺑덕할미는 교무실에 볼일이 있어서 오던 길이라 곧바로 교무실로 들어갔고 그와 동시에 교장은 또 교장대로 외출을 하려고 교장실에서 나와서 정면 현관으로 왔던 것이다. 중간에서 이렇게 릴레이 이어달리기를 하여 사람이 바뀐 것을 귀신 아닌 선장이가 알 까닭이 없었다.

호소가와 교장은 사회적 지위가 있는 교육가답지 못하게 선장이를 교장실로 끌고 들어가서 담임선생까지 불러다 옆에 세워 놓고 야단을 한 끝에 학부형을 불러다가 모자값을 변상시키기로 하였다. 교장실에서 돌아온 선장이네 담임선생한테 이 말을 전해 들은 교무실 안의 여러 선생들은 모두 입을 비쭉거렸으나 일본인 교장의 하는 일을 왈가왈부할 수는 없었다.

선장이 아버지는 이튿날 학교에 불리어 가 호소가와 앞에서 방아깨비처럼 허리를 수없이 굽실굽실한 끝에 맥고모자 값 1원 20전 — 쌀 두 말 값 — 을 변상하고 돌아오는 길에 장마당 모퉁이 목로술집에 들러서 외상술로 홧술을 먹고 돌아와서 선장이를 때려죽이겠다고 서두르는 바람에 선장이는 저녁도 못 얻어먹고 외갓집으로 도망을 쳤다. 이런 일이 있었던 까닭에 선장이는 어린 마음에도 호소가와 교장을 몹시 너절하게 보았다.

나가도는 배수량이 엄청난 거물 중의 거물인지라 원산 같은 항구에서는 잔교나 안벽에 갖다 댈 수 없으므로 초간히 떨어진 물 깊은 곳에다 닻을 내리고 성새같이 떠 있었다. 그래서 견학단들은 모두 삼판선을 타고 가서 성벽 같은 현측에 배를 대고 거기서 대기하는 수병들의 지도를 받으며 차례로 까마득한 현제를 바라올라야 하였다.

깨끗이 빨아 다린 수병복을 입고 예외 없이 얼굴이 거무스름하게 탄 수병들은 모두 열심히 또 친절하게 여러 분단으로 나뉜 견학단들을 데리고 다니며 구경을 시키고 또 설명을 해 주었다. 사람이 탄 채 빙글빙글 돌아가며 포신을 영활하게 움직이는 고사포들이며 엄청나게 길고 또 굵은, 압축공기로 달린다는 어뢰들이며 사정이 30몇 킬로라는, 앞뒤 4개 포탑에 2문씩 나뉘어 장착된 8문의 주포들이며……. 골고루 보여 주고 또 일부는 조작까지 해 보였다.

세 가마니의 쌀로 일천이백 명이 먹을 밥을 한때에 짓는다는 취사장을 견학할 때는 주석빛이 번쩍번쩍하는 증기가마에서 풍겨 나오는 구수한 밥내에 선장이의 창자에서는 쪼르륵 소리가 다 났다. 변소 앞에서는 수병이 위생지를 한 묶음 들고 섰다가 들어오는 사람마다 일일이 노나주었고 또 물을 마시려고 어마하게 큰 급수 통의 꼭지를 비트니 물이 나오지 아니하고 검누른 빛깔의 따뜻한 보리차가 나왔다. 군함의 앞 굴뚝이 뒤로 잦바듬하게 누운 것은 사령탑에 연기가 올라가지 않게 하기 위한 것이고 또 8문의 주포가 같은 방향으로 일제사격을 할 때는 그 후좌력으로 이 큰 군함이 삼사 미터씩 후퇴를 한다는 것까지 다 설명해 주었다.

승조원의 한 절반은 대거리로 상륙 허가를 맡아 가지고 뭍에 올라가 술집 갈보집에 들어박혀 농탕을 치고 있었으므로 함상에 남아 있는 인원수는 불과 오륙백 명밖에 안 되었다. 그렇다손 치더라도 선장이네 학교와 또 다른 학교에서 온 견학단들을 모두 합치면 천 명이 훨씬 넘는데도 그것이 다 어느 구석에 가 들어박혔는지 갑판은 텅 비다시피하여 보는 사람에게 흡사 잣송이에 개미 새끼들이 가뭇없이 들어박힌 것 같은 느낌을 주었다.

보는 것 듣는 것이 다 신기하고 대단하고 어마하고 놀라와 아이들은 모두 눈을 동그랗게 뜨고 혹은 입을 딱 벌리기도 하고 혹은 혀를 홰홰 내두르기도 하였다. 한마디로 말하여 효과는 만점이었다. 견학을 시키는 목적이 바로 거기에 있었던 것이다. 불가항력적인 엄청난 힘 앞에서는 오직 순종만이 안전한 길이다, 같잖게 대들 생의를 말아라, 까딱하면 모가지 뎅겅이다, 인제들 똑똑히 알았느냐, 하는 것이다.

그 후 20년이 채 못 되어, 십팔구 년 후에 이 나가도와 무츠가 다른 숱한 함선들과 함께 선후하여 미 해군 항공대의 공격을 받아 승조원 암질러 바닷속 깊이 가라앉을 것을 이때는 아무도 예측을 못 하였다.

그리고 이날 나가도에 올라와 다른 아이들과 함께 견학을 하면서 감탄해 마지않던 어린 소학생 서선장이가 십팔구 년 후에, 나가도, 무츠가 폭탄과 어뢰의 불벼락을 맞고 가라앉을 그 무렵에, 중국의 태항산 항일 근거지에서 손에 무기를 들고 활약할 줄을 역시 이때는 아무도 예측하지를 못하였다.

7

선장이가 깻묵을 얻어먹으러 갔다. 기름 짜는 집은 점포가 즐비한 좁은 거리에 서향으로 앉은 게딱지 같은 초가집인데 참깨 포대를 쟁이는 곳간까지 모두 합해서 댓 칸밖에 안 되었다. 여기서 네댓 명의 일꾼이 복작거리며 수공업적 방식으로 깨를 볶는다, 기름을 짠다 하는데 그 근처에만 가면 깨 볶고 기름 짜는 고소한 냄새가 코를 간질였다. 기름을 짜고 난 뜨끈뜨끈한 깻묵은 도래방석에 담아서 점포 앞에 내놓아 말리는데 아이들이 심심하면 이것을 와 집어 먹는 것이다. 이때는 아직 인심이 순후한 때라서 아이들이 술집에 가 멍석에 널어 말리는 꼬들꼬들한 지에밥을 좀 움켜다 먹거나 기름방에 가 고소한 깻묵을 몇 쪼각 집어다 먹거나 또는 북어 가리를 가리는 데 꼬챙이를 가지고 가 북어 눈깔을 빼먹거나 하는 것 따위는 말하자면 합법적인 행위로써 아무도 말하는 사람이 없었다.

선장이가 잠자코 도래방석에 수북한 깻묵 가운데서 큼직한 것으로 한 쪼각을 집어 드는데 가게 안에서 깔때기로 초롱에다 기름을 채우던 일꾼 하나가 웃으면서 "이놈, 또 왔니!" 하고 크게 흔동하듯이 소리를 질렀다. 선장이가 생글거리며 얼른 집어 들고 몸을 돌쳐서 달아나니 그 일꾼이 등 뒤에다 대고 "네 이놈 또 왔단 봐라, 다릿마댕일 퉁겨 놓을 테다!" 소리를 지르고 다른 일꾼들과 함께 떠들썩하게 웃었다.

선장이가 고소한 깻묵을 오물오물 맛있게 먹으며 오는데 맞은쪽에서 일본 사진관집 아들이 달래달래 걸어왔다. 그놈은 심상소학교라 일컫는 일본 아이들만 다니는 소학교에 다니는데 이제 열한두 살밖에 안 된 놈이 저의 애비를 닮아서 벌써 몸집이 눈에 띄게 가로퍼졌다. 선장이가 인심 좋게 깻묵 한 쪼각을 뚝 떼어 그 녀석 코앞에 들이밀며 "옜다, 먹어라." 하고 말하니 그 자식이 되지 못하게 손을 내밀어 받기는 고사하고 도리어 눈을 흘기고 고개를 외치면서 "돼지." 내뱉듯이 입속말로 욕을 하였다. 선장이가 빨끈하여 "뭐라구?" 시비를 붙이려고 드니 그놈은 아주 업신여기는 투로 "요보 꼴에." 하고 입을 비쭉하였다. '요보'는 왜놈들이 조선 사람을 욕으로 얕잡아 이르는 말이다. 조선 사람이 저들을 쪽발이라고 하듯이.

선장이가 분을 참지 못하여 내밀었던 깻묵 쪼각을 그대로 그놈의 얄미운 상판대기에 콱 던지니 그놈은 곧 얼굴을 싸쥐며 사람들 들으라고 "요보가 사람 친다!" 돼지 먹따는 소리를 하였다.

선장이가 더욱 골이 나서 발길을 날리어 그놈의 배때기를 콱 걷어차서 그놈이 얼굴 싸쥐었던 손으로 배때기를 부둥키고 주저앉는 것을 보고 이젠 내 볼일 다 봤다, 하고 날쌔게 몸을 빼치어 뺑소니를 쳤다. 그런데 일이 안 될 때라 마침 맞은쪽에서 패검을 절렁거리며 순사 하나가 오다가 이 광경을 보았다. 담당 구역을 순찰 중이던 그 순사가 얼른 두 팔을 벌리고 선장이의 앞을 막아섰다. 총알같이 달려오던 선장이가 미처 몸을 피할 사이도 없이 팔 벌린 순사의 배를 들이받으며 꼼짝 못하고 붙들렸다.

"못된 놈 같으니라구."

순사가 뇌까리며 곧 선장이의 귀때기를 잡아끌고 일본 아이가 주저앉아 있는 사고 현장까지 오는데 한 손에 깻묵 쪼각을 들고 또 한 손으로는 꺼둘리는 귀를 누르며 끌려가는 선장이의 꼴이 모르는 사람이 보면 흡사 깻묵 도둑질을 하다가 붙잡힌 좀도둑 같았다.

선장이가 순사에게 붙들려 온 것을 보자 사진관집 아들놈은 갑자기 뒷줄이 든든해져서 깻묵 쪼각에 한 번 얻어맞고 발길에 한 번 걷어챈 것을 마치 살인강도에게 죽을 욕을 보다가 천우신조로 간신히 목숨 부지하기나 한 것처럼 "가만있는 사람 괜히 치구 차구…… 아이구 가슴이야, 아이구 배야, 창자가 켕겨서 사람 죽겠소……." 하고 엄부럭을 떨었다. 순사가 끌고 온 선장이의 귀를 놓고 그놈을 붙들어 일으켜서 "울지 말아 울지 마, 괜찮아." 달래고 나서 다시 선장이를 쏘아보며 "망나니 같은 놈, 벌써부터 사람이나 치러 다니구……." 불문곡절 욕을 하는 중에 일본 아이의 에미가 뉘게서 들었는지 소식을 듣고 진동한동 달려왔다.

아이놈은 저 에미를 보자 와락 달려들어 그 가슴에 매달리며 금세 죽어 가는 시늉을 하였다. 그 에미 ― 사진관집 마누라는 아들을 얼싸안고 선장이를 곧 잡아먹을 듯 한참 노려본 뒤 순사에게 "조런 망나니 녀석을 한번 단단히 혼을 좀 내줘야 합니다. 이런 일이 벌써 한두 번이 아니거든요." 하고 댓바람에 선장이를 상추밭에 똥 싼 개를 만들었다.

순사가 고개를 끄덕끄덕하면서 "네, 알았습니다. 염려 마십시오." 일본말로 대답할 때 둘러섰던 구경꾼들 중에서 나이 새파랗게 젊은 사람 하나가 앞으로 나서서 순사를 보고 "내가 마침 지나다가 자초지종을 다 봤는데, 실상 이 아이는 별로 잘못한 게 없습니다. 이 아이가 제 손에 든 깻묵을 한 쪼각 떼어 주면서 먹으라구 하니까 저 아이가 받지 않구 댓바람에 욕을 합디다. 돼지 새끼라구. 그러니까 이 아이가 골이 나서 발루 한번 툭 차는 체하구 달아납디다. 그것뿐입니다." 조선말로 변호를 해 주었다.

사진관집 마누라는 필시 저의 알아듣지 못하는 말로 저의 아들에게 불리한 증언을 하는 것이려니 지레 채고 곧 순사를 향하여 "저 사람이 뭐랍니까?" 하고 따지듯이 물었다. 나이 젊은 조선인 순사가 저의 사람의 편을 들어서 일을 잘못 처리할까 봐 염려가 되어서였다. 순사가 일본 마누라의 묻는 말은 대답 않고 그저 "안심하십시오, 안심하십시오." 일본말로 말한 뒤 곧 선장이를 돌아보고 "걸어." 조선말로 명령하였다.

순사가 선장이를 앞세우고 주재소로 왔다. 출입문 밖에까지 와서 서라고 해 놓고 비로소 이름이 무어냐고 물었다.

"선장입니다."

"선장이? 어떻게 쓰니?"

"배 선 자, 긴 장 자."

"그 이름 참 주제넘다……. 선장이, 아버지가 배꾼이냐?"

"네."

"발동선이냐, 목선이냐?"

"목선…… 야거립니다."

"집이 어디냐?"

"저 아래……."

"저 아래 어디? 주소를 말해야지."

"주소…… 잘 모르겠습니다."

"바보 같은 녀석, 주소두 모르구. 그래 집엔 누구누구 있니? 식구가 몇이야?"

"엄마하구 아버지하구 누나하구 나하구…… 네 식굽니다."

"누나 이름이 뭐야?"

"정실이."

"성이 뭐냐?"

"서정실."

"몇 살이야?"

"열한 살."

"이놈아, 너의 누나가 몇 살이냐 말이다."

"큽니다."

"몇 살인지 몰라?"

선장이가 고개를 갸우뚱하고 생각해 보다가 쑥스러운 듯이 "잘 모르겠습니다." 대답하니 순사가 혼자 싱긋 웃고 다시 한참 생각해 보다가 입이 쓴 듯이 "임마, 깻묵인지 나발인지 먹을라거든 제나 먹을 게지 남더러 먹어라 말아라, 그따위 부질없는 짓은 왜 하니? 싱거운 녀석!" 말한 다음 다시 "할 수 없다, 거기 한옆에 섰거라. 거리 쪽을 향하구…… 꼼짝 말구 섰어." 명령을 하였다.

순사는 곧 안으로 들어가고 선장이는 혼자 밖에 남아서 손에 커다란 깻묵 쪼각을 들고 벌을 서게 되었다. 오가는 행인들이 모두 무슨 일인가 해서 흘끔흘끔 보는 가운데 선장이가 반 시간 착실히 벌을 섰다. 처음에는 창피한 생각이 들어서 고개를 들지 못하다가 나중에는 '에라 모르겠다, 될 대루 되라!' 마음을 독하게 먹고 숙였던 고개를 들었다.

그리고 손에 든 깻묵을 입에 덥석 베물었다.

선장이가 한입 베문 깻묵을 막 다 먹었을 때 홀지에 "선장이 너 거기 왜 서 있니?" 하는 귀에 익은 은방울 목소리가 들려와서 선장이가 눈을 들어 보니 한 손으로 연두색 책보를 가슴에 받쳐 안은 한선희가 걸음을 멈추고 서 있었다. 선장이는 선희를 보자 갑자기 목이 메어 말이 아니 나오고 눈에서 눈물이 왈칵 쏟아졌다. 영문을 모르는 선희가 얼른 쫓아와 손에 든 책보를 출입문 앞 시멘트 바닥에 놓고 저고리 소매 속에서 하르르한 손수건을 꺼내어 선장이의 눈물을 닦아 주었다.

"말해, 여기 왜 와 서 있어?"

선희가 눈물과 흙먼지로 얼룩진 선장이의 얼굴을 들여다보며 그 서 있는 까닭을 묻는 중에 출입문이 안으로 열리면서 아까 그 젊은 조선 순사가 나타났다. 순사가 말없이 선희를 한번 보더니 곧 선장이더러 "이젠 고만 가라." 말하고 한옆에 비켜서서 선희가 선장이를 데리고 가는 것을 점도록 바라보았다.

선희가 한 팔로 선장이의 목을 감아 안듯이 하고 데리고 가면서 "벌은 왜 섰니?" 하고 물으니 선장이는 고대 다 죽었던 것이 금세 또 살아나서 "왜놈 애를 패 주었소." 하고 생글거렸다. 선희가 킥 웃고 "우리 선장이가 아주 대단한데……. 권투 선수 아니야? 그렇지만 벌을 서는데 깻묵 쪼각을 들구 서는 놈은 난 처음 보았다. 개코망신이다." 하고 치살리다가 시까스르니 선장이는 얼굴이 지지벌개지면서 "이거 놓우. 목이 비뚤어지겠소." 퉁명스럽게 말하고 목에 감긴 선희의 팔에서 벗어나려고 윗몸을 뒤흔들었다.

"지금 나하구 같이 우리 집에 가자."

"싫소. 이거 놓우!"

"좋은 거 보여 줄 게 있어."

"싫단데두."

"그럼 이따 저녁때 누나더러 좀 왔다 가래라." 하고 선희가 목 감았던 팔을 풀어 주니 선장이는 "모르우." 하고 깻묵을 든 채 들고뛰었다.

선장이가 달랑달랑 걸어오다가 보니 곱사등이네 구멍가게 앞에 쪽걸상을 내다 놓고 곱사등이가 웬 사람의 머리를 깎아 주는데 그 머리를 깎이는 사람이 선장이를 보고 "어디 갔다 오니?" 알은체를 하였다. 선장이가 다시 보니 만국지도처럼 얼룩이 진 허연 헝겊을 앞에 두른 사람이 곧 씨동인지라 "머리 깎으러 왔소?" 묻고 잇달아서 "상고머리는 왜 깎소?" 하고 물으니 씨동이가 미처 대꾸를 하기 전에 곱사등이가 말을 가로채어서 "어째, 상고머릴 깎으면 주재소에서 붙잡아 간다디?" 하고 빈정거렸다.

이 곱사등이는 가게를 보는 한편 부업 삼아 영업허가 없이 도둑머리를 깎아 주는데 하이칼라나 상고머리는 10전씩, 막 깎는 머리는 5전씩, 이발소의 절반 값을 받는 까닭에 머리를 깎으러 오는 사람이 끊히 있어서 수입이 짭짤할 거라고 말들 하였다. 선장이는 방금 주재소에서 놓여나오는 길인데 방정맞은 꼽추가 방소 꺼리는 말을 하는 것이 못마땅하여 눈살을 찌프리고 대꾸를 아니 하는데 그 눈치를 모르는 씨동이가 "나 내일부터 노가다판엘 나가기루 했다, 돈을 벌러. 그래서 지금 좀 다듬는 중이다." 말하며 싱글싱글 웃었다.

"어느 노가다판엘?"

"저 아래 석유회사에서 부두 공사를 하잖니."

이때까지 원산항 남쪽 끝에 자리 잡은 라이징썬회사의 석유 저장고에는 부두 시설이 되어 있지 않아서 유조선들은 물 깊은 바다 가운데

다 닻을 내려야만 하였다.

"거길 가면 돈을 얼마씩이나 버우?"

"글쎄, 하루 60전 아래야 없겠지. 잘하는 사람은 한 1원 각수씩두 번 다더라."

선장이가 입을 막 열려는데 입이 잰 곱사등이가 또 앞질러서 "60전이면…… 쌀이 한 말 아닌가." 하고 혀를 내둘렀다. 그 말을 듣고 씨동이가 "어째 부럽소? 부럽거든 이 가게 다 걷어치우구 내일부터 나를 따라나서우." 하고 엇먹이니 곱사등이는 다 쓴 가위와 빗을 이발 기구 담는 궤 뚜껑 위에 놓고 솔을 집어 들면서 "자네가 이젠 우스갯소리두 곧잘 하네그려. 장가갈 때가 됐나베." 하고 지껄였다.

"그렇소? 그럼 이왕 말이 난 김에 마땅한 자리가 있거든 중신애비 노릇이나 좀 하시우."

"아, 돈만 잘 벌어 보지. 색싯감이 없을라구."

"돈을 못 벌면 그럼 생전 총각으로 늙어야겠구려?"

"어렵지, 배곯으라구 딸을 주겠나……. 어느 정신 빠진 부모가."

"이거 큰일 났구려."

"그런데 자네 지난번엔…… 그거 무슨 짓인가?"

"어느 지난번에…… 무에 무슨 짓이란 말이오?"

"한 진사가 일껏 서사 시켜 갖다주는 돈을…… 싫다구 도루 갖다 둘러메쳤다며?"

"그래서 뭐 안 된 게 있소?"

"이 사람아, 50원이 어딘가. 50원이면…… 우리 같은 사람에겐 한밑천이야. 자네가 지각이 있나 없나, 받은 밥상은 왜 차 던져?"

"남이야 지각이 있건 말건 깎던 머리나 어서 마저 깎우."

"가만 좀 있게, 이제 면도질만 하면 다 되네."

선장이가 한옆에서 서서 깻묵을 먹으며 두 사람의 받고차는 말을 듣고 있다가 "난 먼저 갈라우." 하고 말하니 씨동이가 "이젠 다 됐다, 조금만 더 기다리려. 같이 가자." 말하구 잇달아서 "너 울었구나? 얼굴이 왜 그렇게 고양이 잔치한 것 같으냐. 누구한테 맞았니?" 하고 물었다. 선장이가 생글거리며 고개를 가로흔드는데 홀제 등 뒤에서 "어딜 갔나 했더니 여기서 해찰을 하구 있구나." 하는 소리가 들려서 뒤를 돌아보니 저의 누이 정실이다.

"아버지가 너 공부 안 하구 종일 나가 돌아다니기만 한다구 지금 회초리 꺾어 놓구 기다리신다. 어서 가자!"

정실이가 동생의 손목을 잡아끌고 가면서 "온갖 군데 다 찾아다녔다, 망할 녀석! 어째, 종아리가 성한 게 원쑤 같으냐?" 종알종알 잔소리를 하는데 선장이는 듣는지 마는지 깻묵만 오물오물 먹으며 기운이 풀려서 몸을 가누지 못하는 것처럼 일부러 늘어져서 애를 먹이며 끌려갔다.

이튿날 학교에서 도시락들을 먹고 난 뒤의 일이다. 집이 가까운 아이들은 집에 가 먹고 오지만 집이 먼 아이들은 대개 다 도시락을 싸 가지고 오는데 그 도시락의 반찬들을 볼작시면 열에 일고여덟은 가재미 말린 것을 밥솥에 넣고 쪄서 끈적끈적해진 것을 손으로 뜯어서 쪼각을 낸 것이었다. 닭알 반찬이나 소고기장졸임 따위를 싸 오는 아이들도 없지는 않았으나 그런 것은 극히 적은 몇 아이, 즉 한은희 같은 부잣집 아이들에 한하였다. 그래서 보통 원산 토배기 아이들은 도시락 반찬이라는 말을 가재미 찐 것과 혼동을 할 지경이었다.

선장이가 도시락을 후딱 먹어 치우고 은희와 함께 옥상에 올라가 제기를 차는데 저쪽 철망 난간에 붙어서서 사방을 둘러보던 홍돼지가 "얘들아, 저거 좀 와 봐라." 하고 소리쳐 불러서 무슨 일이 났나 하고 선장이와 은희가 제기를 차다 말고 그리로 가게 되었다. 선장이가 홍돼지의 두둑한 어깨를 툭 치고 "또 무슨 발견을 했니? 사령관 마누라 탄 배가 또 나타났니?" 하고 시까스르니 홍돼지는 못 들은 체하고 손을 들어 가리키며 "저거 보이니? 저 석유회사 앞에서 아물아물하는 것들……." 하고 말하였다. 선장이와 은희가 눈을 들어 그 가리키는 방향을 바라보니 과연 까마득한 석유회사 매축공사장에서 딱정벌레 같은 밀차와 개미 새끼 같은 사람들이 가물가물 움직이고 있었다.

"저건 무얼 할라구 저러는지, 너희들 아니?" 하고 홍돼지가 저의 아는 것을 자랑하고 싶어서 떠보듯이 묻는데 은희는 속으로 가소로운 것을 참고 겉으로 시치미를 떼고 "모르겠다. 무얼 할라구들 저러니?" 하고 되물으며 선장이에게 눈을 끔벅해 보였다. 선장이가 "홍돼지 잡아 가둘 우리를 만드는 게 아니야?" 하고 엇먹이는데 홍돼지는 저의 아는 것을 자랑할 마음이 급해서 그 말은 탄할 겨를도 없이 "저기다 석유배를 갖다 대구 펌프루 석유를 뽑아 올리려구 저러는 거다. 아니?" 하고 뽐내었다. 은희가 짐짓 놀라는 체하며 "그래? 그런 걸 난 또……." 하고 눈을 동그랗게 떠 보이는데 선장이는 놀림조로 "그담엔 또?" 하고 부추겼다.

홍돼지가 놀림가마리가 된 것을 깨닫고 골이 나서 푸 하고 가 버린 뒤에 둘이 서로 돌아보며 한바탕 깔깔 웃고 나서 은희가 먼저 "너 이따 일하는 데 한번 가 보잖겠니? 우리 형님도 거기서 여느 사람들이랑 같이 일을 한단다." 하고 의논을 하니 선장이도 씨동이의 돈벌이하는 것을 한번 가 볼 생각이 나서 "가자, 가 보자." 선뜻 대답하여 두 아이의 의논이 손쉽게 맞았다.

하학 후에 두 아이는 책보들을 끼고 집으로 가지 않고 곧장 석유회사로 향하는데 도중에 길가 구멍가게에 들러서 은희의 돈으로 땅콩 두 되를 샀다. 껍데기 까지 않은 땅콩도 되로 되어 파는 것이 이 고장의 습속이었다. 둘이 각각 호주머니가 불룩해지도록 노나 넣고 까먹으며 걷는데 지나간 길 위에는 땅콩 껍데기가 점점이 떨어져 널렸다.

두 아이는 신작로를 따라 에돌지 않고 아름드리 노송들이 빽빽이 들어선 사대 — 지금은 쓰지 않는 사형장을 가로질러 지름길을 걸었다. 급기야 다닫고 보니 너르고도 어수선한 공사장에는 사람이 바글바글하는데 흙을 파는 것도 사람이요, 밀차를 미는 것도 사람이요, 또 삼판선으로 돌덩어리를 실어다 붓는 것도 역시 사람이었다. 누가 누군지 분간을 못 할 그 숱한 사람들 중에서 저의 아는 얼굴을 찾아내려고 두 아이는 발돋움을 해 가며 자꾸 두리번거렸다. 밀차 하나에 두 사람씩 달라붙어서 미는데 그중의 하나를 어울러 미는 두 사람이 바로 은희의 형 한정희와 선장이가 찾는 양씨동이었다. 씨동이는 얼굴이 거머무트름하지만 그보다 나이 대여섯 살 위인 한정희는 뙤약볕에 아무리 쪼여도 얼굴이 언제나 백옥같이 희었다.

"형님!"

"형님!"

부르는 소리를 듣고 두 사람이 일시에 이쪽으로 고개들을 돌리키더니 이내 아이들을 알아본 모양이었다. 그러나 밀고 가는 밀차는 세우지 않고 계속 밀고 가면서 "왜 왔니?", "거기서들 좀 기다려라!" 각기 소리 한마디씩을 질렀다.

두 아이가 나무 그늘에 퍼더앉아 다리들을 쉬며 기다리는데 곡식 익히는 오후의 가을볕이 마냥 따가왔다.

　씨동이가 아침 일찌기 일어나는 길로 쌍년이를 보러 갔다. 오늘부터 매축공사장에 돈벌이를 나간다고 좋은 소식을 알려 주려고서였다. 여느 때나 마찬가지로 키 얕은 노가주나무 산울타리를 훌쩍 뛰어넘어서 보니 마루 위에 생각지 않은 사람이 서 있다. 일본 주인 야마다가 굵은 격자무늬의 유카다를 걸치고 두 손을 검정색 명주 띠에 지르고 마루 끝에 나서서 해 뜨기 전의 현란한 하늘을 바라보고 있는 것이다. 꼴을 보아하니 오래간만에 밤에 와서 잔 모양이다. 씨동이는 빼도 박도 못하게 되었다. 앞이마에 땀이 흐를 지경이었다. 한편 야마다는 식전에 남의 집 산울타리를 뛰어넘어 들어오는 놈이 있는 것을 보고 적잖이 놀랐으나 다시 보니 씨동이라 "너 요놈의 자식이 무어 하러 또 왔나, 나쁜 놈의 자식이." 하고 볼멘소리를 하였다. 몹시 난처하게 된 씨동이는 하릴없이 비위를 팔았다.

　"사람의 집에 사람이 와서 못쓰우?"

　마루 위를 쳐다보며 배짱을 내미니 "누가 네놈더러 오라더냐?" 마루 위에서 내려다보며 야마다가 게먹었다.

　"오라긴 누가 오래……. 내가 오구 싶어 왔지."

　"콩밥을 먹어 보겠니? 나쁜 놈의 자식이."

　콩밥은 유치장이나 형무소에서 죄수들에게 먹이는 밥이다.

　이때 야마다 등 뒤의 반쯤 열린 장지 뒤에서 쌍년이가 눈을 끔적이며 가라고 손짓을 하였다.

　"콩밥이 먹구 싶거든, 당신이나 먹우."

　대꾸하고 씨동이는 산울타리를 도로 훌쩍 뛰어넘어 나왔다. 야마다는 벌써부터 쌍년이가 딴짓하는 것을 눈치채고 있었다. 딴짓을 못 하게 하자면 저의 심복으로 될 만한 할멈 하나를 구해서 갖다 두면 되겠지만 그러자면 또 군비용이 든다. 그렇다고 또 11세기 십자군의 기사가 아닌 바에 정조대를 채울 수도 없는 노릇이었다. 그래서 여러 날 두고 수판알을 튕겨 본 끝에 마침내 갈보를 데리고 사는 셈 잡고 딴짓하는 것을 알면서도 저의 체면이 손상되지 않는 한도 내에서 눈감아 주기로 마음먹었다. 구경은 계집의 정조보다는 금전이 더 중하였던 것이다.

아들이 처음으로 돈벌이를 나간다고 어머니가 사발 위에 사발 하나를 덧놓은 것만큼 수북이 담아 주는 밥 한 그릇을 말끔히 부시듯이 먹어 치우고 점심밥 싸 주는 것을 한 손에 들고 씨동이가 일터를 향하여 성큼성큼 걸음을 떼어 놓았다. 이때, 믿음성 없는 수공업적 방식의 고기잡이만으로 생계를 유지하기가 어려운 사람들이 나가는 길은 대개 이와 같았다.

씨동이가 점순이 할아버지네 원두 놓았던 밭머리를 돌아서 소로길을 따라 노송들이 우중충한 사대 옆을 지날 때, 지름길을 걷느라고 사대를 가로질러 나오는 한 떼의 사람과 한길에 들어서게 되었다. 막노동해 먹는 사람들이란 게 한눈에 알리는 그 사람들의 수효는 한 30명 될까, 모두 다 모양이 각기 다른 점심밥 그릇들을 끼고 들고 큰소리로 서로 지껄이며 오고 있었다. 그중의 한 사람이 군계일학으로 두드러져 보이는데 호리호리한 몸매며 길게 기른 머리며 해사한 얼굴이며가 어느 모로 보든지 막벌이꾼이 아니었다. 그 사람이 씨동이를 보자 "너 씨동이 아니냐?" 하고 알은체를 하였다.

"아, 도련님!"

씨동이가 반겨 내달으며 소리치는데 같이 오던 사람들이 '도련님'

소리에 놀라서 모두 돌아보았다. 그 젊은이가 동행들을 돌아보고 "앞서들 가시우." 말을 일러서 다들 앞서 보낸 다음 혼자 뒤에 처져서 씨동이와 어깨를 나란히 하고 걸으면서 "너두 공사장에 일 나가니?" 하고 물었다. 씨동이의 그렇다는 대답을 듣고 그 젊은이는 다시 "이제부턴 도련님이라구 부르지 말아." 하고 말을 일렀다. 씨동이가 앞으로 어떻게 부를 것을 몰라서 말없이 그 입을 바라보니 그 젊은이는 가볍게 한마디 "형님이라구 불러." 하고 말하였다. 씨동이가 얼른 "형님, 그런데 형님은 무엇 때문에 이런 고생을 사서 하시우?" 하고 그 속을 도무지 알 수 없다는 어투로 말하니 그 젊은이의 깨끗한 얼굴에는 웃음기가 어리었다.

"먹구살아야지."

"아니 그래, 형님 집에 먹을 게 없어서 그러시우?"

"내 집이 어디 있니?"

"한 진사 댁이 형님 집이 아니구 뉘 집이요?"

"그건 우리 할아버지, 아버지 집이다."

"못 들어 볼 소리가 다 없소."

"사내로서 부모에게 얹혀사는 건 수치란 말이다."

"처음 듣는 소리요. 난 못 알아듣겠소."

"차차 알게 될 게다."

"도대체 우리 이 원산 바닥에…… 서울 가서 사각모 쓰구 학교 다닌 사람이 몇이나 되우?"

한 진사의 맏손자인 한정희는 서울 가서 전문학교까지 다닌 사람이다.

"다른 이야기나 해라."

"다른 이야기 무슨 이야기?"

"그래, 배꾼 노릇은 안 할 작정이냐?"

"배꾼? 끼니 굶기 꼭 알맞소, 그놈의 배꾼."

한정희가 씨동이를 새삼스레 한번 돌아보고 나서 "역시 그렇구나." 하고 한숨 섞어 말하며 고개를 끄덕끄덕하였다.

"이제 그 사람들은 형님이 데리구 일하는 사람들이요?"

"같이 일하는 동무들이지."

"형님이 그 사람들의 대장이라면서요?"

"누가 그러디? 우리 여긴 대장, 소장 그런 게 없다. 다 똑같지. 인간은 고하가 있어선 안 된다. 높고 낮은 등급이 있어선 안 된단 말이다."

이야기를 주고받으며 급기야 공사장이란 데를 와 보니 숱한 사람들이 와글와글 떠드는 것이 정이 하나도 붙을 데가 없는 — 글자 그대로의 난장판이었다. 배를 타고 바다에 나가 그물추기를 하는 것과는 너무도 동떨어졌다. 일이란 것도 알고 보니 하루 품삯이 얼마인 것이 아니라 한 '도로꼬'에 얼마였다. 흙을 퍼서 도로꼬라고 불리는 밀차에 그들먹이 실어 가지고 울룩불룩한 철길 위를 줄지어 밀고 가서 바닷물 속에다 퍼 넣고 쏟아 넣고 해야만 감독하는 십장이 때 묻은 패쪽 하나를 주는데 그 패쪽 하나에 5전이다. 두 사람씩 두 사람씩 어울려서 하는 것이므로 매 사람당 2전 5리 꼴로 풍기는 셈이다. 삯전을 이런 식으로 주는 것을 노동판에서는 푼빵이라고 하였다.

"너 처음 해 보지? 오늘은 나하구 짝을 뭇자."

한정희가 웃으며 말하니 씨동이는 선뜻 "도련님하구…… 아니, 형님하구? 아무려나 좋두룩 합시다." 하고 마주 웃었다.

"첫날은 아마 힘이 좀 들 게다."

"아무려면 형 같은 학사님이 해내는 일을…… 내가 못 해내리까."

씨동이는 평소에 우러러보는 한정희와 짝을 무어 일하게 된 것이 대견하고 자랑스러워 마음이 벅찼다.

정신없이 열두 고팽이를 하고 나니 해가 한낮이라 점심참이 되었다. 여럿이 군데군데 아무렇게나 둘러앉아 싸 가지고 온 밥들을 먹는데 씨동이가 보니 한정희가 싸 온 밥도 저나 다른 사람들이 싸 온 밥과 다를 것이 없었다. 씨동이가 마음에 안되어서 "형님두 그런 밥을 잡수?" 하고 물으니 한정희는 "그게 무슨 소리냐? 난 무슨 별사람이냐? 하숙집에서 싸 주는 대루 가지구 오는 게지." 하고 웃었다.

씨동이가 눈치를 보니 주위 사람들이 다 한정희를 공경하는 것이 그 말이나 행동에서 자연히 드러났다.

잠깐 쉬고 곧 다시 오후 일이 시작되었다. 한 도로꼬라도 더 해야 저녁에 받는 전표의 금액이 올라가는 까닭에 모두들 기를 썼다. 땀범벅, 흙범벅이 되어서 일에만 몰두하는데 누가 일을 해라 말라 잔소리할 것도 없었다. 저녁에 일을 거둘 때 도로꼬 수에 따라 떼 주는 전표는 한 달에 두 번 ― 5일과 20일에 ― 셈을 해 주는데 그전에라도 싸전이나 푸줏간 또는 포목점이나 잡화점 같은 데 가서 전표로 물건을 살 수가 있다고 하였다. 단 전표 놀음에서는 십일제 즉 10전을 9전으로 써야 한다는 것이었다. 그 떼어 낸 1전은 현금을 받지 않고 외상을 준 변리 일체로 가게 주인이 차지한다는 것이었다. 역시 막벌이꾼들을 발라 먹는 합법적인 수단의 하나였다.

짧은 쉴 참에 한정희와 씨동이가 아이들에게로 쫓아왔다. 하야말쑥한 한정희와 거머무트름한 씨동이가 다 같이 얼굴에 웃음이 가득하였다.

"여긴 뭣 하러 왔니?" 하고 한정희가 먼저 저의 동생을 보고 말하고 잇달아서 "애는, 누구더라?" 하고 선장이를 보며 고개를 한편으로 기울이니 은희가 얼른 "서선장일 모릅니까?" 하고 알려 주었다. 한정희가 깨도가 되어서 "오, 그렇지 서선장이. 너 컸구나. 네가 우리 집 고양이 수염을 깎았지?" 하고 웃으면서 선장이의 밤송이 같은 머리를 한번 내리 쓰다듬었다. 선장이가 씨동이를 쳐다보며 "형님, 돈벌이가 잘되우?" 하고 물으니 씨동이는 하하 웃고 "그놈의 돈벌이에 사람이 괜히 뼈만 빠진다, 넨장." 하고 한정희를 돌아보며 싱글거렸다.

말 몇 마디 아니 하여 쉴 참이 어느새 끝이 났다. 일을 시작하자고 고함치는 소리를 듣자 땅바닥에 다리들을 뻗고 앉았던 두 사람은 후닥닥 뛰어 일어나 두 아이에게 어서 고만 집으로 돌아들 가라고 말을 이른 뒤 뿔뿔이 밀차께로 달려갔다.

8

매축공사장에는 정해 놓은 휴식일이란 게 없었다. 휴일은 하늘이 결정하였다. 즉 하늘이 비를 내리시는 날이 곧 휴일이었다. 인부들은 복잡한 마음으로 비 오는 하늘을 쳐다보았다. 고된 일에서 풀려나 하루 이틀 쉬는 것은 나쁠 것이 없었다. 그러나 골칫덩이는 그 논 날짜만큼 삯전을 못 받게 되는 것이었다. 늦가을 궂은비가 제법 소리를 내며 오는 중에 씨동이가 헌 가빠를 뒤집어쓰고 한정희를 보러 그의 하숙집으로 갔다. 가는 걸음에 쌍년이에게 잠깐 들렀더니 쌍년이가 반색하며 좀 들어와 앉았다 가라고 하였다.

"이 주제를 해 가지구 어떻게 들어가니." 하고 씨동이가 물이 줄줄 흐르는 가빠를 이쪽저쪽 굽어보니 쌍년이는 "벗어서 걸면 되잖아, 여기다." 하고 마루 기둥에 박힌 못을 가리켰다.

씨동이가 시키는 대로 가빠를 벗어서 기둥에 걸고 마루에 걸터앉아 생선 비린내가 풍기는 장화를 한 짝씩 한 짝씩 차례로 뽑아서 댓돌 위에 쌍굴뚝처럼 세운 다음 두 발을 들고 엉뎅이로 뺑그르르 돌아서 마루로 올라왔다. 다다미방에 들어와 주저앉자마자 "그놈의 두상 요전 날 어떡허디? 염병을 부렸겠지." 하고 물으니 쌍년이는 킥 웃고 "한바탕 야단이 나는 줄 알았는데…… 의외루 무사했어." 하고 대답한 뒤 야마다의 흉내를 내서 도끼눈을 뜨고 노려보며 목소리를 사내 음성으로 변해 가지고 "다시 한번 내 눈에 띄는 날이면…… 주재소 소장한테 말해서 년놈 다 아주 요정을 낼 테니, 그런 줄 알아라." 말하고 다시 제 본 목소리로 "이러잖아, 글쎄." 하고 웃었다.

"그래, 넌 어떡했니?"

"어떡하긴 어떡해? 그저 날 잡아 잡수 했지."

"아무 말두 않구?"

"말이 무슨 말이여. 그저 고개 푹 수그리구 대죄를 하는 판인데."

"손찌검은 안 하구?"

"난 꼭 쥐어박히는 줄 알았어. 그런데 웬일인지 그놈의 두상 손찌검은 안 하데."

쌍년이가 무사했다는 말을 듣고 씨동이가 좋아서 허허 웃는데 쌍년이가 "그런데." 하고 미진한 말을 마저 하려고 하여 씨동이는 "그런데 무어?" 하고 쌍년이의 입을 바라보았다.

"나중엔 나를 살살 달래면서 딴짓 않구 조신하게 있으면…… 금반지를 사 주겠다잖아."

"금반지? 야, 거 수가 났구나!"

"그러다가 또 당장 왜관으로 이사를 시키겠다구 으르지 뭐야, 년놈이 다시 만나지 못하게."

"저런 놈 보아."

"그뿐이면 오히려 또 괜찮게. 아주 일본으로 데리구 가서 살겠다는 거야, 아무두 모르게."

"저런."

"그게 정말이라면 어떡허지?"

"설마한들." 하고 씨동이가 한참 생각해 보다가 다시 "망할 놈의 두상, 죽어두 놓진 못하겠단 수작 아니야?" 하고 쓴입을 다시었다. 쌍년이가 말끄러미 씨동이의 얼굴을 처다보니 씨동이는 "그 늙은것이 염치없이 너한테 홀딱 반한 모양이다." 하고 히쭉 웃었다.

"듣기 싫어, 그따위 소리."

"듣기 싫다면 안 하지. 나두 그따위 소린 꿈에두 하구 싶잖다."

"돈벌이한다는 건 어떻게 돼 가오?"

"헐찮아, 하루 1원을 벌자면…… 이골이 난 실장정두 뼈가 휜대여. 죽을힘을 다했어두 난 아직 80전을 못 넘겨 봤어."

"그럼 이렇게 비가 오는 날은?"

"비 오는 날은 공이야. 아무것두 없어."

"그럼 한 달에 20원이 고작이겠구면?"

"비슷하지."

쌍년이가 한숨을 호 쉬었다. 앞길이 어둡기만 해서였다. 야마다의 식모 노릇, 첩 노릇을 벗어날 길이 막연하기만 해서였다. 씨동이가 그 마음을 헤아리고 "산 사람의 입에 거미줄 치랴? 너무 근심 말아, 어떻게든 되겠지." 위로하여 말하며 쌍년이를 슬그머니 끌어당기니 쌍년이의 윗몸은 순순히 씨동이의 품으로 실그러졌다.

이윽고 씨동이가 쌍년이네 집을 나와 한정희의 하숙으로 향하는데 곱사등이네 구멍가게 앞을 지나려니까 가게 안쪽에서 곱사등이가 내다보고 "여보게 씨동이, 어디 가나?" 수작을 붙여 왔다. 씨동이가 발을 멈추고 돌아보니 "잠깐 들렀다 가게." 곱사등이가 들어오라고 손짓을 하였다. 씨동이가 물이 흐르는 가빠를 입고 들어갈 수도 없고 또 벗기도 귀찮아서 가게문 앞에 그냥 선 채로 "나 떡 줄라우, 왜 부르우?" 하고 엇조로 나왔다. 곱사등이가 일어나와서 문턱을 사이에 두고 씨동이를 쳐다보며 "자네 요새두 다니나?" 하고 웃는 얼굴을 보였다.

"다니우, 왜 그러우?"

"벌이가 괜찮겠지?"

"쏠쏠하우."

"그런데 우리 집엔 왜 통 아니 오나? 맞돈두 좋구 전표두 좋구…… 다 좋은데."

"우리 어머니더러 말하리다, 여기두 좀 들르라구."

"고마웨. 다른 데보다 싸게 해 드릴 테니 꼭 오시라구 말씀하게. 그리구 같이 일하는 친구들에게두 소개를 좀 해 주게나그려."

"나를 광고쟁이루 내돌릴 작정이요?"

"이 사람아, 이웃사촌이라잖는가."

곱사등이가 너스레를 부렸다.

"광고쟁인 무슨 놈의 광고쟁이여."

"고만하면 알겠소. 나는 가우." 하고 걸어가는 씨동이의 등 뒤에다 대고 "이담에 내 한턱 냄세." 곱사등이가 소리를 쳐서 씨동이는 돌아보지도 않고 "그 턱은 두었다가 어서 당신이나 먹우." 하고 무뚝뚝하게 대꾸하였다.

한정희의 하숙집은 남산 밑 우물가의 복숭아나무 두 그루가 선 여덟 칸 초가집인데 찾기가 쉽다더니 그 복숭아나무가 목표가 되어서 과연 찾기가 쉬웠다. 씨동이가 일각문을 밀어 여니 문짝에 달아 놓은 깡통이 딸그랑딸그랑 소리를 내었다. 그 원시적 초인종 소리를 들은 모양으로 안방 장지가 열리더니 여남은 살 된 계집아이 하나가 마루로 나와서 눈을 동그랗게 뜨고 마당 안에 들어서는 낯선 사나이의 얼굴을 빤히 바라보았다. 가빠 쓴 소도둑놈이 들어오는 거나 아닌가 생각했을지도 모를 일이다.

"여기 저, 한정희라는……." 하고 씨동이가 마루 끝의 계집아이를 쳐다보고 말을 묻는 중간에 계집아이가 말을 끝까지 다 듣지도 않고 곧 고개를 건넌방 편으로 돌리고 "아저씨, 손님." 하고 소리를 쳤다. 건넌방에서 "오." 하는 소리가 나며 함실아궁이 쪽으로 난 창미닫이가 쓱 열리고 그리로 길게 기른 머리가 헝클어진 한정희의 해사한 얼굴이 나타났다. 한정희는 씨동이를 보자 금세 얼굴에 웃음이 가득해지며 "어서 벗구 올라오너라." 말하고 창미닫이를 도로 닫치며 곧 마루 쪽으로 난 장지를 열고 맞아 나왔다.

"집이 아주 조용하구먼요."

방에 들어와 앉아서 책과 신문들이 어질더분하게 널려 있는 방 안을 둘러보며 씨동이가 이렇게 말하니 한정희는 "주인 내외에 딸 하나……. 식구가 단출해서 좋다." 하는 것으로 대답을 삼았다.

"주인은 무엇 하는 사람인데요?"

"어느 물상객주의 서사 노릇을 한다나 보더라. 내외가 다 인품이 좋다."

"형님이 보통 사람이 아닌 걸 아니까…… 주인집에서두 특별히 해 주겠지요."

"그런 소리 말아. 보통 사람은 뭐고 보통 사람 아닌 건 뭐냐. 사람은 다 마찬가지야."

"사람은 다 마찬가지라지만 실지 양반하구 상놈이 어디 마찬가지요? 다르지, 다르면 여간 달라."

"지금 세상에 양반, 상놈이 왜 있어?"

"그럼 선주하구 배꾼하구 같소? 주인하구 차인하구 같소? 부자하구 가난뱅이하구 같소? 맨 같지 않은 것 천진데…… 마찬가지란 다 뭐요."

"내 말이 바루 그 말이다. 어느 누구를 막론하구 사람은 나면서부터 다 마찬가지 사람인데, 이놈의 세상이 그렇게 괴까다롭구두 불합리한 차별을 만들어 났단 말이다. 그러게 우린 그 인위적인 차별을 타파하구 본연의 상태루 돌아가게 해야 한단 말이다."

"무슨 뜻이요? 어려운 문자루……. 난 잘 못 알아듣겠소."

"알아듣기 쉽게 말하면 이 세상에서 왕이란 것두 없애구 또 총독이란 것두 없애구 또 도지사나 경찰서장 따위두 다 없애구……."

말을 하는 중간에 씨동이가 홀지에 눈을 동그랗게 뜨면서 "왕을 어떻게 없애우? 왕을 없애면…… 나라가 망하라구?" 하고 펄쩍 뛰었다. 그 모양을 보고 한정희는 빙그레 웃으면서 "그럼 총독이랑 경찰서장이랑은?" 하고 물었다.

"그거야 일본 놈들이니까 없애 치워야지요, 물론. 그렇지만 왕은 안 되우. 안 되잖구! 절대루 안 되지요……. 나라님인데."

"그 나라란 것부터가 벌써 아무 소용없는 군더더기다. 알겠니?"

"그게 말이 되우! 나라가 없으면…… 백성이 어떻게 살라구? 왜놈들을 몰아내구 나라가 독립을 해야지요, 우리 조선이. 그러잖으면 안

중근이가 왜 이토 히로부밀 쏴 죽이구 조선 독립 만세를 불렀겠소? 다 그 때문이지!"

한정희가 웃으면서 막 입을 열려는데 마침 밖에서 "오빠." 부르는 소리가 나서 한정희는 "오." 대답하며 일어나 창미닫이를 열고 밖을 내다보았다.

"어서 올라오나."

누이동생 선희가 오빠를 보러 온 것이다.

선희가 우산을 접어서 기둥에 기대 놓고 마루로 올라와 장지를 들어오려다가 방 안에 손님이 앉았는 것을 보고 머뭇머뭇하는 것을 "괜찮다, 들어오나. 씨동이다." 한정희가 말하여 선희는 비로소 방 안에 들어와 씨동이에게 눈인사한 뒤 들고 온 바스켓을 윗목에 내려놓고 살며시 그 옆에 쪼크리고 앉았다.

"왜, 오늘 노냐?"

오빠의 묻는 말을 누이동생이 어이없어하는 얼굴로 "오늘이 일요일 아닙니까?" 대답하니 한정희는 허허 웃고 "노동판으루 돌아다니다나니 인젠 일요일두 모르구 사는구나. 아무 때구 비 오는 날이 노는 날이겠거니 생각을 하니까." 하고 한탄하듯이 말하며 선희와 씨동이를 번갈아 보았다. 그리고 등을 벽에 기대고 얼룩얼룩 얼룩이 진 천정을 쳐다보며 "궂은비 오는 일요일이라……. 서정적이로구나." 혼잣말로 중얼거렸다.

씨동이가 남매간 정답게 이야기하는데 개밥에 도토리 격이 될 것 같아서 한정희를 보고 "이젠 집을 알았으니까 앞으루 또……." 말하며 일어나려고 하니 한정희가 손을 홰홰 내저으며 가지 못하게 붙들었다.

"그대루 앉았어. 이 비 오는데 가선 뭘 하겠니. 좀 이따 나하구 같이 회관에나 나가 보자."

한정희가 말하는 회관이란 청년회관의 약칭으로써 이때 원산에서
는 뜨르르하는 무정부주의자들의 도회청이었다. 씨동이가 도로 주저
앉는 것을 보자 선희는 부지런히 바스켓의 뚜껑을 열고 그 속에 송편
이 수북이 담긴 양푼 둘을 들어내더니 그중 하나를 들고 일어서며 저
의 오빠를 보고 "엄마가 만들어 보낸 거예요. 내 주인댁에 먼저 좀 갖
다드리구 올게요." 말하고 장지를 여닫으며 안방으로 건너가더니 잠
시 후에 소반 하나를 들고 돌아오는데 거기에는 물그릇과 젓가락들이
놓였다.

선희가 소반을 내려놓더니 송편 담긴 양푼을 얹어 가지고 모 꺾어
앉은 두 사람 앞에 갖다 놓으면서 "어서들 드세요." 도거리로 권한 뒤
에 저의 오빠를 보고 "엄마가 송편 소에다는 설탕을 넣지 않는 법이라
는 걸, 내가 콱 쏟아 넣었더니…… 굉장히 달게 됐지 뭐예요." 하고 상
글상글 웃었다. 한정희가 "집에선 그러더라두 이담에 시집을 가설랑
은 아예 그러지 말아, 성미 고약한 시어미한테 쫓겨날라." 하고 우스갯
소리를 한 다음 앞으로 나앉아서 젓가락을 집어 들며 씨동이를 보고
"어서 다가앉아라. 먹자, 정성으루 가져온 건데." 하고 말하였다.

둘이 마주 앉아 송편을 먹으면서 한정희가 "이렇게 단 송편을 먹어
보기는 내가 삼십 평생에 처음이다." 하고 선희를 돌아보며 웃은 끝에
"너두 같이 좀 먹자꾸나." 하고 말하니 선희는 머리를 살래살래 흔들
고 "난 집에서 실컷 먹구 왔는걸요." 하고 방색하였다.

"은희두 데리구 오지."

"그 애는 엊저녁부터 만화경인가 무언갈 만드느라구 정신이 없다니
까요, 숙제두 안 하구."

104

"네 바이올린은 어떠냐?"

"계속하지요, 뭐."

"진보가 있냐?"

"쏠쏠하다구나 할까요."

"그럼 이담에 올 때는 바이올린을 가지구 오나, 한 곡 들어 보자."

"아무려나."

"아름다운 조선의 꽃이신 여류 바이올리니스트 한선희 양이 서울공회당에서 화려한 연주회를 가지게 되신다면 이 오래비두 덩달아 어깨가 으쓱해지렸다."

선희는 우스워 죽겠다고 두 손으로 얼굴을 가리고 깔깔거렸다. 누이동생이 없는 씨동이는 속으로 그들 남매가 몹시 부러웠다.

비가 그쳐서 한정희와 씨동이가 청년회관으로 나가는데 한정희가 선희더러도 같이 가자고 권유를 한즉 선희는 "내가 거길 가선 무엇 해요? 어서 두 분이서 가세요. 난 여기 어질더분한 것들이나 좀 치워 놓구 가겠어요." 하고 응하지 않았다.

"여류 혁명가는 생전 못 되겠다."

"그런 대단한 여걸은 달리 구해 보세요. 한선희는 자격이 없습니다."

씨동이는 그들 남매가 서로 주고받는 말의 뜻을 잘 이해하지는 못하였다. 그러나 여간만 재미있게 듣지 않았다. 인생 사는 멋이 질질 흐르는 것만 같았다.

청년회관은 회색 페인트칠을 한 목조건물인데 상하 2층이다. 내부구조는 일본식으로써 칸살을 지른 것도 일본식 장지 '후스마'요, 방바닥에 깐 것도 역시 일본식 깔개 '다다미'였다. 신작로에서 정구장 하나를 사이 두고 서향으로 앉았는데 바로 그 신작로 비슥맞은편에 언젠가 서선장이가 일본 사진관집 아들을 두드려 주고 벌을 서던 주재소가 자리 잡고 있다. 말하자면 무정부주의자들의 소굴과 일본 제국주의의 전초기지가 신작로 하나와 정구장 하나를 격하여 서로 노려보고 있는 형국이었다.

반쯤 열려 있는 출입문으로 현관에를 들어서니 시멘트 바닥에 흙자국이 점점하다. 신발에서 떨어진 것을 쓸지 않은 것이다. 아래층은 사람이 없는 듯 괴괴하였다. 번개형의 좁은 층계를 올라가니 어느 방에서 높고 날카로운 목소리와 굵고 낮은 목소리가 무엇을 가지고 열렬히 쟁론하는 것이 들렸다. 무슨 바쿠닌이 어떻고 크로폿킨이 어떻고……. 씨동이가 생전 들어 본 적 없는 말들도 간간이 들렸다. 씨동이가 앞을 서는 한정희의 뒤를 따라 구석진 한 방에를 들어서 보니 동쪽 벽과 북쪽 벽에 창문이 나고 다다미가 여덟 잎이나 깔려서 꽤 널직한데 한쪽 구석에 사기 재떨이 두엇과 때 묻은 목침이 너덧 개 딩굴어졌을 뿐 알뜰한 빈방이었다.

한정희가 들어서는 길로 다다미 위에서 몸 가볍게 재주를 한번 넘고는 그대로 북창 밑에 가 퍼더앉으며 "널직해서 좋다." 하고 웃었다. 씨동이가 동쪽 창문 밑에 와 앉기를 기다려서 한정희는 "오늘 조용한 틈에 한번 좀 물어보자. 그래, 너는 이 세상 사람으루 태어나서 도대체무슨 목적으로 사니? 사는 목적이 무어냔 말이야?" 하고 씨동이를 빤히 보며 구두시험을 치듯이 물었다.

"그야……." 하고 씨동이가 뒷말을 잇대지 못하니 한정희는 빙글빙글하면서 "그야…… 뭐?" 하고 다우쳐 물었다.

"그야……."

"그야 소린 고만하구 목적을 말해, 목적을……. 사는 목적을."

"목적이란 게 뭐 별거 있겠소. 돈을 벌어서 부모처자 다 함께 배불리 먹구 잘사는 게 목적이라면 목적이겠지. 난 달리는 더 모르겠소."

이 대답을 듣고 한정희가 두 손을 뒤로 짚고 천정을 쳐다보며 큰 소리로 하하 웃으니 씨동이는 열적어서 머리를 긁죽긁죽하였다.

"사람이 사는 목적이…… 고작 돈을 벌어서 한집안이 배불리 먹고 사는 거라면, 그래 네 발루 기어 다니는 개짐승하구 다를 게 무어냐?"

씨동이가 잠자코 한정희의 얼굴을 쳐다보았다. 한정희의 얼굴이 차차 엄숙하게 변하며 열기 있는 눈이 샛별같이 빛났다.

"물론 사람이 이 세상에 나서 사는 목적은 각기 다르다. 네 말마따나 돈을 벌어서 배불리 먹구 편히 사는 걸 목적으루 하는 사람두 있다. 있기만 한 게 아니라 아주 썩 많다. 그러나 선량하구 정직한 사람들두 있다. 남을 위해 선선히 자신을 희생하는 의로운 사람들두 있단 말이다……."

여기까지 듣고 씨동이는 저도 모르게 군침을 넘기고 앉음앉음을 고쳐 앉았다.

"인간다운 인간이 사는 목적은…… 이 세상에서 압박과 착취를 없애구 사람들이 서루 도우며 다 같이 잘살게 하기 위해 분투하는 데 있다. 동족의 고난에 외면을 하구 저만을 돌보는 그런 것들은, 인간 축에 못 들어. 그런 것들은 인간이 아니라 인간의 탈을 쓴 개짐승이야."

씨동이는 몸속의 활시위가 팽팽해지는 것을 느꼈다.

"인류 사회의 진보를 위해서 한 몸을 바치는 게, 이게 참된 인간들의 사는 목적이야."

씨동이의 눈에 한정희가 갑자기 거인으로 보였다. 더욱더 우러러보였다. 한정희가 시키는 일이라면 물불을 헤아리지 않고 해낼 마음이 생겼다.

이때 복도로 통하는 장지 밖에서 젊은 남자의 야무진 목소리가 "한정희 동지 여기 있소?" 하고 물어서 한정희는 얼른 그쪽으로 고개를 돌리고 "아, 나 여기 있소. 왜 그러우?" 하고 대답하였다. 장지를 열고 들어오는 것을 보니 얼굴이 가무잡잡하고 키가 작달막한 생기덩어리다. 그 생기덩어리가 옆에 낯선 사람이 앉았는 것을 보고 누군가 묻는 눈치로 한정희를 쳐다보니 한정희는 "아, 나하구 같이 일하는 동무야. 무슨 일인데?" 하고 서 있는 생기덩어리를 쳐다보았다.

"다음 토요일 날 밤으루 예정돼 있는 우리 그 강연회에 대해서……." 하고 생기덩어리는 섰던 자리에 그대로 주저앉으며 곧 책상다리를 하고 말을 이었다.

"주재소에서 말썽을 부리는구먼요."

"무슨 말썽을?"

"조시원, 한정희 두 연사의 연제가 불온하다는 거요."

"그럼 연제를 달리 고치면 될 것 아니요?"

"아닌 게 아니라 나두 그렇게 교섭을 해 봤지요. 그러나 연제란 내용을 개괄하는 것인 만큼 필시 그 내용두 온당치 못할 것으루 생각되므로 사전 검열을 해야겠다는 거요."

"만약시 불응한다면?"

"물론 집회 금지, 허가할 리 없지요."

한정희가 쓴입을 다시고 한참 생각해 보다가 "이따 저녁에 모여서, 공론들 해 봅시다." 하고 말하니 생기덩어리는 "무허가 집회가 되면 또 어제처럼, 일장풍파 ― 유치장 바람이 일걸요." 하고 미간을 찌프렸다.

"죽일 놈들."

"누가 아니라우."

"그런 사달이 또 나지 않게 미리 무슨 대응책을 세워야지."

"아무튼 내 그런 의취루 돌아다니며 이르리다. 여섯 시 반쯤이 좋겠지."

"수고를 좀 하시오."

"그럼 앉아 말씀들 하시우." 하고 생기덩어리는 씨동이에게 인사성으로 고개를 한번 끄덕하고 총총히 일어나 나갔다. 그 사람이 나간 뒤에 한정희는 씨동이를 돌아보며 "넌 이 세상을 좋은 세상으루 알았니? 입을 두구 말을 못 하는 세상……. 조선 팔도가 송두리채 감옥이야, 살창 없는 감옥!" 하고 탄식 섞어 분개하였다.

씨동이가 앉아 있는 동안에 한정희와 일을 의논하려고 들락날락하는 사람이 차차로 많아져서 씨동이는 눈치 없이 굴지 않으려고 이젠 고만 가 보겠다고 일어서니 한정희도 더 붙들지는 아니하였다. 강연회를 여는 일이 순조롭지 못하여 청년회관 안에 일말의 초조와 불안이 감도는 것 같았다.

비 온 뒤끝에 늦가을의 햇볕이 내리쬐는 원산항의 풍경은 봄과 가을이 한데 어우른 듯 숙살하면서도 또 화창하였다. 기러기 떼, 고니 떼, 갈매기 떼가 먼 북쪽 나라 시베리아 캄차카에서 떼떼이 날아올 계절이 된 것이다. 원산항은 일 년 사시절 눈 내리는 겨울 암질러 경치만은 으뜸이었다. 물가도 어지간히 싼 편이었다. 닭알이 한 알에 1전이면 얼마든지 있었고 씨암탉도 한 마리에 30전밖에 안 하였다. 입쌀 한 말에는 55전, 콩 한 말에는 30전 그리고 소고기 16냥중 한 근에는 15전, 고래 고기 한 근에는 홑 5전……. 그렇건만 서민들의 살림은 구차하였다.

이른 아침에는 돈 한 냥, 즉 10전을 가지고 장에로 나가면 두부 한 모에 2전, 묵 한 모에도 2전, 거기다가 콩나물을 2전어치, 참기름을 2전어치 그리고 고춧가루와 깨소금을 각각 1전어치씩……. 이렇게 장을 보아다가 국 끓이고 찌개 끓이고 밥을 짓는 세월이었건만, 살림들은 구차하였다.

그래서 사람들은 자연 기댈 곳을 찾게 되었다. 하느님에 기대 보려고 예배당을 찾아가는 사람에, 부처님의 도움을 바라고 포교당을 찾아가는 사람에, 서른여섯 가지 꿈 중에서 돈벼락 맞는 꿈을 꾸고 '야회(夜會)'로 달려가는 사람에, 맨주먹으로 악착한 세상을 강정 부시듯 아싹아싹 부셔 볼 일념에 청년회관으로 모여드는 사람에, 뭉치는 게 힘이다, 싸워야 산다는 이치를 깨닫고 적색노조로 모여드는 사람에, 이밖에도 또 천도교요 천주교요 도사요 무당이요 지관이요 복술쟁이요 관상쟁이요, 이렇듯 복잡다단한 삶의 흐름이 소용돌이치는 속에서 원산 시민들은 그래도 꾸준히 한 장 한 장 달력을 뜯어 갔다.

씨동이가 거치장스러운 가빠를 접침접침 접어서 한쪽 어깨에 걸치고 장화 신은 발로 터벅터벅 걸어오는 중에 앞길에 말 탄 사람 하나가 나타났다. 윤기가 흐르는 순혈종의 흰점박이 밤빛 말도 놀랍거니와 그것을 탄 사람은 더욱 놀라왔다. 왜냐면 그 사람이 미국 영화 서부활극에 나오는 카우보이와 똑같았기 때문이다. 큰 갓처럼 전이 넓은 모자를 쓴 것이며 튜바처럼 아래 가랭이가 퍼진 바지를 입은 것이며 심지어는 그 얼굴 생김생김까지가 다 양키 같았기 때문이다. 그 스크린에서 금세 빠져나온 것 같은 가짜 카우보이는 원산의 천석꾼의 대지주 박 참봉의 큰손자로서 서선장이의 외칠촌숙이 되는 사람인데 아는 사람은 누구나 다 뒷손가락질을 하는 이른바 집안 망할 자식이었다. 나이 스물다섯 살이 되도록 아무 하는 일 없이 돈을 물 쓰듯 하며 저의 할애비, 애비가 모아 놓은 천량을 탕진하는 판이었다.

가짜 카우보이는 왜관 일본인 마사회의 회원이었으므로 그가 타는 말은 그 마사회의 값나가는 경주마였다. 종래로 활동사진을 즐겨서 하루도 빼놓잖고 구경을 다니는 위인인데 그중에도 서부활극에 나오는 카우보이에 미쳐서 왜관 일류 양복점에 특별히 맞추어 카우보이 복색을 지어 입고 그리고 말을 타고 멋을 부리며 큰 거리를 누비는 판이었다. 씨동이가 다시 보니 그 가짜 카우보이 집안 망할 자식은 안장 앞에다 아이 하나를 앉혀 가지고 오는 중이었다. 그 아이가 씨동이를 보자 이마에 흰 점이 박힌 말 머리 너머로 손을 내저으면서 "형님!" 하고 불렀다. 씨동이가 발을 멈추고 다시 보니 그 아이는 곧 선장이라 "오, 너 오늘 호사하는구나." 하고 웃으며 마주 손을 흔들었다.

가까이 온 것을 보니 선장이는 카우보이 아저씨하고 말을 타는 것이 마음에 좋아 입이 함박만큼이나 벌어졌다. 박가 집안 망할 자식은 안장 위에서 거드럭거리며 씨동이를 내려다보고 또 마사회의 값나가는 순혈종 경주마는 막벌이꾼을 업신여기듯이 씨동이를 아니꼽게 가로보았다.

9

선장이가 새 학년에를 올라가니 국사, 지리, 이과 세 과목이 늘었다. 그런데 교과서를 타고 보니 그중의 국사라는 것은 조선 역사가 아니고 일본 역사였다. 국사 교과서에 딸리는 국사부도라는 채색으로 찍은 그림책도 탔는데 거기에 하얼빈 역두에서 이토 히로부미를 저격하는 안중근 의사가 불령선인 즉 불량배 악한으로 그려졌다. 그리고 지리 교과서에 딸리는 지리부도에는 조선이 일본과 같은 색깔 — 빨간 색깔로 찍혔다. 아이들이 분개하여 모두 국사 교과서의 나라 '국' 자를 날 '일' 자로 고치는데 선장이도 물론 그 축에 빠질 리가 없었다. 한창 나라 국 자를 날 일 자로 고치는 역사를 하고 있을 즈음에 학급 담임 김영하 선생이 교실을 한 바퀴 돌아보다가 눈결에 이것을 보고 나직한 목소리로 주의를 주었다.

"교장한테 들키면 큰일 난다, 조심들 해."

이는 곧 담임선생이 묵인한다는 말이다. 이에 고무되어 아이들은 가만가만하던 일을 도리어 드러내 놓고 하게 되어서 한 학급 50명 생도 전원이 불과 하루 사이에 국사책을 모두 일사책으로 고쳐 버렸다. 그 중에는 물산회사 사장의 아들도 있고, '참나무방치'라는 별명으로 불리는 인색하기 짝이 없는 지주의 손자도 있고, 또 의사, 변호사의 아들도 있고, 심지어는 별순사 즉 순사부장의 아들까지 있었다. 그런데도 신기하게 일본인 교장 호소가와의 귀에는 이러한 변고가 입문이 되지를 않아서 호소가와는 이 일을 캄캄히 모르고 있었다.

어느 날 국사 시간 즉 역사 시간에 김영하 선생은 아이들에게 교과서에 있는 일본의 천조대신, 신무천황을 가르칠 대신에 교과서에 없는 조선 역사를 가르쳤다. 김영하 선생은 몸속의 피가 끓어번져 정 참을 수가 없어서 탄로가 나면 목이 달아날 것을 각오하고 가르친 것이었다. 도저히 아니 가르칠래야 아니 가르칠 수가 없어서 가르친 것이었다.

"우리나라에는 그러니까 우리 조선에는 지나간 오백 년 동안에 임금이 모두 스물일곱 분이 계셨다. 나라님 즉 왕이 계셨단 말이다. 우리가 조선 사람으로서…… 조선 민족, 조선 백성으로서 적어두 자기 나라의 임금이 어떤 분들이었는지는 알아야 하지 않겠느냐. 그러니 오늘은 교과서는 덮어 놓구 이것을 배우기루 하자.”

이렇게 허두를 떼어 놓고 김영하 선생은 모두들 숨도 크게 못 쉬고 귀들을 도사리는 아이들을 죽 한번 둘러보고 나서 “초대의 임금이 태조대왕이시구 두 번째 임금이 정종대왕, 그다음 임금이 태종대왕이신데 외기 쉬우라구 첫 글자 한 자씩을 떼서 일곱 자씩 일곱 자씩…… 태정태세문단세, 예성연중인명선, 광인효현숙경영……. 이렇게 외기루 하자. 그러구 맨 나중은 ‘정순헌철고순’ 여섯 분밖에 안 계시니까…… 없는 그대루 여섯 글자를 외기루 하자. 다들 알았느냐?” 하고 물었다. 아이들의 알았다는 대답을 듣고 김영하 선생은 다시 “모두 스물일곱 분, 그럼 이제부터 나를 따라 외워라. 태정태세문단세, 예성연중인명선, 광인효현숙경영, 정순헌철고순.” 하고 선창을 하였다.

스물네 살 나는 총각 선생 김영하는 그렇게 하는 것으로 아이들의 가슴속에다 조선 민족으로서의 긍지와 애국심을 심어 주려고 하였던 것이다.

평소에 공부하기를 즐기지 않는 선장이도 이날만은 열심히 그 스물일곱 자를 외웠다.

점심시간에 선장이가 옥상에 올라가 뒷짐을 지고 왔다 갔다 하면서 혼자 시벌시벌 ‘태정태세문단세’를 외우고 있는데 누가 뒤에 와서 어깨를 탁 쳐서 돌아보니 약방집 아들 뺑덕할미였다.

“다 외웠니?”

“스물일곱 자 행하다. 눈 감구 쓰래두 쓸 만하다.”

“그런데 또 뭘 외우니?”

“죽을 때까지 잊지 않으려구 단단히 다지는 판이다.”

뺑덕할미가 씩 웃고 “지도는 어떻게 했니?” 하고 물어서 선장이는 머리를 긁적긁적하였다. 뺑덕할미가 묻는 것은 조선 지도의 빨간 색깔을 어떻게 하였느냐는 것이었다.

"빨간 데다 퍼런 잉크를 칠했더니, 아주 새까맣게 돼 버렸다. 경성이구 원산이구…… 글자는 하나두 안 보인다."

"우둔하지."

"넌 어떻게 했니?"

"난 하얀색의 파스텔을 살짝 칠했다. 아주 멋있다."

"나두 그럭할걸. 이제라두 해 볼까?"

"임마, 새까만 데다 하얀색을 덧칠하면 뭐가 되니? 고만둬라."

"제기."

하학 후에 집으로 돌아가는 길에 선장이가 어떡하다 보니 뺑덕할미가 쓴 학생모의 한쪽 귀퉁이가 무엇에 걸려서 찢겼는지 아가리를 벌렸다. 선장이가 뺑덕할미의 옆구리를 팔꿈치로 직신직신하면서 "임마, 네 그 새 모자 가시줄에 걸리잖았니? 찢어졌다." 하고 일깨워 주었더니 뺑덕할미는 씩 웃고 "시굴뜨기란 할 수 없다." 하고 업신여기는 투로 뇌까렸다.

"누가 시굴뜨기야?"

시비조로 다우치니 뺑덕할미는 "네가." 하고 비양조로 대꾸하였다.

"어째서?"

"새 모자를 쓰구 좋아하는 건 햇내기라구. 지금 전국적으루 헌 모자를 쓰는 게 유행이다. 너 아니? 이건 영국식이야. 영국 신사들은 절대로 새 옷을 안 입어. 새 모자두 안 쓰구 새 양복을 지으면 그대루 입지 않구 며칠 밤씩 입은 채루 침대에서 딩굴어 헌것을 만들어 가지구야 입구 나와. 이것이 영국풍이래. 그래서 지금 서울서는 학생들이 새로 산 교모를 찢기만 하는 게 아니라 아예 바셀린을 발라 가지구 마룻바닥을 닦기까지 한대, 헐어지라구. 다들 그렇게 헌털뱅일 만들어 쓰구 다니는 게 유행이래. 서울 가 공부하는 우리 외삼촌이 방학에 와서 다 가르쳐 주었다. 그래 나두 일부러 이렇게 찢어 쓰구 다니는 거다. 알았니, 이 촌놈아?"

선장이는 크게 감동이 되어 그 즉석에서 "너 칼 없니?" 하고 물으니 뺑덕할미 선선히 "응, 있다. 옜다." 하고 호주머니에서 접칼을 꺼내 주었다. 뺑덕할미는 동당을 쟁취한 것이 마음에 흡족한 모양이었다. 선장이가 그 칼을 받아 가지고 저의 모자를 벗어서 한 군데 북 찢었다. 그러고도 좀 부족한 생각이 들어 한 군데 더 북 찢어서, 아가리가 둘이 벌어지게 만들었다. 선장이는 그것을 쓰고 마치 월계관이라도 쓴 것 모양 의기양양하여 집으로 돌아왔다. 이때부터 교내에 모자를 찢어 쓰는 바람이 불기 시작하였다. 극소수의 얌전이들을 빼놓고는 거의 다 학모를 찢어 쓰는 중에 선장이는 승벽이 있어서 남에게 지지 않으려고 치열한 경쟁을 벌인 나머지 선장이 모자는 찢기다 찢기다 못해 마침내 완전히 수습할 나위가 없을 지경에 이르렀다.

어느 날 뺑덕할미가 선장이를 보자 대뜸 "선장이 너 어제 나 없는 새…… 우리 집에 왔댔지?" 하고 물어서 선장이는 의아해하며 "갔댔다. 그런데 내가 간 걸 너 어떻게 아니?" 하고 되물었다.

"내가 어제 외갓집엘 갔다 오니까 우리 엄마가 날 보구 '아까 걸레같이 너덜너덜한 모자를 쓴 아이가 찾아왔더라' 하기에 난 대번에 네가 왔던 걸루 짐작을 했다."

선장이가 청출어람으로 그 선배를 능가함이 대개 이러하였다. 이와 같이 선장이의 걸레같이 너덜너덜한 모자가 소문을 놓는 중에 또 한

가지 일이 생겼다. 엿방집 아들 홍돼지란 녀석이 저의 팔뚝에다 반달 하나를 자묵을 해 가지고 와서 자랑을 늘어놓으며 뽐낸 것이다.

"봐라, 내 이 반달. 이걸 해야만 죽어서 저승엘 가두, 염라대왕이 혓 바닥을 쇠갈구리루 꿰지 않는다. 이걸 안 하면…… 푸줏간에서 갈비 를 걸어 놓는 것처럼 갈구리루 혓바닥을 꿰서 매달아 놓는다. 난 이 젠 맘 놓구 살 수 있다. 저승엘 가두 아무 일 없다."

홍돼지의 말을 듣고 선장이는 속으로 슬그머니 겁이 났다.

'저승에 가 혓바닥을 꿰 달면 어떡한다?'

선장이는 집으로 달아오는 길로 홍돼지가 가르친 대로 굵은 바늘 하 나를 얻어 굵은 무명실 한 오리를 꿴 다음 먹물에 푹 적셨다. 그래 놓 고 팔소매를 걷어 올렸다. 팔뚝을 꿸 작정인 것이다. 그런데 시험적으 로 살가죽을 바늘 끝으로 한 번 찔러 보았더니 어찌나 아픈지 도저히 바늘을 다 꿰어서 먹 묻힌 실을 살 속으로 끌어낼 엄두가 나지 않았다. 그래서 생각다 못해 바늘 끝에다 먹물을 묻혀 가지고 한 번 꼭 찌르고 말았다. 저승에 가 무서운 형벌을 받지 않을 목적으로 찌른 그 바늘 끝 은 선장이 팔뚝에 영원히 가시지 않을 흔적을 남겼다. 파란 점 하나를 남긴 것이다.

일요일이면 더우기나 무사분주한 선장이가 다리 난간에 콜타르칠 을 해서 검정다리라고 불리는, 너비는 넓고 길이는 짧은 목교의 다리 목에서 학교의 선생님들과 맞다들었다. 선생님들은 모두 예닐곱 분인 데 어느 잘사는 학부형네 환갑잔치에 초대를 받아서 대접들을 푸짐히 받고 돌아오는 길이었다. 예닐곱 분 선생님은 신작로의 폭을 다 차지 하다시피 일렬횡대로 벌려 서서 서로 웃고 지껄이며 슬렁슬렁 걸어오 고 있었다.

이때 원산에는 자동차가 모두 합해 대여섯 대가 되나 마나 하였는데 그 전부가 다 미국제 포드로써 시커먼 풍을 친 이른바 오픈카였다. 발동을 걸 때는 엔진 앞코에다 꺾쇠 모양의 쇠막대기를 들이밀어 가지고 내둘러야 하였고 또 클랙슨이란 것은 고무방울이 달린 나팔인데 손으로 쥐었다 놓았다 해서 소리를 내게끔 되어 있었다. 자전거나 인력거 따위는 더러 있었으나 리어카니 트럭이니 하는 것은 더구나 소방차니 살수차니 하는 것은, 시민들은 아직 본 적은 물론이요 들어 본 적조차 없었다.

이렇듯 한적한 세월이었으므로 선생님들이 신작로를 독차지하다시피 하고 걸어도 아무 지장이 없고 또 말썽도 없었다. 선장이가 불시에 선생님들과 7대 1로 맞다들고 보니 미상불 가슴이 팔딱팔딱 뛰었다. 1대 1도 버거운데 7대 1이니 어찌 아니 그러랴. 선장이는 걸레 모양으로 너덜너덜하는 학모를 얼른 벗어 쥐자 부지런히 오른쪽 맨 끝의 선생님께부터 달려가 꾸뻑 한 번 경례하고 또 다음 선생님께 꾸뻑 한 번 경례하였다. 이와 같이 내리매기로 경례를 하는데 서너 번째부터는 걸어오는 선생님들에게 밀리어 뒷걸음질을 치면서 해야 하였다.

장관의 인사를 마치자 세 번째인가 네 번째를 걷고 있던 담임선생, 김영하 선생이 선장이를 바라보고 웃으면서 "선장아, 이담부턴 선생님을 여러 분 만났을 때는 경례를 도거리루 한 번만 해라. 알겠냐?" 하고 말을 일러서 선장이는 얼굴이 지지벌개져 가지고 "네." 대답하였다. 선생님들이 계속 걸어가며 웃고 지껄이는 중에 김영하 선생이 "저 아이가 장난은 심해도…… 우리 학급에서 작문을 제일 잘 짓지요." 하는 소리가 귓결에 들리는지라 선장이는 좋아서 입이 헤 벌어졌다.

선장이가 별로 이렇다 할 소득도 없이 싱겁게 한 바퀴 휘 둘러서 집으로 오는 중에 앞길에 불시로 사람 두엇이 나타나서 마주 달음박질쳐 왔다. 다시 보니 한선희와 한은희 두 남매라 무슨 일이 난 줄로 짐작하고 선장이가 "어딜 가니 은희야?" 급한 말소리로 물으니 은희는 잠시 달음박질을 멈추는 듯 헐레벌떡하면서 "회관에…… 쌈 났다!" 외치고 다시 몸을 돌려 저의 누이와 함께 줄달음질을 쳤다. 그런 일에 빠질 선장이가 아니다. 선장이도 제잡담하고 두 주먹 불끈 쥐고 그 뒤를 따랐다. 다 큰 여학생 하나를 선두로 두 아이가 앞서거니 뒤서거니 닫는 것을 보고 길 가던 사람들은 무슨 영문인지를 몰라 하였다.

청년회관 앞 신작로와 정구장에는 벌써 구경꾼들이 백차일 치듯 하였다. 선장이가 한선희네 오누이와 함께 사람들 틈바구에 끼어서 이리 밀리고 저리 밀리고 하며 구경을 하는데 청년회관을 포위 공격하는 한 무리 사람들의 돌팔매질에 청년회관의 유리창들은 이미 모두 박산이 나 성한 것이라곤 거의 없는 형편이었다.

회관 안의 사람들은 사전에 이러한 돌연적 습격에 대응할 준비가 없었던 모양으로 유리창을 깨부시며 날아 들어오거나 이미 깨어진 유리창으로 날아 들어오는 돌들을 하나하나 주워 모아 그것으로 반격을 가하고 있었다. 말하자면 투석전인데 공격하는 편은 인수가 월등 ― 십여 배나 ― 많은 데다가 돌이 얼마든지 있는 것이 유리하였고 또 방어하는 편은 거고림하(居高臨下)로 윗층에서 내리치는 것이 유리할 뿐더러 벽이 가려서 은신하기가 좋은 반면에 공격하는 편은 숨을 데가 없어서 목표가 드러나는 것이 불리하였다.

공격하는 사람들은 '구루마'라고 불리는 손수레에다 돌을 그들먹이 싣고 왔을 뿐 아니라 원시적이고 민족적인 최루탄 ― 고춧가루 ― 까지 한 자루 싣고 왔다. 그들이 사전에 주도하게 준비를 한 것은 이것만 보아도 알 수 있었다. 공격자 중의 몇몇이 머리들을 한데 모으고 한참 수군수군하더니 곧 돌격대가 조직되어 칠팔 명의 젊은 축이 몽둥이들을 꼬나들고 일시에 으악, 소리를 지르며 현관문으로 뛰어들어갔다. 이내 회관 안에서 우당탕우당탕 소리가 나더니 한참 만에 돌격대들이 도로 우 밀려 나왔다.

"어떻게 됐나?"

행동대의 대장인 듯싶은 나이 서르나문 살 된 허우대 큰 사람이 앞으로 쫓아 나가며 성급하게 묻는 말을,

"안 되겠소, 그냥은 안 되겠소."

"좁은 층층대의 꺾임목을 배트방망이 든 놈과 면도칼 든 놈이 지키는데…… 짓치구 올라갈 재간이 없소."

"그 뒤에는 또 팔매질하는 놈들이 둘러섰으니 어떡하우."

"젠장, 이럴 줄 알았다면…… 방패루 쓰게 키를 갖구 올 걸 잘못했어."

"보일러간에서 쓰는 긴 쇠막대기두 필요한데."

돌격대원들이 제각기 한마디씩 대답을 하는데 그 말소리가 선장이 귀에도 똑똑히 들렸다.

이때 별안간 회관 위층에서 농성하는 사람들이 마룻장을 굴러 대며 용장한 노래를 부르기 시작하였다. 전사들을 전투에로 불러일으키는 노래인지 또는 승전곡인지 아니면 결사전을 맞이하는 노래인지, 알 수는 없으나 하여튼 용장하고 비장한 노랫소리가 깨어진 창문으로 쏟아져 나오는데 선장이는 몸속의 힘줄들이 팽팽히 켕기는 것을 느꼈다. 그 노랫소리가 그치며 곧 회관 안에서 우르르 소리가 나더니 일단의 돌격대가 짓쳐 나왔다. 손에 손에 몽둥이, 배트방망이, 쇠몽치, 면도칼, 자전거 사슬 따위를 휘두르며 일렬종대로 돌진하는 그 십여 명 돌격

대원 중에 창백한 얼굴에 길고 검은 머리가 헝클어진 한정희가 있었다. 시커먼 소도둑놈 같은 양씨동이도 있었다. 선장이와 은희가 저들도 모르는 사이에 양쪽에서 선희에게 딱 달라붙었다. 선희는 두 팔로 선장이와 은희를 꼭 껴안고 발발 떨었다.

돌격대의 예봉을 꺾기가 어려워 포위한 군들은 뱃머리에 헤갈리는 물결처럼 좌우로 쫙 갈라지며 길을 텄다. 돌격대는 이에 기운을 얻어 무인지경을 가듯이 한바탕 정구장과 신작로를 휘돌아 친 뒤에 재빨리 도로 걷히어 들어갔다. 회관 2층에서는 또다시 마룻장을 굴러 대며 힘지고도 비장한 노래를 부르기 시작하였다. 더 말할 것도 없이 그것은 포위자들에 대한 시위였다.

선장이는 언제나 무조건적으로 씨동이 편이었다. 하물며 그가 열 갑절도 넘는 적들에게 포위를 당했음에야. 정의감이 있는 선장이는 만강의 동정을 포위당한 약자들에게 기울였다. 이 점에서 선희와 은희도 마찬가지였다. 사랑하는 오빠, 존경하는 형님이 거기 있음으로 하여…… 그들의 초조한 마음은 오로지 농성 중인 회관 안에 날아들어가 있었다. 소리개에 쫓기는 새 새끼처럼 작은 가슴을 팔딱이며.

뒤늦게 소식을 듣고 진둥한둥 달려온 사람들이 먼저 와 서 있는 구경꾼들에게 말을 묻는 소리가 등 뒤에서 나는 것을 선장이도 선희도 은희도 다 들었다.

"대체 이게 무슨 난리판이요?"

"명석동조합에서 쳐내려왔다오."

"명석동조합이라니?"

"아따, 이 양반. 노동조합두 모르우? 적색노조."

"그래, 그 무슨 조합인가가 이 회관은 왜 들이친다우?"

"아마 서루 맘이 맞지 않으니까 그러겠지. 자세한 속내는 나두 잘 모르우."

"명석동하구 남산동하군 두 주먹 불끈 쥐고 달아두 한참 걸리는데……. 터 쌈도 아닐 테구."

"아, 왜 이렇게 자꾸 떠미우? 젠장, 남의 발등까지 밟으면서."

두 사람의 주고받는 말소리가 잠시 동이 끊기자 번이라도 갈듯이 옆에서 차분차분한 다른 목소리가 사이에 끼어들었다.

"아, 빨갱이하구 까망이가 맘이 맞을 리 있소? 앙숙이지. 개와 고양이두 맞다들기만 하면 아옹다옹하잖소."

"빨갱이는 뭐구 까망이는 뭐요?"

"아, 빨갱이야 노동조합 아니겠소. 적색노조."

"그럼 까망이는?"

"까망이야 무정부주의패지요, 쩍하면 치구 달구 하는."

또 다른 막걸리 중독에 걸린 것 같은 갈린 목소리가 말참례하였다.

"그런데 저 주재소에서 왜 이렇게 큰 난리판이 벌어졌는데두 나와 볼 생각을 안 하구 가만히 엎드려만 있을까? 도시 모를 일이야."

"쌈판이 하두 어마어마하니까 겁들이 나는 게지."

"예, 여보. 그것두 말이라구 하우? 그 사람네가 전화 한 번만 걸면 본서에서 무장경찰이 쏟아져 내려올 판인데. 그러구 또 헌병대는 없나, 그 무서운 헌병대. 겁이 난다는 건 다 뭐요."

"그럼 왜들 유리창에 붙어서 내다보구만 있을까?"

"그 속내평이야 뉘 알겠소. 저들두 무슨 생각이 있어서 그러겠지."

"그 녀석들 싱글싱글 웃으면서 서로 돌아보구, 뭐라구 지껄이구만 있습디다."

"길거리에서 누가 다툼질만 좀 해두…… 다짜고짜 붙들어다가 벌을 세우구 빰을 치구 유치장에다 가두구 하던 놈들이."

"너희들끼리 실컷 두드리고 패구 하란 수작인가?"

"아이구, 저것 좀 보우. 어디 가 사닥다릴 들구 왔소."

듣기 싫게 빽빽한 목소리가 호들갑을 떠는데 "창문으루 기어들어 갈라나베." 늘컹한 목소리도 한몫을 보았다.

"저 자루, 저 자루!"

"고춧가루를 뿌려서…… 눈들을 멀굴 작정인가?"

"저러다간 까망이패가 아주 요정이 나겠소." 하고 막걸리 중독에 걸린 것 같은 목소리가 걱정을 하니 "넨장, 밥 처먹구 할 지랄들이 없던가!" 하고 몹시 되바라진 목소리가 뒤받았다.

"입들 좀 다물구 가만있소. 옆 사람이 귀가 따가와 못 견디겠소."

누군가가 볼멘소리로 이렇게 핀잔을 주니 "듣기 싫거든 제 귓구멍이나 틀어막을 게지 웬 시비야?" 몹시 되바라진 목소리가 뇌까리는데 "고만들 두우. 이러다가 쌈 나겠소." 하고 늘컹한 목소리가 부드럽게 말린즉 "옳소, 고만들 두우." 하고 막걸리 중독에 걸린 것 같은 갈린 목소리가 동을 달았다.

이때 회관 안에서는 도저히 더는 지탱할 수 없게 된 농성꾼들이 혈로를 뚫고 나가기로 작정한 모양으로 일시에 아우성을 치며 짓쳐 나왔다. 물꼬를 터친 것 같은 기세였다. 20여 명 사람이 하다못해 부삽, 송곳 나부랭이라도 다 하나씩은 손에 들었다.

선장이는 면도칼을 비껴든 한정희와 자전거 사슬을 내두르는 씨동이가 모두 무사히 포위망을 뚫고 나가는 것을 인총 중에서 보고 깡총깡총 뛰다시피 좋아하며 선희의 팔죽지를 움켜잡아 매무시 곱게 한

저고리를 헝클어 놓았다.

적색노조 사람들은 달아나는 패들을 끝까지 물고 늘어지지는 않았다. 추격을 하지 않고 달아나게 그냥 내버려 두었다. 다만 등 뒤에서 돌을 몇 개 던져 배송을 냈을 뿐이다. 그들은 이미 황성옛터로 되어 버린 빈 회관 정문에다 널빤지 두 쪽을 어긋매끼로 대고 못질을 하여 봉쇄를 한 다음 이번 행동의 총책임을 진 성싶은 허우대 큰 사람이 일의 뒷수쇄를 하였다. 그 사람은 다 쓰지 않은 돌이 아직도 적잖게 남아 있는 손수레 위에 올라서서 구경꾼들을 둘러보며 경과보고 비슷이 간단한 설명을 하였다.

"우리 조합 노동자들이 자신의 정당한 권익을 위해 투쟁을 벌이는…… 조직적인 투쟁을 벌이는데, 여기 사람들이…… 이 회관의 무정부주의자들이 자꾸 침투해 들어와 파괴를 일삼는단 말입니다. 통일된 조직의 힘이 없이 개별적인 행동으로는 아무 일도 성사를 못합니다. 이것은 너무나두 자명한 사실입니다. 그래서 우린 그들과 여러 차례 합의를 했습니다. 좋은 말루 타일렀습니다. 성의를 가지구 설복을 했습니다. 그러나 그들은 듣지 않았습니다. 듣지 않을 뿐 아니라 그들의 파괴 활동은 날로 우심해졌습니다. 이렇게 실력행사를 하지 않구는 도저히 더 어떻게 할 수 없을 지경에까지 몰구 갔습니다."

그 사람은 여기까지 말하고 잠시 숨을 돌린 뒤에 다시,

"누가 저의 겨레끼리 싸우기를 좋아하겠습니까. 우리는 그것을 피면하려구 갖은 애를 다 썼습니다. 그러나 허사였습니다. 도로 아미타불이었습니다. 그러므로 오늘의 이 실력행사는 부득이한 것이었습니다. 동포 여러분께 폐를 끼쳐서 죄송합니다. 우리는 이제 모두

걸어 가지구 돌아가겠습니다. 안녕히들 계십시오."

말을 마치고 그 사람은 손수레 위에서 깊이 허리를 구푸리어 사과의 뜻을 보였다.

그런데 참으로 놀라운 것은 이와 같이 큰 소동이 벌어지는 동안 ― 처음부터 끝까지 ― 주재소는 쥐 죽은 듯 잠잠하였던 것이다. 설령 우주의 다른 천체에서 이런 소동이 벌어졌다 하더라도 그렇게까지 내 알 바 아니라고 하지는 못하였을 것이다. 그러나 선장이는 몇 해 후에 서울서 이와 비슷한 괴사를 또 한 번 겪어야 하였다.

10

선장이 어머니가 저녁 반찬으로 튀각을 만들려고 무명 치마의 말기같이 넓고 두꺼운 다시마를 한 함지박 담아서 토방에 내다 놓고 혼자 앉아 펴고 비비고 베고 하는데 반쯤 열려 있는 사립문 안에 낯모를 젊은 남자 하나가 들어섰다. 선장이 어머니가 보니 그 남자가 키는 크지 않으나 호리호리하고, 희고 야윌싸한 얼굴은 청수한데 오목한 두 눈은 흑산호같이 빛이 났다.

카키색 책가방을 손에 든 그 남자가 선장이 어머니를 바라보며 눈인사를 하고 "저, 여기가 서선장이네 집입니까?" 하고 물어서 선장이 어머니는 한 손에 다시마를 또 한 손에는 가위를 든 채 의아스런 얼굴로 "네, 그렇습니다만. 어디서 오신……." 하는데 그 남자가 웃으며 몇 발자국 앞으로 나와서 "네, 저는 선장이 담임선생입니다. 어머니시지요?" 하고 인사를 하여 선장이 어머니는 황망히 손의 것을 내려놓고 일어서며 "아이구 선생님, 어떻게 이렇게…… 어서 안으루 좀 들어오십시오. 집이 너무 누추해서……." 말하며 부지런히 행주치마의 끈을 끌렀다.

주인마누라가 청하는 대로 방 안에 들어와 책가방을 내려놓고 또 모자를 벗어 놓고 자리에 앉은 뒤에 선장이의 학급담임 김영하 선생은 "선장이는 어디를 갔습니까?" 하고 물었다.

"그 녀석이 언제 집에 있을 새가 있습니까, 들개처럼 밤낮 나돌아 다니는 녀석이."

김영하 선생이 하하 웃고 "집에서두 장난이 심한 모양입니다." 하니 선장이 어머니는 "천생 굴레 벗은 망아집지요. 도무지 말을 안 듣습니다." 하고 하소연하듯 아들을 타박하였다.

"아직은 철이 덜 나서 그렇습니다. 앞으로는 안 그럴 겝니다."

"글쎄요."

"두구 보십시오, 그런데 선장이 아버지는 어디를 가셨습니까?"

"바다에 나갔습지요, 내일 낮전에나 아마 돌아올 겁니다."

"식구가 모두 몇 분이나 되십니까?"

"그 녀석의 손위 누이 하나가 있지요."

"아 네, 식구가 단출하십니다…… 네 식구면."

"네, 식구는 많지가 않아요."

"말씀드리는 게 좀 뒤늦었습니다만…… 저는 오늘 가정방문을 다니는 중입니다. 새루 맡은 학급이라서…… 가정 상황을 좀 요해하려구요."

"네, 그렇습니까. 선생님께서 수고를 너무 많이 하십니다. 철없는 것들 데리구."

"그런데 선장이가 작문을 아주 잘 짓습니다. 그 방면에 소질이 있습니다."

"그깟 녀석이 웬 그런……."

"아닙니다. 정말 잘 짓습니다. 이번에 학교에서 작문집 하나를 냈는데…… 그 맨 첫머리에 선장이의 작문이 실렸습니다."

말하고 김영하 선생은 책가방을 열고 그 속에서 프린트한 책 한 권을 꺼내 들며 "제가 한번 읽어 드릴 테니 어머니께서 좀 들어 보십시오." 하고 목청을 가다듬더니 찬찬히 읽기 시작하였다.

거짓말

서선장

지난번 태풍으로 많은 고깃배가 파선하여 또 숱한 배꾼들이 목숨을 잃었다. 길을 가다가 참외를 사 먹으러 원두막에 들르는 사람에게 점순이 할아버지가 그때의 이야기를 하였다. 나도 옆에 서서 들었다. 점순이 할아버지의 말이, 숱한 송장이 물밑에 가라앉은 것을 미처 건지지 못하여 가재미들이 덕지덕지 달라붙어 파먹었다, 가재미를 잡아다 배를 따니까 그 속에서 사람의 손가락이 다 나오더라, 이와 같이 허풍을 쳤다. 참외 사 먹던 사람이 놀라서 눈을 크게 뜨며 설마 그렇게까지야 하고 고개를 외치니 점순이 할아버지는 서슴없이 손가락으로 나를 가리켜 보이며 바로 저 아이네 집에서 있은 일인데 설마 그렇게까지란다 뭐요, 내 말이 못 미덥거든 저 아이한테 당신이 직접 물어보시구려 하고 말하였다. 점순이 할아버지가 이렇게 능청스러운 줄은 전에는 몰랐다. 그 사람이 더욱 놀라 나를 돌아보고 너의 집에서 그런 일이 정말 있었느냐 하고 묻는데 나는 체면에 몰리어 그런 일이 없다고 말할 수가 없었다. 그래 할 수 없이 고개를 까댁까댁하였다. 그제는 그 사람도 믿어지는 모양으로 입을 딱 벌리며 저런 끔찍스러운 일이 있나 하고 점순이 할아버지를 돌아보았다. 점순이 할아버지가 신이 나서 그것 보지 하고 콧구멍을 벌름벌름하는데 나는 낮이 뜨뜻하여 죽을 뻔하였다. 나는 어찌하여 그런 거짓말을 하였을까, 참으로 부끄러운 일이다.

다 읽고 나서 김영하 선생이 "자, 어떻습니까?" 하고 자랑스럽게 선장이 어머니를 바라보는데 선장이 어머니는 "글쎄요, 난 들구두 잘 모르겠는데요." 하고 말하며 머리를 흔들었다.

"아주 엉뚱합니다. 이걸 소학생의 작문이라구는 보기가 어렵습니다."

김영하 선생이 입에 침이 없이 제자의 칭찬을 하는 중에 밖에서 "엄마." 소리가 나서 방 안 두 사람이 다 마당 편으로 고개를 돌리니 맨머리 맨발에다 속잠뱅이 바람의 선장이가 손에다 무엇을 들고 사립문으로 들어오는데 그 뒤에 함지를 머리에 인 큰 처녀 — 정실이가 따라 들어왔다. 정실이의 입은 깜장 치마는 방금 물에서 건진 것처럼 호졸곤하였다. 여자는 바닷물에 들어갈 때 치마를 입은 채로 들어가는 것이 이 고장의 풍습이었다. 김영하 선생은 선장이의 누이로 짐작되는 그 처녀의 낯선 사람을 보고 수태를 머금는 얼굴과 꾸미지 않은 몸매를 보자 불현듯 야생의 백합꽃같이 청초하구나 하는 생각이 머릿속을 스쳤다.

선장이가 뜻밖에 선생님이 방 안에 앉아 있는 것을 보고 놀라서 무춤 발을 멈추는데 그 어머니는 "선생님이 와 계신데 저 주제를 해 가지구." 나무라고 잇달아서 "어디들 갔다 오는 거냐?" 책망하듯 물었다. 선장이가 발명하듯 "누나가 가자구 끌어서…… 조개 잡는 데 따라갔댔는데." 하는 것을 그 어머니 "냉큼 들어와 옷들 갈아입지 못해. 선생님을 뵈어야지." 말하며 웃방을 가리켰다.

남매가 부지런히 손에 든 것과 머리에 인 것을 토방에 내려놓고 웃방으로 들어가더니 잠깐 동안에 마른 옷들을 갈아입고 아랫방으로 올라와 새판으로 김영하 선생에게 인사를 하였다. 한동안 더 앉아 담화를 하다가 김영하 선생이 회중시계를 꺼내 보고 나서 선장이를 돌아보며 "너 은희네 집을 아니?" 하고 물어서 선장이는 선뜻 "네, 압니다." 하고 대답하였다.

김영하 선생이 꺼내서 읽던 작문집 한 책은 방바닥에 그대로 놓아두고 벗어 놓았던 모자와 책가방을 집어 들면서 "그럼 네가 집을 좀 가르쳐다우, 거기두 오늘 좀 들러 봐야겠다." 하고 일어서니 선장이 어머니가 좀 더 앉아 노시다가 찬 없는 저녁 진지나마 잡숫고 가시라고 붙들었다. 김영하 선생은 "오늘은 들러 볼 집들이 아직 여러 집 있으니 이 담에 또 옵지요. 그럼 안녕히들 계십시오." 인사하고 주인 모녀의 배웅을 받으며 선장이를 앞세우고 골목을 나섰다.

김영하 선생이 선장이를 앞세우고 한은희네 집으로 향하다가 얼마 아니 걸어서 눈에 띄게 화려한 몸치장을 한 여자 하나와 맞다들었다. 애티를 벗지 못한 그 여자는 위아래 다 보라색 주사니것을 휘감고 하얀 버선에 옥색 고무신을 받쳐 신었는데 까만 머리는 곱게 기름을 발라 쪽 찌고 얼굴에는 짙은 화장을 하였다. 그 여자가 한옆으로 비켜서는 듯 웃으면서 "선장이 너 어디 가니?" 하고 은방울 같은 목소리로 알은체를 하는데 그 빨간 입술 사이로 드러나는 흰 이가 김영하 선생에게는 눈이 부실 지경이었다. 그 여자가 어디 사는 누구인지 또 무엇을 하는 여자인지는 몰라도 첫인상은 매우 강렬하여 김영하 선생은 어느 소문난 정원에서 가꾼 모란같이 농염하구나, 하는 생각까지 들었다.

"우리 선생님 모시구…… 한은희네 집으루 가우."

선장이의 대답하는 말을 듣자 그 여자는 곧 대담하고도 능란하게 김영하 선생을 향하여 고개를 까댁하고 "선생님이신 걸 모르구 실례했습니다. 저는 선장이의 누이뻘 되는 사람입니다." 하고 또 한 번 고개를 까댁하였다. 김영하 선생은 적이 놀라서 얼른 한 손을 머리에 쓴 모자에 갖다 대며 "아, 그렇습니까? 그러세요." 하고 황망히 인사를 맞았다.

"우리 선장이가 말을 안 들어…… 얼마나 속을 썩이십니까?"

"아니, 괜찮습니다. 전보다 퍽 나아졌습니다."

"그것두 다 선생님 덕분입지요. 고맙습니다."

"아니, 천만에."

"저의 집이 예서 얼마 안 되니…… 잠깐 좀 들렀다 가시지요."

"고맙습니다. 하지만 이담에 들르지요, 오늘은 돌볼 집들이 있어 놔서."

"그럼 이담에 오실 때는 꼭 한번 들러 주십시오."

"네."

손쌍년이와 김영하 선생이 길거리에 마주 서서 이와 같이 수작하는 동안 선장이는 너무도 기가 막혀 두 눈이 말뚱말뚱해 가지고 쌍년이의 얼굴만 바라보았다. 쌍년이가 선생님 앞에서 저의 친어머니, 친누이가 다 된 것처럼 노는 것이 희한하고 놀랍고 또 우습강스러워서였다.

쌍년이가 "선장아." 부르며 펼친 다섯 손가락으로 선장이의 머리를 움키듯이 하여 얼굴이 자기 쪽으로 향하게 돌려놓으면서 "이제부턴 선생님 말씀 좀 잘 들어……. 알았냐? 얼마나 훌륭한 선생님이시냐." 하고 같잖게 타이른 뒤 잇달아서 "너 줄라구 내 건포도 한 갑 유념해 두었다. 미국 거다. 이따 저녁에 누나하구 같이 오나." 하고 김영하 선생이 보는 앞에서 특별스레 자애로운 정을 드러내었다.

선장이가 어이없는 중에도 건포도란 게 무엇 하는 것인지 알고 싶어서 쌍년이를 쳐다보며 "건포도가 뭐요?" 하고 물었다. 궁금증을 풀지 않고는 견뎌 배길 수가 없는 것이다. 쌍년이가 여느 때 같으면 입을 크게 벌리고 깔깔 웃을 것인데 오늘은 입을 동글고 작게 벌리며 호호 웃고 "건포도두 몰라? 포도 말린 것 몰라?" 하고 손을 내밀어 선장이의 고슴도치 같은 머리를 한번 내리쓸었다. 여느 때 같으면 이럴 때 의례히 어깨를 탁 치거나 등줄기를 철썩 우려 주며 "촌놈!" 하고 놀렸을 것인데 무슨 까닭인지 오늘은 그런 것을 전부 제례하였다.

쌍년이가 김영하 선생에게 그럼 안녕히 다녀가시라고 깍듯이 인사한 다음 선장이를 보고 상글상글 웃으면서 "그럼 이따 와, 응." 다정스레 말하고 치맛자락을 휩싸 잡고 한드작한드작 걸어갔다.

선생과 제자 즉 김영하 선생과 서선장이가 다시 걷기 시작하였을 때 김영하 선생이 선장이를 보고 "이제 그 색시가…… 너의 사촌 누이냐?" 하고 물었다.

"아닙니다."

"그럼 외사촌 누이냐?"

"아닙니다."

"그럼 육촌 누이겠구나?"

"아닙니다."

"육촌두 아니면…… 그럼 몇 촌이야?"

"아무 촌두 아닙니다."

김영하 선생이 놀라서 눈을 크게 뜨며 저도 모르게 발을 멈추었다.

"뭐라구?" 하고 곧 다시 "그럼 도대체 어떻게 되는 누나냐?" 하고 물었다.

"우리 누나의 친굽니다."

"누나의 친구? 그뿐이냐?"

"네, 그뿐입니다."

"성은 같으냐?"

"안 같습니다."

김영하 선생은 여태껏 선장이의 일가로만 알고 정중히 가장 대접한 것을 생각하니 어이없는 웃음이 나왔다.

"그 색시 성이 뭐냐?"

"손쌍년입니다."

"손쌍년? 이름이 왜 그리 듣기 흉하냐?"

선장이가 대답을 아니 하고 선생님만 한번 쳐다보았다.

"무어 하는 색시냐?"

"아무것두 안 합니다."

"시집은 갔겠지?"

"네."

"남편이 뭐 하는 사람이냐?"

"야마답니다."

"뭐시? 야마다?"

"네."

"야마다가 뭐냐?"

"일본 사람입니다."

"일본 사람?"

외치듯이 한마디 뇌고 김영하 선생은 다시 더 말을 묻지 아니하였다. 그녀의 유난스러운 몸단장에 대하여 은근히 품었던 의혹이 일시에 해혹이 된 것이었다. 김영하 선생은 그 손 무어라나 하는 여자의 주제넘고도 우습강스러운 행동을 머릿속에 되살려 보고 쓴입을 다셨다. 그러나 또 한편 '선장이를 몹시 귀여워하는 것만은 사실이다, 악의는 없어' 하는 생각이 들어 양해하는 뜻으로 혼자 고개를 끄덕끄덕하였다.

김영하 선생이 다시 "이제 그 색시 동생이 여럿이냐?" 하고 물으니 선장이는 머리를 가로흔들며 "하나두 없습니다." 하고 대답하였다.

"그럼 손위의 오빠나 언니는?"

"아무것두 없습니다."

"그럼 외동딸이냐?"

"네."

김영하 선생은 다시 한번 크게 고개를 끄덕이었다. 그리고 그의 외람스러운 행동을 너그럽게 양해하여 주었다.

"너의 누나하구는 가까우냐?"

"단짝입니다."

"너의 누나 이름이 무어더라?"

"서정실입니다. 선생님, 저기 보이는 저 집이 은희네 집입니다."

선장이가 손을 들어 가리키는데 김영하 선생이 눈을 들어 바라보니 기와를 이은 회벽담과 솟을대문이 으리으리하였다.

"한 진사 댁입니다."

선장이가 주를 달았다.

김영하 선생이 선장이를 따라 대문간에 들어서 보니 넓고 깨끗한 바깥마당에서 큰 여학생 하나와 소학생 하나 — 은희가 자전거 타기를 익히고 있었다. 안장에 엉거주춤 올라앉아 비뚤비뚤 위태롭게 손잡이를 트는 것은 은희요, 뒤에서 두 손으로 짐받이를 붙들고 밀어 주는 것은 여학생이었다.

"괜찮아, 겁내지 말구 힘을 줘 디디라는데…… 애는!" 하는 것은 꾀꼬리 울음같이 고운 여학생의 목소리요, "발이 닿지를 않는데…… 어떻게 힘을 줘?" 하고 밤을 문 소리로 대꾸질하는 것은 은희였다.

김영하 선생이 한은희를 소리쳐 부르려는 선장이를 얼른 제지하여 옆에 데리고 서서 남매가 자전거 타기 익히는 것을 구경하였다. 자전거가 비뚤비뚤하며 너른 마당을 반 바퀴 돌아서 앞머리가 이쪽을 향하게 되었을 때 은희는 긴장하여 땅을 내려다보느라고 한눈팔 겨를이 없었지만 뒤에서 밀어 주던 여학생 — 선희는 대문간에 낯선 남자 하나가 선장이를 데리고 들어서는 것을 눈결에 보았다. 선희가 놀라 얼른 자전거에서 손을 떼고 몸을 바로 하며 헝클어진 옷을 두 손으로 내리 쓰다듬는데, 태평 믿고 발걸이를 힘주어 디딘 은희는 휘뚝 한쪽으로 실그러지며 곧 자전거와 함께 보기 좋게 나동그라졌다.

선장이가 그 꼴이 우스워서 하하 웃고 "선생님이 오셨다, 은희야." 하고 소리치니 은희는 땅바닥에 엎드린 채 흘끔 쳐다보더니만 손을 놓았다고 누나를 칭원할 겨를도 없이 후닥닥 뛰어 일어나 무릎의 흙을 툭툭 털며 부지런히 쫓아와 김영하 선생에게 꾸뻑 경례를 하였다.

한편 힘을 들여 자전거를 붙들어 주고 밀어 주고 한 데다가 불시에 들이닥친 낯선 남자가 동생의 담임선생인 것을 짐작하고 당황하기까지 하여 두 뺨에 홍조를 띤 선희는 조용히 앞으로 걸어나와 김영하 선생에게 다소곳이 고개를 숙였다. 김영하 선생도 적이 당황하여 역시 말은 없이 고개만 숙여서 답례하였다. 둘이 다 창졸간에 무슨 말을 했으면 좋을지 몰라 벙어리 놀음들을 한 것이다. 그런 중에도 김영하 선생이 살펴보니 바람에 나붓긴 머리카락 몇 오리가 수려한 난간이마에 흩어진 여학생의 갸름한 얼굴 모습과 날씬한 몸매가 향기 그윽한 울금향같이 단아하였다.

김영하 선생이 하릴없이 "댁에 어른들이 계신가요?" 하고 먼저 입을 여니 그제는 선희도 더는 수줍어하지 않고 "네, 할아버지께서 계십니다." 대답하고 잇달아서 상냥하게 "어서 이리 들어오세요." 하고 큰사랑으로 청해 들이었다. 선희가 큰사랑 모서리방의 쌍창미닫이를 열고 내다보는 최 서사에게 "아저씨, 나와서 손님 좀 모시구 들어가세요. 나 할아버지께 여쭙고 나올게요." 말하고 다시 김영하 선생에게 목례를 보낸 뒤 종종걸음으로 큰사랑 모퉁이를 돌아 안으로 들어갔다. 말쑥한 운동복 차림으로 정구장에서 라켓을 들고 뛰노는 것과도 같이 세련된 동작이었다.

김영하 선생이 최 서사의 안내로 큰사랑에 들어와 앉아 한훤수작도 미처 하기 전에 선희가 다시 나와 손님을 안사랑으로 모셔 들이란다고 하여 김영하 선생은 다시 선희를 따라 안사랑으로 들어가게 되었다.

풍신 좋은 한 진사가 손님이 들어와 자리 잡아 앉기를 기다려서 "은희 애비는 마침 통천, 고성땅에 추심을 나가구…… 집에 없소이다. 어서 편히 앉으시우." 말한 다음 고급 담배 시키시마와 놋재떨이를 손님 앞으로 밀어 놓으면서 "담배를 붙이시우." 하고 권하였다.

"아니 저, 저는 담배를 피우지 않습니다."

"담배를 아니 피워…… 늙은 사람 앞이라구 사양을 해 그러는 것 아니요?"

"아니올시다. 정말 피울 줄 모릅니다."

"허허 그것참, 요새 젊은 양반치구는 쉽잖은 일이웨다."

김영하 선생이 얼른 "할아버님께서나 어서 피우시지요." 하고 노인이 담배 한 가치를 꺼내어 입에 물기를 기다려 성냥을 그어 공손히 불을 붙여 드리니 노인은 "아, 이런." 한마디 사양하고 그대로 받았다. 담배를 두어 모금 빨고 나서 한 진사가 "김 선생이라지요?" 하고 다시 물어서 김영하 선생은 앉은 채로 허리를 굽실하고 "김영하라고 합니다." 하고 송구스레 대답을 올렸다.

"본은?"

"경주올시다."

"신라의 서울이로군."

"네."

"한데 일전에 은희 녀석이 학교에서 받아온 습자지를 보니까…… 거기 선생의 필적이 있습디다. 지금 청년들로서 붓글씨를 그렇게 단정히 쓴다는 것은 참으루 가상한 일이웨다."

"천만의 말씀을 하십니다. 변변히 못한 것을 너무 과찬을 하시니까 몸 둘 바를 모르겠습니다."

"아니요, 내 말이 조금두 지나친 말이 아니요. 한데 그 붓글씨는 뉘게서 배우셨소?"

"어려서, 저의 조부님이 생존해 계실 때…… 조부님께 배웠습니다."

"조부님은 언제 타계를 하셨소?"

"이제 꼭 십 년이 됩니다."

"허허, 아지는 쳐야 하구 자식은 가르쳐야 한다더니…… 과시 옳은 말이로고."

한 진사와 김영하 선생이 이와 같이 한담을 하는 중에 선희가 심부름하는 여편네에게 술상을 들려 가지고 나와서 받아 놓은 다음 은주전자에서 약주 한 잔을 따라 손님인 김영하 선생 앞에부터 놓으니 김영하 선생은 황망히 두 손을 앞으로 내들고 흔들며 진땀을 빼었다. 선희에게 "어서 할아버님께부터." 말하고 다시 한 진사를 보고 "저는 본시 술을 접구두 못합니다. 정말 죄송합니다." 하고 사과를 올렸다. 한 진사는 의외로운 듯 한쪽 눈썹을 쳐들며 "순한 청준데두?" 하고 처지가 곤란해 쩔쩔매는 김영하 선생과 은주전자를 손에 든 채 어찌할 바를 몰라 난처해하는 선희의 얼굴을 번갈아 보았다.

이날 김영하 선생은 담배도 못 피운다고 방색하고 또 술도 못 마신다고 방색을 하였는데 밥까지 먹을 줄 모른다고 방색을 할 머리가 없어서 저녁 대접한다는 것을 두말 못 하고 받아들였다. 떡 벌어지게 차린 저녁 대접을 받고 나서 간다는 인사하고 일어나올 때 한 진사가 마루 끝에 나와 서서 "선희 어디 갔느냐?" 하고 손녀를 불러 가지고 "김 선생 가시는데 너희 남매가 내 대신에 배웅을 좀 해라." 하고 말을 일러서 은희 오누이가 대문 밖까지 손님을 배웅하였다.

김영하 선생이 한참 오다가 뒤를 돌아보니 땅거미가 기어드는 솟을대문 앞에 크고 작은 남매가 그대로 서 있었다. 김영하 선생은 그만들 들어가라고 손을 내저었다. 그리고 다시 발을 떼어 놓으면서 입속말로 중얼거렸다.

"선희…… 한선희."

11

원산의 소문난 무정부주의자 조시원은 〈조선일보〉의 지국장으로서 남산 밑 검정 목담을 두른 큰 기와집에 살았다. 서른쯤 되는 사람으로 조혼하여 벌써 예닐곱 살씩 먹은 아들딸까지 두었는데 부친은 연전에 늑막염인가 무언가로 병사하여 삼년상이 오래지 않았고 조부모는 다 생존하였다. 조시원의 자색 있는 누이동생 하나가 갓 스물에 출가하여 이태를 채 못 살고 청상과부가 되어 친정살이를 하는 지도 벌써 일 년이 넘었다. 그 청상과부가 저의 오라버니와 가까이 상종하는 사람들 중에서 은근히 좋게 보는 사람 하나가 있었으니 그는 곧 용모가 준수하고 학식이 많고 지체가 좋은 한 진사의 맏손자 한정희였다.

한정희가 이날 조시원의 그 집으로 찾아오니 바깥마당에서 흙장난을 하고 있던 조시원의 여섯 살 먹은 아들이 "아저씨, 아저씨." 부르며 두 팔을 벌리며 쫓아왔다. 한정희가 반짝 쳐들어 안고 "누나는?" 하고 물으니 그 아이는 "아주머니가…… 머리 빗겨 주우." 대답하고 방글방글 웃었다. 조시원의 이 어린 아들은 아버지의 친구인 한정희를 저의 친삼촌만큼이나 따랐다.

이때 종종머리를 곱게 땋은 조카딸을 앞세우고 중대문을 나오던 그 고모 ― 조시원의 누이동생이 한정희가 흙투성이 손을 한 어린 조카를 안고 섰는 것을 보고 "저 손!" 나직이 소리치고 곧 되돌쳐 안으로 달려 들어가더니 잠시 후에 물수건을 들고 나와 한정희에게 눈인사하고 안겨 있는 조카의 손을 한 짝씩 한 짝씩 말끔히 닦아 주었다.

안방에 들어가 누웠다가 누이동생에게 손님이 왔다는 연통을 받고 머리에 붕대를 감은 조시원이 중대문으로 나오면서 "그놈 내려놓구어서 올라오게. 저런 넉살 좋은 녀석." 하고 소리하여 한정희는 비로소 떨어지지 않으려는 아이를 그 고모에게 넘겨주고 앞서서 사랑마루에 올라섰다. 방에 들어와 자리 잡아 앉은 뒤에 한정희가 "자네 머리가 그저 안 나았어?"하고 물으니 조시원은 머리를 가로흔들며 "뼈끝이 돼 그런지…… 애먹이네."하고 대답하였다. 조시원은 적색노조의 습격을 받던 날 부상을 당하였던 것이다.

조시원이 분개하여 "생각할수록 분하네. 그런 봉변이 그래, 또 어디 있니? 다들 이를 갈고 있네……."하고 말하다가 관자놀이의 상처가 울려서 아픈 모양으로 상을 찡그리고 입을 다물었다. 한정희는 얼굴을 젖혀 들고 천정을 쳐다보며 점도록 말이 없었다. 한동안 지나서 조시원이 제풀에 "하루빨리 동지들을 규합해 가지구 설치를 해야잖겠나? 톡톡히 본때를 보여서 다시는 그런 지정머릴 못 하게 해야잖겠나?"하고 한정희를 쳐다보니 한정희는 그제야 젖혀 들었던 얼굴을 바로 하고 "자네두 그날, 주재소 놈들이 강 건너 불구경하듯 하는 걸…… 봤겠지?"하고 동문서답 격으로 되물었다.

"그야 보았지."

"이거 우리가 그놈들 좋아할 일을 하는 건 아닌가?"하고 한정희가 의문을 제기하니 조시원은 무어라고 대답을 해야 좋을지 몰라 그저 잠자코 눈만 끔벅끔벅하였다. 한참 만에 한정희가 또 "우리가 이거 동족상쟁을 하는 거 아닌가, 원쑤들을 눈앞에 두구?"하고 의문을 되물이하여 제기하니 조시원은 물끄러미 한정희의 얼굴 ― 심각한 얼굴 ― 을 쳐다보며 여전히 잠자코 있었다.

"원쑤들이 좋아할 일을 하는 건 가장 어리석은 일이라구 자넨 생각잖나?"

조시원은 묵묵무언뿐, 방바닥만 내려다보고 앉았다. 두 친구가 더 할 말이 없는 듯 덤덤히 마주 보고 앉았는 중에 미닫이문이 살며시 열리더니 조시원의 소복단장을 한 누이동생이 쟁반 하나를 받들고 들어왔다. 쟁반에는 하얀 밥알이 동동 뜬 식혜 두 사발이 놓였다. 저의 누이동생이 아무 때고 한정희만 오면 누가 시키지도 않는데 특별한 대접을 자진해 하는 것을 조시원은 알고 있었다. 두 사람 사이에다 쟁반을 밀어 놓고 누이동생이 머뭇머뭇하는 것을 보고 조시원은 한정희를 건너다보며 "이야기는 차차 하기루 하구 우선 식혜나 먹세, 속이 좀 후련해지게스리." 하고 먼저 식혜 한 사발을 집어 들고 재차 "어서 들게." 하고 권하였다.

누이동생이 빈 그릇을 도로 쟁반에 담아 가지고 나간 뒤에 조시원은 다시 한정희를 바라보며 "자, 이젠 자네 소견을 똑똑히 좀 털어놓게. 어디 한번 들어 보세." 하고 말을 자아내었다. 한정희가 고개를 기우뚱하고 한참 생각하다가 "내 생각엔…… 우리가 충동을 눅이구 냉정히 한번 반성을 해 보는 게 좋을 것 같네." 하고 말하니 조시원은 펄쩍 뛰다시피 하며 "반성? 자네 미치잖았나! 선손을 건 것은 저편이야. 우리는 피해자야. 앉아서 벼락을 맞았단 말이야. 반성이란 웬 말인가!" 하고 뗑하였다.

"선손은…… 우리가 걸었어."

"뭐시?"

"조합에다 먼저 프락치를 박은 것은 우리거든."

"거야 피장파장이지."

"안 그래."

"안 그렇긴 뭐가 안 그래?"

"조합 측에서 우리 속내를 파 보려구 한 건…… 말하자면 정당방위야. 자기네 조직을 보위할 목적으루 부득이한 조처였어."

"그래서 불한당처럼 불의의 습격을 들이대 가지구…… 경찰 놈들이

보는 앞에서 우리를 망신시켰겠네그려?"

조시원의 목소리가 높아지며 비양조로 말하니 한정희는 목소리를 도리어 낮추어 가지고 "이 사람, 오늘은 우리 고만하세. 이담에 머리들을 식혀 가지고…… 한번 찬찬히 이야기해 보세." 말하고 왼손으로 저의 오른쪽 어깨를 주물럭주물럭하였다. 그도 지난번 충돌 시에 어깻죽지를 되게 맞았던 것이다.

조시원은 속에 치민 것이 종시 내려가지를 않아서 시무룩해 앉았고 또 한정희는 한정희대로 입을 다물고 덤덤히 앉아 있어서 자리가 버성기어 마치 소와 닭이 마주 보는 것과 같았다. 조시원은 청년회관에서 거연히 영좌 노릇을 하는 사람이었다. 한정희로 말하면 조시원이 가장 믿고 마음을 트는 친구이자 동지였다. 한정희는 청년회관을 떠받치는 두 개 기둥 중의 하나였다. 액내 사람들은 누구나 다 그를 조시원의 버금가는 인물로 보고 있었다. 두 사람은 다 청년회관에 없어서는 안 될 중요한 존재였다. 이 두 사람 사이에 금이 간다는 것은 도저히 상상할 수가 없는 일이었다.

이날 밤 한정희의 하숙으로 씨동이가 찾아왔다. 씨동이는 자리에 앉기가 바쁘게 한정희를 보고 "형님, 어떡허기루 했소?" 하고 물었다.

"무얼 말이냐?"

"아, 앙갚음을 해야잖겠소. 우리 회관이 앉은벼락을 맞구 모두 풍지박산이 됐는데."

"앙갚음을 어떻게 한단 말이냐?"

"우리 사람을 불러 모아 가지구 명석동을 들이쳐서 쑥밭을 만들어 놔야지요. 그놈의 조합인가 뭔가를."

"누구 좋으라구?"

"누가 좋다니……. 그게 무슨 소리요?"

"너 그날 못 봤니? 경찰서 왜놈들 좋으라구?"

씨동이가 대꾸할 말이 얼른 떠오르지 않아 눈이 멀뚱멀뚱하여 한 정희의 얼굴만 쳐다보니 한정희는 "전번에두 그놈들 좋은 일을 했는 데…… 그것이 부족해서, 한 번 더 좋으라구?" 하고 씨동이의 얼굴을 마주 보았다.

"그러니 어떡하자는 거요. 까닭 없이 얻어맞구두, 죽여 줍시오 하구 가만있자는 거요? 그렇게 되면 남우세스러워 이 낯짝을 어떻게 들 구 다니우?"

"조개하구 황새가 서루 싸우면 이득을 보는 놈은 따루 있어."

"그러니 비겁쟁이라구 남들이 뒷손가락질을 해두 좋단 말이요?"

한정희가 대답을 아니 하고 씨동이의 불만이 가득한 얼굴을 물끄러 미 보다가 홀지에 "너 내 고사 하나를 이야기할게 들어 보련?" 하고 말 하니 씨동이는 그 말의 뜻을 잘 몰라서 "고사가 뭐요?" 하고 되물었다.

"옛날 역사가 고사지."

"그럼 어서 이야길 하시우, 들어 봅시다."

"옛날 중국 전국시대에 조나라라는 작은 나라가 있었는데 그 나라 에 린상여라는 재상과 렴파라는 장군 출신의 재상이 있었다. 그런데 이 렴파라는 무공이 많은 재상이 린상여라는 재상을 무공은 없으면 서두 급이 자기보다 높은 것을 못마땅하게 여겨서 골탕을 먹여 주려 구 자꾸 시비를 걸었다. 하지만 린상여는 조금도 가래지 않구 그럴 적마다 번번이 겸양을 했다. 겸손한 태도루 사양을 했단 말이다. 이 것을 보구 렴파는 아주 우쭐했다. 제 위풍에 눌려 린상여가 예기가 꺾여서 쩔쩔매는 줄 안 것이다. 린상여의 부하들이 참다 못해 린상여를 보구 대감께서는 왜 렴파의 콧대를 꺾어 놓을 생각을 안 하시구 창피하게 자꾸 그렇게 겸양만 하십니까 하구 물었다. 그러니 린상여가 대답하기를 지금 강한 이웃 나라 — 진나라가 우리나라를 집어삼키려고 호시탐탐 노려보구 있다. 그러면서두 감히 손을 대지 못하는 것은, 렴파 장군과 나를 기탄해서다. 그런데 내가 만약시 나라 일이 중한 걸 생각 않구 렴 장군과 맞선다구 하면, 두 호랑이가 맞붙어 싸우면 둘이 다 상하는 법이라…… 우리 두 사람은 다 상할 것이다. 그렇게 되면 진나라가 우리나라를 넘보구 쳐들어올 것은 명약관화의 일이다. 내가 렴 장군을 피하는 것은 그가 무서워서가 아니라, 나랏일이 중해서다. 이와 같이 대답을 하더란다. 이 말이 굴러 굴러 마침내 렴파의 귀에까지 들어가게 됐다. 렴파두 원래 애국심이 강한 큰 인물이라 이 말을 듣구는 크게 깨닫구 자신의 잘못을 뉘우쳤다. 그래서 즉시 린상여를 찾아가 계하에 꿇어 엎드려 청죄를 한즉 린상여는 버선발루 뛰어내려와 붙들어 일으키며 우리나라를 위해 이보다 더 기쁜 일이 어디 있겠느냐구 좋아했다. 이때로부터 두 재상은 생사를 같이할 만큼 친한 사이가 됐는데 그들 두 사람이 살아 있는 동안은 강포한 진나라두 감히 침노할 엄두를 못 냈다. 그러니 우리두 마땅히 나라와 민족의 일을 생각해서 서루 싸울 것이 아니라 한데 뭉쳐야 하지 않겠느냐. 바꾸어 말하면 우리의 원쑤들이 좋아할 일을 하지 말잔 말이다. 시비를 가르는 것은…… 원쑤들을 이 강토에서 싹 몰아낸 뒤에 가려두 늦지 않아. 내 이 말을 너 알아듣겠니?"

"글쎄 알아들은 것 같기두 하구 또 알아듣지 못한 것 같기두 하구……. 그러니 결국 어쩌자는 말이요? 시원히 뚝 찍어서 말을 좀 하시우."

"시비를 가르거나 앙갚음을 하거나 하는 따위는 다 일본 놈들을 몰아내구 나라가 독립을 한 뒤루 미루자는 거지. 한마디루 말해서…… 우리의 급선무는 왜놈들부터 몰아내는 거란 말이다. 모두들 힘을 합쳐 가지구."

"그래 도중 일동의 의견은 다 일치하우? 일치하다면…… 나두 거기 따라야지요, 맞갖잖긴 하지만."

한정희가 고개를 가로흔들며 "도중의 의견은 거의 다 너처럼 앙갚음부터 하자는 거다. 모두들 이를 갈구 있다." 하고 한숨 섞어 말하니 씨동이는 대번에 눈방울을 굴리며 "아, 그렇다면 중뿔나게 형님 혼자 나서서 밀막을 것 무어 있소? 괜히 남의 지청구만 받게스리." 하고 대단히 못마땅해하였다. 한정희가 하소연하듯 "지청구 받는다구 도중 일이 잘못되는 걸 뻔히 알면서두 입 다물구 가만있으란 말이냐?" 하고 말하니 씨동이는 무뚝뚝하게 "난 모르겠소. 그럼 형님 맘대루 하시우." 하고 훌뿌려 말하였다.

한정희는 진리가 소수 사람에게 있을 때 다수 사람 앞에서 그 진리를 견지한다는 것이 얼마나 어려운 일인지를 이날 밝히 알았다.

토요일 날 다저녁때 한정희가 공사장에서 하루 일이 끝나서 빈 도시락을 옆에 끼고 하숙으로 돌아오니 자기 방 책상 위에 글쪽지 하나가 놓였다. 집어 보니 누이동생 선희의 산들바람에 나붓기는 능수버들가지 모양 고운 글씨다.

오빠

오늘 저녁 7시 우리 학교에서 학예회를 여는데 학부형들을 초대하니 오빠도 참석해 주시기 바랍니다. 나는 바이올린 독주를 하게 되었는데 사라사테의 '치고이너바이젠'을 골랐습니다. 그럼 기다리겠습니다.

선희, 4시 20분.

한정희가 부지런히 몸을 씻고 저녁밥을 재촉하여 잠깐 동안에 다 먹어 치운 뒤에 외출복을 말쑥이 갈아입고 그리고 선희가 노는 날 와서 닦아 놓고 간 기또 구두를 꺼내 신고 집을 나서니 보랏빛 황혼이 바야흐로 거리를 휩싸고 있었다. 7시까지는 아직 반 시간도 더 남았기에 서두르지 않고 슬렁슬렁 걸어서 산제동으로 향하였다. 이름난 루씨여학교의 석조 교사는 산제동 막바지에 자리 잡고 있었다. 행인이 드문드문 보이는 신작로를 걸어 올라가다 보니 어느 가겟방 끝짝 빈지에 큼직한 광고 한 장이 붙었는 것을 지나는 걸음에 읽어 보니,

토론회
낙(樂)이냐, 악(惡)이냐 어느 것이 옳으냐?
모두들 열렬히 토론에 참가해 주시기 바람.
자격은 제한 없음. 입장은 무료.
시일 : ○월 ○일 오후 ○시
장소 : ○○회관
주최 : ○○회

이따위 시시껄렁한 광고였다. 한참 더 가노라니까 이와 비슷한 광고가 또 하나 붙었는데 이번 것은,

토론회

영웅이 시대를 낳는가, 시대가 영웅을 낳는가?

누구나 다 참가하여 열렬히 토론해 주시기 바람.

자격은 제한 없음. 입장은 무료.

시일 : ○월 ○일 오후 ○시

장소 : ○○강당

주최 : ○○사

역시 밥 먹고 할 일이 없는 자들의 잠꼬대 같은 광고였다.

한정희는 혼자 쓴웃음을 웃었다. 경찰서의 집회 허가가 너무나 관대 무량하다는 생각이 들어서였다. 식민지 통치에 털끝만큼이라도 저촉이 되거나 혹은 저촉이 될 우려가 있는 집회의 허가는 낙타가 바늘구멍을 빠져나가기만큼이나 얻어 내기가 어려운 반면에 껄렁껄렁한 잡소리를 쥐어치는 집회의 허가는 동정 칠백 리 내 당나귀 타고 가기만큼이나 얻어 내기가 쉬웠다. 더구나 종교 미신 따위 집회에 대해서는 경찰에서 적극적으로 후원을 못 해 주어 성화가 날 지경이었다.

극장이나 활동사진관 같은 데는 모두 관령으로 경관석이라는 것이 설치되어 있어 가지고 칼 차고 제복 입은 경관 둘이 번번이 도사리고 앉아서 감시를 하였다. 극을 상연하거나 영화를 상영하는 도중에 조금만 미타한 대목이 있어도 대번에 "중지!", "중지, 중지!" 하고 송곳같이 뾰족한 소리를 냅다 질러서 예술의 향기 그윽한 장내를 삽시에 살풍경을 만들어 놓군 하였다.

한정희가 한참 더 걸어가니 신작로를 서에서 동으로 가로타고 지나간 밀차 레일이 나섰다. 두 팔을 벌려 바다를 안고 있는 형상의 원산 시가지는 초생달 모양으로 휘우듬하게 길이만 길고 폭이 좁아서 산을 헐어 바다를 메우는 매축공사가 이때 대대적으로 진행되는 중이었다. 남산의 북쪽 날가지를 헐어서 바다를 내메우고 거기다 시장과 어시장을 신설하고 또 배 닿을 안벽을 쌓는데 거기에 쓸 돌과 흙을 실어 나르는 밀차들이 지나다니는 레일이 바로 이 레일이었다. 그동안에 라이징 썬 석유회사의 부두 매축공사가 준공이 된 까닭에 한정희, 양씨동 등 청년회관에 속하는 여러 사람은 이리로 일자리를 옮겼다. 그러므로 한정희는 자기가 낮에 밀차를 밀고 다니던 레일을 지금 외출복 차림으로 건너는 것이었다.

한정희가 루씨여학교 교정에 들어서서 뒤를 돌아보니 발밑의 시가지에는 벌써 불들이 켜졌다. 장덕섬과 방파제와 갈마반도 끝에서는 등댓불이 명멸하였다. 바다에서는 밝기도 다 다르고 또 빛깔도 각기 다른 여러 가지 선등이 미끄러지듯 오고 가고 하였다.

학예회는 미국인 여교장이 영어로 하는 개회사를 한복 차림의 안경 쓴 여선생이 통역하는 것으로 시작이 되었다.

한정희는 저의 누이동생이 각광을 받으며 무대에 선 것을 처음 보는 까닭에 매미 날개 같은 조선 옷을 입은 그 아름다움에 새삼스레 경탄하였다. 저게 정말 어려서 내게 볼때기를 쥐어질리고 비죽비죽 울던 계집애인가 하는 생각까지 들었다. 듣는 사람의 가슴을 걷잡을 수 없이 설레게 하는 '치고이너바이젠'의 선율이 꼬리를 끌면서 꺼지듯 사라지자 청중들 속에서 박수가 터지는데 보니 유지 인사들을 모시고 맨 앞 좌석에 앉았는 미국인 여교장이 무대 위에서 곱게 고개 숙여 인사하는 선희를 향하여 특히 열렬한 박수를 보내고 있었다.

'눈에 든 모양이구나.'

한정희는 이와 같이 속으로 생각하였다. 그런데 어떡하다 또 보니 자기하고 통로 하나를 사이에 둔 옆자리에 앉았는 제 연갑의 남자 하나도 출연자에게 보통이 아닌 박수를 보내고 있었다. 그게 어떤 누구이든 간에 제 누이동생에게 진심으로 박수를 쳐 주는 것은 조금도 싫을 것이 없었다. 그러나 한편으로는 '저 친구 혹시 우리 선희에게 무슨 딴 맘을 먹은 건 아닌가?' 하는 공연한 의심도 들어서 대체 어떤 작자인가 하고 넌지시 그 남자의 인물을 다시 한번 살펴보았다. 그 남자는 제 옆얼굴에 눈길이 쏠리는 것을 알아차렸던지 홀지에 이편으로 얼굴을 돌려 한정희를 맞바라보았다. 다음 순간 그 남자의 얼굴에는 '어? 어디서 꼭 보던 얼굴 같은데. 어디서 보았을까?' 하는 의혹이 환히 드러났다.

그러나 사실상 그들은 생면부지였다. 피차에 처음 보는 사람이었다. 그 남자는 고개를 기울이고 잠시 생각해 보다가 생각해 낼 가망 없는 생각을 그만두고 다시 얼굴을 무대로 향하였다. 학예회는 홍난파 작 '봉숭아(봉선화)'의 합창으로 막을 내렸다.

한정희가 퇴장하는 사람들의 뒤를 청처짐하게 따라 강당 밖에를 나왔을 때 "오빠!" 하고 부르는 소리가 나 뒤를 돌아보니 한 손에 바이올린 케이스를 든 선희가 상기된 얼굴로 뒤좇아 왔다. 한정희가 잠시 발을 멈추고 누이동생이 오기를 기다려서 남매가 어깨를 나란히 하고 걷는데 뒤에서 또 누가 "선희 언니!" 하고 불러서 남매는 다 같이 걸음을 멈추고 뒤를 돌아보았다.

한정희가 보니 선희보다 자칫 작은 듯한 여학생 하나가 웬 남자 하나와 같이 오면서 선희를 부른 것인데 그 남자는 다른 누구가 아니고 바로 아까 제 옆자리에 앉아서 가장 열렬히 박수를 치던 그 남자였다. 선희가 그 남자를 한눈에 보자 곧 오빠를 돌아보고 속삭이듯 "은희네 담임선생." 하고 귀띔해 주었다.

한정희가 알아차리고 곧 얼굴에 웃음을 띠고 급히 두어 걸음 앞으로 나가서 손을 내밀며 "모르구 실례했습니다. 저는 한은희의 형 되는 사람입니다. 한정희라구 합니다." 한즉 김영하 선생은 의외롭고도 반가와서 얼른 한정희의 손을 마주 잡으며 "김영하라구 합니다. 이렇게 뜻밖에 만나 뵈게 돼 반갑습니다." 하고 인사하였다. 그리고 곧 옆에 섰는 여학생을 돌아보고 "어서 한 선생님께 인사 올려라." 말하고 다시 한정희를 보고 "제 조카아이입니다. 이 학교 2학년생입니다." 하고 소개를 하였다. 알고 보니 김영하 선생은 그 조카딸의 학부형 자격으로 학예회에 출석을 하였다. 선희는 김영하 선생에게 그리고 김영하 선생의 질녀는 한정희에게 각각 나와 인사한 뒤 두 여학생을 뒤딸리고 한정희와 김영하 선생이 서로 이야기를 나누며 산제동 내리막길을 내려왔다. 맑은 하늘의 휘영청 밝은 달이 빛을 아끼지 아니하여 온 누리가 대낮과도 같이 밝았다.

"어쩐지 어디서 꼭 뵌 적이 있는 분 같다구 생각했더니…… 알구 보니까 그렇구먼요. 전형이 어찌나 비슷한지, 모르구 보더라두 형제분 남매분인 걸 대번에 짐작하겠습니다." 하고 김영하 선생이 감탄하며 웃으니 한정희도 따라 웃으면서 "그렇게 같아 보입니까?" 하고 새삼스레 저의 누이동생을 한번 돌아보았다.

"같아 보이다 뿐입니까."

"그렇지만 성질은…… 삼 남매가 다 제각각입니다."

"글쎄요, 그것까진 모르겠습니다만."

"댁이 어디쯤입니까?"

"남촌동 예배당 아시지요? 바루 그 예배당 비슥맞은쪽입니다."

"아, 그렇습니까. 남촌동은 아카시아가 줄지어 늘어서서 정취 깊은 인상을 주는 동네지요."

"그런데 왜 요전에 댁에 가정방문을 갔을 때 뵙지 못했을까요?"

한정희가 잠시 자저하다가 "그럴 사정이 있어서…… 저는 따루 나와 삽니다." 하고 말하니 김영하 선생이 지레짐작을 하고 "아, 네. 세간을 나셨구먼요." 하고 말하여 한정희는 더욱 어색해져서 발명 비슷이 "아니, 아직 미장가전입니다." 하고 말하였다. 김영하 선생은 놀라서 "아, 그렇습니까, 그러세요. 실례했습니다." 말하고 무슨 곡절이 있는 듯싶어 다시 더 그 말을 묻지 않았다. 그는 어릴 적부터 소명한 사람이었다.

둘 사이의 수작이 잠시 동이 끊겼다가 김영하 선생이 다시 "밤이 들라면 아직 멀었는데, 지나는 걸음에 저의 집에 잠깐 들렀다 가시지요. 비록 초면이긴 하지만…… 어쩐지 일면여구루 흉금을 털어놓구 이야기를 나눌 수 있을 것만 같습니다." 하고 말하여 한정희가 "글쎄요, 그리 이르지두 않은데……." 하고 대답을 근지하니 김영하 선생은 "내일이 일요일 아닙니까, 좀 늦으면 어떻습니까." 하고 들렀다 가기를 죄었다. 일요일은 막벌이꾼 한정희의 휴일이 아님을 그는 알 까닭이 없었다. 한정희가 마음을 질정하고 "좋습니다, 그럼 잠깐 들렀다 가지요." 하고 대답하니 김영하 선생은 좋아서 싱글벙글하며 "매씨두 함께 들르도록 하십시다." 하고 결정을 짓듯이 말하였다.

한정희가 남매 같이 김영하 선생네 집에 들러서 이야기하고 놀다가 눌러 밤참까지 얻어먹고 나와 누이동생을 집까지 바래다주고 혼자 달 그림자를 밟으며 하숙에를 돌아오니 벌써 자정이 가까와 야경 도는 사람의 딱따기 소리가 딱딱 들려왔다.

12

이때 일본에서 반공개로 발간되는 〈아카하다(적기)〉라는 월간 잡지와 〈젱에이(전위)〉라는 월간 잡지가 있었는데 그 발행망이 차차로 확대되어 마침내는 조선 반도 각지에까지 미치게 되었다. 원산에서는 적색노조가 그 잡지들을 특약 판매하고 있었는데 책값은 매우 싸서 국판 2백여 페이지 한 책에 흘 5전이었다(영리를 목적으로 하는 것이 아니고 빈곤한 근로대중 속에 널리 보급시키는 것이 목적이었으므로). 그 대신에 원가를 낮추느라고 제본할 때 도련을 치지 않아 책장과 책이 서로 맞달라붙은 까닭에 독자들이 한 장씩 한 장씩 제 손으로 베야 하였다.

원산 무정부주의자들의 대본영인 청년회관에서 손꼽히는 인물인 한정희도 벌써부터 그 잡지들을 구독하고 있었다. 지식욕이 남달리 왕성한 그가 정치이론 서적들을 널리 섭렵한다는 것은 극히 당연한 일이었다. '지피지기자 백전불태'라고 한 손자의 말의 뜻을 그는 잘 알고 있었다. 공산주의자들에 대항하여 싸우자면 우선 그들의 이론부터 연구하여 그 약점이라든가 빈구석이라든가 또는 모순당착한 꼬투리라든가를 찾아내 가지고 거기에 근거하여 반격을 가해야만 이길 수 있다는 것을 잘 알고 있었다.

그런데 우리나라에는 '흑 떼러 갔다가 흑 붙인다'는 널리 알려진 속담이 있다. 그 속담은 한정희에게 들어맞았다. 워낙 두뇌가 명석한 한정희는 상대편의 흠을 잡으려고 애를 쓰다가 흠을 잡아내기는커녕 도리어 제 편의 흠점을 발견하게 된 것이었다. 그러므로 무정부주의에 대한 철석같던 신념이 풍랑 속의 돛대처럼 뒤흔들리기 시작한 한정희를 청년회관의 골간들이 변절자, 반역자로 보게 된 것 또한 당연한 일이었다.

그동안에 한정희는 필연적인 추세로 공개 또는 반공개로 간행되는 마르크스레닌주의 서적들을 탐독하게 되었다. 그리하여 놀랍게도 마침내는 프롤레타리아 독재의 필요성을 긍정하기에까지 이르렀다. 한정희의 머릿속에서 맹렬한 동란이 일어나 무정부주의가 파산을 하는 바람에 프루동, 바쿠닌, 크로폿킨 등 무정부주의의 대가 제씨가 두벌 죽음을 당하였다.

이날 석후에 한정희가 머리 질끈 동이고 앉아 일문판《국가와 혁명》을 파고들어 읽는 중에 일각문에 매달린 깡통이 딸그랑딸그랑 소리를 내더니 조금 후에 함실아궁이 쪽으로 난 창미닫이 밖에서 나직한 기침 소리가 나는데 듣기에 매우 조심하는 여자의 음성 같았다. 한정희가 속으로 '선희는 아닐 텐데?' 생각은 하면서도 책에서 눈을 들고 창미닫이를 바라보며 "선희냐?" 하고 물어본즉 "아닙니다. 저……." 하고 대답하는 것이 전혀 다른 여자의 목소리다.

한정희가 괴상히 생각하고 손에 든 책을 내려놓고 얼른 일어나가 창미닫이를 열고 방에서 흘러나오는 불빛에 보니 뜰아래 섰는 것이 소복단장을 한 조시원의 누이동생이다. 한정희가 적이 놀라며 "아니, 어떻게 이렇게 어두운데……." 인사를 하고 곧 다시 "누추한 데지만…… 잠깐 들어오실까요?" 하고 말하니 조시원의 누이동생은 "아니, 여기서 잠깐 말씀드리구 가겠에요." 하고 사뿐 지대에 올라와 창미닫이 안의 한정희를 들여다보며 "지금 곧 어디루 피신을 좀 하시는 게 좋을 것 같아요." 하고 속삭이듯 말하였다.

"왜, 무슨 일이 났습니까?"

"저의 집 사랑에 회관분들이 여럿이 모여 쑥덕공론들 하는 것이 수

상해서…… 지가 몰래 안문 뒤에 붙어 서서 엿들었는데…… 오늘 밤에 이리루들 쏟아져 올 것은 틀림이 없에요. 그러니 불호광경이 나기 전에 어서 자리를 뜨도록 하세요." 하고 말하는 조시원의 누이동생의 얼굴은 홍조를 띠었다. 그녀가 이러한 행동을 하는 데는 비상한 용기가 필요하였을 것은 짐작하고도 남음이 있다.

한정희는 속으로 크게 감격하였다. 그래서 솔직히 "그 일루 어두운 밤길을 전위해 오셨구면요. 고맙습니다." 하고 치사하였다. 조시원의 누이동생은 "그럼 전 이만 돌아가 보겠습니다. 조심하세요." 말하고 마당에 내려서서 고개를 한번 까댁한 뒤 종종걸음으로 돌아서 나가다가 다시 한번 뒤를 돌아보고 "어서 피하세요." 하고 간곡히 당부하였다. 한정희는 선뜻 "네, 염려 마십시오." 하고 대답하여 여자를 안심시켜 보내 놓고 속으로 생각하기를 '내가 무얼 잘못했다구 피신을 한담? 비겁하게' 하고 앉아 당할 작정을 하였다. 만일의 경우를 고려하여 벗어 놓았던 노동복을 얼른 다시 주워 입고 나와 지카다비라고 불리는 노동화까지 신어서 몸을 가뜬하게 차린 다음 딸그랑 소리가 나지 않게 일각문을 살며시 여닫으며 밖으로 나왔다. 아닌 밤중에 공연히 주인집을 놀래지 않으려고서였다.

한정희가 우물가에 서성거리며 사람들이 오기를 기다렸다. 과연 얼마 오래지 않아 질서 없는 발자국 소리가 들리는 것 같더니 이어 칠팔 명 사람의 그림자가 아리송하게 나타나 점점 뚜렷해지며 가까와 왔다. 한정희가 잠자코 마주 나갔다. 여럿 중에서 맨 앞을 선 사람이 잠시 발을 멈추더니 "거 누구요?" 하고 미심쩍이 물었다. "나요, 한정희." 하는 한마디에 다들 놀란 모양으로 걸음들을 멈추고 웅긋쭝긋 섰는 사람들 사이에서 눈에 보이지 않는 동요가 일어났다.

"마침 잘 만났소. 당신을 보러 오는 길인데 우리하구 같이 갑시다. 가서 물어볼 말이 좀 있소."

젊고 당찬 목소리가 이와 같이 비양조로 말을 걸어오는 것을 한정희가 태연하게 "갑시다. 어디루든지…… 인도를 하시오." 하고 받으니 젊고 당찬 목소리는 예기가 꺾인 모양으로 잠시 망설이다가 "가까운 데 아무 데나 저 누에머리루 올라갈까? 거기가 조용해 좋겠지." 하고 건의 같기도 하고 명령 같기도 하게 말을 내었다.

한정희가 저승사자 같은 칠팔 명의 사람과 함께 별빛 아래 희미한 산길을 도드밟아 남산 누에머리로 올라왔다. 남산은 말이 산이지 좀 높은 언덕 폭도 잘 못 되어 소방서의 망루가 뉘 키가 더 큰지 내기를 하자고 덤빌 만하였다. 누에머리 끝에 나선 초군아이와 산 밑 우물에서 물을 긷는 처녀 아이가 서로 내려다보고 쳐다보며 예사 언성으로 말을 주고받아도 다 들릴 만하였다. 오르내리는 사람이 줄창 끊이지 않는 까닭에 산잔등의 잔디밭 명색도 비루먹은 나귀처럼 군데군데 잔디가 빠져 볼품이 없었다.

한정희까지 쳐서 팔구 명 사람이 높낮이가 고르지 못한 잔디밭에 들쭉날쭉 아무렇게나 둘러앉은 뒤에 한정희 한 사람에게 질문들을 들이대게 되었는데 처음부터 그것은 시비 가락이었다.

"명석동 개종자들에게 보복을 하는 데 대한 고견부터 좀 말씀해 주실까."

걸걸한 목소리가 이와 같이 첫 불을 걸어오는데 한정희가 대답을 안 하니까 "왜, 갑자기 벙어리가 됐는가?" 하고 야무진 목소리가 옆에서 게먹는데 "키케로두 무색할 열변을 또 좀 토해 보시지." 하고 왕방울로 통노구를 가시는 것 같은 목소리가 맞은편에서 시까슬렀다.

"우리가 경선히 보복 행동을 취한다면, 좋아할 건 일본 놈들밖에 없소. 그러니까……." 하고 한정희가 말을 하는 중간에 옆에서 야무진 목소리가 얼른 말끝을 가로채어 가지고 "그러니까 고만두자, 그 말씀이겠군?" 하고 빈정거렸다. 이것을 신호로나 한 듯이 독기 어린 말들이 중구난방으로 쏟아져 나왔다.

"이 뺨을 치거든 저 뺨까지 내대라, 그런 수작인가?"

"노조 불한당 놈들에게 몽둥이찜질을 좀 당해 보니까…… 꼬리가 저절루 사타구니에 끼이는 모양이지."

"변절자들에겐 철권제재가 대접인 걸 알아야 할걸."

"그 꼴에 또 아나키즘을 신봉한다구? 아나키즘이 그래 뉘 집 아이의 이름인 줄 알았더냐?"

"네놈이 배심 먹은 건 벌써부터 다 알구 있었다. 비겁한 놈."

"좀 다듬어 가지구 만지는 게 좋지 않을까? 다들 의향이 어떤가?"

"좋겠지."

"자, 그럼 행동 개시!" 하는 호령 일하에 한정희가 미처 손을 써 볼 겨를도 없이 사정없는 뭇매질 — 주먹질과 발길질이 시작되었다.

이때 별안간 별빛 아래 시꺼먼 사람의 그림자 하나가 나타나더니 "사람을 치기냐? 어디 맛들 좀 봐라!" 하고 벽력같이 호통을 하였다. 뭇매질하던 사람들이 모두 그 소리에 놀라 무춤할 즈음에 그 사람은 손에 든 자전거 사슬을 냅다 휘두르며 매질꾼들에게 달려들었다. 그 사람이 불에 덴 황소 날뛰듯 하는데 '아이쿠, 지이쿠' 소리가 여기저기서 연달아 났다.

조시원의 누이동생은 청년회관패의 젊은 축들이 자기 집 사랑방에 모여 쑥덕공론들 할 때 안문 뒤에 붙어 서서 엿듣다가 저의 오라버니 조시원이 그 사람들을 충동이지는 않았지만서도 그렇다고 또 그 사람들의 기획하는 일을 힘지게 말리지도 아니하여 한정희의 신상에 화가 미칠 것이 확실해지자 크게 용기를 내어 한정희에게 뒷길로 통기를 해 주었다.

그러나 기이한 것은 여자의 예감이다. 그녀는 어쩐지 한정희가 입으로는 피하겠다고 대답을 하면서도 속으로는 그럴 마음이 없지나 않은가 하는 의심이 들었다. 그래서 한정희가 하숙집을 나온 뒤에도 그녀는 곧장 집으로 향하지 않고 근처 어느 집 싸리 울바자 뒤에 가 붙어서서 동정을 살피었다. 아니나 다르랴 한정희는 피신할 생각을 아니하고 밖에 나와 서성거리다가 마침내 그들에게 끌리어 산 위로 올라갔다. 그녀가 숨어 섰던 울바자 뒤에서 나와서 개미 채바퀴 돌듯 하며 왼새끼를 꼬는 중에 일이 될 때라 마침 양씨동이가 덜레덜레 한정희를 보러 왔다. 그녀는 반가운 김에 체면도 부끄럼도 다 잊어버리고 앞으로 내달아서 "한 선생 안 기세요!" 하고 소리쳤다. 씨동이가 놀라서 무춤 발을 멈추고 별빛 아래 소복단장한 여자를 알아보았다.

"어디 갔소?"

"이제 방금 여러 사람에게 끌려서…… 저 산 위로 올라갔어요."

씨동이는 다시 더 긴말 묻지 않고 잽싸게 꽁무니에 차고 다니는 자전거 사슬을 뽑아 들며 남산 누에머리를 향하여 치달았다. 자전거 사슬은 씨동이의 호신용 무기였다.

눈에 불이 철철 흐르는 씨동이의 억센 손아귀에 쥐어져 횡횡 소리를 내며 바람개비 돌듯 하는 자전거 사슬의 기세가 어찌나 날카롭던지 칠팔 명의 기운꼴 쓰는 매질꾼들이 어처구니없이 봉패를 하였다. 산 위의 소동이 이처럼 커졌을 때 산 밑의 이 집 저 집에서는 무슨 난리가 났나 해서 사람들이 하나씩 둘씩 밖으로 나오기 시작하였다. 여러 사람들이 나와 서서 산 위를 쳐다보며 술렁술렁하더니 이윽고 구장의 분별인 듯 회중전등을 든 사람을 선두로 오륙 명 사람이 쫓아 올라오며 "거 웬 사람들이요?", "거기서 뭣들 하우?" 하고 소리들을 질렀다.

일이 이쯤 되자 매질꾼 중에서 시초에 첫 불을 걸던 걸걸한 목소리가 "이젠 고만들 거두자!" 하고 철거령을 내렸다. 무지스러운 쇠사슬에 후두들겨 맞아 골통이 터진 놈, 얼굴바닥이 깨진 놈, 한 팔을 잘 못 쓰는 놈, 발길에 걸어채어 다리를 절뚝거리는 놈……. 이런 놈들이 서로 붙들고 막 저편으로 도망쳐 내려가자 이편으로 동네 사람들이 꾸역꾸역 올라왔다.

씨동이가 자전거 사슬을 얼른 도로 허리에 찬 뒤에 바닥에 두 팔을 뒤로 짚고 앉았는 한정희를 와 들여다보며 "내게 업히시우." 말하고 등을 돌려 대니 한정희는 "괜찮다. 좀 붙들어만 다우, 걸을 수 있다." 하고 씨동이의 손을 잡고 천천히 일어섰다. 앞서 올라온 사람이 전짓불을 들이대며 "대체 웬일들이요?" 하고 기찰하는 구기로 물으니 씨동이는 무뚝뚝하게 "아무것두 아니요." 대답하고 한정희를 부축하면서 "형님 오늘 일수가 사납소. 그렇지만 젊은 과부 덕에 목숨만은 건졌으니 그래두 다행이요." 하고 말하였다.

"너 그게 무슨 소리냐?"

한정희가 몸을 씨동이에게 실리다시피 하며 걷다가 이렇게 물으니 씨동이는 "아, 젊은 과부가 안 가르쳐 주었으면…… 형님이 이리루 끌려온 걸 내가 어떻게 알았겠소?" 하고 빙그레 웃었다.

하늘에서 아무 일도 없었던 것처럼 뭇별이 그저 눈만 끄먹끄먹하고들 있었다.

13

먼 산줄기의 천엽 속같이 첩첩한 굽이를 돌아내려 넓지 않은 들을 지나 남산을 반달 모양으로 끼고 돌다가 꾸불텅거리며 바다로 들어가는 시내를 한물이라고 불렀다. 그 시냇가에서 숱한 여자들이 공사장에서 쓸 자갈을 추고 있는데 서선장이의 누이 정실이도 벌써 근 한 달째 그 일을 하고 있었다. 이것도 역시 품삯은 하루에 얼마가 아니고 한 입방에 얼마 즉 푼빵이었다.

날마다 저녁때 일이 끝난 뒤에 떼어 주는 전표의 금액이 추은 자갈의 분량에 따라 많아지고 적어지고 하는 까닭에 다들 기를 쓰지 않을 수 없었다. 개중에는 당장 저녁거리가 없어서 전표를 타 가지고 돌아가는 길에 싸전에 들러 전표는 맞돈이 아니라고 십일조를 떼우며 쌀을 사 가지고 가야 하는 불쌍한 아낙네들도 있었다. 단돈 몇십 전에 목숨들을 걸고 종일 자갈밭을 헤적거리다 보니 만물의 영장이라는 말을 듣기가 외람스러울 정도로 사람의 값이 떨어져 참말로 날짐승, 네 발 가진 짐승 ― 소, 말, 개, 돼지도 보기가 부끄러울 지경이었다.

이날 해가 서산에 노루꼬리만큼 남았을 때 현장감독을 하는 십장이 전표를 한 줌 쥐고 나와서 명단을 들여다보며,

"리탄실."

"네."

"35전."

"고복례."

"네."

"40전."

"박순녀."

"네."

"30전. 좀 더 빨랑빨랑해야지, 이게 뭐야!"

"김아지."

"네."

"네."

두 여자가 동시에 대답을 하여 십장은 다시,

"작은 김아지."

"네."

"35전."

그다음에,

"큰 김아지."

"네."

"40전."

"문봉임."

"네."

"35전."

이름을 부르는 차례로 전표 한 장씩을 건네주는데 정실이가 이름을 불리어 '네' 대답하고 앞으로 나가 제 몫의 전표를 받으려고 손을 내미니 피둥피둥한 얼굴을 한 사십객의 십장이 능글능글하게 웃으면서 "45전. 정실인 보기와는 달리 아주 강단이 있군그래." 하고 칭찬을 해주는데 말을 할 때 그 입안에서 금니투성이의 이빨이 번쩍번쩍하였다.

정실이가 들음만 하고 전표를 받아 쥐고 돌아서는데 십장은 잇달아서,

"채옥순."

"네."

"40전."

"성분옥."

"네."

"35전. 어머니가 편찮다더니…… 좀 나은가?"

하고 전표를 건네주었다.

정실이가 따로 나와 머리에 쓴 수건을 벗어서 온몸의 먼지를 탁탁 턴 뒤에 그 수건을 개켜서 갈피에 전표를 끼우려다 다시 보니 거기 적힌 것은 45전이 아니고 60전이다. 이게 웬일일까? 정실이가 십장에게 말을 하려고 되돌아오는데 십장은 시치미를 떼고,

"민소녀."

"네."

"45전."

"배금련."

"네."

"40전."

제 할 일만 하였다.

정실이가 망설망설하다가 고만 말할 기회를 놓쳐 버렸다. 십장은 전표를 다 나눠 주고 명단을 접어서 호주머니에 넣은 뒤에 정실이를 돌아보고 한번 싱긋 웃고는 거드름을 부리며 출납 창구가 달린 판잣집 — 사무소로 들어가 버렸다. 정실이는 개켜서 손아귀에 쥔 수건 속에 60전짜리 전표가 들어 있는 것이 마치 독침으로 사람을 쏘는 전갈이라도 한 마리 들어 있는 것 같아 마음이 송구스러웠다. 모든 점으로 보아 그자가 일부러 15전을 더 붙여 준 것은 틀림이 없었다.

'어떡하면 좋을까?'

마음을 질정할 수가 없어서 정실이는 곧장 집으로 가지 않고 이런 일에 들어서는 산전수전 다 겪었을 쌍년이를 찾아갔다.

쌍년이가 혼자 마루 끝에 걸터앉아 저녁 반찬으로 북어무침을 만들려고 북어를 뜯고 있다가 정실이가 마당 안으로 들어오는 것을 보고 반색하며 "어서 오나. 요새두 그저 일 다니니?" 하고 묻는데 정실이는 조심스레 마루 끝에 와 걸터앉아 방 편으로 눈을 보내며 명토 없이 "안 왔니?" 하고 무서운 일 물어보듯 하였다.

쌍년이가 손에 든 북어를 내들어 보이며 "왔으면 내가 이걸 뜯구 있겠니?" 하고 웃었다. 야마다가 북어무침을 먹지 않고 사시미라는 생선회를 잘 먹는다는 말을 정실이도 언젠가 들은 것 같았다. 쌍년이가 소쿠리에서 노르께한 북어 하나를 집어 주며 "옜다, 심심한데 하나 맛이나 봐라." 하고 말하니 정실이는 손바닥을 세워서 밀막으며 "내가 어린애냐!" 말하고 다시 "저녁 차비가 늦었구나?" 하고 말하였다.

"늦기는……. 혼자서 무슨 밥을 짓겠니, 찬밥이나 데워 먹지."

"너의 어머니는 요새 좀 어떠시냐?"

"그저 그래. 더하지두 않구 덜하지두 않구."

"더하시지만 않아두 다행이다."

"누가 아니래."

"그런데 나 오늘 너한테 뭐 한 가지 좀 의논해 볼까 해서 왔다."

"얘는 새삼스레……. 뭔데?"

"우리 거기 윤 뭐라나 하는 피둥피둥한 십장 하나가 있는데…… 나이 근 마흔 된 것이 금니투성일 해 가지구 얼굴 반반한 여자들만 보면 징글맞게 느물거리지 뭐니. 그런데 그게 오늘 전표를 뗄 때 글쎄……."

160

하고 정실이는 개킨 수건 갈피에 끼웠던 전표를 꺼내어 쌍년이를 보이며 "남들이 들으라구 입으로는 서정실 45전 하고 외치면서 뒷구멍으룬 이런 걸 주잖겠니." 하고 말하였다.

쌍년이가 전표를 받아 들고 들여다보니 거기에 적힌 것은 분명히 60전이다. 쌍년이가 "아니, 그럼 이거 15전 공 먹잖았니? 그 자식 선심 썼구나." 하고 고개를 젖혀 들고 하하 웃으니 정실이는 "얘는 웃기는……." 하고 눈을 샐쭉하였다.

쌍년이가 대수롭잖게 여기는 말투로 "받아 둬 받아 둬, 얼마든지 받아 둬. 사양할 거 하나두 없어. 제가 주구 싶어 주는 걸 왜 안 받아?" 하고 전표를 당연한 권리처럼 돌려주는데 정실이는 주니가 나서 "어떻게 그럴 수 있니?" 하고 고개를 갸웃하였다. 쌍년이가 "개코같이, 네가 달랬니 어쨌니? 제가 내켜서 하는 일 싫달 게 뭐 있니? 그런 개망나닌 그렇게 골탕을 먹여 줘야 해. 주는 거 납작납작 다 받아먹구 나서 나중에 헛물을 켜게 해 주면…… 그게 잘코사니가 아니구 뭐냐!" 하고 신이야 넋이야 말을 하는 것을 정실이가 듣다가 기가 막혀 "이제 보니 네가 정말 험한 년이구나." 하고 웃으니 쌍년이는 "다 세상이 그렇게 만들어 주었다, 얘. 내가 우리 엄마 배 속에서 나올 때부터 이런 줄 알았니? 헤!" 하고 코웃음을 쳤다.

정실이가 마음을 질정 못 하여 가만히 앉았는 것을 보고 쌍년이는 "얘, 그러지 말구 너 여기서 나하구 찬밥이라두 데워 먹고 좀 더 앉아 놀다 가라, 혼자 심심해 사람이 곧 죽을 지경이다." 하고 달래었다.

"안 되여, 집에서 기다릴 테니까 가 봐야 해."

"그럼 얼른 가 저녁을 먹구 오나, 나두 할 이야기가 숱하게 밀렸다."

"그러다가 야마다가 오면 어떡하니, 허술한 것이 드나든다구 또……."

"그런 건 염려 마. 야마다구 나발다구 오늘은 올 리두 없지마는, 오면 또 대사냐? 한바탕 들었다 놓지, 까짓거!"

"아주 희구 젖히는구나."

"이젠 그런 건 요거 마찬가지야." 하고 쌍년이가 손바닥을 한두 번 뒤집어 보였다.

"그럼 내 갔다 오마."

"기다리겠다, 얼른 와. 아니, 가만 좀 있거라."

쌍년이가 얼른 일어나 앞자락을 털고 방으로 들어가더니 이내 길고 납작한 껌 두 개를 찾아 들고 나왔다(이때 원산에서 파는 껌들은 거의 다 미국 리글리회사의 제품이었다).

"옜다, 이거 선장이 갖다줘라."

"말 말아, 언젠가 네가 준 그 건포도 아까와서 다 먹지 못하구 아직 두 한 반 갑 착실히 어디다 감추어 두었을 게다."

"천생 구두쇠로구나, 그 녀석!"

정실이와 쌍년이가 이렇게 지껄이고 서로 보며 깔깔 웃고 잠시 갈라졌다.

쌍년이가 부엌에서 간단한 저녁밥을 얼른 먹어 치우고 방에 들어와 앉자 얼마 아니 하여 마당에 발자국 소리가 나기에 정실이가 그새 오는 줄 알고 "벌써 먹구 오니?" 하고 일어나가 장지를 여니 댓돌에 성큼 올라서는 것이 정실이가 아니라 씨동이라 "가요, 가요. 이제 곧 정실이가 와요." 하고 들어오지 말라고 손을 내저었다. 씨동이가 군말 없이 "그래? 그럼 가지." 하고 도로 마당에 내려서다가 고개를 돌이키고 "그 점쳐 본다는 거…… 쳐 봤어?" 하고 물었다. 쌍년이는 "이담에 이야기할게." 하고 빨리 사라지라는 뜻으로 또 손을 내저었다.

씨동이가 나가자 번을 갈아들기라도 하듯이 정실이가 들어왔다.

"글쎄 이놈의 두상이 개미 새끼가 환생을 했는지……. 무슨 반찬이 구 다 설탕을 쳐서 달달하게 만들어야 처먹으니 어떡하니? 그놈의 두상이 와 있는 동안은 난 반찬이 싱거워, 밥을 통 못 먹을 지경이지 뭐냐."

정실이가 들어와 앉자마자 쌍년이가 웃으며 이와 같이 하소연을 하면서 "그러게 일본 사람들은 모두 밸이 얇다더라. 이질만 걸리면 낙자 없이 죽는대. 우리 조선 사람이야 어디 그렇니? 그 매운 고춧가루를 꽝꽝 먹는데." 하고 정실이도 맞장구를 쳤다.

"고춧가루 이야기가 났으니 말이다만……. 지난번에 엄마가 담가다 준 고추장을 알단지에 담아 놓구 몰래 조금씩 꺼내다 먹다가 그놈의 두상에게 들켰지 뭐냐. 수상하게 여긴 모양으루 그게 뭐냐구 묻더라. 내가 얼른 딸기잼이라구 둘러댔더니, 어디 보자 하구 대들어서 단지를 빼앗았다가 젓가락 끝으루 조금 찍어 혀끝에 대 보더니 대번에 오만상을 찡그리며 뛰어나가 양치질을 골백번이나 하는 거야. 그리구는 곧 '게끼야꾸(극약), 게끼야꾸!' 하구 호들갑을 떨면서 단지를 집어 들더니 부랴부랴 잔교 끝으루 달려나가 제 손으루 물속에다 처넣구 손을 털잖구 뭐냐. 아마 내가 저하구 살기가 싫어서, 극약을 먹구 죽을라는 줄 알았던 모양이야."

쌍년이와 정실이가 허리를 잡으며 한바탕 웃고 나서 비로소 진담으로 들어갔다. 정실이가 속이 상해 "그런데 우리 십장 녀석은 어떡허면 좋겠니? 난 골머리가 아파 죽겠다. 그나마 좀 벌어먹자니까 이런 재앙이 드는구나. 네가 훈수를 좀 해 다우." 하고 청을 드니 쌍년이는 생글

거리며 실없이 "눈 끔벅하구 한번 받아 주면 되잖아? 한강에 배 지나
간 자국 있다던?" 하구 놀려 주었다. 정실이가 주먹을 쥐고 대들며 "이
년의 기집애가." 하고 때리려 드니 쌍년이는 얼른 몸을 피하고 두 손으
로 싹싹 빌면서 "잘못했다, 잘못했다. 다시는 안 그러마." 하고 깔깔거
렸다. 쌍년이가 다시 거짓으로 눈이 샐쭉해지며 "그렇지만 기집애가
뭐냐? 쪽을 찐 아낙네를 보구." 하고 나무라니 정실이는 "남은 속이 상
해 죽겠다는데 자꾸 이렇게 시룽거리기야?" 하고 정말로 원망을 내놓
았다.

쌍년이가 그제야 웃음을 거두고 바로 앉으며,

"그러게 내 아까 말하잖던? 아무 소리 말구 주는 대루 납작납작 다
받아먹으라구. 네가 이제 그 전표를 들구 가서 '이거 왜 이렇게 더 줬
소', '깎아 주우' 해 봐라. 그놈의 낯바대기가 어떻게 되나. 만약시 그
렇게 되는 날에는…… 넌 거기서 더 견뎌 배기지 못해. 그 자식이 어
떻게 해서라두 앙갚음을 하구야 말 테니까. 그러니 거기서 단 하루
라두 더 벌어먹을라거든, 그 자식을 덧들이지 말아야 해! 이담에 시
시한 수작을 또 걸어오거든…… 치마 앞에 찬바람이 도는 것처럼 좀
못 해? 그래두 억지루 제끼려 들거든 소리를 냅다 지르려무나. 그 자
식이 제 입으로 '내가 전표를 더 떼 줬는데' 소리는 죽어도 못 해. 더
떼어 준 게 탄로가 나면 제 모가지두 위태하니까. 그 자식 지금 제
살돈 안 들이구 선심을 쓰는 판이거든, 일본 놈 청부업자 몰래. 그러
니 너 일본 놈의 구미(토목건축회사) 돈 좀 뜯어먹어 안 될 게 뭐 있니?
걱정 말구 주는 대루 다 받아 두어. 세상이 온통 흐린 판에 너 혼자
맑은 체해두 소용없어. 그저 나 하라는 대루 해."
하고 말하는데 쌍년이 얼굴에 갓 스물 나이답지 않게 풍진세계를 꿰

뚫어 본 것 같은 초연한 빛이 떠올랐다.

"그때 가서 고분고분 안 하면…… 그 작자가 가만있을라구? 앙갚음을 하려 들지." 하고 정실이가 미타해하니 쌍년이는 데시근하게도 여기지를 않고 "하라지, 걱정이냐? 기껏해야 쫓겨나는 것밖에 더 있겠니! 지금 전표를 들구 가서 말을 해두 가만 안 둬. 쫓아내지. 그럴 바엔 하루라두 더 벌어먹구 쫓겨나는 게 낫잖아? 어차피 넌 이제 거기서 더 오래 벌어먹진 못해." 말하고 잇달아서 "네 낯반대기가 고렇게 반반하잖았다면 아무 일 없었지." 하고 상글상글 웃었다.

"애, 속상하다. 웃지 말아."

"우리 엄마 술장수 노릇 할 때 술꾼들 보구 하던 말투루, 인생 백 년에 시름 잊구 웃는 날이 몇 날이나 되겠니. 식혜 먹은 고양이 상을 하구 앉았지 말구 좀 웃구 지껄여라. 앞에다 송장을 뻗쳐 놓은 것같이…… 뭐냐!"

정실이가 할 수 없이 억지웃음을 따라 웃으니 쌍년이는 말머리를 돌리느라고 짐짓 "선장이 껌 갖다 주니까 좋아하디?" 하고 물었다.

"말 말아. 받아 쥐는 길루 벌써 하나는 어디다 감춰 놓구…… 하나만 벗겨서 제 아가리에 쓸어 넣더라. 단물을 다 빨아먹구 나서두 짝짝 소리가 나게 씹는데 엄마가 이젠 고만 씹구 와 밥을 먹으라니까, 어떻했는지 너 아니? 입안 껌을 얼른 꺼내 벽에다 떡 붙여 놓구 밥상으로 대드는구나 글쎄. 밥을 다 먹구 나선 어떡허는가 보니까……. 에이, 더러운 녀석! 벽에 붙였던 걸 도루 뚝 떼서는 그 아가리에 쓸어 넣고 또 질근질근 씹는 거야. 난 속이 올라와 죽을 뻔했다. 세상에 그런…… ."

정실이가 제 동생의 흉을 보는데 쌍년이는 손뼉을 치고 대굴대굴 굴

다시피 하며 웃다가 눈물까지 내었다.

"그래두 선장이만큼 귀여운 아이는 드물어. 나두 그런 동생이 하나 있었으면 얼마나 좋겠니."

"앞으루 너두 아들 하나 이쁜 거 낳아서 기르려무나. 그러면 되잖아?"

쌍년이가 들음만 하고 있다가 다른 말을 꺼내었다.

"내 그동안에 점친 이야기할게, 너 들어 보련?"

"점을 다 쳤니?"

"하두 속이 답답해 한 장 쳐 봤다. 친 지 이제 한 사날밖에 안 된다."

"어디 가 쳤니?"

"용동에 용한 판수가 있다는 말, 너 못 들었니?"

"나 못 들었다."

"복채가 30전 아래는 없어. 50전, 1원까지 놓는 사람이 다 있대여. 돈두 흔하지."

"우리네 이틀 품삯 사흘 품삯이 아니야."

"그러게 막벌이꾼이 불쌍하다지야."

"그래, 넌 어떡했니?"

"눈 꾹 감구 30전 내놓았지 뭐."

"그러니까?"

"그러니까 판수가 점상을 앞에 놓구 먼눈을 희번덕거리며 한참 뭐라구 웅얼웅얼하더니…… 점상에다 닳아 반들반들한 엽전 한 줌을 뿌리더라. 그걸 점돈이라구 한다나. 엎어지구 잦혀지구 한 점돈을 손끝으루 더듬어 보구 나서 판수가 점괘를 풀이하는데, 점괘가 아주 망측하지 뭐냐."

"어떻게 망측해?"

"여름 소가 개천에 든 형국이니까 당장 먹을 것은 걱정이 없지마
는……."

"없지마는, 그리구?"

"그리구 그다음 괘는 까다로운 문자 말이 돼서 고대루 잘 옮기진 못
하겠지만…… 무슨 적막강산의 길 잃은 나그네요, 공산명월에 외기
러기 신세라나 뭐라나. 아무튼 남편 덕이구 자식 덕이구 그런 건 다
보지 못할 거라지 뭐냐. 내 기분이 상해서 참."

"눈 뜬 사람이 눈먼 판수한테 돈을 갖다 바치면서, 점 좀 쳐 줍시오
하는 것부터가 우습잖니? 기분이 상하구 안 상하구가 왜 있어!"

둘이 마주 앉아 한동안 지껄이다가 너무 늦으면 어머니 사설한다고
정실이가 일어서니 쌍년이가 따라 나오며 "그저 나 하라는 대루 해."
하고 당부를 하였다.

이때부터 정실이가 다 같은 자갈추기를 하면서도 남에 없는 삯전을
받게 되었다. 전표의 액면은 입방과 관계없이 여일히 55전에서 65전
사이를 오르내렸다. 그런 상태가 얼없이 반달 좋이 지속되었다. 십장
양반은 제 맘에 드는 정실이를 ─ 나이가 근 20년이나 차이가 있어서
딸 폭밖에 안 되는 처녀 아이를 ─ 뭉근하게 타는 불에 오래 두고 폭
고아서 뼈까지 흐물흐물하게 만들어 가지고 씹지 않고 그대로 후루룩
들이마실 작정인 성싶었다. 정실이는 언제 일이 들이닥칠지 몰라 항상
마음이 조마조마하면서도 또 한편으로는 단 하루라도 더 벌어먹은 만
큼 이익이다 하는 속셈도 없지는 않았다. 쌍년이 같은 식견도, 쌍년이
같은 수단도, 쌍년이 같은 뱃심도 정실이에게는 없었다. 하지만 위급
한 경우에 부닥쳤을 때 써먹을 앙칼진 매의 발톱은 남이 모르게 ─ 실
상은 저도 모르게 ─ 간직을 하고 있었다.

이날도 역시 자갈추기를 하는 여자들이 부지런히 일손들을 놀리는데 일손을 놀리는 것만큼 입들도 놀려서 여느 때나 마찬가지로 시냇가의 작업장은 부산하고 시끄러웠다.

"제 눈에 드는 건 어물어물 눈감아 주구, 뭉근하게 제 맘에 안 드는 건 괜히 타박하구 트집 잡구…… 뭉근하게 망할 자식 같으니라구."

"심보가 가랑잎으루 똥 싸 먹을 놈이지."

"그러니까 색주가 년이나 데리구 살지그려."

말밥에 오른 것은 윤 십장이었다. 여기서 한번 말밥에 오르기만 하면 그것이 년이든 놈이든 간에 이빨 자국이 온몸에 고기비늘처럼 박히는 것이 통례였다.

"이번 여편네는 색주가요? 난 몰랐지."

"그럼 본여편네는 죽었수?"

"죽기는 왜? 갈라섰지!"

"갈라서? 왜?"

"여편네가 아이낳이를 못 한다구, 그 꼴에 또 소박을 해 내쫓았다는 갑디다."

"그럼 이번 여편네는 아이를 낳았나요?"

"색주가가 어떻게 아이를 낳는다우."

"색주가두 색주가려니와 워낙 놈팽이가 병이 있어서 못 낳는답디다."

"그렇겠지."

"아, 노상 갈보집에 가 묻혀 사는 놈이 무슨 병인들 없을라구."

"보나 마나 임질에 매독에 당창에 하감에…… 없는 것 없이 다 구존했을 테지."

"웬 병명이 그리두 많소? 다 주워 치자면 한참 걸리겠소."

168

"매독은 뭐구 당창은 뭐요?"

"낸들 아우, 사내들이 술 먹구 지껄이는 걸 옆에서 얻어들었지."

"그 벼락 맞아 뒈질 놈이 이 공사장에서두 얼굴 반반한 것들을 벌써 여럿 욕을 보였다는갑디다."

"그따위 놈의 말을 듣는 년이 너절한 년이지."

"우격다짐으루 제끼는 걸 약한 계집이 어떡허겠소."

"아가리는 붙었나? 소리두 못 지르게!"

"누가 아니라우."

"쉬, 저 자식 내다보우."

"귀가 가려울 게요."

"이젠 다른 이야기나 합시다, 저 자식 낌새 채잖게."

여편네들이 받고차기로 윤 십장의 흉을 보는 것을 들으니 정실이는 마음이 송구해졌다. 일이 손에 잡히지 않을 정도로 걱정이 되었다.

일이 끝나서 전표를 나눠 줄 때 윤 십장은 밖으로 나오지 않고 저의 그 사무소 — 판잣집 안에 들앉아 출납 창구를 열어 놓고 한 사람 한 사람 불러다가 전표를 건네주었다. 집에 가 해야 할 일이 숱한 까닭에 다들 전표를 받아 쥐기가 바쁘게 달아나는데 맨 나중에야 "서정실." 하고 불러서 정실이는 "네." 대답은 하면서도 전에 없이 맨 나중에 제 이름을 부르는데 무슨 곡절이 붙어 있는 것만 같아 마음이 좀 떨떠름 하였다.

정실이가 잠시 자저하다가 하릴없이 창구 앞으로 다가서니 피둥피둥한 윤가가 전표는 줄 생각을 아니 하고 "이리 좀 들어오라구, 물어볼 말이 있으니." 하고 능글능글하게 웃었다.

정실이가 마음을 가다듬고 "무슨 말씀인가요?" 하고 들어갈 의사가 없는 눈치를 보였더니 윤가는 "잡아먹지 않을 테니 어서 들어와." 하고 얼굴에서 웃음을 거두었다.

"그러지 말구 어서 전표나 주세요, 집에서 기다리겠어요."

"들어오라면 순순히 들어올 게지 무슨 앙탈이야?"

"그럼 어서 말씀하세요, 여기서 들을게요."

"정말 이러기야?"

정실이가 입을 꼭 다물고 박은 듯이 서 있으니까 윤가는 할 수 없이 능쳐서 "좋다, 그럼…… 이야기는 두었다 이담에 하자. 보기엔 그렇지 않은데 생각 밖에 빡빡하구먼. 옜다, 전표. 고마운 줄이나 알아라." 하고 창구로 전표를 내밀어 주었다. 정실이가 근심 끝에 안도의 숨을 내쉬며 앞으로 나와 전표를 받았다. 그러나 그보다 먼저 윤가의 소댕 같은 다른 손이 번개같이 빠른 동작으로 정실이의 손목을 덥썩 움켰다. 정실이가 뎅겁하여 잡힌 손을 뿌리쳤으나 허사였다. 소리개에 채인 병아리가 파드닥거리는 폭밖에 안 되었다.

"들어오라면 들어올 게지, 앙탈이 무슨 앙탈이야? 되지 못하게!"

"이거 놔요!"

"놔요? 그렇게 문문히?"

"소릴 지를 테요."

"어서 질러 봐라. 누가 듣나? 헤헤."

"이거 놓지 못하겠어요?"

"말을 듣는다면 놓아주마. 듣지?"

정실이가 악에 받쳐 최후의 수단을 썼다. 매섭게 달려들어 윤가의 우악스러운 손을 죽어라 하고 문 것이다. 윤가의 입에서 아야 소리가 터져 나오는 것과 동시에 정실이의 잡혔던 손목이 저절로 풀려났다.

정실이는 그물에서 벗어난 고기처럼, 거미줄에 걸렸던 나비가 거미줄에서 떨어진 것처럼, 뒤도 돌아보지 않고 걸음아 날 살려라 들고뛰었다. 얼마를 오다가 생각해 보니 하루 품삯 전표를 못 탔다. 아깝고 분하였으나 어찌하랴. 소한테 물린 셈 치지.

정실이가 신작로까지 나왔을 때 마침 한정희와 씨동이도 하루 일을 마치고 집으로 돌아오는 중이었다. 정실이가 두 사람을 보자 한옆으로 비켜서며 눈인사를 하는데 씨동이가 발을 멈추고 물끄러미 바라보다가 "너 무슨 일이 있었니?" 하고 물었다. 정실이가 아니라는 뜻으로 고개를 가로흔드니 씨동이는 "그럼 왜 울상을 하구 다녀?" 하고 재차 물었다. 씨동이의 묻는 말에 정실이는 저도 모르게 설음이 북받쳐 눈에 눈물이 핑 돌았다. 눈물을 보이지 않으려고 얼굴을 돌리니 씨동이가 앞으로 바싹 다가들며 "말해, 무슨 일이야?" 하고 다우쳤다. 정실이가 겨우 알아들을 만한 목소리로 "십장이……." 하다 마니 씨동이는 큰소리로 "십장이 어쨌단 말이야?" 하고 재차 물으며 옆에 섰는 한정희를 돌아보았다.

"전표를 안 떼 줘요."

"왜?"

정실이가 대답을 아니 하고 고개를 깊이 숙여서 가리마가 바로 보였다. 씨동이와 한정희는 사태를 얼추 짐작하고 서로 눈짓한 뒤 씨동이가 "가자, 앞서라! 가서 찾아 주마. 그런 도둑놈의 새끼!" 하고 정실이의 팔죽지를 잡아 돌려세웠다.

씨동이와 한정희가 내키지 않아 하는 정실이를 억지로 뒤에서 몰다시피 하며 시냇가 자갈추기 공사장에를 찾아온즉 마침 피둥피둥한 십장 녀석이 사무소의 대패질 안 한 널빤지 문에다 자물쇠를 잠그고 돌아서는 참이었다. 십장 녀석은 제 손아귀에서 빠져나간 계집아이가 얼굴이 해사한 남자 하나와 거머무트름한 남자 하나를 청병해 데리고 온 것을 보자 얼굴에 당황한 기색을 나타내었다.

그러나 곧 능청맞게 "어, 정실인가? 아까 전표 떼 줄 때…… 암만 불러두 대답이 없더구먼." 하고 지껄이며 호주머니에서 전표를 꺼내는데 몹시 물려 피가 맺힌 손을 아끼느라고 왼손으로 꺼내서 "옜소." 하고 내밀었다. 정실이가 박은 듯이 서 있기만 하니까 십장 녀석은 두 청병 중에서 무섭게 생기지 않은 한정희에게 전표를 내밀었다. 한정희가 정실이의 전표를 대신 받는 동안 씨동이는 꽁무니에서 호신용 자전거 사슬을 뽑아 한끝을 쥐고 허공에 대고 윙윙 소리가 나게 냅다 휘둘렀다. 십장이 물계가 좋지 못한 것을 보고 어물어물 가로새려는 것을 씨동이가 앞에 와 턱 막아섰다.

"말 좀 물어봅시다." 씨동이의 거는 말은 거칠었고, "네, 무슨 일이요?" 십장의 받는 말은 건성이었다. "쟤는 내 동생인데." 하고 씨동이가 정실이를 한번 돌아보고 나서 다시 십장을 향하고 "다시 또 그따위 지정머릴 하겠소?" 하고 을러메었다.

"내가 무얼?"

"뭐시 어째?" 하고 씨동이가 대번에 눈방울을 굴리니 십장 녀석은 이내 수그러지면서 "앞으로는 조심하리다." 하고 납고하였다.

씨동이가 또 무어라고 말을 하려 할 즈음에 한정희가 그 어깨를 잡아 돌려세우고 대신 나서서 "여보시우, 연약한 여자들이 벌어먹구 살겠다구 나와서 험한 일들 하는 게 불쌍하지두 않으시우? 우리가 다 같은 조선 사람 아니요? 동냥은 못 줄망정 쪽박을 깬대서야…… 어디 말이 되우? 그러니 앞으로는 그러지 말구 좀 잘하시우. 쟤는 더 말할 것두 없구, 다른 여자들에 대해서두 좀 점잖게 놀란 말이요. 일후에 재 말을 들어 봐서, 그럴 필요가 있을 때는…… 우리가 다시 당신한테 인사를 하러 오리다." 하고 부드러우면서도 속에 뼈가 있는 말로 십장을 타일렀다. 십장이 고개를 쳐들지 못하고 "녜녜, 잘 알았소. 염려들 마시우." 말하고 사를 받은 죄인처럼 꽁지가 빠지게 달아나 버린 뒤에 한정희와 씨동이는 정실이를 위로하여 앞세우고 집으로들 향하였다.

이리하여 정실이는 전연 생각 밖에 윤 십장을 잡아 누르고 자갈추기를 거침새 없이 계속 다니게 되었는데 밤에 쌍년이를 찾아가 되어진 일을 자세히 이야기한즉 쌍년이는 십장의 손을 피가 맺히도록 물어놓았다는 대목이 너무도 깨고소하여 손뼉을 치면서 "살점을 물어뗐더면 더 좋았지." 하고 깔깔거렸다. 그리고 씨동이의 자전거 사슬이 은을 냈다는 말을 듣고는 좋아서 "그 녀석이 이젠 꿈에 쇠사슬 든 놈이 보일까 봐 겁을 닐 게다. 다시는 네게다 그따위 지정머릴 못 할 거니까 아무튼 일이 참 잘됐다." 하고 생글생글하였다.

14

역사 시간에 배운다는 것이 모두 무슨 천황, 무슨 천황…… 맨 천황 투성이라서 선장이는 비위가 상하였다. 참다못하여 엉뚱한 질문을 하였다.

"선생님, 그 천황들은 다 무얼 먹구 삽니까?"

김영하 선생은 수업 중에 별안간 이런 어둔 밤에 홍두깨 같은 질문을 받고 잠시 멍청하였다. 그러나 곧 상태를 회복하고 선장이를 바라보며 싱긋 웃고 앉으라고 손짓하였다.

　기실 김영하 선생도 교과서에 그렇게 찍혀 있으니까 할 수 없이 그렇게 가르치는 것이지 자기가 그렇게 가르치고 싶어서 가르치는 것은 아니었다. 그래서 마지못해 가르치는 제 속도 어지간히 편치가 않던 차라 "천황이란 모두 목상같이 가만히 앉아…… 무어나 신하들이 갖다주는 것만 받아먹어야 한다. 그래서 일 년 열두 달 다른 건 못 얻어먹구 줄창 대구 대가리하구 된장국만 먹구 산다." 이런 엄청난 말이 그 입에서 저절로 나왔다. 그 전거 즉 근거로 삼는 문헌상의 출처는 분명치가 않지마는 일단 선생의 입에서 그런 말이 나오면 학생들은 무조건적으로 믿는 법이므로 선장이 역시 여느 아이들과 마찬가지로 이때부터 일본 천황은 그런 것을 먹고 사는 걸로 믿어 의심하지 않게 되었다. 김영하 선생의 이 기발한 대답은 아이들의 마음눈에 비치는 천황의 존엄을 여지없이 망가뜨렸다. 그래서 선장이에게는 일본 천황이라는 것이 밭 가운데 서서 새들을 놀래는 허수아비같이 우습강스러운 걸로 생각이 들게 되었다.

　아이들이 처음에는 선생을 꺼리고 또 수업시간을 꺼려서 키들키들 웃다가 나중에 김영하 선생이 저의 한 말이 저로서도 우스워서 히쭉 웃으니 아이들은 사기가 부쩍 올라 드러내 놓고 짜그르르 웃어 대었다. 재미없는 수업으로 고자누룩하던 교실 안이 갑자기 우꾼해지고 들썩해졌다.

　"우리나라 임금님은 날마다 큰상같이 잘 차린 수라상을 받으시지요?"

　한 아이가 이렇게 물어서 김영하 선생이 선뜻 "그렇구말구." 하고 고개를 끄덕이니 아이들은 자랑스럽게 "그것 보지!" 하고 서로 돌아보며 싱글벙글 좋아하였다. 일본 천황은 대구 대가리와 된장국밖에 못 먹는데 자기 나라 임금은 잘 차린 수라상을 받는다는 이 현수한 대비가 이들을 민족적 긍지감으로 가득 차게 하였다. 민족적 긍지감이란 야릇한 것이었다. 더구나 이족의 철제하에 신음하는 민족의 민족적 긍지감이란 야릇한 것이었다. 그것은 사람들로 하여금 죽음도 감옥도 두려워하지 않게 하는 신묘한 힘을 가지고 있었다. 어마어마한 싸움에로 사람들을 불러일으키는 전투적 호소성을 가지고 있었다.

이날 저녁 선장이와 한 학급인, 별순사 즉 순사부장의 아들이 밥상머리에서 저의 애비를 보고 "일본 천황은 일 년 내내 대구 대가리하구 된장국만 먹지만…… 우리나라 임금님은 날마다 잔칫상 같은 수라상을 받는답디다." 하고 자랑삼아 말하니 그 애비가 듣고 적이 놀라며 "누가 그러던?" 하고 다우쳐 물었다. 아들이 예사롭게 "역사 시간에 선생님이 그럽디다." 하고 대답하니 별순사는 한동안 말이 없다가 "집에선 괜찮지만…… 어디 밖에 나가선 아예 그런 말 하지 말아, 큰일 난다." 하고 아들을 신칙하였다.

한편 한은희가 석후에 저의 누이와 함께 작은사랑 할아버지 계신 방에 나와 하나는 다리를 주물러 드리겠다고 하고 또 하나는 어깨를 주물러 드리겠다고 하다가 할아버지가 웃으면서 "다 고만두고 거기들 좀 앉아라." 하고 자기 앞을 가리켜서 남매가 다 할아버지 앞에 앉았다. 할아버지가 먼저 선희를 보고 "네 졸업할 날이, 이제 얼마나 남았지?" 하고 물어서 선희는 "이젠 반년두 채 못 남았에요, 할아버지." 하고 대답하였다.

"상급학교는 어디를 지망한다구?"

"교장 선생님이 미국 유학을 고려해 보라구 말씀하세요. 갈 의사가 있다면…… 음악대학에 소개를 해 주겠대요."

"아니, 뭐 미국? 계집아이 혼자서 미국을 가? 그게 어디 될 말이냐!
첫째 너의 에미 애비부터 펄쩍 뛸 게다."

선희가 입을 꼭 다물고 고개를 다소곳하였다.

"서울에두 무슨 학교가 있다잖더냐?"

"이화전문학교가 있에요."

"거기를 가, 거기를 가. 딴생각 말구…… 거기를 가두룩 해."

할아버지의 말 한마디에 뉴욕 줄리아드 음악대학이 서울 이화여전
음악과로 변해 버리는데 선희는 꿀꺽 소리도 못 하였다.

"왜, 싫으냐?"

"아니, 싫을 것 없에요. 할아버지 하라시는 대루 하겠에요."

"암, 그래야지. 할애비 말을 순종해야지. 다 너를 위해서 그러는 거
다. 알겠느냐?"

"네, 알았에요. 할아버지."

한 진사가 저녁에 반주로 약주를 한잔한 기분에 눈이 가늘어져서 손
자를 바라보며 "은희 넌 오늘 학교에서 무얼 배웠느냐?" 하고 물었다.

"역사를 배웠에요, 할아버지."

"역사를 배웠어. 그래, 역사를 어떻게 배웠느냐?"

"선생님이 그러시는데…… 일본 천황은 일 년 내내 대구 대가리하
구 된장국만 먹구 산대요. 정말 그렇습니까, 할아버지?"

할아버지는 은희의 말을 듣자 허리를 잡으며 웃었다.

"옳다, 맞았다! 정말이다. 하하하!"

선희와 은희도 우스워서 따라 웃으니 할아버지는 잇달아 터져 나오
는 웃음을 걷잡지 못하면서 은희를 보고 "어느 선생이 그러던? 너의
그 김 선생이 그러던?" 하고 물었다. 은희가 "네." 대답하니 할아버지

는 "하하하! 너의 그 김 선생이 정말 훌륭한 선생이다. 하하하!" 하고 더없이 좋아하였다.

어느 날 오후의 일이다. 하학을 하고 교문을 나서서 뿔뿔이 흩어져 갈 때 선장이가 은희를 보고 "우리 누나 일하는 데 한번 들려 보잖겠니? 시냇가다." 하고 말을 내니 은희는 그리 내키지 않는 말투로 "그런데 무슨 재미있니." 하고 시들한 대답을 하였다. 선장이가 얼른 다시 "그 옆이 바루 단옷날 그네턴데, 거기 잔디밭에 메뚜기가 우글우글한다." 하고 후리니 은희는 귀가 번쩍 뜨여 대번에 "그럼 가자." 하고 곧 덜렁덜렁 앞서 걸었다. 남산의 서쪽 기슭은 잔디로 뒤덮인 민틋한 언덕인데 그 바로 밑을 한물이 스쳐 지나갔다. 두 아이가 그 언덕을 가로질러 가면서 씩둑꺽둑 지껄였다.

"우리 선생님이 너의 누나를 좋아하잖니?"

"미친 소리 말아, 누가 그러던?"

"아니, 그저 내 생각에 그렇단 말이다."

"우리 누난 명년 봄에 졸업하면 서울 간다."

"너의 누난 좋겠다."

"루씨학교 교장 선생…… 너두 봤지? 그 서양 여자 말이다, 제 손으루 자동차를 몰구 다니는. 그 교장 선생이 우리 누나를 좋아해서 미국 음악대학에 보내 주겠다는 걸, 우리 할아버지가 못 하게 한다."

"왜?"

"여자 혼자 먼 외국에 가는 건 위험하다구 그러겠지."

"내나 한번 가 봤으면."

"큰 기선의 수부가 되면 갈 수 있다더라."

"나 같은 걸 그런 기선에서…… 받아 줄라구 하겠니."

"아마 좀 어려울 게다."

"야, 가을볕이 왜 요렇게 따끈따끈하냐. 사람이 구워지겠다."

"정말 난로 앞에 앉은 것 같다. 스웨터 벗으까."

선장이가 갑자기 "쉬!" 하고 한 손으로 은희를 제지하며 허리를 구푸리고 두어 발자국 앞에 있는 무엇을 유심히 살펴보았다. 은희도 덩달아 허리를 구푸리고 선장이의 눈 가는 곳을 여겨보니 양지바른 둔덕 잔디 덮인 한곳에 시꺼면 몸뚱이에 노르께한 줄무늬가 비낀 벌들이 뻔질나게 드나들고 있었다.

"땅벌이다!"

선장이가 은희를 돌아보며 속삭이니 은희도 역시 가는 목소리로 "말벌이다." 하고 딴소리를 하였다.

"말벌이 어떻게 땅속에다 집을 짓니?"

"왜 못 지어?"

"그래두 이건 땅벌이야."

"아니, 말벌이 틀림없다."

두 아이가 한번 서로 마주 보고 곧 쟁론을 고만두었다. 심판관이 없는 자리에서 둘이 아무리 다투어 보았자 승부는 나지 않을 것이기 때문이었다.

"저놈의 집을 파헤치구 우리 꿀을 좀 내먹자."

"땅벌꿀두 먹니?"

"땅벌꿀을 왜 못 먹어?"

"난 그런 말 못 들었다."

"땅벌은 꿀만 먹지 않구 새끼두 먹는다. 약국에서 파는 땅벌 새끼는 인삼보다 더 비싸다. 먹으면 기운이 세진다구 씨름꾼들은 땅벌 새끼라면 다들 기를 쓴다."

"그렇게 기운이 세지니?"

기운이 세진다는 바람에 기운이 약해 늘 손해를 보는 은희는 귀가 솔깃해졌다. 이들 두 아이가 같이 놀 때 저들도 모르게 은희는 언제나 톰 소여의 역을 담당하였고 그리고 선장이는 항상 허클베리 핀 노릇을 하였다. 마크 트웨인의 소설의 주인공 노릇들을 하였다.

"두말하면 군말이지. 어디 나무꼬챙이가 하나 없나." 하고 선장이가 두리번두리번하니 은희는 얼른 손을 들어 가리키며 "저 나뭇가지를 꺾자." 말하고 곧 앞서서 그리로 달려갔다. 두 아이가 나뭇가지를 하나씩 꺾어 가지고 와서 일을 시작하려다가 은희가 문득 "그러다가 벌이 쏘면 어떡허니?" 하고 주니를 내니 선장이는 들은 척도 안 하고 "저리 비켜라!" 하고 곧 쥐를 노리는 고양이처럼 허리를 바싹 꼬부리고 나무꼬챙이를 지뢰탐지기처럼 앞으로 내들고 살금살금 땅벌집을 향하여 걸어 들어갔다.

정실이가 여러 여편네들 틈에 끼어서 부지런히 자갈추기를 하고 있을 때 한눈파는 버릇이 있는 여편네 하나가 별안간 "아이구, 저 애들 좀 보우!" 하고 새된 소리를 질러서 일하던 여자들이 모두 무슨 일이 났나 하고 일손들을 멈추고 고개를 쳐들었다. 정실이가 그 여편네의 손가락질하는 곳을 바라보니 민틋한 언덕받이 잔디밭을 책보들을 허리에 둘러 띤 사내아이 둘이 엎드러지며 곱드러지며 달려 내려오고 있었다. 그 다급해맞은 품이 마치 뒤에서 큰 호랑이가 주홍 같은 아가리를 벌리고 금세 뒤쫓아 오기라도 하는 것 같았다. 두 아이가 다 죽어라 하고 허공에다 두 팔을 내두르며 달려 내려오는데 그중의 한 아이는 무어라고 알아듣지 못할 말로 울부짖기까지 하는 모양이다.

일하던 여자들이 어찌 된 영문을 몰라 눈들이 휘둥그래지며 우르르 일어서니 판잣집 안에 편히 앉아 출납 창구로 내다보던 윤 십장이 벌떡 일어서며 "웬 수선들이야? 일은 안 하구!" 하고 게두덜거리며 널빤지 문을 열어젖뜨리고 밖으로 나왔다. 두 아이가 어지간히 가까이들 왔을 때 눈이 밝은 색시 하나가 "어이구, 저 벌 떼!" 하고 기급을 하여서 "벌 떼? 어디?", "어머 저런!" 비로소 다들 두 아이가 벌 떼에게 쫓겨 오는 것을 알게 되었다.

그제야 정실이도 두 아이가 곧 저의 동생 선장이와 은희인 것을 알아보고 기절하리만큼 크게 놀랐다. 먹구름장 같은 땅벌 떼를 머리에 떠이다시피 한 두 아이가 시냇가로 곤두박질하듯 달려 내려오는데 뭇 벌이 내는 윙윙 소리가 자갈 추던 여자들의 놀란 귀에는 우레와 같이 무시무시하게 울렸다.

벌 떼에 쫓기는 아이들이 뛰어들자 자갈추기 현장은 삽시에 난장판으로 변하였다. 까닭 없이 집을 헐리고 분이 난 벌 떼가 남녀노소 가리지 않고 닥치는 대로 쏘아 제낀 것이다. 사람으로 생긴 것은 다 원쑤로 아는 땅벌들이 십장을 가릴 리가 없었다. 다급한 여자들이 비명을 지르면서도 재빨리 치맛자락을 뒤집어쓸 궁리들이나 났지만 윤 십장은 기마바지를 입은 까닭에 창졸간에 뒤집어쓸래야 뒤집어쓸 것이 없었다. 무방비 상태의 윤 십장은 맹렬한 집중 공격을 받아서 누구보다도 많이 쏘인 까닭에 잠깐 동안에 눈이고 코고 입이고 다 참혹하게 부르터서 사람의 얼굴인지 옴두꺼비인지 분간을 못 할 지경이 되어 버렸다.

선장이가 강기가 있어서 하룻밤 죽도록 앓고서도 이튿날은 용감히 일어나 어머니와 누이가 말리는 것도 듣지 않고 등교를 하였다. 그러나 은희는 그렇지가 못하였다. 여러 날 결석을 하였다. 역시 허약한 포류질이었다.

선장이가 빡빡 깎은 머리와 이마와 관자놀이에 밤톨 같은 혹들이 불쑥불쑥 비어진 까닭에 모자가 들어가 주지 않아서 할 수 없이 맨머리 바람으로 등교를 하는데, 관람료를 받지 못하는 것이 원통할 정도로 구경꾼이 많았다. 그도 그럴 것이 길 가던 사람이나 가겟방에서 내다보던 사람들은 아무도 일찌기 이렇게 괴상망측한 얼굴을 본 적이 없었기 때문이다.

선장이가 학교 대문을 들어설 때는 이미 상학종이 울린 뒤라 온 운동장에는 개미 새끼 한 마리 얼씬거리지 않았다. 양쪽 눈두덩에다 밤톨 같은 혹들이 달린 까닭에 눈이 떠지지 아니하여 간신히 실눈을 뜨고 보며 층층대를 한 계단 한 계단 3층까지 더듬어 올라갔다. 쥐 죽은 듯 괴괴한 복도를 한참 걸어서 교실문을 밀어 열고 들어선즉 교실 안의 얼굴들이 모두 선장이한테 돌려졌다. 교단 위의 선생님도 칠판에다 무엇을 쓰다가 분필을 손에 든 채 선장이를 돌아보았다.

처음 순간은 모두들 놀라서 멍청하였다. 실내가 잠시 고자누룩하였다. 그러나 다음 순간 폭소가 터지며 실내가 온통 웃음의 바다로 변하였다. 김영하 선생도 실소를 금치 못하였다. 얼굴만 보고는 그것이 선장이라고 알아보기가 어려울 정도였기 때문이다. 그것은 사람의 얼굴이 아니라 무슨 흉악한 탈바가지였다.

"도대체 웬일이냐?"

김영하 선생의 묻는 말을 선장이는 퉁퉁 부어서 버크져 주둥이가 된 입을 겨우 열고 "땅벌에게 쏘였습니다." 짐작으로 알아들을 만큼 대답하였다. 땅벌이 아무리 이면이 없기로서니 집에 가만있거나 조신하게 제 갈 길을 가는 놈을 공연히 달려들어 저 지경 쏘았을 리는 만무하므로 김영하 선생은 긴말 묻지 않고 "그래 가지구 상학이 다 뭐냐? 어서 돌아가 쉬어라." 하고 말을 이른 다음에 다시 "한은희두 오늘 무단결석인데 무슨 일인지 모르겠다. 어디를 앓는지……." 하고 혼잣말로 지껄였다. 선장이가 잠자코 있을 수가 없게 되어 "은희두 같습니다." 하고 말하니 김영하 선생은 말끝을 채어서 "같다니?" 하고 되물었다.

"땅벌에게 쏘였습니다."

선장이의 대답을 듣고 교실 안이 또 한바탕 웃음판으로 변하였다. 더 말 안 해도 전후사연은 환히 드러났다. 김영하 선생은 곧 급장을 시켜 제일 큰 아이 하나와 함께 선장이를 집까지 데려다주게 하였다. 그러나 교문께까지 나와서 선장이가 "이젠 괜찮다. 나 혼자두 넉넉히 갈 수 있다." 하고 방색하여서 두 아이는 하릴없이 그냥 되돌아 들어와 김영하 선생에게 되어진 일을 회보하였다. 선장이는 집에 돌아와 책보를 방구석에 내던지고 드러눕는 길로 곧 앓음 소리를 하며 몹시 앓았다.

이튿날이 마침 일요일이어서 김영하 선생이 땅벌 소동의 주인공들 ― 서선장이와 한은희를 한번 가 보기로 하였다. 먼저 선장이네 집에를 오니 선장이의 누이 정실이가 울안에서 빨랫줄에다 빨래를 널고 있었다. 윤 십장이 땅벌 소동에 연대책임이 있다는 구실을 붙여 가지고 눈엣가시 같던 정실이를 일자리에서 쫓아낸 까닭에 정실이는 아침 일찌기 자갈추기를 나갈 대신에 밀린 빨래를 한 것이었다. 김영하 선생이 마당에 들어서는 것을 보고 정실이는 황망히 바지랑대로 축 늘어진 빨랫줄을 버티어 거침새 없이 해 놓고 얼른 한옆으로 비켜서며 고개를 까댁하였다.

김영하 선생이 인사를 맞은 뒤에 "선장이는요?" 하고 물으니 정실이는 선뜻 "네, 있어요." 말하고 먼저 토방으로 올라가 방문을 열고 들여다보며 "선생님 오셨다." 선통하고 곧 다시 문고리를 잡은 채 한옆으로 비켜서서 문길을 터놓으며 어서 듭시라는 뜻으로 김영하 선생에게 목례를 하였다.

선장이가 방바닥에 편히 드러누워 그림책을 보고 있다가 선생님이 오셨다는 소리를 듣고 부지런히 일어나 방문 맞은편에 가 떡 섰다가 선생님이 방 안에 들어서자 꾸뻑 경례를 하였다. 김영하 선생이 자리에 앉으며 곧 "어서 앉아라. 그런데 좀 어떠냐?" 하고 물으며 섰던 자리에 그대로 주저앉은 선장이와 방문 옆에 살며시 쪼크리고 앉는 정실이를 번갈아 보았다.

"이젠 괜찮습니다."

선장이가 씩씩하게 대답하는데 "밤에는 앓음 소리를 하구 몹시 앓더니만…… 아침에는 일어나 제 손으로 세수도 하구 또 밥두 다 먹었에요." 정실이가 그 대답에 동을 달았다. 김영하 선생이 "장난이 심하면 그런 일두 더러 있지. 좋은 교훈이다." 하고 웃으니 선장이는 제 딴에는 우스워 픽 웃고 정실이는 고개를 옆으로 돌리고 방싯이 웃었다. 김영하 선생이 다시 "벌집은 누가 먼저 건드렸니?" 하고 물으니 선장이는 선뜻 "제가 먼저 건드렸습니다." 하고 대답하였다.

"내 그저 그럴 줄 알았다. 묻지 않아두 의례 네가 앞장섰을 줄 다 알구 있었다."

"누나가 우리 둘을 그러안구 땅바닥에 엎드리지 않았더면 물려 죽었을지두 모르겠습니다. 그놈의 벌들한테."

"누나는 또 왜 거기를 갔니?"

"저희가 누나를 보러 가다가 일을 저질렀에요. 시냇가루 가다가."

"그럼 누나는 어떻게 무사했을까?" 하고 김영하 선생이 정실이를 돌

아보니 정실이는 고개를 저편으로 돌리고 말이 없고 선장이가 저의
누나 대신 "누나두 물리긴 좀 물렸지만 몇 군데 안 물렸에요. 재빨리
치맛자락을 뒤집어써서." 하고 대답하였다.

선장이의 아버지는 바다에 나갔고 어머니는 외갓집에 다니러 간 것
을 물어서 안 뒤에 김영하 선생이 선장이에게 조리 잘하라고 말을 이
르고 남매의 배웅을 받으며 그 집을 나와 곧바로 한은희를 보러 갔다.

김영하 선생이 한 진사 댁에를 와 보니 솟을대문 앞에 자동차부의
자동차 한 대가 와 서서 털털거리고 있는데 대문간에서는 남녀 여러
사람이 막 밖으로 나오는 중이었다. 다시 보니 앞서 나오는 것은 외출
복 차림을 한 한정희요, 바로 그 뒤는 한정희의 어머니인 듯싶은 나이
지긋한 안부인네, 그리고 또 그 뒤가 한선희였다. 그 나머지는 최 서사
이하 여러 심부름하는 남녀들인 성싶었다. 한정희가 김영하 선생을 보
자 얼른 몇 걸음 앞으로 나오면서 손을 내미는데 그 얼굴이 몹시 창백
하였다. 두 사람이 악수를 하는데 저의 어머니 뒤에 섰던 선희는 멀리
서 고개만 한번 까댁하여 김영하 선생에게 인사하였다.

"김 선생, 모처럼 이렇게 오셨는데…… 매우 유감스럽게 됐습니다."

"아니, 어디를 가시려구요?"

"네, 안변땅에 급한 볼일이 좀 있어서 어머니 모시구 지금 막 떠나는
길입니다. 우리 어머니신데……." 하고 한정희는 반몸 돌아서서 저의
어머니와 김영하 선생을 인사를 붙였다.

"어머니, 이분이 김영하 선생, 은희네 담임선생입니다."

"아이구, 선생님. 인사가 늦었습니다. 철없는 것들 데리구 얼마나 수
고가 많으십니까."

"원, 천만의 말씀을 다 하십니다. 저는 지금 은희를 보러 오는 길입

니다. 잠깐 만나 보구 가겠습니다. 그럼 어서들 떠나시지요."

한정희 모자와 심부름하는 사람 하나를 태운 자동차가 떠나간 뒤 선희는 먼저 안으로 들어가고 김영하 선생과 최 서사는 그대로 대문간에 서서 잠시 동안 수작하였다.

"무슨 일루 저렇게 총총히들 떠나십니까?"

"아이구, 말쌈 맙시오. 큰일이 났습니다. 우리 주인 양반이 안변땅에 도조 받는 일루 출장을 나가셨다가…… 뇌출혈루 불시에 세상을 뜨셨답니다. 아까 아침때 전보를 받는 길루 부랴부랴 서둘러서 젊은 주인을 찾다가…… 이제야 겨우 떠나보내는 길이예요. 이런 변고가 세상에 또 어디 있겠습니까."

"저런! 그런 변고가 있는 줄은 모르구 난 또……. 그래, 노인께선 어떠허구 계십니까?"

"말쌈 맙시오, 이런 마른하늘의 벼락 같은 참척을 보시구…… 칠순 노인의 그 속이 어떻겠습니까? 그래두 워낙들 교양 있는 집안이라 평시나 다름없이 조용하지요. 이제두 못 보셨습니까? 정말루 침착들 합니다. 집안의 대들보가 끊어지는 판인데, 웬만한 여느 집들 같았으면야…… 아마 지금쯤은 집안에 곡성이 진동을 할 겝니다."

하늘같이 믿어 온 주인이 급사하는 바람에 경동한 최 서사가 그렇듯 경황없는 중에도 주인댁의 가풍을 극구 찬송하는 것을 듣고 김영하 선생은 한 진사의 인품에 대하여 속으로 다시 한번 옷깃을 여미었다.

김영하 선생이 최 서사를 따라 작은사랑에 들어가 노인께 궂긴 인사 여쭙고 또 선희의 안내로 슬픔에 잠기어 고자누룩한 안채에까지 들어가 아직도 누워 앓는 은희를 들여다본 뒤 다시 선희의 배웅을 받으며 대문께로 나왔다. 작별할 때 김영하 선생이 무어라고 위로의 말을 했으면 좋을지 몰라서 그저 모자를 벗고 말없이 깊이깊이 허리를 구푸리니 선희도 역시 말이 없이 마주 허리를 깊이깊이 구푸렸다.

김영하 선생이 걸음을 옮기다가 차마 발이 떨어지지 않아 뒤를 돌아보니 솟을대문 앞에 호젓이 서 있는 선희의 가냘픈 모습이 흡사 배꽃 한 가지가 비를 맞아 떨고 있는 것만 같았다.

15

무사분주한 선장이가 하교하는 길에 공연히 장마당을 한 바퀴 휘돌아 집으로 오다가 그나마 곧바로 오지 않고 또 쌍년이네 집이 있는 골목까지 에돌아 왔다. 쌍년이네 집 산울타리 옆을 지나다 보니 울안에서 쌍년이가 늙수그레한 마누라쟁이 하나와 무엇을 하고 있었다. 다시 보니 그 마누라쟁이는 언젠가 저의 외갓집에 와 푸닥거리를 하던 무당인데 쌍년이도 지금 살풀이를 하려고 그 무당을 청해다가 푸닥거리를 하는 모양이었다. 선장이가 향긋한 향내를 풍기는 노가주나무 잎 사이로 구경을 하려니까 무당이 주발에 담은 흰밥을 숟가락으로 조금씩 떠서 여기저기 고수레하면서 "고수레야, 고수레야." 외치는데 쌍년이는 지대 밑에 차려 놓은 전물상 앞에 꿇어앉아 있었다.

선장이가 일 년에 몇 번밖에 못 얻어먹어 보는 흰밥을 땅바닥에 홀홀 뿌리는 것이 아까와 군침을 꿀딱 삼키는데 전물상 앞에 꿇어앉았던 쌍년이가 어느 결에 보고 "가지 말구 거기서 좀 기다려." 하고 소리치니 고수레하던 무당이 맞갖잖아 입속으로 무어라고 웅얼웅얼하였다. 정성을 들이지 않으면 부정을 탄다는 뜻인지 아니면 전물상에서 제가 차지할 몫을 아이놈에게 뜯길까 봐 심사가 틀려서 그러는 것인지. 아무튼 선장이는 가지 않고 산울타리 밖에서 기다리기로 하였다.

무당이 푸닥거리를 총총히 몰아 마치고 전물상에 놓았던 전물들을 한 절반 잘되게 목판에 갈라 담아 머리에 이고 활갯짓하며 가 버린 뒤에 쌍년이가 선장이를 부엌으로 불러들였다. 일본식 부엌 마루간에서 푸닥거리하고 난 음식을 한상 푸짐히 차려 놓고 둘이 마주 앉아 먹는데 쌍년이가 약주를 한 보시기 따라 선장이를 주면서 "옛다, 받아라. 귀신이 먹다 남은 술, 우리두 한 잔씩 먹자." 하고 웃어서 선장이는 입안에 든 육포를 꺼귀꺼귀 씹으면서 고개를 가로흔들었다.

"난 술 먹을 줄 모르우."

"사내 쳇것이 술을 못 먹어? 그렇거든 네 그 불알두 저레 떼 팽개쳐라! 그까짓 거 달구 다녀선 뭘 하겠니?"

쌍년이가 타박을 하고 "냉큼 받지 못할까!" 강권하는 바람에 선장이는 마지못해 받아서 오만상을 찌프리며 조금 마시고 술 보시기를 도로 쌍년이에게 돌려주었다. 쌍년이는 눈 흘기며 "멍텅구리!" 욕을 하고 곧 보시기를 잡아채듯이 받아서 목을 늘이고 남은 술을 단숨에 죽 들이키었다. 그리고 "어떠냐?" 하고 웃으며 빈 보시기를 턱 내려놓고 젓가락을 집어 들었다. 선장이가 육포 먹고 백설기 먹고 또 육포 먹고 백설기 먹고…… 아귀아귀 먹는 중에 눈언저리와 뺨이 불그레해졌다.

이것을 보고 쌍년이가 "고걸 먹고 취해? 멍텅구리 같으니!" 하고 비웃는데 비웃는 쌍년이의 얼굴도 도홍빛으로 상기하였다. 선장이가 시퉁스레 "저두 그러면서." 하고 마주 비웃으니 쌍년이는 두 손바닥으로 제 얼굴을 한번 눌러 보고 "나두 그러냐? 그럼 우리 둘이 다 취했구나!" 하고 깔깔 웃었다. 쌍년이가 젓가락을 집어 들어서 먹느라고 정신이 없는 선장이의 정수리를 한번 툭 때리고 "내 소리 하나 할게. 너 들어 보련?" 하고 곧이어 상 언저리에다 대고 젓가락으로 장단을 치면서 '사발가'를 부르기 시작하였다.

> 석탄백탄 타는 덴 연기나 퍼벌썩 나지만
> 요내 가슴 타는 덴 연기도 김도 안 난다
> ......
> 님 오실 땐 됐는데 원쑤 년의 비 봐라
> 님 계신 곳을 알아야 나막신 우산을 보내지.

쌍년이가 소리 한마디를 다 부르고 나서 "어떠냐, 잘하지? 촌놈이 소리를 들을 줄이나 아나!" 하고 또 깔깔 웃었다.

쌍년이야 소리를 하건 말건 선장이는 제 먹을 것만 부지런히 주워 먹었다. 배가 맹꽁이같이 되도록 먹고 나서 트림을 한번 하고 그대로 일어서니 쌍년이가 처다보며 "갈라니? 그럼 좀 가만있거라." 하고 따라 일어나더니 가서 신문지 한 장을 갖다가 백설기 남은 것을 한 덩이 싸 주며 "갖다 두었다 궁금할 때 먹어라." 하고 말하였다.

선장이가 신문지에 싼 것을 받아 들고 "나 가우." 하고 살미닫이문을 드르륵 밀어 열고 나오는데 쌍년이가 뒤에서 "아이고, 책보!" 소리 치고 곧 선장이가 놓고 나온 책보를 집어 들고 쫓아 나왔다. 선장이가 발을 멈추고 돌아서서 백설기 들지 않은 손을 내밀어 필갑 소리가 덜그럭덜그럭 나는 책보를 받으니 쌍년이는 반지 낀 손으로 선장이의 머리를 툭 때리며 "장가가는 놈이 불알 떼 놓구 가겠다." 하고 웃었다. 그리고 다시 "가거든 누나보구 이따 밤에 좀 오란다구 말해라. 꼭 오란다구…… 내가 기다린다구." 하고 말을 이르고 잇달아서 혼잣말로 "그 기집애 요새는 통 코빼기두 볼 수가 없으니 웬일이야." 하고 종알 거렸다.

호출을 받은 정실이가 석후에 여공불급하게 출두를 하니 쌍년이는 웃으면서 "아아주, 한 진사 댁에 출사를 하시더니만…… 눈이 높아져서 우리 따위는 인제 거들떠보지두 않는구나? 더러운 년!" 하고 거짓으로 눈이 샐쭉해졌다. 정실이가 두 손으로 싹싹 빌며 "용서해라, 용서해라. 그동안 정말이지 몸을 두 쪽으루 내두 모자랄 만큼 일이 바빠서 못 왔다. 내가 너를 왜 잊겠니? 오자 오자 하면서두 틈이 없어 못 왔지. 나두 네가 보구 싶어 죽을 뻔했다. 그래, 그동안 잘 있었니?" 하고 사과 겸 발명 겸 위로 겸 말하였다.

밖에서는 이해의 마지막 낙엽들이 땅바닥에 떨어져 쌀쌀한 밤바람에 딸딸 굴러다니는데 전등불 밝은 방에서는 쌍년이와 정실이 두 다정한 친구가 마주 앉아 밤이 이슥하도록 댕갈댕갈 재깔였다.

"그래, 대관절 한 진사 댁에 가 넌 무얼 하니?"

"무얼 하긴…… 부엌데기 노릇 하지."

"너 혼자?"

"아니야. 식모는 따루 있구, 난 조력꾼이야."

"누구 반연으루 거기를 들어갔지?"

"성춘이 고모 알지? 성춘이 고모의 반연으로 들어갔다. 성춘이 고모가 스물두 살에 청상과부가 돼 가지구…… 이젠 삼 년이 지났거든. 그래서 벌써부터 말이 있던 석교 다리목 고무신방 젊은 주인의 후취루 갔어. 그가 갈 때 우리 댁 마님께 나를 천거해 주어서, 내가 그 대리루 들어가게 됐지 뭐냐."

"성춘이 고모가 너하구 어떻게 된다구?"

"오촌 간이야, 오촌 아주머니."

"웅, 그렇게 된 감투끈이었구나. 그래, 월급은 얼마나 준다던?"

"당분간은 안잠을 자구…… 3원이야."

"앞으로는?"

"성춘이 고모가 삼 년 살구 4원이었으니까, 어떻게 그쯤 되겠지. 나두 잘 모르겠다."

"그런 건 다 누가 맡아 하니?"

"최 서사, 최 서사. 다 최 서사가 해. 그전에 나리가 살아 계실 땐 나리가 일일이 알음했지만…… 지금 도련님은 그런 것 다 상관 안 해. 나리하구 맘이 맞지 않아 줄곧 따루 나가 살다가 인제 집안일을 돌볼 사람이 없어서 할 수 없이 집에를 들어오긴 들어왔지만…… 이런 것 저런 것 도무지 다 귀찮아해. 귀찮은 것두 귀찮은 거지만 그보다두 우선 서툴러서 무얼 잘 모르니 어떡허니. 그런데다가 갓 붙들려 온 사슴처럼 맘은 늘 숲속에 가 있어. 영감마님의 분부만 아니라면 애당초에 들어오지두 않았을 거래. 이런 속내두 다 식모한테 얻어들은 거다. 내야 갓 들어간 게 어디 잘 아니."

"한 진사까지 세상을 뜨게 되면…… 그 큰살림이 어떻게 되겠니, 걱정거리다."

"영감마님은 아직두 사실 날이 멀었는데."

"사실 날이 멀었으면 백 살 살겠니? 선희 아버지 못 봐, 언제 죽는다구 미리 말하구 죽던?"

"그거야 나중 일이지."

잠시 동이 끊겼다가 정실이가 다시 "요즘 댁 사랑에는 조합 사람들

이 뻔질나게 드나드는데…… 무슨 일인지 모르겠다." 하고 말하니 쌍년이는 고개를 갸웃하며,

"조합? 무슨 조합?"

"노동조합두 모르니?"

"오, 명석동 패거리! 그래, 댁에서들은 좋아하니?"

"좋아하긴."

하고 정실이가 고개를 가로흔들고 "도련님 혼자밖에 좋아하는 사람 하나 없다." 말하니 쌍년이도 "골칫덩이로군." 하고 머리를 살래살래 저었다.

"누가 아니래여."

"그래, 넌 지내기가 어떠냐 거기서?"

"난 살기 좋다, 댁의 인품이 좋아서. 그동안은 처음 들어가서 일이 서툰 것두 있었지만 그보다두 겨우살이 준비를 하느라구 몹시 분주했어. 고양이 손이라두 빌리구 싶을 만큼 복대겼어. 그렇지만 이젠 김장두 다 담그구 했으니까, 차차 신역이 편해질 게다. 이것두 다 식모가 한 말을 되받이하는 말이야."

이때 골목길에서 나이 지긋한 남자의 걸걸한 목소리가 "밤엿 사구려! 후추 양념의 밤엿들 사구려!" 하고 외치는 것이 들려서 쌍년이가 벌떡 일어서며 "오래간만에 밤엿이나 좀 사 먹자." 하고 곧 경대서랍에서 구멍 뚫린 백통전 한 잎을 꺼내 들고 정실이가 미처 붙들 사이도 없이 "밤엿장수!" 부르며 장지를 열고 마루로 뛰어나갔다. 귤 상자만 한 엿궤를 한쪽 어깨에 걸메고 손에다는 가위 대신에 초롱불을 든 엿장수가 "네, 갑니다." 소리를 앞세우고 울안으로 들어오더니 지대에 올라서며 곧 마루 끝에 초롱을 내려놓고 또 엿궤를 내려놓았다.

“얼마나 드릴깝쇼?”

“10전어치 주세요.”

“녜녜, 낱 가래루는 2전씩이지만 10전어치니까 여섯 가래 드립니다. 맛이 참 훌륭합지요. 옜습니다. 둘이 먹다 셋이 죽어도 모른다니까요. 아, 고맙습니다. 그럼 안녕히 계십시오.”

밤엿장수는 미처 밖으로 나가기도 전에 또 목청을 돋우어서 “밤엿 사구려! 후추 양념의 밤엿들 사구려! 둘이 먹다 셋이 죽어두 모르는 밤엿입니다.” 하고 입심 좋게 외쳤다.

후추가 들어 맵싸한 엿을 둘이 노나 먹으면서 또다시 미진한 이야기 장을 폈다.

“선희는 어떡허구 있니?”

“아가씨 말이지. 아가씨는 언제나 내 편이야. 나하구 맘이 꼭 맞아. 그렇지만 이제 서너 달 있으면 서울을 갈 테니까…… 섭섭해서 난 어떡허지.”

“공부하러?”

“응, 전문학교.”

“가서 무얼 배운다던?”

“음악. 루씨학교 교장, 미국 여자…… 알지? 그 미국 여자가 다 반했대, 아가씨 바이올린에.”

“대단한가 보구나.”

“전교의 으뜸이래.”

“은희는 어떡허구 있니? 그 움파 같은 애…….”

“애기 말이지? 애기는 할아버지의 귀염둥이라서 서울 못 가. 앞에다 늘 두구 보셔야 하니까. 원중으로 갈 거야.”

원중은 원산중학 즉 일본 학생들이 다니는 학교다.

"원중엔…… 조선 학생이 아주 적지?"

"20대 1 꼴이래."

"그럼 한 학급에 두엇두 있으나 마나 하겠구나."

"아마 그렇겠지."

"그럼 선장인 어떡허니? 선장이두 은희하구 한 학급이니까…… 내년 봄이 졸업 아니냐?"

"내가 너한테 말 안 했던가?"

"무어 말이냐, 난 못 들었다."

"애, 그 녀석이 글쎄 호박이 떨어졌지 뭐냐. 하늘이 도왔지."

"무슨 호박이 떨어져?"

"박 참봉네 큰손녀, 알지? 그 괴상한 카우보이 옷이란 걸 입구 말을 타구 다니는 싱검쟁이, 그 큰누이 말이야. 그 큰누이가 우리 외칠촌 아주머니뻘이 돼. 그 남편이 서울서 변호사 노릇을 하는데…… 결혼한 지 십여 년에 아직두 둘 사이에 아이가 없지 뭐냐. 그렇지만 그건 우리 그 아주머니 탓이 아니구 남편 탓이야. 남편이란 게 총각 때부터 어찌나 바람을 피웠던지, 이젠 속이 싹 곯아서 아이를 근본적으루 만들질 못한대……."

정실이가 말하는 중간에 쌍년이가 입을 비쭉하고 "망할 녀석." 하고 욕을 하여 정실이는 "누가 아니래……." 맞장구를 친 뒤 다시 이야기를 계속하였다.

"그래서 그 아주머니가 양자할 아이를 물색하는 중인데 지난번에 친정엘 다니러 왔다가 우리 외갓집 할머니한테두 인사를 하러 왔지 뭐냐. 그런데 마침 그날 선장이 녀석이 엄마를 따라 외갓집엘 놀러 갔다가 외할머니가 서울 아주머니께 인사하라구 시켜서…… 꾸뻑 절 한번 한 모양이야. 그 아주머니가 '젖 갓 떨어진 걸 봤는데, 벌써 이렇게 컸느냐'고 놀라면서 나이를 물어보구는 '열세 살룬 숙성하다, 얼굴이 동탕하다, 참말 똑똑하게 생겼다' 이런 소릴 하더라잖아. 그러다가 우리 엄마보구 아들이 모두 몇이냐구 물어서 엄마가 아들은 이거 하나뿐이라구 말했더니…… 여간 섭섭해하지 않더래."

"탐을 낼 만두 하지 뭐. 좀 잘생겼어? 내라두 그러겠다."

"그 아주머니가 이튿날 우리 집엘 일부러 찾아와서 제 눈으로 보구…… 살림이 마련 없어서 도저히 아이의 공부를 더 시킬 형편이 못 되는 걸 안 뒤에 '좋소. 그럼…… 장래는 어찌 되든 간에 우선 아이는 내가 맡아 공부를 시킬 테니, 서울 중학교에다 지원서를 내도록 하시오. 여기 학교만 졸업을 하면 곧 서울루 올려 보내시오' 해서 엄마 아부지두 두말없이 좋다구 했지 뭐냐."

쌍년이가 좋아서 손뼉을 치며 "거 잘됐다. 거 잘됐다. 정말 잘됐다." 하고 마치 저의 친동생이 장원급제라도 한 것같이 기뻐하였다.

"하늘이 굽어살피잖았더라면 그 녀석이 제 생전에 그래, 서울 가서 공부할 꿈이나 꾸었겠니."

"그것두 다 제 복이지. 아무튼 내 근심 하나가 덜린 폭이다."

말하고 쌍년이가 다시 "그렇지만 내 근심은 아직 또 하나 남았다." 하고 짐짓 근심스러운 얼굴을 하여서 정실이는 "무슨 근심이 또 남았어?" 하고 물었다. 쌍년이가 정색을 하고 정실이의 얼굴을 들여다보며 "너 시집보낼 일이 아직 남아 있단 말이다." 하니 정실이는 대번에 "네 그 아가릴 찢어 놓잖으면…… 내가 성이 서가가 아니다!" 하고 두 손으로 할퀴려 들었다. 쌍년이가 얼른 얼굴을 뒤로 젖히고 한옆으로 피해 앉으며 "좋으면 그저 좋다구 그래⋯⋯." 하고 더욱 놀리니 정실이는 식식거리며 "네가 아마 그럴 맘이 있는 게다. 그렇잖으면야 푸닥거린 왜 하겠니⋯⋯ 오늘 했다며?" 하고 마주 놀려 주었다.

"아닌 게 아니라 나두 그럴 맘이 없지 않다. 내라구 한평생 일본 놈의 식모첩 노릇만 하란 법이 있다더냐."

"네 그 씨동이 낭군님이 요새 자꾸 우리 도련님을 찾아오더라."

"두 총각이 잘 맞다들었구나. 서루 맘이 맞으면 좋지야. 하나는 부자 총각, 하나는 가난뱅이 총각."

오래간만에 만난 김에 둘이 마주 앉아 끝이 없이 지껄이다가 너무 늦으면 야단맞는다고 정실이가 일어나오니 쌍년이도 따라 나오면서 "그것두 역시 고된 시집살이로구나." 하고 스스로를 비웃듯 한탄하듯 말하니 정실이는 "여자루 태어난 게 잘못이지⋯⋯." 하고 탄연한 어조로 말하였다. 숙명적으로 짊어진 십자가는 그대로 짊어지는 수밖에 없다는 체념에서 나오는 말인가?

정실이가 한 진사 댁 안중문을 들어서니 부엌간에 불이 환하였다. 종종걸음을 쳐 가서 부엌문을 열고 들어서니 밤참 상을 차리던 식모가 뒤돌아보고 "마침맞게 옵시는군. 큰사랑에 손님이 오셨으니 어서 이 상 내가요." 하고 말하였다. 정실이가 상 앞으로 다가서며 "어떤 손님인데요?" 하고 물으니 식모는 "애기네 담임선생이래여." 말하고 갑자기 목소리를 낮추어 간능스럽게 "아가씨 때문에 오는 건 아닐까?" 하고 물었다. 정실이는 잠자코 다 차린 밤참 상을 들고 바깥사랑으로 나왔다. 정실이가 마루에 상을 내려놓고 올라가 미닫이 앞에 쪼크리고 앉으며 낮게 기침을 하였더니 "누구야?" 하고 한정희가 자리에 앉은 채 한 팔을 늘이어 미닫이 한 짝을 잡아당겨 열었다.

"오, 이리 줘. 내가 받아 놓을 테니."

한정희가 상을 받아 놓는 동안에 정실이가 김영하 선생에게 고개를 까댁하여 인사하였더니 김영하 선생은 "어, 정실 씨." 하고 약간 놀란 듯한 웃는 얼굴로 인사를 맞았다.

한동안 지난 뒤에 정실이가 상이 났는가 해서 바깥사랑에를 나와 보니 물린 상은 벌써 나와 있고 방 안에서는 주객이 마주 앉아 담화하는 소리가 들리었다. 풍경 소리같이 맑고 청청한 것은 한정희의 목소리요 클라리넷처럼 부드럽고 감칠맛이 있는 것은 김영하 선생의 목소리다.

"물론 우리 민족의 급선무는 식민 통치의 기반에서 벗어나는 거지요. 그렇지만 민중의 철저한 해방은 그것만으룬 얻어지지를 않습니다." 하는 것은 한정희의 목소리이고 "그럼 어떡해야 좋습니까? 구체적으루 말씀을 좀 해 보시오." 하는 것은 김영하 선생의 목소리다. 정실이는 소리를 내지 않으려고 마루에 놓인 상을 마루 아래 서서 조심조심 들어내었다. 방 안에서는 담화가 계속되었다.

"나라가 독립을 하더라두, 대다수의 민중이 여전히 헐벗음과 굶주림에서 벗어나지를 못한다면…… 애써 독립을 할 보람이 어디 있습니까?"

"잘사는 사람두 있구 못사는 사람두 있는 것이 인간세상이 아닙니까? 이 빈부의 차이는 역대루 존재해 왔습니다. 수백 년 수천 년을 두구두구 말입니다."

이튿날 아침 작은사랑에서의 일이다. 최 서사 이하 여러 아랫도리 일하는 사람들에게 영감마님이라고 불리는 한 진사의 아침진짓상을 내갈 때, 의전례하여 그 며느리 즉 한정희 삼 남매의 어머니가 정실이에게 상을 들려 가지고 나갔다. 정실이가 상을 들고 마루 앞에까지 와 서면 앞서서 마루에 올라간 며느님이 먼저 미닫이문을 연 다음에 그 상을 받아서 방에 들여다 시아버님 앞에 놓는다. 이렇게 하는 것이 하루 삼시 판에 박은 것처럼 되풀이되는 법식이었다. 단지 외간의 손님들이 오셨을 때만은 예외였다. 이날 아침상을 물린 뒤에 며느님이 막 시아 버님의 방에서 물러나오려는데 시아버님이 "내가 할 말이 있으니, 너 이따 아침 후에 좀 나오너라." 하고 말을 일러서 며느님은 "네." 대답하고 나와서 물린 상을 떠받든 정실이를 앞세우고 안으로 들어왔다.

한 식경이 지난 뒤에 작은사랑에서는 시아버님과 며느님 사이에 이런 말이 오고 갔다.

"너두 알다시피 정희는 이 집안의 장손이야. 그런데 나이 스물일곱에…… 일곱이냐 여덟이냐?"

"여덟이예요, 아버님."

"그래, 나이 스물여덟에 아직 장가를 못 들어? 그게 어디 될 말이냐. 그러니 어떻게 해서라두 마땅한 규수를 수소문해…… 혼인을 정하두룩 해야겠다. 이 말을 하려구 너를 나오라구 한 것이다."

"네, 저두 그 일루 해서 노상 속을 끓이구 있사와요, 아버님. 그렇지만 이런 마른하늘의 벼락 같은 일을 당하구 보니 또 생각지두 않은 대삼년이 아니구 뭡니까. 대삼년이 끝나면 그 애가 나이 서른이 넘사와요, 아버님."

"대삼년…… 대삼년이 왜 있을꼬! 나는 죽지 말란 법이 있더냐? 나 죽으면 또 거상. 너는 죽지 말란 법이 있다냐? 너 죽으면 또 거상…… 그러다간 이 가문의 장손을, 총각으루 늙혀 죽이기가 쉽겠다! 안 될 말."

"그러니 어떡했으면 좋겠습니까, 아버님."

"대삼월, 대삼월…… 대삼월이면 족해. 아무리 조상의 법이라 할지라두 시대에 맞지 않는 건 고쳐야 해. 죽은 사람 때문에 산 사람이 못사는 법도를 그대루 묵수한다는 건 우매한 짓이야. 곧 서둘러 개춘 전에 대례를 치르두룩 해."

"네, 알았습니다. 아버님."

"인생칠십이 고래희야. 내 나이 이젠 칠십이 넘었는데 언제 어떻게 될 줄 알구……. 서둘러라! 죽기 전에 손자며느리 얼굴이나 좀 보자. 잘하면 증손을 안아 볼 수도 있으렷다."

"안아 보시다 뿐입니까."

"진흥상회 송 회장네 딸이 여럿인데…… 그 막내가 몇 살인지 한번 알아봐라. 그 집 딸들이 자색이 있어. 덕두 있구."

"네, 아버님. 분부대루 거행하겠습니다."

이와 같이 시아버님과 며느님 사이에 오고 가는 말을 장지 하나 사이에 둔 마루방에서 물걸레질을 하며 정실이가 자연히 엿듣게 되었다. 그러나 그와 같은 수작이 장차 저하고 무슨 관련이 있으리라고는 꿈에도 몰랐다.

16

이해 음력설 밑에 원산항은 유사 이래의 대동란 속에 온 시내가 풍랑 만난 배처럼 뒤흔들렸다. 그것은 경찰들이 제모의 에나멜가죽끈을 내려서 턱 밑에 걸고 나번득이는 것으로 특징지어졌다. 그리고 또 각성한 노동자들이 대중적 단결력과 전투적 기세를 과시하는 것으로 특징지어졌다. 문평 라이징썬 석유회사 노동자들이 다시 시작한 파업을 신호로 오래전부터 파업 태세를 갖추고 있던 원산 부두 노동자들이 일대 폭발을 일으킨 것이다. 원산서 기차를 타고 북으로 한 십 분 가면 덕원정거장이요, 덕원서 한 십 분 더 가면 문평정거장이다. 문평과 원산은 상거가 불과 20리…… 불똥은 당일로 튀어 오고 또 당일로 튀어 갈 만한 거리였다. 부두 노동자들이 일으킨 파업은 연쇄반응을 일으켜 삽시간에 원산 일대의 공장, 제조소와 모든 작업장들이 완전히 마비되어 버렸다. 명석동에 본거를 둔 적색노조 즉 '원산노동연합회'가 총파업의 지령을 내린 것이다.

한 진사 댁 큰사랑에서는 젊은 주인 한정희와 비서장 격이고 참모장 격인 최 서사 사이에 극적인 대화가 벌어졌다.

"최 서사, 식산은행의 어음을 3천 원만 떼시오."

한정희가 짐짓 예사롭게 이렇게 말을 내니 최 서사는 자기가 무슨 말을 잘못 들은 줄만 알고 고개를 비틀고 젊은 주인을 쳐다보며 "뭐라구요?" 하고 되물었다. 한정희가 다시 언성을 좀 높여 가지고 "식산은행의 어음을 3천 원만 떼라는데." 하고 말하니 최 서사는 너무도 기가 막혀 입을 딱 벌리고 말을 못 하다가 한참 만에야 비로소 정신기가 도는 모양으로 "그렇게 큰돈을…… 무엇에 쓰실라우?" 하고 무서운 일을 물어보듯 물어보는데 그 목소리는 떨려 나왔다.

"내 좀 쓸데가 있어 그러우."

"쓸데가 있어서?"

"그렇소."

"무엇에 쓰실라우?"

"그건 지금 알 것 없소. 차차 이야기하리다."

"도련님, 제발 이러지 마시우. 누굴 죽이려구 이러시우. 3천 원, 3천 원이 뉘 집 아이 이름인 줄 아시우?"

"잔말 말구 어서 시키는 대루 하우."

"도련님 미치쟎았소? 인제 도련님은 이 큰 집안의 대들보요. 안팎 수십 명 식구가 누굴 바라구 사는지 아시우? 일거수일투족을 왜 지 망지망히 하신단 말씀이요. 제발 마시우, 제발 말아요."

"최 서사의 말하는 뜻은 내 다 알았소. 그렇지만 이번 일만은 여러 말 말구 시키는 대루 하우."

"용처를 말씀하시우. 용처를 들어 봐서 꼭 써야 할 일이면…… 내 들어가 할아버님께 여쭈오리다."

"할아버지는 왜? 할아버지께 알리지 말구 하자는 거지."

"정신이 나가쟎았소? 인감이 할아버님 문갑 속에 들어 있는데…… 할아버님께 알리쟎구 그런 큰일을 어떻게 한다구 그러시오? 당초에 안 될 소리!"

"난 주인이요! 최 서사는 차인이요! 주인이 시키는 대루 하는 게 차인의 본분이요. 웬 잔말이 그리두 많소."

성정이 야박한 자기 아버지 밑에서 십여 년 동안 빈틈없는 훈련을 받아 와서 아주 틀이 잡혀 버린 최 서사를 어지간한 수단으로는 꺾어 누르기가 어려울 것을 짐작하고 한정희가 짐짓 야멸찬 소리를 하였더니 최 서사는 서러워서 대번에 눈자위가 붉어지며 고개를 떨어뜨렸다.

최 서사가 아무 말 없이 고개 푹 숙이고 한참 앉았더니 땅이 꺼지게 한숨을 쉬고 슬그머니 일어났다. 푸줏간에 들어가는 소걸음으로 안사랑으로 들어갔다. 무슨 수단을 어떻게 썼는지 한참 만에 까만 인갑에 든 수정 도장을 들고 그림자같이 돌아왔다. 방에 들어와 저의 책상 앞에 쭈그리고 앉은 최 서사는 어음책을 펼쳐 놓고 붓을 집어 들기는 하였으나 적어 넣을 생각은 아니 하고 고개를 젖혀 들고 멍하니 천정만 쳐다보았다.

"아, 뭘 하오? 빨랑빨랑 좀 못 하구!"

한정희의 독촉을 받고서야 최 서사는 체포장에 서명하는 범인처럼 마지못해 몇 글자를 끼적거렸다. 한정희가 보니 어음에다 수정 도장을 찍는 최 서사의 손이 신장대를 잡은 것처럼 와들와들 떨렸다. 죽을상이 된 최 서사가 갖다 바치는 어음을 한정희가 잡아채듯이 해 가지고 들여다보니 거기 적힌 것은 분명히 '삼백원야'다. 한정희가 골이 나서 어음을 최 서사 앞에다 동댕이치며 "다랍게 요게 뭐요? 다시 쓰우!" 하고 어떠한 항변도 허용하지 않을 어조로 명령하니 최 서사는 대번에 방바닥에 꿇어 엎드려서 이마를 조아리며 "도련님, 이놈을 그예 감옥 구경을 시켜야 속이 시원하시겠소?" 하고 비줄비줄 울었다.

한정희가 쓴입을 다시고 최 서사의 눈물이 종횡하는 얼굴과 방바닥에 떨어져 있는 어음을 번갈아 바라보니 최 서사는 젊은 주인의 얼굴을 쳐다보면서 "내가 도련님의 그 맘을 모르는 줄 아시우? 그래, 그따위 조합인가 무엇인가에 돈을 대 줘선 무얼 하실라우. 거기서 밥이 나온답디까, 옷이 나온답디까? 왜 어른들이 애써 모은 천량을 보람 없이 허비한단 말씀이요. 대체 삼백 원이 도련님, 얼만지나 아시우? 삼백 원이면…… 백미가 쉰 가마예요, 백미가 쉰 가마!" 하고 울음 반 지껄였다. 한정희는 최 서사를 더는 어찌할 수 없음을 깨닫고 팔을 늘이어 일단 동댕이쳤던 어음을 다시 집었다. 거기 적힌 액면을 눈살을 찌푸리고 한참 노려보다가 하릴없이 그대로 접어서 호주머니에 넣고 벌떡 일어나 밖으로 나왔다.

'낮이 뜨뜻해서 요걸 어떻게 내놓는담.'

한정희는 속으로 왼새끼를 꼬았다. 그러나 뜻밖에도 노동조합 사무실에서 그는 전연 다른 반응을 보게 되었다.

한정희가 식산은행 지점의 유리문을 밀고 들어가 해당한 창구에 어음을 들이밀었다. 머리에 포마드를 바르고 마름모형 무늬가 선명한 넥타이를 맨, 용모가 단정한 은행원이 눈인사하고 어음을 받아 앞등, 뒷등을 번뜨쳐 보더니 곧 지전 세 뭉치를 꺼내 주며 웃는 얼굴로 "진사님께서 강녕하십니까?" 하고 인사하였다. 한정희를 부잣집 젊은 주인으로 알고 하는 인사가 분명하였다. 한정희가 좀 당황하였으나 곧 예의바르게 "아, 네. 무고하십니다. 고맙습니다." 인사하고 돈뭉치를 집어서 양쪽 호주머니에 갈라 넣었다.

한정희가 은행을 나와 명석동을 향하고 얼마쯤 올라오다가 마주 오는 노동자 서넛과 마주치게 되었는데 그중의 하나가 곧 양씨동이었다. 씨동이가 동행들을 돌아보고 "앞서들 가우." 말하여 그 사람들을 앞서 보내 놓고 싱글싱글 웃으며 한정희 앞으로 다가왔다.

"어딜 가시우?"

"명석동 간다. 너는?"

"난 지금 사람들하구 명석동에 지령을 받으러 갔다 오는 길이요."

"그래, 너희 거긴 어떠니?"

"우리두 다 파업에 들어갔소. 임금 인상, 여덟 시간 노동제의 실시, 단체계약의 확립……. 난 규찰대에 들었소."

"잘했다. 사기들은 높으냐?"

"대단하우. 위풍을 부리던 감독 놈이, 초상집 개꼴이 돼 버렸소."

"하하, 고거 잘코사니다."

"내 속이 다 후련하우."

"회관패들은 어떡허구 있니?"

"손이 맞지 않아 걱정이요."

"어떻게?"

"파업은 다 같이 했지만 명석동의 통일적인 지령은 받지 않는다니 답답하잖우."

이렇게 말하며 씨동이가 못마땅한 듯 고개를 가로흔드니 한정희는 고개를 기울이고 잠시 생각해 보다가 "각자이위대장(各自以爲大將)이로군." 하고 중얼거린 다음 다시 "그렇더라두 우린 대적을 앞에 둔 만큼 최선을 다해서 포섭을 해야 해." 하고 타이르듯 말하였다. 씨동이는 알았다는 뜻으로 잠자코 고개만 한번 끄덕였다. 갈라질 때 한정희가 "너, 너무 덤비지 말구 조심 좀 해." 하고 당부하니 씨동이는 말없이 손을 한번 내젓고 웃으며 가 버렸다. 씨동이는 그동안에 일자리가 바뀌어 일본인이 경영하는 제재소에서 목도꾼으로 일하고 있었다.

한정희가 명석동에를 접어드니 네거리마다 경찰모의 번들번들한 에나멜가죽끈을 턱 밑에 내려 건 경찰들이 독수리눈을 두리번거리며 경계를 하고 있었다. '원산노동연합회'라는 간판이 걸린 2층 건물 근처에는 각반을 친 무장경찰 네댓 명이 웅긋쭝긋 서서 드나드는 사람들을 일일이 트집을 잡고 싶은 눈으로 감시하고 있었다. 그 꼴이 흡사 제 눈깔로 카메라의 렌즈처럼 사진을 찍지 못하는 것을 원통히 여기는 것 같았다.

한정희가 씁쓸한 얼굴로 현관에 들어서서 복도 왼쪽에 난 사무실 문을 밀어 열고 들어서 보니 마룻바닥이 어질더분한 사무실 안에는 날림치 사무 책상이 네댓 개 놓이고 또 역시 날림치 의자 칠팔 개가 질서

없이 여기저기 놓이고 그리고 출입문 양쪽 벽 밑에 모를 꺾어서 역시 날림치 장의자 하나씩이 놓였다. 동쪽으로 큼직한 창문 두 개가 났는데 유리창의 아래 한 장씩은 불투명 유리를 끼웠고 그 맞은켠 벽에 목제의 서류장 하나와 철제의 캐비닛 명색 하나가 서 있고 그리고 두 창문 사이의 벽에는 일본 어느 제약회사에서 기증용으로 찍어 낸 괘력 하나와 자석식 전화기 하나가 걸려 있었다.

창문을 꼭 닫은 방 안에는 값싼 담배를 태우는 연기와 난로에서 새어 나오는 석탄 연기가 안개 끼듯 하였고 또 전화기에는 노상 사람이 붙어 서서 손잡이를 돌리고는 "모시모시." 또 손잡이를 돌리고는 "모시모시." 하고 있었다. 이때의 교환양 즉 교환수 아가씨들은 조선 여자이건 일본 여자이건을 막론하고 "모시모시." 불러야 대답을 하지 "여보세요." 불러서는 대답을 아니 하였다. 따라서 전화번호도 일본말로 불러야지 조선말로 불러서는 아니 되었다.

허술한 노동복 차림을 한 사람들이 끊임없이 들락날락하는 사무실은 교전 중의 전선 지휘부를 방불케 하였다. 그 분위기는 긴장과 망쇄 ― 이 두 개의 단어로 개괄을 할 수가 있을 것 같았다. 한정희가 들어오는 것을 보자 안침진 책상 뒤에 앉았던 사람이 웬 사람과 하던 말을 중동무이하고 의자에서 얼른 일어났다.

"어서 오십시오, 한정희 동지." 하고 웃으며 손을 내미는 그 사람의 나이는 서른대여섯, 깎지 않은 수염이 텁수룩한데 크고 정기 도는 두 눈에는 밤잠 못 잔 피로가 아지랑이처럼 아른아른하였다. 이 사람이 곧 연합회의 수뇌 주철산이다. 주철산과 무슨 일을 의논하던 허우대 큰 사람도 따라 일어나 웃으면서 손을 내미는데 이 사람은 언젠가 원산 무정부주의자들의 본거 ― 남산동 청년회관을 습격할 때 행동대를 지휘하고 또 나중에 손수레 위에 올라서서 연설을 하던 사람이다. 이름은 문호림, 주물공 출신의 노조 일꾼이다.

세 사람이 악수를 나누고 책상 둘레에 솥발같이 마주 대하고 앉은 다음 한정희가 우선 "이거 너무 약소해서 부끄럽습니다만……." 하고 호주머니에서 지전 세 뭉치를 꺼내어 책상 위에 놓으니 주철산, 문호림 두 사람의 얼굴에는 놀람과 감격의 빛이 현연히 떠올랐다. 3백 원은 대금이었다. 수백 사람의 캄파에 해당하는 거액이었다.

주철산이 말없이 한정희의 손을 다시 한번 굳게 잡았다. 그리고 한 손을 들어 저쪽 구석을 가리켜 보이며 "좀 보십시오. 저렇게 쌀 두 말, 감자 반 마대, 북어 몇 쾌…… 이런 캄파들이 들어와 쌓이구 있습니다. 군량이 딸리면 군사들이 싸움을 계속한단 재간이 있습니까. 파업에 참가한 것은 3천 명이지만 그 가족들까지 합치면 만 명이 훨씬 넘습니다. 이 숱한 입 가진 사람들을 굶기지 말아야 할 책임이 우리에게 있습니다. 우리가 노심초사를 안 하게 됐습니까?" 하고 하소연하듯 말하는데 한정희가 보니 과연 그가 가리키는 구석에 그러한 캄파 물자들이 수두룩이 쌓여 있었다.

"이런 처지에 놓여 있는 우리에게 동지의 이 캄파는 참으루 막대한 의의를 가지구 있습니다."

"그렇게 말씀하시니 점점 더 몸 둘 바를 모르겠습니다."

이때 전화기에 붙어 서서 쉴 새 없이 눈에 보이지 않는 사람들과 말을 주고받던 키가 호리호리한 젊은 사람이 반몸 돌아서서 수화기를 내들며 "철산 동지, 전화." 하고 소리쳐서 주철산, 한정희, 문호림 세 사람은 수작을 그치고 모두 그리로 고개를 돌렸다. 주철산이 삐걱하고 걸상을 뒤로 밀고 일어나 수화기를 받으러 가며 "어디서?" 하고 물으니 수화기를 내든 젊은 사람은 간단명료하게 "영흥, 시외전화." 하고 대답하였다. 한정희와 문호림은 책상을 사이 두고 모 꺾어 앉은 채 주철산이 송화기에 대고 하는 말에 귀들을 기울였다.

"아, 나요. 응응……. 뭐라구? 파업깨기꾼? 얼마? 백오십 명가량? 응 응……. 몇 시 차? 열 시? 벌써 정거장에 집결했다구? 아, 알겠소. 수 고들 하시오."

주철산의 입에서 파업깨기꾼 150명 소리가 나오는 것을 듣자 한정 희와 문호림은 저들도 모르는 사이에 의자에서 뛰어 일어났다. 주철산 이 수화기를 젊은 사람에게 돌려주고 제자리로 돌아와서 일어서 있는 한정희, 문호림 두 사람에게 막 정황을 설명하려는데 수화기를 든 젊 은 사람이 또 "철산 동지, 고원서 시외전화." 하고 소리쳐서 주철산은 하려던 말을 그만두고 얼른 다시 전화기 앞으로 다가섰다.

"아, 나 주철산입니다. 아, 그렇습니다. 뭐라구요? 파업깨기꾼? 한 백 명 된다구요? 아아, 몇 시 차? 열 시라구요? 아아, 알겠습니다. 그럼 수고들 하십시오."

수화기를 넘겨주고 제자리에 돌아온 주철산의 얼굴은 창백하였다. 그는 먼저 한정희를 보고 "열한 시까지 적어도 이삼백 명의 파업깨기 꾼들이 원산역에 도착할 것은 인제 의심할 나위가 없습니다." 말하고 곧 다시 문호림을 향하여 "그러니 호림 동지, 즉시 각 부서에 통지해 피켓을 강화하도록 하구 그리구 가능한 최대한으루 응원대를 조직해 서 부두파업 현장으루 급파를 해 주도록……." 주철산이 말을 이르는 중에 또 신고산서 일단의 파업깨기꾼들이 원산으로 향한다는 급한 연 락이 왔다. 그리고 그와 거의 때를 같이하여 원산 기업주들이 파견한 앞잡이들과 '함남노동회'의 간부들이 야합하여 신노동자를 모집할 책동을 하고 있다는 '우나전' 즉 지급전보가 함흥에서 날아왔다.

빗발치는 경보를 받고 문호림이 역량 포치를 하려고 황급히 뛰어나간 뒤에 주철산이 선 채로 호주머니에서 권연갑을 꺼내어 한정희에게 권하는 것을 한정희가 손을 들어 밀막으며 "피우지 않습니다." 하고 방색하니 주철산은 더 권하지 않고 곧 권연 한 가치를 꺼내 물고 성냥을 그어 불을 붙였다. 그리고 한 모금 깊이 빨았다가 길게 연기를 내뿜고 나서 침착한 어조로 차근차근 한정희에게 정황을 설명해 주었다.

"우리 이 총파업을 진압하려구 서울 총독부에서 최고 관리들이 내려왔습니다. 그리구 함흥 도청에서두 고급 관리들이 내려왔습니다. '함남노동회' 아시지요? 그 추악한 일제의 어용단체 말입니다. 그자들두 지금 극히 음험한 수단으루 파괴 활동에 광분하고 있습니다. 우리 이 사무소두 아직까지는 구실이 없어서 저들이 수색도 못 하구 차단두 봉쇄두 다 못 했지만…… 앞으루 사태가 가일층 긴박해지면, 겨우겨우 유지해 온 법률의 가면을 벗어 동댕이치구 야만적인 실력 행사루 넘어갈 겁니다. 그래서 우린 여차하면 지하루 들어가려구 미리 준비를 해 놓았습니다. 토끼두 세 굴을 판다잖습니까. 어떻게 해서라두 승리는 쟁취해야지요. 우리 전체 노동자들의 사활적 문제가 아닙니까. 지도부가 파괴를 당하면 일은 낭패거든요. 그런데 지금 가장 우려되는 것은…… 우리 지도부 내에 불순한 개량주의분자들이 섞여 있어서, 타협의 길루 나갈 획책들을 하고 있는 겁니다."

"그렇습니까, 그럼 거 큰일 아닙니까?"

"큰일입니다. 사태가 점점 더 노골화돼 가구 있습니다. 그렇지만 우리 노동자들은 그들의 정체를 종당에는 간파하구야 말 겁니다."

두 사람이 책상 옆에 마주 서서 수작하는 중에 출입문이 펄떡 열리며 노조의 간부로 보이는 장년 남자 하나와 건장한 청년 둘이 급한 걸음으로 들어왔다. 세 사람 중의 영위인 듯싶은 장년 남자가 주철산을 보고 "우린 지금 부두 현장으루 나갑니다. 더 무슨 지시할 말씀이 없습니까?" 하고 말한즉 주철산은 그 사람의 손을 굳게 잡으며 "건투를 빕니다." 말하고 곧 다른 두 청년과도 굳은 악수를 나누었다. 비장한 결심을 한 것 같은 사람들의 이러한 장행 장면을 바로 곁에서 목격하는 한정희는 어쩐지 눈시울이 뜨거워나는 것을 느꼈다. 그래서 주철산을 보고 "저두 이분들과 함께 나가 보는 게 어떨까요?" 하고 말하니 주철산은 선뜻 "좋겠지요." 대답하고 그 두툼한 두 손으로 한정희의 두 손을 꽉 잡았다.

한정희가 세 사람과 동행하여 현관문을 막 나서는데 무장경찰들이 지켜보는 가운데 함지에 청어를 그들먹이 담아서 머리에 인 중년의 아주머니 하나와 김이 무럭무럭 나는 두부를 자배기에 담아서 인 젊은 아주머니 하나가 사무소를 향하고 부지런히 걸어 들어왔다. 소박하면서도 뜨거운 계급의 사랑이 담긴 참파임이 틀림없었다.

원산항의 이 별로 보잘것없는 부두가 이처럼 세상의 이목을 끌 줄은 일찌기 아무도 몰랐다. 콘크리트 안벽과 목조 잔교들에는 일본의 쓰루가, 니가타 등 항구에서 건너온 크고 작은 화물선들이 닻을 내리고 있는데 싣고 온 화물들을 부릴 수도 없고 또 부두 창고에 드러쟁인 화물들을 선적할 수도 없었다. 바다와 뭍을 연결하는 가장 요긴한 매듭이 마비되어 반신불수가 되어 버렸기 때문이다. 부두 노동자들이 소, 말, 개, 돼지 같은 노동조건의 개선을 요구하여 파업을 단행하였기 때문이었다.

이날 원산항의 바람 찬 부두는 힘의 대결을 위하여 적아 쌍방이 전투적 역량을 속속 투입하는 대회전장을 방불케 하였다. 금전에 매수된 파업깨기꾼들과 자발적으로 날뛰는 파업방해분자들과 충군애국에 혈안이 된 무장경찰들이, 역시 파업을 단행한 시 내외 각 공장, 제조소, 작업장들에서 급파된 규찰대들과 응원대들과 노조 일꾼들이 들물같이 이리로 밀려들었다. 일장의 충돌은 불가피적이었다.

한정희가 노조 일꾼들과 함께 현장으로 급행하고 있을 즈음 양씨동이도 긴급동원되어 다른 규찰대, 경찰대, 응원대들과 함께 현장으로 달려오고 있었다. 겨울방학 동안에 마음을 가라앉히고 시험공부를 착실히 하고 있던 서선장이도 부두에서 편쌈이 난다고 왁자지껄 떠드는 소리를 듣고는 궁둥이에 좀이 쑤시어 견딜 수가 없어서 "옜다, 모르겠다." 하고 집을 뛰쳐나와 두 주먹 불끈 쥐고 부두를 향하여 치달았다. 도중에서 맞다든 쌍년이가 "공부 안 하구 어딜 또 가니?" 하고 소리치는 것을 어디서 부는 바람이냐, 들은 체도 않고 장달음을 하다가 갈림길에서 이도 역시 같은 방향으로 줄달음쳐 오던 한은희와 한길에 들어섰다.

"너 어디 가니?"

한은희가 씨근벌떡거리며 묻는 말을 서선장이도 씨근벌떡거리며 "편쌈 구경하러 간다." 대답하고 잇달아서 "너는?" 하고 되물었다.

"나두."

"그럼 우리 같이 가자."

두 아이가 한창 같이 닫는 중에 길가 어느 집의 부엌문이 펄떡 열리면서 그 집의 게으르고 덜돼먹은 여편네가 쌀뜨물을 훌쩍 버렸다. 선장이가 눈결에 보고 잽싸게 몸을 피하기는 하였으나 미처 피하지 못하여 바지에 부연 뜨물을 함빡 받았다. 선장이가 빨끈해 "재수 없이!"

한마디를 뇌까리고 곧 선 자리에서 서너 번 공굴러 뛰어 옷에 받은 뜨물을 대강 떨어 버린 뒤 또다시 닫기 시작하였다.

"너 괜찮니? 속까지 들이젖었지?"

"선득선득하다. 한참 뛰면 괜찮겠지."

"이제 그게 누군지 너 아니?"

"모른다. 누구냐?"

"그게 바루 홍돼지네 작은에미다."

"오, 그러냐……. 그럼 이담에 홍돼지를 만나면 분풀일 좀 해야겠다."

"그 여편네가 게을러빠져서 소박을 맞는다더라. 언제나 머릿니가 득실득실하대."

"에이, 더러운 것! 그런 이꾸러기니까 뜨물두 아무 데나 버리지."

두 아이가 씨근벌떡거리며 씩둑꺽둑 지껄이며 내처 달았다. 부두에로 부두에로 밀려가는 인파 속에 김영하 선생이 끼어 있는 것을 선장이가 먼저 보고 은희를 돌아보며 "선생님이다." 하고 속삭이듯 말하니 은희는 "어디? 오." 하고 잇달아서 "쫓아가자!", "가자!" 두 아이가 강물처럼 흘러가는 사람들의 틈을 요리조리 피하며 이 사람 팔꿈치에 부딪기도 하고 또 저 사람 발에 걸리기도 하며 담임선생에게로 쫓아왔다.

"선생님!"

"선생님!"

두 아이가 동시에 부르는 소리를 듣고 김영하 선생은 급히 발을 멈추고 계속 밀려오는 사람들에게 이리 부딪고 저리 부딪고 하면서 아이들을 돌아다보았다.

"어, 너희들……. 잘됐다, 가자!"

김영하 선생은 마침 좋은 실물교육의 기회라고 생각을 한 모양이었다. 한 선생과 두 제자가 사람들 틈에 끼어 현장에 당도를 했을 때, 겨울의 풍물시 — 갈매기 떼 날아 설레는 원산항의 바람 쌀쌀한 부두는 산비가 오려고 누각에 바람이 가득한 것과도 같은 긴박한 공기에 휩싸였다.

파업 노동자들은 자본가 측의 인원들이 화물선이나 창고들에 접근을 못 하도록 사람 사슬로 피켓라인 즉 감시선을 늘이고,

비겁한 자야 갈라면 가라
우리는 붉은기를 지킨다.

우렁차게 '적기가'를 부르며 기세를 올리고 있었다. 그 사이사이를 누비듯이 노조 일꾼들이 분주히 오가고 또 규찰대들이 감시하는 눈으로 사방을 두리번거리며 슬슬 돌아다녔다. 자본가의 앞잡이들과 파업방해분자들은 담장같이 둘러선 무장경찰의 힘을 배경으로 담력을 북돋우고 들이덤빌 기회를 노리며 서성거리고 있었다. 안벽에 선복을 붙이고 닻을 내렸거나 잔교에 선복을 대고 닻을 내린 일본 화물선의 선원들은 모두 다 갑판 위에 올라와 뱃전 난간에 붙어 서서 서로 무어라고 수군거리며 관전을 하고 있었다. 그리고 테두리 밖에서 어느 한편을 동정하거나 어느 한편이 지기를 바라는 사람들은 멀찍이 둘러서서 서로 떼밀고 떼밀리며 또 질서를 유지하려는 경찰의 호통을 들어 가며 구경들 하고 있었다.

김영하 선생은 싸대치는 사람들 틈에서 두 아이를 놓치지 않으려고 오른손에 선장이를, 왼손에 은희를 꼭 붙들고 이리 밀리고 저리 밀리고 하였다. 그러는 동안에도 대치한 쌍방의 인수는 자꾸 불어났다. 멀

찍이 둘러선 구경꾼들의 수효도 놀랄 만큼 빠른 속도로 늘어났다.

한낮이 가까와 전주의 그림자들이 한껏 짧아졌을 때 불시에 일단의 괴물들이 겹겹이 둘러선 사람들을 기세 사납게 좌우로 마구 헤가르며 눈사태같이 투쟁 마당으로 쏟아져 들어왔다. 기업주들이 그 앞잡이들을 시켜 금전을 미끼로 외지에 나가 그러모은 망나니들 — 파업깨기꾼들이었다. 그 망나니들은 계획적으로 모두 잿빛의 목출모를 썼는데 개개 다 전을 턱 밑까지 내려 당겨 썼다.

목출모란 방한모의 일종으로써 털실이나 목실로 짠 것인데 전을 접으면 그냥 모자가 되고 또 전을 내려 당기면 두 눈만 빠끔히 내놓고 얼굴 전체가 푹 덮싸이는 용수갓 모양의 모자였다. 눈만 내놓는다고 해서 목출모라고 부르는데 이날 파업깨기꾼 망나니들이 일제히 그런 모자를 쓰고 덤비는 데는 몇 가지 이유가 있었을 것이다. 그 첫째는 난투 중에 저의 편을 알아보기 위한 것이고 둘째는 저들의 더러운 몰골을 드러내지 않으려는 것이고 또 셋째는 상대편을 공동하자는 걸 것이다. 아닌 게 아니라 그자들의 그러한 장속은 미국의 흑인 배척을 목적으로 하는 결사 — '케이케이케이(KKK)'의 무시무시한 흰 가운, 흰 복면을 방불케 하였다.

이 조선식 '케이케이케이'가 입장을 하자 기업주의 앞잡이들과 파업 방해분자들은 갑자기 사기가 올라 괴상한 소리들을 지르며 기뻐 날뛰었다. 이에 맞서는 파업 노동자들은 재빨리 모여들어 팔과 팔을 꽉 끼어 스크럼을 짜고 횡대로 늘어서서 자신들의 몸으로 장벽을 이루었다. 이 일촉즉발의 광경을 지켜보고 섰던 선장이가 너무도 긴장하여 저도 모르게 김영하 선생에게 잡힌 손에 힘을 주니 김영하 선생도 긴장해 선장이의 손을 마주 꽉 쥐었다.

파업깨기꾼 대오의 앞선 자가 먼저 "자!" 하고 소리를 지르니 뒤에 선 자들이 일시에 "아!" 하고 소리를 지르며 파업 노동자들의 장벽 — 방어선으로 달려들었다.

공방전의 막이 열렸다. 주먹질, 발길질이 빗발치듯 하였다. 그러나 파업 노동자들의 장벽은 끄떡없이 일차 공격을 견뎌 내었다.

돌파에 실패를 한 파업깨기꾼 망나니들이 일단 뒤로 물러나 대가리들을 한데 모으고 작전계획을 고쳐 짤 즈음 홀제 배 위에서 날카로운 호르래기 소리가 나며 여태껏 치안유지를 표방하고 정관 즉 고요히 관찰하는 태도를 취해 오던 경찰대가 행동을 개시하였다. 진압이 시작된 것이다. 한번 충돌에서 대립한 쌍방의 여러 사람이 깨지고 터지고 피가 흘러 이미 상해죄, 소요죄를 구성하였다는 구실이 생겼기 때문이다. 인제는 강력을 발동하여 시위자들과 이른바 강점자들을 해산시킬 수도 있고 또 상해죄, 공무집행방해죄로 구금을 할 수도 있는 것이다.

담벽처럼 정렬하고 대기하던 무장경찰대가 호령 일하에 와르르 풀리자 파업깨기꾼들은 주인의 추김을 받은 개처럼 넋들이 올라 재차 돌격에 앞장섰다. 이번 돌격은 사실상 무장경찰대와의 협동작전이나 다름이 없었다. 파업 노동자들이 과연 어떻게 당해 낼 것인가.

바로 이때다. 안벽에 선복을 붙이고 정박한 '츠루가마루'라는 화물선의 갑판 위에서 관전을 하고 있던 일본 선원들이 별안간 고함을 지르며 발들을 굴렀다. 그들의 외치는 소리를 들을라치면 "스토 반자이!", "교오다이치 감바레!" 이것을 우리말로 옮겨 놓으면 "파업 만세!", "형제들 버텨라!" 이것을 신호로나 한 듯이 안벽에 정박한 다른 기선 — '니가타마루'와 '노도 2 호'에서도, 또 잔교에 정박한 '사도마루', '마이즈루 6 호' 및 '미야즈마루'에서도 일본 선원들의 응원 시위가 벌어졌다. 그리고 잇달아서 츠루가마루를 필두로 각 기선들이 일제히 우렁찬 기적들을 울리기 시작하였다.

그 때아닌 뭇 기적의 긴 울음은 그렇지 않아도 물정이 소연한 원산 항을 크게 뒤흔들어 놓았다. 파업깨기꾼들과 무장경찰들은 너무나 뜻 밖의 일이라서 일순 모두 멍청하였다. 하늘이 무너져도 유분수지, 내지 인(일본인)이 불령선인의 편을 들다니! 이와는 반대로 파업자들은 그 뜻 하지 않은 힘진 성원에 크게 고무가 되었다. 전 세계의 프롤레타리아 는 다 한편이라는 것을 실물교육을 통하여 다시 한번 깨닫게 되었다. 파업자들은 사기가 충천하여 여태까지의 수동적인 방어에서 일변하여 능동적인 방어에로 넘어갔다. 방어를 위한 공격에로 넘어간 것이다.

선장이는 기선 위에서 고함을 지르며 발을 굴러 대는 일본 선원들을 바라보며 귀청이 떨어질 듯, 부두가 떠나갈 듯 울리는 뱃고동 소리를 들으며 한동안 넋을 놓았다. 도대체 이것은 어찌된 일일까. 아무리 궁리 를 해 보아야 알 수 없는 일이었다. 일본 사람이 조선 사람의 편을 들 다니! 선장이는 입에다 물어 깰 수 없는 무슨 땅땅한 덩어리를 문 것만 같았다. 열서너 살 먹은 아이의 이빨로는 물어 깬다는 것이 무리였다.

그동안에 부두에서는 난투가 벌어졌다. 판가리싸움이 벌어졌다. 치 고 차는 소리에 호령과 고함 소리가 뒤죽박죽으로 뒤섞였다. 씨동이가 자전거 사슬을 냅다 휘두르며 이놈 치고 저놈 치고 번개같이 날뛰는 것을 선장이는 보았다. 한정희가 처음에는 적들의 주먹질, 발길질을 이리 막고 저리 막고 막기만 하다가 나중에 목출모를 푹 뒤집어쓴 뚱 뚱한 놈에게 옆구리를 몹시 걷어채이고 분이 나 홱 돌아서는 결에 그 놈을 어퍼컷으로 제끼는 것을 선장이는 보았다. 싸움이 백열화되었을 때 참다못한 김영하 선생이 땀이 나도록 꼭 잡았던 두 아이의 손을 뿌리치듯이 놓고 모자를 푹 눌러쓰며 총알같이 싸움의 소용돌이 속으로 뛰어들어가는 것을 선장이는 보았다.

이날, 성원의 뱃고동 소리가 성벽같이 늘어선 부두 창고의 양철 문짝들을 찌렁찌렁 울리는 중에 원산의 부두 노동자들은 원쑤들과의 싸움에서 영용성을 발휘하였다.

17

부두에서의 대충돌을 계기로 원산 노동자들의 투쟁은 폭동으로 전환되었다. 파업 노동자들은 파업깨기꾼들과 파업방해꾼들을 습격하였으며 경찰대와의 충돌을 무릅쓰면서까지 반동 주구들에게 복수를 하였다. 그들의 총파업은 전국 각지의 노동자들과 그 주변의 농민들 그리고 학생, 청년들의 적극적인 지지를 시종일관하게 받았다. 동정파업이 각지에서 일어났고 또 농민들은 식량과 시탄을 공급하였다. 파업 기금이 각지에서 수집되었고 또 격려의 편지들이 연이어 내도하였다. 뿐만 아니라 일본, 중국 등 외국 노동자들의 지지도 받았다.

씨동이가 경찰에 체포된 것은 부두에서의 대충돌이 있은 뒤 칠팔일이 지나서였다. 선장이가 아침밥을 부지런히 퍼먹고 책보를 끼고 학교에 가려고 막 집을 나서는데 씨동이네 집께서 귀에 익은 여자의 울부짖는 소리가 들려 선장이가 그쪽을 바라보니 씨동이네 게딱지 같은 초가집 앞에 사람들이 몰려섰다. 선장이가 놀라 그리로 쫓아가려는 참에 경찰 둘이 씨동이의 등을 밀며 걸어 나왔다. 찬 땅바닥에 두 다리를 뻗고 앉아 땅을 치며 통곡하는 것은 씨동이 어머니였다. 씨동이 아버지와 형 원동이는 이때 마침 바다에 나가고 집에 없었다. 선장이가 급한 걸음으로 마주 나가며 다시 보니 씨동이의 두 손에는 은빛이 번들번들하는 수갑이 채워져 있었다.

'수갑! 저건 경찰이 도둑을 붙잡아 갈 때 채우는 게 아닌가!'

선장이는 영문을 몰라 눈이 휘둥그레지는 것과 동시에 씨동이의 신변에 대한 염려와 우애가 북받쳐 두 눈에 눈물이 핑 돌았다. 선장이가 발을 멈추고 길 가운데 박은 듯이 서서 바라보는 중에 수갑을 찬 씨동이가 두 경찰에게 등을 밀리며 가까이 왔다.

"오, 선장이냐. 걱정 말아!" 하고 씨동이가 수갑 찬 두 손을 앞으로 내들고 힘 있게 흔들어 보이며 씩씩하게 말하였다.

"날 감옥에 갖다 가두더라두…… 난 꼭 뛰쳐나오구야 말 테다! 두구 봐라."

씨동이가 기탄없이 이렇게 큰소리로 장담을 하니 두 경찰 중의 나이 좀 젊어 보이는 자가 뒤에서 씨동이의 어깨를 왈칵 떠밀며 "잔말이 마라!" 하고 꾸짖었다. 그리고 나이 좀 들어 보이는 자는 조선 사람인 모양으로 "뒷덜미에 사잣밥을 짊어진 놈이 흰소리는 잘 친다." 하고 비웃었다.

씨동이가 갑자기 왈칵 어깨를 떼밀리는 바람에 하마트면 고꾸라질 뻔하다가 간신히 몸을 가누었다. 뒤를 돌아보고 대번에 눈방울을 굴리며 "개새끼, 떼밀긴 왜 떼미니!" 하고 게먹으니 그 일본 순사는 조선 순사를 돌아보며 일본말로 "이런 불한당 놈은 예사 방법으론 길을 못 들인다니, 별반거조를 내야지." 하고 지껄였다. 중인소시에 당장에서 손찌검은 못 하고 유치장에 끌고 가 가지고 톡톡히 주릿대경을 안길 작정인 듯싶었다. 조선 순사는 얼굴에 비굴한 웃음을 띠며 여공불급하게

"다시 이를 말씀입니까." 하고 비위를 맞추었다. 이것을 본 선장이는 그 조선 놈이 일본 놈보다 더 미웠다. "이 더러운 놈!" 하고 그 상판대기에 침이라도 탁 뱉어 주고 싶었다.

선장이가 겨드랑이에 끼었던 책보를 내려서 한 손에 늘어뜨리고 씨동이 옆에 바싹 붙어 서니 조선 순사가 "야, 야! 어딜 함부루 들어서니? 상학 시간이 다 됐는데, 학교나 갈 생각을 안 하구!" 하고 밤을 문 소리로 나무랐다. 씨동이가 자애 어린 말로 "어서 가 봐. 가서 공부나 잘해." 하고 다시 "쌍년이 보거든…… 내가 염려 말라더란다구 말해라." 하고 한마디를 덧붙였다. 선장이가 뒤에 떨어져서 혼이 나간 것처럼 멀거니 바라보는데 씨동이는 한참 가다가 뒤를 돌아보고 고갯짓을 한번 하였다. 내 일은 염려 말고 어서 학교나 가라, 이런 뜻인가?

인간세상의 재화란 매양 겹쳐 오는 법. 된서리 맞은 풀잎마냥 풀이 죽은 선장이를 학교에서 기다리고 있는 것은 또 하나의 타격이었다. 조회 시간에 전교의 사생들 앞에서 호소가와 교장이 돌연히 김영하 선생의 의원면직을 발표한 것이다. 호소가와 교장은 김영하 선생이 부두 노동자들의 편을 들어 난투에 뛰어든 것은 공립학교 훈도의 신분에 어긋나는 행위라며 부청, 즉 시청 교육과의 일본 관리들과 꿍꿍이 속을 차리고 권고사직을 시켜 놓고서도 외면치레로 해임장에다는 의원면직이라고 적었던 것이다. 선장이에게 있어서 존경하는 김영하 선생의 이 돌연적인 해임은 참으로 마른하늘의 벼락이었다.

'씨동이 형님이 잡혀갔는데…… 또 선생님까지!'

선장이는 눈앞이 캄캄해지는 것 같았다. 이때 김영하 선생이 호소가와 교장 옆으로 다가서서 깍듯하게 "마지막 고별인사를 해두 좋겠습니까?" 하고 물으니 호소가와는 못마땅해서 미간을 잠시 찌프렸다가 다시 펴며 "간단히 몇 마디만." 하고 마지못해 허락하였다. 선생들이 서 있는 곳은 운동장에서 아이들의 키로 한 길가량 턱이 진 지대였으므로 김영하 선생은 두어 걸음 앞으로 나와 화강석재로 쌓은 돌층계 위에 섰다. 아이들은 모두 고개를 젖혀 들고 김영하 선생의 입을 바라보았다.

"니 이 김영하는…… 여러 학생의 부형들이 식구들 데리구 먹구살기 위해, 정당한 요구를 내걸구 파업하는 걸 동정했다는 죄루…… 오늘 이 학교에서 쫓겨납니다. 김영하는 물러갑니다. 그럼 안녕히들 계십시오."

이렇게 말하고 김영하 선생은 학생들을 향하여 허리를 한 번 깊이 구푸렸다. 그리고 다시 지대 위에 늘어선 동료들을 향하여 오른쪽에다 대고 한 번 왼쪽에다 대고 또 한 번 허리를 깊이 구푸리며 고별을 하였다.

선장이가 울음이 터져 나오는 것을 겨우 참으며 박수를 냅다 치니 전체 학생들이 이에 호응하여 요란한 박수 소리가 온 운동장에 울려 퍼졌다. 이에 감염이 되어 지대 위의 선생들도 따라서 박수를 치니 호소가와 교장은 오만상을 찡그리고 머리를 송충이 대가리 내흔들듯 하였다.

선장이가 방과 후에 집으로 돌아오는 길에 씨동이가 아침에 잡혀가며 전하라던 말을 전하려고 쌍년이네를 오니 두 눈이 붉어진 쌍년이가 반갑게 선장이를 맞아들였다.

"왜 장승처럼 버티구 서 있니? 어서 앉아라!"

선장이가 막상 쌍년이와 마주 대하고 앉으니 갑자기 목이 메어 꼭 전하려고 벼르고 온 말이 입 밖으로 나와 주지를 않았다. 씨동이는 쌍년이에게 있어서나 선장이에게 있어서나 다 없어서는 안 될 존재였다. 서로 말은 안 해도 쌍년이와 선장이는 피차에 다 그것을 잘 알고 있었다.

둘이 덤덤히 마주 대하고 앉았는 중에 홀지에 마당에서 "쌍년아." 부르는 소리가 나서 쌍년이가 얼른 일어나가 장지를 밀어 열었다. 그리고 "정실이." 짧게 외치고 곧 선장이를 돌아보며 "너의 누나 왔다." 알려 주고 다시 정실이를 향하여 "어서 올라오나, 선장이두 와 있다." 말하고 얼른 한옆으로 비켜서서 문길을 터놓았다. 셋이 솥발같이 앉은 뒤에 정실이가 먼저 쌍년이에게 명토 없이 "무슨 별일은 없겠지?" 하고 물으니 쌍년이는 "글쎄 모르지." 하고 대답하는데 그 얼굴에는 평소에 걸걸하던 것과는 아주 대조적으로 수색이 짙었다.

"그래두 뭐 너무 걱정할 건 없어. 숱한 사람이 잡혀갔는데…… 설마 어떨라구. 우리 도련님두 집에 못 들어오구 어디루 피신해 버렸어. 경찰서에서 임의출두 하란 호출이 왔는데, 사람이 있어야지. 최 서사가 대신 가 연유를 말하구 본인이 집에 들어오면 곧 출두시키겠다구 다짐을 두구 왔대여."

"그래두 그건 호출이나 왔지만, 이건 아주 수갑을 채워 잡아갔거든……."

"수갑 채워 잡아간 게 어디 한둘이냐? 나 아는 것만 해두 벌써 여럿인데. 조합의 골간하구 규찰대들은 다 잡아간다더라."

쌍년이는 잠자코 옷고름만 만지작거렸다.

"그보다두 더 큰일은…… 조합의 책임 일꾼이, 칼 맞아 죽은 거야."

쌍년이는 놀라서 눈이 동그래졌다.

"누가 칼에 맞아?"

"노동조합 책임자 주철산이라나 하는 사람. 댁 사랑에두 한번 왔다 간 일이 있어. 상 심부름을 하다가 나두 한번 본 적이 있는데…… 아주 멋지게 생긴 남자야.”

“그런 사람이 뉘게 칼을 맞았다니?”

“뉘게 맞았는지 그거야 어떻게 아니? 아무튼 경찰에서 잡으려구 해 어디 가 피신하구 계속 파업을 지도하는 걸, 밤중에 어떤 놈이 글쎄 비수루 등판을 찔렀더라지 뭐냐.”

“그래 그런 무도한 놈을 잡아내지 못해? 경찰은 무엇 하란 경찰이야!”하고 쌍년이가 분개해 목소리가 새되어지니 정실이는 도리어 목소리를 낮추어 가지고 “다들 경찰에서 저의 끄나불을 시켜 한 노릇이라구 쑥떡쑥떡하는데…… 경찰이 다 무슨 소용 있니!”하고 고개를 외쳤다.

“저런 죽일 놈들!”

더더구나 씨동이를 붙잡아 간 것도 바로 그 경찰인데 어찌 아니 미우랴.

“그러게 댁 영감마님이 약주를 드시구 ‘경찰이란 좀도둑을 잡는 큰 도둑이야’ 하구 뇌셨지.”

선장이가 이날 아침부터 저녁까지 단 하루 사이에 많은 것을 보고 듣고 배우고 또 깨달았다.

“경찰에서 살인범을 잡겠다구 특별수사본부란 걸 내오구 뭐 법석을 한다지만서두 그런 건 다 외면치레 이목수습이구 범인은 절대루 잡히지 않을 거래. 이런 말두 다 안팎 사랑의 심부름을 하며 귀동냥으루 한마디씩 얻어들은 거지……. 한편 또 가만히 생각해 보면 그럴 듯두 하지 뭐냐.”

“가만히 생각해 볼 것까지두 없이 바루 그거야. 그럴듯은 다 뭐니? 바루 그건데! 순 날도둑놈들 같으니라구!”

"세상이 정말 허무하지?"

"그래, 그 주 뭐라구 하는 사람은 처자식이 있겠지?"

"아마 있겠지."

"그럼 저걸 어떡허니?"

"가엾구 불쌍하지…… 산 사람의 입에 거미줄이야 치랴마는."

"그러자니 오죽해. 나두 우리 아버지 없은 뒤에 엄마하구 둘이서……."

말을 하다 말고 쌍녀이의 두 눈이 또 붉어졌다. 여린 것은 여자의 마음인가? 정실이도 눈시울이 뜨거워나는 모양으로 얼굴을 저편으로 돌렸다. 선장이는 속으로 생각하였다.

'이 세상이 도대체 왜 이렇게 복잡한가? 그리고 왜 또 이렇게 무정할까?'

이윽고 쌍녀이가 다시 입을 열었다.

"한 진사 댁에선 어떡허구들 있니? 당가한 맏손자가 피신을 한다, 경찰서에 호출장이 나온다, 모르긴 해두 아마 초상난 집 같을 테지."

"아니야, 아니야. 전혀 달라. 기침 소리 하나 들리잖을 만큼 조용해. 큰 소리루 지껄이는 사람 하나두 없어. 댁의 가풍이 워낙 그렇대. 정말 점잖구 대범들 해……."

"너 오늘 틈 있니? 나하구 저녁이나 같이 먹을까, 마침 선장이두 왔는데."

"아니야, 아니야. 곧 가야 해. 네가 어떡허구 있나 걱정이 돼 잠깐 와본 거야. 곧 가야 해." 말하며 정실이는 얼른 일어나 선장이의 소매를 붙잡으며 "그럼 너만이라두 좀 남아 있어." 하고 못 가게 하였다. 정실이가 섬돌 위에 내려서서 신발을 신고 "그럼 내 또 올게." 쌍녀이에게 인사하고 곧 다시 방 안에 그대로 주저앉았는 선장이를 들여다보며 "누나 속상해하는데…… 말 이키지 말아." 당부한 뒤 총총히 가 버렸다.

쌍년이가 선장이더러 조용한 방에서 공부를 하라고 날이 채 어둡지도 않는데 전등불을 환하게 켜 주고 부엌으로 내려가 저녁을 지었다. 별찬 한두 가지를 장만하느라고 보리밥 한솥 짓기가 거의 지나서 쌍년이가 쟁반이 좁도록 여러 가지 반찬을 챙겨 들고 방으로 들어왔다. 쌍년이가 "어서 먹어." 젓가락을 집어 주고 또 "요거 먹어 봐라." 반찬 그릇을 앞에 가까이 밀어 놓아 주기도 하였다.

한참 밥을 먹다가 쌍년이가 느닷없이 "너 이제 서울 가 공부해 훌륭한 사람이 되면…… 나 같은 건 거들떠보지두 않겠지?" 하고 물어서 선장이는 입에 밥을 문 채 대답을 못 하고 얼굴만 벌개졌다. 쌍년이가 그 당혹해하는 양을 물끄러미 보다가 픽 웃고 "아니다. 내가 괜히 해 보는 소리다. 우리 선장이가 그럴 리 있나. 어서 먹어라. 이 반찬이 맛있는 거야. 어서 먹어." 하고 다정히 권하였다.

밥들을 다 먹고 나니 밖이 아주 어두웠다. 선장이가 이젠 가 보겠다고 일어나와 신발을 신으며 마루 끝에 따라 나와 섰는 쌍년이를 쳐다보지 않고 혼잣말처럼 "씨동이 형님이 아까 아침에 잡혀가며 나더러 누나보구 아무 걱정 말라구 말하랍디다." 하고 뒤늦은 전갈을 하였다.

'오, 네가 그 말을 전하려구…… 일부러 날 찾아왔구나!'

쌍년이는 비로소 깨도가 되어 가슴속이 뭉클하며 또다시 눈시울이 뜨거워났다. 그래서 선장이를 보고 "오냐, 알았다. 또 와라." 하고 인사하는 말소리도 여직 울려는 사람 같았다.

"누나, 잘 있수."

선장이가 인사하고 나가다가 어두운 마당 한가운데서 갑자기 돌아서서 마루 위를 쳐다보며 무뚝뚝하게 한마디를 덧붙였다.

"난 죽을 때까지 누나를 잊지 않을 테니…… 안심하우."

어두운 겨울 바다에서 지심을 울리는 듯 육중한 파도 소리가 일정한 사이를 두고 들려왔다. 북녘 하늘에 북두칠성이 그 긴 자루가 금세 손에 잡힐 듯이 뚜렷하였다.

어두운 밤이 새니 밝은 아침이다. 이날은 일요일. 이때로부터 꼭 십 년 전 '3·1운동' 때 일대 봉기를 하였던 원산 시민들은 이날 고종임금의 국장이 아닌 원산노동연합회 지도 일꾼 주철산의 사회장을 지내게 되었다. 남과 서와 북, 세 방향에서 사람의 물결이 원산 역전 광장으로 대하를 이루며 밀려들었다. 경찰들은 '3·1봉기'가 십 년을 주기로 또 터지는 줄 알고 경겁하여 역전으로 통하는 거리거리를 가을 중 쏘대 듯 하였다. 명석동에서 역전까지는 서너 마장밖에 안 되는 거리다.

정체 모를 흉범에게 암살당한 주철산의 해부를 거친 시신이 누워 있는 영구는 며칠 전에 경찰들이 난장판을 치고 간 명석동 원산노동자연합회 사무소에서 발인하기로 되었다. 검은색 베일을 덮은 영구를 멘 여섯 중에서 앞쪽 오른편은 경찰에서 수배 중인 문호림이고 또 뒤쪽 왼편은 경찰에서 임의출두 하라는 호출을 받기 전에 종적을 감추었던 한정희였다. 그리고 그 외의 넷도 역시 경찰에서 수배 중인 노조의 간부들이었다. 닥치는 대로 짓부실 기세를 보이는 수천 명 회장자들의 눈앞에서 섣불리 수갑이나 포승을 내비쳤다가는 뼈도 못 추릴 형편이므로 경찰들은 주니를 내 감히 손을 댈 염을 못 하였다. 화약고 옆댕이에서 불꽃놀이를 하리만큼 일본 경찰은 아둔하지 않았다.

선장이가 한선희 남매와 함께 역전 광장으로 향하였다. 처음에는 좁고 구불구불하고 점포가 즐비한 구로로 오다가 빵덕할미네 양약방 모퉁이에서 서쪽으로 꺾이어 넓고 곧은 신작로로 나왔다. 여기서는 노조의 사무소가 지척이므로 발인을 지켜보는 회장자들로 길이 꽉 메어 사람이 움직일 수가 없었다. 교통이 그냥 마비가 된 것이 아니라 아예 '관격'이 되었다. 토(吐)도 사(瀉)도 다 못 하는 형편이었다.

이윽고 발인이 시작되었다. 선장이가 인총 중에서 발돋움을 하고 영구를 바라보았다. 앞쪽 오른편의 허우대 크고 눈썹이 유난히 검은 영구꾼은 어디서 본 적 있는 얼굴이었다. 언젠가 남산동 청년회관을 습격할 때 손수레 위에 올라서서 연설하던 사람의 얼굴을 선장이가 이내 알아보았다. 뒤쪽 왼편의 청수한 얼굴은 다시 말할 것도 없이 한정희 ― 은희의 형님이었다. 영구가 앞으로 나감에 따라 길을 메운 사람들도 서서히 움직여 나갔다. 역전 광장에 다달으니 백차일 치듯 한 사람들이 영구가 들어올 길을 터놓았다. 그러나 영구가 일단 들어가자 텄던 길은 곧 다시 오무라져 원래의 상태로 되돌아갔다.

선장이와 은희는 역전에 있는 일본 여관 마스야의 쓰레기통 위에 올라섰다. 거기서는 거리가 멀어 말소리를 똑똑히 들을 수 없는 것이 흠이었으나 그 대신에 쓰레기통의 키 하나만큼 높은 까닭에 눈앞을 가로막는 것이 없어서 보이기는 잘 보였다. 타마유 칠을 한 쓰레기통이 어지럽기는 해도 2월 말 ― 아직은 추운 때라서 냄새는 별로 나지 않는 것이 그나마 다행이었다. 선희는 마스야의 목담 밑에 가 붙어서 발돋움을 하고 보았다. 오빠의 일이 걱정되어 온 정신을 다 영구 모신 어름에 쏟는 것 같았다.

영구는 두 개의 성냥 상자 위에 가로 모셔졌다. 수십여 개의 만장과 깃발들이 바람에 펄펄 나붓기는 가운데 임시로 모은 연단 명색 ― 또 하나의 성냥상자 위에 허우대 크고 눈썹이 유난히 검은 문호림이 올라섰다. 조사를 시작하였다.

"여러분, 주철산 동지가 왜 그 귀중한 목숨을 바쳤는지 우리는 잘 알
구 있습니다. 그리구 누가 누구를 시켜 캄캄한 밤중에 이런 비열하
구 음흉하구 잔인한 짓을 했는지 우리는 잘 알구 있습니다."

첫밧에 그 입에서 말이 이렇게 부풀게 나오니 맨 앞에 눈깔을 희번
덕거리며 섰던 경부보란 자가 참을 줄이 끊어져 "중지, 중지!" 하고 돼
지 멱따는 소리를 냅다 질렀다. 그 소리에 분격한 회장자들이 신속하
고도 맹렬한 반응을 보였다.

"계속하시오, 계속하시오!"

"그 게목 지른 놈을 부집게루 집어내라!"

"그놈을 갈기갈기 찢어 죽여라!"

"각을 떠라!"

"조용히, 조용히! 계속하시오, 계속하시오. 조사를 계속하시오!"

"근청, 근청!"

소래기를 지른 경부보 놈은 새똥이 허옇게 뒤덮인 바위가 들물 속에
잠기듯이 회장자들의 분노의 외침 속에 형적도 없이 잠겨 버렸다. 문
호림이 중동무이되었던 말을 다시 이었다.

"주철산 동지는 영원히 사라지지 않을 업적을 남기구 갔습니다. 그
의 이루지 못한 뜻을 우리는 반드시 이어서 이루어야 하겠습니다."

문호림이 이와 같이 조사를 계속하는 중에 돌연 단층 목조 역사 너
머의 승차장에서 증기기관차가 새된 기적 소리를 울렸다. 그것은 역구
내에서 차판을 끌고 다니는, 굴뚝이 가늘고 높은 구식 기관차만이 낼
수 있는 소리였다. 귀청이 떨어질 것같이 새된 그 기적 소리에 눌리어
서 문호림이 하는 조사는 바로 옆에 서 있는 사람의 귀에도 잘 들리지

않았다. 아직 확성기라는 것이 없는 시절이라 조사는 계속한대도 사실상 중지가 될밖에 없었다. 그 기적 소리가 경찰의 고의적인 방해 책동인 것을 회장자들은 이내 깨달았다.

"저놈의 기관차를 가 박살을 내자!"

누군가가 이렇게 소리를 지르자 눈 깜박할 사이에 한 백여 명 잘되는 사람들이 인총 중에서 뛰쳐나와 혹은 역사의 개찰구를 뚫고 혹은 목책을 뛰어넘어 눈사태처럼 승차장으로 쏟아져 들어갔다. 이윽고 그 듣기 싫던 기적 소리가 뚝 그쳤다. 아마 뭇 주먹질에 일본인 기관사가 잡아당기던 고동줄을 놓고 쭉 뻐드러진 모양이었다. 그동안에 증파된 경찰대가 회장자들이 활화산의 용암처럼 뒤번지는 역전 광장을 에워싸기 시작하였다.

형세가 긴박해진 것을 보자 선희가 재빨리 쓰레기통에 올라섰는 두 아이께로 쫓아와 안 가겠다고 앙탈들 하는 것을 억지로 끌고 광장을 벗어났다. 아이들을 보호할 책임을 느끼는 선희가 한 손에 하나씩 손목을 잡아끌고 나오는데 큰길 모퉁이에서 경비를 서던 젊은 순사 하나가 선희에게 알은체하며 눈인사를 하였다.

선희는 그게 누구인지 언뜻 생각나지 않아 인사성으로 그저 고개만 한번 까댁하고 지나오는데 눈이 밝은 선장이가 대번에 알아보고 "나벌 세우던 주재소 순사." 하고 선희가 겨우 알아들을 만큼 가는 소리로 일깨워 주었다. 선희가 그제야 깨도가 되어 "오, 그렇지! 너 깻묵 먹으며 벌서던…… 그때 그 순사지?" 하고 우스워서 픽 웃으니 은희는 누이의 하는 말이 무슨 뜻인지를 몰라서 "깻묵? 무슨 깻묵?" 하고 저의 누이를 돌아보며 물었다. 선장이가 열적어 픽 웃는 것을 보고 선희는 "아무것도 아니다. 좀 빨랑빨랑들 걷지 못해!" 하고 두 아이를 재촉하는 것으로 말뒤를 거두었다.

한 진사 댁 솟을대문 앞에 이르러서 선희가 들어와 점심 먹고 가라고 붙드는 것을 싫다고 뿌리치고 선장이가 집에를 오니 마침 집에 씨동이 어머니가 와 저의 어머니하고 무슨 이야기를 하고 있었다. 마주 앉은 두 어머니 사이에는 신문지에 뭉뚱그린 솜 한 뭉치와 새로 끊은 듯싶은 광목 한 끝이 놓였다.

"쌍년이가 아침에 찾아와 돈 쉰 냥(5원)을 내놓으면서…… 유치장 속이 몹시 춥다는데 이걸루 솜옷 한 벌, 솜버선 한 켤레 얼른 지어 들여보내라잖소. 우리 힘으루 지어 들여보내겠다구 내가 밀막는데두 억지루 떠맡기구 달아나니 어떡허우. 그래서 광목두 뜨구 솜두 사구 하기는 했는데, 나 혼자 손으루 어떻게 할 수가 있어야지. 그래 생각다 못해 바지 하나는 점순이 엄마한테 떠맡기구 저고리는 내가 짓기루 했는데…… 버선을 어떡허우? 그래 동생 수고를 좀 시켜 볼까 해 이렇게 들구 온 거요."

"아이구, 형님두 별말씀을 다 하시우. 수고가 무슨 수고……. 어서 두구 가시우. 내 저녁 전으루 다 뒤집어서 갖다드리리다."

씨동이 어머니가 고맙다 치사하고 돌아간 뒤에 선장이가 시험공부를 하려구 책을 들고 나앉으니 머리가 어수선산란해 글이 머릿속으로 잘 들어와 주지를 않았다.

18

선장이가 중학교 입학시험을 치러 서울로 올라갈 날짜가 닥쳐왔다.

그러나 원산시 내외에서 경찰의 검거 선풍은 점점 더 극성을 부렸다. 따라서 노동자들의 총파업은 차츰 폭동으로 변해 갔다. 물정이 소연한 가운데 일력이 한 장 한 장 뜯기어,

1929년 기사년
3월 큼.

이런 글자가 나타나기 시작하였다.

이날 선장이와 그 누이 정실이 사이에 한 차례의 대화가 벌어졌다.

"난 씨동이 형님이 어떻게 되는가를 보구서 떠날라우."

"미치잖았니! 시험 날짜가 인제 한 주일밖에 안 남았는데…… 유치장에 갇힌 사람을 보긴 어떻게 보구 가?"

"난 그 형님이 꼭 도망쳐 나올 것만 같소. 두구 보오."

"밝은 대낮에 꿈 좀 작작 꾸어."

"그 형님의 성질을 난 잘 알구 있거든."

"잘 알면 무얼 해? 유치장은 여관이 아니야."

"서울 가는 거 아주 고만두까?"

"왜, 어디가 근질근질해나니? 아버지가 아시면 뼈두 못 추릴라구!"

"그까짓 공부는 해 무어 하우? 아버지 따라 배나 타지."

"굴러온 호박을 박차면 밥바가지 차."

"누나 생각엔 씨동이 형님이 어떻게 될 것 같소?"

"경찰서장한테 가 물어보렴."

"쌍년이 누나가 가엾어서 난 원산을 떠날 생각이 없소."

"쌍년이가 아마 너 없으면 죽지."

"남의 집에 가 얹혀살 일을 생각하니 도무지 맘이 내키지를 않소."

"괜한 소리 말아. 벌써 차비까지 다 부쳐 왔는데⋯⋯. 이제 전보 한 장 쳐서 서울역에 도착할 시간만 알리면 다야, 복에 겨워 매화타령이냐!"

"뺑덕할미 알지? 약방집 아들. 그 자식두 간다는데."

"그럼 더 잘됐구나, 심심찮구."

"걔넨 돈이 있거든."

"너두 걔 부럽잖을 테니 두구 봐."

이때 한 진사 댁 안방에서도 선희와 그 홀로된 어머니 — 모녀 사이에 이와 비슷한 대화가 벌어졌다.

"오빠가 저렇게 숨어 다니다가 어떻게 될지 모르는 형편에⋯⋯ 나 맘이 안 놓여 서울길을 어떻게 떠나요? 떠나더라두 결말이나 보구 떠나야지요."

"네가 있으면 안 될 일이 되구 네가 없으면 될 일이 안 될까 봐? 당찮은 염려 말구 어서어서 떠날 준비나 해. 오빠 일은 네가 있으나 없으나 마찬가지야."

"그래두."

"그래두는 무슨 그래두야. 괜히 그러다간 게두 구럭두 다 놓친다. 어른들이 할 걱정까지 네가 도맡아 할 작정이냐? 네가 제 코만 제 손으루 씻어두 이 에미는 근심 하나가 덜려."

"아까두 사복형사가 중문간에 들어와 기웃기웃하던데⋯⋯ 어떻게 걱정이 안 돼요?"

"네가 같이 걱정을 해 주면 걱정거리가 그만큼 줄어든다던? 괜한 소리 말구 어서 시험공부나 잘 해. 할아버지가 한번 말씀을 하신 이상은 인제 요개할 나위가 없어. 너는 사흘 안으루 떠나야 해."

"여러 해 다닌 학교를 졸업식에두 못 참가하면…… 섭섭해 어떡허지요."

"졸업식 날짜가 입학시험 날짜하구 상치되는 거야 어떡허니. 섭섭해두 할 수 없지."

"입시에 만일 합격이 되면…… 생전 해 보지 않은 기숙사 생활을 어떻게 하지요?"

"미국 유학을 가겠달 때의 호기는 다 어디루 가구, 그따위 줄난 소릴 하니!"

"은희두 보구 싶구 엄마두 보구 싶구……."

"방학엔 안 오니?"

"오기야 오지만……."

"인제 고만하구 건너가 봐. 오빠 일 때문에 엄마는 머리가 묵사발이 될 지경이다. 제발 좀 더 말 안 하게 해 다우."

"코트는 그럼 어떡헐까?"

"서울 가 맞춰 입으렴. 원산서 지은 건 아무래두 촌티가 나. 남우세스레 서울 가 그런 걸 입구 다니겠니. 지난번에 박 참봉네 손녀가 입구 온 거 너 못 봤니? 얼마나 사치하더냐."

떠날 날을 하루 앞두고 정실이가 선장이를 데리고 쌍년이에게 하직 인사를 시키러 왔다. 서쪽 하늘에 쪼각달이 걸려서 복잡다단한 인간세상을 지켜보는 밤이었다.

"언제 떠난다구?"

"내일 밤 열한 시 차."

"그럼 서울 가 내리는 건?"

"아침 일곱 시라나 봐……. 아까 낮에 전보를 쳐 놨다."

쌍년이가 선장이를 향하여 "아아주, 서 도령이 서울 행차를 하시게 됐군……." 하고 웃는데 정실이가 옆에서 "쌍년이 누나가 가엾어서 원산을 떠날 생각이 없단다." 하고 주를 달았다. 쌍년이가 얼굴이 금세 환해지며 선장이를 보고 "정말이냐?" 하고 다지니 선장이는 계면쩍어 얼굴을 붉히며 그런 말 한다고 저의 누이에게 눈을 흘겼다. 정실이가 눈치를 모르는 체하고 "씨동이 형님이 나오는 걸 보구 가겠다, 남의 집에 얹혀살 일을 생각하니 맘이 내키지 않는다, 공부 걷어치우구 아버지 따라 배나 탈까 보다…… 별의별 궁리가 다 많다." 하고 있는 대로 다 까발리니 쌍년이는 손뼉을 치면서 "조꼬만 게 정말 맹랑하구나." 하고 깔깔 웃었다.

쌍년이가 차반에 '구리보로'라는 밤알같이 생긴 과자를 담아 내놓고 또 귤을 갖다 놓고 어서 먹으라고 선장이를 권한 다음 귤 하나를 정실이 손에 쥐여 주고 저도 하나 껍질을 벗기면서 "그래, 선희 오빠는 어떻게 됐니?" 하고 물었다.

"그날 장례식에서 난리가 난 뒤루 어디 가 숨었는지…… 집에서들 두 몰라. 지금 날마다 댁 사랑에 사복형사들이 나와 냄새를 맡구 다니는 판이지 뭐냐."

"그럼 이번에 들리면 무사하지 않겠구나?"

"무사하지 않다 뿐이야. 저번엔 제 발루 걸어 나오란 호출이었으니까 큰 문제 없었지만…… 이젠 영낙없이 구류가 아니면 체포래."

"구류는 뭐구 체포는 뭐니?"

"나도 잘은 모르겠다. 아무튼 다 붙잡아 가는 거겠지, 수갑을 채워 가지구."

"그 집두 인제 큰일 났구나."

"누가 아니라니, 걱정이다."

"그래 선희는 어떡허니, 서울을 간다던?"

"응, 가."

"언제?"

"내일. 아마 선장이하구 한차에 가기두 쉽지……."

쌍년이가 웃으며 선장이를 보고 "한 진사 댁 아가씨하구 동행을 하시게 됐군, 우리 서 도령이." 하고 놀리니 선장이는 말이 없이 과자만 먹는데 정실이가 턱으로 저의 동생을 가리켜 보이며 "아가씨두 저걸 아주 귀애하지 뭐냐." 하고 말하였다. 쌍년이가 대번에 "당연하지야. 인물루 보나 성품으루 보나 은희에 비길까!" 하고 마치 선장이가 저의 작품이기라도 하듯이 자랑을 하였다.

이때 한 진사 댁 안사랑에는 한 진사께 하직 인사를 고하려고 김영하 선생이 와 있었다.

"김 선생이 서울을 가신다구?"

"네, 학교에서 허울 좋은 면직을 당했으니…… 인제 원산 바닥에선 출로가 없게 됐습지요. 그래서 서울에 제 학생 시절의 은사 한 분이 계신데, 거기다 이런 사정을 편지루 여쭤보잖았겠습니까. 그랬더니 답장을 주셨는데 현재 우리 여기 학교 도서관에 변변치 못한 자리 하나가 비었으니 와 있어 볼라거든 와 있어 보라는 거지 뭡니까."

"어, 그래요. 그 학교는 무슨 학콘데?"

"저, 보성전문이라구…… 이름 있는 학콥니다."

"보성전문? 잘 알지, 수송동에 있는."

"아니, 지금은 화동으루 옮겼답니다."

"그래? 수송동에서 화동은 지척이지, 안국동 네거리만 지나면 고대니까."

"할아버님께선 서울 지리에 소상하십니다."

"하하, 나두 젊어선 서울 가 신식 물을 먹구 온 사람이요."

"아, 네. 그러신 줄은 몰랐습니다. 황공합니다."

"그래, 그 선생님은 거기서 무얼 하시는데?"

"교수랍니다."

"교수, 그러구 보면 김 선생은 정히 전화위복이시구려. 이 원산 구석에 묻혀 있으니, 도리어 잘됐단 말이요……."

"글쎄올시다. 어떨는지 그건 가 봐야 알겠습니다."

"사람의 새끼는 서울루 보내구 마소의 새끼는 시골루 보내란 말이 있잖소. 어쨌든 가는 게 좋지요. 잘됐쉐다."

한 진사가 담배를 붙이느라고 주고받던 말이 잠시 동안이 떴다.

"정희 씨는 그저 소식이 없습니까?"

한 진사가 담배 연기를 길게 내뿜고 말없이 고개를 가로흔들었다.

"그래두 할아버님께서 너무 근심을 마십시오, 설마 무슨 일이야 있을라구요. 정희 씨는 신념을 위해 신명을 거는 훌륭한 혁명갑니다. 때를 만나면 큰일을 할 우리나라, 우리 민족의 동량지쟵니다."

"고맙소. 나두 그 애가 하는 일을 몰이해하게 말린 적은 없쉐다. 다만……." 하고 노인은 한숨을 짓는 것으로 밀막음을 하였다.

이튿날 오전에 선장이가 김영하 선생께 하직 인사를 고하러 갔다가 선생님도 같은 밤차로 서울을 올라가게 된 것을 알고 좋아서 깡충깡충 뛰다시피 하였다. 가장 존경하는 선생님과 한차를 타고 가게 되었는데 어찌 기쁘지 않으랴!

밤 11시 20분. 우연히 동행하게 된 네 사람, 김영하 선생과 한선희와 서선장이 그리고 약방집 아들 뺑덕할미 — 곽복덕이가 역대합실에서 만나 서로 인사들을 나누고 또 제각기 배웅 나온 가족들의 전송을 받으며 한 차칸에 올랐다. 그러나 넷이서 한 좌석을 차지하지는 않았다. 한선희는 선장이를 데리고 통로 오른쪽 차창 밑에 자리 잡아 앉고 김영하 선생은 통로의 비슥맞은편인 왼쪽 차창 밑에 곽복덕 — 부르기 매우 페로운 이름을 가진 제자를 데리고 자리 잡아 앉았다.

네 사람의 몸을 실은 완행열차가(이때는 경원선에 아직 급행열차라는 것이 등장을 하지 않았다) 고정하게 한 정거장 한 정거장 빼놓지 않고 차례로 들르며 밤새도록 어둠 속을 달려서 차창 밖에 아침 안개 긴 연선의 농촌 풍경이 묵화처럼 아렴풋이 드러날 무렵의 일이다. 네 사람이 뒤에 두고 온 원산, 그 원산경찰서의 유치수들이 통졸임 정어리 모양 요지부동으로 빼곡히 들어찬 초만원 유치장에서는 일장의 활극이 벌어졌다.

열차가 속력을 푹 줄이며 서서히 의정부역 구내에 미끄러져 들어와서 홈에 나섰던 역원들이 입입이 "의정부! 의정부!" 늘어진 소리로 역명을 외칠 무렵 원산경찰서 유치장에서는, 이날 이른 아침 염병에 까마귀 울음소리만큼이나 듣기 싫은 "기상! 기상!" 외치는 소리가 나 모두들 뛰어 일어나 점호를 마친 뒤에 변기들을 내갈 때 양씨동이가 사전에 동지들과 약정한 대로 자기 번도 아닌데 얼른 자진하여 변기를 들고 나갔다. 씨동이는 그동안 여러 날 두고 탈출할 계획을 짰다.

변기들을 쏟아 버리는 변소의 지붕은 그리 높지가 않아 처마 기슭을 붙잡고 몸을 솟구치면 과히 어렵지 않게 지붕에 올라설 수가 있을 것 같았다. 변소는 높직한 벽돌담 밑에다 바싹 붙여 지은 것이므로 변소 지붕에만 올라서면 벽돌담을 넘기는 크게 힘들 것이 없었다. 그런데 문제는 그 벽돌담 위에 가시철이 쳐 있어서 빠져나가거나 뛰어넘기가 용이치 않은 것이었다(이때는 아직 최신 과학의 집대성이라고 할 군함들도 석탄을 때서 증기의 힘으로 움직이는 시절이라 전기 철조망 같은 것은 더구나 보급되지를 않았다). 서두르지 않고 찬찬히 하면 빠져나갈 수도 있지마는 무엇에 쫓겨 황급히 서두는 경우에는 뛰어넘거나 빠져나갈 가망성이 희박하였다.

그러나 난점은 그것만이 아니었다. 벽돌담 밖이 곧 경찰서 테 밖의 길이나 공지인 것이 아니라 경찰서의 테 안인 본청사 옆댕이에 난, 정문으로 통하는 길이었다. 그러나 이런 것 저런 것을 다 꺼리고 사리고 할 형편이 못 되었다. 도망을 칠 놈이 피나무 안반 같은 계제를 기다리다가는 호호백발에 오무라미가 될 때까지 거기 그대로 엎드려 있어야 한다.

'담당님'이라 불리는 유치장지기 순사가 한 손에 열쇠 묶음을 늘어뜨리고 똥내를 피하여 멀찍이 서서 권연을 꼬나물고 유치수들이 변기 쏟아 버리는 것을 지켜보는 중에 별안간 감방 안에서 여러 목소리가 합창으로 '적기가'를 드립다 불러 대었다. 그러자 줄행랑처럼 죽 벌려 지은 여느 감방들에서도 발들을 구르며 집이 떠나갈 듯한 큰 소리로 "비겁한 자야 갈라면 가라, 우리는 붉은기를 지킨다……." 하고 불러 대었다.

담당 순사가 급해맞아 입에 물었던 권연을 빼내 동댕이치고 뛰어들어가며 "뒈지구 싶으냐 이놈들!" 계목을 지르는 동안 씨동이는 얼른 변기를 내려놓고 표범같이 날쌔게 변소의 처마 기슭을 붙잡는 결에 몸을 불쑥 솟구쳤다. 지붕 위를 저벅저벅 걸었다. 벽돌담과 마주 섰다. 또 불쑥 몸을 솟구쳤다. 가시철을 붙잡고 담장 위에 엉거주춤 섰다. 두 손으로 빠져나갈 틈을 비집었다. 당황망조한 담당 순사가 감방 안의 소동을 같이 번을 서는 동관에게 밀맡기고 다시 변소께로 뛰어나왔을 때 씨동이는 이미 가시철에 새로 갈아입은 솜옷을 네댓 군데나 찢기며 빠져나가 담 너머 땅바닥에 사뿐 뛰어내린 뒤였다. 씨동이는 승냥이 아가리를 일단 벗어났다.

그러나 이번에는 또 호랑이 아가리가 기다리고 있었다. 씨동이는 쏜살같이 정문께로 쫓아왔다. 정문에 파수 서는 경찰이 있는 것을 모르는 바는 아니었다. 그러나 어찌하랴. 뒷담은 너무 높아 사닥다리 없이는 도저히 넘을 수가 없었다. 파수 선 놈을 때려눕히고 빠져나가는 길밖에 없었다. 머리가 뜨거워나서 그런 무모하기 짝이 없는 계획이 성공될 걸로 믿어졌다. 옹이에 마디로 일수까지 사나왔다. 씨동이가 가까이 가기 전에 저편에서 먼저 발견하고 "섰거라!" 소래기를 냅다 질렀다. 그래도 시위를 떠난 화살은 멎어서지를 못한다.

하품에 딸꾹질로 여느 때는 패검만 하던 경찰들이 요즈막은 파업 노동자들의 폭동이 물이랑처럼 여기서 일어났다 저기서 수그러졌다 하는 바람에 많이는 권총들을 찼다. 섰거라 소리를 세 번 연거퍼 질러도 씨동이가 듣지 않고 불에 덴 황소처럼 그대로 내달아 오니까 파수 섰던 경찰은 잽싸게 권총을 꺼내 들고 엄지손가락으로 실린더를 풀었다. 탈옥수를 겨냥하고 두 방을 연발하였다. 한 방이 명중하였다. 한 알의 권총탄이 씨동이의 뺨을 뚫고 들어가 목덜미로 빠져나갔다. 씨동이가 앞으로 푹 고꾸라졌다가 얼른 다시 뛰어 일어나는데 급살 나게 쫓아온 경찰이 한 놈도 아니고 두세 놈씩 한꺼번에 들이덤볐다. 총 맞은 탈옥수를 꼭뒤잡이하는 결에 수갑을 절컥 채워 놓고 주먹질, 발길질로 초다듬이질을 하였다. 피투성이가 된 씨동이는 경찰서의 대문을 한 발자국 나가 보지도 못하고 도로 끌려 들어와 시멘트 바닥에 사지를 펴고 늘어졌다.

이런 일이 있을 줄은 꿈에도 생각 못 하는 선장이가 청량리, 왕십리, 서빙고, 용산…… 서울을 끼고 도는 철도의 마디 같은 정거장들을 신기하게 바라보았다. 지난해 봄 학교에서 서울, 개성, 인천 등지로 수학여행을 갈 때 자비로 부담하는 여비를 마련하지 못하여 선장이는 몇몇 아이들과 함께 수학여행에 빠졌다. 그래서 약방집 아들 곽복덕이에게는 그 정거장들이 구면이었지만 선장이는 초면이었다. 선희가 "뭘 그리 정신없이 내다보니?" 하고 웃으며 저의 얼굴도 차창에 가까이 갖다 대니 선장이는 "한강의 물이…… 내가 생각했던 것보다 훨씬 맑소." 하고 딴전을 폈다.

서울역, 일명 남대문정거장.

선장이의 가슴은 뛰놀았다.

'어떠한 운명이 나를 기다리고 있을까? 엄마는 지금쯤 무얼 하고 있을까? 누나는 지금 어떡허고 있을까? 쌍년이는? 씨동이는? 그리고 아버지는?'

서울역에 내리니 김영하 선생은 그 은사의 몸을 받은, 피차에 안면 있는 젊은 남자 하나가 마중을 나왔고 또 한선희는 한 진사의 옛 친구의 딸이라는, 전에 원산을 한두 번 다녀간 적 있는 나이 지긋한 전도부인과 선희 연갑세의 그 딸이 마중을 나왔다. 그리고 곽복덕이는 그 육촌 형이라는 십팔구 세의 훤칠한 농구 선수 같은 중학생이 마중을 나왔다.

선장이를 맞이한 것은 귀부인처럼 단장을 하고 악어가죽으로 만든 핸드백을 든 박숙자. 선장이의 외칠촌 아주머니, 변호사 연갑수 씨의 안해였다. 아이낳이를 못 해 봐 서른다섯 살 제 나이보다 훨씬 젊어 보이는 이 여자는 시집을 올 때 거액의 지참금을 가지고 왔다는 소문이 자자하였다.

박숙자가 선장이를 보자 얼굴에 웃음이 가득해 가지고 앞으로 쫓아 나와 손목을 덥석 잡으며 "그동안에 더 컸구나!" 하고 반기었다. 그리 고 곧 다시 선장이의 동행인 선희를 향하여 "선희두 한차에 오는 건 몰 랐어." 말하고 고갯짓으로 진도부인을 기리키며 "고대 이 아주머니께 말씀을 들어서 알았지." 하고 제 말에 동을 달았다.

선장이가 김영하 선생과 갈라지는 인사하고 또 곽복덕이더러 다시 만나자고 말하는 동안에 박숙자는 택시 한 대를 불렀다. 원산에는 시 내에서 멀고 가깝고 균일적으로 차임을 1원씩 받는 그런 택시가 없었 다. 뿐만 아니라 차도 서울처럼 이런 상자 모양의 세단차가 없었다.

박숙자가 사양하는 세 사람을 끌어다가, 앞에 앉아 집을 가리키라고 전도부인의 딸부터 선희의 트렁크, 바스켓과 함께 앞좌석에 밀어 넣은 다음 나머지 두 사람 — 전도부인과 한선희를 차례로 뒷좌석에 밀어 넣었다. 그리고 마지막으로 자신이 올라타는데 선장이는 앉을 자리가 없었다. 박숙자가 선장이를 보고 웃으며 "네 그 보따리는 앞에 앉은 누 나를 주구, 너는 내가 안구 타면 되잖아……." 하고 곧 선장이를 끌어 올리며 무릎에 앉히는데 선장이는 부끄러워서 얼굴을 붉히며 속으로 왼새끼를 꼬았다.

남대문을 향하고 달리는데 차가 조금만 들놀아도 궁둥이가 박숙자 넙적다리에 털썩털썩 부딪쳤다. 선장이가 난처하여 엉거주춤 궁둥이 를 좀 드니 박숙자가 왈칵 끌어당겨 안으면서 "편히 앉지 못해?" 하고 나무람 쉼직하게 말하였다. 선장이가 '모르겠다, 될 대로 되라!' 하고 눈을 꼭 감는데 박숙자가 "봐라, 저게 남대문이다." 소리하여 눈을 번

쩍 떠 보니 남대문은 눈 깜작할 사이에 벌써 뒤로 지나가 버렸다.

모두 해서 한 20분밖에 안 걸리는 전 노정이 젊은 아주머니 무릎에 앉은 선장이에게는 지리감스럽게 길었다. 효자동 전도부인네 집까지 세 사람을 먼저 실어다 주고 선장이가 무릎에서 좌석으로 내려앉은 뒤에 차머리를 돌리어 다시 총독부 앞을 지나 안국동 네거리를 남쪽으로 꺾이어 조금 더 오니 거기가 곧 견지동 연갑수 변호사의 사무소 겸 주택이었다.

"이젠 다 왔다, 내리자."

자동차 멎어서는 기척을 알아차린 모양으로 '연갑수 법률사무소'라는 간판이 걸린 현관문이 안으로부터 열리며 여자의 얼굴 하나가 나타났다. 나이는 한 서른이 되었을까, 그 통통한 얼굴과 실눈과 빈대코가 마음씨 무던하다는 표징같이 첫인상이 벌써 친근감을 느끼게 하는 여자였다. 그 여자가 "아이구 아씨, 도련님." 하고 반색하며 뛰어나와 선장이 손에서 보따리를 빼앗아 들고 "나리께서 여태 기다리시다가…… 손님이 오셔서 고대 사무방에 드셨지 뭐예요." 하고 아씨 즉 박숙자에게 고하니 박숙자는 웃으면서 "도련님 인물이 어떤가, 어멈 좀 자세히 보게." 하고 말하였다. 어멈이 그 가는 눈을 더 가늘게 뜨고 선장이의 얼굴을 면구스럽도록 들여다보더니 "아이구, 어쩌면 저리도 귀하게 생기셨을까!" 하고 찬탄을 하는데 박숙자는 흐뭇해서 선장이와 어멈의 얼굴을 번갈아 보며 생글생글하였다.

박숙자가 "자, 들어가자. 이게 이제부터 네가 살 집이다. 아저씨 뵙거든 인사를 깍듯이 해야 해." 하고 말을 이른 다음 다시 어멈을 돌아보고 "나리 아침진지는?" 하고 물으니 어멈은 "아직 안 잡수셨어요. 아씨 오실 땔 기다리시느라구." 대답하고 선장이의 보따리를 한 손에 든 채 먼저 부지런히 안으로 뛰어들어갔다. 선장이는 제가 갑자기 '도련님'이 된 데 놀라 넋이 물구나무를 서는 통에 잠시 어리삥삥하여 지척을 분간 못 하였다. 박숙자 아주머니가 "어서 신발 갈아 신어라." 하고 재촉하는 소리를 듣고 비로소 정신을 수습하고 다시 본즉 청록색 타일을 깐 현관에서 조금 턱이 진 반질반질 윤이 나는 마루 위에 슬리퍼가 여러 켤레 벌여 있었다. 언뜻 보니 집의 구조가 현관에서 오른편에 난 복도를 들어가면 살림방이고 현관에서 왼편으로 꺾이면 변호사의 사무실인 모양이었다.

선장이가 발보다 어지간히 큰 슬리퍼를 발에 꿰는 중에 사무실 유리문 안에서 전화의 벨이 울리며 곧 중년 남자의 잘 울리는 목소리가 "아, 네. 그렇습니다. 연입니다. 네네." 하는 소리가 들렸다. 쌍년이가 놀리느라고 한 말 그대로 촌놈 서선장이가 길을 잃고 용궁에 잘못 들어온 어느 동화의 주인공처럼 송구한 마음을 안고 박숙자 아주머니의 뒤를 따라 안으로 들어왔다. 야마다가 지어 놓고 쌍년이를 들인 집을 지상 최고의 대궐로 알아봤던 선장이는 박숙자 아주머니의 거처하는 방이 그보다 몇 배 더 으리으리한데 놀라고 또 눌려서 바늘방석에 앉은 것처럼 앉음앉음이 어색하고 거북하고 또 편치 않았다.

박숙자 아주머니가 웃간에 내려가 옷을 갈아입는 동안에 어멈이 우유 두 컵과 납작납작하게 썬 식빵에다 무엇을 발라서 구운 것을(그것이 토스트라는 것을 선장이는 후에 알았다) 두 접시 다반에 담아 들고 들어와 선장이 앞에 놓아 주었다. 그리고 웃간을 내려다보며 "아씨두 어서 오셔서 초벌 요기하세요, 나리께서 언제 들어오실지 모르는데." 말하고 곧 다시 선장이에게 "어서 드세요, 도련님." 친절하게 권하며 상글상글 웃었다. 이날 아침 선장이에게는 맨 '난생처음'투성이였다. 세단차도 난생처음 타 보았고 도련님 소리도 난생처음 들어 보았고 가죽 슬리퍼도 난생처음 신어 보았고 또 우유도 토스트도 난생처음 먹어 보았다.

한동안이 지나서 복도에 슬리퍼 끄는 소리가 났다. 숙자 아주머니가 재빨리 "아저씨 들어오신다." 하고 뚱겨 주어서 선장이는 부지런히 일어나 떡 서 있다가 연 변호사가 들어서는 발밑에서 너푼 절을 하였다. 연 변호사가 "오, 왔구나. 어디 좀 보자, 어떻게 생겼기에 그렇게 야단스레 선전을 하나." 하고 웃으며 선장이를 앞으로 끌어당겨 얼굴을 가까이 들여다보더니 "딴은 그럴 만두 하구나." 하고 선장이의 얼굴과 자기 안해의 얼굴을 두어 번 번갈아 보았다. 그리고 선장이를 놓아주고 물러앉으며 고개를 뒤로 젖히고 하하 웃었다.

잘 차린 아침상이 들어와 늦은 조반들을 먹어 치우고 주인 변호사가 다시 사무실로 나간 뒤에 숙자 아주머니가 선장이를 데리고 이제부터 선장이가 쓰게 될 방을 보러 갔다. 복도 막바지에 달린 단칸방인데 동쪽으로 유리창문 하나가 나고 북쪽으로는 장지문을 단 일본식 벽장 ― 오시이레가 있는데 젖빛의 갓을 씌운 전등과 하늘색 책꽂이가 놓인 책상이 새 주인의 광림을 기다리고 있는 것 같았다. 장판방 한가운데 들어서서 숙자 아주머니가 보석반지 낀 손을 선장이 어깨에 얹고 "어떠냐?" 하고 묻는데 선장이는 말문이 막혀 그저 덤덤히 숙자 아주머니의 웃음기 띤 얼굴만 쳐다보았다.

"첫째 말 잘 듣구, 둘째 공부 잘하구…… 알았지? 그러기만 하면 무어나 다 갖추어 줄 테니까…… 알았지?"

선장이는 알았다는 뜻으로 고개를 한번 끄덕하였다. 선장이 눈앞에 미지의 세계가 펼쳐졌다. 선장이는 기쁨보다도 불안이 앞을 서서 저도 모르게 몸을 옹송그렸다.

19

이날 점심때 밥상머리에서 숙자 아주머니가 선장이에게 생활 규범을 알려 주었다.

"내일부터 아침은 네 방에서 너 혼자 먹어야 한다. 아저씨는 기침 시간이 일정하지 않아 놔서 네 등교 시간을 맞출 수가 없어. 개학을 하게 되면 벤또를 싸 가지구 다닐 테니까 점심은 물론 학교에서 먹을 거구. 그리구 저녁은 대개 아마 이 방에서 나하구 같이 먹게 될 게다. 아저씨는 사업상의 교제라든가 친구분들과의 추축이 많아 놔서 저녁은 흔히 외식을 하시게 된다. 내 말을 알아들었지?"

선장이는 알아들었다는 뜻으로 고개를 한번 끄덕하였다.

연 변호사가 옆에서 "보성고보를 지망했다지?" 하고 물어서 선장이가 "네." 대답하니 연 변호사는 "보성고보는 혜화동 막바지니까 전차 통학을 해야겠구나." 말하고 곧 안해를 돌아보며 "아마 당신이 며칠 데리구 다녀서 길을 익혀야 할걸." 하고 말하였다. 숙자 아주머니가 웃으면서 "어려울 거 없지요. 겸사겸사 대학병원에 들러 진찰두 받아 보구……." 하고 말하는데 선장이가 가만히 듣고 있다가 자신 없는 어줍은 말로 "그렇지만……." 하고 말을 꺼내다 마니 숙자 아주머니는 "그렇지만 뭐?" 하고 상가롭게 물으며 선장이의 얼굴을 쳐다보았다.

"입학시험에 합격을 못 하면……."

내외가 동시에 "입학시험에 합격을 못 하면?", "입학시험에 합격을 못 하면?" 앵무새같이 선장이의 말을 받아 뇌더니 서로 돌아보고 웃음보를 터뜨렸다. 한바탕 웃고 나서 연 변호사가 웃음기 채 가시지 않은 얼굴로 왜들 웃는지 까닭을 몰라 어리둥절해 쳐다보는 선장이를 보고 "그래, 여적 네 실력으루 패스할 생각을 했었니?" 하고 물었다. 선장이가 그 묻는 말의 뜻을 잘 몰라 선뜻 대답을 못 하고 우물쭈물하니 옆에서 숙자 아주머니가 웃으면서 위로조로 "염려 말아. 네 실력을 믿구…… 합격되기만 바라구 있겠니. 6대 1이야. 쉽잖아. 너의 아저씨가 그래, 어떤 분이라구 외진 목에다 덫을 넣구 치이기만 기다리시겠니. 벌써 뒷구멍으루 다 주선해 놓으셨지." 하고 선장이의 이깨를 툭 쳤다.

선장이가 합격은 인제 떼 놓은 당상임을 짐작하였다. 마음이 든든하였다. 연 변호사의 하늘의 별도 딸 것 같은 수완이 놀라왔다. 연 변호사가 육군 대장같이 우러러보였다.

연 변호사가 사무실로 나간 뒤에도 숙자 아주머니는 선장이를 데리고 앉아 여러 가지로 주의를 주었다.

"여기는 원산이 아니구 서울이야. 그러구 이 집은 너의 집과 달라서 지체가 있으니까 아무렇게나 처신을 해선 안 된다. 입향순속이란 말이 있잖니. 다른 고장에를 가게 되면 그 고장의 풍속을 따라야 한단 말이다. 그러니 어멈을 부를 때는 꼭 어멈이라구 불러야지 달리 불러선 안 된다. 알았니? 모르구라두 아주머니라구 부르거나 했다간…… 큰 망신이다. 그러구 넌 도련님이구. 당당하구 떳떳한 도련님이야. 알았지? 인제 넌 내 아들이나 다름이 없으니까…… 지체가 떨어지잖게 처신에 조심을 해야 해. 내나 아저씨의 낯이 깎일 일을 해선 안 된단 말이다. 네 학비나 용돈 같은 건 다 내가 맡아 챙겨 줄 거니까…… 아저씨보군 아무 말 말아. 아저씨는 그런 거까지 알음할 겨를이 없으시다."

숙자 아주머니의 긴사설을 듣고 있느라니까 선장이는 불현듯 아동 독물에서 읽은 손오공의 형상이 머릿속에 떠올랐다. 십만팔천 리를 눈 깜박할 사이에 날아가는 손오공도 조금만 비꾸러져 나가면 머리의 금테가 당승이 주문을 외는 대로 죄어들어 버릇을 톡톡히 가르치군 하였다.

숙자 아주머니가 경대서랍에서 푸르무레한 색깔의 5원짜리 지전 한 장을 꺼내다 선장이를 주며 "이거 받아 둬라. 전차 정기권은 한 달에 1원 50전이니까 우선 먼저 사야 하구, 그 나머지는 네 한 달 용돈이다. 쓰다가 모자라면…… 정당한 이유만 있으면 더 보태 주마. 친구들하구 휩쓸려 다니다가 돈 쓸 일이 생기면 남 먼저 앞서서 손을 크게 써. 사내가 돈을 쓸 때 다랍게 굴면 치뜰어서 못쓴다." 하고 말을 일렀다. 선장이가 난생처음 엄청난 돈 — 5원짜리 지폐와 대면을 하게 되는 바람에 주니가 나서 선뜻 받지 못하니 숙자 아주머니는 손아귀에 밀어 넣어 주다시피 하면서 "너 지갑 없지? 그럼 우선 지갑부터 하나 사야겠구나. 좀 이따 나하구 같이 나가자." 하고 말하였다.

선장이가 자기 방에 들어와 반 시간이 채 못 되어 화려한 나들잇벌 차림을 한 숙자 아주머니가 친히 와, 선장이는 처음 가져 보는 책상과 책꽂이를 정돈하다 말고 부랴부랴 벗어 놓았던 학생모를 집어 쓰며 일어나왔다. 연갑수 법률사무소에서 남쪽으로 한 3분 걸으면 오른편에 전동시장이 나서고 그 비슥맞은편에 중앙일보사의 붉은 벽돌로 지은 건물이 바라보였다. 거기서 한 5분 더 걸으니 그 이름 높이 난 종로 네거리가 나서는데 선장이는 전차, 자동차, 인력거, 자전거에 사람까지 뒤섞여 붐비는 통에 촌닭 관청에 잡아다 놓은 것같이 어리둥절하였다. 숙자 아주머니가 손목을 잡아 이끄는 대로 끌려서 화신백화점에를 들어갔다. 승강기라는 것을 처음 타 보고 속으로 생각하기를 '아마 비행기도 타는 맛은 이와 비슷하겠지?'

숙자 아주머니는 선장이에게 지갑을 사 주고 만년필을 사 주고 세면도구와 손톱가위를 사 주고 또 스웨터까지 사 주었다. 그녀는 아이낳이를 못 해 본 여인의 뿜어낼 길 없던 모성애를 이제 와서 뒤늦게 선장이에게 마구 내리쏟고 있는 것이었다. 그러나 그 속내를 모르는 선장이는 일말의 불안감이 없지가 않았다. 마치 고장 난 수도꼭지에서 물이 걷잡을 수 없이 콸콸 쏟아지는 것을 그저 보고만 있는 것 같아서였다.

숙자 아주머니가 서울에서 가장 번화한 거리라는 진고개 즉 혼마치를 구경시켜 주겠다고 선장이를 데리고 전차에 오르는데 이것 또한 선장이에게는 생후 처음 이용하는 교통 시설이었다. 자동차는 벌써 두 번을 타 보았다. 한 번은 아침에 서울역에서 들어올 때였고 또 한 번은 여러 해 전 소학교 2학년 때, 원산에서였다.

그해 단옷날, 어머니와 정실이 그리고 쌍년이와 선장이…… 이렇게 넷이서 씨름 구경, 그네뛰기 구경을 가는데 당시 파천황 처음으로 개업을 한 자동차부 앞을 지나게 되었다. 철없는 선장이가 생뚱같이 엄마에게 자동차를 타고 가자고 생떼거리를 쓰니 엄마는 이때 돌아올 때 타자고 선장이를 달래어 그냥 데리고 갔다. 구경을 다 하고 돌아올 때쯤은 의례 다 잊어버리려니 생각을 하였던 것이다. 그러나 어찌 알았으리, 선장이가 일편단심 오로지 자동차 탈 것만을 명심불망할 줄을. 구경이 파하기 조금 전에 돌아들 오는 길에 자동차부 앞을 또 지나게 되었을 때 선장이가 엄마에게 "자, 이젠 탄다던 자동차 탑시다." 하고 약속의 시행을 요구하였다.

"집이 엎어지면 코 닿을 덴데 자동차를 어떻게 타? 미치잖았니!"

"아까 돌아올 때 탄다구 해 놓구선?"

"그건 그저 해 본 소리지. 그러구 자동차는 아무나 타는 게 아니다. 어서 걸어라, 저녁 늦겠다."

"타구 갑시다."

"수작 말구 어서 걸어!"

"타자는데."

"이담에 타자, 오늘은 그냥 가구."

"안 탈래?"

"이담에 탄다잖아?"

선장이는 대번에 자동차부 앞 땅바닥에 나둬져 대굴대굴 굴면서 울부짖고 악을 쓰고 하였다.

자동차부의 주인과 운전사들이 무슨 일이 났나 해 모두 뛰어나왔다. 비단 조끼에 금시곗줄을 늘인 사십객의 주인이 선장이 어머니를 보고 "저 애가 왜 저러지요?" 하고 묻는데 선장이 어머니는 술 한 사발 먹은 이나 진배없이 얼굴이 붉어졌다. 겨우 알아들을 만큼 가는 목소리로 "아까 자동차를 타구 가자기에 올 때 타자구 얼렀더니…… 그걸 잊지 않구 있다가 지금 저러지 뭡니까." 하고 대답하였다.

주인이 선장이 어머니 뒤에 서 있는 처녀와 땅바닥에서 악을 쓰며 딩구는 선장이를 번갈아 보고 나서 다시 선장이 어머니에게 "댁이 어디쯤입니까?" 하고 물었다. 선장이 어머니가 집 주소를 댄즉 주인은 두말 않고 "여게 신 서방." 하고 운전사 하나를 부르더니 "자네 이 아주머니네 식구들을 댁까지 모셔다 드리구 오게. 무료 서비슬세." 하고 말을 일렀다. 선장이 어머니가 질겁하여 "아니예요, 아니예요, 고만두세요." 하고 두 손을 내흔드니 주인은 웃으면서 "너무 사양하실 것 없습니다. 아이들이 왜 자동차를 타 보구 싶잖겠습니까." 말하고 곧 선장이를 내려다보며 "어서 일어나라. 선등으로 올라타야지." 말하고 한옆으로 비켜서서 차 나올 길을 터놓았다.

선장이가 눈물투성이, 콧물투성이로 딩굴다가 자동차 타라는 소리에 울음을 뚝 그치고 후닥닥 뛰어 일어나니 둘러섰던 사람들이 모두 웃는 중에 선장이 어머니도 고개를 딴 데로 돌리고 웃었다.

이리하여 선장이 어머니와 정실이, 쌍년이는 선장이 떼질 덕에 난생처음 자동차라는 것을 타 보았다. 선장이 어머니는 이 장관의 무임승차 사건을 두고두고 이야깃거리로 삼았다.

서술은 다시 종로 네거리에서 숙자 아주머니와 선장이를 태운 전차가 진고개 입구인 조선은행 앞을 향하여 달리는 데로 되돌아온다. 전차의 차장이 매 정류소의 이름을 먼저 일본말로 외치고 다시 조선말로 외치는 것이 처음 듣는 선장이에게는 신기하고 또 불쾌하였다. 그리고 차장은 분명히 "황금정 1정목, 황금정 1정목입니다. 내리실 분은 앞으루 내리십시오." 하고 외치는데 숙자 아주머니는 차창 밖을 가리키며 "이게 구리개다. 봐라 저 약방들." 하는 것도 이상하였다.

선장이가 워낙 소리 듣고 따라다니는 눈먼 망아지처럼 어디가 어딘지도 모르고 숙자 아주머니가 이끄는 대로 전차를 내려 얼마를 걸어가니 복도처럼 길고 좁은 길 하나가 나서는데 길 양쪽에는 상점들이 빼곡히 들어앉았다. 눈이 부실 지경으로 화려한 진열창들에는 선장이가 일찌기 보도 듣도 못한 가지가지의 진기한 상품들이 서로 다투어가며 선을 보이고 있었다.

'이 세상에는 이런 데도 있었구나!'

선장이는 참으로 놀라왔다. 그러자 갑자기 자신의 촌스러운 몰골이 두드러져 보이는 것 같아 부끄러운 생각이 들었다.

"여기가 지금은 이렇게 번화해두 지난 시절엔 질퍽질퍽한 고개였어. 그래서 진고개. 일본 사람들이 와서 거류지를 달라니, 대한제국 정부에서 미워서…… 이 제일 못쓸 땅을 그어 주었대. 그런데 일본 사람들은 불과 20년 동안에 이렇게 몰라보게, 으뜸가는 번화가를 만들어 놓았지 뭐냐."

숙자 아주머니의 설명을 들으며 선장이는 차량 통행금지로 되어 있는, 사람들로 붐비는 좁은 거리를 남의 정신으로 걸었다. 경탄의 눈을 두리번거리며, 다른 사람들에게 이아치고 부대끼며, 끝이 없이 걸었다.

이날은 선장이 열네 살 평생에 가장 내용이 다양하고 풍부한, 숱한 '난생처음'으로 장식된 신기원적인 날이었다. 주마등같이 잇달아 바뀌는 광경에 정신이 황홀하였던 선장이가 석후에 비로소 해방을 받았다. 제 방에 물러나와 일단 진정한 뒤 처음 산 만년필 ― 그렇게도 가져 보고 싶던 만년필 ― 을 잘 써지나 안 써지나 시험해 보는 중에 복도에 분주히 슬리퍼 끄는 소리가 나더니 이내 장지가 열리며 그리로 어멈의 얼굴이 나타났다.

"목욕물이 더웠어요, 도련님. 어서 나오세요."

알고 보니 다 끝이 난 줄로 알았던 이날의 일과가 아직도 다 끝이 아니 났다. '난생처음'의 주마등은 계속 돌고 있는 것이다. 선장이가 만년필을 얼른 내려놓고 부지런히 일어나 벽에 걸린, 새로 산 목간 주머니를 떼어 내리니 어멈이 웃으면서 손을 내흔들었다.

"아니, 아니. 그냥 나오세요."

벽과 바닥에 다 하얀 타일을 붙인 목욕간에 들어온 선장이는 위아래 안팎 옷을 하나하나 벗어서 사기 옷걸이에 건 다음에 미끄러운 타일

바닥을 얼음판을 건너듯 조심조심 골라 디디며 목욕통까지 왔다. 목욕통은 하얀 사기로 만든 배같이 길고 둥그렇게 생겼다. 그리고 그 머리 맡 금속 선반에는 목욕수건과 비누와 거품들이 놓였다.

선장이가 더운물 속에 몸을 잠그고 비슥이 누워서 기분 좋게 피로를 푸는 중에 불투명 유리를 낀 목욕간의 걸지 않은 문이 밖으로 열리며 어멈이 들어왔다. 선장이가 크게 놀라 얼른 두 손으로 앞을 가리며 물속에서 몸을 일으켜 꼿꼿이 앉는데 어멈은 예사롭게 물속에다 손을 잠가 보고 "너무 뜨겁지나 않으세요?" 묻고 곧 다시 "등을 좀 밀어 드릴까요?" 하고 선장이의 얼굴을 가까이 들여다보며 상글상글하였다. 선장이가 더욱더 난당하여 두 손으로 앞을 부둥키고 쩔쩔매며 "아니, 아니." 하고 고개를 가로흔드니 어멈은 깔깔 웃고 "뭐가 부끄러워 그러서? 아직두 애긴데." 말하고 다시 "그럼 어서 천천히 혼자 씻으세요." 하고 생글거리며 목욕수건을 내려서 선장이 어깨에 걸쳐 준 뒤 문을 꼭 닫고 나가 버렸다.

이때 박숙자와 그 남편 연갑수는 큰방에서 부부간에 이야기를 나누고 있었다.

"허구한 날 단 두 식구……. 집안이 늘 썰렁하더니 이젠 좀 화기가 돌게 됐어요."

"아, 잘됐어. 아이가 아주 귀인성스럽더군그래."

"그러니 당신두 이젠 좀 집안에다 마음을 붙이세요. 나이두 생각을 하셔야지요."

"갑자기 나이는."

"마흔이예요, 마흔. 청년이 아니란 말이예요. 혈기방장한 젊은이가 아니란 말예요…….”

“맘 붙일 아이두 생겼구 하니 제발 이젠 바가지 좀 덜 긁어.”

“어느 여편네가 바가지를 긁구 싶어 긁나요? 긁게 만들어 주니까 긁지!”

“고만하구 어서어서 자리나 보라구. 내일 아침 좀 일찌기 일어나…… 재판소에 출정을 해야겠어.”

“안해에게 미안하단 걸 알아야지요.”

“허, 그거참.”

이들 부부가 선장이를 데려온 데는 각기 제 나름으로의 속구구가 있었다. 안해는 선장이를 빌려서 항시 들떠 있는 남편의 마음을 집안에다 좀 붙잡아 매 보자는 속셈이었다. 그리고 남편은 또 남편대로 안해가 아이에게 정을 붙이면 저를 좀 잊어 주거나 제가 하는 일에 눈총을 좀 덜 쏘아 주기를 바라는 마음에서였다. 변호사는 닭의 새끼가 아니므로 발목쟁이를 붙잡아 매지는 못하였다. 그러므로 출장을 다니는데 사흘이면 족할 것을 닷새가 걸린다고 집에다는 불려서 말해 놓고 그 불린 이틀 동안은 카페 마담네 집에 가 파묻혀 갖은 재미를 다 보고 오는 것을 집안의 여편네로서는 막아 낼 방도가 없었다. 남편과 관계 있는 계집이 한둘이 아닌 것도 짐작을 못 하는 바는 아니지만 사인 정탐에게 위탁이나 하면 모를까, 그러기 전에는 아무리 눈을 밝혀도 집어 내기가 거의 불가능하였다.

박숙자는 쌍까풀진 두 눈이 어글어글한 함박꽃같이 풍만한 여자였다. 연갑수는 신수가 환하고 키가 훤칠한 신사의 풍도가 있는 남자였다. 둘은 훌륭한 배필이었다. 그렇건만 갓 지은 햇쌀밥같이 정가로와야 할 그들의 부부 생활에는 항시 재티가 날아들고 또 검댕이가 묻고 하였다. 그 좋은 소고기, 닭고기도 늘 먹으면 물려서 다른 무슨 고양이 고기, 뱀고기 따위 괴이한 고기가 먹고 싶어나는 모양인지. 연갑수가 군것질에 재미를 붙이는 것도 아마 그와 비슷한 이치인 성싶었다. 이들 부부의 결혼 당초의 한두 해를 제외한 나머지 십여 년의 생활사를 뒤져 보면 꾀꾀로 빠져서 방탕한 생활을 하려는 남편과 갖은 방법을 디히여 그런 짓을 못 하게 하려고 골몰하는 안해 사이의 공방전으로 일관하였다.

몇 해 전의 일이다. 웬일인지 남편의 출장 다니는 도수가 갑자기 줄어들고 또 그 날짜도 퍽 짧아졌다. 형상화를 해 말하면 외박하는 날짜를 그린 그래프의 선이 급격히 하락하는 추세를 보인 것이다. 박숙자는 살풀이를 한 보람으로 남편이 회심을 한 줄 알고 너무도 기뻐서 전위해 그 무당을 찾아가 고맙다고 지재지삼 치사하였다. 그리고 남이 주는 건 받지 않는 일이 없고 남이 달라는 건 주어 본 적이 없는 그 늙은 무당에게 손자 과자 사 주라고 돈 2원까지 집어 주고 왔다. 박숙자는 남편의 마음을 저의 몸에다 단단히 붙잡아 매려고 짙은 화장을 하고 화사하게 옷치장을 하고 그리고 안잠자기를 동독하여 집안을 하렘 ― 터키왕의 후궁들이 거처하는 방처럼 꾸며 놓았다. 모든 것이 신혼 당초처럼 되어 가는 것 같았다. 둘의 사이가 다시 찰떡과 같고 꿀과 같아지는 듯싶었다.

그러던 어느 날 밤의 일이다. 박숙자가 저녁에 남편이 싱글싱글 웃으며 권하는 포도주를 서너 잔 받아 마시고 곤히 자다가 가위에 눌렸다. 무진 애를 쓴 끝에 겨우 눈을 떠 보니 옆에 누워 있어야 할 남편이 없었다. 박숙자는 공연히 가슴이 설레었다. 잔뜩 실렸던 잠이 다 달아나 버리고 눈이 말똥말똥해졌다. 머릿속에서 의심이 구름처럼 뭉게뭉

게 피어올랐다. 참다못해 자리에서 일어나 살며시 장지를 밀어 열고 복도에 나섰다. 맨발로 조심조심 색시걸음을 걸어 젊은 안잠자기가 자는 방 앞에까지 왔다(그 안잠자기는 자신이 친히 보고 특히 인물이 고운 것을 취택하였다). 장지짝에 귀를 갖다 대고 방안의 동정을 엿들었다. 불 안 켠 방안에서 분명 도란거리는 소리가 났다.

"조금만 더 참구 기다려, 앞으루 딴살림을 차려 줄 테니."

"아이, 이젠 고만 가세요. 아씨 깨시면 큰일 나요."

"내가 술을 먹였어, 깨긴 어딜 깨."

"그래두요."

"아들만 하나 낳아, 정실루 들여앉힐 테니. 그러면 어엿한 변호사 부인이야."

박숙자는 정신이 아찔하여 비쓸비쓸하다가 몸이 실그러져 어두운 복도 바닥에 한 팔을 짚으며 털썩 주저앉아 버렸다.

이런 일이 있은 뒤부터 뼈아픈 교훈을 살리어 박숙자가 골라 들이는 안잠자기들의 첫째 조건은 박색 즉 못생긴 얼굴이었다. 그래서 지난해 봄, 지금의 안잠자기 — 편아지를 골라 들였을 때 연갑수는 "왜 당신이 골라 들이는 건 모두 저런 찌그렁바가지뿐이야? 참 신통두 하지!" 하고 비웃었다. 박숙자가 입을 비쭉하며 "누굴 좋으라구요." 하고 말대꾸하니 연갑수는 "손님들이 올 때는 상 심부름 시키기 창피해 죽겠어." 하고 혀를 쩟쩟 찼다.

"어멈은 카페의 여급이 아니라나요."

"저 심통 좀 보지."

"그럼 권번에다 전화를 걸어 일등 미인 기생 아가씨를 청해 오리까?"

"제 얼굴이 돋보이라구 일부러 그런 걸 골라 들이는 걸 누가 모를 줄 알구.”

“좋도록 해석하시구려.”

“부덕이란 첫째 어질구 유순한 거야. 그런 부덕은 꼬물도 찾아볼 수가 없으니……. 대체 무슨 놈의 여편네가 그 모양새야.”

“누가 그렇게 만들랍디까!”

살풀이의 보람이 아니었음이 밝혀진 뒤부터 연갑수의 출장 다니는 도수가 도로 잦아져 외박하는 날짜를 그린 그래프의 선도 다시 급격히 상승하는 추세를 보였다.

선장이가 목욕을 다 하고 제 방에를 돌아와 본즉 어느새 누가 새 이부자리를 펴 놓았다. 어멈이 한 일이리라 짐작하고 그 위에 가 퍼더앉아 멀거니 천정을 쳐다보는데 살뜰한 친절을 못다 표시한 어멈이 차반에 발가우리한 차 한잔을 담아 들고 들어왔다. “컬컬하시지?”하고 웃으며 어멈은 차반을 선장이 턱 밑에 들이밀었다. 선장이는 사양하기가 성가시어 잠자코 그대로 받아 마셨다. 쌍년이네 집에서 마셔 본 파르무레한 차는 맛이 씁쓸하였다. 그런데 이것은 달콤하였다. 선장이가 이날 일과의 피날레로 홍차를 마신 것이었다.

이튿날 아침 선장이가 숙자 아주머니를 따라 전차를 종로에서 한 번, 종로 4정목이라는 배오개에서 또 한 번 갈아타고 종점인 창경원 앞에서 내렸다. 큰길을 따라 노량으로 걸어 혜화동 막바지 잔산 밑에 자리 잡은 보성고등보통학교로 수험표를 타러 왔다. 수험표를 탄 뒤에 숙자 아주머니는 교무실에 아는 선생을 보러 들어가고 선장이는 밖에서 서성거렸다. 마침 약방집 아들 뺑덕할미 — 곽복덕이도 수험표를 타러 와서 두 동창생은 다른 환경에서 또다시 만나게 되었다. 둘이 다

이 학교를 지망한 것은 연전에 모자 찢어 쓰는 유행을 원산에 갖다 퍼뜨린 바 있는, 이 학교의 졸업생인 곽복덕이의 외삼촌이 권유를 해서였다.

"너 탔니?"

"탔다. 너는?"

"나두."

"번호는?"

"재수 있게 꼭 600번이다. 너는?"

"난 606번이다. 내 것두 외우긴 쉽다." 하는 선장이의 대답을 듣자 곽복덕이는 "606?" 하고 히히 웃었다.

"왜 웃니?"

"606이 뭔지 모르니?"

"모른다, 뭐야?"

"임마, 매독의 특효약이 606인 것두 몰라? 촌놈!"

"매독? 매독이란 게 도대체 뭐 말라뒈진 거냐?"

"코가 썩어 떨어지는 병이야 병……. 606을 맞아야 낫는 병."

"맞아? 그럼 주사약이냐?"

"노란 가루가 들어 있는 앰풀……. 원이름은 살바르산이다."

"그런데 왜 606이라니?"

"그 약을 제조하는데, 실험을 모두 육백여섯 번을 했대. 그래서 606이라구 불러."

"헤, 그런 약이냐. 넌 그래, 그 약을 맞아 봤니?"

"미친 자식! 그런 걸 내가 왜 맞아?"

"그럼 너의 아버진 맞아 봤겠구나."

"왜, 뒈지구 싶어 몸살이 나니?"

"너 이제 600번이 재수가 있댔지?"

"그랬다, 왜?"

"그래서는 무슨 그래서. 그저 그렇단 말이지."

"싱거운 자식!"

"너 입학시험 자신 있니?"

"그럼 없어?"

"난 자신 없다."

"임마 넌 빽이 든든한데 무슨 걱정이냐."

"저기 우리 아주머니 나오신다. 내일 또 만나자."

돌아오는 길에 숙자 아주머니가 창경원 구경을 시켜 주어 선장이는 그림에서나 본 적 있는 사자와 코끼리와 기린을 실물로 보았다. 그리고 산 호랑이, 산 표범, 산 곰, 산 멧돼지도 다 이날 처음 보았다(죽은 것은 원산서도 사냥꾼들이 잡아온 것을 보았다). 선장이가 숙자 아주머니를 보고 "고기를 먹구 사는 육식수들이 초식수들보다 몸집이 도리어 더 작은 건 무슨 까닭입니까?" 하고 물으니 숙자 아주머니는 고개를 갸웃하고 한참 생각해 보다가 "모르겠다, 왜 그런지." 하고 웃었다.

"풀에 영양가치가 더 많은가?"

"글쎄……. 설마한들."

"사람두 풀만 먹구 살 수 없을까?"

"네발짐승하구 사람이 어떻게 같니."

이런 말을 주고받는 동안에 두 사람은 서로의 사이가 한결 더 가까와지는 것을 느꼈다.

20

선장이가 자신 없는 입학시험을 치르고 마음이 조마조마한 중에도 날짜는 사정없이 지나갔다. 마침내 기다리고 바라던 방이 나붙은 것을 보니 600 바로 다음에 다섯을 껑충 뛰어넘어 606이 나란히 나붙었지 않았는가! 선장이가 뺑덕할미는 제 실력으로 붙었지만 저는 뒷문치기로 붙었다는 것을 대번에 짐작하였다. 속으로 부끄러워 귀밑이 화끈하였다. 그리고 저보다 시험을 잘 친 수험생들이 떨어져서 낙심할 것을 생각하니 죄를 지은 것 같아 마음이 무거워졌다. 그러나 숙자 아주머니는 비록 광명정대하지 못한 방법이기는 하였으나 선장이가 합격을 한 것이 마음에 합당하고 또 대견하여 싱글벙글 좋아하였다. 그 여택이 뺑덕할미에게까지 미치어 "오, 네가 약방집 곽 선생네 둘째냐? 몰라보게 컸구나. 자, 저리들 가자." 하고 둘을 다 데리고 교정 안팎에 임시로 목을 보고 늘어선 노점에 가 빵 한 봉지, 사이다 한 병씩을 사 먹였다. 빵은 한 봉지에 두 개씩 배를 맞붙이고 들었는데 하나는 잼빵이고 또 하나는 단팥 소가 든 안빵이었다.

이날 숙자 아주머니는 잠시나마 남편의 난봉 부리는 것도 잊을 만큼 분주하였다. 선장이를 데리고 우선 공평동 보신모자점에 가 흰 줄 두 줄이 둘린 보성고보의 교모를 사 씌우고 또 보성고보의 지정 양복점인 종로양복점에 가 교복을 맞춘 다음 다시 기독교청년회관 ― 와이엠시에이(YMCA) 옆에 있는 유명한 구둣방 대창양화점에 가 편상화 ― 목달이복스구두를 맞추었다. 그리고 오후에는 화신백화점에 들러 새 책가방 하나를 사 가지고 종로 2정목 영창서관에 가 학교에서 내준 도서목록대로 새 잉크 냄새가 싱그러운 신출 교과서 한 벌을 사 넣었다. 돌아오는 길에 마지막 행사로 우편국에 들러 원산 선장이 본가에다 전보 한 장을 치는데 그 전문인즉 '선장입시합격박'이었다.

개학을 이틀 앞둔 3월 30일날 오후에 숙자 아주머니가 새 교복을 입고 새 교모를 쓰고 또 새 구두를 신은 선장이를 데리고 종로사진관에 가 입학을 기념하는 사진을 찍는데 자신은 의자에 앉고 선장이는 옆에 세우고 찍었다. 그리고 인사동 조선극장에 가 영화 구경을 하였다.

영화는 미국 파라마운트사의 출품인데 종교 박해로 사형선고를 받은 젊은 선교사가 사자 우리에 죽으러 들어가는데 그를 사랑하는 순정의 미녀가 같이 따라 들어가는 내용이었다. 둘이 나란히 영화를 보면서도 느껴 받는 것은 제각각이었다. 박숙자는 두 청춘 남녀의 고상하고 슬픈 사랑에 감동되어 눈물을 흘리는 반면 선장이는 사자가 사람을 어떻게 잡아먹나 보려다가 우리로 들어가는 장면만 있고 잡아먹히는 장면은 없이 영화가 끝나는 바람에 크게 실망하였다.

4월 1일날 선장이는 처음으로 숙자 아주머니 없이 저 혼자 학생 승차권으로 전차를 타고 등교하였다. 그런데 공교한 것은 원산서 6년 동안 한 학급이던 뺑덕할미 곽복덕이와 또 한 학급이 된 것이었다.

"너두 비(B) 학급이야?"

"너두 비(B) 학급이야?"

두 아이는 이구동성으로 서로 묻고 앙천대소하였다. 점심시간에 곽복덕이가 넌지시 선장이를 보고 "나 좀 보자." 하고 외딴 데로 끌고 갔다.

"무슨 일이야?"

"한 가지 일러둘 말이 있어 그런다."

"무슨 말?"

"너 다른 아이들한테 내 별명 퍼뜨리지 말아."

"왜?"

"왜는 무슨 왜야? 뺑덕할미가 서울까지 올라오면 난처하니까 그러는 거지. 그걸 아는 게 여기선 너밖에 없으니까 너만 아가릴 닥쳐 주면 되는 거거든."

"그럼 입씻이루 한턱내겠니?"

"이 자식이."

"한턱낸다면 내 죽은 사람같이 영원히 비밀을 지켜 주마. 그렇잖으면 동네방네 짓떠들어서 전교에 뺑덕할미 모르는 사람이 없게 만들어 놓을 테다. 내겠니, 안 내겠니?"

"내마, 내마. 망할 자식! 그동안 서울 와서 배웠다는 게 고작 불한당질이야?"

"뺑덕할미 소리가 내 입에서 막 쏟아져 나오기 전에 말조심해, 괜히."

곽복덕이가 방역진을 제때에 편 까닭에 '뺑덕할미'는 서울까지 따라오지도 않고 또 퍼지지도 않았다. 선장이가 한턱 얻어먹고 신의를 지킨 것이다.

선장이는 난생처음 영어를 배웠다. 에이비시(ABC)에서 엑스와이제트(XYZ)까지 알파벳을 배우고 또 영어 시간에는 출석을 부르는데 다른 시간처럼 "서선장." 하면 "네." 하지 않고 "미스터 서." 부르면 "히어써." 하고 대답하였다.

1학년 비 학급의 급장은 오월봉이라는 전라도 큰 지주의 아들인데 나이가 스무 살일 뿐더러 휴식시간에는 상급생들처럼 몰래 권연까지 피웠다. 선장이도 여느 아이들처럼 저보다 나이가 예닐곱 살이나 위인 오월봉이를 곧잘 놀려 먹었다. 오월봉이는 조혼하여 집에는 저보다 네댓 살이나 위인 색시가 있고 또 아들도 형제를 두었다고, 한 고향 아이가 소문을 퍼뜨려 학급 안에 오월봉이네 집 내막을 모르는 사람이 없었다. 오월봉이는 워낙 넉살이 좋아 누가 무어라고 놀려도 골을 내는 법이 없었다. 휴식시간에 몰래 숨어 담배를 피우는 오월봉이를 일부러 찾아가 가지고 "오월봉, 느 색시 얼굴 이쁘니?" 하고 놀려 준즉 오월봉이는 싱글싱글 웃으면서 담배 연기를 선장이 얼굴에다 혹 뿜어 주고 "느그 엄마 말이냐?" 하고 이죽거렸다.

"아들이 몇 살이라구?"

"느그 형님 말이지? 니보다 두어 살씩 더 먹었다. 이담에 만나거든 형님 나 사탕 좀 사 주우, 사 주우 그래라."

"너 술두 먹지?"

"약주 받아 갖구 와 무릎 꿇구 따라 올려 봐라, 잡숫나 안 잡숫나."

"너 없는 동안에 느 색시 바람 피우면 어떡허니?"

"요놈의 새깡아, 아직 꼭대기 피두 안 마른 것이 벌써 고런 주둥아릴 놀려? 너두 불알이 여물라거든 어서 와 내 담배 연기나 더 맡아라."

세상에 이렇게도 욕을 타지 않는 놈을 선장이는 처음 보았다. 오리나 거위의 털에는 기름기가 있어서 물이 와 닿으면 묻지 않고 대굴대굴 방울져 굴러 내린다고 한다. 그것과 마찬가지로 오월봉이도 살가죽에 욕을 타지 않는 무슨 기름기가 있어서 욕이 달라붙지를 못하고 대굴대굴 굴러떨어지는 모양이었다.

선장이가 중학생이 되어 흰 줄 두른 모자를 쓰고 학교에 다니는 것이 어멈의 눈에는 사각모를 쓰고 전문학교나 대학에를 다니는 것만큼이나 대단해 보이는 모양이었다. 선장이가 그동안에 지내 보니 학식도 없고 인물도 보잘것없는 그 어멈이 마음씨만은 일등이었다.

인간이란 잠시도 무엇을 사랑하지 않고는 살지 못하는 법이다. 선장이도 살아 있는 이상은 무엇이든 사랑을 해야 하였다. 먼 원산에는 어머니, 아버지, 누나, 외할머니, 씨동이, 쌍년이…… 사랑하는 사람이 여럿이었다. 그러나 가까운 서울에서 당장 사랑할 사람은 둘밖에 없었다. 그 하나는 숙자 아주머니고 또 하나는 어멈이었다. 의당 숙자 아주머니를 첫자리에 놓아야 한다고 이성의 목소리는 귓전에 대고 속살거렸다. 그렇건만 어찌 된 일인지 선장이 마음속에서 함박꽃 같은 숙자 아주머니를 옆으로 밀어내고 첫자리에 들어서는 것은 언제나 실눈에 빈대코를 한 어멈이었다.

이날 밤 선장이가 제 방에서 영어 복습을 하는 중에 어멈이 식혜를 한 대접을 들고 들어와서 "도련님, 그 윈터 스프링 윈터 스프링 외는 게 무슨 소리예요?" 하고 웃었다.

"이건 영어야."

"영어? 영어란 게 뭐예요?"

"저 서양에 영국이란 나라가 있는데, 그 나라 말을 영어라구 해."

"그럼 그 윈터 스프링은 무슨 뜻이지요?"

"윈터는 겨울이란 뜻이구 스프링은 봄이란 뜻이야."

"어마, 야릇두 해라!"

어멈이 선장이의 식혜 먹는 모양을 물끄러미 보고 앉았다가 느닷없이 "우리 아들두 살았으면 인젠 열 살이겠는데……." 하고 중얼거렸다. 선장이가 놀라 식혜 대접을 입에서 떼고 "어멈 아들이 있었수?" 하고 물으니 어멈은 "그러믄요." 하고 눈을 씀벅거렸다.

"그 아들이 죽었수?"

어멈은 대답 대신에 고개를 끄덕였다.

"어떡허다? 무슨 병으루?"

"폐렴이라나요."

"언제?"

"다섯 살 때였으니까, 이젠 꼭 다섯 해가 됐지요."

"그럼 그 아이 아버지는 어떻게 됐수?"

"아이 아버지두 죽었에요."

"죽었어? 어떻게?"

"저 마포 아시지? 우리가 마포서 살 때 층집 짓는 데서 일을 하다가 지붕에서 떨어져 죽었지 뭐예요. 그 즉시 병원엘 실려 가긴 갔는데…… 가니까 벌써 숨이 졌더래요."

"어멈은 그때 어디 있었는데?"

"집에 있었지요. 집에서 바느질을 하다가 기별을 받는 즉시 세 살 먹은 아이를 둘쳐업구 진둥한둥 달려가니까 벌써 얼굴에다 홑이불을 씌워 놓았던걸요."

선장이가 "그럼 다른 식구들은?" 하고 묻는 것이 어멈의 신세 이야기를 자아내었다.

연 변호사 댁에서 안잠을 자는 편아지 즉 어멈의 고향은 경기도 양주였다. 가난한 농가에서 태어나서 근근히 소학교를 4학년까지 다녔을 때 장티푸스로 아버지와 어머니가 한 달 사이에 모두 세상을 뜨니 열한 살 먹은 누나와 다섯 살짜리 사내 동생 — 남매가 고아로 되어 의지할 곳이 없게 되었다. 파주에 사는 삼촌이 부모 없는 두 조카를 데려가기는 하였으나 그 역시 가난한 살림에 아이들을 먹여 살릴 일이 난감하여 다섯 살짜리 사내아이는 고양읍에 사는 어느 자식 없는 부부에게 양아들로 주고 조카딸 편아지 하나만을 기르다가 그것도 힘에 부쳐 마침내 3년 후 편아지가 열네 살 되던 해에 남의 집에 민며느리로 주어 버렸다.

　다섯 해가 지나서 시부모가 선후하여 다 죽고 시가의 나머지 식구들도 다 제각기 흩어지게 되었을 때 젊은 부부가 서울 마포에 사는 고모를 바라고 서울을 올라왔다. 고모부의 주선으로 남편이 어느 건축 회사에 들어가 처음에는 명색 없이 허드렛일을 맡아 하다가 나중에 기와공의 조수로 추어섰는데 그해에 첫아들을 보았다.

　아이가 세 살이 되어 갖은 재롱을 다 부릴 즈음 마른하늘의 벼락으로 생때같은 남편이 덜컥 죽어 버리니 편아지는 눈앞이 캄캄하였다. 목구멍이 포도청이라 모자 두 식구가 우선 먹고살기 위하여 일을 해야겠는데 남의 집에 안잠을 자러 들어갈래도 아이가 덧거쳐서 잘되지 않으므로 아이를 시고모에게 맡기고 자신이 버는 것을 다 아이의 양육비로 들이밀었다. 이태 후에 아이가 어떡하다 고뿔에 걸렸는데 그러다가 나으려니 하고 대수롭지 않게 여긴 것이 하룻밤 사이에 갑자기 폐렴으로 번지며 사흘 만에 숨이 지는데 스물다섯 살 먹은 홀어미는 애가 터지고 창자가 끊어졌다. 그 후 안잠자는 집을 두 집 옮겼는데 세 번째로 이 집에를 오게 된 것은 어떤 아는 사람의 거천이 있어서였다. 이 집은 주인의 인품이 좋아 이젠 다시 다른 데로 옮길 생각이 없다는 게 어멈의 신세 이야기였다.

　어멈의 신세 이야기는 선장이 가슴속에 동정과 공명을 불러일으켰다. 그래서 체모가 손상된다고 어멈 듣는 데 원산집 이야기하지 말라고 숙자 아주머니가 신신당부하였음에도 불구하고 선장이는 저의 본가의 구차한 살림 형편을 어멈에게 죄다 이야기해 드렸다. 그리고 저의 누이도 현재 부잣집에 들어가 안잠을 잔다는 말까지 다 하였다. 감동한 어멈은 몸을 움직여 앞으로 나앉으며 선장이의 손목을 덥석 잡고 "도련님, 그저 공부만 잘하세요. 앞으루 댁 나리처럼 전문학교나 대학교만 나오면…… 얼마든지 부모님 호강을 시키실 수 있을 테니." 하고 말하는데 진정이 그 얼굴에 나타났다.

이리하여 선장이와 어멈은 숙자 아주머니 모르는 사이에 서로 마음을 터놓는 지기로 되었다.

쌍년이가 석후에 어머니를 보러 가려고 찬장에서 호골주 사 두었던 것을 꺼내는 중에 "쌍년아." 소리를 앞세우고 정실이가 마당으로 들어왔다.

"서울서 편지가 왔는데, 네 문안을 했더라."

"어디?" 하고 쌍년이는 정실이가 방 안에 들어서기가 바쁘게 그 손에서 피봉 뜯은 편지를 잡아채듯이 하였다.

"사진두 들었어."

"어디 보자."

쌍년이가 우선 사진부터 꺼내 들고 전등불 가까이로 다가섰다. 황홀한 눈으로 한참 들여다보다가 "아유, 이 미남자 좀 보아! 어느새 이렇게 변했어? 이젠 아주 어엿한 도련님 아니야?" 하고 경탄하였다.

쌍년이 누나 생각이 자꾸 납니다. 보고 싶습니다. 씨동이 형님이 어떻게 되었는지 몰라서 속이 탑니다. 꿈에 보입니다. 쌍년이 누나가 건강하고 또 행복하기를 비는 동시에 씨동이 형님이 무사하기를 간절히 바랍니다…….

쌍년이는 눈시울이 뜨거워나 잠시 말을 못 하다가 비로소 둘이 다

방 한가운데 서 있는 것이 생각나서 "우리가 왜 이렇게 장승처럼 버티구 서 있다니? 어서 앉아라." 새삼스레 말하고 자기부터 먼저 털썩 주저앉았다.

"박숙자가 한껏 가꿔 놨구나."

"정말 그래."

"아이는 바탕이 좋겠다, 저는 돈이 있겠다……. 무얼 못 해? 가꿀수록 환해질 텐데."

"숙자 아주머니두 나이보다 퍽 젊어 뵈지?"

"왜 안 그렇겠니? 살림은 편하겠다, 화장품은 고급이겠다."

"서울 물을 먹으면 검은 사람두 희어진다더라."

"선희 편지 왔니?"

"오잖구. 이젠 어엿한 전문학교 학생이야."

"뉘 집에 있다던?"

"뉘 집은, 기숙사에 들어갔지."

"선희 오빠는 소식 있니?"

"소식이 있는지 없는지 그건 나 잘 몰라. 그렇지만 말눈치가 아마두 바람이 잔 뒤에 슬그머니 나타날 모양이더라."

"돈 있구 세력 있는 집 아들은 괜찮아. 경찰서에서두 다 사람 봐 가며 다루거든."

"참, 어떻게 됐니. 무슨 소식 좀 들었니?"

"도망치다가 총을 맞구 붙들렸다는 것하구 다시 끌려 들어가 입원했다는 것까진 알아두…… 그 밖의 건 아무것도 모른다."

"저걸 어떡하니."

"그 집 아주머니는 노상 끌탕이다."

"왜 안 그러겠니."

"이놈의 집 두상은 그 속에서 아주 죽어 주기만 바라구 있으니……
사람의 비위짱이 갈라지잖니!"

정실이가 위로할 말이 얼른 떠오르지 않아 잠자코 있으려니 쌍년이
는 "아무래도 살풀일 한 번 더 해야 할까 봐." 하고 혼잣말처럼 중얼거
렸다. 정실이가 딱하게 생각하여 "그 무당 영하다던?" 하고 물으니 쌍
년이는 고개를 가로흔들며 "모르지, 영한지 어떤지." 하고 두동진 대답
을 하였다.

"그 무당의 남편이 마흔다섯에라나 여섯에라나, 나이 오십 줄에 술
장수 여편네에게 미쳐서 마누라, 자식 삼 남매 다 버리구…… 통천
을 가 가지구 벌써 십 년째 그 술장수 여편네하구 단둘이 산다더라."

"그렇다니?"

"응."

"늦바람에 곱새를 벗긴다더니, 그런 화상두 있었구나……."

"참말루 영하다면 설마 제 남편 바람 피우는 것두 어쩌지 못할라구?"

"네 말이 맞다. 소경이 저 죽을 날 모른다잖니. 그런 것들한테 속는
게 어리석지."

"속이 답답하니까 행여나 해서들 그러는 거지."

"물에 빠진 놈 지푸래기에 매달린단 말 못 들어."

정실이가 벽시계를 쳐다보고 "아이고, 내 이 정신 좀 봐." 하고 부지
런히 일어서니 쌍년이는 "요새두 그렇게 일이 바쁘냐?" 하고 물으며
따라 일어섰다.

"도련님 기실 때보단 좀 낫지만 그래두 손님 끊일 날이 별루 없어."

"이 편지하구 사진은 두구 가라. 두구두구 실컷 좀 보게."

"어서 그렇게 해."

"고 녀석 여름방학에 와서 나를 못 본 체만 해 봐라."

"너 미치잖았니……."

"자주 좀 들려."

"네네."

정실이가 총총히 돌아간 뒤에 쌍년이는 허리앓이에 좋다는 호골주 한 병 들고 어머니를 보러 갔다. 모녀 마주 앉아 한동안 이런 이야기 저런 이야기 하던 끝에 어머니가 "허리앓이에는 온천이 좋다는데……." 하고 말을 내어 쌍년이는 "좋대두 이 근방에야 어디 온천이 있어야지요." 하고 말을 받았다.

"제일 가깝다는 게 2백 70리 금강산이니."

"금강산?"

"외금강 말이야."

"온정리?"

"그래여."

"연락선은 멀미가 나 못 탈 거구, 자동차는 부대껴서 못 탈 거구……. 어떻게 간다구 그러오, 혼자서?"

"가긴 어딜 가, 그저 해 보는 소리지."

"엄마 팔자두 참……. 아들 하나 낳았더라면 늘그막에 이렇게까지 답답하진 않았지."

"누가 아니라니."

"인제 누우시오, 내 좀 주물러 드리께."

"고만두구 어서 가 자."

"저 호골주 써 보구 좋으면 내 몇 병 더 구해 오께."

"고만 가서 자라는데두."

"그럼 나 가요. 저녁때는 불 좀 나우 넣지……. 땔나무 걱정은 하지 말란데두."

쌍년이가 어머니네 오두막집을 나와 바쁜 걸음으로 집에를 돌아오는데 으스름달빛에 집 모퉁이에서 사람의 그림자 하나가 얼른거리는 것이 눈에 띄었다. 쌍년이가 공연히 마음이 섬뜩하여 발을 멈추고 낮게 헛기침 한 번을 하였더니 그 사람이 곧 나직한 목소리로 "거 쌍년이 아니야?" 묻는 것이 분명 씨동이의 목소리라 쌍년이는 "아이고, 이게 누구야!" 반가운 소리를 지르며 앞으로 내달았다. 쌍년이가 흐릿한 달빛에 드러난 씨동이의 얼굴을 똑똑히 좀 보려고 얼굴을 가까이 가져가니 씨동이는 얼른 쌍년이의 팔꿈치를 잡아끌고 어둠컴컴한 그늘로 들어섰다.

"쉬, 조용히 해."

"대체 어떻게 나왔소?"

"병원에서 도망쳐 나왔다. 2층에서 뛰어내려서."

두 사람의 주고받는 말소리가 다 소곤소곤 귓속말이 되었다.

"거기는 지키는 사람두 없나?"

"왜 없어. 칼 물구 뜀뛰기루 한번 또 해 본 거지."

"그래, 총 맞았다는 건 인제 괜찮소?"

"아직 덜 아물었지만 죽진 않아."

"그래, 집에는 들러 봤소?"

"정신 나간 소리 말아. 집에는 벌써 그놈들이 눈을 쏘구 있는데……들르는 게 다 뭐야."

"대관절 어떡헐 작정이요?"

"인젠 만주루 뛰는밖에 다른 도리 없다. 유치장 속에서 가는 길이랑 가서 찾아갈 데랑 다 배워 가지구 나왔다. 난 사람을 상해 놔서 붙잡히기만 하면 콩밥 5년은 낙자없어."

"만주? 만주가 오랑캐 땅 아니요?"

"그래여."

"미쳤소, 그런 데를 가게!"

"그럼 여기서 붙들려서 머리 빡빡 깎구 전중이 옷 입구 다섯 해 동안 콩밥을 먹으란 말이야!"

"설마한들 다섯 해썩이야."

"줄잡아서 다섯 해야. 까딱 잘못하면 칠팔 년…… 외상없어."

"그럼 이 일을 어떡허면 좋다우?"

"어떡허기는…… 뛰는 게지."

"난 어떡허구?"

"기다려. 내 가서 자리 잡아 놓구 데려갈 테니."

"아이고, 하느님 맙소서."

"여기서 어물어물 더 지체하다간 큰일 나. 쌍년이를 한번 보구 말을 이르려구 예까지 오는 데두 살얼음판을 건너듯이 했어."

"그렇지만 그냥 이렇게 갈라질 수야 없잖우."

"그럼 어떻게 갈라질 테야. 우리 집에다 말이나 가서 좀 잘 전해. 그리구 선장이는 어떻게 됐니?"

"선장인 서울 갔소. 보성고보란 델 들어갔다오. 고대 편지가 왔는데…… 씨동 형님의 일이 어떻게 됐는지 몰라 속이 탄다우. 꿈에두 보인대."

"보성고보라는 학교?"

"그렇다오."

"그럼 나 간다, 잘 있어."

"아니, 잠깐 좀."

"또 무슨 할 말이 있니?"

쌍년이가 얼른 왼손 무명지에 낀 반지를 뽑아내어 씨동이 손아귀에 밀어 넣어 주었다.

"이게 뭐야?"

"반지야, 갖구 가. 객지에서 노자 한 푼 없이 어떡헐 작정이요?"

"놈들이 수배를 할 테니까 기차는 못 타는 거구. 유치장 속에서 선배들이 다 가르쳐 주더라. 집에두 들르지 말구. 그러니 하는 수 있니, 빌어먹으면서라두 걸어가는 수밖에."

"그럼 잠깐 좀 기다리우."

쌍년이가 재빨리 저의 집 마당으로 뛰어들어 가더니 이내 들장지 밀어 여는 소리가 나고 또 곧이어 방 안에 불이 켜졌다. 잠시 후에 쌍년이가 도로 뛰쳐나오는데 그 손에 보퉁이가 하나가 들렸다.

"그게 뭐야?"

"옜소, 이 속에 갈아입을 내복가지하구 양말 나부랭이가 들어 있소. 그리구 미싯가루하구 떡 부스레기, 과자 부스레기두 좀 들어 있구. 어서 갖구 가오."

쌍년이가 다시 다른 손에 쥐고 나온, 여자들이 쓰는 작은 지갑 하나를 씨동이 손에 쥐여 주면서 "이 속에 쓰다 남은 돈 몇 원 들었소. 이럴 줄 미리 알았더라면 달리 변통을 좀 해 보았을걸, 불시에 이 밤중에…… 누가 알았어야지." 하고 안타까와하니 씨동이는 "나 다 주구 넌 어떻게 살라니? 반지하구 지갑은 싫다. 보퉁이만 이리 다우." 하고 보퉁이만 받아 들고 반지와 지갑은 도로 돌려주려 하였다.

"괜한 소리 마오. 천 리 길을 가야 할 사람이 집에 편히 앉아 있는 놈 걱정을 하오?"

"그럼 나 간다, 잘 있어."

"부디 몸조심해요. 나 기다릴게."

쌍년이가 혼 나간 사람처럼 씨동이의 보이지 않는 뒷그림자를 점도록 바라보고 섰다가 무거운 발을 끌다시피 하며 집으로 들어왔다. 태산 같은 근심 걱정에 지지눌리어 밤새도록 잠을 이루지 못하였다. 걷잡을 수 없이 솟아서 흐르는 눈물은 베고 누운 베개를 함빡 적시었다.

21

해마다 5월이 되면 종로에 야시가 섰다. 종로 네거리의 인경이 달려 있는 보신각 앞에서부터 종로 3정목 — 동구안대궐 즉 창덕궁이 직선으로 바라보이는 데까지 길 남측 포도를 따라 한 줄로 늘어선 노점이 그 수를 헤아릴 수 없이 많은데 거기서 사고파는 물건들이 다종다양하였다. 석후에 소풍 겸 구경을 나온 사람들과 물건을 사러 나온 사람들로 붐비는 좁고 긴 야시장은 밤 서울의 없지 못할 풍물시였다.

선장이가 숙자 아주머니를 따라 이 시장을 처음 나와 돌아보다가 크게 흥미를 느낀 것은 잡지들을 파는 노점이었다. 그 노점에서는 〈킹구(국왕)〉니 〈웅변〉이니 〈문예춘추〉니 〈개조〉니 〈소년구락부〉니 하는 따위의 50전짜리 일본 잡지들을 한두 달 지났건 두석 달 지났건 일률적으로 홑 5전씩 팔았다. 선장이가 '이게 웬 땡이냐!' 생각하고 떡 본 도

깨비처럼 달려들어 단꺼번에 네 책을 골라잡으니 숙자 아주머니는 "왜, 책이 다 날아날까 봐?" 하고 웃으며 가상히 여기는 눈으로 선장이의 하는 양을 바라보았다.

비눗갑에 인두에 석쇠에 조리에 필통에 양말대님에 구둣솔에 빗에 목책에 접칼에 쥘부채에……. 오만 가지 일용잡화를 되는대로 벌여 놓고 "15전에 두 가지! 15전에 두 가지! 맘대루들 골라잡읍쇼! 15전에 두 가지!" 하고 외치는 장사치가 있는가 하면 바나나를 산더미처럼 무져 놓고 딱따기를 딱딱 쳐 가며 100몸메(돈중)에 얼마라고 싸구려를 부르는 장사치들도 있는데 그런 것이 다 선장이의 눈에는 새로와 보이고 또 신기로와 보였다.

그런 와중에도 선장이를 가장 놀라게 한 것은, 어느 노점 앞에 손님 하나가 발을 멈추고 서서 물건 흥정을 하다가 에누리를 너무 많이 하니까 흥정을 그만두고 발길을 돌려 버렸는데 노점 상인이 곧 그 손님의 등 뒤에다 대고 급한 말로 "여봅시오, 여봅시오! 값을 잘해 드릴 테니 사십시오!" 하고 외치다가 그 손님이 못 들은 체 그냥 가니까 이번에는 "여보, 여보!" 말씨를 한 급 낮추어 불러 보다가 그래도 그냥 가니까 나중에는 "야, 야!" 하고 놀림조로 하대해 부르는 것이었다. "야, 야!" 불러 놓고 저 혼자 싱글싱글 웃는 그 젊은 노점 상인의 유들유들한 얼굴을 보자 선장이는 혼자 '저 자식이 정말 갈데없는 망나니로구나' 하고 생각하였다.

숙자 아주머니의 말에 따르면 그런 자들은 에누리를 사람 보아 가며 하는데 가령 1원짜리 물건이라면 1원 50전도 부르고 2원도 부르고 2원 20전, 3원…… 드리없이 막 부른다는 것이었다.

탑골공원 맞은편까지 와서 이제 고만 돌아가자고 하여 선장이가 숙자 아주머니의 뒤를 따라 전찻길을 건너서니 파고다공원(즉 탑골공원) 철격자문 앞과 인사동 길 어귀에 풋나무를 실은 소바리들이 웅긋쭝긋 서서 살 사람을 기다리고 있었다. 그들은 동대문 밖 또는 동소문 밖에서 시내에를 들어오기는 낮에 들어왔으나 나무가 팔리지 않아서 허행을 할 수는 없고 하여 그러고들 있는 것이었다. 그나마 경찰의 단속이 두려워 (시내에서는 자전거든 인력거든 간에, 마차나 소바리도 마찬가지로 밤에 등이 없으면 취체를 당하였다) 양초 한 가락씩을 사서 불을 켜 가지고는 종이쪼각에 말아 쥐고 섰는 모양이 보기에 딱하고 또 가련하였다.

구스노키 만년필점 앞 불 밝은 포도 위에 여남은 살 먹은 사내아이 하나가 쪼크리고 앉아 석필로 콘크리트 바닥에다 그림을 그리고 있는데 길 가던 사람들이 대여섯 발을 멈추고 둘러서서 신기한 듯 구경들 하고 있었다. 머리가 쑥바구니 같은 그 아이가 몸에 걸친 것은 땟국이 흐르는 넝마였으나 그 그림 그리는 솜씨만은 일품이었다. 사람, 소, 말, 개, 닭, 비둘기…… 어느 하나가 생동하지 않는 것이 없었다. 그림과 그림 사이에 놓인 쭈그러진 깡통에는 사람들이 던져 준 동전 대여섯 잎이 들어 있었다. 거기서 불과 몇 발자국 안 떨어진 길 어귀에서는 앞치마를 두른 청요리집 사환 즉 중화요리점 사환이 서투른 조선말로 손에 촛불을 든 나뭇바리 임자와 흥정을 하고 있었다.

"그 나무 얼마요?"

"60전, 60전이요……. 따라가 부리리까?"

"60전이 너무 비싸. 50전이 하시오."

"안 비싸오, 안 비싸. 나뭇단을 좀 보구 말하시오, 장궤(중국 사람). 원래는 70전을 꼭 받아야 하는 건데…… 인젠 날두 저물었구 해서 아무렇게나 부리구 갈 생각으루, 60전을 부른 거요."

"그래두 50전이 하시오."

"그렇게는 안 된데두요. 60전이면 정말 싸다니까요, 장궤."

"그럼 그만두시오. 딴 데두 얼마든지 있는데……."

밤은 들지, 집은 멀지, 게다가 소, 사람은 다 같이 배를 곯지. 어찌할 도리가 없게 된 나뭇바리 임자가 땅이 꺼지게 한숨을 쉬더니 촛불 들지 않은 손으로 돌아서 가려는 청요리집 사환의 팔소매를 얼른 붙잡았다. 그리고 풀기 없이 "어디요? 갑시다." 말하고는 또 한 번 길게 한숨을 내쉬었다. 길거리에 서서 밤을 지새울 수는 없는 노릇이었다.

그 광경을 지켜보던 선장이는 온몸의 피가 일시에 끓어오르는 것을 느꼈다. 불쌍한 나무장수 늙은이를 외통목에 몰아넣고 달구치듯 하는 그 청요리집 사환이 밉기가 그지없었다. 강렬한 민족감정이 잠자던 맹수처럼 눈을 번쩍 뜨고 고개를 쳐들었다. 선장이는 곧 달려들어 주먹벼락을 안겨 주고 싶은 충동까지를 받았다.

그러나 한편, 나뭇값 10전을 깎아내리는 데 성공을 한 청요리집 사환은 팔소매를 붙잡은 나무장수를 돌아보고 "그럼 잠깐 좀 기다리시오. 집은 고대요. 바루 조, 조기 중화원…… 멀지 않소." 말하고 곧 예닐곱 발자국 성큼성큼 걸어오더니 아무 말 없이 10전짜리 구멍 뚫린 백통전 한 잎을 앞치마에 달린 호주머니에서 꺼내 가지고 그림 그리는 거지아이의 깡통 속에 달랑 던져 넣어 주는 것이었다. 언제나 구릿빛의 동전만이 들어오게 마련인 깡통 속에 난데없이 은빛의 백통전이 날아드는 바람에 영문을 모르는 아이가 한 손에 석필을 쥔 채 고개를 들고 쳐다보니 앞치마 두른 청요리집 사환은 뒤도 돌아보지 않고 흥정해 놓은 나뭇바리 쪽으로 부지런히 걸어가고 있었다. 이 광경을 지켜본 선장이의 머릿속에서는 도저히 무어라고 이름하기 어려운 그 무엇이 해일처럼 뒤설레었다.

선장이가 넉 달이 채 못 되는 첫 한 학기 동안에 학과 외에도 보고 듣고 겪어서 배운 것이 여간 많지가 않았다. 유도 시합에서 뛰어난 솜씨를 보여 준 두 상급생 — 4학년의 '곰보'와 '백발귀'를 선장이는 특히 우러러보았다. 동화책에서 읽은 헤라클레스나 삼손 같다고 생각하였다(그들은 각각 희랍과 이스라엘의 용사들이었다). 곰보는 얼굴이 약간 얽었고 또 백발귀는 머리에 새치가 많았다.

선장이도 새 유도복을 입고 새 다다미를 깐 도장에서 한 주일에 두 시간씩 유도를 배웠다. 그러나 웬 까닭인지 늘 그 식이 장식으로 재주가 늘지를 않았다. 금년에도 흰 띠, 내년에도 흰 띠, 후년에도 역시 흰 띠……. 흰 띠로 시종일관하는 축에 들었다. 초단 이상의 유단자들은 모두 검은 띠를 띠고 또 1급까지의 유급자들은 파랑 띠, 밤색 띠 따위의 색 띠를 띠는 법인데 선장이는 종시 그런 영예를 지녀 보지 못하고 말았으니 아마도 타고난 팔자인가 보았다.

학교에는 이습회라는, 학생들이 자치를 운영하는 조직이 있었는데 그 모임에서 상급생이 하급생에게 체벌을 가하는 것은 봉건적이고 군국주의적인 야만적 행위라고 열변을 토하는 학생이 있는 것을 보고 선장이는 크게 감동하고 또 경탄하였다. 그 학생의 금장을 보니 '4'자가 붙어 있었다. 4학년생이었다. 그 학생은 진일보하여 "교외에서 서루 만나 경례를 할 때두 그렇습니다. 하급생이 먼저 경례를 해야만 상급생이 답례를 하는 것두 평등의 원칙에 어긋난다구 나는 생각합니다. 경례는 어느 편이건 먼저 본 사람이 먼저 하는 것이 좋다구 생각합니다. 구경 우리 여기는 학원이란 말입니다. 병영이 아니란 말입니다." 이러한 창의까지 하였다.

그런데 선장이를 더욱 놀라게 한 것은 상급생들이 절대적 우세를 차지하고 있는 그날의 모임이 결국에 가서는 그 학생의 창의를 찬동하는 결의를 한 것이다. 선장이는 곰보나 백발귀를 우러러보는 것과는 또 다른 의미로 그 김봉구라는 4학년의 웅변가를 우러러보았다.

나중에 선장이가 곽복덕이를 보고 "그 4학년의 김봉구…… 참 대단하더라." 하고 탄복하는 어투로 말하니 곽복덕이는 "그치 별명이 '키케로'지 아마." 하고 말하였다.

"키케로? 키케로가 뭐냐?"

"키케로가 뭔진 나두 잘 모른다."

"좋다는 뜻이야, 나쁘다는 뜻이야?"

"모르지 무슨 뜻인지, 낸들 아니."

"뺑덕할미 같은 게!"

선장이 입에서 이런 말이 튀어나오니 곽복덕이는 놀라서 "아, 자식이." 하고 누가 듣는 사람이나 없나 황망히 사방을 한번 둘러보았다. 그리고 눈방울을 굴리며 "죽구 싶니?" 하고 선장이를 타박하였다.

저녁 밥상머리에서 단둘이 마주 앉아 밥을 먹다가 선장이가 숙자 아주머니에게 어둔 밤에 홍두깨로 불쑥 "키케로란 게 뭡니까?" 하고 물으니 숙자 아주머니는 잠시 어리둥절하다가 "무슨 로?" 하고 재차 물었다.

"키케로."

"키케로? 어디에 나오는 말이야?"

"우리 학교 상급생의 별명. 연설을 썩 잘하는."

"오, 키케로! 난 또 무슨……. 키케로란 사람은 옛날 로마의 유명한 정치가야. 그리구 또 고금에 드문 웅변가이기두 하고. 아주 유명하지. 유명하다 뿐이야, 너의 아저씨가 가장 존경하는 인물이 바루 그 키케로하구 미라보야. 프랑스의 미라보."

"로마가 어딥니까?"

"지금의 이탈리아……. 그렇지만 키케로는 2천 년 전 사람이야. 너 아직 서양사를 안 배워서 잘 모르는구나."

선장이는 자신의 천식을 통절히 느꼈다. 그래서 이를 악물고 공부를 잘해야 하겠다고 속으로 발분하였다.

"아저씬 오늘두 또 늦게 들어오시려는가 보지요?"

선장이가 숙자 아주머니를 가엾이 생각하여 위로조로 이렇게 말하니 숙자 아주머니는 말없이 눈만 샐쪽하였다. 그러다가 갑자기 생각난 듯이 "너 오늘 숙제 많니?" 하고 물어서 선장이가 고개를 가로흔드니 "그럼 나하구 활동사진 구경이나 가자." 말하고 곧 숟가락을 부지런히 놀리기 시작하였다. 숙자 아주머니의 그러한 태도에서는 자포자기하는 기미와 보복의 기미가 엿보였다.

남녀칠세부동석으로 활동사진관 즉 영화관에도 부인석이라는 게 따로 마련되어 있던 것이, 남녀평등권 운동의 바람이 부는 통에 기강이 흐슬부슬해져서 이때는 남녀가 같은 좌석에 앉아 영화를 관람하여도 괴변으로까지는 여기지들 아니하였다.

이튿날 아침, 선장이의 조반상을 들여놓아 주던 어멈이 상글거리며 "도련님, 엊저녁 활동사진 구경 재미있었에요?" 하고 물었다. 선장이가 "응, 재미있었어. 오늘 밤 나하구 둘이 가 볼까?" 하고 마주 웃으니 어멈은 호들갑스럽게 "어머, 그런 델 지가 어떻게 간대요." 말하고 얼굴을 옷깃에 파묻었다. 그런 데를 가면 무슨 큰 변이 나는 줄 아는 모양이었다. 어멈이 나간 뒤에 선장이가 밥을 먹으며 혼자 생각하였다.

'얼마나 불공평한 세상이냐, 다 같은 인간인데!'

그러자 불현듯 원산에 있는 누나와 쌍년이의 모습이 눈앞에 떠올랐다. 선장이는 무엇인가 아픈 것이 제 가슴속에서 꿈틀하고 돌아눕는 것을 느꼈다.

'가엾은 사람들!'

학교에서 학생들이 — 주로 3, 4학년 학생들이 — 그동안에 준비해 온 연극을 상연하게 되었다(1, 2년년은 아직 좀 어리고 또 5학년은 상급 학교 입학시험 준비가 바빠서 이런 활동에는 덜 참례하였다). 교장 이하 전교 칠팔백 명 사제가 다 같이 지켜보는 가운데 막이 열리니 무대는 그럴듯하게 꾸며진 철공장의 내부였다. 그리고 등장인물들은 모두가 작업복 차림을 한 철공들이었다. 무대장치에 교묘하게 전기를 이용한 까닭에 모루에다 메질을 할 때 불꽃이 튀는 것이 진짜 같았다. 선장이가 넋 놓고 파고 보는 중에 무대에서는 착취당하는 철공들의 분노가 터졌다. 이어 착취자와 피착취자 사이의 모순과 투쟁이 고조에 다달았다가 마침내 철석같이 단결을 한 철공들이 승리를 거두는 데서 막이 내렸다. 마지막 순서는 교장 선생의 강평이었다. 선장이는 교장 선생이 학생들의 이러한 연극을 어떻게 평하나 들어 보려고 귀를 도사리었다.

"학생이면 학생들답게 학원 안에서 벌어지는 일들을 다루어야지 학업하구는 아무런 인연두 없는 무슨 프롤레타리아니 계급투쟁이니 착취니 스트라이크니, 그게 다 무슨 가당찮은 짓들인가?"

강 교장은 맞갖잖아 이렇게 뇌까리고 다시 "본인은 본교의 교장으로서 그런 학업에 유해한 과외활동은 금후 절대루 허용하지 않을 터이니…… 미리 그리들 알아 두라." 하고 강평을 마치자 그는 낙태한 고양이 상을 해 가지고 폐회도 기다리지 않고 저 혼자서 퇴장을 해 버렸다. 불수이거(拂袖而去)란 바로 이런 것을 말하는 것이다. 교직원들이 분분히 일어나 그 뒤를 따라 나갔다. 교장이 퇴장을 하는데 수하인 자신들이 뒤에 남아 있으면 체모에 어긋날까 봐서였을 것이다.

뒤에 남은 학생들이 서로 돌아보고 어이없어하는 중에 무대에서는 얼굴에 환을 그리고 또 몸에다 작업복들을 걸친 학생 소인극의 배우들이 제각기 절썩절썩 볼기짝들을 치며 앙천대소를 하였다. 그중의 하나가 교장의 입내를 내어 "본인은 본교의 교장으로서 그런 가당찮은 짓을 절대루 허용하지 않을 테다! 알았느냐?" 하고 외치니 장내에서는 박수 소리와 함께 폭소가 터졌다.

다음다음 날 월요일 아침에 선장이가 등교를 해 보니 책상마다 등사한 격문 두 장씩이 들어 있었다. 선장이로서는 생후 처음 받아 보는 격문인지라 자신이 곧 어른이 되기라도 한 것같이 마음에 대견하였다.

강규황은 민족적 지조를 굽히고 외세에 아부하는 패덕한이다. 강규황은 일본제국주의가 그 식민 통치를 공고히 할 목적으로 내리먹이는 노예 교육을 적극적으로 추진하려고 날뛰는 일제 침략자의 충실한 노복이며 주구이다. 우리 700명 전교 학생들은 민족의 이름으로 강규황을 단죄하는 동시에 노예 교육의 독소로 오염된 학원을 정화하기 위하여 강규황의 인책 사직을 요구한다. 전체 학생들은 중간 운동 시간에 볼 없이 도수로 운동장에 모여 가지고 강규황의 퇴진을 교섭할 대표를 선출하자.

강규황이란 더 말할 것도 없이 강 교장이다. 그리고 '중간 운동 시간'이란 오전 수업을 두 시간 본 뒤에 20분 동안 운동장에 나가 볼을 차는 시간을 말하는 것이다. 그 시간에는 각 학급의 그날 볼 당번들이 제각기 감독 선생실에 들어가 축구 볼 두 개씩 내다가 전교 학생이 일시에 어울려 차는데 그 20분 동안 넓은 교정에는 수십 개의 축구 볼이 콩 튀듯 하였다.

선장이는 공연히 조바심이 나 영어 한 시간, 식물 한 시간을 건성으로 보고 하학종이 나기가 바쁘게 운동장으로 뛰어나갔다. 그러나 조바심을 하여 그 시간을 기다린 것은 선장이 하나만이 아닌 모양이었다. 실내화를 벗어 놓고 외출화를 갈아 신는 신발장 칸이 우 몰려든 학생들로 출근 혼잡시간의 전차 칸처럼 붐비었기 때문이다. 선장이가 사람에 복대기며 간신히 구두를 갈아 신고 구두끈도 매지 못한 채 밖으로 뛰어나오니 볼 하나 보이지 않는 운동장에는 벌써 동서 양쪽 현관으로 꾸역꾸역 쏟아져 나온 학생들이 떼떼이 몰려섰다. 심상찮은 기운이 떠도는 것이 한눈에 알렸다.

시간이 되었는데도 볼을 가지러 오는 학생이 하나도 없는 것을 보고 괴이쩍게 여긴 감독 선생들, 유도 선생 한진회와 체육 선생 김보영이 어찌 된 영문인지 알려고 어슬렁어슬렁 중앙현관으로 나와 가지고 축대 끝에 나섰다. 조회 시간도 아닌데 축대 밑에 와글와글 모여 선 학생들을 내려다보고 상고머리 유도 선생이 물었다.

"무슨 일이야, 볼은 찰 생각두 안 하구?"

4학년의 키케로 김봉구가 늘씬한 다리로 두어 걸음 앞으로 나서서 축대 위를 쳐다보며 소리쳐 대답하였다.

"이습회에서 비상대회를 소집했습니다."

"그런 대회는 왜 방과 후에 소집 못 하구?"

"그러게 비상이라잖습니까."

"누구 허락을 맡구."

"이습회의 간사들이 결정을 한 거니까, 선생들은 간섭할 생각 마시구…… 고만 도루 들어들 가십시오."

학생들 틈에서 "옳소! 옳소!" 성원하는 소리가 일시에 튀어나오고 또 연달아 튀어나왔다. 유도 선생은 물계가 좋지 못한 것을 보고 무슨 말을 좀 더 하려다가 중지하였다. 그리고 곧 체육 선생과 서로 눈짓한 뒤 둘이 함께 급한 걸음걸이로 되돌아 들어갔다. 그러자 키가 후리후리하게 크고 눈이 검실검실한 김봉구가 돌층계를 급히 뛰어올랐다. 맨 윗단에 서서 운동장을 내려다보며 조용들 하라고 두 팔을 벌려 가라앉히는 형용을 하였다. 그리고 청중이 정숙하기를 기다려 가지고 열기 띤 선동 연설을 내리쏟는 것이었다.

"제군! 우리는 그동안 참을 만큼 참았습니다. 그러나 참는 것두 한도가 있습니다. 우리가 이 학교엘 들어온 목적은…… 어떻게 하면 더 충실한 노예가 되겠는지를 배우거나 연구하려구 들어온 게 아닙니다. 우리의 목적은 인류 사회의 진보에 이바지할 유용한 지식을 배우려는 데 있습니다. 인류의 모든 물질적 재부와 귀중한 문화유산은 노동에 의해 창조가 됐습니다. 그런데 우리의 학원을 그러한 노동이나 노동하는 사람과 동떨어진…… 무슨 지상낙원 따위를 만들어 놓구, 무슨 에덴동산 따위를 만들어 놓구, 일본 상전의 맘에 들 노복들을 길러 내려구 지금 존경하는 우리의 교장 선생 강규황 씨는, 밤잠 두 못 주무시구 노심초사를 하구 계십니다……."

전체 학생들의 폭풍 같은 박수와 갈채가 연설을 무질러 버렸다. 쌓이고 쌓인 불만이 일시에 터져 나온 것이다. 선장이는 탄복을 한 나머지 김봉구 발밑에 가 엎드려 절이라도 한번 하고 싶은 충동까지 받았다. 선장이 가슴속에 언제나 숭배의 대상으로 자리를 차지하고 있던 위인 나폴레옹을 슬쩍 밀어내고 그 자리에 한낱 중학생 김봉구가 대신 들어섰다. 4학년의 키케로 김봉구가 선장이의 온 마음을 차지한 것이다.

"이런 노복 제조자가 계속 교장실 회전의자에 앉아서 우리들의 운명을 좌지우지하는 것을 우리는 그대루 참구 보고 있어야만 합니까?"

김봉구의 호소는 노도와 같은 반향을 불러일으켰다.

"못 참는다!"

"더는 참을 수 없다!"

"강규황이를 몰아내라!"

"노예 제조자를 이리 끌어내라!"

"민족 반역자를 타도하자!"

"강규황이를 생매장해라!"

분노의 외침이 교정에 울려 퍼지는 중에 어느 놈의 기차 고동같이 새된 목소리가 "반대, 반대, 절대 반대!" 하고 고함을 냅다 질렀다.

"어느 놈이야?"

"도발자를 타도해라!"

"그 자식을 부젓가락으로 집어내라!"

"강규황이의 졸개들부터 솎아 내자!"

분격이 물 끓듯 하였다. 일대 혼란이 빚어졌다. 이것을 본 김봉구가 높은 데 서서 또 한번 두 팔을 벌려 가라앉히는 형용을 하였다. 가라앉기를 기다려서 목청을 돋우어 가지고 찬부를 물었다.

"강규황 씨가 교장의 자리에서 물러나기를 바라는 사람은 손을 들어 주십시오."

찬성자들의 처든 팔이 빽빽한 숲을 이루었다.

"좋습니다, 내려 주십시오. 이번엔 바라지 않는 사람…… 손을 들어 주십시오."

한쪽에 몰켜 섰는 네댓 녀석이 손들을 드는데 그중의 두 녀석은 도발적으로 팔을 한껏 처들고 그 나머지 두세 녀석은 어줍은 태도로 따라 들었다. 김봉구가 히쭉 웃고 "700대 5!" 승리적으로 외치니 학생들 틈에서 환호성이 폭발하였다. 한 줌도 못 되는 반대자들은 수레바퀴에 치인 버마재비 꼴이 되었다. 이어 구두호천으로 오륙 명의 대표가 선출되었다.

김봉구를 위시한 대표들이 교장실에 들어가 담판을 하는 동안 (교장도 체면이 있어서 경찰에다 전화를 걸지는 않았다) 운동장에서 교가를 부르고 또 응원가를 불러서 기세를 올렸다. 멋지게 생긴 응원대장, 3학년 학생의 지휘에 따라 칠백 명이 일시에 절주 있게 "빅토리 빅토리 빅토리! 브이 아이 시 티 오 알 와이(VICTORY)!" 하고 외치는 소리가 학생들의 사기를 한껏 돋우었다(빅토리는 영어로 승리라는 말이다). 그러나 교장실에서의 담판은 담벽에 부딪쳐 아무러한 진전도 없었다. 강 교장은 노기가 등등하여 도끼눈을 뜨고 학생 대표들을 하나하나 노려보며 악증을 내는 것이었다.

"꼭뒤의 피두 안 마른 녀석들이 되지 못하게, 하늘이 높은지 땅이 낮은지두 모르구……. 출학 처분이다, 출학 처분! 실뱀 한 마리가 온 바다를 흐리게 한다더니, 과시 옳은 말이다. 학원의 순결성을 보전하기 위해선 너희같이 스승두 몰라보는 불한당들은 한번 단단히 본때를 보여 줘야 해. 출학 처분 아니? 출학 처분! 이 학교에서 쫓겨나면 평생 막벌이꾼 노릇밖에 못 해 먹어."

교장실에서 물러나온 대표들에게서 이 전말을 전해 들은 학생들은 모두 부아통을 터뜨렸다. 단 기름가마에 물기 있는 생선을 들이뜨렸을 때처럼 짜그르르하였다. 대표들이 축대 위에서 머리들을 한데 모으고 잠시 공론하더니 그중의 두엇이 곧 급한 걸음걸이로 돌층계를 내려와 사람 서넛을 불러 데리고 부리나케 교정을 빠져나갔다.

김봉구가 다시 돌층계 맨 윗단에 나서서 두 팔을 벌려 와자지껄 야단스럽게 술렁거리는 것을 가라앉히고 나서 "제군, 인젠 실력행사를 하는 수밖에 없습니다!" 하고 선언하니 "옳소!" 소리가 수백 명의 입에서 이구동성으로 튀어나왔다. 김봉구의 부름에 따라 곰보와 백발귀를 선두로 굵직굵직한 운동선수 네댓이 축대 위로 뛰어올라갔다. 일이 어떻게 벌어질지를 모르는 선장이는 긴장하여 손에 땀을 쥐었다. 행동대가 중앙현관으로 돌입하였다. 두 감독 선생이 마주 나오며 팔을 벌려 가로막았다.

"선생님하군 상관없는 일이니 밀막지 마십시오." 곰보가 유도 선생에게 말하고, "괜히 이러지 마십시오. 칠백 명이 다 쏟아져 들어오면 그땐 어떡하시겠습니까?" 백발귀가 체육 선생에게 말하는 동안에 나머지 운동선수들은 김봉구의 지휘하에 복도에 올라섰다.

얼마 만에 볼꼴 사납게도 강 교장은 네패잡이에게 네 다리를 들려서 나오는데 그래도 속은 살았다고 두 다리를 자꾸 버둥거렸다. 박수갈채 속에 강 교장이 돌층계를 들려서 내려오니 마침맞게 조금 전에 교정을 빠져나갔던 학생 네댓이 빈 인력거 한 채를 끌며 밀며 쏜살로 달려 들어왔다. 이때 교직원 사무실 창문마다에는 이 광경을 각기 다른 심정으로 구경하는 선생들의 얼굴이 주렁주렁 열렸다. 그리고 동서 현관 모퉁이에는 사환들과 매점 일꾼들이 몰켜 서서 수군거리고 있었다. 발

버둥이 치는 강 교장을 세를 내 온 인력거에 억지로 잡아 실어 가지고 또다시 엉싸엉싸 끌며 밀며 교문 밖으로 나가는데 선장이도 뒤질세라 따라나섰다.

수백 명의 학생이 인력거 한 채를 전후좌우에서 옹위하고 거리를 휩쓸며 나가는데 길 가던 행인들은 물론이요, 양편 길녘 상가들에서도 다들 눈이 휘둥그래져 가지고 내다보았다. 질서 없이 와자그르르한 대열은 고등상업학교 앞을 지나고 창경원 앞을 지나고 또 대학병원 앞을 지나서 배오개 네거리까지 왔다. 놀란 교통순사의 호르래기 소리를 무시하고 동쪽으로 꺾여서 꼿꼿이 동대문을 향하고 밀려 나갔다. 그 바람에 한때 전찻길, 자동찻길이 다 막히었다. 고등상업학교 앞에서 대학병원 뒷문과 연못골 사이의 큰길로 나오면 종로 5정목이 직선이라 길이 훨씬 가깝건만은 망신살이 뻗친 강규황 교장에게 길호사를 시키느라고 일부러 길을 에돈 것이었다.

미구에 먼지가 덕지덕지한 홍인문, 속칭 동대문이 나섰다. 동대문을 끼고 돌면 청량리로 나가는 큰길이 나서는데 거기서부터는 시외 구역이므로 길이 아스팔트 길이 아닐 뿐더러 전찻길도 복선이 아니고 단선이었다. 차량들의 통행이 현저히 뜸해진 대통로를 동으로 서너 마장 더 나가면 오른편에 펑퍼짐한 구릉지대 같은 것이 펼쳐지는데 자세히 보면 그것은 흙도 아니고 돌도 아니고 엄청난 분량의 쓰레기였다. 거기가 바로 서울 장안의 쓰레기란 쓰레기는 다 실어다 버리는 쓰레기 처리장이었다.

서울 시내의 분뇨는 다 왕십리로 실어 내는 까닭에 서울 사람들은 엉뎅이를 왕십리라고도 한다. "왕십리 저리 좀 돌리지 못해? 이 자식아!" 이렇게 말하는 것이다. 동대문 밖의 쓰레기처리장은 비록 왕십리처럼 그렇게 널리 사람들의 입으로 퍼져 전해지지는 못했지만 그래도 역시 아름답지 못한 곳으로 소문은 날 만큼 났다. 그러한 쓰레기처리 장에다 서울 교육계의 유지라는 강규황 교장을 이른바 철없는 아이들이 쓰레기 취급을 하여 실어 내다 버렸으니 그 안면이 어찌 될 것인가!

쓰레기처리장에서 죽을상이 되어 가지고 귀가를 한 강규황 씨는 소문에 들으면 대문간에 들어서면서부터 대성통곡을 하여 집안이 온통 초상집 같았다고 한다. 이튿날 강규황 씨는 분해서 이를 갈면서도 하릴없이 사표를 내고 그리고 교육계에서 아주 물러나 버렸다. 그 후 출판업계에 발을 들여놓았다는 소문이 있기는 있었으나 진적한 소문인지 아닌지는 다들 잘 몰랐다.

강 교장을 욕보인 날 밤 김봉구가 경운동 그 하숙에서 곧바로 경찰서에 연행이 되었다. 이튿날 등교하여 이것을 알게 된 학생들은 또 한바탕 큰 난리를 꾸몄다. 그 덕에 김봉구는 쉬이 풀려날 수 있었고 또 출학 처분도 받지 않았다. 그러나 경찰의 블랙리스트에 올라 요시찰인으로 된 것은 오히려 당연한 일이라 할 것이다. 김봉구가 다시 학교에를 나왔을 때 전체 학생들은 그를 마치 개선장군과도 같이 열광적으로 환영을 하였다. 그가 만면에 웃음을 띠고 두 손을 높이 쳐들어 흔들어 보일 때 선장이는 어쩐지 눈시울이 뜨거워났다. 만 열세 살이 아직 채 못 된 선장이가 당세의 인물을 바로 눈앞에서 본 것이다.

한 사나흘 지나서다. 곽복덕이가 선장이 귀에 입을 갖다 대고 속삭였다.

"키케로가…… 공산당이란다."

"공산당? 누가 그러던?"

"그렇게들 수군덕거리더라."

선장이가 한참 생각해 보다가 "어쨌든 인물은 난 인물이야." 하고 감복하는 어투로 말하니 곽복덕이도 "그야." 하고 고개를 끄덕거려 수긍하였다.

22

여느 때 같으면 오후 서너 시나 되어야 돌아올 선장이가 1시도 채 못 되어 싸 갖고 갔던 도시락도 먹지 않고 그대로 가지고 돌아오니 숙자 아주머니가 의아스레 "무슨 일이야?" 하고 다우치듯이 물었다.

"오후에 수업이 없어서요."

"왜?"

"교장 선생을 들그서내느라구 학교가 난장판이 돼 버린 걸요."

"아니, 그게 웬 소리냐…… 교장 선생을 들그서내다니?"

"동대문 쓰레기처리장에 실어다 버렸어요."

"무엇을?"

"사람을요."

"사람을? 어떤 사람을?"

"아, 교장 선생밖에 더 있어요."

"저런! 누가 그따위 짓을 했다니?"

"누구는 누구겠어요, 학생들이지…… 상급생들."

"저런 녀석들 좀 봐!"

숙자 아주머니가 괴탄을 하는데 어멈이 뒤에 와 섰다가 "그래서 벤또두 그대루 갖구 오셨구먼요. 이리 주세요, 지가 벤또 점심을 따루 차려 드릴게." 하고 선장이가 꺼내 주는 도시락을 받아 들고 어멈은 부지런히 부엌으로 내려갔다.

"그래, 너두 그런 일에 한데 섭쓸렸냐?"

"그럼 어떡해요……. 나 혼자만 외톨루 비어질 수는 없잖아요."

"저런 녀석 좀 보아. 설혹 그렇더라두, 앞장은 서지 말아야지."

"나 같은 거야 이제 겨우 1학년생인데…… 그럴 나위나 있에요?"

숙자 아주머니가 더 할 말이 없어 시무룩해 앉았는 것을 보고 선장이는 슬그머니 일어나 저의 방으로 건너왔다. 우선 책가방에서 책부터 꺼내어 책꽂이에 꽂은 다음 교모를 벗어 걸고 또 '1'자 금장이 달린 상의를 벗어서 벽에 거는 중에 어멈이 점심상을 차려 들고 들어왔다. 어멈이 상머리에 앉아 상글상글 웃으며 선장이를 보고 "교장 선생을 쓰레기처리장에 내다 버렸다구요?" 하고 물어서 선장이는 한번 흘낏 큰방 편을 바라본 뒤 흔동하듯이 "쉬, 아주머니!" 하고 숟가락 든 손을 내흔들었다. 어멈이 알아차리고 목소리를 줄이어 귓속말하듯 "그건 왜요?" 하고 물어서 선장이도 "교장이란 게 아주 덜돼먹었지 뭐야. 왜놈들 앞에서 쪽을 못 쓰는 비겁쟁이란 말이야." 이렇게 소곤소곤 말하고 히쭉 웃었다.

"그럼 잘코사니구면요."

"누가 아니래요."

선장이가 상을 내보내고 물러나 앉아 야시에서 사 온 일본 잡지를 펼쳐 들고 들여다보는 중에 숙자 아주머니가 열어 놓은 방문으로 내다보며 "선장이 밥 다 먹었거든 나와라, 나하구 좀 나갔다 오자." 하고 말을 해 선장이는 얼른 잡지를 놓고 일어나 벗어 걸었던 교복 상의와 교모를 떼어 내려 부지런히 입고 쓰고 하였다.

"오늘은 좀 한가한데 우리 한강에 나가 시원하게 바람이나 좀 쐬자. 집구석에만 처박혀 있으려니까 사람이 갑갑해 못 견디겠다."

전차 정류소를 향하고 걸어가며 숙자 아주머니가 이렇게 말을 하여 비로소 선장이는 이날의 행선지를 알고 좋아서 "그럼 보트놀이두 해요, 우리…… 네?" 하고 조르니 숙자 아주머니는 히죽이 웃으며 "가서 보자." 하고 반허락하였다. 선장이가 그동안에 새 생활에 익숙해져 숙자 아주머니와도 스스럼없는 다정한 사이가 되었다.

삼각지를 지나고 용산 역전을 지나서 한강교 종점에 와 전차를 내렸다. 한강교를 걸어서 건너는데 선장이가 보니 적토색 페인트칠을 한 살틀 기둥마다 일본글로 "잠깐만 참으라." 이렇게 쓴 패찰 하나씩이 붙어 있었다. 선장이가 아무리 생각해 보아도 그 뜻을 알 재간이 없어서 숙자 아주머니에게 "저 잠깐만 참으란 게 무슨 뜻입니까?" 하고 물어보니 숙자 아주머니는 빙글거리며 "자살하는 사람이 물에 뛰어들지 못하게 하는 부적이다." 하고 웃음의 소리를 하였다.

"저걸 붙이면 뛰어들 사람이 안 뛰어드나요?"

"그렇단다."

선장이가 장난으로 "그럼 내가 한번 시험해 보까." 하고 철 난간을 붙잡고 아래를 굽어보니 숙자 아주머니는 대번에 "너 미쳤니!" 하고 선장이의 꽁무니를 잡아당겼다. 선장이가 뒤돌아보고 상글상글 웃으며 "뛰어들지 못한다면서요?" 하고 빈정거리자 숙자 아주머니는 "그런 게 아니야." 하고 비로소 잡아당기던 꽁무니를 놓아주었다.

"뭐가 그런 게 아닙니까?"

"저 패찰들은 경찰에서 써 붙인 건데…… 심리학적으루 볼 때, 자살을 하려던 사람이 마지막 순간에 저걸 보면 죽으려던 걸 뉘우치게 된대. 실지 그렇게 목숨을 보전한 사람이 여럿이라니 신통하잖니.”

“자살은 왜 합니까?”

“그야 먹구살 수 없어서 죽는 사람두 있을 게구 세상이 귀찮아서 죽는 사람두 있을 게구……. 원인이야 많겠지.”

“세상은 복잡하구먼요.”

“세상이야 복잡하든 말든 너는 공부나 잘해. 그런 거 다 아랑곳할 것 없어.”

선장이는 입을 다물고 숙자 아주머니의 뒤만 따라갔다. 강바람이 시원하였다.

작은 보트의 세는 한 시간에 30전이었다. 둘씩 셋씩 혹은 넷씩 남자끼리 탄 보트, 여자끼리 탄 보트, 남녀가 어울려 탄 보트……. 맑은 강물 위에는 널린 것이 보트였다. 선장이는 오래간만에 배를 타 보게 되어 마음이 한껏 좋았으나 막상 노질을 하려니까 노가 말을 잘 들어주지 않았다. 숙자 아주머니가 의외로운 듯이 “고양이가 밤눈을 못 보잖니? 네가 노질을 못하다니!” 하고 머리를 살래살래 저었다.

“이런 가랫노는 처음인걸요. 우리가 저은 건 모두 서서 젓는 그냥 노였어요.”

선장이가 얼굴이 지지벌개 가지고 일변 발명을 하며 일변 노하고 씨름을 하는 동안에 보트는 흐름을 따라 제멋대로 떠내려가며 이물이 아래로 갔다 고물이 아래로 갔다 하였다. 선장이가 다른 보트의 노 젓는 모양을 곁눈질해 배워 가며 한동안 애를 쓰다가 거의 영감적으로 가랫노 젓는 기교를 터득하였다. 허연 배때기를 물 위에 드러내고 떠내려가는 죽은 고기 같던 보트가 갑자기 살아서 제법 물살을 헤가르며 달리기 시작하였다. 소문난 뱃사공의 아들이 다르긴 달랐다.

"아주머니, 이젠 됐지요?"

선장이가 신이 나서 노를 저으며 기가 좀 우뚝해져 가지고 이렇게 물으니 숙자 아주머니는 "오냐 됐다, 됐어. 조정부에 들어갔으면 우승은 맡아 놓구 하겠다." 하고 웃었다.

"우리 학교엔 조정부가 없는걸요, 시시하게."

박숙자는 말이 없이 강색을 바라보며 생각에 잠겼다. 신혼 당시에 연갑수와 둘이서 뱃놀이하던 때의 정경이 머릿속에 떠오른 것이다. 그때는 이 세상이 황금빛으로 아롱진 것 같았다. 부러운 것이 없었다. 신진 변호사 연갑수는 그녀의 숭배의 대상이었다. 자랑거리였다. 살아서 움직이는 우상이었다. 그러던 것이 지금은? 박숙자는 금석지감을 못 이겨 풀기 없이 고개를 떨어뜨렸다.

철도교를 지나가는 여객열차가 갑자기 고동을 울리는 바람에 박숙자가 놀라서 현실로 돌아왔다. 고개를 들고 "힘들잖니? 천천히 저어." 인자스레 선장이를 염려해 주었다. "염려 마세요, 요까짓 무어 힘들 게 있어요. 씨동이 형님하구 나하군 그전에……." 하고 말을 하다 말고 선장이가 "양씨동이 아시지요, 아주머니?" 하고 물으니 숙자 아주머니는 고개를 갸우뚱하고 "양씨동이? 잘 모르겠는데……. 처음 듣는 이름이다." 하고 대답하였다. 선장이가 흥이 빠져서 "모르면 고만두세요." 하고 말뒤를 거두니 숙자 아주머니는 "왜, 그 무슨 동인가 하는 사람이 어떻게 됐니?" 하고 다우쳐 물었다.

"아니, 아무것두 아니예요."

"싱거운 녀석."

잠시 버성긴 끝에 선장이가 벌써부터 한번 물어보려고 벼르던 말을 물어보았다.

"아주머니, 공산당이란 게 대체 뭐 하는 겁니까?"

여적 갓난애 취급을 해 온 선장이의 입에서 뜻밖의 말이 튀어나오는 데 놀라 숙자 아주머니는 눈이 휘둥그래졌다.

"너 그런 말 뉘게서 들었니?"

"뉘게서 듣기는요. 학교에서 상급생들이 휴식시간에 저희끼리 지껄이는 소릴 들었지요. 듣구두 무슨 뜻인지 몰라서 물어보는 거 아니예요."

"넌 아예 그런 데는 참섭을 할 생각두 말아. 아저씨가 아시면 큰일 난다."

"왜요?"

"왜요는 무슨 왜요! 공산당이란 불한당이야. 경찰에서 알기만 하면 낙자없이 때어 가."

선장이가 반신반의하는 태도로 "그래요?" 하고 고개를 비트니 숙자 아주머니는 흔동하듯이 "그런 말은 다시 입 밖에 내지두 말아. 나까지야 야단맞는다, 괜히." 말하고 다시 뒤를 좀 풀어서 "그저 어른들 하라는 대루만 해, 알았지?" 하고 달래었다. 선장이가 "그렇지만……." 하고 또 무슨 말을 하려고 할 즈음에 하류 쪽에서 불시에 "사람이 빠졌다!", "저런 저런…….", "구명보트, 구명보트를 불러라!" 왁자지껄 떠드는 소리가 들려왔다.

선장이는 들었다 보았다 하고 뱃머리를 급히 돌려 사고 난 현장으로 부리나케 저어 갔다. 그러나 중도에서 엔진 소리를 울리며 쏜살로 쫓아온 구명보트에게 쉽사리 따라잡히고 추월을 당하였다. 구명보트가 전속으로 헤가르며 지나가는 통에 일어난 물결이 선장이가 젓는 보트를 나뭇잎처럼 뒤흔들었다. 선장이가 현장에 당도하였을 때 구명보트

에는 방금 물속에서 건져 낸 듯싶은 호졸곤한 젊은 여자 하나가 죽을
상을 하고 둥그러져 있었다. 그 몰골이 흡사 물에서 건져 낸 닭과 같아
서 볼품이 없었다. 우 모여든 여러 척의 보트들에서 떠드는 소리를 들
으니 남녀 한쌍이 같이 뛰어들었는데 남자는 물속 깊이 가라앉은 모
양으로 아직 찾지를 못했다는 것이다.

"둘이 보트 위에서 띠개비루 허리를 마주 동이구 함께 뛰어드는 걸
내 눈으로 봤는데."

"그럼 자살 아니야?"

"둘이 같이 죽으려구 뛰어들었군, 멀쩡한 미친것들 같으니."

"그런데 기집은 어떻게 가라앉지 않구 떠서 고함을 질렀을까?"

"그야 뻔하지. 갑자기 맘이 변해 죽기가 싫으니까…… 동여맨 띠를
풀어 버리구, 저 혼자 허우적거렸겠지."

"사내는 죽으라구 내버려 두구?"

"물이 막 콧구멍으루 쏟아져 들어오는 판인데 어느 하가에 그런 것
까지 다 생각해."

"내외간인가?"

"저 기집의 옷차림을 좀 보구 말해, 그게 어디 여염집 여편넨가."

"딴은."

"기생 나부랭이가 틀림없군."

"그럼 놈팽이는…… 거덜이 난 오입쟁이겠군그래."

"망할 녀석. 보나 마나 애비, 할애비 모아 놓은 천량을 다 불어먹구
면목이 없으니까 저승길을 택한 게지."

"저 기집의 상통을 좀 보우, 눈에 무에 씌지 않았으면 저런 거한테
반해서 죽자 살자 했을까."

아닌 게 아니라 선장이가 건너다본즉 눈을 감고 누워 있는 그 여자는 화려한 옷차림에 비해 인물은 별로 보잘것이 없었다. 보트놀이를 하다가 의외의 구경거리가 생기는 바람에 말 죽은 데 까마귀 모이듯 한 사람들이 씩둑꺽둑 지껄이는 동안, 물속에 자맥질해 들어갔던 수영복 차림의 구명원이 불쑥 물 위로 솟아오르더니 쏜살로 헤어 와 구명보트의 뱃전을 부여잡았다. 그리고 가쁜 숨을 돌려 가며 배 위의 동료에게 소리를 쳤다.

"그물, 그물, 그물 준비!"

그물로 강바닥을 후리질해 보려는 심산임을 선장이는 선뜻 짐작하였다.

이튿날 각 신문의 3면들은 경쟁적으로 이 사건을 요란하게 다루었다. 그 표제들을 볼라치면,

정사 미수
여자는 살고 남자는 죽고

장안 갑부의 불초자
보람 없이 가산을 탕진하고
죽음의 길을 선택

돈에 울고 사랑에 속고
어리석은 남자 뻔뻔스러운 여자

박숙자는 다 읽은 신문들을 도로 접어 한옆에 밀어 놓고 황홀한 명상

에 잠기었다.

'나를 사랑하는 나머지 정사를 하자는 순정의 미남자가 있다면 그 얼마나 보람찬 인생이랴.'

그러다가 다시 박숙자는 '내가 만일 연갑수하고 정사를 하자면 그 사람은 물에 뛰어들기가 바쁘게 띠를 풀어 버리고 저 혼자 배에 기어오를 거야' 생각하니 한심스러워서 쓴웃음이 절로 나왔다.

학교에 후임 교장이 아직 취임하지 않아 어딘가 모르게 좀 어수선한 공기가 설레는 중에 어디서 누가 발기를 했는지 '재경원산학생동창회'라는 명칭의 모임을 가지게 되었다. 선장이도 숙자 아주머니의 허락을 맡고 회비 50전을 내고 일요일 오전 9시까지 창경원 앞으로 모이라는 통지를 받았다. 선장이가 전차에서 내려 본즉 거기에는 벌써 십여 명의 남학생과 서너 명의 여학생이 따로따로 모여 서서 서성거리고 있었다.

전차가 와 닿을 적마다 서너 사람씩 너덧 사람씩 육속 내려놓는데 모두 모인 뒤에 보니 여학생이 여남은에 남학생이 스무남은, 한 개 소대가 착실하였다. 남녀 전문학교 학생은 모두 해서 대여섯밖에 안 되고 그 나머지는 모두가 크고 작은 중학생들이었다. 미리 약속이 있었던 모양으로 악기를 휴대한 학생이 칠팔 명 잘되는데 그중에서도 자주 치마에 흰 적삼을 입고 바이올린 케이스를 든 한선희의 초초한 자태가 특히 사람들의 이목을 끌었다.

선장이가 공연히 계면쩍은 생각이 들어 우물쭈물 앞으로 나서서 교모를 쓴 채 고개를 한번 끄덕하였더니 선희는 대번에 알아보고 "어머, 이게 누구야? 선장이 아니라구!" 하고 반가와하며 교복 차림의 선장이를 아래위로 한번 훑어보더니 "아주 몰라보게 됐구나." 하고 생글생글 웃었다. 선장이가 여러 사람의 눈이 많이 제 몸에 와 실리는 것 같아서 겨우 한마디 "은희는요?" 하고 물어보니 선희는 "응, 원중에 다녀. 자전거 통학을 한다구 편지 왔어." 하고 알려 주었다. 이때 사각모를 쓴 허우대 큰 전문학교 학생 하나가 가까이 와 가지고 선장이의 얼굴을 면구스럽게 들여다보더니 "네가 언젠가 떼를 써서 자동차를 탔다는 그 아이가 아니냐?" 하고 빙글거렸다. 선장이는 들어갈 쥐구멍이 없어서 성화가 났다. 그 전문학교 학생은 선장이의 그런 눈치를 모르는 것처럼 "우리 아버지한테 다 들었다. 그 자동차부를 경영하는 게 바루 우리 아버지야." 하고 친절스레 주까지 달았다.

사람이 다 오기를 기다려서 단체권으로 입장을 해 가지고 동물원과 식물원 그리고 박물관을 대충 한 바퀴 돌아본 뒤 늦에서 조금 떨어진 잔디밭에 널직널직이 자리들을 잡고 둘러앉았다. 쌀 한 말을 사는데 1원을 내면 거스름돈을 거슬러 주던 세월이라 여기저기 신문지들을 펴고 무더기무더기 노나 놓은 실과, 사이다, 과자붙이가 푸짐하였다.

발기인 겸 주최자인 원산 반도병원집 아들 — 경성의학전문학교 학생이 헛기침을 두어 번 하고 일어서서 동향 친구들의 친목을 도모하기 위하여 이런 모임을 마련한 것이니 서로 낯들을 익히고 사귀고 또 유쾌하게 한때를 같이 즐기자고 개회사 비슷이 인사말을 한 다음에 또 두어 사람이 일어나 무어라고 몇 마디씩 해도 좋고 안 해도 좋을 말들을 한 뒤에 곧 여흥으로 넘어갔다.

요술을 부리는 사람에, 재주를 넘는 사람에, 날짐승, 길짐승의 울음소리를 흉내 내는 사람에, 변사의 입내를 내는 사람에……. 별의별 사람이 다 있는 중에 유흥 기분은 차차로 짙어 갔다.

휘문고보 3학년생 하나와 중앙고보 3학년생 하나가 만돌린 합주를 하는데 그 곡목을 '오버 더 웨이브' 즉 '파도를 넘어서'라고 하였다. 그 멋거리진 선율에 선장이는 넋을 놓았다. 오보에 독주를 한 것은 양정고보 학생이고 하모니카로 '터키행진곡'을 놀랄 만큼 잘 분 것은 선장이네 학교의 낙제꾸러기 상급생이었다(원산서는 아는 사람들은 다 그를 전당포집 아들이라고 불렀다). 그러나 선장이를 황홀한 나머지에 콱 죽어 버리고 싶도록 만든 것은 한선희의 바이올린 독주 — '치고이너바이젠'이었다. 그때까지 선장이는 그런 곡이 지구상에 있는 줄도 몰랐고 또 바이올린이라는 하찮은 깽깽이가 그렇게까지 사람을 매혹하게 하는 줄도 몰랐다. 그리고 한동네에 살아서 잘 아는 여학생 — 동급생의 누이가 그런 놀라운 음악의 여신인 줄은 더욱 몰랐다. 선장이는 열네 살을 먹도록 전연 알지 못하고 살아온 또 하나의 세계가 눈앞에 펼쳐지는 것 같았다. 그윽하면서도 현란한 고전음악의 세계에 눈을 뜬 것이다.

샌드위치로 점심들을 먹고 난 뒤에 끼리끼리 흩어져 놀 때 선장이는 선희와 함께 남국의 정취가 풍기는 듯한 소철 그늘에 와 퍼더앉아 두석 달 못 본 동안에 밀린 이야기를 나누었다. 혼잡한 서울 거리가 딴 세상같이 물 맑고 공기 맑고 또 햇빛까지 맑은 창경원은 그야말로 별천지였다.

"아까 그 연주한 게 무슨 곡이랬지요?"

"치고이너바이젠."

"치고이너바이젠……. 그게 무슨 뜻이요?"

"집시의 노래란 뜻이다. 독일말이야."

"집시? 포장마차를 타구 떠돌아다니는?"

"응."

"그럼 그 곡을 지은 사람두 집시요?"

"아니, 사라사테라는 스페인 출생의 프랑스 작곡가야."

"사라사테."

영원히 그 이름을 머릿속에 새겨 두려고 선장이가 조용히 입속으로 한번 받아 외고 나서 "그래, 그 사람이 지금 살아 있소?" 하고 물으니 선희는 고개를 가로흔들며 "아니, 금세기 초에…… 한 20년 전에 죽었어." 하고 말해 주었다. 선장이가 새삼스레 감개가 그지없는 듯 "그런데 그 곡이 어쩌면 그렇게두 내 이 가슴 깊이 스며드우?" 하고 선희를 쳐다보니 선희는 놀람과 기쁨이 뒤섞인 얼굴로 "그렇게까지?" 하고는 뒷말을 잇지 못하였다. 치고이너바이젠의 격정적인 선율에 놀라 동면에서 깨어난 것 같은 선장이와 첫 우레 같은 선율로 그 눈을 띄워 준 선희가 이때 처음 서로 사이의 공통점을 발견하였다.

선장이는 불현듯 언젠가 이웃에 사는 배꾼 하나가 잔교에 매인 고깃배 위에 퍼더앉아 그물을 손질하며 혼자서 '한오백년'을 부르는 것을 듣고 '아, 나는 조선 사람이다. 갈데없는 조선 사람이다!' 하고 새삼스레 가슴이 벅차오르던 일이 회상되었다. 한편 선희는 여직 철부지, 코흘리개, 배꾼의 아들로만 여겨 왔던 선장이가 자신의 연주 앞에 고상한 정서를 남김없이 드러낸 것을 보고 적이 놀라고 또 감동되었다. 그리고 선장이의 인물을 다시 살펴보다가 그 인물이 저의 사랑하는 동생 은희도 무색할 만큼 잘난 것을 발견하고 새삼스럽게 가슴이 뛰노는 것을 느꼈다.

"그래, 숙자 아주머니가 너를 귀여워하니?"

한동안이 지나서 선희가 상글거리며 말머리를 돌렸다. 선장이는 대답 대신에 하얀 이빨을 드러내며 한번 싱긋 웃었다.

"그 집 내외지간은?"

"동대문과 남대문."

"그 지경 따루따루냐?"

선장이가 그렇다는 뜻으로 고개를 한번 까댁하였다.

"숙자 언니가 정말 불쌍하구나. 그래서 네게다가 정을 붙이구 살아 볼까 하나 보다."

선장이가 다른 말을 꺼내었다.

"우리 김영하 선생한테 한번 가 보잖을라우."

"거긴…… 집두 모르면서……."

"집은 내가 아우. 나 벌써 두 번이나 갔다 왔는데……. 관훈동 69번지, 아주 찾기 쉽소."

"아무려나. 그럼 이따 모임이 끝나거든 우리 한번 가 보자."

"오케이."

선희가 의외로운 듯이 "네가 영어를 해?" 말하고 다시 생각해 보고 깔깔 웃었다.

"선희 씨!"

소리를 앞세우고 사각모를 쓴 의전 학생이 잔디밭 위를 성큼성큼 걸어왔다. 가까이 와 주저앉는 결로 선장이를 가리키며 선희에게 "어떻게 되는 사입니까?" 하고 물었다. "아, 네. 우리 동생의 소학교 동창이예요. 한동네 살았어요."

"오, 그렇구면요. 그런데 선희 씨."

"네?"

"이전(이화전문)에는 크라이슬러의 레코드들이 다 갖추어져 있겠지요?"

"글쎄요…… 어느 정도는 갖추어졌겠지요. 자세힌 몰라요."

"이화전문 음악과…… 얼마나 낭만적입니까, 하하하!"

선장이가 눈치를 보고 슬그머니 일어나 자리를 피하려고 하는 것을 선희가 눈결에 보고 얼른 손을 내밀어 옷자락을 꼭 붙잡았다.

"그대루 앉았어."

선장이가 하릴없이 도로 주저앉으며 의전 학생의 눈치를 한번 흘끗 보고 속으로 생각하였다.

'저 작자가 나를 곧 눈엣가시로 여기겠지. 에라 모르겠다, 죽은 체하고 한옆에 그대로 좀 앉아 있어 보자.'

옵서버처럼 옆에 앉았는 선장이가 거치장거려 반도병원집 아들은 말을 하는 데 몹시 불편을 느끼는 모양이었다. 그래서 수작을 제대로 걸어 보지 못하고 그저 시들한 소리만 하였다.

"정희 씨는 우리 중학교 때…… 선배였지요."

"그렇습니까, 그러세요."

"수재였지요."

"무슨……."

"아니요, 다들 사상가라구 불렀는걸요."

선희는 그저 듣고만 있었다. 반도병원집 아들이 또 무슨 말을 하려고 할 즈음 약방집 아들 곽복덕이가 저쪽 늦가에 서서 "선장아, 어서 이거 좀 와 봐라." 하고 소리치며 오라고 손짓을 하였다. 그리고 같잖게 영어로 "컴 히어, 컴 히어." 하고 재촉을 하였다. 선장이의 엉뎅이가 또다시 들먹이는 것을 선희가 얼른 다시 붙들어 앉혔다. 그러고는 "이리 와요!" 하고 손짓하여 곽복덕이까지 마저 불러다가 제 옆에 앉혔다.

선희가 청의동자를 둘씩이나 거느리고 앉는 바람에 반도병원집 아들은 맥살이 나 몇 마디 더 지껄인 뒤에 어물어물 퇴진을 하고 말았다. 사각모짜리가 꺼져 버려 속이 후련한 김에 선장이가 "이화학교 교장이 미국 여자지요? 루씨학교 교장처럼." 하고 물으니 선희는 "응." 하고 고개를 까댁하였다. 선장이가 다시 "이름이 뭐라더라, 아편하구 무슨 상관이 있는 이름이던데……." 하고 눈을 깜작깜작하니 선희는 우스워서 치마 위로 무릎을 탁 치고 "아편은 무슨 아편이야!" 하고 깔깔 웃으며 "모르핀은 아니구?" 하고 선장이의 이마를 손가락 끝으로 한 번 콕 찔렀다.

"그럼 뭐요?"

"아펜젤러……. 똑똑히 알아 둬, 앨리스 레베카 아펜젤러."

곽복덕이가 옆에서 듣다가 "아펜젤러." 하고 한 번 받아 뇌더니 "그 이름 참 페롭다." 하고 웃었다. 선장이가 웃음의 소리로 "그 교장을 들 그서낼 생각들 안 하우?" 하고 물으니 선희는 "교장두 여자구 학생들두 다 여자구……. 우린 너희들처럼 그런 우악스러운 짓 할 줄 모른다." 하고 웃었다. 선장이가 곽복덕이를 돌아보고 "오, 참. 이따 헤어질 때 우리 김영하 선생을 보러 가는데…… 너두 같이 가잖겠니?" 하고 물으니 곽복덕이는 두말없이 좋다고 동의하였다.

그러나 세 사람이 안국동 종점에서 전차를 내려 관훈동 하숙에를 찾아가니 김영하 선생은 마침 수원으로 출장을 가서 부재중이었다.

23

학기 시험이 끝나면 끝나는 그 시각부터가 곧 방학이므로 학생 승차

할인권(반 할인) 같은 것은 미리미리 학교에서 단체로 수속을 해야 하였다. 넉 달 동안 객지살이를 하고 고향으로 돌아갈 학생들의 마음은 이때부터 벌써 들뜨기 시작하였다. 하숙의 식비도 미리미리 치러 주고 또 고향에 갖고 갈 선물들도 미리미리 장만하고 손모아 두고 하였다. 7월 17일 오후부터 19일 밤중까지, 약 50시간 동안에 경부선, 경의선, 경인선, 경원선, 함경선을 이용하여 서울 안 중학생의 약 70퍼센트가량이 13도에 방방곡곡으로 흩어져 갔다. 그래서 그 길목인 서울역은 수를 헤아릴 수 없이 많은 학생들로 하여 마치 좁은 해협의 썰물 때 같은 장관을 이루군 하는 것이었다.

학생들의 성적표는 추후에 우편으로 부쳐 주는 것이 관례이므로 시험 친 결과는 다들 모르고 떠나게 되는데 개중에는 턱없이 자신만만하여 상투가 국수버섯 솟듯 한 돈키호테형도 있고 또 공연히 마음을 졸이며 미리부터 파김치가 되어 가지고 시름없이 행장을 수습하는 햄릿형도 있었다. 서선장이는 국수버섯파도 아니고 또 파김치파도 아닌 제3파 — 무관심파, 즉 될 대로 되라는 파이므로 마음은 대체로 태평이었다.

선장이가 벌써부터 고향으로 돌아갈 마음이 살 같아서 학기 시험도 건둥반둥하는 것을 보고 박숙자는 무엇을 잃어버린 사람같이 가슴 한 귀퉁이가 비어서 허전한 감을 느꼈다. 그리고 마음씨 무던하고 인정이 깊은 어멈은 선장이가 여러 달 보지 못한 친부모, 친동기와 만나게 되는 것을 제 일같이 기뻐하였다. 그러면서도 또 한편으로는 좀 낙심도 하였다.

"도련님이 가시구 없으면 난 적적해 어떡허지요?"

"마흔 날이야 마흔 날…… . 눈 깜박할 사인데 뭘 그래."

"그래두요."

"내달 29일엔 꼭 돌아와. 꼭 돌아온다니까."

선장이는 어머니, 아버지, 누나, 쌍년이가 보고 싶은 마음과 숙자 아주머니와 어멈을 떼치기 어려운 마음 사이에 끼어서 은근히 안팎곱사 등이 노릇을 하였다.

"네 성적표는 어디다 부치기루 했나?"

숙자 아주머니의 묻는 말을 선장이는 괴이쩍이 "여기다 부치지 어디다 부쳐요." 대답하고 곧 그 묻는 말의 어취를 짐작하고 "아이, 염려 마세요. 내가 아주머니를 조금이라두 홀하게 여길 리 있어요?"하고 위로하니 숙자 아주머니는 말없이 선장이의 손목을 끌어당겨 앞에 가까이 세워 놓고 머리를 쓰다듬어 주었다. 숙자 아주머니는 선장이가 저의 성적표를 원산 본집으로 직접 부치라고 주소를 적어 넣지 않았나 의심을 하였던 것이다.

"성적표가 오거든 내 보구 그날루 곧 부쳐 주마. 그리구 만일 아저씨 가 허락만 하신다면…… 내가 성적표를 가지구 친정 나들이 겸 원산 길을 한번 하겠다."

선장이가 들었다 보았다 하고 손뼉을 치며 "그럼 더욱 좋지요! 나랑 같이 명사십리에 가 해수욕이나 실컷 하십시다." 하고 좋아하였다. 선 장이는 숙자 아주머니가 원산은 와 놓은 거나 다름없다고 생각하였다. 왜냐면 안해가 집에 없어 주기만을 항시 바라는 연갑수가 그 안해를 가지 말라고 붙들 리는 만무하였기 때문에. 그리고 박숙자 자신도 그런 것을 잘 알면서 남편이 자신을 가장 아껴 주는 듯한 환각을 조성하려는 것에 불과하였으므로. 이젠 선장이도 그만한 눈치는 다 아는 터였다. 아이들이란 남의 집 밥을 먹으면 자연 눈치가 빨라지게 마련이었다.

숙자 아주머니는 선장이를 데리고 화신백화점에 가 여름에 입는 하얀 운동복 한 벌과 까만색 수영복 하나를 사 주었다. 어멈은 선장이의 안팎옷들을 다 벗겨다 빨고 풀 먹이고 다려다 입히면서 "아주 새신랑 같으시네요." 하고 그렇잖아도 가는 눈이 더욱 가늘어졌다.

선장이가 밤에 자기 전에 수영복을 꺼내서 한번 입어 보았다. 손바닥만 한 거울에다 이리 비춰 보고 저리 비춰 보고 하느라고, 꼬리에 리본을 달아 놓은 강아지 모양 자꾸 뱅글뱅글 돌았다. 선장이가 난 뒤 처음 수영복이라는 것을 몸에 걸쳐 본 것이다. 송도원이나 명사십리에서 일본 사람들, 서양 사람들이 수영복을 입고 헤엄치고 모래찜질하는 것을 보기는 숱하게 보았어도, 저하고는 인연이 멀던 수영복을 열네 살 되는 해 여름에 선장이가 처음 방 안에서 정가표가 대롱대롱 매달린 채로 입어 본 것이다.

지난해 여름까지만 해도 선장이는 같은 또래들과 함께 조금도 부끄러운 줄 모르고 알몸으로 자지를 드러내 놓고 헤엄치고 자맥질하고 하였다. 그렇게 하는 것을 당연한 일로 알아 왔다. 선장이는 전등불 밑에서 수영복을 입고 대견하여 입이 벌어졌다. 방 한가운데 버티고 서서 미켈란젤로의 '다비드의 대리석상' 같은 포즈를 취하였다. 그 멋들어진 포즈를 사진을 찍어서 전람회에 내놓지 못하는 것이 유감스러울 지경이었다.

17일 밤 9시, 어멈은 굳이 선장이의 바스켓을 빼앗아 들고 전차 정류소까지 따라 나왔다. 선장이가 바스켓을 받아 들고 숙자 아주머니를 따라 전차에 오르면서 "그럼 잘 있수." 인사하니 "도련님 안녕히……." 어멈은 말을 다 마치지 못하고 뒤로 물러나며 손등으로 그 납작한 코를 눌렀다.

조명 휘황한 서울역은 가지각색의 트렁크, 들가방, 책가방, 바스켓을 든 남녀 학생들로 붐비는데 흡사 주가가 폭등한 취인소와도 같이 들썽들썽 활기를 띠었다. 그리고 발차 시간이 가까와서 개찰구들이 메게 밀려 나가 가지고 넓은 층층계를 쏟아져 내려가는 인파는 마치 물꼬를 터놓은 것과도 같았다.

선장이가 막 떠나려는 객차의 승강구에 서서(이때는 아직 승강구에 문이 없었다) 손을 내저으며 "이젠 고만 들어가 보세요, 아주머니." 하고 소리치니 숙자 아주머니는 종시 우물가에 아이 보낸 것 같아서 "덤비지 말구 조심해." 하고 다시 한번 당부하였다. 선장이가 짐짓 웃으면서 "네버 마인드(염려 마세요)." 영어로 안심을 시키니 숙자 아주머니는 한번 히죽 웃고 다시 실심한 얼굴로 손을 내흔들었다. 기차가 떠났다. 배웅하는 사람들 틈에 끼인 숙자 아주머니의 호젓한 모습이 차차로 멀어 갔다. 선장이는 가슴속에서 무엇인가가 꿈틀하는 것을 느꼈다. 붉고 푸른 신호등들이 이리저리 엇갈리는 중에 야행열차는 다음 정거장 — 용산역을 향하고 달렸다.

선장이는 차 안이 혼잡하여 곽복덕이는 차치하고 여느 얼굴 아는 원산 학생들과도 한자리에 앉지 못하였다. 전연 낯모를 큰 여학생들과 3대 1로 한 좌석에 앉아 가게 되어 선장이는 몸가짐이 여간만 어줍지가 않았다. 그렇잖아도 선장이의 마음은 앞에서 어머니, 아버지, 누나, 쌍년이가 자석처럼 끌어당기고 또 뒤에서는 어멈과 숙자 아주머니가 고무줄처럼 잡아당기는 바람에 몹시 언짢은 판이었다.

통로 건너편 좌석에 앉은 양복 차림의 새파랗게 젊은 일본 사람 하나가 위생복 입은 열차원에게 좌석에 앉은 채로 기대어 잘 수 있는, 구조가 복잡한 기차 베개를 세내는데 그 열차원은 같은 일본 사람이라고 해서 그런지 대단히 친절하게 기차 베개를 갖다가 등받이에 걸어 주고 또 사용하는 방법을 자상히 가르쳐 줄 뿐 아니라 시중까지 아주 세심하게 들어 주었다. 그 사용료가 "30전입니다." 하는 소리를 듣고 선장이는 불현듯 전에 누나가 온종일 자갈추기를 하고 품삯 45전 ― 그나마 물건을 사려고 십일조를 떼는 ― 전표로 받아 가지고 오던 일이 머릿속에 떠올랐다.

앞에와 옆에 앉은 여학생들이 저희끼리 도란도란 무슨 이야기를 하고 있는데 개밥에 도토리인지, 꾸어다 놓은 보릿자루인지 혼자 멀거니 앉았기가 열적고 계면쩍어 선장이는 '에라 모르겠다. 잠이나 자자.' 하고 등받이에 등을 척 붙이고 또 팔걸이에 한 팔을 턱 건 다음 지그시 눈을 감고 잠을 청하였다.

그러나 전후좌우에서 웃고 지껄이는 소리가 쉴 새 없이 귓속으로 흘러들어 잠은커녕 잠의 동고조팔촌도 오지 않았다. 그래도 자는 체하고 있으려니까 한동안 지나서 세 여학생은,

"우리 심심한데 슈베르트의 '아베 마리아'나 한번 어울려 보까?"

"아니, 그보다두 마스네의 '엘레지'가 더 낫잖아?"

"그래그래, 엘레지."

"좋아, 그럼."

"허밍으로 할까?"

"허밍…… 좋겠지."

이와 같이 소곤소곤하더니 이내 허밍 즉 입을 다물고 코로 노래를 부르는 창법으로 나직이 여성중창을 하였다.

셋 중의 하나는 유하면서도 둥근 말이 나는 알토이고 나머지 둘은

소프라노인데 그 목소리들이 흡사 이른 봄에 하늘 높이 날아오른 종다리들의 지저귀는 소리와도 같았다. 듣는 사람의 애를 끊는 그 애연한 노랫소리에 선장이는 까닭 없는 회심이 들어 감고 있는 눈속이 뜨거워졌다. 가사 없는 노랫소리가 꺼지듯 사라지듯 끝이 났을 때 선장이는 눈을 감은 채 '하늘이 굽어살펴 나를 이런 선녀들 틈에 갖다 앉힌 것을 공연히 맞갖잖아 했구나' 하고 한편으로는 뉘우치고 또 한편으로는 다행하게 여겼다.

선장이가 눈을 감은 채 노래가 더 나와 주기를 바랐으나 노래는 그것으로 그만 끝이 난 모양으로 또다시 소곤소곤 지껄이는 소리가 들렸다.

"영식이만 하지?" 하는 것은 맞은편 좌석 차창 밑에 앉았는 소프라노였다. "응." 대답하는 것은 선장이 바로 옆에 앉은 알토요, "영식이가 누구니?" 몰라서 묻는 것은 정면에 앉은 소프라노였다.

"우리 동생이야."

"몇 살인데?"

"열네 살."

'이런 제기, 내가 화제에 오르는 모양 아닌가.'

선장이가 난당하여 속으로 왼새끼를 꼬았다.

"귀염성스럽게 생겼지?"

"쉬, 들을라!"

"들으면 어때?"

"숙녀의 에티켓(예의)…… 몰라? 얘두."

한동안 잠잠하다가 정면에 앉은 소프라노가 좌석에서 일어서는 기척이 있더니 이어 선반에서 무엇을 들어 내리는 듯 버스럭 소리가 났다. 불시에 무엇이 와르르 쏟아지는 바람에 선장이가 놀라서 감았던 눈을 번쩍 떠 보니, 사과 벼락…… 난데없는 올사과 벼락이었다. 정면의 소프라노가 바스켓을 들어 내리다가 제대로 잠기지 않은 뚜껑이 펄떡 열리면서 그 속의 올사과들이 앞을 다투어 지구의 인력에 호응을 한 것이다. 소프라노는 부끄러워 얼굴이 금세로 홍당무가 되어 가지고 어찌할 바를 몰랐다. 선장이가 엉겁결에 벌떡 일어섰다가 얼른 다시 허리를 구푸리고 통로로 좌석 밑으로 산지사방 굴러나는 올사과들을 부지런히 따라잡고 주워 모으고 하였다.

"이키, 이게 웬 사과야?"

"원, 이런!"

"예까지 굴러왔네!"

"거기두 있소, 그 발밑에두."

이렇게 호들갑을 떠는 소리와 낄낄거리는 소리를 귀로 들어가며 선장이는 주워 모은 사과들을 도로 다 당황망조한 소프라노의 바스켓에 담아 주고 제자리에 와 앉았다. 앉은 뒤에 한번 둘러보니 전후좌우에서 구경하는 눈들이 모두 저의 몸과 가르마가 앞으로 보이도록 얼굴을 웃깃에 파묻은 사과 임자 — 소프라노에게 쏠리었다.

그러나 열차가 계속 달려 어느 자그마한 정거장 하나를 지났을 때 차 안의 분위기는 어느새 상태를 회복하였다. 쟁을 친 바스켓 임자가 그제야 살며시 고개를 들고 선장이를 쳐다보고 방그레 웃었다. 그리고 바스켓에서 그중 큰 올사과 한 개를 골라 쥐더니 곧 접칼을 꺼내 껍질을 벗기는데 돌려 벗기는 껍질이 동강이 나지 않고 구불구불 그대로 드리웠다. 다 벗긴 다음에 두 손가락으로 꼭지를 집어 들어 대롱대롱하는 사과를 선장이 앞에 내밀었다. 선장이는 주눅이 들어서 대번에 얼굴이 지지벌게졌다. 감히 받지도 못하고 또 감히 안 받지도 못하고 참으로 난처해 죽을 지경이었다.

옆에 앉은 알토가 웃으며 "어서!" 하고 받기를 조이고 또 비슷맞은 편의 소프라노도 상글거리며 얼른 받으라고 손짓으로 격려하는 바람에 선장이는 마지못해 손을 내밀었다. 두 소프라노와 한 알토는 접칼 하나를 서로 돌려 가며 사과들을 벗겨 먹으면서 질의문답 쉼직하게 엇갈아 가며 캐어물었다. 호기심을 가지고 선장이의 이름을 묻고 나이를 묻고 또 집을 물은 다음에 차창 밑에 앉은 소프라노가 "형님 있소?" 하고 물어서 선장이는 고개를 가로흔들었다.

"그럼 동생은?"

선장이가 또 고개를 가로흔들었다.

"그럼 누나는?"

"누난 있습니다."

"나이 퍽 위요?"

"스무 살이든지 스물한 살이든지…… 잊어 먹었습니다."

고지식한 선장이의 열적어 하는 모습을 보고 세 여학생이 서로 돌아보며 한바탕 웃고 난 뒤에 이번에는 알토가 물었다.

"누나 시집갔소?"

"아니."

"학교 다니오?"

"아니."

"그럼 뭐 하오?"

선장이가 대답을 안 하고 두 눈만 깜작깜작하는 것을 보고 요량 있는 알토가 넌지시 말머리를 돌렸다.

"그래, 서울서는…… 하숙을 정했소?"

"아니."

"그럼?"

"아주머니 집에 있습니다."

"오, 그래……. 아주머닌 무얼 하오?"

"아무것도 안 합니다."

"그럼 아저씨는?"

"변호사."

"변호사? 성함을 어떻게 쓰시는데?"

"연갑수."

세 여학생이 서로 돌아보다가 쟁을 친 여학생이 피뜩 떠오른 듯 "오, 있어 있어…… 생각나." 말하고 곧 선장이를 돌아보며 "견지동…… 그렇지?" 면바로 짚어서 선장이는 맞았다는 뜻으로 고개를 까댁였다.

이때 손에 펀치를 든 일본인 차장이 조선인 열차원 두 사람을 거느리고 출입문 안에 들어와 서서 "승객 여러분, 이제부터 검찰을 시작하겠습니다. 승차권을 준비해 주십시오." 하고 알리며 곧 검찰을 시작해 3대 1의 질의문답은 자연히 뒷전이 되었다. 검찰을 할 때에야 비로소 선장이는 알토와 비슷맞은편의 소프라노는 함흥까지 가고 그리고 쟁을 친 소프라노는 안변서 하차한다는 것을 알게 되었다. 검찰이 다 끝나자 갑자기 차내의 조명들이 희미해졌다. 이젠 고만 지껄이고 잠들이나 자라는 뜻이다.

선장이가 고단해 어느 틈에 잠이 들었다. 처음에는 꼿꼿이 앉아 자다가 나중에는 저도 모르는 사이에 윗몸이 실그러졌다. 알토의 어깨에 머리를 기대고 곤히 자다가 기차가 어느 역에 섰다가 왈칵 떠나는 바람에 잠이 깨어 눈을 번쩍 떠 보니 '아, 이런 실례가 또 어디 있을까!' 선장이가 깜짝 놀라 얼른 몸을 일으켜서 꼿꼿이 앉으며 죄송해 몸 둘 바를 몰라 하니 알토는 누님다운 자애로 빙그레 웃으며 선장이의 목을 그러당겨 다시 제 어깨를 베워 주었다.

"어서 그냥 자요."

어둠을 뚫고 달리던 기관차가 힘차게 기적을 울렸다. 굴을 지나려나 철교를 건느려나. 아니면 어느 정거장의 신호등이 바라보이나.

석왕사를 오니 벌써 날이 환히 밝았다. 안변서 하차할 소프라노가 내릴 마음이 급하여 미리부터 행구를 주섬주섬 손모아 놓고 또 머리를 쓰다듬는 것을 보고 선장이는 까닭도 없이 아수함을 느꼈다. 저도 따라 내리고 싶은 야릇한 충동까지 느꼈다.

"집에서 마중들 나왔겠지?"

"나왔을 거야. 그럼 잘들 가."

"편지할 거 잊지 말아."

"응, 너희들두."

선장이가 얼른 일어나 승강구까지 짐을 들어다 주니 안변 소프라노는 홈에 내려서서 선장이를 쳐다보며 상냥하게 "고마와요, 그럼 우리 또 만나요. 안녕." 하고 상끗 웃었다. 그 여학생은 간밤에 물어보아서 선장이의 이름을 알지마는 선장이는 그 여학생의 이름을 알지 못했다.

선장이가 좌석에를 돌아와 본즉 마침 거기서는 안변역에서 막 차에 오른 점잖게 생긴 서양인 신부 하나가 제법 알아들을 만한 조선말로 함흥 소프라노에게 말을 묻는 중이었다.

"이 자리에 앉아두 좋습니까?"

"네, 좋습니다. 어서 앉으세요."

"아, 고맙습니다. 아가씨."

선장이 서양 신부하고 마주 앉아 가게 되는 것이 신기하여 눈알이 파란 얼굴과 목에 걸린 은십자가를 유심히 바라보니 신부가 눈치를 차리고 "학생, 어디 갑니까?" 부드러운 바리톤으로 붙임성 좋게 말을 걸어왔다.

"원산…… 원산 갑니다."

"오, 그렇습니까. 원산…… 이제 세 정거장."

신부가 손가락 셋을 내들어 보이고 다시 그 손을 저의 가슴에 얹으면서 "나는 덕원 갑니다." 하고 한마디 덧붙였다. 그 붙임성 좋은 데 끌리어 옆에 앉았던 알토가 호기심을 숨기지 않고 스스럼없이 "그럼 신부님은 독일분이 아니십니까?" 하고 물으니 신부는 대번에 희색이 만면해지며 "맞습니다, 맞습니다……. 도이취 도이취, 맞습니다." 하고 고개를 크게 끄덕였다.

원산서 북으로 한 정거장 떨어진 덕원에 독일 사람들이 세운 규모가 굉장히 큰 성당 ― 천주당이 있는 것을 다들 잘 아는 터였다. 선장이는 속으로 '오, 독일말로는 독일이 도이취로구나' 생각하고 독일말을 한마디 얻어 배운 데 적잖이 만족감을 느꼈다. 이윽고 신부는 두 눈을 지그시 감고 기도를 하는지 명상을 하는지 조각상처럼 고요히 움직이지 않았다. 선장이는 그 엄숙한, 성스러워까지 보이는 얼굴을 바라보는 동안에 저도 모르게 마음이 숙연해지고 또 경건해지는 것을 느꼈다.

원산이 시시각각 가까와 왔다. 선장이는 두 함흥 여학생과 특히는 옆에 앉은 알토와 갈라질 일을 생각하니 난감하였다. 무작정 함흥까지 따라가고 싶은 마음까지 났다. 그러나 막상 차가 원산역에 와 닿아 미리 선반에서 내려놓았던 바스켓을 들고 일어서는데 두 여학생이 "그럼 잘 가요.", "우리 또 만나요." 다정하게 작별인사를 할 때는 선장이는 인사말 한마디도 변변히 못 하고 우물쭈물 차를 내려 버렸다. 목이 꽉 메어서 말이 나와 주지를 않은 것이다. 그리고 보니 소년 서선장이는 다정다감한 사내 꼬부랑이였다.

선장이는 개찰구를 나서서야 어려운 고비를 넘어선 것 같은 안도감에 숨이 후 나가며 어깨가 거뜬해졌다. 누가 등 뒤에서 가방 같은 것으로 넙적다리를 툭 건드려 "너 어느 칸에 탔었니?" 하고 물어서 선장이가 돌아보니 양손에 들가방과 바스켓을 하나씩 갈라 들고 또 어깨에 멜가방까지 멘 곽복덕이의 잠이 부족한 얼굴이 바로 뒤에 있었다.

"도붓장사를 할라니! 웬 짐이 그리두 많으냐?"

"제기, 누가 아니! 짐이 많아서 싫단데두 자꾸 가져가라 가져가라……. 성가셔 죽겠다."

"누가?"

"누군 누구야, 우리 그 아저씨하구 아주머니지."

"쩔쩔매지 말구 하나 이리 내라, 내 좀 들어다 주마."

전에는 대단한 건물로 보이던 원산역이 선장이 눈에 별나게 납작한 게 볼품이 없어 보였다. 괴이스레 여기며 다시 역전 광장 둘레의 건물들을 둘러보니 역시 모두 납작납작한 무슨 궤짝 같은 게 답답하고 초라해 보였다.

"야, 저 집들이 왜 저렇게 모두 키가 줄어들었냐?"

"딴은 그렇구나."

"이게 우리가 살던 그 원산 맞아?"

곽복덕이가 한참 만에 "아마 우리가 서울서 그동안 우뚝우뚝한 층집들만 보다 와서 그런가 보다." 하고 자기 의사껏 해석을 하였다. 선장이가 "꼴이 아마 그런가 보다." 하고 깔깔 웃으니 곽복덕이도 하하 따라 웃었다.

"우리가 반지빠르게 눈들이 높아진 모양이다."

"이러니 왜 서울 놈들이 시골 놈을 깔보지 않겠니."

"그럼 우린 시골 놈이야, 서울 놈이야?"

"우리는 반지기다, 반지기…… 반지기 서울 놈."

"반지기 서울 놈, 하하!"

"하하!"

난생처음 고향을 멀리하였다가 오래간만에 다시 그 고향 땅을 밟아 보는 두 소년은 술 한잔씩 마시기나 한 것처럼 기분들이 들떴다. 도대체 고향이란 무엇이길래 이토록 사람들의 마음을 취하게 만들까.

선장이가 곽복덕이네 약방 앞까지 무엇이 들었는지 보기보다 묵직한 하나를 들어다 준 뒤에 혼자 덜렁덜렁 집을 찾아오다가 곱사등이네 구멍가게 앞을 지나게 되었다. 앙증한 오뚝이같이 생긴 곱사등이가 키가 저만큼이나 큰 마당비를 들고 가게 앞의 길을 쓰는 것을 보고 선장이가 인사성으로 교모를 쓴 채 고개를 한번 꾸뻑하였더니 곱사등이는 비질을 멈추고 "누군가?" 선장이의 얼굴을 물끄러미 쳐다보았다. 금장이 달린 고구라 양복을 입고 흰 줄이 둘린 교모를 쓰고 또 반들반들한 편상화를 신고 그리고 손에다 신품의 바스켓을 든 서울 학생이 뜻밖에 인사를 하는 바람에 곱사등이는 좀 어리둥절한 모양이었다.

"나 선장이요. 선장이를 몰라보시우? 선장이."

"선장이라니…… 서 서방네?"

"인제 옳게 아셨소."

"아니, 네가 서 서방네 그 말썽쟁이란 말이냐? 어디 좀 다시 보자.

오, 참말 틀림없는 그 녀석이루구나. 언제는 심술루 우리 집에다 죽은 뱀을 들이뜨리던 놈이 오늘은 무슨 바람이 불어서 격에 맞잖게 그렇게 쭉 빼구 돌아다니느냐, 덜된 녀석 같으니라구.”

곱사등이의 유별난 환영사를 등 뒤에 들으며 선장이는 부지런히 걸어서 오매에도 그립던 자기 집 앞에 와 섰다. 축축한 염분을 실은 무거운 바닷바람이 흐뭇한 해초 냄새를 풍기며 얼굴에 와 부딪쳤다. 이 얼마나 몸에 익고 또 몸에 밴 감촉이냐!

선장이가 유난히 작고 허술해 보이는, 게딱지 같은 집의 괴괴히 지쳐 있는 사립짝을 살그머니 열었다. 어머니에게 ‘깜짝이야’를 하려고 살금살금 색시걸음을 걸어 마당 안으로 들어왔다. 어디서 난 네눈박이 강아지 한 마리가 토방에 엎드렸다가 놀라서 뛰어 일어나며 그 주제에 또 집을 지킨답시고 같잖게 캥캥 짖어 대며 자꾸 뒷걸음질을 쳤다. 어머니도 일을 나간 모양으로 집은 비어 있었다. 선장이가 생각해 보니 삼복지경 ― 고등어 절이기에 한창들 바쁜 때였다. 바닷가 주민들은 고양이 손도 빌어 쓸 계절이었다.

선장이가 저 없는 동안에 이 집 식구가 된 것으로 짐작이 드는 강아지부터 우선 손아귀에 넣으려고 부지런히 바스켓 뚜껑을 열고 먹다 남은 과자 부스러기를 꺼내었다. 집지킴 쳇것을 하던 강아지란 놈은 대번에 짖는 것을 걷어치우고 유심히 선장이의 손끝을 지켜보았다. 고개를 갸우뚱거리며 ‘대체 무얼까?’ 연구를 하였다. 선장이가 과자 맛을 보이고 누워서 떡 먹기로 단 5분도 채 못 걸려 그놈을 고분고분 말 잘 듣는 졸개로 만들었다. 고놈이 재롱 부리는 것을 들여다보고 있을 즈음에 바다 쪽에서 목이 갈린 것 같은 낮은 뱃고동 소리가 들려왔다. 떠나는 배인가 들어오는 배인가?

316

24

쌍년이가 장을 보러 나왔다가 다래끼에 무슨 찬거리를 그들먹이 사이고 치맛바람이 나게 걸어오는 정실이와 마주쳤다.

"언제 봐두 바쁘구나 넌."

"손님들이 오셨으니까 점심을 해 내가야지, 어떡허니."

"선장이 잘 있다던?"

"응, 내 이따 가께……. 괜찮겠니?"

"와라, 영감태기는 큰마나님 모시구 일본 큰댁에 다니러 갔다. 덕분에 나두 한 두어 달 신역이 좀 편해지는 모양이다."

"그럼 내 가께, 할 말이 많다."

"기다리마."

석후에 느지막이 정실이가 놀러 와서 방 안의 불은 꺼 버리고 시원한 마루 끝에들 걸터앉아 말을 주고받았다.

"선장인 내달 중순께 방학을 한다구 편지 왔다."

"그럼 이젠 한 달두 못 남았구나."

"응."

"내 말은 없구?"

"왜 없어, 탕약에 감초지! 네 말이 빠지겠니. 문안을 드렸더라."

"그러면 그렇겠지."

"방학에 내려오면 네게부터 쫓아올 게다."

"한번 보자, 어떻게 변했나."

약한 밤바람이 단조롭고 안온한 파도 소리를 실어 왔다.

"선희 오빠 혼삿말이 있다더니…… 어떻게 됐니?"

"탈 났어."

"탈이 나다니…… 왜?"

"진흥상회 너 알지? 그 진흥상회 송 회장네 막내딸하구 말이 있었는데……."

"그 집 막내딸이 혜경이지……. 이쁘게 생겼더라. 그렇지만 좀 건방지잖아? 제가 젠척."

"교육을 받았으니까 그렇겠지, 고등여학교 출신인데."

"고등여학교를 나오면 다 그렇게 저 잘난 체해야 하니?"

"그 집 언니들은 다 안 그렇다더라."

"그러게 말이지."

"이번에 도련님의 일을 무사타첩이 되도록 힘을 써 준 게 바루 그 송회장이야. 송 회장이 부(市)의 무슨 의원이라서 그의 말이라면 경찰에서두 무시는 못 한대. 그런데 그 송 회장이 젊어서 댁 영감마님의 덕을 본 일이 있었다나 봐. 그런데다가 한 진사 댁 장손을 사위루 삼을 욕심까지 겹쳐서 발 벗구 나섰던 거래."

"그러게 내 뭐라던, 가재는 게 편이라구……. 부잣집 자식은 경찰에서두 달리 취급한다구, 내 말하잖던. 송 회장이 아무리 세력이 있어두 가난한 집 아들 같으면 빼내 놓기가 어려웠을 거야."

"그야 물론 그렇겠지."

"그런데 탈은 무슨 탈이 났단 말이냐?"

"글쎄 마님이 사람을 내세워 알아볼 것 다 알아보구 또 운까지 떼구 나서 송혜경이 말을 꺼내니까 도리머리를 흔들더라지 뭐냐."

"도리머리를 누가 흔들어?"

"누구는 누구여, 도련님이지."

"아니, 왜?"

"싫다는 거지. 죽어두 싫단대. 그러니 탈 아니야."

"그거 참 괴상하구나. 서루 대면들은 했을 테지?"

"대면이 다 뭐야. 서루를 잘 아는 사이라는데."

"그런데 왜 그럴까?"

"모르지, 더 속내야. 아무튼 그 말만 꺼내면 질색을 하니까 마님두 인젠 더 세우지는 못하셔."

"그래 한 진사는 간참 않구 가만있어?"

"왜 간참을 안 하시겠니. 중간에 끼어서 마님만 죽어나시지."

"흥, 그러구 보니 아닌 게 아니라 탈 났구나."

"천상배필인데 거참, 까닭을 모르겠다구 다들 머리를 흔들지 뭐냐."

"아마 무슨 살이 끼었나 보다. 살풀이나 한번 해 보라지."

"넌 못 하는 소리가 다 없구나."

씩둑꺽둑 지껄이다 보니 사금을 뿌린 듯한 뭇별들이 은하수 한복판으로 흘러내리는 중천에 큰 귤 쪽 같은 이지러진 달이 떠 있었다.

"그래 만주서는 무슨 소식이 없니?"

"소식은 있다. 그렇지만 네 눈으로 한번 좀 봐라. 방으루 들어가자."

쌍년이가 앞서 들어와 전등불을 켜 놓고 곧 옷장 서랍을 뒤져서 꺼내 주는 편지를 받아 들고 피봉을 보니 편지를 부친 곳은 중국 봉천으로 되어 있었다. 그런데 그 내용인즉 세상에 짝이 없을 단마디명창이었다.

　　무사하오. 변함없소. 기다리시오.

씨동이의 편지는 고대 로마의 명장 카이사르의 보고문 ─ "왔노라.

보았노라. 이겼노라."에 비길 만한 명문장이었다. 그렇건만 바닷가 생장의 천식인 두 여자는 못내 부족해하고 또 아수해하는 것이었다.

"이거 전보 아니야?" 하고 정실이가 어이없는 웃음을 웃으니 쌍년이는 애모쁘고 야속하여 "글자가 많으면 우표를 더 붙여야 하는 줄 아는 모양이지?" 하고 비꼬아 말한 뒤 "촌놈!" 하고 내뱉듯이 한마디 욕을 하였다.

"그래두 편지가 왔으니 다행이다. 인젠 맘만은 졸이지 않아두 되잖니."

"누가 아니…… 거기라구 일본 놈들이 없으란 법 있니."

"외국이라며?"

"외국이라두 일본 놈들은 속속들이 안 들어가 박힌 데가 없다더라."

"그놈들이 정말 불개미 떼 같구나."

"누가 아니라니."

이 무렵 한 진사 댁 대청에서는 한정희 모자가 단둘이서 받고차기로 수작을 하고 있었다.

"대관절 어디가 맘에 안 들어 싫다는 거냐? 그 맘 안 드는 데를 이 에미두 좀 들어서 알자꾸나. 그만한 규수가 지금 어디 흔하냐, 인물루 보나 학식으루 보나 지체루 보나……."

"누가 맘에 안 든다구 했습니까, 그저 맘이 쏠리지 않는다구 했지."

"네 말대루 맘이 안 쏠린다구 하자. 안 쏠리면 그럼 안 쏠리는 무슨 까닭이 있을 테지?"

"까닭은 무슨 까닭이예요. 그저 맘이 쏠리지 않는단 말이지요."

"그럼 넌 대체 할아버지를 어떻게 아느냐?"

"어떻게 알다니요?"

"당초에 할아버지께서 말씀이 계시지 않았다면 내가 나서서 주선두 하지를 않았을 게다. 그러니 이번 일은 내 자의루 한 일이 아니란 말이다. 알겠느냐? 그런데 너는……."

"어머니, 혼인이란 일생의 대사가 아닙니까. 그런 대사를 어떻게 어른들의 생각 하나루만 정할 수가 있습니까. 맘에 없는 혼인을 하는 게 효도란 말씀입니까. 그런 혼인은 가정의 비극이예요. 불행밖에 더 가져올 게 없단 말이예요, 어머니."

"그렇지만 송 회장이 이번에 발 벗구 나서서 네 일에 힘을 써 준 것두 다 그 때문이 아니냐. 이 일이 틀어지는 날이면 할아버지나 내가 다 무슨 낯으루 송 회장을 대하겠니? 너 생각 좀 해 봐라. 숱한 사람이 유치장에서 맞아서 병신이 되구 징역살이를 하구 하는 판에 무사히 풀려났다는 게 이게 하늘 같은 은혜가 아니구 뭐냐! 사람이면 은혜란 걸 알아야지야. 그러구 또 그런 실업계를 주름잡는 실력가하구 인척 관계를 맺어서 후에 해로울 게 있느냐. 혹여 색시 어디 흠이나 있다면 또 모르까…… 자색이 아름답기루 소문이 나서 지금 원산 안대가들에선 그 색시를 며느리 삼아 보려구 다들……."

"이젠 고만하세요, 어머니. 잘 알았에요."

"잘 알았다니…… 맘을 돌렸단 말이냐?"

"누가 그 말이예요?"

"그럼 무슨 말이냐?"

"글쎄 이 일만큼은 죽어두 순종을 할 수가 없으니…… 그리들 아시란 말씀이예요. 벌써 몇 번 말씀드렸습니까."

"그예 이 에미가 속이 타 죽는 걸 보구야 속이 시원하겠느냐?"

"아이구, 참 어머니두."

"너 같은 녀석은 눈앞에 보구두 싶지 않다, 썩 물러가거라."

"어머니, 화부터 내지 마시구 제 말씀을 좀 들어주세요. 전 벌써 맘속에 정해 놓은 여자가 있습니다. 그러니 어떻게 또 얻습니까? 색시를 둘씩 얻는단 법은 없지 않습니까."

"아니 벌써 정해 놓은 여자가 있어, 그게 대체 누구냐?"

"차차 아시게 될 겝니다."

"차차 언제, 이 에미가 성말라 죽는 걸 보구 싶으냐? 어서 말해라, 들어 보자."

"차차 말씀드리지요."

"지금 당장 말을 하란데두!"

"그렇다면 좋습니다. 말씀을 드리겠습니다."

"어디 사는 누구냐?"

"정실입니다."

"정실이……라니?"

"아, 우리 집에 있는 정실이를 모르세요?"

"무엇이 어째, 우리 집에 있는 정실이?"

"네, 그렇습니다."

"아니, 너 정신이 나가잖았니? 한 진사 댁 장손이 심부름하는 계집아이를? 그게 될 법이나 한 소리냐?"

"사람은 다 같거든요. 다 마찬가지란 말이예요."

"지체두 생각 않구, 남 부끄러운 줄도 모르구……. 할아버지가 아시는 날이면 생야단을 만날 것두 모르느냐?"

"할아버지가 그렇게 몰이해한 분이라구 전 생각지 않습니다."

"그 기집애를 여적 숫보기루만 알았더니…… 세상에 요망스런 불여

우구나."

"개가 무슨 죄가 있습니까? 아직 아무것두 모르구 있는데!"

"두둔 말아! 그 구미여우가 꼬리를 안 쳤으면 이런 망측스런 일이 생겼을 리 있냐?"

"애매한 사람을 의심하면 죄를 받습니다. 어머니두 그만한 딸자식을 두시잖았습니까? 선희를요."

"듣기 싫다! 썩 물러가란데두."

화가 꼭뒤까지 치민 마님이 밤새껏 가지가지 궁리를 다한 끝에 마침내 한 꾀를 생각해 내었다. 이튿날 아침때가 지난 뒤에 정실이를 안방으로 불러들였다. 그리고 여태까지 예사 심부름하는 계집아이로만 알고 심상히 보아 온 정실이의 용모를 다시 살펴보고 속으로 적이 놀랐다. 들에 핀 찔레꽃같이 고우면서도 싱싱한, 화장이라는 것을 통 모르고 사는 얼굴에서 흑산호 같은 두 눈이 야생적으로 반짝반짝하였기 때문이다. 마님은 속으로 '이런 것이 내 아들의 마음을 끌지 않았다면 도리어 괴상하지. 내가 왜 진작 그 눈치를 채지 못했을까!' 이와 같이 차탄을 마지않았다.

그러나 마님의 눈에 한낱 배꾼의 딸 정실이는 구경은 갈데없는 상것이었다. 백로는 까마귀와 짝을 짓지 못하는 법이었다. 마님은 미리 써서 봉을 단단히 한 편지 한 통을 정실이에게 건네주며 "너 이 편지 이모님 댁에 좀 갖다 전해라. 알지, 동양양주소?" 하고 말을 일렀다.

"네."

"그러구 가거든 이모님 하라는 대루만 해, 알았느냐?"

"네."

"사랑엔 들르지를 말구 곧장 가거라."

"네, 알았에요."

영문 모르는 정실이가 마님이 시키는 대로 봉을 단단히 한 편지를 받아 들고 지체 없이 중문을 나서고 또 바쁜 걸음으로 대문을 나섰다. 마님의 여동생 즉 한정희 이모의 남편이 경영하는 동양양주소에는 늘 심부름을 다녀 보아서 잘 아는 터였다.

정실이를 보내 놓고 한 식경쯤 지나서 마님은 다시 동자치를 불러다가 분부하였다.

"자네 조용히 정실이의 옷가지, 이부자리 다 꾸려서 동양양주소 이모님 댁에 좀 이어다 주구 오게."

"네?"

동자치가 어리둥절해하는 것을 보고 마님은 다시 분부하였다.

"네는 무슨 네야? 얼른 이어다 주구 오라는데!"

"네네, 알았습니다. 마님."

"도련님이나 누구한테 눈치채지 않게 해…… 괜시리."

"네. 염려 맙시오, 마님."

이날 낮에 한정희가 왜관에 볼일이 있어 올라갔다가 다저녁때 돌아 왔는데 여느 때 없이 사랑에 저녁상을 내온 것이 정실이가 아니고 동 자치였다. 한정희는 속으로 아마 어디 심부름을 보내서 집에 없겠거 니쯤 심상히 지내보내었다. 그런데 이튿날 아침에 조반상을 내온 것 을 보니 또 그 동자치였다. 한정희가 적이 괴이스레 여기기는 하면서 도 수양 있는 사람이라 평소의 안상한 태도를 변하지 않고 "정실인 어 디…… 갔소?" 하고 상가롭게 물어보았다. 그렇잖아도 조마조마해하 던 동자치가 선뜻 대답을 못 하고 우물우물하는 것을 보고 한정희는 비로소 딴 의심이 들어서 동자치의 얼굴을 빤히 보다가 "왜, 무슨 일이 있었소?”하고 다우쳐 물었다.

“녜, 저…….”

“저 뭐?”

“저…….”

동자치는 홀지에 울상을 지으며 허리를 한번 굽실하고 “지가 말씀 드린 걸 마님께서 아시면…….” 하다가 뒷말을 삼켜 버리고 한정희의 얼굴만 쳐다보았다.

“괜찮소. 맘 놓구 말하우, 뒷일은 다 내가 감당할 테니.”

“저, 어제 아침 후에 마님께서 편지를 주어서 이모님 댁으루 보냈에 요. 옷가지랑 이부자리랑은 나중에 지가 다 이어다 주구 온걸입쇼.”

“이젠 잘 알았소. 안에 들어가거든 아무 소리 말구 가만있수.”

“녜.”

“정실이네 집에선 이 일을 아직 모를 테지?”

“그러면입쇼.”

한정희가 아침을 먹는지 마는지 하고 상을 물린 뒤에 부지런히 외출 복을 갈아입고 집을 나와 급한 걸음으로 동양양주소를 향하고 올라오 다가 자동차부 앞을 지나게 되었다. 몇 걸음 그대로 지나쳤다가 생각 을 고쳐먹고 되돌아와 택시 한 대를 잡아탔다.

“어디루 모실깝쇼?”

운전사의 묻는 말을 “동양양주소.” 한정희가 대답하니 “녜?” 하고 운 전사는 눈이 휘둥그래졌다. 자동차부에서 동양양주소는 엎어지면 코 가 닿을 만한 거리라기보다는 엎어지면 턱이 닿을 만한 거리였다. 한 정희가 깨닫고 곧 다시 “아니, 거기 가 사람을 하나 태워 가지구 갈라 구.” 하고 설명을 하니 “아, 녜.” 하고 운전사는 곧 차에다 발동을 걸었다. 한정희가 속으로 얼뜬 운전사를 미처 비웃기도 전에 차는 벌써 동양양주소 대문 앞에 와 멎어서서 털털거리며 같잖게 고무방울이 달린 클랙슨까지 울렸다. 모주 냄새가 풍기는 대문으로 들어가 오른손 편에 난 일각문 하나를 들어서면 거기가 곧 동양양주소 경영주의 살림집이었다. 한정희가 마당에 들어서니 마침 찾으러 온 정실이가 수통 앞에서 빨래를 하고 있었다.

"정실이!"

부르는 소리를 듣고 정실이가 얼굴을 들어 보고 놀라서 얼른 일어나며 행주치마에 물 묻은 손을 닦았다. 두 쌍의 눈이 마주쳤다. 이모가 방 안에서 내다보고 질겁하여 마루로 쫓아 나오며 "아이고, 너 웬일이냐. 어서 올라오너라." 하고 수선을 부렸다.

"아, 올라가지 않겠습니다."

"어서 신발 벗구 올라와."

"아니, 싫습니다."

"싫기는."

이모가 발에다 고무신을 꿰고 뜰아래로 내려섰다.

"정실이를 데리러 왔어요."

한정희는 제 말 한마디에 이모가 오금 저려 꿀꺽 소리도 못 하는 것을 보고 곧 어리둥절해 서 있는 정실이를 향하여 "얼른 들어가 짐을 챙겨 가지구 나와, 밖에 차가 와 기다리구 있어." 하고 말을 일렀다. 큰일 난 줄 아는 이모가 "이애 정희야!" 하는 것을 들은 척 않고 한정희는 "무얼 하구 있어? 서두르지 못하구!" 정실이부터 재촉한 뒤 다시 이모를 돌아보고 "아주 저의 집에 데려다주려구요." 비로소 찾아온 뜻을 분명히 말하였다.

정실이가 그물에서 빠져나온 고기 같은 마음으로 일변 행주치마를 벗으며 일변 저의 쓰는 뜰아래방으로 뛰어들어갔다. 이불 보따리, 옷 보따리를 부랴부랴 챙겨서 한아름 안고 나오니 한정희는 한옆으로 비켜서며 "앞서." 하고 나갈 길을 틔워 주었다. 그런 연후에 소매를 붙잡는 이모를 가볍게 밀어내며 "이모님은 잘 모르시는 일이니…… 그저 잠자쿠 계세요." 하고 안심을 시켰다. 이모는 떨려 나오는 목소리로 "그렇지만 이애." 하고 하소연하는 눈으로 생질의 얼굴을 쳐다보는데 한정희는 가래지 않고 얼른 발길을 돌려 앞서 나가는 정실이의 뒤를 따랐다.

먼저 보따리를 올려놓고 그다음에 정실이를 태우고 그리고 마감으로 한정희가 올라탔다. 한정희가 자리 잡아 앉은 뒤에 "사대루 갑시다." 하고 행선을 지시하니 운전사는 자기가 말을 빗들은 줄 알고 "어디루 가잡시오?" 하고 재차 물었다.

"사대."

"사대. 네, 알았습니다."

운전사가 사대를 향하여 차를 달리기는 하면서도 속으로는 '세상에 별사람 다 보겠네. 이 넓은 세상에 어디 갈 데가 없어서…… 목 잘리워 죽은 원혼들이 득시글거리는 사형장엘 간담. 택시를 타구 정사를 하러 가나?' 이와 같이 비웃었다.

정실이가 한 진사 댁에 안잠을 자러 오기 전에 시냇가 공사장에 가 십장 녀석에게 떼인 전표를 찾아 줄 때 한정희는 처음으로 진짜 여성미를 정실이의 꾸밈없는 얼굴과 몸가짐에서 보아 내고 깊은 감명을 받았다. 그때부터 고결한 성품의 소유자인 한정희의 온 마음을 차지한 여성은 다름 아닌 그 막벌이판에서 험한 노동을 하는 배꾼의 딸 서

정실이었다. 그렇건만 한정희는 아직까지 한 번도 정실이에게 그런 내심을 토로한 적이 없었다. 어쩐지 그렇게 하면 그녀를 모독하는 것 같은 생각이 들어서였다. 그리고 또 한편으로는 제 가슴속에 숨긴 사랑을 드러내 보이는 것은 경박한 인간들의 하는 짓 같기도 해서였다. 이런 생각 저런 생각이 얼기설기한 중에 거세찬 정치 풍파까지 겹쳐 시간이 천추되어 오다가 객관에 의하여 생각지 않은 오늘 이 고조가 들이닥치게 된 것이었다.

할아버지와 어머니가 좋게 보고 또 탐을 내는 송 회장의 막내딸 혜경이는 한정희도 전부터 접촉해 보아 잘 아는 터였다. 그 여자는 자신의 아름다움을 충분히 자각하고 또 백방으로 그 아름다움을 자랑해 보이려고 애를 쓰는 여자였다. 그와는 달리 서정실이는 자신의 아름다움을 전연 자각 못 하고 있었다. 따라서 그 아름다움을 어떻게 제게 유리하게 이용해야 한다는 것도 통 모르고 있었다. 송혜경이를 유리기명에 담아 식탁 위에 올려놓은 사과에 비한다면 서정실이는 가을햇볕을 담뿍 받으며 가지 끝에 그대로 달려 있는 사과 같은 여자였다. 송혜경이는 손톱에 물이나 튀길, 타고난 아가씨이고 또 타고난 장래의 아씨마님이었다. 그러나 서정실이는 진일 마른일 못 하는 일이 없는 평민의 딸이었다. 생활의 어려운 고비를 남편과 같이 군말 없이 뚫고 나갈 조력꾼이었다.

한정희 생각에 자신이 혹시 불행하게 감옥살이를 하게 된다면 송혜경이는 단 3년을 조신하게 기다리기 어려워할 여자인 반면에 서정실이는 끄떡없이 십 년을 기다려 줄 여자라고 생각이 들었다. 한정희의 마음속 어깨저울에서 송혜경이를 올려놓은 팔은 가볍게 위로 들리고 정실이를 올려놓은 쪽 팔은 묵직이 아래로 내려앉았다. 그래서 한정희는 꼭 정실이를 안해로 삼으리라 마음을 먹었다.

"사대 다 왔는뎁쇼."

운전사의 일깨우는 소리를 듣고 한정희는 비로소 현실로 돌아와서 "아, 그럼 스톱. 그리구 여기서 그대루 좀 기다려 주시오, 오래 걸리진 않을 테니까." 말한 다음 곧 정실이를 돌아보고 "잠깐 내리지……. 짐은 그대루 놔두구." 말하고 자신이 먼저 차 문을 열고 길 위에 내려섰다.

한쌍의 남녀가 하나는 앞서고 하나는 뒤서서 아름드리 노송들이 충충한 사대 속으로 사라지는 것을 바라보고 운전사는 고개를 비틀었다.

'원, 별 나중엔……. 그 좋은 송도원, 명사십리 다 놔두고 이 우중충한 사형장으루 연애를 하러 와? 저것들이 정신이 온전한가?'

날씨가 차차로 더워지는 하짓머리이건만 땅콩밭 한 뙈기를 사이에 두고 바다와 인접한 솔밭 속은 바닷바람 설레는 송도가 자못 처량하였다. 개미들이 줄을 지어 부지런히 오르내리는 늙은 소나무 밑에 한정희와 정실이가 걸음들을 멈추고 마주 대하고 섰다. 영문을 모르는 정실이는 불안과 황송함과 부끄러움이 뒤섞여 얼굴을 들지 못하고 발등만 내려다보고 섰는데 한정희는 또 한정희대로 애써 흥분을 눌러가며 차근차근 타이르듯 말을 하는 것이었다.

"어머니가 정실이를 본인의 의사두 물어보지 않구 당신 맘대루 이모 댁에 보낸 건 잘못된 처사야. 사람은 그릇이나 연장이 아니니까 아무나 빌려주구 또 빌어 오구 할 수는 없거든. 이담에 혹시 또 그런 경우에 부닥치게 되거든 싫다구 거절을 하라구. 인간의 존엄은 목숨보다 더 중한 거야. 그러니 이번 일은 내가 어머니 대신 정실이에게 사과를 해."

정실이는 하늘같이 높이 아는 도련님의 입에서 나온 '사과' 두 글자에 놀라서 몸 둘 바를 몰라 하였다. 공연히 발을 갈아 디디고 숙인 머리를 더욱 깊이 숙였다. 한정희는 바로 눈앞에 정실이의 가르마를 내려다보며 말을 이었다.

"좀 이따 내 저 자동차루 집까지 데려다줄 테니 우리 집엔 다시 발을 들여놓지 말라구. 인격적으로 대해 주지 않는 걸 알면서두 또 발을 들여놓는 건 수치스러운 일이야."

한정희가 잠시 말을 끊었다가 눈 딱 감고 아무 때고 한번은 꼭 하려던 말 — 꼭 해야 할 말 — 을 단숨에 털어놓았다.

"나는 정실이를 좋아해."

정실이가 숙인 고개를 한편으로 돌려서 외면을 하였다.

"그래서 정실이네 집에다 중매꾼을 보낼 작정이야."

정실이가 고개를 숙인 채 반몸을 비틀어서 가르마는 보이지 않고 빨개진 한쪽 귓바퀴가 보였다.

"그러니까 되구 안되는 건 정실이 맘에 달렸지. 그리구 우리 집에서 만일에 어른들이 허락을 안 하신다면…… 난 집을 버리구 전처럼 또 따로 나와 살 작정이야. 앞으루 정실이가 또다시 우리 집 문안에 들어선다면, 그건 며느리의 자격으루 들어서는 거지 다른 무슨 자격으로 들어서는 게 아닐 게야."

정실이는 말 한마디 없이 숨을 죽이고 듣고만 있고 또 한정희는 무슨 꼭 대답을 해야 할 말을 묻지도 않은 까닭에 우중충한 사형장 소나무 밑에서의 고백은 남자의 독백으로 시종되었다.

"그리구 이 돈은 이달 공전이니까 받아 줘요. 당당히 받을 돈이지만 치사스레 우리 집으루 받으러 올 건 없어. 자 넣어 두어요."

싫다고 뿌리치는 손을 억지로 붙들어서 손아귀에 지전 한 장을 밀어 넣어 준 뒤 "그럼 우리 고만 나가지." 하고 한정희는 정실이를 재촉하여 앞세우고 솔밭을 나왔다. 털끝 하나 건드리지 않은 극히 순결하고 극히 고상하면서도 좀 싱거운 데이트는 택시를 기다리라고 숲 앞에 세워 놓고 불과 15분 동안에 이렇게 끝이 나 버렸다.

이 사대는 예전에 지방관아의 통인 하나가 성정이 혹독한 군수의 나이 젊은 소실하고 은근히 정을 통하다가 발각되어 사령들에게 끌려나와 목을 잘리운 것으로 소문이 난 곳이었다. 그러므로 그런 내력을 잘 알고 있는 운전사가 그들 두 젊은 남녀를 '저것들이 혹시 그 통인의 귀신이 씌운 게나 아닐까?' 하고 의심을 한 것도 무리는 아니었다.

"인젠 어디루 모실깝쇼?"

"저 아래 장마당 뒤 잔교께루 갑시다."

"녜녜."

정실이는 자동차를 타고 길 위를 달리는 것이 아니라 구름을 타고 하늘을 나는 것만 같았다. 뭐가 뭔지 분간을 못 할 만큼 정신이 황홀하였다. 너무나 돌연적인 도련님의 고백에 귀가 잉 울리고 또 머리가 땅하였다. 그리고 가슴이 찡하는 것도 같고 또 울렁거리는 것과도 같았다.

가난뱅이 배꾼의 집 앞에 택시가 와 서고 또 거기서 한 진사 댁 도련님과 정실이가 내리는 것을 보고 이웃 사람들은 불시에 들이닥친 도장관의 행차라도 구경을 하듯이 술렁술렁하였다. 한정희가 토방 앞까지 들어와서 선장이 어머니에게 깍듯이 인사하고 다시 택시를 타고 돌아간 뒤에 정실이는 동네 여편네들의 캐어묻는 말을 어물어물 대답해 주고 방으로 들어왔다. 어머니가 따라 들어와 옆에 붙어 앉으며 "대체 어떻게 된 거냐?" 속이 달아 묻는 것을 정실이는 그저 간단히,

"고만두구 나왔에요."

"아주?"

"네."

"왜?"

"이젠 손이 딸리잖아 사람이 더 필요 없대요."

"아니, 본래 들어갈 때는……."

"오, 참……. 옛수, 돈. 마지막 월급이요."

"아니, 웬 게 이렇게 많으냐? 이거 백 냥(10원) 아니냐?"

"저녁에 아버지 약주나 좀 받아다 드리시오. 그러구 또 돈이 다 녹아 없어지기 선에 엄마두 얼른 옷 한 가지 장만하구요. 빔낮 그린 누데기만 걸치구 다니니까 남부끄럽소."

"어째 지쳐 보이누나. 좀 누우련?"

어머니가 내려다 주는 베개를 베고 정실이가 반듯이 누워서 눈을 뜨고 만물상처럼 얼룩이 진 천정을 쳐다보았다.

'이게 꿈이야 생시야? 정녕 꿈을 꾸는 건 아니겠지?'

"이놈의 개, 부엌엔 또 왜 기어들어오니!"

어머니의 개를 꾸짖는 소리가 바로 옆에서가 아니라 어느 아득한 딴 나라에서 들려오는 것같이 멀게 들리었다.

25

과자 맛을 보고 기분이 좋아 선장이 손 밑에서 갖은 재롱을 다 부리던 강아지란 놈이 별안간 몸을 뒤채더니 캥 짖고 곧 토방을 뛰어내려 사립문께로 내달았다. 선장이가 고개를 돌려 강아지 가는 데를 바라보니 누나 정실이가 머리에 함지박을 이고 사립문 안으로 들어오고 있었다. 강아지란 놈은 짧은 꼬리를 드립다 흔들며 정실이 발에 대들었다 나동그라졌다 하였다.

"누나!"

반가운 소리를 지르며 선장이가 뛰어 일어나 급한 걸음으로 누나를 맞아 나가니 누나는 얼굴에 웃음이 가득해서 발을 멈추며 "달려들지 말구 게쯤 섰거라. 내 몸엔 생선 비린내가 흠뻑 배었다." 하고 손을 내 저었다.

"엄마는 왜 안 오우?"

"엄만 아직두 고등어 절이는 데 있다. 난 아침밥 지으러 들어왔다."

"그럼 아버지는?"

"아버진 바다에 나가셨다, 요새가 고등어 철이 아니냐."

정실이가 머리에 이고 온 함지박을 토방에 내려놓고 몇 발자국 뒤로 물러서서 선장이를 새삼스레 구경스레 아래위로 한번 훑어보더니 "어엿한 도련님 아니야." 놀려 주고 하하 웃었다. 선장이가 쑥스레 마주 보며 웃고 나서 괴이쩍어 "누나, 은희네 집에 안 있구…… 집에 나와 있소?" 하고 물은즉 정실이가 아주 심상하게 "응, 지난달에 고만두고 나왔다. 요새는 엄마하구 날마다 고등어 절이러 다녀." 하고 대답해 주었다.

"응, 그래. 난 또……."

"서울서는 숙자 아주머니랑 아저씨랑 다 무고하시냐?"

"응."

"너 배고프지?"

"아니."

"내 얼른 밥해 주께. 그동안에 너 가서 엄마를 보구 오나. 엄마두 너 온 줄 모르구 있다. 얘두…… 언제 도착한다구 미리 편지를 하든가 전보를 치든가 할 게지."

"거긴 아는 사람들이 많을 텐데……."

"많으면 어때? 일부러 돌아다니며 자랑두 할라네. 좀 좋으냐, 얼른 가. 일손이 모자라서 때식들은 다 일터에 내다 잡순다. 눈코 뜰 새 없어, 요새는."

선장이가 잔교께로 어머니를 보러 가는데 어리숙하면서도 약아빠진 강아지란 놈이 젊은 안주인하고 집에 남아 있는 게 좋을까, 아니면 새로 사귄 조무래기 바깥주인을 따라가는 게 좋을까 망설이다가 선장이가 혓바닥으로 쯧쯧, 쯧쯧 소리를 내며 오라고 손짓을 하는 바람에 생각을 질정한 모양으로 짧은 꼬리를 분주스레 흔들며 쪼르르 따라 나왔다.

잔교께서는 아낙네들과 굵고 잔 처녀들이 혹은 오륙 명씩 혹은 칠팔 명씩 군데군데 둘러앉아 산더미 같은 고등어를 배 따고 소금 치고 담아내고 쟁이고 하느라고 일손들이 한창 바빴다. 파리 떼도 덩달아 바빠나서 이리 왱 몰리고 저리 왱 몰리고 하였다. 오래간만에 맡는, 코에 익은 강렬한 생선 비린내가 선장이의 코를 찔렀다.

"엄마!"

항시 귀에 쟁쟁한 아들의 목소리가 지척에 들리는 데 놀라 선장이 어머니가 일손을 멈추고 눈을 들었다.

"아니, 너 불시에…… 온단 소리두 없이."

아들의 딴판 달라진 모습을 쳐다보는 선장이 어머니의 눈에 걷잡을 수 없이 반가운 안개가 끼었다.

"누이하구 같이 집에 있을 게지, 여긴 무엇 하러 나왔냐! 오, 참. 어서 인사해라, 점순 엄마랑 씨동 어머니랑 누나들이랑……." 말하고 선장이 어머니는 곧 함께 일하는 아낙네들을 돌아보며 "우리 집 선장이 녀석이요." 하고 뒤늦은 소개 ― 필요 없는 소개 ― 를 하였다. 선장이는 아낙네고 처녀고 가리지 않고 차례로 돌아가며 꾸벅꾸벅 인사를 하였다.

"아유, 몰라보게 변했구나."

"한다하는 글방 도련님일세."

"난 박 참봉네 막냇손잔가 했구먼."

"난 주재소 소장의 아들인가 했소."

"형님은 복이 있소, 저런 아들을 다 두구."

"누가 아니라우."

"선장이, 너 몇 살이야?"

"열네 살? 숙성하기두."

"저걸 누가 열네 살루 보겠소. 열예닐굽 살이래두 곧이듣지."

"장가 들이면 새서방 구실두 넉넉히 하겠다."

"서울 물이 좋긴 하다, 물고 뽑은 것 같구나."

아낙네들이 받고차기로 지껄이는 중에 열두 살 먹은 점순이가 저의 엄마와 작은엄마의 아침밥 그릇을 종다래끼에 담아 이고 한드작한드작 걸어왔다. 종다래끼를 내려놓고 신기한 듯이 선장이를 아래위로 한번 훑어보더니 감탄해 한다는 소리가 "선장이 너 컸구나." 이 소리를 들은 아낙네들과 처녀들이 한바탕 짜그르르 웃어 대는데 선장이는 열적고 기가 차서 아무 대꾸도 못 하였다. 점순이 엄마가 대뜸 "이년아, 이 주책머리 없는 년아! 그래, 넌 몇 살이구 선장인 몇 살이냐? 오빠보구 그게 무슨 놈의 말버릇이냐? 주제넘은 년 같으니!" 하고 저의 딸을 야단쳤다. 선장이 어머니는 "너 어서 먼저 들어가거라, 나두 곧 들어가께. 누나보구 밥은 내오지 말란다구 해. 들어가 먹겠다." 하고 아들에게 말을 일렀다. 그동안에 강아지란 놈은 선장이의 늘어진 구두끈을 물고 낚아채느라고 우습강스럽게 고갯짓을 하며 애를 쓰고 있었다.

정실이가 아궁이에 다시 불을 대어 밥을 잦힐 때 어머니가 들어왔다. 오래 못 본 아들을 눈앞에 가까이 놓고 보고 싶어 일이 손에 붙지를 아니하여 모든 것을 불계하고 일어나 온 것이었다.

이윽고 밥상이 들어와서 어머니와 오랍누이 세 식구가 둘러앉아 늦은 아침밥들을 먹게 되었는데 선장이가 보니 세 식구의 받은 밥이 각각 달랐다. 제 앞에 놓인 것은 하얀 쌀밥이요, 어머니 앞에 놓인 것은 좁쌀이 반나마 섞인 상반이요, 또 누이 앞에 놓인 것은 샛노란 강조밥이었다. 선장이가 대번에 "밥이 왜 이렇소?" 하고 못마땅한 어투로 따져 물으니 정실이는 대수롭지 않게 "잔소리 말구 어서 먹어." 하고 곧 저의 숟가락을 집어 들었다. 선장이가 제잡담하고 저의 밥그릇을 집어서 어머니 앞에 옮겨 놓고 어머니 밥그릇을 집어서 정실이 앞에 놓았다. 그리고 정실이의 강조밥 담은 사발을 집어 드니 정실이가 사발을 도로 빼앗으며 "그 꼴에 또 셈을 차리니? 짓거리 말구 어서 처먹기나 해라." 하고 웃었다.

"난 그동안 끼니마다 쌀밥을 먹는 바람에 인젠 물려서 쌀밥만 보면 입맛이 제쳐지우. 오래간만에 조밥 좀 먹어 봅시다."

"잔소리 말구 어서 그냥 먹어. 그 고귀한 아가리에 강조밥이 당하냐."

어머니가 쌀밥 담긴 밥 바리를 도로 집어서 아들 앞에 놓아 주며 다정하게 타일렀다.

"어서 누이 하라는 대루 해."

336

"쩌, 정말 싫단데두."

"쓸데없는 고집 부리지 말구 그냥 먹어라."

"내가 싫다면 싫은 게지."

"고 녀석, 거참."

실랭이질을 한 끝에 결국은 남매가 쌀밥 한 바리와 강조밥 한 사발을 절반씩 노나 먹게 되었다. 선장이가 강조밥 한술을 입에 떠 넣어 보고 속으로 놀랐다. 모래를 한 숟가락 퍼먹은 거나 진배없이 혀에 닿는 감촉이 깔깔하였기 때문이다.

'이런 걸 사람이 어떻게 먹구 산담!'

한 네댓 달 변호사 댁에서 좋은 것만 먹고 사는 동안에 가난한 배꾼의 아들 선장이의 입이 저도 모르는 사이에 껑충 높아졌다. 생활수준이란 높아지는 것은 잘 알리지 않아도 낮아지는 것은 잘 알리는 법이었다.

"맛이 어떠냐?"

"어떻긴 어때요, 그저 그렇지."

"깜찍한 게…… 누굴 속이려구."

정실이는 한 진사 댁에서 쌀밥만 먹고 살다가 갑자기 집에 나와 강조밥을 먹어 본 까닭에 그 깔깔한 맛을 잘 알고 있는 터였다.

아침 후에 어머니가 다시 일을 나간 뒤에 정실이는 선장이를 데리고 쌍년이를 보러 왔다. 쌍년이는 시원한 마루에 퍼더앉아 슬렁슬렁 부채질을 하다가 얼른 일어나며 놀림조로 "허, 신사 양반이 광림을 하시는군." 하는 것으로 정실이 남매를 맞이하였다. 손에 들었던 미선을 데꺽 선장이 손에 쥐어 주고 곧 장지문을 활짝 열어 놓은 방에 들어가 미선 두 자루를 더 내다가 한 자루는 정실이를 주고 또 한 자루는 자기가 부쳤다. 미선은 모든 일본 상점에서 광고 삼아 증정하는, 일본 미인을 그린 것들이었다.

"그래, 너 공부는 잘했니?"

쌍년이가 얼굴에 웃음이 가득해 가지고 묻는데 "자신 없소. 낙제나 안 하면 다행이요." 선장이는 열적게 웃으며 머리를 긁적긁적하였다.

"그렇게 어려워?"

"아, 조선 팔도에서 우등생들만 죄다 모였는데 내가 어떻게 따라가우."

"조선 팔도에서? 그럼 말씨두 다 다르겠구나?"

"다르다 뿐이요. 병아리를 뻬가리라는 게 없나, 염소를 얌생이라는 게 없나…… 별게 다 있소."

여섯 눈이 마주 보며 한바탕 웃고 나서 쌍년이가 웃음이 채 가시지 않은 얼굴로 다시 선장이에게 말을 물었다.

"그래, 박숙자가 너를 이뻐하니?"

"쌍년이 누나만큼은 못 이뻐하우."

"아이구, 고놈의 주둥이가 어쩌면 조렇게 까졌을까."

"정말이요."

"오냐, 그럼 정말이라구 믿어 두자. 그래, 변호사는 어떠니…… 변호사두 너를 이뻐하니?"

"쏠쏠하우."

옆에 앉아 웃으며 듣고만 있던 정실이가 말참례하였다.

"그 편지나 좀 내다 보여 줘라, 궁금해서 곧 죽으려구 한다."

쌍년이가 내다 주는 씨동이의 전문 같은 편지를 한참 들여다보고 나서 선장이가 "주소가 없으니 회답은 못 하겠네." 혼잣말하며 머리를 흔드니 쌍년이는 "거지가 돼 집두 절두 없이 떠돌아다니는 거나 아니야?" 하고 야릇한 얼굴을 하였다. 선장이가 고개를 외치며 "어디 그렇소, 종적을 밟히지 않으려구 조심하는 거지." 하고 잘라 말하니 쌍년이는 "그렇기나 하면 또 좋게. 꿈보다 해몽이라니 그쯤 믿어 둘까." 하고 속절없는 웃음을 웃었다.

"씨동이 형님은 칠전팔기하는 사내대장부니까 어디를 가두 염려 없소."

"칠전팔기가 뭐야?"

"여러 번 실패해두 굽히지 않구 다시 일어난단 말이요."

"그렇기나 하다면 작히 좋겠니."

"두구 보구려."

정실이가 옆에서 선장이를 거들어 "선장이 말이 맞아, 지레 걱정할 건 없어." 하고 쌍년이를 위안하였다.

셋이 어우러져 끝이 없이 웃고 지껄이다가 쌍년이가 점심 대접으로 얼음을 박아서 시원한 냉면 세 그릇을 시켜 와 점심 요기들을 한 뒤에 정실이는 곧바로 일터를 나가고 선장이는 소학교 동창인 홍돼지를 보러 갔다. 모처럼 찾아간 홍돼지는 집에 없었다. 그러나 다행히도 얼굴에 주근깨가 다닥다닥한 그 어머니가 선장이를 알아보았다.

"어디 갔습니까?"

"왜관에 가 있다."

"왜관엔 가 뭐 합니까?"

"일본 집에서 사환꾼 노릇 한다."

알고 보니 홍돼지는 하라다라는 일본 사람이 경영하는 과자점에서 사환 아이 노릇을 하는데 그 집에서 먹고 자고 한 달에 3원씩을 받는다는 것이었다.

선장이가 방학에 내려왔다는 소식을 어디서들 주워들었는지 이튿날 초저녁 때 홍돼지가 다른 아이 서넛과 함께 선장이를 보러 왔다. 시원한 잔교에 나가 앉아 갈마반도와 장덕섬의 등댓불이 명멸하는 것을 바라보며 몇 달 동안의 소경력들을 피력하였다. 홍돼지 외에 세 아이들 중 하나는 고바야시라는 일본 사람이 경영하는 인쇄소에 견습공으로 들어갔고 또 하나는 원산중학교 급사가 되었다. 그리고 나머지 하나는 원산중학교 입학시험에 낙젯국을 먹어 한 해 더 시험 준비를 하는 중이었다.

"처음 들어가니까 글쎄 이놈의 주인이 다싸고짜루 각가지 과자들을 한 광주리 그들먹이 담아다 안기면서 '어서 실컷 먹어, 어서 실컷 먹어' 하잖겠니……."

잔교 널빤지 밑에서 바닷물이 출렁거리고 그리고 다리목의 가로등 불빛이 희미하게 비치는 가운데 홍돼지가 싱글거리며 이야기를 하였다.

"난 속으루 '이게 웬 땡이냐? 내가 팔자를 고친 게 아니야?' 생각하구 드립다 먹어 줬지. 먹으라구 코앞에 갖다 놔 주는 거야 못 먹어? 그런 일등 과자를 생전 어디 먹어 봤니. 아마 앉은 자리에서 한 서너 근 잘 제꼈을 게다. 그런데 나중에 보니까 끼니때가 돼두 내게단 밥을 안 주지 뭐냐. 저희끼리만 처먹구 내게다는 안 주더란 말이다. 내가 주인의 눈치를 살피니까 그자가 알아차리구 내게다 하는 수작이 '아무 때구 넌 그 과자를 다 먹어 없애야 밥을 준다'는 거야. 이런 제기, 할 수 있니! 그래 그때부턴 밥을 얻어먹을 욕심에 그놈의 과자를 먹어 제끼는데, 옹근 사흘 동안을 먹구 먹구 또 먹구……. 나중엔 코에서 닭의 똥내가 막 나더라. 그때 그렇게 꼬박 사흘 동안을 과자만 먹구 산 뒤로는 인젠 과자 소리만 들어두 이에서 신물이 날 지경이다. 먹는 게 다 뭐냐, 보기두 싫은데. 첫밧에 그렇게 단단히 혼을 내 놓잖으면 사환 아이들이 야금야금 끝이 없이 훔쳐 먹게 된대여."

이와 같이 일장설화를 늘어놓고 나서 홍돼지는 보자기에 싸서 들고 온 과자를 여럿 앞에 풀어 놓았다.

"이거 훔쳐 낸 거냐?"

"그야 개구리운동장이지."

"개구리운동장이라니?"

"물론이란 말이다."

"너 그러다가 들키면 어떡할라니?"

"들키게 하니? 바보 자식, 기술이 있는데."

"홍돼지가 오늘 희구 젖히는군."

"너는 안 먹을라니?"

"어서 너희들이나 먹어라. 난 쓴 약은 먹으라면 먹어두 단 과자는 못 먹는다."

"이거 아주 고급 과자로구나."

"너의 그 왜놈 주인이 애나겠다. 인쥐들이 이렇게 뒷구멍으로 잔치 를 하니."

인쇄소에 다니는 아이는 선장이에게 편지지 대여섯 책을 선사하였 다. 그 아이의 그어 주는 성냥불빛에 비춰 보니 그 편지지들에는 '서선 장용전'이라는 한문자 다섯 글자가 버젓이 찍혀 있었다.

"몰래 찍은 거냐, 이거?"

"응. 거기서는 다들 이렇게 해서 막걸리 사발씩이나 얻어먹는다."

선장이는 '서선장용전' 다섯 자가 대견하여 입이 한껏 벌어졌다.

원산중학교에서 급사 노릇 하는 아이가 낙젯국 먹은 아이에게 "시험지는 다 내가 맡아 등사를 하니까 다음번엔 내 시험지를 미리 훔쳐 내다 주마.”하고 안심을 시키니 옆에서 홍돼지가 들었다 보았다 하고 곧 “이 자식, 붙으면 한턱 단단히 내라, 너의 아버지는 돈 많잖니.”하고 콧살을 짚어졌다.

“선장이 서울 이야기나 좀 듣자, 고만들 지껄여라.”

“그래그래, 서울 이야기나 듣자.”

선장이가 서울서 보고 듣고 또 몸소 겪은 일들을 이야기하는데 아이들은 처음 들어 보는 소리가 신기하여 모두 귀들을 도사리었다. 매 토막이 끝날 때마다 혹은 야, 하고 삼탄을 하기도 하고 또 혹은 입을 딱 벌리기도 하였다. 선장이가 다음 토막을 “서울서는 먼지가 일지 말라구 길에다 물을 뿌리는데 살수차를 사용하니까 아주 편리하다.”하고 이야기하는 중간에 홍돼지가 “살수차란 게 뭐야?”하고 물어서 선장이는 “살수차가 물을 뿌리는 자동차지 뭐야.”하고 바른대로 말해 주었다.

“물 뿌리는 자동차? 자동차루 물을 뿌린단 말이야?”

“그래여.”

홍돼지는 선장이가 거짓말로 저를 놀리는 줄 알고 눈을 희번덕거렸다. 이때 원산에는 아직 살수차는 고사하고 소방차도 없어서 불이 나면 소방대가 두 바퀴 달린 무자위를 끌고 곤두박질을 하는 판이었다.

“야 임마, 물을 자동차루 어떻게 뿌리니? 우릴 시굴 놈이라구 맘 놓구 부는 거냐?”

“불기는 누가 불어? 자식, 정말로 하는데두 괜히. 내 말이 그렇게 미덥잖거든 뺑덕할미한테 가 물어보렴, 내가 거짓말을 하는가.”

“자식, 듣자 듣자 하니까 나중엔…….”

홍돼지가 게먹는데 다른 아이들도 주견머리 없이 덩달아 가로꿰졌다.

"이제 보니까 그 자식 서울 가서 월사금 바치구 대포 놓는 법을 배워 왔구나."

"멀쩡한 허풍선이 같으니라구."

"임마, 우리가 어리숙하게 그따위 허풍에 속아 넘어갈 줄 알았니?"

네 놈이 중구난방으로 나서서 몰아세우는 바람에 선장이는 해혹을 시킬 도리가 없었다.

'이 세상에 살자면 정말을 하고도 거짓말쟁이 소리를 듣는 수도 있구나.'

생각하니 선장이는 가장 무슨 철리라도 깨달은 것 같아서 한편 답답은 하면서도 또 한편으로는 초연한 느낌도 없지가 않았다.

동창들이 오래간만에 만나 되는 소리 안 되는 소리 가리지 않고 실컷들 지껄이고 다리목 가로등 밑에서 헤어질 때 무언가 뭉클뭉클한 것이와 선장이 발에 부딪쳤다. 선장이가 다시 보니 네눈박이 강아지란 놈이 어디서 쫓겨 와서 고개를 젖히고 쳐다보며 꼬리를 치고 있었다.

한 주일가량 지나서 숙자 아주머니가 친정 나들이를 와서 갖다주는 성적표를 본즉 영어와 일어와 작문이 각각 90점인 외에는 모두 60점, 70점인데 대수는 50점 ― 낙제 끗수였다. 숙자 아주머니가 놀림 반 걱정 반으로 "이렇게 낙제 끗수가 있어서 어떡허지?" 하고 웃는데 선장이는 할 수 없이 머리를 긁적거리며 "괜찮아요, 낙제 끗수가 둘이면 못 올라가두, 하나는 달구 올라갈 수 있으니까요. 하나는 40점까지두 달구 올라갈 수 있대요." 하고 넉살 좋게 대답하였다. 정실이가 옆에 앉아 듣다가 "우등할 데 대해선 하나두 알아보잖구 낙제할 것만 파구들어 알아본 모양이지…… 저렇게 자세히 알 제는? 공부 못하는 놈이 다르긴 하다!" 하고 타박을 주어서 방 안의 사람들은 물론 선장이까지 모두 웃었다.

　선장이네 집에서는 모두들 숙자 아주머니를 칙사대감 위하듯 위하는 판이라 선장이 아버지는 그 듣는 데서 "아주머니가 그렇게 살뜰히 보살펴 주는데 명심을 하잖구…… 무얼 어떻게 했기에 낙제 끗수가 다 있단 말이냐!" 하고 아들을 책망하였다. 그리고 선장이 어머니는 숙자 아주머니를 보고 "말을 안 듣거들랑 짱짱 좀 패 주게나, 버릇이 뚝 떨어지게스레." 하고 그 편을 들어서 위로하였다.

　며칠 지나서 두 부잣집 딸들인 박숙자와 한선희가 은희와 선장이를 데리고 명사십리로 해수욕을 가는데 은희는 먹을 것이 든 바스켓을 누이와 번갈아 들고 가고 선장이는 먹을 물이 든 빨병 둘을 양어깨에 엇메고 갔다. 십 리 백사장에 푸른 잔솔밭이 띠처럼 펼쳐졌는데 발그스름하게 열매가 익어 가는 해당화가 점점하여 정취가 전국술처럼 유객들을 취하게 만드는 중에 7월의 폭염에 뜨거워질 대로 뜨거워진 모래톱은 맨발로는 도저히 거닐 수가 없을 정도였다.

　일본 사람들의 해수욕장인 송도원은 영홍만의 만내이므로 호수같이 아늑하고 잔잔하지만 서양 사람들의 해수욕장인 명사십리는 만외인 까닭에 호한한 동해가 가이없어 남성적인 씩씩한 기상으로 차 있었다. 이국정서를 풍기는 아담한 별장들이 일정한 간격을 두고 줄지어 선 중에 가지각색 해수욕복 차림의 백인 남녀들이 점철하여 한 폭의 생동한 유화를 보는 것과도 같았다. 송도원의 잔잔한 파도에 비하여 명사십리의 파도는 야생적으로 거세찼다.

　선장이는 부잣집 아들 은희와 같은 급의 새 수영복을 입은 김에 헤엄 수단을 뽐내 보이느라고 파도를 넘어 넘어 바다 깊숙이 헤어 들어갔다가 숙자 아주머니가 이젠 고만 돌아오라고 소리를 쳐서야 비로소 여유작작한 채 서서히 헤어 돌아왔다. 그 바람에 헤엄을 잘 치지 못하는 은희는 코가 좀 납작해질라 하였다. 선희는 웃으며 은희와 선장이를 돌아보고 "너희들 나하구 뛰기 내기 해 볼래?" 하고 도전을 하여서 "합시다, 합시다. 까맣게 떨궈 놓을 테니." 선장이가 나서고 "달음박질은 누나가 좀 잘 안 될걸." 은희가 나서서 "오냐 좋다. 그럼 자…… 온 더 마크, 겟 세트 동!"

숙자 아주머니의 깔깔 웃는 웃음소리를 등 뒤에 들으며 셋이서 바다 기슭의 젖은 모래톱을 죽어라 하고 달리는데 물색 수영복 차림의 선희의 자태가 얼마나 매혹적인지 서양 사람들 여럿이 그 달리는 모습을 지켜보았다. 선장이가 첫째, 선희가 둘째 그리고 은희가 셋째로 뛰기 내기가 끝이 났다. 선희가 가쁜 숨을 돌리며 선장이의 귀때기를 잡아당기며 "요게 나보다 빠르단 말이야. 아이고 분해, 아이고 분해!" 하고 깔깔거렸다.

선희가 양손에 은희와 선장이의 손목을 갈라 잡고 봄날의 종다리처럼 명랑해서 돌아오는 중에 종아리에 털이 부시시 난 장년의 백인 남자 하나가 앞으로 썩 나서면서 "굿모닝, 영 레이디." 하고 인사를 하니 선희는 천연스럽게 "굿모닝, 써." 하고 마주 인사를 하였다. 이어 그 남자와 선희가 몇 마디 영어로 말을 주고받는데 선장이는 한마디도 알아들을 수가 없었다. 선장이는 지난번 창경원 동향회에서 바이올린 독주로 '치고이너바이젠'을 연주하는 것을 들었을 때와 같은 마음으로 선희를 다시 한번 우러러보았다. 선희야말로 대단한 여자라는 생각이 들어서였다.

다시 걷게들 되었을 때 "누나, 이제 그 서양 사람하구 무슨 말을 했소?" 은희가 물으니 "이따 저의 별장에 와 같이 점심을 먹재." 선희가 말해 주었다.

"그래, 갈 작정이요?"

"가긴 어딜 가! 초면에 해수욕복 바람으로 와 청하는 데를 가?"

"그래, 뭐라구 했소?"

"고맙다구 치사하구 이담에 가겠다구 얼버무려 버렸지."

"막 쥐었다 폈다 하는구려." 하고 선장이가 웃으니 선희는 "조꼬만 게!" 하고 웃으며 선장이의 뒤통수를 톡 때렸다.

26

가로수의 누른 잎이 분분히 떨어져 길 가는 사람들의 발에 부스럭부스럭 밟히는 계절이 되었다. 어느 날 선장이가 숙자 아주머니의 심부름으로 수표교 근방에를 갔다가 돌아오는 길에 탑골공원 앞에서 김영하 선생을 오면가면 만났다.

김영하 선생은 사각모를 쓴 어떤 학생 하나와 같이 무슨 이야기를 하며 걸어오고 있었다. 사제가 오래간만에 만나 반갑게 인사를 나누는데 바로 옆에서 한쪽 어깨에 카메라를 걸친 허우대 큰 서양 사람 하나가 저의 양복 호주머니에 손을 넣어 동전과 백통전을 한 움큼 움켜 내더니 닭에게 모이를 주듯 공원 문전 넓은 길바닥에다 흩어 뿌리는 것이었다. 선장이와 김영하 선생과 사각모를 쓴 학생이 모두 의아쩍은 눈으로 그 해괴한 거동을 지켜보는 중에 공원 문 앞에서 구걸을 하던 거지들과 어중이떠중이들이 와 몰려들어 땅바닥에 널린 그 돈들을 줏느라고 야단법석을 하였다. 이 광경을 본 그 서양 사람은 얼른 어깨에

서 카메라를 내리더니 돈을 줏느라고 서로 밀치락달치락 쌈질하는 광경을 '잘칵' 하고 한 장 '잘칵' 하고 또 한 장…… 사진을 찍는 것이었다.

선장이 입에서 "저런!" 하는 소리가 나오기보다 먼저 옆에 섰던 김영하 선생의 동행 — 사각모 쓴 학생이 번개같이 몸을 돌쳐 쫓아가더니 그 서양 사람의 손에서 막 찍고 있는 카메라를 홱 잡아채었다. 불의에 카메라를 빼앗긴 서양 사람이 분이 나서 무어라고 고함을 지르며 카메라를 도로 빼앗으려고 덤벼드니 그 학생은 한 손으로 서양 사람을 밀어 내치며 다른 한 손으로 멜빵을 거머쥔 카메라를 한번 휘둘러 아스팔트 바닥에다 사정없이 메어쳐 박산을 내 놓았다. 무슨 소동이 일어난 줄 알고 공원 문전 파출소에서 순사 둘이 긴장하여 패검들을 누르며 쫓아 나왔다.

"여러분, 외국 사람들 앞에서 이런 수치스러운 짓을 하지 맙시다! 민족의 긍지를 지킵시다! 민족의 자존심을 잃지 말잔 말입니다!"

이렇게 큰 소리로 사람들을 향하여 외치고 그 학생은 곧 마사진 카메라에서 필름을 북북 뜯어내었다. 모여 선 사람들이 "옳소!", "잘한다 잘해!" 공명을 하고 박수들을 쳐서 기세를 올릴 때 두 순사가 사람들을 밀어제치며 뛰어들었다.

"무슨 일이야…… 앙? 무슨 일이야?"

"왜들 이렇게 모여 섰어? 웬 수선들이야?"

경찰이 개입하는 것을 보자 서양 사람은 사기가 오르는 모양으로 얼굴이 붉으락푸르락해 가지고 얼른 앞으로 나서서 손짓을 해 가며 무어라고 지껄여 대었다. 그러나 순사들이건 둘러선 사람들이건 그 말을 알아듣는 사람은 하나도 없었다. 사각모 쓴 학생이 볼꼴 없이 된 카메라와 뜯어낸 필름을 앞선 순사에게 건네주며 짧은 몇 마디 말로 사유를 설명하였다. 그리고 강경한 태도로 "이건 우리 민족에 대한 참을 수 없는 모욕입니다. 우린 저 무례한 외국 사람에게 사과를 받아야 하겠습니다. 그리구 다시는 이런 짓을 안 하겠다는 다짐두 받아야 하겠습니다." 하고 요구를 제출하였다. 그러나 숭외 사상에 물젖은 순사들은 불문곡직 서양 사람의 편을 들어 눈방울을 굴리며 그 학생을 되려 연행하려 하였다. 순사들의 무리한 처사를 보고 김영하 선생이 분연히 뛰쳐나와 따지고 들었다.

"이건 무슨 까닭입니까? 사단을 빚어낸 장본인을 놓아두고…… 그 것을 제지한 사람을 단속하는 건, 대체 무슨 까닭입니까?"

둘러선 사람들이 연쇄반응적으로 분격하여 입입이 노성을 발하였다.

"죄 없는 사람을 왜 붙잡느냐?"

"당장 놓아주어라!"

"저놈의 양코배기를 족쳐라."

"노려보면 어쩔 테냐?"

"한 대 안겨라, 망할 자식!"

사태가 크게 벌어질 것 같은 기미가 보이자 순사들은 엄포로 붙잡은 그 학생을 우물쭈물 놓아주었다. 그리고 참혹하게 마사진 카메라와 빛을 보인 필름을 골이 나 코를 벌름벌름하는 서양 사람에게 돌려준 뒤 곧 두 팔을 내저으며 "해산, 해산! 한군데 모여 섰지 말구 어서들 흩어져! 어서어서 흩어져!" 하고 소래기들을 질렀다. 군중과 경찰 사이에 떠돌던 일장의 살기가 우습게 사라졌다. 카메라는 마사졌고 학생은 놓여났기 때문이다.

손재수가 터진 양코배기의 몰골을 비웃으며 사람들은 제각기 흩어져 갔다. 이때다. 허리에 찬 방울 묶음을 요란스레 절렁거리며 신문 배달원 하나가 뛰어왔다. 한아름 안은 호외를 행인들에게 닥치는 대로 나눠 주며 "호외요, 호외! 중앙일보 호외!" 하고 외쳐 대는 바람에 흩어져 가던 사람들이 혹은 발을 멈추고 혹은 되돌아서서 호외를 받아 보려고 신문 배달원에게로 모여들기도 하고 또 앞길을 막아서기도 하였다. 호외는 물론 무료였다. 선장이도 김영하 선생도 사각모 쓴 학생도 빠지지 않고 한 장씩을 받아 쥐었다. 해산하라고 고함을 치던 말상의 조선인 순사도 파출소를 대표라도 한 것처럼 나와 한 장 덥석 받아 쥐었다. 재수가 옴 붙은 서양 놈만 박산이 난 카메라를 한 손에 드리운 채 오만상을 찡그리고 서서 조선 사람들의 호외 받아 보는 것을 구경하였다.

광주에서 조선 학생들과 일본 학생들이 충돌하여 대혈투 전개.
기인은 조선 여학생들에 대한 일본인 중학생들의 민족적 멸시.

호외에는 이러한 눈에 띄는 표제 밑에 경찰이 출동하여 학생들을 대량적으로 검거하였으나 학생들의 투쟁은 계속된다는 보도와 광범한 근로자들이 투쟁에 참가하였다는 기사가 굵은 활자로 생생하게 찍혀 잉크 냄새를 풍기고 있었다.

선 자리에서 제각기 기사들을 읽고 나서 김영하 선생과 사각모 쓴 학생과 선장이는 잠시간 말이 없이 여섯 눈만 마주 보았다. 세 사람은 다 같이 미구에 불어닥칠 폭풍우를 예감하였다.

이튿날 학교에서는 광주에서 일어난 유혈충돌 외에는 다른 화제가 거의 없었다. 도처에서 수군덕거리는 것이 광주요, 검거요, 혈투요, 조선 학생이요, 조선 여학생이었다.

방과 후에 선장이가 집에를 돌아오니 숙자 아주머니가 곧 큰방으로 불러들여 먹음직스러운 감이 담긴 차반을 앞에다 밀어 놓아 주었다.

"먹어라 어서…… 하나두 안 떫다." 하고 숙자 아주머니는 선장이의 껍질 벗기는 것을 한참 보다가 느닷없이 "너 오늘 학교에서 무슨 일 있었지?" 하고 넘겨짚어 물었다. 선장이는 과일 나이프 쥔 손을 잠시 멈추고 "아니, 아무 일두 없었는데요." 하고 천연덕스레 딴청을 썼다. 선장이가 그동안 남의 집에 얹혀살자면 때로는 거짓말도 해야 한다는 것을 배웠던 것이다.

"학생이면 학생답게 공부에 맘을 쏟아야지 딴짓을 하는 건 천부당 만부당한 일이야. 대체 요새 아이들은 쩍하면 무슨……."

숙자 아주머니의 명토 없이 하는 사설을 선장이는 잠자코 듣다가 사설이 더 나오지 못하게 가로막으려고 상글상글 웃으며 껍질 다 벗긴 감을 얼른 숙자 아주머니 입에다 갖다 대었다. 숙자 아주머니도 그제는 하는 수 없던지 픽 웃고 사설을 그만두고 감을 한입 베물었다. 선장이의 그러한 장난기 어린 짓에서는 천연의 귀염성이 드러나 그럴 때마다 숙자 아주머니는 저절로 눈이 가늘어지군 하는 것이었다.

밤에 선장이가 숙제를 하고 있는데 어멈이 홍차 한잔을 차반에 받쳐 들고 들어오더니 차반을 내려놓고 선장이 귓전에다 입을 갖다 대다시피 하며 "아까 낮에 김장독을 사러 낙원동엘 갔었지요. 그런데 조선극장 앞에서 눈결에 댁 나리가 택시를 타구 지나가시는 걸 봤지 뭐예요." 속살속살 말하고 웃는데 본디 가는 실눈이 아주 감겨져 한일자가 되었다.

"그게 무에 그리 신기할 게 있어?"

"그냥 택시만 타셨다면야 신기할 게 무에 있에요, 색다른 사람하구 같이 탔으니까 말이지."

"색다른 사람? 무슨 색다른 사람?"

"그것 보셔."

"처음부터 그렇게 말을 할 게지."

"글쎄 머리를 이렇게 야단스레 지지구 분을 하얗게 바르구 또 눈썹을 초생달 모양으로 그렸는데…… 입이란 건 영낙없는 쥐 잡아먹은 고양이지 뭐예요."

둘이 입을 막고 웃다가 선장이가 "쉬, 아주머니 아시면 큰일 나." 하고 손을 내저으니 어멈은 "누가 아니래요. 요전처럼 또 한바탕 난리가 나라구요. 도련님께니 하는 말이지." 하고 웃음을 거두었다.

"난 아주머니가 정말 가엾어."

"아씨는 남편 복이 있는 것두 같구 없는 것두 같구…… 알 수가 없에요. 속 복은 없구 겉 복만 있다구나 해야 옳을지."

선장이는 연갑수가 새삼스레 야속한 생각이 들었다. 그러자 숙자 아주머니를 가 위로해 주고 싶은 마음이 간절하였다. 그러나 까닭 없이 가 위로를 한다면 도리어 긁어 부스럼으로 낌새를 채겠기에 그만 물러앉고 말았다.

"어멈 남편은 그런 일 없었지?"

"그러면이요. 제 털 뽑아 제 구멍에 박을 위인이었는걸요. 정말 진국이었에요."

선장이는 고개를 여러 번 끄덕였다. 지식이 많고 사회적 지위가 높고 또 돈이 많은 연갑수가 도덕적인 면에서는 한낱 기와공에 불과한 어멈의 남편보다 까맣게 뒤떨어지는 것이 한심스러워서였다.

이날 선장이가 등교를 해 보니 아래위층 복도 이르는 곳마다에 격문들이 나붙었다. 반절한 백로지에 힘 있는 붓글씨로 내려쓰고 군데군데 주필을 가한 그 격문들은 어찌나 풀칠을 단단히 하였던지 잡부가 물바케쓰와 밀걸레를 들고 다니며 긁어 버리려고 애를 써도 좀체로 잘 긁어지지를 아니하였다. 하긴 긁어 버릴 맘이 없는 것을 눈치레로 마지못해 하는 까닭에 일이 더 더딘지도 모를 일이었다. 선장이가 차례차례 읽어 보니 그 격문들의 대의는,

광주 학생들의 투쟁을 지지, 성원하자.
일제의 식민지 폭압 통지와 노예 敎育을 반대하자.
오늘의 첫 상학종이 울리는 것을 신호로 동맹휴학을 단행하자.

이와 같은 것이었다.

교실에를 들어가 보니 매 개인의 책상 속에 삐라 한 장씩이 들어 있었는데 역시 선동적인 어구로 동맹휴학에 일떠날 것을 호소하는 내용이었다. 교실 안은 긴장하고 흥분하고 불안하면서도 사기가 오르는 학생들로 웅성웅성하였다. 책가방을 열고 책이나 도시락을 꺼내는 학생은 하나도 없었다. 제자리에 가 앉는 학생도 거의 없었다. 거지반 다 책가방을 그대로 손에 든 채 수군수군 귓속말을 주고받으며 서성거리고 있었다. 종소리만 나면 쏟아져 나가려고 대기 태세들을 갖추고 있는 것이다.

급장 오월봉 ─ 아이 아버지가 교단으로 올라가더니 호주머니에서 담배 아닌 백묵 꼬투리를 꺼내어 칠판에다 가로쓰기로,

광주 학생 만세!

조선 독립 만세!

전라남도 만세!

이렇게 써 놓고 내려왔다. 오월봉이는 전라남도 사람 ― 그의 말대로 백제 사람 ― 이었다. 곽복덕이가 급히 교단으로 뛰어올라가더니 아무 말 없이 칠판지우개로 마지막 한 줄을 쓱쓱 지워 버렸다.

"난 이럴 줄 알구 미리 숙제를 하나두 안 해 왔다."

"장하다."

"대단한 선견지명이시군!"

저기압 같은 긴박감에서 좀 벗어나 보려고 이런 농지거리들을 하다가 누군가가 "이런 엄숙한 시각에 그런 실없는 소리들을 해?" 하고 탄하는 바람에 농지거리가 모두 쑥 들어가고 실내는 다시 긴박한 공기로 가득 찼다. 복도를 급한 걸음걸이로 달려가고 달려오고 하는 것은 이습회의 간사들 ― 상급생들이고 그리고 계속 밀걸레로 벽에 붙은 격문을 긁어내는 것은 입이 무겁고 맘씨 무던하고 얼굴이 얽은 잡역 즉 소사였다. 선장이는 긴장한 중에도 며칠 전에 사설이 더 나오지 못하게 감으로 틀어막던 숙자 아주머니의 입이 생각났다. 또 사설을 들을 일이 곧 저승만 하였다. 그렇지만 바야흐로 들이닥칠 동맹휴학의 기세 앞에 그런 것쯤은 구경 문제가 안 되었다. 수레바퀴를 막으려는 버마재비 폭밖에 안 되었다. 동맹휴학의 격정이 선장이의 온 마음을 사로잡은 것이다.

이윽고 상학종이 울렸다. 온 교사가 불시에 적습경보가 난 병영처럼 분주스러워지고 또 소란스러워졌다. 복도를 울리는 뭇 발자국 소리에 이어 열에 뜬 학생들이 물꼬를 터친 것처럼 동서 현관으로 쏟아져 나왔다. 괴괴하던 운동장이 갑자기 떠들썩해졌다.

와글와글하는 중에 몇 사람의 목소리가 "5학년 무엇들 하느냐?", "5학년 나와라!", "5학년, 5학년!" 하고 외쳐서 선장이가 2층 한가운데 5학년 교실들을 쳐다보니 두 교실이 다 잠잠하였다(5학년은 2개 학급뿐이었다). 상학종이 울리자 그 두 교실에서는 정상적으로 수업들이 시작된 것이다. 운동장에서 와글와글 떠드는 소리가 수업에 방해가 된다고 그러는지 한 학생이 일어나오더니 열려 있는 내리닫이창문 하나를 드르륵 내려서 꼭 닫았다. 이제 서너 달만 더 참으면 졸업장을 타게 될 5학년생들이 개인적인 이해타산으로 수치스러운 노아의 방주를 타고 민족해방 투쟁의 홍수를 피하려는 것이었다.

한편 교직원들은 쥐 죽은 듯 사무실 안에 들어앉아 사태를 수수방관하였다. 맹렬한 기세로 전국에 파급되는 이번 동맹휴학 풍조를 뉘 장사로 막아 낼 것인가. 그런 어리석은 생각을 하는 사람은 정신이 온전한 교직원 중에는 하나도 없었을 것이다.

전교 학생들의 영위 격인 김봉구가 또다시 축대 끝에 나서서 두 팔을 벌려 가라앉히는 형용을 하자 웅성거리던 운동장은 금세 물을 친 듯 조용해졌다. 김봉구가 우렁우렁한 목소리로 동창들의 순결하고 정직한 양심에 호소를 하였다.

"제군, 광주에선 지금 경찰들이 무슨 짓을 하구 있는지 압니까? 경찰은 우리 조선 여학생을 까닭 없이 모욕한 일본 학생을 단속하는 게 아니라 그 부당한 모욕에 항의하는 우리 조선 학생들을 체포, 구금하고 있습니다!"

운동장에서는 분노의 외침들이 터져 나왔다.

"경찰을 족쳐라!"

"경찰서를 습격하자!"

"동대문경찰서구 종로경찰서구 싹 다 짓마사 버리자!"

잠시 조용해지기를 기다려 가지고 김봉구가 다시 얼굴에 상혈이 되도록 격앙해지며 떨리는 목소리로 부르짖었다.

"야만의 경찰들은 지금 죄 없는 우리 여학생들을 잡아다 가둬 놓구 속곳까지 싹 벗깁니다. 알몸을 만들어 놓구 손으루 거웃을 잡아채며 취조 쳇것을 하구 있습니다. 우리 여학생이 부끄럼을 못 이겨 눈물 흘리는 것을 그자들은 둘러서서 구경을 하며 낄낄거리구들 있습니다……."

매개 학생이 다 분통을 터뜨렸다. 더는 참을 수가 없었다. 비분을 못 참아 주먹으로 눈물을 눌러 씻는 학생들도 있었다. 운동장 이곳저곳에서 분노의 외침이 줄폭탄 터지듯 하는 중에 교정 변두리에 둘러친 가시철망 밖에 말을 탄 헌병 두 놈이 나타났다. 어깨에 권총을 엇메고 허리에 군도를 차고 그리고 발에다는 누런색 가죽장화들을 신었는데 그중 한 놈은 안경을 썼다. 뒤이어 패검을 한 경찰 두 놈이 교문 밖에 나타났다. 이것을 보자 학생들의 분노는 절정에 달하였다. 일제히 구호를 외치는 소리가 운동장을 뒤흔들고 그리고 교사의 벽과 창문들에 메아리를 울렸다.

"일본제국주의를 타도하자!"

선장이는 '일본제국주의'라는 말의 뜻을 제 나름으로, 아마 '대일본제국'이니까 거기다 '주의' 두 글자를 더 붙였나 보다, 이쯤 해석을 하고 목청껏 그 구호를 따라 불렀다.

"노예 교육 절대 반대!"

"식민지 폭압 통치 결사반대!"

"헌병 놈을 박살 내라!"

"경찰 놈을 찢어 죽여라!"

이 동안에 건장한 권투 선수 두엇이 중앙현관으로 뛰어들어가더니 잠시 후에 하나는 3학년 맨 끝의 교실 안에 나타나고 다른 하나는 4학년 맨 첫머리 교실 안에 나타났다. 둘이 다 오른손에 하얀 노동장갑 한 짝씩을 낀 것이 눈에 띄었다. 그들은 제각기 그 장갑 낀 주먹으로 창문짝의 문살을 힘껏 내질러 문살이 꺾어지며 창유리들이 박산이 났다. 연이어 절그렁절그렁 유리 쪼각들이 깨져 떨어지는 소리를 듣고 선장이는 일변 통쾌하기도 하면서도 또 일변 죄 없는 유리창에다 분풀이를 하는 것은 좀 객적지 않은가 하는 생각도 들었다. 축대 위에서 김봉구가 이습회 지도부의 명의로 동맹휴학을 선언하자 600명 학생이 일시에 아우성을 치며 돌아서서 교문께로 내닫는데 그 기세 사나운 품이 마치 산사태와도 같았다.

그러나 학생들이 쇄도했을 때는 이미 그 두 짝으로 된 검정 철격자문에는 밖으로 자물쇠 아닌 수갑이 채워져 있었다. 형세를 눈치 빠르게 판단한 두 경찰 놈이 재빨리 선손을 쓴 것이다. 철격자문 밖에 서 있는 두 경찰과 철격자문 안에 갇힌 600명 학생이 마주 노려보는 중에 경찰기동대가 풍우같이 몰려올 것이 예상되었다.

선장이가 조바심이 나 손톱여물을 썰고 있을 즈음 유도 선수들인 곰보와 백발귀가 사람들을 헤치고 앞으로 나왔다. 선장이가 숨을 죽이고 지켜보는 가운데 곰보와 백발귀는 표범같이 날쌘 동작으로 어지간히 높은 철문짝을 거의 동시에 타고 넘었다. 600명이 지켜보는 앞에서 두 경찰학교 졸업생의 유도와 두 중학교 재학생의 유도가 대번에 서로 어우러졌다. 폭풍 같은 성원 속에 사기가 부쩍 오른 곰보가 허리걸이로 적수를 태질쳐 놓고 잽싸게 깔고 앉으니 백발귀도 뒤지지 않고 재주를 다 부려 제 적수를 업어넘기기로 메어꽂았다.

"잘한다!"

"족쳐라. 곰보, 족쳐라!"

"안겨라, 안겨!"

"백발귀, 사정 보지 말아!"

입입이 외치는 중에 곰보가 재빨리 깔고 앉은 놈의 제복 호주머니에 손을 들이밀어 수갑 열쇠를 더듬었다. 백발귀는 두 무릎으로 땅을 딛고 일어서려는 적수를 사정없이 발길로 내질러 아주 자빠뜨려 놓고 얼른 쫓아와 곰보를 거들었다. 깔린 놈의 허우적거리는 두 팔을 꼼짝 못 하게 꽉 누르고 "없니?" 물으니 "있다." 대답하고 곰보는 자주색 끈이 달린 수갑 열쇠를 찾아 들고 뛰어 일어나 높이 쳐들어 보이며 "브라보!" 소리쳤다. '브라보'는 이탈리아말로써 '쾌재' 즉 '상쾌하구나'라는 뜻이다. 철격자문 안에서 열광적인 환성과 박수갈채가 터졌다.

곰보가 철격자문에 채운 수갑을 열어 벗기기가 무섭게 일시 개폈던 사람의 분류가 와 하고 문이 메게 쏟아져 나왔다. 바로 이때 학교 뒤로 돌아갔던 기마 헌병 두 놈이 황급히 말을 달려 쫓아오더니 사람의 흐름 속으로 마구 뛰어들었다. 말을 뒷발로 일으켜 세우며 "도마레(서라), 도마레!", "모도레(되돌아서라), 모도레!" 같잖게 호통질을 하였다. 이럴 즈음에 앞길에 사람 한 떼가 나타나 풍우같이 몰려왔다.

'경찰기동대인가?'

의혹들 하는 중에 그 사람들이 손을 흔들며 소리를 질러서 비로소 그것이 경신학교에서 쫓아온 맹휴 응원대인 것을 알게 되었다. 합세한 응원대와 함께 동소문 안 버스 종점까지 나오니 경찰기동대가 벌써

길을 막고 대기하고 있는데 호송차(닭장차)가 모자라니까 빈 버스 서너 대를 잡아 놓고 있었다.

나중에 알게 된 일이지만 이날 서울 시내에서 동맹휴학에 일떠난 학교의 수는 무려 30개소를 헤아리는데 그중의 남학교는 중앙고보, 휘문고보, 양정고보, 보성고보, 배재, 경신, 중동, 동성상업, 협성실업, 경성공업, 전기학교 등등이고 또 여학교는 이화, 배화, 근화, 숙명, 진명, 동덕, 여자상업 등등이었으며 맹휴에 참가한 총 인원수는 만 명을 훨씬 넘었다. 그래서 경찰에서도 손이 모자라 이에 대처하는 데 무진 애를 먹었다.

육탄적 돌진이 시작되었다. 선장이도 상급생들 틈에 끼어 죽을 둥 살 둥 냅다 찌르는 기세로 내달았다. 무시무시하고 아슬아슬한 장애물 경주라도 하는 것 같았다. 제모의 에나멜가죽끈을 내려서 턱에다 건 경찰들과 사복을 한 형사들이 두 팔을 쩍 벌리고 앞길을 막아섰다. 나가려는 학생과 이를 저지하려는 경찰 사이에 난투가 벌어졌다. 선장이는 제 앞에 팔을 벌리고 막아서는 경찰의 겨드랑이 밑을 그물코로 새어 나가는 잔고기처럼 쏙 빠져나갔다. 사실상 경찰들은 굵은 학생들을 잡느라고 잘다란 조무래기들까지는 돌볼 겨를이 없었다. 선장이는 경찰의 겨드랑 밑을 빠져나오다가 패검의 번쩍거리는 칼집에 정갱이를 탁 부딪쳐 몹시 아팠으나 아픈 다리를 절뚝거리며 그대로 내뺐었다.

버스 종점에서 붙잡힌 굵은 학생들은 모두 버스에 실려 동대문경찰서로 압송이 되었는데 정원을 까맣게 초과한 버스 안은 그야말로 통졸임 정어리들처럼 사람이 겹쳐지고 포개지고 하였다. 선장이는 위험한 큰길을 버리고 소삽한 골목길을 택하여 이리 돌고 저리 빠지고 몇 곱절을 더 걸어서야 겨우 연갑수 법률사무소로 돌아왔다. 서울 장안이 온통 동맹휴학으로 들끓는 판이라 숙자 아주머니도 잔사설을 할 나위가 없었다.

"그런데 다리는 왜 저냐?"

"좀 부딪쳤어요."

"어디다? 몹시 부딪쳤냐?"

"아니요, 괜찮아요……."

"어디 보자. 그러게 조심을 하잖구."

바짓가랭이를 걷고 보니 정갱이에 시퍼렇게 멍이 들었다. 숙자 아주머니가 곧 일어나 옥도정기를 갖다가 발라 주고 또 입으로 홀홀 불어 준 뒤 "그놈의 동맹휴학 바람에 우리 집에두 벌써 부상병이 생겼구나." 하고 웃었다. 그리고 곧 고개를 부엌 편으로 돌리고 "어멈, 도련님 점심 차려다 드리게, 벤또를 그냥 갖구 왔네." 하고 일렀다.

선장이가 제 방에 건너와 어멈이 차려다 주는 밥을 먹으며 학교에서 있은 일을 대강 이야기하니 어멈은 듣고 납득 잘 안 가는 얼굴로 "왜놈들을 반대하는 거하구 공부를 안 하는 거하구 무슨 상관이 있어요, 저만 밑지지?" 하고 물었다. 그 물음에 선장이도 대답이 막혔다. 실상은 선장이도 그 이허를 잘 모르는 터였다. 그래서 선뜻 해답을 주지 못하고 한참 우물우물하다가 마침내 "그래두 무슨 상관이 있기에 경찰 놈들이 그렇게 기를 쓰구 밀막지." 하고 '강령적인 교시'를 하니 선장이를 '절대로 숭배'하는 데 습관이 된 어멈은 "딴은 그렇구면요." 하고 대번에 승복을 하였다. 순박한 어멈의 선장이에 대한 충성심은 영원히 변하지 않을 만한 것이었다.

아침에 선장이가 세수를 마치고 들어와 책상 앞에 앉아 디킨스의 《올리버 트위스트》를 막 집어 들었을 때 숙자 아주머니가 화장을 하지 않은 얼굴로 장지를 여닫으며 방으로 들어왔다.

"무슨 책이야?"

선장이가 대답 대신에 책을 덮어서 책뚜껑을 내밀어 보이니 숙자 아주머니는 가볍게 "응." 하고 나서 다시 "너 오늘 학교에 좀 나가 봐라." 하고 말을 일렀다.

"아무도 없는데…… 나 혼자 나가 뭐 해요?"

"있을지 없을지 어떻게 아니, 나가 보지두 않구?"

선장이가 잠자코 있으니까 숙자 아주머니는 선장이 어깨에 손을 얹으며 "그래누 나가 봐야시야, 어서 말 들어. 학교에서 정식으루 무슨 공시가 있기 전엔 나가 봐야 해. 그렇잖으면 무단결석이 된단 말이야, 알았냐?" 하고 부드럽게 타일렀다.

선장이가 하릴없이 책가방을 챙겨 들고 학교로 오는데 버스 종점에서 조금 더 오니 길가 어느 길모퉁이에 지켜 섰던 상급생 서넛이 가까이 오라고 손짓을 하였다. 선장이가 피켓라인에 걸린 것이다.

"돌아가, 돌아가. 지금이 어느 때라구 못난이처럼 책가방을 들구 어슬렁어슬렁…… 체!"

파수 선 상급생 하나가 눈을 곱게 뜨지 않고 볼멘소리를 하여 선장이는 얼른 "나두 오구 싶어 오는 게 아니요." 하고 발명을 하였다.

"그럼 왜 왔어?"

"집에서 사람을 못살게 굴어 할 수 없이 왔소."

"집에서 누가 못살게 굴어?"

"누군 누구겠소, 우리 아주머니지."

세 상급생이 서로 돌아보고 한바탕 웃은 뒤에 다른 하나가 웃음이 채 가시지 않은 얼굴로 "임마, 변통성이 그렇게도 없어? 중도에서 가

루새지두 좀 못 해? 갈 데가 없으면…… 도서관에두 못 가? 고지식하기는 밥 빌어다 죽 쑤어 먹겠다." 하고 선장이를 비웃었다. 선장이가, 모든 면에서 선배의 자격이 있는 상급생들에게서 그럴듯한 계시를 받고 곧 그것을 실천에 옮기기로 하였다.

곧장 탑골공원 옆 도서관을 찾아왔다. 이 도서관의 정식 명칭은 경성부립도서관 분관이었다. 단층 건물이지만 내부의 설비는 장곡천정 본관보다도 더 고아하였다. 입장료는 2전 ─ 닭알 한 알 값 ─ 이지만 입장권 열 장(한데 붙은 것)을 한목 사면 할인을 하여 15전이었다. 선장이가 동맹휴학이 끝날 때까지 날마다 단골로 다닐 생각으로 15전을 주고 한목 열 장을 샀다. 책은 한 번 입장에 일곱 권까지 빌려 볼 수 있었다. 엄숙할 정도로 장중하고 아늑하고 조용한 열람실에서 일본 소설을 빌려다가 한 100페이지 읽고 나서 휴게실에 가 무료로 공급하는 더운 찻물로 도시락을 먹었다. 좀 부족한 것 같아서 생과자 세 개 ─ 5전어치 ─ 를 더 사 먹었다. 오후에 남은 200페이지를 앉은 자리에서 다 읽어 소설책 한 권을 당일에 떼고 집으로 돌아오니 숙자 아주머니가 반겨 맞으며 "어떻게 됐니?" 하고 죄어 물었다.

"등교한 아이가 모두 서넛밖에 안 되니 어떡해요. 선생님이 수업은 할 수 없으니 자습들이나 하라구 해 여직껏 자습을 하다 왔에요."

선장이의 그럴싸한 거짓말을 곧이듣고 숙자 아주머니는 좋아서 빙글빙글 웃으며 "선생님이 네가 등교한 걸 아시겠지?" 하고 물어서 선장이는 천연덕스럽게 "그러면이요, 이름들을 적어 가셨는데요." 하고 대답하였다.

"잘됐다, 잘됐어. 그게 다 이담에 네 점수루 되구 성적으루 되는 거야."

선장이는 숙자 아주머니의 턱없이 좋아하는 양이 우스워 혼자 뱃속으로 웃었다.

석후에 선장이가 속이 답답해 관훈동 하숙으로 김영하 선생을 보러 왔다. 김영하 선생이 "너의 학교에선 어떻게 됐니?" 하고 다른 인사 다 제쳐 놓고 맹휴 소식부터 물어서 선장이는 전후사연을 보고 듣고 겪은 대로 다 이야기하였다. 김영하 선생은 참척히 듣고 나더니 강개한 어조로 "우리 민족은 무릎을 꿇구 살기보다는 꿋꿋이 서서 죽는 편을 택할 민족이야." 말하고 선장이 어깨에 한 손을 얹고 힘주어 누르는 것이었다. 선장이도 조선 민족이 장한 민족으로 생각이 들어 가슴이 부풀었다.

나중에 선장이가 숙자 아주머니의 저에 대한 애호와 몰이해를 아울러 이야기하고 "몸은 편해두 맘은 편하지가 못한걸요. 끔찍이 사랑을 한다는 게 자꾸 그릇된 방향으로 끌구 가지 뭡니까. 민족적 관념이란 얻어 보구 죽을래두 없단 말이예요." 하고 하소연하니 김영하 선생은 듣고 한참 생각하다 진심으로 동정하여 "어떡허겠니, 참구 지내야지. 가난이 원쑤로구나." 위로하고 깊이 탄식을 하였다.

27

정실이가 텃밭에 나가 배추를 솎아 주고 있는데 홀지에 어머니가 치맛바람이 나게 쫓아오더니 손벽을 딱 치고 "이애 정실아!" 부르고 "어서어서!" 밑도 끝도 없이 재촉을 하였다. 정실이가 영문을 몰라 일손을 멈추고 뻔히 쳐다보니 어머니는 가쁜 숨을 돌려 가며 "왔다, 왔어!" 말하고 또 손뼉을 딱 쳤다.

"오다니…… 뭐가 왔단 말이예요? 엄마두 참!"

"최 서사…… 한 진사 댁 최 서사가 왔어! 함진아비까지 아주 데리구 왔어. 어서어서!"

정실이는 그제야 어머니의 뒤설레 치는 까닭을 알고 부지런히 일어나 손에 묻은 흙을 털고 또 치마 섶을 내리쓸며 텃밭에서 나왔다. 최 서사의 내방은 곧 한 진사 댁에서 외부에 알리지 않는 백 일 동안의 내란이 종식이 되었음을 의미하는 것이었다.

간밤에 한 진사 댁에서는 한 진사가 갑자기 풍을 일으켜 온 집안이 밤을 발칵 새우다시피 하였는데 샐녘에 반도병원 의사가 돌아가며 한정희와 그 어머니에게 "돌아가 눈 좀 붙이구…… 다시 오겠습니다. 그렇지만 아마 좀 어려울 것 같습니다. 원체 연만하신 데다가 병환이 병환인 만큼. 그러니 미리미리 후사를 준비하시는 것두 낭패는 없을 것 같습니다." 귀띔해 주고 최 서사의 배웅을 받으며 일단 돌아갔다.

한정희 모자는 서로 돌아보고 한동안 말을 못 하다가 붙었던 입들이 겨우 떨어져서 "어쨌든 들어가 신색을 뵙구 나서 다시 의논하자.", "그렇게 하시지요." 말을 주고받고 곧 방으로 들어왔다. 한 진사가 며느리와 손자가 들어오는 것을 보고 얼버무리는 말소리로 "게들 좀 앉거라." 말하고 잠깐 동안 숨을 돌려 가지고 다시 "내가 죽기 전에 손자며느리를 보구 죽어야겠다. 얼른 가 데리구 오너라. 모든 게 다 팔자소관이지, 억지루 한다는 수야 있니." 하고 탄식한 뒤 핏발이 선 눈으로 며느리와 손자의 얼굴을 천천히 둘러보았다.

다홍색 겹저고리에 초록색 치마를 입은 정실이가 최 서사를 따라 한 진사 댁 안사랑에를 들어오니 마님 ─ 한정희의 어머니가 마루 끝에 나와서 밤샘하여 피로한 얼굴로 지난날의 심부름하는 계집아이 ─ 오늘의 며느릿감을 맞아들였다. 정실이가 한정희의 비켜 주는 자리에 와 마님이 시키는 대로 장래 시할아버님께 큰절로 뵈이니 한 진사는 한동안 말없이 무색옷 입은 손자며느릿감을 쳐다보다가 눈으로 며느리를 찾았다. 며느님이 앞으로 나와 살며시 쪼크리고 앉았다.

"에미, 말 듣거라."

"네, 아버님."

"저것들의 초례는 내 칠칠일만 지나면…… 곧 서둘러 치르두룩 해라. 알았느냐?"

"네, 아버님. 분부를 명심하겠습니다."

"손녀사위하고 작은손자며느리는…… 볼 복이 내게는 아마 없나 보다."

"아버님."

며느님의 목소리는 여직 울려는 사람 같았다.

"다 하늘이 하는 노릇인데 사람의 힘으루 어쩌겠니."

"아버님."

"선희 편지 왔느냐."

"네, 아버님."

"잘 있다더냐?"

"아무 탈 없이 잘 있답니다, 아버님."

"은희를 불러라."

"네, 아버님."

한정희가 살그머니 미닫이를 여닫으며 동생을 부르러 나갔다.

이튿날 아침 최 서사가 조선종이에 먹으로 단정하게 '기중(忌中)' 두 글자를 써서 대문에 내다 붙이고 또 큰사랑 제청 모신 방문 앞에 조객

록을 펴 놓고 앉으니 이날부터 며칠 동안은 원근의 조객들이 밀려들어 한 진사 댁 안팎은 밤낮없이 사람들로 벅적벅적하였다.

정실이는 마님이 시키는 대로 상복을 갈아입고 또 머리에 흰 댕기를 드리고 그리고 안채에서 사랑채로, 사랑채에서 부엌으로, 부엌에서 광으로, 하루에도 몇백 고팽이씩 드나들었다. 그렇게 분주하게 초상을 치르고 나니 대가 갈리어 장손인 한정희가 큰 지정을 물려받아 집안의 새 주인으로 되었다. 그리고 두어 달 지난 뒤에는 집 안팎의 일하는 사람들이 모두 도련님을 서방님으로 고쳐 부르게들 되었다. 죽을 지경으로 난처한 것은 정실이었다. 정실이라고 부르던 사람들이 모두 말씨를 고쳐서 새아씨라고 불렀기 때문이다.

동맹휴학의 거세찬 바람이 서울을 비롯한 전국 각지 — 평양, 광주, 신의주, 해주, 목포, 대구, 전주, 함흥, 동래, 정주, 개성, 부산, 진주, 청주 등지를 휩쓰는 동안 서울의 주요한 전국 성적 신문들인 〈조선일보〉와 〈동아일보〉 그리고 〈중앙일보〉에는 거의 날마다같이 '채광창'들이 나타났다. 즉 검열에 걸려서 경찰의 명령으로 이미 찍은 기사를 깎아 버린 공백단들이 빠끔빠끔 뚫렸던 것이다.

그래도 이때의 일본 경찰은 그만하면 중국 국민당의 신문 검열 기관에 비하면 부처 가운데 토막 소리를 들을 만하였다. 선장이가 후일 친히 겪어 보아 알게 된 일이지만 중국 국민당의 신문 검열 기관에서는 기사를 깎아 버리되 공백단을 남겨 놓아서는 안 되었다. '채광창'이 빠끔빠끔 뚫린 신문을 보면 독자들이 깎아 버린 것을 곧 알게 되기 때문이다. 그렇게 되면 도리어 역효과를 가져오기가 쉽기 때문이다. 그래서 국민당의 검열 기관에서는 중간 토막이 빠져 버린 윗글과 아랫글을 막 한데 갖다 붙여 가지고 다시 찍게 하였다. 그러므로 속내 모르는 독자들은 그런 기사를 읽어 보고는 개개 다 고개를 비틀며 '이건 어느 미친놈이 잠꼬대를 하잖았나?' 의심을 하게들 되었다.

동맹휴학이 지속되는 동안 선장이는 낮에는 학교 간다고 핑계하고 도서관에 가 들어박혀 소설책들을 누에 뽕잎 먹듯 닥치는 대로 읽어 제끼고 그리고 밤저녁에는 거의 사흘거리로 김영하 선생을 찾아다녔다.

이날 선장이가 미닫이를 열고 들어서자 첫밧에 김영하 선생이 수색이 가득한 얼굴로 "한선희 씨두 검거됐단다." 말하여 선장이는 의외의 소식에 입을 딱 벌리고 눈만 끔벅끔벅하였다. 신장이는 이날 한때까지 한선희를 매미처럼 한가로이 노래나 부르고 사는 부잣집 아가씨로만 알아 왔다. 한참 만에 비로소 "어디 갇혔답니까?" 하고 물으니 김영하 선생은 "서대문경찰서에." 간단히 대답하고 춥지도 않은데 팔짱을 지르더니 고개를 젖히어 벽에 기대고 천정을 쳐다보았다. 사제가 덤덤히 마주 앉았는데 탁상시계의 시간을 저미는 째깍째깍 소리가 차차 또랑또랑해지는 것 같았다. 김영하 선생이 아무리 근심하고 걱정한들 무슨 소용이 있으랴. 한낱 학교 도서관의 직원으로서 유치장에 갇힌 사람을 빼내 올 재간이 있을 리 만무하였다. 이제 겨우 중학교 1학년생인 선장이쯤은 공연히 조바심을 하는 외에는 더군다나 속수무책이었다.

이윽고 김영하 선생이 고개를 벌떡 일으켜 선장이를 쳐다보며 "원산집에다 전보를 쳐 줘야지." 혼잣말하고 곧 팔짱 지른 팔을 빼고 자리에서 일어났다. 선장이도 안국동 네거리에 있는 우편국까지 따라가 전보 치는 것을 보았다. 우편국을 나와 전차 종점까지 갈라질 때 "자주 들러.", "네." 인사를 나누고 돌아서는 선장이의 마음은 납덩이같이 무겁기만 하였다.

366

집에는 숙자 아주머니의 옛 동창생 하나가 놀러 왔다. 이 여자의 남편은 중앙일보사의 편집차장인데 그들 내외 사이에는 얼굴 생김생김이 팔팔결 서로 다른 쌍둥이 오누이가 있었다. 그 오누이가 하나는 휘문고보에 다니고 또 하나는 숙명여고에 재학 중인데 모두 선장이 또래 1학년생들이었다. 전에도 몇 번 놀러 와서 본 적 있는 여자였으므로 선장이는 그저 인사성으로 "아주머니 오셨습니까." 한마디하고 제 방으로 물러가려 한즉 "게 좀 앉았어." 숙자 아주머니가 나가지 못하게 붙들어 앉혔다.

숙자 아주머니를 물 좋은 붉돔에 비한다면 이 차장 부인은 영낙없는 북어 — 말린 명태였다. 초근목피로 연명을 한대도 이렇게까지 파리하지는 않으리라 생각이 들 지경이었다. 그래도 말만은 청산유수라서 종일 함께 있어도 심심하지가 않을 것 같았다.

"글쎄 유치장이구 복도구 취조실이구 학생들이 꼴딱꼴딱 들어차 오수부동이라지 뭐니. 신문사 기자들이 이걸 탐지해 가지구 '초만원 이룬 유치장', '짐짝처럼 포개진 학생들'…… 이런 표제를 달아 톱기사루 실었더니 통과가 될 게 뭐, 어림두 없지! 송두리채 삭제 벼락을 맞아 1면의 한 절반 공백으로 나갔지 뭐나. 동대문이구 종로구 서대문이구…… 경찰서마다 병난 학생들이 여간 많잖대."

"병이 난 거야 놓아주든지 입원을 시키든지 하겠지, 그대루 붙들어 두겠니."

"글쎄 모르지. 심사가 틀려서 죽을 때까지 붙들어 둘는지 누가 아니."

"설마 그렇게까지야."

"설마가 사람 죽이지."

"이게 대체 웬 야단들이냐, 난 정말 모르겠다."

"모르긴 무얼 몰라. 일본 녀석들이 우리 여학생을 모욕했는데 그럼 가만있어? 네 딸이 그런 일을 당했다면 넌 가만있겠니? 난 내 딸이 그런 일을 당했다면 사생결단을 하지 가만 안 있겠다."

"그래두 이렇게까지 하는 건 좀 과해."

"과하긴 뭐가 과해? 당연하지!"

"그래, 너의 아이들이 학교두 못 나가구 집에 들어앉았는 게 좋으냐?"

"안 좋아두 할 수 없지. 민족적 멸시를 당하는 것보다야 저우 낫지."

"넌 학교 다닐 때나 지금이나 마찬가지구나, 무슨 일에나 열을 올리는 성질이."

"난 무슨 일에나 시르죽은 이 같은 건 질색이야."

"그러니까 억년 가두 저렇게 살이 못 오르지."

"가난한 신문쟁이 여편네가 무슨 수루 살이 올라."

"너희가…… 그러냐?"

"그럼 월급쟁이네 살림이 너희처럼 이렇게 호화판일 줄 알았니? 아이들 학교두 겨우 보내는데."

"난 우리 선장인 날마다 학교에 내보낸다, 무단결석 안 시키려구."

"무단결석?" 하고 말라꽹이 차장 부인이 선장이의 얼굴을 똑바로 보는데 그 눈에는 경멸의 빛이 뚝뚝 떨어지는 것 같았다. 선장이는 그 눈길을 피하느라고 얼른 고개를 옆으로 돌리고 딴 데로 보았다. 속에서 억울한 수치감이 왈칵 치밀어 올랐다. 선장이는 동맹휴학의 비겁한 기피자도 아니고 또 가증한 파괴자도 아니었다!

선장이가 그 자리에 앉아 배기기가 어려워 슬그머니 일어나 제 방으로 물러나왔다. 맨 방바닥에 두 손을 깍지 껴 베고 번듯이 나가 누워 천정을 쳐다보며 생각에 잠겼다. 외양이 숙자 아주머니만 퍽 못한 말라쨍이 차장 부인이 속에는 갸륵한 애국애족의 뜻을 품고 있음을 알고 적이 놀라왔던 것이다.

어멈이 빨아 손질한 선장이의 속옷들을 차곡차곡 포개서 가슴에 안고 들어왔다.

"감기 들면 어쩌려구 그리셔."

선장이가 대꾸 않고 가만히 누워 있기만 하니까 어멈은 안고 들어온 속옷들을 책상 위에 내려놓고 곧 옆에 와 앉아 선장이의 얼굴을 가까이 들여다보며 "어디가 편찮으세요?" 염려스레 물었다.

"아니, 아무렇지두 않아."

"그럼 왜…… 무슨 언짢은 일이 있으세요?"

"아무렇지두 않다니까. 그 리시버나 이리 집어 줘요."

선장이가 일어앉아 어멈이 집어 주는 광석 라디오의 리시버를 받았다. 귀에 걸다가 그만두고 그 한 짝을 떼어 어멈에게 건네며 "우리 한 짝씩 같이 들어." 하고 웃으니 어멈도 상글거리며 리시버 한 짝을 받아서 귀에 갖다 대었다. 둘이 머리를 맞대고 리시버에서 흘러나오는 수심가를 듣는 중에 큰방에서 숙자 아주머니의 "어멈." 하고 부르는 소리가 나서 어멈은 "예." 대답하고 리시버를 얼른 선장이에게 돌려주며 "손님 가시려나베." 혼잣말하고 지체 없이 일어나갔다.

밤에 자다가 선장이는 말라쨍이 차장 부인이 저를 보고도 본 체 안하여 대단히 실망하는 꿈을 꾸고 잠이 깨어서도 계속 마음 한구석이 빈 것같이 서운하였다.

약 2주일 간 지속된 동맹휴학이 일단 끝이 나서 선장이가 학교에를 나가 보니 축대 위 게시판에 나붙은 것은 — 공무집행을 방해하고 또 폭행을 가했다는 죄로 곰보와 백발귀를 각각 2주일씩 정학 처분하고 또 기물손괴죄로 두 권투 선수를 각각 일주일씩 정학 처분하고 그리고 동맹휴학을 조직, 선동하였다는 죄로 김봉구를 출학 처분한다는 — 학교 당국의 공시였다. 선장이는 공시를 보고 가슴이 무너앉는 것 같았다. 가장 흠모하는 인물 — 김봉구를 영원히 다시 못 보게 된다는 아수함과 안타까움이 심장을 마구 죄었다. '김봉구도 없는 이따위 학교를 다녀 무엇 하나' 하는 미친 생각까지 났다. 게시판 앞에 모여 선 상급생들이 씩둑꺽둑 지껄이는 소리가 화살처럼 하나하나 귓속에 들어와 박혔다.

"학교에서두 이런 처분을 하구 싶어 하는 게 아니야, 경찰의 압력에 못 이겨 하는 거지."

"물론 그럴 테지."

"김봉구가 없으면 재미가 없어서 난 또 딴 학교루 전학이라두 할란다."

"이습회두 잘못하면 머리 없는 용이 되잖겠는지 모르겠다."

"김봉구의 사촌형이 보성전문에 다니는데 사람이 터지게 났다더라."

"그 집안이 원체 내력이 있는 집이야."

"어드런 내력?"

"그 할아버지가 한일합방 후에 의병운동을 일으켰던 유명한 의병장이래."

"내꽤, 그러게 그 자손들이 모두 그렇게 빼어났지."

"곰보하구 백발귀는 그래두 또 좀 괜찮다."

"그렇잖구, 까짓 두어 주일쯤."

"둘이 다 영웅이야."

"난 그치들이 경찰 놈들을 메다꽂을 때 어찌나 속이 시원하던지 삼년 묵은 체증이 다 떨어졌다."

"유도 선생이 코가 우뚝하게 됐군, 제 제자들이 경찰학교 졸업생들을 넙치를 만들어 놨으니까."

"그 자식들이 펀치 먹인 창문들을 어느새 다 고쳐 놨네."

"뻥끼칠이 약간 다른 게 알린다."

"아무튼 걸작들이야."

"한 주일 정학쯤은 데시근하게두 안 여길걸."

"곰보나 백발귀쯤은 경찰에 때어 가기만 했더라면 어디가 부러져두 부러져 나오는 걸 용케들 피했지."

"곰보, 백발귀가 왜 시라소니냐, 잡히게."

"경찰 놈들이 김봉구를 종당은 아마 가만 안 둘 게다."

"가만 안 두면 그럼 또 한번 뒤집어지는 게지."

"그렇잖구, 서울 장안이 벌컥 뒤집히게 한번 또 들었다 놓자꾸나."

"잡아 갇혔던 학생들은 인제 얼추 다 풀려나온 모양이더라."

"제 따위 놈들이 안 내놓구 배기니, 세상 여론이 죽 끓듯 하는 판인데."

"경찰 놈들두 이번엔 혼쌀을 한번 든든히 먹었어."

"누가 아니래요."

"5학년 것들은 사람이 아니다."

"더러운 것들!"

"그런 것들은 민족의 이름으루 규탄을 한번 단단히 해야 하는데."

수업시간이 되어 교실에를 들어가 앉아 보니 교단에 올라선 선생과 걸상에 앉아 있는 학생들의 사이가 별나게 서먹서먹한데 무슨 놀라운 변고라도 치르고 난 뒤끝 같았다.

체질 관계로 쌍화탕을 달여 먹는 까닭에 '쌍화탕'이라는 별명으로 불리는 한문 선생이 두보의 '춘망'을 가르치다가 '국파산하재(國破山河

在), 성춘초목심(城春草木深)'의 뜻을 누가 한번 새겨 보라고 하였다. 선장이가 선등 손을 들고 일어나 글귀를 새길 대신에 "선생님, 김봉구는 왜 출학 처분을 했습니까?" 엉뚱한 질문을 하여 교실 안의 사람들이 다 의외롭게 여기는 중에 쌍화탕 선생은 잠시 당황해하다가 이내 다시 평정한 상태로 돌아가 가지고 "지금은 수업시간이니까…… 교과서하구 관련 없는 질문은 두었다 나중에 하라구." 하고 슬쩍 넘겨 버렸다. 선장이가 앙앙불락하여 시간을 겨우 마치고 운동장으로 나오니 급장 오월봉이가 히죽히죽 웃으며 뒤따라 나와 선장이의 어깨를 툭 쳤다.

"임마, 쌍화탕은 교무회의에서 김봉구를 두둔했다구 경찰에서 점을 찍어 놓은 사람이야. 그런데 거기다 대구 또 그따위 질문을 해? 자식, 눈치가 안는 암탉 잡아먹겠다!"

선장이가 입을 딱 벌리고 한참 만에 "누가 그런 걸 알았어야지." 하고 뒤통수를 긁적거리니 오월봉이는 "모르면 아가리나 닥쳐야지." 하고 선장이의 어깨를 또 한 번 툭 쳤다.

"가서 잘못했다구 빌까."

"가서 비는 건 다 뭐야 새빠지게, 그 자식이 정말 숙맥일세."

교직원들 가운데도 김봉구를 동정하고 지지하는 사람이 있다는 것을 알게 되자 선장이는 찌뿌드드하던 기분이 한결 거뜬해졌다. 그래서 농지거리가 입에서 절로 튀어나왔다.

"너의 색시 사진 보여 주겠다던 거 어떻게 됐니? 어디 좀 보자."

"느그 작은엄마 사진 말이야?"

"이름이 뭐야? 명월이? 추월이? 소월향? 옥부용?"

"고놈의 새깽이 버르장머리 없어 못쓰겠다. 꼭뒤에 피두 안 마른 녀석이 어디서 기생 이름은 그렇게 숱하게 주워들었냐."

이날 밤 뜻밖에 연갑수 법률사무소로 서선장이를 찾아온 여학생 하나가 있었는데 그는 곧 팔소매에 검은 헝겊으로 상장을 단 한선희였다. 한 열흘 초만원 유치장에서 시달리어 수척해진 얼굴로 큰방에서 박숙자와 마주 앉아 이야기를 하고 있던 선희는 선장이가 장지를 열고 들어서는 것을 보고 "사돈총각 오래간만일세……." 우스갯소리를 하고 박숙자와 서로 돌아보며 깔깔 웃었다. 선장이가 무슨 영문을 몰라 어리둥절하는 것을 보고 선희가 "이젠 너의 누나가 내 올케란 말이야. 알겠니?" 말하는데 숙자 아주머니가 "정실이가 선희네 오빠한테 시집을 간단다." 하고 말곁을 달았다. 선장이는 집에서 알리지 않은 까닭에 도시 처음 듣는 소리였다.

"우리 누나가?"

"왜 곧이들리지 않냐?"

선장이가 눈만 끔벅끔벅하는 것을 보고 두 여자는 또 한바탕 소리 내어 웃었다.

"어서 가 옷이나 갈아입구 와. 나하구 김영하 선생한테 좀 같이 가자. 가서 인사를 치러야겠다."

"쟤야 어디나 간다면 후딱하지."

선희가 선장이를 앞세우고 관훈동으로 오는데 어둠컴컴한 사잇길을 빠져나오니 단 5분도 채 아니 걸렸다. 김영하 선생은 의외의 진객이 들이닥치는 바람에 거두지 않아 어질더분한 좁은 방에다 방석을 고쳐 까느라고 분주하였다. 선장이는 속으로 웃었다.

'아마 선녀가 하강을 한 줄로 아는 모양이지?'

선희가 먼저 고개를 수그리고 "선생님께서 염려해 주신 덕분에 무사히 풀려났습니다. 감사합니다." 인사하니 김영하 선생은 마주 고개를 숙이며 "아니, 천만에. 그동안 선희 씨 고생이 많았습니다. 장하십니다." 하고 인사를 맞았다.

"경찰이 무도하다는 걸 이번에 겪어 보구 밝히 알았습니다."

"아주 귀중한 체험을 하셨습니다. 정말 화가 복으루 된다는 속담이 맞습니다. 그런데 몽상을 입으셨으니 웬일입니까?"

"저의 조부님 거상을 입었습니다."

"아니, 한 진사 어른 거상이란 말씀입니까. 언제 돌아가셨습니까?"

"이제 겨우 한 달이 지났습니다."

"상제님을 그대루 보여서 쓰겠습니까. 새루 궂긴 인사하구 보입겠습니다."

말하고 김영하 선생은 곧 꿇어앉아 "상사 말씀은 무슨 말씀을 하오리까." 하고 새삼스레 조상 인사를 하였다. 선희가 잠시 당황하여 얼굴을 붉히는 것을 보고 선장이는 속으로 상중에 유치장 출입까지 하고 팔자가 어지간히 험한 여자로구나 생각하였다. 기실 선장이도 이때까지 한 진사가 작고한 것을 모르고 있었다.

토요일 날 오후에 선장이가 넌지시 어멈을 보고 "어멈, 고추장볶이 아직 얼마나 있수?" 하고 물으니 어멈은 괴이쩍어하는 눈치로 "갑자기 그건 알아 무어 하시게, 도련님 잡술 게 없을까 봐?" 하고 되물었다.

"아니야, 내 따루 좀 쓸데가 있어서 그래."

"아니, 고추장볶이를 어디다 쓰세요. 도련님이?"

선장이가 어멈의 귀에 입을 갖다 대고 "우리 선생님 좀 갖다드릴까 해서 그래, 하숙 생활을 하시는데…… 그런 맛있는 고추장볶일 어디 얻어 잡술 수 있어?" 하고 소곤소곤 말하니 어멈도 따라서 가는 목소리로 "오, 그래요. 그렇다면야…… 염려 마세요. 내 이따 몰래 알단지에다 한 단지 꼴딱 담아 놓을 테니, 어둡거든 갖다드리세요." 선선히 응하고 상글상글 웃었다. 선장이하구 한통속이 되어 주인 모르게 좋은 일 하는 게 재미가 있어서다.

김영하 선생이 고추장볶이 담긴 알단지를 받아 놓고 영문을 몰라 "이게 웬 거냐?" 하고 물어서 선장이는 그럴싸하게 꾸며 대었다.

"지가 우리 아주머니께 말씀하구 좀 달래 왔어요, 선생님 갖다드리겠다구."

"응, 그러구 보니 너의 아주머니가 인심이 무던하구나."

"그러면이요."

"언제 만나면 인사를 톡톡히 좀 해야겠는걸."

"요만 일에 인사는 무슨 인사예요. 남 계면쩍으라구."

"그래두 어디 그러냐."

"고만두세요, 필요 없어요."

"먹긴 잘 먹겠다만."

이때 밖에서 발자국 소리들이 나더니 이어 선장이도 어디서 들은 적이 있는 것 같은 목소리가 "김 선생." 하고 불러서 "아, 어서들 오시우." 하고 김영하 선생은 곧 일어나가 미닫이를 열었다. 방 안에서 내비치는 전등 불빛에 마루에 올라서는 두 사람을 내다보고 선장이는 흠칫 놀랐다. 앞선 사람은 지난번에 탑골공원 앞에서 양코배기의 카메라를 빼앗아 동댕이치던 사각모를 쓴 학생이니까 별로 놀랄 게 없었지만 두 번째 사람은 — 천만뜻밖에도 선장이 가장 흠모하는 인물 — 키케로 김봉구였기 때문이다. 앞을 선 사각모가 방 안에 들어서며 윗목에 일어서 있는 선장이를 보고 "우리는 구면이지." 하고 웃으며 인사하는데 뒤를 따라 들어온 김봉구도 선장이를 보고 "우리두 구면이지." 하고 웃었다.

주객 세 사람이 아랫목 따뜻한 자리를 서로 사양하다가 마침내 손님 둘을 아랫목에 앉히고 김영하 선생은 선장이를 데리고 사각모 앞에 모 꺾어 방문 맞은편 자리에 앉았다. 사각모가 좌정하며 곧 김영하, 김봉구 두 사람을 인사시키는데 먼저 김봉구를 가리키며 김영하 선생에게 "이 사람은 내 사촌동생, 김봉구라고 합니다." 소개하고 다시 김영하 선생을 가리키며 김봉구에게 이분은 누구시라고 소개를 하였다. 두 사람 인사시키는 말을 옆에 앉아 듣던 선장이가 속으로 '아하, 게시판 앞에서 상급생들이 칭찬하던 사람이 바로 이 사람이었구나, 사람이 터지게 났다는…… 의병장의 손자' 생각하고 다시 살펴보니 아닌 게 아니라 두 사촌형제의 기걸스러운 얼굴 모습이 비슷하였다.

사각모가 사촌아우의 출학당한 경위를 요령 있게 설명하고 나서 "이 사람의 전도가 이젠 아주 막혀 버리다시피 됐으니 나갈 길을 뚫어야겠는데…… 국내에선 질서가 너무 째어 놔서 어떻게 해 볼 도리가 없단 말입니다. 그래서 이럴 바엔 차라리 하구 착안을 한 것이……." 말하고 사촌아우를 돌아보며 "그거 좀 보여 드려." 하고 잠시 말을 그쳤다. 김봉구가 사촌형이 시키는 대로 돌돌 말아 손에 쥐고 온 잡지 한 권을 얼른 뒤집어 말아서 꽉꽉 쥐어 대충 펴 가지고 김영하 선생 앞에 밀어 놓았다. 사륙배판으로 된 그 잡지의 표지에는 아침 조 자 빛 광 자 〈조광〉이라는 두 글자가 뚜렷이 찍혀 있었다.

"거기 글 한 편이 실렸는데, '황포군관학교의 조선 학생들'이란 제목 으루 사진까지 곁들였습니다. 중국에서 가장 유명한 그 군관학교에 조선 학생들이 있어두 이만저만 있는 게 아니라…… 아주 많이 있단 말입니다. 참으루 놀라운 일입니다. 그 학교는 말하자면 중국의 웨

스트포인트(미국의 유명한 육군사관학교)가 아니겠습니까. 그동안 우리의 시야가 얼마나 좁았습니까. 유학이라면 으레 일본으루만 알았단 말입니다. 김 선생 한번 좀 읽어 보십시오."

선장이는 난생처음 듣는 말에 귀가 번쩍 뜨이었다. 이때는 서점에서 마르크스의 《자본론》을 버젓이 펼쳐 놓고 팔던 시절이다. 그렇건만 선장이는 보고 들은 것이 많지를 못하였다. 훤하게 아는 것이라면 동해바다(서해 말고)에서 나는 물고기들의 이름과 그 습성이라고나 할까.

김영하 선생이 "아, 그 문장은 나두 읽어 봤습니다. 도서관에 있으니까 자연……." 하고 말하니 김봉구의 사촌형은 "아, 그렇습니까. 그럼 더 잘됐습니다. 그래 소감이 어떻습니까, 읽으신?" 하고 다그쳐 물었다.

"대단히 경탄했습니다, 전에는 상상두 못 하던 일이라서."

"그렇습지요. 솔직히 말해 우리가…… 우리 같은 정직한 조선 사람들이 말입니다……. 지금 일본 사관학교를 다닐 수 있겠습니까?"

"아마 어렵겠지."

"아마 어렵겠지가 아니라, 도저히 불가능하지요."

김봉구가 옆에서 "철저한 친일 주구들을 제외하고는 아무두 안 되지요." 하고 말깃을 다니 김영하 선생이 깨도가 되는 듯 대번에 무릎을 치며 "아하, 그러니까 중국에 건너가 황포군관학교를 다녀 볼 의향이시구려?" 하고 외치다시피 말하였다. 김봉구가 맞았다는 뜻으로 고개 끄덕이는 것을 보고 선장이는 '의병장의 손자가 다르긴 하다' 하고 흠모하는 한편 또 몹시 부러운 생각이 들었다.

창문 밖 골목길에서 고학생이 "칼톱만쥬, 칼톱만쥬!" 외치는 소리가 들렸다. 동대문 밖 고학당의 학생들은 겨울만 되면 밤마다 시내에 들어와 따끈따끈한 찐빵 — 달달한 팥소 넣은 찐빵 — 을 팔러 다니는데 그 외치는 소리는 겨울밤 서울의 처량한 풍물시로 되었다. 비록 '칼톱 만쥬'라는 말이 무슨 뜻인지는 아무도 몰랐지만서도.

28

선장이 교복의 금장이 '1'자에서 '2'자로 바뀐 뒤 얼마 아니 하여 일어난 두 가지 큰 사건이 있었으니 그 하나는 서원준 사건이요 또 하나는 리재유 사건이었다. 각 신문이 서로 다투어 가며 대대석으로 보도기사들을 실어서 서울 장안이 들썩한 중에 선장이도 지대한 흥미를 가지고 사건의 추이를 주시하고 또 극적인 종말을 마음 죄며 기다렸다.

서원준은 해외 ― 중국 관내 ― 에서 독립운동에 종사하는 민족주의자로서 군자금을 조달할 목적으로 국내에 잠입하였다. 이때 서울과 장호원 사이를 운행하는 승합자동차도 다른 노선을 달리는 차들과 마찬가지로 우편 행낭을 적재하였다. 그리고 또 이 구간을 운행하는 차는 서울 식산은행 본점과 장호원 지점 사이의 현금 운송도 취급하였다. 서원준은 이에 착목을 하고 일할 장소를 고르는데 자동차가 바라오르려면 힘이 몹시 들어 하는 가파른 고개 하나를 택하였다. 백주에 그 고갯마루에서 서원준은 권총을 내대고 장호원을 떠나 서울로 향하는 자동차를 멈춰 세워 놓고 운전사 이하 칠팔 명의 승객이 눈들을 멀뚱멀뚱 뜨고 바라보는 가운데 엄청난 액수의 현금을 어렵지 않게 탈취하였다. 그리고 도주하기 전에 운전사와 승객들에게 목자를 부라리며 "한 시간 안으로 경찰에 신고만 했단 봐라, 다 죽여 치우겠다!" 으름장을 놓고 유유히 자취를 감춰 버렸는데 운전사와 승객들은 오금이 저려 한 시간이 좋이 지난 뒤에야 비로소 경찰에 신고할 엄두들을 내었다.

일명 장호원 사건이라고도 불리는 이 활극 같은 사건을 각 신문들이 일제히 보도하자 세상의 이목은 모두 그 사건으로 쏠리는 듯싶었다. 제모의 에나멜가죽끈을 턱에다 내려 걸고 또 가뜬가뜬하게 각반을 치고 그리고 장총들을 멘 경찰기동대가 떼를 지어 성북동으로 넘어가는 고갯길을 올라가는 것을 교정에 서서 바라보다가 선장이가 염려스러운 얼굴로 "그 사람이 무사히 탈출을 할까?" 하고 옆에 섰는 곽복덕이를 돌아보니 곽복덕이는 "독립군들은 난다 긴다 하는 재주를 가졌다니까…… 어떻게 되겠지." 하고 걱정 없는 대답을 하였다.

"나두 권총이나 있으면 한번 해 봤으면 좋겠다. 얼마나 멋지냐, 꼼짝 말구 손들엇!"

"권총만 있으면 되니, 쏠 줄도 모르면서."

"권총쯤 쏘는 게 무에 그리 어려울라구."

"자식, 세상일이 다 그렇게 식은 죽 먹긴 줄 아니?"

"그래두 다 사람이 하는 노릇이겠지. 배워서 안 될 일이 어디 있어."

"말루야 못할 일이 없지."

선장이가 일부러 먼산바라기를 하며 비양조로 "태산이 높다 하되 하늘 아래 뫼이로다. 오르고 또 오르면 못 오를 리 없건마는 사람이 제 아니 오르고 뫼만 높다 하더라." 하고 시조 한 수를 읊으니 곽복덕이는 가소로운 듯 "논다, 놀아." 하고 콧방귀를 뀌었다.

오월봉이가 팔자걸음으로 걸어오며 "너희들 거기서 뭐 하니?" 하고 싱글거려서 곽복덕이가 "남이야 무얼 하든 간에 쓸데없는 참견 말구 어서 너 먹을 담배나 먹어라." 하고 엇조로 응수하는데 선장이도 가만있지 않고 "느그 색시는 너처럼 그렇게 팔자걸음 안 걷지? 오리처럼 요렇게 안쪽 발걸음 걷지?" 하고 놀려 주었더니 오월봉이도 지지 않고 "함경도가 상놈의 본향이라더니 과연 그렇구나. 너희 놈들이 바루 그 좋은 본보기다." 하고 익살스럽게 고개를 끄덕끄덕하였다.

이틀 후에 서원준이 체포되었다는 보도기사를 읽고 또 거기 곁들인 사진을 보고 선장이는 크게 낙심하여 입맛이 다 쓸 지경이었다. 밤에 선장이가 관훈동에를 갔더니 김영하 선생도 여간 애석해하지 않았다.

"그런 일을 혼자서 하는 건 워낙 좀 무리였어. 일본 놈들의 수사망
　이 얼마나 쨰었다구."

"징역살이를 해두 여러 해 하게 될 터니 저걸 이찌지요."

"글쎄 어쩌겠니. 독립운동을 하자면 그런 것쯤은 미리 각오를 해야지."

"독립은 꼭 될까요?"

"꼭 되지. 되다 뿐이야, 꼭 되잖구."

김영하 선생이 잘라 말하는 것을 듣고 선장이는 앞이 환히 트이는 것 같았다. 속이 한결 후련하였다. 선장이 마음에 선생님은 무어나 무소부지로 다 아는 것만 같았다. 그것은 곧 존경하는 스승에 대한 믿음 즉 신앙이었다.

이날 선장이가 학교에서 돌아오는 길에 종로 네거리와 안국동 종점 사이를 운행하는 전차를 갈아타고 오는 중에 차창으로 내다보니 중앙 일보사 게시판 앞에 사람들이 모여서 신문을 들여다보고 또 무어라고 서로 지껄이는 것이 눈에 띄었다. 선장이가 또 무슨 서원준 사건이 터지지나 않았나 하는 의심이 들어 좌석에서 얼른 뛰어 일어나 승강구로 나왔다. 달리는 전차에서 말광대같이 몸 가볍게 '도비오리' 즉 '뛰어내리기'를 하였다. 이때 전차는 승강구에 문이 없는 대신에 잡고 오르내리라는 긴 손잡이 막대기가 양쪽에 하나씩 달려 있었으므로 이러한

뛰어내리기가 가능하였다. 물론 달리는 전차에서 뛰어내려서는 안 된다는 규칙은 있었다. 그러나 어느 때, 어느 곳을 막론하고 규칙이란 간간이 위반을 당하게 마련이었다.

선장이가 오금에서 바람이 나게 쫓아가 보니 이번 사건의 주인공은 선장이와 동성인 서 씨가 아니고 인연이 퍽 먼 어디 사는 리 씨였다. 사건도 이른바 '권총강도'가 아니고 그냥 무슨 '비합법운동'이었다. 그리고 이번 사람은 해외에서 잠입한 것이 아니라 본래부터 국내에서 지하활동을 하다가 현재 지명수배를 피하여 숨어 다니는 중이며 또 민족주의자가 아니고 공산주의자였다. 요약해 말하면 공산당의 지도자 격인 인물이 경찰의 엄밀한 수사망을 벗어나 온데간데가 없어졌다는 것이다. 그 이름은 실을 재 자 넉넉 유 자, 리재유였다. 선장이가 신문을 들여다보는 체하며 옆에서 씩둑꺽둑 지껄이는 소리에 귀를 도사렸다.

"리재유라면 공산당의 책임 비선가 뭔가가 아닌가?"

"아마 그렇다는갑디다."

"그런 귀신 찜 쩌 먹을 친구가 그렇게 어리무던하게 붙잡힐라구."

"지금 눈들을 까뒤집구 가을 중 쏘대듯 하는데…… 무사할까?"

"아직두 서울 시내에 잠복해 있는 것만은 틀림이 없는갑디다. 멀리 튀지는 못한갑디다."

"십만 장안 억만 가구에 사람 하나를 찾는다? 잔디밭에 가 바늘을 찾으라지."

"제발 잡히지 않았으면 좋겠다, 그 개새끼들 헛물켜는 꼴 좀 보게."

"자네 나하구 내기하지 않으려나?"

"무슨 내기?"

"리재유가 잡히면 내가 한턱내구, 리재유가 안 잡히면 자네가 한턱 내구……."

"공산당은 잘사는 놈이구 못사는 놈이구 다 똑같이 먹구살 걸 주장 한다며?"

"그렇다면 좀 좋아. 우리 같은 거야 밑질 것 하나 없지, 물에 빠져두 주머니밖에 뜰 게 없는데."

"박흥식이가 그런 소릴 들었으면 아마 임자를 선 자리에서 뜯어먹 으려구 할 게요."

"박흥식이가 화신백화점 사상이 아니요?"

"고만들 지껄여, 괜히 그따위 소리 하다가 놈들 귀에 들어가면 또 졸 경들 칠라구."

선장이가 상상력을 만가동하여 리재유의 행방에 대하여 가지가지 추측을 하며 연갑수 법률사무소 현관에 들어서니 문 여닫는 소리를 들은 모양으로 연 변호사가 사무실에서 내다보지는 않고 "게 들어온 게 누구냐?" 하고 소리쳐 물어서 선장이는 "네, 접니다. 선장입니다." 하고 대답하였다.

"이리 좀 들어오너라."

"네."

연갑수가 양소매책상 앞에 앉아 무슨 서류를 뒤적거리다가 들어와 선 선장이를 한번 쳐다보고 또 탁상 일력을 한번 보더니 "너 내일 심 부름 좀 갔다 오나. 일찌감치 일어나서…… 일요일이니까, 당일치기루 하면 괜찮겠지." 하고 말을 일러서 선장이는 "네, 어디를요?" 하고 행 선지를 물어보았다. 당일치기란 말이 시내 어디 좀 갔다 오는 따위의 심부름은 아닌 성싶어서였다.

"이천을 좀 갔다 오나, 빚추심하러."

"이천엘요? 이천이면…… 장호원으로 가는 길목이 아닙니까?"

선장이의 상상력 왕성한 머릿속에서 대번에 승합자동차와 현금, 가파른 고갯길과 권총을 내든 서원준의 모습이 뿔 넷 달린 바람개비가 되어서 돌아갔다.

"왜, 가기 싫으냐?"

"아니, 가겠습니다."

"서원준이 생각이 나서 그러니? 서원준인 감옥에 갇혀서 나오지를 못할 테니까…… 어서 맘 놓구 갔다 오나. 괜찮다." 하고 연 변호사가 웃음의 소리를 하며 웃어서 선장이는 좀 열적게 따라 웃었다. 속을 빤히 들여다보인 것 같아서였다.

선장이가 이튿날 아침 일찌기, 연 변호사의 몸을 받은 사무소의 서기가 안날 오후에 예약해 준 왕복 차표를 가지고 이천 길을 떠났다. 막상 떠나 보니 번거로운 도회지를 벗어나 늦은 봄의 푸른 전야가 펼쳐지는 시골길을 호사스레 자동차 ─ 문명의 이기 ─ 에 앉아 달려 보는 것도 과히 해롭지가 않았다.

그러나 유감스럽게도 선장이의 그런 호사스러운 광경은 그리 길지가 못하였다. 매화도 한철, 국화도 한철이었다. 얼마 오래지 않아 곧 재난적인 우연지사가 발생한 것이다.

승합자동차 ─ 꺼먼 풀을 친 9인승 포드 ─ 가 꽃향기 싱그럽고 풀냄새 싱그러운 봄바람을 헤가르며 상쾌하게 달리는 중에 앞길에서 노랑 저고리에 다홍치마를 입은 색주가 모양의 젊은 여자 하나가 자동차 오는 소리를 듣고 발을 멈추며 곧 한옆으로 비켜서더니 손을 쳐들었다. 더 말할 것 없이 차를 세우라는 신호다. 머리를 양털처럼 곱슬곱

슬 지지고 얼굴에 하얗게 분칠을 하고 그리고 입술에다 염매품 루주를 빨갛게 바른 그 여자를 보자, 멋을 부리느라고 빨간 넥타이를 매고 신바람 나게 차를 몰아 오던 운전사가 무조건 브레이크를 밟아 차를 멈춰 세웠다. 이때의 기풍으로 보아 이런 승합자동차의 운전사들은 대개 다 연도의 읍촌이나 주막거리에서 술장사하는 여자들과 옅고 깊은 인연들을 맺고 있었다. 그러니 이 운전사 양반이 차를 어찌 아니 세우랴. 머리에 작지 않은 보퉁이를 이고 봄바람에 머리카락과 옷고름, 치맛자락을 나붓기며 웃는 얼굴로 편승을 요청하는 잘 아는 여자 앞에서 운전사가 불가항력적으로 굴복을 하는 것은 오히려 당연한 일일지도 모른다.

그러나 딱한 것은 운전사까지 모두 해서 아홉 사람밖에 못 타는 자동차가 정원이 꼴딱 차 한 사람은 고사하고 단 반 사람도 더는 태우지를 못할 형편인 것이었다. 일이 난처하게 된 운전사가 뒷좌석을 돌아보고 사정하듯 승객들에게 의논을 거니 승객들도 인정으로,

"암 태워야지……. 보퉁이두 작지 않은데, 걸어가랄 수 있소."

"어떻게 해서든지 태워 가지구 가야지……. 삼사십 리 길을 약한 여자더러 걸어가라니, 어디 될 말이요."

"그럼 어떻게 할까."

"글쎄, 어떡헐까."

제각기 한마디씩 지껄였다.

보퉁이 인 여자는 차 옆으로 다가섰고 또 발동을 끄지 않은 자동차는 계속 털털거리는 중에 갈 길이 바쁜 승객들이 공론한 끝에 중간 좌석에 앉은 중년의 탑삭부리가 뒷좌석 왼쪽 구석에 앉았는 선장이를 가리키며 "저 학생하구 좀 같이 앉아 가게 하지." 하고 발론을 하여 다

른 사람들도,

"참 그게 좋겠소."

"여게 총각, 사정 좀 보아드리게. 한 반 시간밖에 더 안 걸릴 테니까."

"어린 학생인데 괜찮지…… 어서 그렇게 하라구."

중구난방으로 권고를 하였다.

일이 안 될 때라 마침 승객 중에 아이는 선장이 하나뿐이고 그 나머지는 다 어른들이었다. 운전사가 한 손에 핸들을 잡은 채 윗몸을 뒤틀고 선장이를 바라보며 "미안하지만 그렇게 좀 합시다, 학생." 하고 다리아랫소리를 하는데 젊은 색주가 모양의 여자는 당자의 말도 들어보지 않고 대뜸 머리에 이었던 보퉁이를 내려 안으며 앞으로 대들더니 선장이 앉은 좌석의 차 문을 밖으로 열었다. 그리고 발판을 디디고 올라타면서 "학생 좀 일어나우." 말하고 손에 든 보퉁이부터 중간에 앉은 노인의 발밑에 내려놓았다.

"자, 이젠 내 무릎에 앉아요." 하고 그 여자는 엉거주춤 서 있는 선장이의 허리를 뒤에서 그러안아 제 무릎 위에 주저앉혔다. 그리고 혼잣말로 "우리 집에두 이만한 동생이 둘이나 있는데." 하고 지껄였다.

한 사람 더 태우는 수선이 끝나자 자동차는 다시 달리기 시작하였다. 노면이 울퉁불퉁한 시골길을 달리는 자동차는 맨 뒷좌석이 제일 몹시 들추기 마련이다. 알지도 못하는 젊은 여자의 무릎에 앉아 가는 것만도 기가 막히다는데 철딱서니 없는 차가 사정없이 들추어서 엉덩이가 자꾸 여자의 허벅다리에 부딪는 바람에 선장이는 살고 싶은 마음이 다 없어질 지경으로 열적고 난처하고 야속하였다. 선장이가 좀 덜 부딪게 하려고 엉덩이를 엉거주춤 들었더니 여자는 "왜, 편히 앉지 이러우?" 하고 선장이를 콱 끌어당겨 안았다. 선장이는 두 눈을 꼭 내려 감고 '될 대로 되라! 모르겠다……' 운명을 하늘에 맡겨 버렸다.

선장이가 이천 나들이에서 일수 사납게 서원준이가 아닌 웬 뚱딴지 같은 색주가를 만나 톡톡히 땀을 뺐다. 저녁에 돌아와 추심한 돈을 연 변호사에게 전하고 심부름 잘했다고 상급으로 1원 한 장을 탔다.

석후에 어멈이 새앙차를 달여 가지고 들어와 웃으면서 "노독을 푸는 데 새앙차가 제일이라니까요." 하고 어서 마시라고 권한 뒤에 다시 "이천읍이 좋아요?" 하고 물었다. 선장이가 이천 이야기를 접어놓고 길에서 겪은 색주가 난리를 이야기하였더니 어멈은 듣고 허리를 잡고 웃다가 나중에는 대굴대굴 굴기까지 하였다.

번화스럽게 웃는 소리를 듣고 숙자 아주머니가 큰방에서 건너와 방 안을 들여다보며 "무에 우스워서 그 야단들이야?" 하고 물었다. 선장이가 "괜히 나 오늘 이천 갔다 온 이야기를 했더니 저렇게 웃구 야단이지 뭡니까." 하고 웃는 까닭을 말하는데 어멈은 일어앉아 한 손으로 배를 부둥키고 또 한 손으로는 눈물을 닦으면서 "아니, 도련님이 글쎄…… 사람을 웃기지 뭐예요. 아씨, 글쎄……. 아이구 배야." 하고 말을 한 끝에 잇달지 못하였다. 숙자 아주머니가 선장이를 보고 "무슨 우스운 이야기……. 나두 좀 듣구 웃어 보자." 하고 말하여 선장이가 하는 수 없이 색주가 무릎에 앉아 가던 이야기를 다시 한번 하였더니 처음 듣는 숙자 아주머니가 허리를 잡을 뿐 아니라 되풀이로 들은 어멈까지 또 허리가 끊어지게 웃었다.

어느 날 선장이가 학교에서 돌아와 현관에 들어서니 사무실 문을 빠끔히 열고 서기가 지꾸를 발라 단정하게 갈라 빗은 머리를 내밀었다.

"인제 오니. 이리 좀 들어오나."

서기가 심심파적으로 선장이를 사무실에 불러들인다는 것은 곧 연

386

변호사가 외출 중임을 의미한다. 연 변호사의 조수이고 또 심복인 이 서기의 성은 보통 성이 아니고 복성이었다. 그래서 선장이는 처음 왔을 때 연 변호사가 그를 부르는데 "선우 군." 하는 것을 듣고 속으로 '옳지, 저 사람의 이름이 선우인가 보다' 생각하고 나중에 숙자 아주머니더러 "저 사무실에 있는 서기가 성이 뭡니까?" 하고 물었더니 숙자 아주머니가 적이 괴이쩍어하며 "성이 선우지 뭐야?" 하고 말하여 선장이는 비로소 깨도가 되어 "아, 네. 선우가 성입니까? 난 또 선우가 이름이라구요." 하고 웃어서 숙자 아주머니도 따라 웃은 적이 있었다.

연갑수 법률사무소의 서기 선우 군은 스물예닐곱 살 먹은 노총각으로서 연 변호사를 절대적으로 숭배하여 그 우결점을 분석함이 없이 통채로 따라 배우고 또 받아들이는 사람이었다. 여기서 말하는 우점이란 물론 그의 변호사로서의 비상한 수완인 것이고 그리고 결점이란 그 흘레개 같은 방탕한 행실을 말하는 것이다.

선우 군이 권연을 꼬나물고 선장이에게 빈 의자를 가리켰다. 그리고 앉기를 기다려서 "한 대 피워 보련?" 하고 권연갑을 내밀었다. 선장이가 "난 싫소." 하고 고개를 외치니 선우 군은 들이빤 담배 연기를 길게 내뿜고 나서 "그래 가지구 언제 사내구실을 하겠니? 촌놈!" 하고 비웃은 뒤 싱글거리며 "너 오늘 저녁 나를 따라오면 희한한 구경을 할 수 있다. 네 따위야 생전 어디 가서 그런 구경을 하겠니. 가겠니 안 가겠니?" 하고 물어서 선장이는 대번에 "가겠소." 대답하고 곧 다시 "간다는 데가 어디요?" 하고 물으니 선우 군은 여전히 싱글거리며 "가 보면 알 게 아니야." 하고 나중에 재미를 보려는지 가는 곳을 미리 대 주지 않았다.

선장이가 호기심에 끌리어 무조건 선우 군을 따라 밤거리에 나섰다.

선우 군은 선장이를 데리고 조선은행 앞에서 전차를 내리자 곧 진고
개 번화가로 향하였다.

"간다는 데가 고작 진고개요?"

"잔말 말구 따라와."

좁은 거리에 소풍객과 물건 사러 나온 사람들이 붐비어 왜나막신 끄
는 소리에 귀가 따가운 진고개를 1정목에서 2정목, 2정목에서 3정목,
3정목에서 다시 4정목…… 번화한 밤거리의 등불이 차차로 설핏해
가는데도 선우 군은 걸음을 멈출 생각이 없는 듯 계속 시적시적 앞을
향하고 걸어갔다.

선장이가 속으로 '저치가 무슨 귀신한테 홀리잖았니? 밤중에 날 장
충단으루 끌구 갈 작정인가?' 의심을 하며 청처짐하게 뒤를 따라가는
중에 홀지에 '유암화명우일촌(柳暗花明又一村)'으로 색다른 거리 하나
가 눈앞에 나타났다. 선장이가 놀라서 눈을 크게 뜨고 다시 보니 좁은
거리 양편에는 아담스러운 조선식 가옥들이 즐비하다. 문등은 모두가
홍등이요, 기름대우를 낸 윤기 흐르는 대문들은 모두 활짝활짝 열렸는
데 정갈한 마당과 마루와 방들이 환히 들여다보였다. 그리고 매 집 문
등 밑에는 화려하면서도 야해 보이는 몸치장을 한 젊은 여자들이 죽
나서서 좁은 길을 누비는 왈자, 건달, 난봉꾼, 오입쟁이들을 끌어들이
느라고 왁자그르르하였다.

선장이가 난생처음 보는 희한하고 놀랍고 또 부끄러운 광경에 넋
없이 걸음을 멈추니 앞을 선 선우 군이 돌아보며 "바싹 따라서지 못하
구 무얼 해? 입을 헤벌리구!" 핀잔 주듯 말하였다. 선장이가 얼른 정
신을 수습하고 길을 잃을까 겁을 내듯이 부지런히 따라서는데 불시에
짙은 화장을 한 갈보 하나가 홍등 밑에서 내달아 오더니 선우 군의 팔

죽지를 꼭 붙잡았다.

"과문불입하실 작정이세요?"

"이거 놔라."

"잠깐 들어가십시다, 조용히 할 말이 있으니……."

"글쎄 놔라, 이거."

"이 양반이……. 한번 붙잡으면 고만이지 놓는 건 다 뭐야. 그렇게 문문히?"

"글쎄 오늘은 안 되여."

"안 되긴 뭐가 안 되여."

갈보가 눈 깜박할 사이에 선우 군의 중절모를 툭 벗기더니 등 뒤에 감추어 들고 상글상글 웃으면서 "앙탈 말구 냉큼 들어가요." 하고 제가 이겼다는 구기로 말하였다.

"이애 제발 오늘만은 용서해라……. 동행이 있어서 그런다. 봐라, 저런 점잖은 동행이 있는데 어떻게 들어가니. 어서 모자 이리 다우."

선우 군이 이렇게 사정을 하며 옆에 섰는 선장이를 가리켜 보이니 갈보는 업신여기는 눈초리로 선장이를 한번 훑어보고는 골이 나서 "저 따위 호박덩이는 뭣 하러 끌구 다닌담!" 하고 뇌까렸다. 이 말을 귓결에 듣고 지나가던 오입쟁이 하나가 웃으면서 "조무래기 오입쟁인 오입쟁이가 아니냐? 그년 참!" 하고 빈정거렸다. 선장이가 얼굴이 화끈 달아올라 몸 둘 바를 몰라 하는데 갈보 손에서 중절모를 겨우 도로 빼앗은 선우 군이 와서 "가자." 하고 팔죽지를 잡아끌었다. 나중에 알고 보니 거기가 바로 소문난 서울의 화류가 즉 유곽거리 — 신마치였다.

돌아오는 길에 진고개 번화가에 위치한 아카다마라는 카페에 들러 커피를 주문한즉 호랑나비 같은 화복 — 일본 옷 — 을 입은 여급이 커피 두 잔을 차반에 받쳐 들고 나오더니 두 사람을 반반씩 갈라 보며 방글방글 웃었다. 일본 여자가 옆에 와 붙어 앉는 바람에 선장이가 몹시 열적어 하는 것을 보고 선우 군이 턱을 한번 추썩이니 여자는 곧 일어나 고개를 한번 까댁하여 인사하고 저리로 가 버렸다. 선장이는 숨이 후 나갔다.

테이블 위에 놓인 유리 단지에 담긴 각사탕은 니켈 도금을 한 집게로 제각기 집어 넣게 되어 있었다. 선장이가 공것이라고 한 잔 커피에 각사탕 일곱 개를 집어 넣었더니 커피가 잔 위로 돔 모양 두두룩해졌다. 선우 군이 각사탕 누 개를 넣은 저의 찻산을 찻숟가락으로 휘저으며 "개미가 환생을 하잖았니? 단 걸 그렇게 좋아하게!" 비웃고 다시 음성을 낮추어 가지고 "너 집에 가 오늘 나하구 어디 갔다 왔단 말은 하지 말아, 괜히." 당부하고 싱글싱글 웃었다. 선장이가 알았다는 뜻으로 고개를 끄덕하니 선우 군은 "다 네 견문을 넓혀 주느라고 한 노릇이다. 고마운 줄이나 알아라." 하고 공치사하였다.

선장이가 궁금증을 못 이기어 "아까 그 여자들하구는 늘 만나우?" 하고 물어보니 선우 군은 "다 단골들이다." 하고 코가 우뚝해졌다. 선장이가 "그러다가 괜히 606호 맞을 병이나 얻어걸리면 어떡헐라우?" 하고 미타해하니 선우 군은 "체, 범 무서워 산에 못 가랴?" 하고 흰목을 썼다. 급기야 일어설 때 보니 커피 한 잔에 15전 — 쌀 한 되 값이 더 되었다. "되우 비싸군." 하고 선장이가 고개를 가로흔드니 선우 군은 "그게 무에 비싸냐? 더 비싼 게 얼마든지 있는데!" 하고 의미 있는 듯한 웃음을 능글능글하게 웃었다.

선장이가 집에 돌아와 잘 차비를 하면서 아무리 생각해 봐야 신마치 갈보의 뇌까리던 말이 속에 걸려 내려가 주지를 않았다.

'내가 호박덩이라구? 고런 망할 개새끼년 같으니······. 날더러 호박덩이라구?'

선장이가 내복 바람으로 벌떡 일어나 벽에 걸린 거울을 떼어 내려 얼굴을 비추어 보았다. 살빛이 희고 이목구비가 단정하여 아무리 심보가 글러먹은 놈이라도 "고 총각 해사하게 생겼다."는 말을 아니 할 수가 없을 얼굴 모습이었다. 이때 어멈이 풀을 먹여 다린 하얀 베갯잇을 들고 들어왔다.

"아니, 밤중에 거울은 왜 들구 야단이셔?"

"어멈, 바른대루 말해 줘······. 내가 호박덩이같이 생겼어?"

"호박덩이?" 하고 어멈이 베갯잇을 든 채 손뼉을 딱 치며 "누가 그럽디까?" 되묻고 제물에 주저앉기부터 하면서 웃느라고 볼일을 못 보았다.

"웃기는!"

선장이가 못마땅해하니 어멈은 겨우 웃음을 그치기는 하였으나 웃음기가 채 가시지 않은 얼굴을 들고 "글쎄, 누가 그럽디까?" 하고 잼처 물었다.

"웬 지나가는 여편네가 지껄이는 소릴 귓결에 들었어."

"아무 까닭두 없이요?"

"까닭은 무슨 까닭이여."

"그년의 여편네가 눈이 삐든지 정신이 온전찮든지······ 양단간 하나구먼요!"

"내가······ 안 그렇지요?"

"안 그렇다 뿐이예요? 아씨가 아셨으면 그년의 여편네 한번 혼구멍을 내주는걸."

선장이가 흐뭇해하는 것을 보며 어멈은 베갯잇을 갈아 씌웠다. 갈아

낸 베갯잇을 들고 나가다가 뒤돌아보고 "좋은 꿈을 꾸시려거든 왼손을 가슴에 얹구 주무세요." 하고 웃음의 소리를 하였다.

이튿날 오후 경성그라운드 즉 서울운동장에서 다른 학교와 축구 대항전이 있어서 응원들을 가는데 선장이도 끼어 가다가 종로 5정목 전차 정류장께서 〈동아일보〉의 호외를 받아 보게 되었다.

리재유 드디어 피검
놀랍게도 은신처는 성대 미야케 교수의 사택

이러한 표제가 눈 속으로 뛰어들자 놀라지 않는 사람은 하나도 없었다. 기사의 내용을 읽어 본즉 리재유는 그동안 내내 경성제국대학 일본인 교수 미야케 씨의 사택 마루 밑 움 속에 숨어 있었으며 그 모든 바라지는 교수 부부가 친히 해 주었다는 것이다.

축구 시합의 응원은 자연히 뒷전이 되었다.

"아니, 이게 대체 어떻게 된 셈판이냐?"

"정말 모를 일이다."

"일본인 교수가 조선 사람을 숨겨 줘?"

"더구나 경찰에 쫓기는 공산당을……."

"부부가 친히 바라지를 했다잖아."

"다른 사람이 알면 소문이 날까 봐 그랬겠지."

"그야 물론이지."

"그렇다면 그 교수 부부두 다 무사하진 못할걸."

"경찰에서 가만둘 리 없겠지."

"리재유하고 미야케가 원래 한패였던가?"

"어떻게 한패가 될 수 있니, 조선 사람하구 일본 사람하구? 더구나 미야케는 제국대학 교순데."

"그러게 말이지."

"아니, 너희들 잘 모른다. 내 뉘게서 들으니까 공산당은 어느 나라 공산당이구 다 한패라더라. 무슨 프롤레타리아 국제주의라던가. 본부는 모스코(모스크바)에 있는데…… 그 본부에두 일본 사람이 있다더라."

"맞다, 나두 어느 책에서 읽어 본 기억이 난다. 가타야마 센이란 사람이다. 원래는 미국 유학생이었는데 나중에 공산주의자가 돼서 현재는 모스코에 가 있다고 했더라."

"가타야마 센……. 한문으루 어떻게 쓰니?"

"쪼각 편 자, 뫼 산 자 그리고 센은…… 잠수함이란 잠 자."

"잠길 잠 자."

"아무러면 어때? 알아들으면 됐지!"

"그럼 미야케 교수두 공산당이던가?"

"그런지두 모르지."

"난 도무지 무슨 갈래판을 모르겠다."

"상관 있니, 너야. 학교 졸업하구 너의 아버지 설렁탕집이나 물려받으면 고만일 텐데."

"이 자식이 누굴 시까스르나?"

"얘들아, 이따 돌아오는 길에 저 자식네 집에 들러 설렁탕 추렴이나 한번 하자."

"좋겠지."

"찬성, 찬성!"

선장이는 운동장 관람석에 앉아 응원대장의 지휘를 따라 "빅토리

빅토리 빅토리! 브이 아이 시 티 오우 알 와이!"를 절주 있게 외치면서
도 머릿속에는 온통 리재유, 미야케투성이였다.

'대관절 어찌된 노릇이냐?'

감수성이 예민하고 감격성이 많은 선장이 머릿속에 불현듯 또 하나
의 감격적인 장면이 떠올랐다. 원산총파업 때 일본 선원들이 뱃고동을
울려서 원산 부두 노동자들의 투쟁을 성원하던 그 가슴 뛰노는 장면이.

29

1931년 여름 삼천리 산하의 방방곡곡에 일진광풍이 휘몰아쳤으니
이는 곧 세상에서 일컫는 만보산 사건의 멀기 즉 여파이다. 중국 길림
성 만보산에서 관개수로 때문에 조선 이민과 중국 농민 사이에 충돌이
일어났다는 보도기사가 연일 각 신문들에 게재되자 맹목적인 동포애
에 피가 끓어올라 머리가 뜨거워진 백의동포들이 애매한 청인 즉 화교
들에게 분풀이를 하기 시작한 것이다. 일제의 식민지 폭압 통치에 대
한 쌓이고 쌓인 민족적 불만이 배출구를 찾지 못해 애를 쓰다가 만만
한 구멍 하나를 발견하자 일시에 그리로 내뿜긴 것이다. 저속한 말로
하면 시어미 역정에 개 옆구리를 찬 것이다. 어디서는 남새 농사하는
청인을 몇이 달려들어 톱으로 켜 죽였다느니 또 어디서는 있는 돈을
다 드릴 테니 목숨만 살려 달라고 애원하는 것을 자귀로 찍어 죽였다
느니……. 별의별 몸서리치는 유언비어가 다 입에서 입으로 옮겨졌다.

이렇듯 민심이 흉흉한 중에 빈지를 굳게 들인 화교들의 상점에다 조
선 사람들이 돌을 던지는 것을 순찰 중의 경찰이 보고도 제지하지 않

는 것을 목격하고 선장이의 머릿속은 복잡해졌다. 영업허가를 내 가지고 큰 거리에서 상행위를 하는 상가의 빈지짝에다 숱한 사람이 모여들어 돌멩이질하는 것을 강 건너 불 구경하듯 하는 경찰을 언제 어디서 보았던가!

일요일 오후의 일이다. 선장이가 안국동 네거리에 있는 유서 깊은 서점 겸 문방구점 이문당에 가 새로 나온 일본 잡지를 입독하였다. 이때의 서점들에서는 잡지를 사지 않고 그 자리에 서서 그냥 읽는 것을 허용하였으므로 언제나 잡지 매대 주위에는 입독 즉 '서서 읽기' 하는 사람들이 웅게중게 둘러섰다. 그 대부분이 학생들인데 모두 읽는 데만 골똘하여 사람들이 드나들어도 대개는 눈 한번 거들떠보지 않았다. 지식욕은 왕성하나 서적을 구독할 자력이 따르지 못하는 학생들임을 잘 아는 까닭에 서점 측에서도 일반 고객과 층하를 두지는 아니하였다.

선장이가 두어 시간 착실히 서서 읽기를 하고 이문당을 나서는데 관훈동으로 통하는 길에 사람들이 떼를 지어 몰려가는 것이 눈에 띄었다. 보통 안국동 네거리라고 부르지만 기실은 길이 일곱 가닥 — 일곱 거리인데 그중의 하나인 이 관훈동 거리는 고서점들이 모여 있는 거리로 이름이 났다. 구경속 좋은 선장이가 무슨 일이 또 났나 하고 부지런히 쫓아가 본즉 화교가 경영하는 요리점 — 중화원 앞에 사람이 백차일 치듯 하였다. 그리고 그 비슥맞은편에 있는 고서점 — 지신서점 안에는 패검을 한 순사 둘이 덤덤히 밖을 내다보고 있었다. 선장이는 불현듯 어느 해 연분인가 원산청년회관을 적색노조에서 들이치던 일이 생각났다. 그때도 주재소 순사들은 유리창으로 내다보며 어느 바람이 부느냐는 듯이 구경을 하였다.

선장이는 타고난 정의감으로 언제나 약자를 동정하고 강자를 미워

하였다. 그러기에 종업원이 모두 합해 칠팔 명밖에 안 되는 외국 사람의 요리집을 숱한 사람이 에워싸고 난장판을 치는 것을 보았을 때 선장이의 동정은 서슴없이 동포애를 초월하여 빈지 들이고 문 닫아걸고 농성하는 약자 — 중화원 청인들에게 기울어졌다. 에워싼 사람들 중의 몇몇이 상투가 국수버섯 솟듯 하여 빈지짝에다 돌을 던지고 또 몽둥이질을 하여 한창 기세를 올릴 때였다. 굳게 닫았던 출입문을 불시에 열어젖뜨리며 대여섯 명의 농성꾼이 사나운 기세로 쏟아져 나오는데 그 손에는 모두 부집게, 밀대, 도낏자루 따위 연장들이 들렸다.

이때까시 상대방을 얕잡아 보고 우쭐렁내던 사람들이 일시에 와 물러나며 길을 터놓으니 필사적 각오라도 한 듯싶은 중국 사람들은 연장을 휘두르며 무인지경을 가듯 하였다. 그렇게 좌충우돌 한 바퀴 시위를 한 뒤에 그들은 곧 다시 걷히어 들어갔다. 그 앞장을 서서 부집게를 휘두르는 젊은 사람을 선장이가 대번에 알아보았다. 그 사람은 언젠가 구스노키 만년필점 앞에서 그림 그리는 거지 아이에게 10전짜리 백통전을 던져 주던, 나뭇값을 깎던 청인이었다. 그 늠름하고 씩씩한 자태를 선장이는 경탄의 눈으로 바라보았다. 그러자 동정은 더욱더 걷잡을 수 없이 그들에게로 기울어졌다.

출기불의의 반격을 당하고 잠시나마 넋을 먹었던 사람들이 다시 정신들을 수습하며 곧 별반거조를 내려고 서두를 즈음에 웬 사람 하나가 "여러분, 잠깐만!" 하고 앞을 가로막아 나섰다. 선장이가 보니 뜻밖에도 김영하 선생이었다. 놀람과 긴장으로 하여 선장이의 가슴은 두방망이질을 하였다.

"저리 비켜!"

"냉큼 물러서지 못해?"

"저거 어디서 나온 목두기야?"

"그 자식부터 한 대 안겨라!"

"임마, 창아리가 터지구 싶어 몸살이 나느냐?"

"저놈이 되놈 편을 들잖나."

"하늘이 높은지 땅이 낮은지 아직 모르는군."

"여러분, 잠깐만 내 말을 좀 들어주십시오."

김영하 선생이 두 팔을 벌려서 가라앉히는 형용을 하였다.

"네깟 놈의 말 들으려구 우리가 여기 모여 선 줄 아느냐?"

"시러베아들놈!"

"이 중국집 사람들이 대체 무슨 잘못을 저질렀습니까?"

조금도 겁내는 기색이 없이 웃음 띤 얼굴로 모여 선 사람들을 둘러보는 김영하 선생의 유화하고 침착한 태도가 떠돌던 살기를 우습게 사그라뜨렸다.

"이건 종로에서 뺨 맞구 한강 가서 눈 흘기는 격이 아닙니까?"

"할 말이 있거든 그냥 해라, 까다로운 곁말을 쓰지 말구."

"우리 백의민족은 종래루 죄 없는 외국 사람을 멸시하거나 욕보이는 일이 없습니다. 우리 민족은 고상한 품성을 지닌 자존심 있는 민족입니다. 숱한 사람이 달려들어 몇 명 안 되는 사람을 매질한다는 건 수치스러운 일입니다…… 더구나 외국 사람을. 자존심 있는 민족은 그런 짓을 안 하는 법입니다."

"그놈들이 무슨 외국 사람이냐? 쟝꼬로지!"

"여보, 당신 그놈들의 뇌물을 먹잖았소?"

"중뿔나게 나서서 괜히…… 같잖은 게!"

"당신 활동사진 변사가 아니요?"

"만보산에서 우리 동포들이 되놈들에게 얻어맞은 걸 당신 아오, 모르오?"

"거 싱거운 자식이 어디서 하나 튀어나와 가지구 싹 식혀 버리잖나."

"여보, 당신 갈 길이나 어서 가우. 오지랖 넓게 나서서 참견질 말구."

"가자, 가자."

"우리두 가자, 순사 놈들 저기서 재미스레 구경하고 있는 꼬락서니 보기 싫다."

이러는 동안에 사람들의 보복 의욕이 현저히 묽어지고 또 시들부들해졌다. 그러자 갑자기 볼일들이 생각이 나 서로 지껄이며 흩어져 가기 시작하였다. 필경은 오합지중이었다. 선장이가 흩어지는 사람들의 틈을 비집고 앞으로 나왔다.

"선생님!"

"오, 너두 왔었니? 가자."

김영하 선생이 선장이를 끌고 하숙으로 돌아와 작은 방의 미닫이와 창문을 활짝 열어 놓았다. 그리고 미선 한 자루를 선장이를 주고 또 한 자루는 자신이 부치며 개탄을 하였다.

"다들 왜놈 좋은 일 하느라구 저러잖니. 방휼지쟁이란 말…… 너두 알지? 조개하고 도요새가 싸우면, 이를 보는 건 어부밖에 없단 말이야. 이건 다 왜놈들이 조선 사람하구 중국 사람을 쌈 붙여 놓구 어부지리를 보자는 흉계야. 경찰이 보구두 못 본 체하는 것만 봐두 알 일이지. 뒷구멍으룬 붙는 불에 키질을 하면서두 겉으룬 아닌 보살 하는데 다들 속는단 말이야. 참 어리석지!"

"그럼 만보산에서 쌈이 났다는 것두 거짓말입니까?"

"쌈이야 좀 났겠지. 그렇지만 그걸 이 지경 침소봉대루 떠벌려 놓은

건 왜놈들이야. 우리 민족의 철천지 원쑤는 왜놈들이지 중국 백성이
아니야. 속지 말아야 해."

선장이는 제가 이렇게 두뇌가 명석한 인물 ─ 김영하 선생의 제자라
는 것이 더없이 자랑스러웠다.

이튿날 오후 선장이가 자기 방에서 공부를 하고 있는데 숙자 아주
머니가 와서 "아저씨가 부르신다." 하고 말하여 선장이는 손에 들었던
책을 얼른 내려놓고 부지런히 일어나 사무실로 나왔다.

"부르셨습니까?"

"오, 너 이 서류 가회동에 좀 갖다 전하구 오너라. 한상룡, 한 사장 댁
알지?"

"네."

한상룡은 동양생명보험회사의 사장으로서 경제계의 거물이었다.

"볼품 있게 이 서류 가방채 들구 가거라. 그러구 가서는 두 손으로 공
손히 꺼내 바쳐야 해. 말썽 많던 민사소송에서 승소를 했다는 거니까
아마 좋아하실 게다. 내 이제 막 정 비서한테 전화를 걸어 놨다."

선장이는 언제나 심부름을 다닐 때 거머번드르한 서류 가방을 들고
다니면 급이 껑충 뛰어오른 것 같아 기분이 좋았다.

"선우 군의 자전거를 타구 가거라."

연 변호사가 등 뒤에 대고 이르는 말을 선장이는 여공불급하게 "네."
대답하고 곧 현관에 나와 슬리퍼를 벗어 놓고 구두를 갈아 신는데 "모
자, 모자!" 하고 숙자 아주머니가 흰 줄 두 줄이 둘린 교모를 들고 쫓아
나왔다. 그리고 선장이 머리에 턱 씌워 주면서 "점잖은 댁엘 간다는 녀
석이 맨머릿바람으루 갈 테냐? 덤비기는!" 하고 웃었다.

이때는 아직 자전거에다 자물쇠 잠그는 법을 모르는 시절이다. 그래

서 선장이는 곧 서류 가방을 다들 하는 법식대로 차체 가름대에 벌려서 걸고 쇠를 채운 다음 가볍게 몸을 날려 안장에 올라탔다. 자전거는 설렁탕 배달원들이 흔히 타고 다니는 일본제 '톱니바퀴 M26' — 짐받이가 없는 것이었다.

한상룡의 저택은 가회동 중턱에 있다. 길거리에서 대여섯 칸 들어가 어마한 솟을대문이 솟았는데 승용차가 드나드느라고 문턱이고 문지방이고 다 없애 치운 까닭에 콘크리트 포장을 한 민틋한 길이 정원수를 심은 마당 안으로 거침없이 뻗어 들어갔다. 선장이가 자전거를 대문간에 세우고 서류 가방을 떼어 내리는데 더운 때라 문이 활짝 열려 있는 행랑방에서 행랑아범이 돌쟁이 딸아이를 안고 마주 나왔다.

"사장님 계시우?"

"네, 계시지요. 오후엔 출입을 안 하셨으니까."

"연 변호사 댁에서 서류를 갖구 왔는데요."

"네, 그럼 잠깐 좀 기다리시우. 내 들어가 연통하리다."

행랑아범이 품에 안았던 애기를 땅바닥에 내려놓는 것을 선장이가 얼른 앞으로 나서서 받아 안았다. 어린아이는 낯을 가리지 않는지 아무 소리 없이 안겨서 선장이의 얼굴을 고사리 같은 손으로 어루더듬었다. 손은 끈적끈적하였다. 빗기지 않은 머리는 헝클어졌고 씻기지 않은 얼굴에는 흘린 코가 말라붙었는데 몸에서는 퀴퀴한 지린내 같은 것이 풍기었다. 그리고 몸에 걸친 것은 넝마요 삼 년 묵은 때가 다닥다닥한 조꼬만 발은 까마귀발이었다.

선장이가 열려 있는 문으로 뒷박만 한 답답한 방 안을 들여다보니 세 벽에 다 핏자국이 고기비늘처럼 촘촘히 들어찼다. 그것이 모두 빈대를 눌러죽인 자국임을 깨닫자 선장이는 소름이 오싹 끼쳤다. 거의 조건반사적으로 품에 안은 아이를 다시 살펴보니 그 팔이고 다리고 등이고…… 살가죽이 성한 데라고는 없었다. '요 어린것이 저런 끔찍한 빈대 굴 속에서 살다니!' 생각하니 선장이는 측은한 마음을 금할 바 없었다.

연통하러 들어갔던 행랑 사람이 도로 나왔다.

"들어오라시우."

선장이가 어린아이를 도로 넘겨주고 제 몸을 한번 굽어본 뒤 정갈하게 비질을 한 사랑 마당으로 걸어 들어갔다. 정원수와 화단과 괴석과 양어지가 자그마한 별천지를 이루었는데 사랑채의 유리문들이 으리으리하여 선장이는 발걸음이 저절로 조심스러워졌다. 서울 연갑수의 법률사무소는 원산 선장이네 집에 대면 대궐이었다. 그러나 가회동 한상룡의 저택은 견지동 법률사무소에 대면 또 대궐이었다. 인간세상 높낮이가 이같이 현수하였다.

제도에 맞는 양복을 입은 표표한 젊은 비서가 마루 끝에 나서서 선장이를 기다리고 있었다. 선장이는 올라가지 않고 그냥 마루 끝에 걸터앉으며 곧 서류 가방을 열고 서류를 꺼내 두 손으로 공손히 비서에게 바쳤다. 비서가 서류를 받아 들고 방 안에 들어가 주인하고 의논하는 동안 선장이는 차고 앞에 세워 놓은 승용차를 살펴보았다. 연회색의 크라이슬러인데 손질이 빈틈없이 잘되어 차 전체가 거울같이 반들반들하였다. 같은 한집이건만 행랑방은 천당 속의 지옥같이 대조적이라고 선장이는 생각하였다.

방 안에서 두런두런 말소리가 들리더니 이내 주인인 듯싶은 나이 지긋한 남자의 "하하하!" 호탕한 웃음소리가 들렸다. 따라 웃는 비서의 낮은 웃음소리도 들렸다. 한동안이 지나서 비서가 다시 마루로 나오더니 웃는 얼굴로 "수고했네." 하고 50전짜리 봉황 새긴 깔쭉이 한 잎을 선장이 손에 쥐여 주었다. 그리고 "돌아가거든 연 변호사께 사장님께서 매우 만족해하신다구 말씀하게. 그리구 쉬 한번 찾으시겠단다구." 하고 말을 일렀다.

"네, 그럼 안녕히 계십시오."

"걸어왔나?"

"아니, 자전거를…… 저 대문간에 세워 놨습니다."

"오, 그럼 잘 가게."

"네, 안녕히 계십시오."

선장이가 재벌 인사하고 한 손에 서류 가방 들고 또 한 손에 깔쭉이 들고 대문께로 나오는데 아까 그 행랑 사람은 그저 거기서 어정거리고 있었다. 선장이가 보니 그 품에 안긴 돌쟁이의 손에는 고대 잡아 준 듯싶은 짱아 — 잠자리 한 마리가 쥐어져 파드닥거리고 있었다.

"벌써 돌아가시우?"

"네."

대답하고 선장이는 바로 그 안긴 아이에게 다가가 잠자리 쥐지 않은 조꼬맣고 어지러운 손에다 고대 상급으로 받은 깔쭉이를 쥐여 주었다.

"아니, 이게 웬일이시우?"

행랑 사람이 놀라 눈이 둥그래지는 것을 선장이는 "빈대가 그렇게 많아서 애기가 어떻게 살지요. 우선 빈대부터 잡아 없앨 도리를 생각해 보시우." 말하고 곧 한 손에 서류 가방을 든 채 자전거에 올라탔다. 그리고 민틋한 콘크리트 포장도로를 길거리를 향하여 내리달았다.

자전거를 탄 김에 드라이브를 한 바퀴 해 볼 생각으로 재동 어귀에서 오른쪽으로 꺾지 않고 왼쪽으로 꺾어 동구안대궐 즉 창덕궁을 향하고 치달았다. 창덕궁 앞에서 다시 남쪽으로 꺾어 넓은 길을 거침새 없이 꼿꼿이 단성사 — 유명한 영화관 — 앞까지 와 가지고 거기서 다시 서쪽으로 꺾어 직선으로 종로 네거리까지 왔다. 거기서 또 천천히 북쪽으로 꺾어 비로소 견지동 출발점으로 되돌아왔다.

그런데 집에를 와 보니 활짝 열린 현관문 앞에 자전거가 서너 대 가로세로 세워져 있었다. 그리고 현관에는 손에 수첩을 든 사람과 어깨에 카메라를 걸멘 사람이 네댓 몰켜 서서 복도 끝에 나선 선우 군을 쳐다보며 무슨 질문들을 하고 있는 모양이었다. 선장이는 '이거 선우 군이 오늘 희떱게 무슨 기자회견을 하시잖나?' 의혹하고 또 신기로와 하며 한옆에 자전거를 갖다 세워 놓고 먼발치에서 엿들었다.

"그래, 그자들이 모두 몇이나 되던가요?"

"세 놈입니다. 세 놈."

"단 세 놈이요?"

"네."

"손에다 무슨 흉기들을 들었던가요?"

"아니, 흉기는 든 게 없습디다."

"그럼 다 도수…… 맨손이더란 말이지요?"

"오, 참. 그중의 한 놈이 호주머니에서 접칼을 꺼내 들구 보란듯이 접었다 폈다 합디다."

"그게 주모자…… 우두머리던가요?"

"아니, 우두머린 아닌갑디다. 우두머린…… 앞장을 선 놈이 우두머린 것 같습니다."

"그럼 맨주먹으루 위협을 하더란 말인가요?"

"공갈을 했다지요?"

"공갈을 어떻게 합디까?"

기자들이 중구난방으로 질문 공세를 들이대는 바람에 선우 군은 일일이 응수하기가 어려워 땀을 빼는 모양이었다.

"'이놈아, 기집애는 여기 놔두구 어서 너만 꺼져라! 모가지를 돌려 앉기 전에 냉큼 내려가지 못해?' 하구 눈방울을 굴립디다."

"다른 놈들은 가만히 보구만 있던가요?"

"그놈들두 옆에서 거들었겠지요?"

"그 접칼을 접었다 폈다 하던 놈은 어떡헙디까?"

선우 군이 처음에는 계면쩍어 머리를 긁적거리다가 나중에는 난당한 듯이 고개를 절레절레 흔들었다. 그러나 기자들은 조금도 늦추지 않고 질문을 연방 들이대었다.

"약한 여자를 거기다 떨궈 놓구 당신 혼자 내려오면 그 여자가 욕을 보리란 것쯤은 짐작을 했을 테지요?"

"그 세 놈에게 윤간을 당했으니 이제 그 여자는 진정을 아주 망쳤다구 생각하지 않으시우?"

"사랑하는 여자를 떼 놓구 혼자 내려올 때 맘이 어떻습디까?"

"왜 나이트 쉽(기사 정신)을 발휘해 그자들하구 격투를 좀 벌이지 못했습니까?"

"1대 3이 너무 버거워 감을 못 냈습니까?"

"제발 이젠 고만들 좀 물러가 주십시오. 난 신열이 나 더 서 있을 수가 없습니다." 하고 비명을 올리며 선우 군이 두 손을 앞으로 내들고 흔드는데도 직업의식에 사로잡혀 홍제원 인절미가 돼 버린, 차지고 끈덕진 기자들은 사정없이 계속 물고 늘어졌다.

"지금두 그 색시하구 결혼을 할 의향이 있습니까?"

"끝까지 책임을 질 생각이 있으시오?"

"어떤 방법으루 그 아가씨를 위로할 생각입니까?"

"그녀가 이번 일을 당하기 전까지는 분명히 숫처녀였습니까?"

"그런 증거를 혹시 가지구 계시우?"

"그전에 당신하구 육체관계를 맺은 적은 없었던가요?"

"자, 이쪽을 보십시오. 사진을 좀 찍겠습니다."

"그 망나니들이 이제 감옥을 가게 될 건 틀림이 없는데…… 감상이 어떻습니까?"

"이 법률사무소엔 앞으루두 계속 나와 일을 보실 겁니까?"

"연 변호사는 왜 보이지 않습니까? 어디를 갔습니까?"

"연 변호사가 이 일을 압니까, 모릅니까?"

이튿날 선장이가 신문에 실린 기사를 읽어 본즉 선우 군은 안날 낮에 혼삿말이 있는 여자하고 둘이서 삼청동 산속 즉 북악산 밑에를 놀러 갔다가 뒤를 밟아 온 깡패에게 협박을 당하였다. 선우 군은 하는 수 없이 여자를 빼앗기고 저 혼자 내려오는 즉시 파출소에 신고를 하였다. 그러나 경찰이 급히 손을 써서 깡패 세 놈을 모짝 잡았을 때는 이미 그 여자는 윤간을 당한 뒤였다.

연 변호사는 뜻밖에 관후하였다. 그는 추문을 퍼뜨린 장본인, 선우 군을 떨어 내쫓지 않고 그대로 두었다. 그리고 안해가 남우세스럽다고 내보내자고 잔소리를 하면 "젊은 사람이 그런 실수 한 번쯤 하는 건 병가지상사야. 너무 야박스레 굴 것 없어." 하고 더 말 못 하게 말문을 막아 버리군 하였다. 숙자 아주머니가 남편 안 듣는 데서 "초록은 동색이로군!" 하고 입을 비쭉하는 것을 보고 선장이는 혼자 속으로 웃을밖에 없었다.

선우 군은 한 두어 달 동안은 코가 쉰댓 자나 빠져서 풀기 없이 죽어 지내더니 몇 달 지난 뒤에는 또다시 살아나서 검은 구름에 백로 지나가기로 아무렇지도 않았다. 어느 날 선장이가 싱글거리며 짓궂이 "그 색시를 어떡헐 작정이요, 데리구 살 작정이요?" 하고 물어보았더니 선우 군은 "정신 빠진 놈, 공중변소가 돼 버린 기집을 어느 쓸개 빠진 녀석이 데리구 살아!" 하고 콧방귀를 뀌었다. 선장이가 속으로 생각하기를 '저치가 그 길에 들어서는 청출어람으로…… 저의 스승을 능가하지 않겠는지 모르겠다' 이와 같이 생각하였다.

여름 한철 그 매미날개같이 시원한 차림차림으로 덥고 목마른 행인들을 끌어들이던 빙수점들이 거의 다 차림새를 바꾸어 '긴즈바(왜떡)' 가게로 변하는 계절이 되었다. 빙수라는 것은 얼음을 눈처럼 갈아서 유리 보시기에 담고 과즙, 설탕, 연유 따위를 치고 또 건포도를 얹어서 먹는 청량음료의 일종이다. 아이스크림이 보급되기 전에는 성하였으나 후에는 차차차차 아이스크림에 밀리어 마침내 그 자취를 감추어 버렸다.

추석이 가까운 때라 선장이가 동정심 많은 어멈에게 넌지시 말하여 소고기장졸임 한 단지를 뒤로 빼내 가지고 김영하 선생을 갖다드리려고 관훈동 하숙집을 찾아왔다. 바야흐로 둥글기 시작한 달이 휘영청 밝은 밤이었다. 방 안에서 말소리가 도란도란 나기에 무심중 지대 돌을 살펴본즉 눈에 익은 김영하 선생의 화단 앞에 까만 여자 구두 한 켤레가 놓였는데 이 역시 눈에 익었다. 틀림없이 한선희의 구두였다. 달빛 속에서 선장이는 입가에 회심의 미소를 그렸다. 두 남녀 사이에서 완충기 노릇을 하던 선장이가 이젠 그 사명을 다한 것이다.

선장이가 보자기에 싸 들고 온 알단지를 보자기채 소리 안 나게 마루에 내려놓고 색시걸음을 걸어서 물러나왔다. 주제넘게도 선장이는 한시름이 덜린 것 같았다. 어깨가 거뜬해지며 금세 날 것만 같았다. 그러나 선장이가 어찌 알았으랴, 복잡한 인간세상에서 정직한 사람들의 행복한 대단원이란 그렇게 쉽사리 이루어지지 않는다는 것을.

9월 18일 밤에 일본 군대가 남만철도를 폭파한 중국 군대를 응징하기 위하여 봉천의 북대영을 공격, 점령하였다는 보도기사가 각 신문의 제1면을 메운 것은 그 다음다음 날인 9월 20일의 일이었다. 그 영향을 받아 학교에서는 각기 다른 의미에서 학생들이 모두 들썩들썩하였다.

"잘한다! 공부구 나발이구 다 걷어치우구 전쟁판에나 나가자!" 하고 신바람이 나 어깨를 으쓱으쓱하는 건 공부에 취미를 못 붙이는 낙제 후보생들이고 "일본 군대가 세긴 세구나, 남의 나라 병영을 식은 떡 떼 먹듯 하는 걸 보니." 하고 감탄하고 또 자랑스레 여기는 건 정치하고는 담을 쌓은 혼돈씨들이고 "그놈들은 무슨 할 지랄이 없어 그 먼 데까지 가 난장판을 벌이누?" 하고 못마땅하게 여겨 고개를 설레설레 젓는 건 다 끌끌한 축들이고 그리고 "잠자는 놈을 들이덮쳐 이긴 게 그리 장하냐? 이 멍추야!" 하고 눈을 희번득이며 종주먹을 들이대는 건 일본 놈들을 불공대천의 원쑤로 치부한 조선의 얼들이었다.

그러나 선장이는 벌어진 사태를 분석할 능력이 없는 까닭에 아무 말도 하지 않고 그저 듣기만 하였다. 다른 아이가 와 옆구리를 직신거리며 "왜, 넌 귀머거리 삼 년 벙어리 삼 년이냐?" 하고 조롱을 해도 그저 웃기만 하고 대꾸를 아니 하였다. 김영하 선생에게 물어보고 나서 입을 열어도 늦지 않다고 생각을 했기 때문이다. 아니나 다르랴, 김영하 선생은 분격한 어조로 "이건 침략전쟁이다. 우리나라를 다 먹어 삼키구두 부족해 또 중국까지 먹어 보려는 수작이다. 무어나 그놈들이 옳다는 건 다 그른 걸루 알구 또 그놈들이 그르다는 건 다 옳은 걸루 알면 틀림이 없다. 우리는 이런 전쟁을 견결히 반대해야 한다." 하고 여지없이 타박을 하는 것이었다.

한 열흘 지나서 날마다 한 장씩 뜯는 일력의 '9월 작음'이 '10월 큼'으로 바뀐 날 오후의 일이다. 창경원 전차 종점까지 둘이 함께 걸어 나오다가 곽복덕이가 이런 말을 하였다.

"우리 큰형이 용산철도공장엘 다니는데……."

"느 큰형이 어디 있니?"

"우리 큰 외사촌 말이야."

"오, 난 또……."

"그 형님의 말이 상당수의 철도 종업원들이 이번 전쟁을 반대한다더라."

"그건 어째서?"

"모르지. 아무튼 그래서 만주루 들어가는 군용열차들에다 인위적으루 고장을 내 놓는다더라. 기술 있는 사람들이 감쪽같이 하는 일이니까 군부에서두 웬 영문을 모른다지 뭐냐. 그런데 놀라운 건 일본 사람들두 일부분 우리 사람하구 한통속이 돼 가지구 그런 활동을 하구 있다는 거야."

곽복덕이의 옮기는 말을 듣고 선장이는 으슴푸레하나마 일종의 심상찮은 무슨 계선을 눈앞에 보는 것 같았다. 조선 사람하고 일본 사람을 갈라놓은 절대적인 계선 이외의 그 무슨 계선을.

선장이가 우연히 얻어들은 새 소식을 얼른 갖다 전하고 또 그 해명을 들어 볼 생각이 긴하여 저녁 전에 퇴근 시간 맞춰 관훈동에를 달아왔더니 김영하 선생의 방에 전에 없이 덧문이 꼭 닫혀 있었다. 괴이히 여기고 마당에 서서 무춤무춤하는데 안방에서 주인집 마누라가 미닫이를 열고 내다보며 "김 선생 찾아온 학생 아니라구." 혼잣말을 지껄이고 부지런히 일어나 마루로 나왔다. 선장이가 안방 앞으로 다가섰다. 왼쪽 눈 밑에 녹두알만 한 까만 점이 있는 주인마누라가 호들갑스레 "학생 아직 모르는구먼. 김 선생 경찰에 잡혀갔다오." 하는 바람에 선장이는 놀라서 "네?" 하고 마루 끝에 나선 주인마누라를 뻔히 쳐다볼 뿐 뒷말을 잇지 못하였다.

"오늘 새벽 불시에 사복형사 셋이 들이닥쳤지 뭐요. 아직 일어나지들두 않는데 누가 와 대문을 두드리더라우. 아범이 일어나 문을 열어 주었더니 글쎄 다짜고짜루 '김영하 어느 방이야?' 묻구는 신발들을 신은 채 김 선생 방으루 뛰어들더라는구려. 방 안을 샅샅이 들뒤져 무슨 책이며 편지며 하는 따위를 한 보따리 압수한 뒤에 아직 세수두 못 한 김 선생을 끌어내 앞세우더라우. 그리구 가면서 '저 방엔 아무두 드나들지 못하게 해!' 하구 개 벼룩 씹는 시늉을 하더라지 뭐요."

"대체 무슨 일루 잡혀갔답니까?"

"아까 낮에 우리 영감이 세면도구랑 내복가지랑 드리러 종로경찰서엘 갔다 왔는데……. 난 잘 몰라두 아마 무슨 독서회 사건이라나 봅디다."

'독서회 사건.'

입속으로 뇌고 선장이는 장승처럼 버티고 서서 넋 없이 대청 기둥에 걸린 주련판을 쳐다보았다. 그러나 그것은,

시청휴창태평가(時淸休唱太平歌)

때가 워낙 맑으면 태평가도 부르지 않는다.

무슨 잠꼬대인지 알 수 없는 글귀였다. 선장이는 대들보가 휘인 것만
같았다.

30

정실이가 첫아들의 첫돌이 지난 뒤에 친정 나들이를 왔다. 친정이라
야 한동네 엎어지면 코 닿을 데지만 일단 대갓집에 맏며느리로 들어
가고 보니 그렇게 쉽사리 달아오고 달아가고 하기는 어려웠다. 그래서
이번 나들이도 차일피일하면서 두어 달 좋이 별러 가지고 온 것이었
다. 친정어머니가 외손자를 업고 동넷집에 자랑 겸 구경을 시키러 나
가는 길에 쌍년이에게 딸이 왔다고 기별해 주었다. 쌍년이는 들었다
보았다 하고 행주치마를 벗어 빨랫줄에 홀뿌려 걸고, 하던 빨래는 팽
개쳐 두고 부리나케 쫓아왔다. 방 안에 들어서는 첫밧에 "이애, 한 진
사 댁 작은아씨 한번 뵙기가 헐하잖구나." 하고 놀림조로 인사를 하니
정실이도 "누가 아니라니. 조롱에 갇힌 새지 뭐냐. 깃두 맘대루 칠 수
가 없다니까." 하고 실없는 말로 맞인사를 하였다.

"네 아들 이제 내 막 안아 보구 오는 길이다. 에미는 저렇게 대살진
데 아이는 그렇게 토실토실하니 웬일이야, 부잣집 장손이라구 인삼
녹용을 장복시키잖니?"

"미친 소리 작작 하구 어서 앉기나 해라."

쌍년이가 자리에 앉으며 비로소 "너의 아버진 어디 가셨니?" 하고

물어서 정실이는 "날을 어찌나 잘 받았던지…… 아버진 벌써 첫새벽에 바다에 나가셨단다." 하고 웃었다.

"상관 있니, 며칠 묵다 가려무나."

"안 되여, 저녁 전엔 돌아가야 해."

"또 당일치기야? 시에미가 그렇게 까다롭냐?"

"아니, 시어머닌 하나두 안 까다롭다. 내가 가 봐야 할 일이 있어 그러는 게지."

쌍년이가 갑자기 누가 엿듣는 사람도 없는데 음성을 낮추어서 "그댁 살림이 기울어진다는 소문이 떠도는데…… 그게 진적한 소문이냐?" 하고 물으니 정실이는 미간을 약간 찌프리고 한참 만에 "그런 소문이 날 만한 일이 있어." 하고 고개를 까댁였다. 그 걱정 어린 얼굴을 물끄러미 보다가 쌍년이가 다시 "애기 아버지가 큰살림을 잘 거느리지 못해 그런 게 아니냐?" 하고 물으니 정실이는 "그래여, 다루는 솜씨가 서툴러……. 어디 해 봤어야지, 죽어나는 건 최 서사야." 하고 머리를 살래살래 저었다.

"저걸 어쩌니."

"당자가 도시 그런 일에다는 맘을 쓰구 싶어 하지 않는 게 더 큰일이야. 자세한 건 나도 잘 모르지만 아무튼 살림이 줄어두 가량없이 준 것만은 사실이야."

쌍년이가 언짢은 이야기를 더 하지 않으려고 말머리를 돌렸다.

"선희는 어떻게 됐니?"

"아가씬 지난달에 졸업하구……."

"벌써 졸업이야?"

"그럼, 3년인데."

"세월이 유수 같다더니 과연 헛말이 아니구나. 더 말할 것 있니, 네 아들이 벌써 돌이 지났는데."

"아가씬 졸업하자 이내 이화여학교 음악 선생으루 남아 있게 됐대여. 이화전문하구 이화여교는 한통속이라나."

"그럼 이젠 시집을 가야잖겠니 노처년데…… 스물 몇이야?"

"나하구 자치동갑이지 뭐. 그렇잖아두 김영하 선생이 내년에 출옥하면, 예식을 올리게 될 게야."

"얼마라구? 2년?"

"2년. 아직누 일 년 반이 더 남았어."

"왜들 모두 이런다니?"

"모르니? 다 왜놈들 때문이지!"

"한 진사 댁 아가씨두 팔자는 누구만큼이나 험하구나."

"누가 아니래여."

"그래, 너의 시어머니랑 너의 남편이랑은 그렇게 하라구 내버려 두니?"

"내버려 두잖으면 어떡허니? 당자가 죽어두 다른 데는 시집을 안 간다는데야. 그러구 주요하게는 오빠가 양해를 하니까. 김영하 선생을 아주 좋게 여기거든…… 참다운 애국자라구."

이때 선장이 어머니가 외손자를 업고 마당으로 들어오더니 방에 앉았는 딸을 보고 웃으면서 "이애 에미야, 어서 나와 이 녀석 좀 받아라. 외할미 잔등에다 오줌 쌌다, 고현 놈. 아이 차거워!" 하고 소리쳐서 정실이는 "저런, 녀석 좀 보아." 하고 아들을 받으러 달려 나왔다. 쌍년이가 방 안에 앉은 채 밖을 내다보며 "아주머닌 그래두 복이 있으시우, 등에다 오줌 받을 손자가 다 있으니." 하고 웃어서 두 모녀도 다 같이 웃었다.

"그 오줌싸개 이리 다우, 한번 좀 더 안아 보자."

쌍년이가 웃으며 두 팔을 벌려 앞으로 내밀었다.

이날 4월 29일 천장절은 일본 천황 히로히토의 탄신이므로 공휴일이었다. 선장이가 소풍을 나갔다가 돌아오는데 숙자 아주머니가 뒤따라 들어와서 "너 이따 저녁때 나하구 선희한테 한번 좀 가 보자, 효자동에다 하숙을 정했단다. 연전에 우리 한번 들려 보잖았니…… 그 전도부인네 집." 하고 의논조로 말하여 선장이는 선뜻 "아무려나 좋도록 하시지요." 하고 같이 갈 의향을 말하였다.

"느 누이의 시누이 아니냐, 남이 아니거든."

"그러게 가겠다잖습니까."

숙자 아주머니가 또 무슨 말을 하려다 말고 새삼스레 눈을 크게 뜨며 "아니, 얘 좀 보아. 너 어느새 키가 그렇게 컸니?" 하고 곧 선장이를 그러당겨 가슴에 붙이면서 "어디 키 좀 대 보자." 하고 꼿꼿이 서서 이마를 선장이 턱에 갖다 대었다. 마침 어멈이 빨아 손질한 유도복을 안고 들어오다가 이것을 보고 웃으며 "아유, 아씨 키가 도련님 턱에두 겨우 미치시네요!" 하고 호들갑스레 말하였다. 숙자 아주머니는 이마를 선장이 턱에 댄 채 오른손의 손바닥을 엎어 가지고 제 정수리에 얹으면서 "정말이야?" 하고 뒤를 돌아보지 않고 물었다.

"정말이 아니구요. 아씨가 지셨에요, 비교두 안 되는걸요."

어멈의 말을 듣고 숙자 아주머니는 비로소 뒤로 물러서서 선장이의 얼굴을 가늠해 보며 "너 신 속에다 거름을 담아 가지구 다니잖냐?" 하고 새삼스레 웃었다. 웃다가 선장이 교복깃에 달린 '4'자 금장이 단 지가 이제 한 달밖에 안 되었는데 벌써 광택이 가시고 잿빛으로 변한 것을 보고 괴이히 여기며 "아니, 네 금장이 왜 벌써 그 모양이냐?" 하고 물었다. 선장이가 "갓 들어온 1학년생이나 반짝반짝한 걸 달구 다니지, 상급생이 유치하게 누가 그런 걸 달구 다녀요." 하고 웃으니 숙자 아주머니는 "주제넘은 녀석들." 하고 거짓으로 눈을 흘겼다.

"아씨, 모르세요? 벌써 2학년 때부터 새 금장을 달 때는…… 꼭 촛불에다 그을려 가지구 다신걸요." 하는 어멈의 말을 듣고 숙자 아주머니는 "그러냐?" 하고 선장이와 어멈을 번갈아 보다가 선장이의 뺨을 찰싹 때리며 "낡은 게 그렇게 좋거든, 광화문통 고물상에나 가 살아라." 하고 웃었다. 이때 광화문통에는 고물상이 즐비하였다.

석후에 선장이가 숙자 아주머니와 함께 효자동으로 한선희를 보러 왔다. 이때는 이미 안국동 종점에서 총독부 앞까지 전차선로가 연장되었으므로 총독부 앞에서 전차를 한 번만 갈아타면 효자동 종점까지 갈 수가 있었다. 훈훈한 봄바람이 귀밑을 가볍게 간질여서 공연히 가슴이 부풀고 마음이 들뜨는 밤이었다. 선희는 두 사람의 내방을 못내 반기었다.

"이거 내가 사돈님을 먼저 가 봬야 하는 건데."

"별소릴 다 하네."

정실이가 한 진사 식구가 되는 바람에 이들도 따라서 먼발치 사돈이 되었다. 선장이가 보자기에 싸 들고 온 슈크림 상자를 잠자코 앞에 밀어 내놓으니 선희는 "아니, 이건 또 웬걸 이렇게." 하고 받아서 곧 보자기를 끄르고 또 뚜껑을 열어 보더니 "이런 예절이 왜 있어요?" 하고 나무라듯 말하며 숙자 아주머니를 쳐다보았다. 선장이는 한선희가 여선생이 된 뒤에는 처음 보는데 그 원래의 아름다움에 일종의 침범을 허용하지 않는 장중한 빛이 어린 것을 이내 보아 내었다.

선희가 주인집에 좀 보이고 온다고 말하고 슈크림 상자를 들고 안방으로 올라갔다. 한 절반 억지로 덜어 놓고 다시 뜰아래 방으로 내려올 때 주인마누라 전도부인과 그 딸도 따라 내려와 숙자 아주머니와 선장이한테 인사하고 올라갔다. 주객 세 사람이 솥발같이 앉아 슈크림을 먹으며 한동안 웃고 지껄였다.

"글쎄, 생전 남을 선생이라구 부를 줄이나 알던 사람이 갑자기 남에게서 선생님 소리를 들으니까 무에 꼭 잘못된 것만 같은 게 얼떨떨하지 뭐예요." 하고 선희가 깔깔 웃어서 숙자 아주머니와 선장이도 유쾌하게 따라 웃었다.

"그래두 선생님으루 보이기에 그렇게 부르겠지."

"말씀 마세요. 상급반에는 나하구 나이 엇비슷한 학생두 여럿인걸요."

"그렇게 큰 것들이 있어?" 하고 숙자 아주머니가 놀라는 것을 선장이가 옆에서 "우리 학급의 오월봉이는 1학년 때 벌써 아들이 둘이나 있었는걸요." 하고 발을 다니 선희와 숙자 아주머니는 허리가 끊어지게들 웃었다.

이때 안방에서 라디오의 다이얼을 맞추는 소리가 삑삑 나더니 곧 아나운서의 "제이오에이케이(JOAK), 여기는 도쿄방송국입니다." 하는 소리가 들려왔다. 선희가 "주인아저씨가 저녁마다 제이오에이케이의 8시 뉴스를 듣는 습관이 있어요." 하고 주를 다니 숙자 아주머니는 "좀 좋아, 술이나 먹구 노름이나 노는 데 비하면." 하고 뒤받았다.

시보에 이어 뉴스가 시작되었다. 처음에는 이야기에 정신들이 팔려 어디 개가 짖느냐 하고 귀 밖으로 흘려듣다가 문득 조선인이 어쩌고 저쩌고 폭탄 사건이 어쩌고저쩌고 하는 소리가 귓결에 피뜩 들려 숙자 아주머니가 "아니, 가만…… 저거 뭐라나?" 하고 손을 내젓고 귀를 기울이는 바람에 선희와 선장이도 따라서 지껄이던 것을 그치고 귀들을 기울였다.

세 사람의 눈이 차차로 동그래졌다. 일본에서고 조선에서고 이와 동일한 시각에 그 뉴스를 듣는 청중은 다 이렇게 눈들이 동그래졌을 것이다. 전파를 타고 날아온 뉴스가 자못 엄청났기 때문이다. 중국 상해 홍구공원이란 데서 조선인 윤 무어라 하는 사람이 폭탄을 던져 경축 회장 주석대에 앉았던 일본군 장령 여럿을 살상하였는데 그중에는 상해 파견군 사령관 시라카와 대장도 들어 있다는 것이었다.

"그 사람 이름이 뭐라니?"

"인호오키치라니까…… 아마 윤봉길이겠지요."

"나이 몇 살이라구?"

"스물다섯 살이라잖아요."

"아직 새파랗게 젊은 사람이구나."

"쉬, 가만 좀……."

선장이가 손을 내젓고 귀를 도사렸다. 한참 만에 선희가 "저런!" 하고 낮게 소리치니 방송을 똑똑히 듣지 못한 숙자 아주머니는 "왜?" 하고 선희의 얼굴을 쳐다보았다.

"십여 명, 사상자가 여럿이라나 봐요."

선장이가 그 말에 "시라카와 대장은 즉사했구…… 노무라 해군 사령관은 눈깔 하나가 빠졌구…… 시게미쓰 공사는 다리 한 짝이 달아났구……." 하고 발을 달고 "잘한다, 잘해!" 하고 무릎을 탁 쳤다.

"언제라니, 사건이 발생한 건?"

"오늘 오전이라나 봐요."

숙자 아주머니와 선희가 말을 주고받는 동안에 선장이는 저도 모르게 혼자서 팔을 뽐내었다.

"쟤 좀 봐, 금세 쌈이라두 하러 나갈 것 같네."

"피가 끓어 참을 수 없는 모양이지요. 왜 안 그러겠어요, 우리두 다
속이 후련한데."

숙자 아주머니와 선희가 서로 지껄이는 소리를 선장이는 들을 귀가
없었다. 정신이 모두 바다 건너 상해의 홍구공원이란 데에 날아가 있
었기 때문이다.

선장이는 받은 충격이 어찌나 컸던지 이날 밤 자리에 누워서도 오래
도록 전전반측하며 잠을 이루지 못하였다. 안중근 의사가 하얼빈 역
두에서 이토 히로부미를 쏴 눕힌 것은 아무리 장쾌하다더라도 필경은
자신이 이 세상에 태어나기 전의 옛이야기였다. 그러나 이것은 바로
오늘 낮의 일이다. 자신이 동양악기점 앞에서 흘러나오는 레코드의 아
름다운 선율에 귀를 기울이고 있었을, 바로 그 무렵에 발생한 일이다.
그리고 그 애국용사 ― 조선의 얼 ― 의 나이도 씨동이 또래밖에 더 안
되었다. 너무나 몸 가까운, 너무나 생생한 사실이었다.

'그에 대면 나는 하잘것없는 반병신이로구나!' 하는 자비심과 '그는
지금쯤 적에게 모진 악형을 당하고 있을 텐데, 나는 여기 이렇게 편안
히 누워 있어?' 하는 자책감에 등골에 땀이 다 내돋았다. 안절부절을
못하다가 마침내 벌떡 일어앉으며 곧 껐던 불을 다시 켰다. 부지런히
책상 서랍을 뒤져 언젠가 잡지에서 스크랩해 두었던 황포군관학교 조
선 학생들의 사진을 꺼내 들고 들여다보고 또 들여다보고 하였다.

'얼마나 씩씩한 모습들인가!'

'얼마나 장한 조선의 아들들인가!'

'씨동이는 어디를 갔을까!'

'김봉구는 어떻게 됐을까!'

상상이 눈에 보이지 않는 갈매기 떼가 되어 선장이의 머리 위를 넘놀고 날아옜다. 눈 뜨고 꿈꾸듯이 얼마를 그렇게 앉았다가 다시 불을 끄고 자리에 누웠다. 이번에는 김영하 선생이 잡혀가기 며칠 전에 들려주던 말이 생각났다.

"상해 프랑스 조계에는 우리나라 임시정부가 있단다. 그 청사에는 당당히 태극기까지 띄웠단다."

그러자 선장이의 감은 눈앞에서 푸른 하늘을 배경으로 높이 띄운 태극기가 바람에 펄럭였다. 그 펄럭이는 깃발은 흡사 선장이를 오라고 손길을 치는 것 같았다. 선장이의 넋은 그 부름을 따라 머나먼 바다 건너로 훨훨 날아갔다. 상해로 날아갔다. 황포군관학교로 날아갔다. 씨동이가 가 있을 것만 같은 그 어느 미지의 세계로 날아갔다. 가면 김봉구를 꼭 만나게 될 것만 같은 그 어느 생소한 세계로 날아갔다. 이럴 때 김영하 선생이 있었으면 오죽 좋았으랴. 이 넓은 서울 장안에 같이 일을 의논할 사람 하나가 없다니! 선장이의 가슴은 한껏 부풀었다. 그러나 또 한편으로는 안타까왔다. 한숨이 절로 나왔다.

'남들이 다 목숨을 걸구 나라의 독립을 위해 싸우는데 나만 안일하게 여기서 공부를 하고 있어? 수치스러운 일이다. 도저히 양심이 허락하지를 않는다. 그렇지만 여기서는 폭탄두 권총두 다 손에 넣을 수가 없으니⋯⋯. 중국으루 건너가자. 임시정부를 찾아가자. 황포군관학교루 가자. 가면 무슨 수가 나겠지. 가자!'

선장이가 마침내 마음을 질정하였다. 그러자 감은 눈앞에 어머니의 얼굴이 떠오르고 아버지의 얼굴이 떠오르고 또 누이의 얼굴이 떠올랐다. 잇달아 쌍년이의 얼굴, 어멈의 얼굴, 숙자 아주머니의 얼굴, 한선희의 얼굴, 김영하 선생의 얼굴 그리고 매부 한정희의 얼굴⋯⋯ 숱한 얼굴들이 서로 겹치며 떠올랐다. 선장이는 눈 딱 감고 끈덕진 미련을 뿌리쳤다. 원산도 서울도 다 떼 팽개쳤다. 그러나 다음 순간 피뜩 '내가 정신이 나가잖았나? 노자두 마련하잖구 어디를 간다구 우둘렁거려?' 이런 생각이 들어 저도 모르게 "돈!" 신음 소리 같은 소리가 입에서 새어 나왔다. 선장이는 막 건너려던 외나무다리가 눈앞에서 끊어지는 것 같은 절망감에 사로잡혔다.

"이런 제길할."

아침에 일어나는 길로 선장이는 지도를 펼쳐 놓고 상해로 갈 노선까지 다 선정해 놓았으나 노자가 없으면 그것도 다 실현이 불가능한 공중누각에 지나지 않았다.

이날 선장이가 하교를 하는 길에 어떻게 하면 돈을 구할 수가 있을까 골똘히 생각하며 걷는 중에 어디서 누군가가 "서방님!" 하고 부르는 소리가 났다. 의례 저하고는 상관이 없는 어떤 사람을 누가 부르겠거니만 여기고 그냥 걷는데 난데없이 여위고 새까만 까마귀발 같은 손 하나가 코앞에 불쑥 나타났다. 놀라서 발을 멈추며 눈을 들어 보니 머리가 쑥바구니 같은 열두어 살 먹어 보이는 거지 아이다.

"서방님, 적선합쇼. 한 푼만 줍쇼."

선장이가 갑자기 서방님으로 승격을 하는 바람에 한편으로는 놀랍기도 하고 또 한편으로는 우습기도 하여 동전 한 잎을 꺼내 주며 "인석아, 멀쩡한 총각더러 서방님이 무어냐!" 하고 웃으며 타박하니 거지 아이는 얼른 말씨를 고치어 "고맙습니다. 도련님, 재수가 불 일듯 합쇼." 하고 허리를 굽실하였다.

'고 자식 고것 참. 남은 돈을 구하지 못해 골머리를 앓는다는데……. 한 푼 보태 주진 못하구 되려 뜯어 가?'

선장이가 쓴웃음을 웃었다. 연갑수 법률사무소 앞까지 왔을 때 "이제 돌아와?" 하는 귀에 익은 목소리가 들리기에 고개를 들어 보니 앞에 서 있는 것은 검소한 옷차림을 한 한선희다.

"웬일이요?"

"너 보러 왔다."

"그럼 어서 들어갑시다."

"아니, 들어갈 게 아니라 내게루 좀 가자. 할 이야기가 있다."

"그럼 내 얼른 이 책가방 좀 들여다 두구 나오리다."

1분 후에 한선희와 선장이는 어깨를 나란히 하고 전차 정류소를 향하여 걷고 있었다. 몇 해 전에 둘이 함께 서울을 올라올 때는 선장이 키가 선희의 어깨와 가지런하였다. 그러나 지금은 뒤쪽으로 선장이가 도리어 선희를 내려다보게 되었다.

키가 엄부렁하게 큰 선장이와 앳돼 보이는 선희가 같이 가는 것을 보고 연애를 하는 걸로 지레짐작을 한 싱검쟁이들이 눈짓콧짓 해 가며 획획 휘파람을 불었다. 남녀칠세부동석의 낡은 관념에 푹 젖어 버린 고리삭은 인간들 눈에는 젊은 남녀가 백주에 공공연히 한데 붙어 다니는 것은 상풍패속도 이만저만이 아니었던 것이다. 그 우습강스러운 꼴들을 보자 선희는 짓궂은 웃음을 웃으며 "어서 나한테 더 바싹 달라붙어라." 하고 짐짓 선장이의 팔죽지를 잡아당기는 것이었다. 그건 낡아 빠진 도학선생들에 대한 시위이고 도전이고 또 멸시였다.

"오빠가 이번에 전장을 꽤 많이 처분을 한 모양이다. 대대루 물려 내려온 거지만 살림 형세가 자꾸 기울어지니 어떡허니. 그래서 무슨 변고가 있기 전에 미리미리 손을 써서 네게다두 학비를 좀 보태 줄 생각이 났나 보다. 이게 그 200원이다. 네 거하구 내 거하구 한몫 부쳐 왔더라. 어제 받았다. 그리구 현금을 집에 두거나 몸에 지니는 건 좋지 않으니까 이따 돌아가는 길에 우편국에 갖다 아주 저금을 하도록 해라, 아무 때구 찾아 쓸 수가 있으니까."

방 안에 들어와 앉자 이렇게 말하며 선희는 곧 가방 속에서 두툼한 봉투 하나를 꺼내어 선장이 앞에 밀어 놓는 것이었다. 선장이는 꿈이 아닌가 싶었다. 세상에 이렇게 공교로운 일이 또 어디 있으며 이런 안성맞춤이 또 어디 있으랴. 이야말로 가물에 단비였다.

'내가 아마 운수가 대통하는가 보구나.'

선장이가 겉으로는 아닌 보살 하면서도 속으로는 이렇게 생각하고 쾌재를 불렀다.

대문 밖까지 바래면서 선희가 "자주 놀러 와." 하고 다정하게 인사할 때 선장이는 얼없이 "아, 틈만 있으면 아무 때구 오리다." 대답하고 돌아서는데 이것이 생이별이 될지도 모를 것을 생각하니 마음은 아수하기 그지없었다. 한참 걷다가 뒤를 돌아보니 선희는 그저 그 자리에 서서 손을 흔들어 보였다.

사날 후에 선장이가 학교 유도부에서 합숙 훈련을 한다고 핑계 대고 드러내 놓고 트렁크에 옷가지들을 챙겨 넣는데 속내 모르는 어멈은 열심히 거들어 주며 "도련님이 우승을 하시면 아씨가 자전거를 사 주신대요." 하고 제 일같이 좋아하였다. 물계 모르는 어멈은 흰 띠짜리 선장이가 귀신 찜 쪄 먹을 색 띠짜리들을 어렵지 않게 누르고 우승을 하는 것은 식은 죽 먹기라고 생각하는 모양이었다.

'선량한 어멈! 불쌍한 어멈! 사랑스러운 어멈!'

선장이는 어멈 모르게 떠나갈 것을 생각하니 그 낙심천만한 얼굴을 눈앞에 보는 것 같아 가슴 한구석에 무언가 아픈 것이 마치는 것을 느

껐다. 저녁상에 마주 앉아 수저를 들었을 때 선장이가 문득 "아저씨는 개성을 가셨다구요?" 하고 물으니 숙자 아주머니는 심상하게 "응, 내일 저녁때나 오실 게다." 하고 대답하였다.

"작년에 수학여행을 갔을 때 정몽주가 철퇴를 맞았다는 선죽교 돌다리에다 물을 부어 보았더니 아닌 게 아니라 불그스레해집디다. 거기 사람들 말이 충신의 피라나요."

"충신의 피라서 아마 보통 피와는 다른 게지."

"아주머니두! 참, 아무리 충신의 피래두 돌에 묻은 게 오백 년 동안을 어떻게 남아 있어요? 노박이루 비에 씻기면서! 다 관광객을 끌기 위한 수단이지. 그렇지만 충신을 두구두구 기린다는 건 좋은 일이겠지요."

"듣구 보니 네 말두 근리는 하다마는."

"인간이 한세상 났다가 나랏일에 목숨을 바친다면 한세상 났던 보람이 있잖습니까. 리순신 장군처럼, 안중근처럼 그리구 요전 날 그 윤봉길처럼."

"애가 미쳤나, 갑자기 목숨을 바치느니, 보람이 있느니 없느니…… 어서 밥이나 먹어라. 헌소리 작작 하구!"

선장이가 아무렇게나 제게서 가까운 묵나물에다 젓갈을 대니 숙자 아주머니는 "이게 맛있다, 이걸 먹어라." 하고 닭알부침 담긴 접시를 앞에다 옮겨 놓아 주었다. 선장이는 맛도 모르는 밥을 머리를 수굿하고 그저 본능적으로 먹었다.

'이게 숙자 아주머니와의 최후의 만찬이로구나.'

생각하니 섭섭하기도 하고 미안하기도 하고 아쉽기도 하고 유감스럽기도 하고 얼얼하기도 하고 또 죄스럽기도 하였다.

'숙자 아주머니. 애국애족이라는 관념을 통히 모르고 사는 숙자 아주머니. 맹목적으로 나를 사랑하는 숙자 아주머니. 본능적으로 나를 아끼는 숙자 아주머니. 내 이 돌연적인 행동을 배은망덕으로밖에 더어찌 해석하랴. 불쌍한 숙자 아주머니. 연갑수의 희생양. 가엾은 숙자 아주머니······.'

머릿속으로 이런 생각을 하느라고 어떻게 먹었는지도 모르게 밥을 다먹고 나서 손목에 찬 시계를 들여다보니 6시가 조금 지났다. 4학년에 올라왔다고 숙자 아주머니가 진고개에 데리고 가 사 준 '세이코' 17석이었다.

행색이 총총한 선장이가 합숙으로 간다고 트렁크를 들고 나설 때 마음의 어지러움을 가리려고 현관문 밖에까지 따라 나와 바래는 숙자 아주머니와 어멈을 돌아보고 "나 없다구 울지들이나 마세요." 하고 웃음의 소리를 던지니 숙자 아주머니도 지지 않고 "염려 말아, 너 없는 동안은 내처 웃구만 살 테다." 하고 대꾸하였다. 그리고 어멈은 "도련님이나 가서 울지 마세요, 괜히." 말하고 입을 막고 웃었다.

선장이가 밤 10시 40분 차로 서울역을 떠났다, 북으로.

31

밤새도록 달린 열차가 평양을 지나고 또 안주를 지나서 청천강에 다달았을 때는 이미 날이 활짝 밝았다. 정주역에서 승객들이 분주히 오르고 내리고 하는데 그 불량스러운 눈만 보아도 어떤 족속들인지 대번에 짐작이 가는 사복형사 서넛이 차에 올랐다. 선장이는 몰랐지만 국경을 넘을 열차는 정해 놓고 정주와 선천 사이에서 사복형사들의 기찰을 받게 되어 있었다. 정주와 선천 사이에서 끝이 나지 않으면 신의주까지도 따라갔다.

일성 기적과 동시에 열차가 움직이기 시작하니 형사들도 곧 차칸 차칸을 살모사 같은 노랗게 기름진 눈으로 훑어보기 시작하였다. 그 살모사의 눈초리가 몸을 스칠 때는 마치 무슨 벌레라도 기어다니는 것처럼 사람들은 공연히 등줄기가 스멀스멀해나는 것이었다. 그런데 왜 하필이면 선장이가 걸릴까! 교복과 교모 ─ 옷차림이 두드러지게 눈에 띄어서였을 것이다.

"어딜 가지?"

선장이의 앉았는 좌석 옆에까지 오자 발을 멈추며 곧 형사 하나가 이렇게 물었다.

"봉천 갑니다."

"어디 차표 좀 볼까."

선장이가 차표를 꺼내 주니 형사는 한번 보고 곧 돌려준 뒤 "소지품은?" 하고 물었다. 선장이가 머리 위의 선반을 가리키며 "저 트렁크 하나뿐입니다." 하고 공손히 대답하니 형사는 건방지게 "내려서 들구, 나를 따라와." 하고 명령조로 말하여 선장이는 지은 죄도 없이 공연히 가슴이 덜컹 내려앉았다. 이때 다른 형사 하나가 가까이 오면서 그자를 보고 "무언가?" 하고 물으니 그자는 저희들의 곁말로 무어라고 두어 마디 웅얼거린 뒤 곧 다시 "빨리 해." 하고 선장이를 재촉하였다. 그동안에 선장이는 트렁크를 내려 들고 맞은편 좌석에 앉았는 상인풍의 세비로 입은 중년 남자와 눈인사를 나누었다.

외딴 칸으로 데리고 가더니 선장이 하나를 일본 형사 둘이서 검문을 하는데 꼴이 무슨 먹을알이 있을 줄로 아는 모양이었다.

“집이 어디야?”

“서울입니다.”

“서울 어디?”

“견지동.”

“집에선 무얼 하지?”

“아버지가…… 변호삽니다.”

“변호사?” 하고 뇌며 두 놈이 서로 얼굴을 한번 마주 보고 나서 다시 물었다.

“그런데 재학생이 공부는 안 하구 갑자기 외국여행은 무어야?”

선장이 입에서 언젠가 얻어들어 두었던 말이 제물로 튀어나왔다.

“상해 동아동문서원으루 보결 시험을 치러 가는 길입니다.”

상해 동아동문서원은 일본제국주의가 중국 대륙을 침략하는 데 필요한 인재를 육성하는 학교였다.

“상해를 간다면서 차표는 왜 봉천까지만 끊었지?”

“가는 길에 봉천 외삼촌한테 좀 들렀다 가려구 그럽니다.”

“외삼촌이 봉천 어디 살기에.”

“서탑입니다.”

이것도 무심히 얻어들어 두었던 말이다. 봉천의 서탑은 조선 거류민들이 모여 사는 구역이란 말을 언젠가 지나가는 말로 들은 적이 있었는데 그것이 머릿속에서 잠을 자다가 긴장한 통에 제물로 튀어나온 것이다.

“서탑에서 무얼 하지?”

“무역상입니다.”

변호사의 아들이요, 무역상의 생질이요, 동아동문서원의 지망자요……. 형사들의 의심이 조금이라도 풀리면 풀렸지 더하지는 않게 되었다.

"트렁크를 열어 봐."

시키는 대로 선장이가 쇠를 벗기고 뚜껑을 열어 잦히니 그 속에서 생각지도 않은 유도복 — 허연 누비옷 — 이 불쑥 드러났다. 그 바람에 형사들은 부지중 실소를 금치 못하였다. 외국여행을 가는데 가방 속에다 유도복을 넣어 가지고 다니는 놈은 처음 보았던 것이다.

"유도부원이야?"

형사 한 녀석이 웃음기 띤 얼굴로 물어서 선장이가 "네, 그렇습니다." 대답하니 그자가 다시 "검도두 하나?" 하고 물어서 선장이는 "검도는 안 합니다. 학교에 검도부가 없습니다." 하고 고개를 가로흔들었다. 형사가 트렁크 속을 뒤적뒤적해 보았으나 색다른 것이 아무것도 나오지 않으니까 "몸에 지닌 건?" 하고 바로 몸 뒤짐을 시작하였다. 200원에서 부리가 헐린 현금과 손목시계와 만년필, 그리고 손수건과 손톱깎개와 영어 단어장……. 책을 잡힐 소지품은 하나도 없었다. 권총, 폭탄, 비밀문서, 암호장 따위는 그림자도 찾아볼 수가 없었다. 기대가 어그러져 맥살이 난 두 녀석이 서로 눈짓을 하더니 그중의 한 녀석이 선장이를 보고 가장 선심이라도 쓰듯이 "됐어, 이젠 고만 돌아가." 말한 뒤 권연 한 가치를 꺼내 물고 호주머니 속의 성냥을 더듬었다.

선장이가 트렁크를 챙겨 들고 제자리로 돌아오니 맞은편 좌석에 앉았는 세비로 입은 남자가 반색을 하였다.

"무사해서 다행이요. 난 조만히 근심했소."

"고맙습니다."

"만주는 초행이요?"

"네."

"국경지대라서 이 근방은 언제나 이렇게 까다롭지요."

정주역에서 올랐던 형사들이 선천역에서 모두 하차하는데 큼직한 여행가방을 든 서른 살 안짝의 얼굴이 창백한 청년 하나를 연행하여서 차 안의 사람들이 모두 의아스런 눈으로 내다보았다.

세비로 입은 사람이 부지런히 차창을 들어 열고 역매 도시락 둘을 사더니 하나를 선장이에게 건네며 "자, 우리 아침이나 먹읍시다." 하고 말하여 선장이는 할 수 없이 한번 사양하고 그대로 받았다. 갈창지같이 얇은 박판으로 짠 도시락 둘을 포개서 한 벌인데 그 하나에는 깨를 뿌린 백반이 그리고 또 하나에는 일본식 반찬이 들었다. 찻물은 철도 마크를 돋을새김한 토기 주전자에 담아 주전자채로 파는데 값은 7전이었다.

열차가 압록강 철교를 건널 때,

남아입지출향관(男兒立志出鄕關)

인간도처유청산(人間到處有靑山)

이런 글귀가 불현듯 머리에 떠올라 선장이의 마음은 갑자기 무거워지고 또 비장해졌다.

안동역에 열차가 미끄러져 들어가는데 보니 홈에 걸린 전기시계의 바늘들이 모두 뒤로 한 시간씩 뒷걸음질을 쳤다. 세비로 입은 사람이 선장이를 보고 "자, 인제 국경을 넘었으니 우리두 이 나라 시간에다 시계를 맞춰야지." 하고 웃어서 선장이도 손목시계의 바늘을 한 시간 뒤로 늦추어 놓았다. 그런데 신기한 것은 전기시계의 숫자들이 조선서처럼 1에서 12까지만이 아니고 가외로 13에서 24까지가 더 있어서 숫자가 갑절이나 되는 것이었다. 선장이는 속으로 '세상은 넓구나…… 내가 이거 우물 안 개구리였구나' 하고 탄식을 하였다. 그러자 지나간 일 한 가지가 피뜩 머릿속에 떠올라 쓴웃음이 절로 나왔다.

전에 원산 선장이네 동네에 술을 몹시 좋아하는 늙은이 하나가 있어서 늘 동네의 웃음거리로 되었다. 한번은 이 늙은이가 이웃 잔칫집에 가 술을 억병을 마시고 나서 가장 점잖게 주인을 보고 묻기를 "이젠 열세 시쯤 됐겠지?" 하고 물어서 또 한바탕 웃음을 자아냈다. 그 늙은이는 원래 시계를 볼 줄 모르는 늙은이였다. 그때 선장이가 그 늙은이의 별명을 '열세시'라고 지어 놓아서 '열세시'는 마침내 그 늙은이의 대명사로 되어 버렸다. 그래서 후에 그가 졸사하였을 때도 동네 사람들은 "아니 열세시가 간밤에 풍으루 죽었다며?" 이렇게 말들 하였다. 이 세상에 열세 시 — 스물네 시라는 게 있다는 것을 알게 된 이 마당에 선장이는 모르는 주제에 아는 사람의 흉을 본 것 같아 이미 세상 뜬 '열세시'에 대하여 미안한 생각도 들고 또 부끄러운 생각도 들었다.

세관의 검사가 시작되었다. 중국인 관리라는 것을 선장이는 이날 생후 처음 보았다. 까다롭게 굴지 않고 트렁크 뚜껑에다 분필로 체크를 해 주고 바쁜 걸음으로 다음 좌석으로 가는, 그 동작이 민첩한 세관 관리에게 선장이는 호감을 가졌다.

세비로 입은 사람이 선장이 — 학생복 차림의 혈혈한 여행자 — 에게 흥미를 가지고 또 호감을 느끼는 듯 웃음기 어린 얼굴로 내처 이모저모로 살펴보더니 한낮이 기운 뒤에 식당차로 안 가겠느냐고 선장이의 팔죽지를 잡아끌었다. 선장이가 따라 일어나니 그 사람은 옆좌석에 앉은 중년 남자에게 선반 위의 행구들을 좀 보아 달라고 부탁을 하였다.

한낮이 기운 뒤라 식당차칸은 파장머리처럼 한산하여 공석이 대부분이었다. 앞을 서서 들어가던 세비로 입은 사람이 하얀 세탁보를 편 식탁들이 두 줄로 늘어선 차칸을 한번 바라보고 "가물에 콩 나듯 했구면, 손님들이." 우스갯말 한마디를 하고 곧 구석진 자리 하나를 골라 앉으며 선장이더러도 어서 앞에 와 앉으라고 손짓하였다.

"우리 무얼 할까?"

"글쎄요, 아무거나 하시지요."

"양식…… 정식이 어떨까?"

"좋겠습지요."

십여 개가 한 벌로 된 크고 작은 포크와 나이프와 스푼들이 아래가 트인 입구자형으로 앞에 늘어놓일 때 선장이는 불현듯 숙자 아주머니 생각이 났다. 언젠가 진고개 양식점에 가 이렇게 단둘이 마주 앉아 양식을 먹은 일이 있었기 때문이다. 그때 선장이가 숱한 포크와 나이프와 스푼이 제 앞에 가로세로 늘어놓이는 것을 보고 놀라 눈이 휘둥그레지며 "아이, 이 숱한 걸 다 무엇에 쓰나요?" 하고 숙자 아주머니를 쳐다보니 숙자 아주머니는 "그저 나 하는 대루만 해." 하고 웃었다. 까다로운 양식 먹는 법을 그때 그렇게 배워 두었던 까닭에 이날 선장이는 촌스럽게 당황하지 않아도 되었다. 식사를 하면서 세비로 입은 사람이 흥미를 가지고 물었다.

"봉천에 누구 아는 사람이 있소?"

"없습니다."

"그럼?"

"상해로 가는 길입니다."

"오, 상해……. 먼 데루 가는구면. 그래 상해엔, 누가 있소?"

"아무도 없습니다."

"아무두 없어? 그럼?"

선장이는 앞에 앉아 있는 사람이 정직하고 선량하고 믿음직한 사람이라는 것을 직감하였다. 티 없이 맑은 넋은 왕왕 다이얼이 맞는 사람의 넋을 엑스광선처럼 꿰뚫어 보는 법이었다. 그래서 바른대로 말하려고 마음을 먹었다. 거짓말을 하기가 죄스러워서였다. 사위를 본능적으로 한번 둘러본 뒤 나직한 목소리로 "실은 임시정부를 찾아가는 길입니다." 하고 속삭이듯 말하니 그 사람은 말을 잘못 알아들었는지 혹은 제 귀를 의심하는지 덩달아 음성을 낮추면서 "어디를 찾아가?" 하고 재차 물었다. 선장이의 "상해…… 임시정부." 하는 분명한 대답이 그 귀에는 우레같이 울리는지 그 사람은 새삼스레 전후좌우를 한번 둘러보고 나서 선장이의 얼굴을 다시 유심히 살펴보는 것이었다. 한참 만에 겨우 붙었던 입이 떨어져 가지고 "거기…… 누가 있소?" 하고 무서운 일 물어보듯 하는데 선장이는 아는 사람이 아무도 없다는 뜻으로 고개를 가로흔들었다.

"아까 아침에, 형사들에겐 무어라구 말했소?"

"형사들한테는 동아동문서원으루 보결 시험을 치러 간다구 했습니다."

보이가 비프스테이크를 들고 와서 다 먹은 수프 그릇을 바꿔 가는 통에 이야기는 잠시 동이 끊겼다.

"고향이 어디요?"

"원산입니다."

"양친이 다 기시우?"

"네."

"아들을 서울까지 올려 보내 공부를 시킬 제는…… 살림이 포실한

가 보구먼."

선장이의 교복과 교모를 알아본 것이다.

"웬걸요. 아버지가 배를 타시는걸요."

"배를 타다니?"

"배꾼이란 말이예요, 고기잡이 하는. 살림이 통 마련이 없는걸요."

"그렇다면 학비를 어떻게 대실까?"

"서울 아저씨 댁에서 뒤를 대 주신답니다."

"음, 그래……. 외삼촌인가?"

"외삼촌은!" 하고 선장이는 고개를 외치고 "외칠촌 아주머니의 남편…… 자식이 없에요." 하고 말하였다.

"그 아저씨는 무얼 하시는데?"

"변호사예요. 서울서는 뜨르르하답니다."

세비로 입은 사람이 고개를 끄덕이고 "아무튼 오늘 밤은 봉천서 묵을 테지?" 하고 물어서 선장이는 그렇다고 대답하였다.

"그럼 오늘 밤은 우리 집에서 묵도록 하오. 자세한 이야기는 이따 나중에 들읍시다."

식사가 끝났을 때 선장이는 그 친절한 사람의 성명이 안몽룡이라는 것과 개업의라는 것과 그리고 처자가 있다는 것까지 다 알았다. 선장이는 생소한 이역에서 이런 귀인을 만나게 된 것을 못내 다행히 여겼다.

규모가 서울역보다 더 굉장하고 사람들이 더 벅적벅적하는 봉천역에서 차를 내려 밖으로 나오자 안 의사는 곧 인력거 두 채를 불렀다. 인력거꾼에게 "시타." 하고 중국말로 행선지를 고하는 것을 듣고 선장이는 중국말은 모르지만 가는 곳이 서탑임을 대강 짐작했다. 그리고 '형사 놈들에게 외삼촌이 서탑에서 무역상을 한다고 거짓말한 것이 비슷이 들어맞잖나' 생각하고 속으로 웃었다.

　선장이가 사람이 끄는 수레 ― 인력거를 생후 처음 타 보는지라 마음이 대단히 송구하였다. 등받이에 번듯이 나가 누워 가는 것은 끄는 사람을 더욱 모멸하는 것 같아 윗몸을 꼿꼿이 세우고 앉아 가는 중에 인력거꾼이 홀지에 발을 멈추더니 뒤를 돌아보며 무어라고 알아듣지 못할 소리를 질렀다. 선장이가 말은 못 알아들어도 눈치로 그 뜻을 짐작하고 얼른 등받이에 등을 기대니 인력거꾼은 만족하여 앞선 인력거를 따라잡으려고 다시 부지런히 닫기 시작하였다. 안 의사가 돌아다보고 웃고 또 길 가던 사람들이 쳐다보고 웃는 통에 선장이는 열적어 얼굴을 붉혔다. 탄 사람이 등받이에 기대야 채가 거뜬히 들려 끌기가 헐하고 그렇지 않으면 채가 지지눌리워 도리어 끌기가 힘든 것이 인력거의 원리인 것을 햇내기 선장이가 몰랐던 것이다.

　이윽고 두 채의 인력거가 '인천의원'이란 간판이 붙어 있는 자그마한 병원 앞에 멎어섰다. 안 의사는 인천 사람이었다. 안 의사의 젊은 안해가 돌쟁이 아들을 안고 나와 맞고 또 근시 안경을 쓴 약제사 ― 안 의사의 처남이 나와 친절하게 선장이의 트렁크까지 달래서 들고 들어갔다.

　선장이는 따뜻한 가족적인 대접을 받으며 안 의사 내외와 안 의사 처남 남매가 다 교양 있는 사람들이라고 생각하였다. 밤에 환자 없는 진찰실에서 안 의사와 선장이 사이에 이런 대화가 있었다.

　"그래, 임시정부를 찾아가선 어떡헐 작정이요?"

　"나두 윤봉길이 걸은 길을 걸을랍니다."

　안 의사가 아름이 차서 한참 입을 다물고 있다가 "뜻은 장하지만……." 하고 말하는 중간에 선장이가 "남아이십미평국, 후세수칭대장부가 아닙니까. 온몸에 피가 끓어 도저히, 안일하게 공부를 하구 있을 수가 없단 말입니다." 하고 결심의 빛을 얼굴에 나타내니 안 의사는 나이 자기보다 여남은 살이나 아래인 선장이를 공경하는 마음을 숨기지 않고 "우리 같은 사람은 이렇게 처자에게 얽매여 그날그날을 보내는데……" 하고 길이 탄식을 하는 것이었다.

뻐꾸기시계가 아홉 번을 운 뒤에 안 의사의 처남이 들어와 진찰용 침대에다 선장이의 자리를 펴 주어서 선장이는 외국에서의 첫날 밤을 진찰실에서 지내게 되었다. 자기 전에 카르테 선반이 놓인 책상에서 편지 세 통을 썼다. 정실이에게 쓰는 편지에다는 아버지, 어머니의 문안을 한 외에 쌍년이와 매부 한정희에게 안부를 전해 달라고 쓰고, 숙자 아주머니에게 쓰는 편지에다는 자기의 행위를 배은망덕으로 생각지 말아 달라고 양해를 빌고 또 아저씨와 어멈에게 안부를 전해 달라고 썼다. 그리고 한선희에게는 김영하 선생이 하루속히 출옥하기를 기원한다고 썼다.

이튿날 선장이가 관내로 떠나는데 안 의사 처남 남매는 정거장까지 배웅을 나와 선장이가 노자가 넉넉하다고 밀막는데도 억지로 천진까지 가는 차표를 사 주었다. 이때는 이미 만주국이라는 게 생겨난 까닭에 철도도 관할이 달라져서 열차는 봉천과 북평 사이만을 운행하였다. 그러므로 상해를 가자면 천진에서 일단 하차하여 다시 차표를 사 가지고 중국 기차 즉 중화민국에서 관할하는 기차를 타야 하였다.

역구내에 들어오는 기관차들이 예배당에서처럼 뎅그렁뎅그렁 종을 울리는 것이 선장이 눈에는 매우 신기해 보였다. 안 의사가 눈치를 알고 웃으며 "저건 양 떼들이 철길에 들어서는 걸 몰아내기 위한 거요, 중국은 맨 평원 지대니까." 하고 설명을 해 주어서 딴은 그렇겠다고 선장이는 고개를 여러 번 끄덕였다. 엄청난 중국 대륙이라는 생소한 개념이 산이 많고 평야가 적은 반도에서 자라난 선장이의 머릿속에 차차 스며들기 시작하였다.

하룻밤을 자도 만리성을 쌓는다고 선장이는 안 의사 처남 남매에게 애틋한 석별의 정을 느끼며 남행열차에 몸을 실었다. 자리에 앉아 보니 전후좌우가 다 복색이 다르고 또 말이 통하지 않는 이방인들이었다. 선장이는 고독감에 싸여서 차창 밖을 회전하는 낯선 전야를 묵묵히 바라보았다. 황막에서 소생을 한 듯한 초여름의 풍경이었다.

몇 시간 후 저녁때 산해관에서 운수불길하게 선장이는 또 걸렸다. 편복을 한 얼굴이 좁다랗고 몸이 호리호리한 서르나문 살가량의 남자가 선장이를 숱한 여객들 틈에서 돌피 뽑듯 쪽 뽑아내어 역에 주재하는 일본 헌병에게 넘긴 것이다. 색다른 학생복 차림이 쉽게 눈에 뜨이는 모양이었다. 정주에서는 검문을 받아도 차칸에서 받은 까닭에 여행에는 지장이 없었다. 그러나 이번에는 아주 끌려 내려갔다. 저 하나만 떨궈 놓고 아무 일도 없은 듯이 기적을 울리며 떠나가는 기차를 바라보는 선장이의 마음은 허전하고 또 복잡하였다.

역구내에 있는 일본 헌병 분견소의 썰렁한 걸상에 혼자 앉아 한 반시간 좋이 기다려서야 헌병 하나가 들어오는데 나이는 젊고 얼굴은 곱살하였다. 이미 땅거미가 기어드는 때라 들어오는 길로 전등부터 켜 놓고 선장이를 한번 보더니 "너야?" 묻고 대답을 기다리지도 않고 곧 "이리 와 앉아." 하고 자신이 앉은 책상 앞에 놓인 걸상을 가리켰다.

정주에서 형사들이 하던 것과 대동소이한 신문이 되풀이되고 또 몸 수색, 짐 수색이 되풀이되었다. 그러나 이번에도 또 캐냄 직한 꼬투리는 쥐뿔도 없었다. 우연히 트렁크 속에 넣어 가지고 온 유도복이 생각지 않은 보람을 나타내었다. 일본인들은 유도복에 대하여 — 저의 나라 고유의 것이라고 해서 그런지 — 일종의 친근감을 느끼는 모양이었다. 그것은 현저히 완충 작용을 하였다. 헌병이 유도복을 보자 얼굴에 웃음기를 띠며 수색을 건성으로 하는 것이 환히 알렸다.

젊은 헌병은 헛물을 켠 것이 싱겁던지 권연갑을 꺼내어 "너 담배 피우니?" 묻고는 대답도 기다리지 않고 선장이에게 권연 한 가치를 뽑아 주었다. 선장이가 받지 않고 고개를 외치니 "얌전하구나." 비웃듯이 말하고 그 권연을 도로 갖다가 제 입에 물고는 성냥을 찾는 것이었다. 그리고 담배 연기를 내뿜고 싱글싱글 웃으면서 "하루쯤 늦어두 뭐 낭패될 건 없을 테니 내일 낮차루 떠나지……. 이왕 내린 김에 산해관 구경을 한번 하는 것두 해롭진 않을걸." 위로조로 말하고 다시 "내 너 잘 데를 지시해 주라구 하마." 말하고 곧 사람을 불렀다. 아까 그 얼굴이 좁고 몸이 호리호리한 헌병 보조원이 들어와 허리를 굽실하니 헌병은 손을 한번 내젓고 "여관에 데려다주도록." 간단히 한마디 분부를 하였다. 그리고 저도 인젠 일이 다 끝났다는 듯이 곧 걸상에서 일어났다.

인력거 두 채를 불러다 갈라 타고 어두운 밤거리를 여관으로 향하는데 헌병 보조원이 그제야 비로소 모국어 — 조선말로 선장이에게 사과 쳇것을 하였다.

"이보 학생, 어찌 알지 마오. 낸들 이런 짓을 하구 싶어 하오? 직업이 그러니 할 수 없이 하는 거지. 나두 집에 학생 또래의 동생이 있소."

특무 놈의 입에서 이런 회심의 목소리가 흘러나올 줄은 꿈에도 생각을 못 하였던 터라 정직하고 순진한 선장이는 크게 감동이 되어 마음속으로 그자의 지은 죄를 선선히 다 용서를 해 주었다.

헌병 보조원이 소개를 한 것은 한 조선 거류민이 경영하는 여관 명색으로써 중국식 구들 — '캉'을 놓고 한방에서 여러 사람이 함께 자고 머물게 되어 있는 봉놋방이었다.

밤중부터 복통이 나기 시작하여 선장이는 배를 그러안고 쩔쩔매는데 배창자가 뒤틀려서 금세 끊어질 것처럼 아팠다. 아침도 먹는 시늉만 하고 물러앉아 식혜 먹는 고양이 상을 하고 있으려니까 나이 서른 안팎의 얼굴이 두리넓적한 손님 하나가 앞에 와 물었다.

"학생, 왜 그루우?"

"배가 자꾸 아파서요."

"몹시 아프우?"

"네."

"언제부터 그렇소?"

"지난 밤중부터요."

"물을 갈아 먹어 그런가."

선장이가 잠자코 있으니까 그 사람은 "그럼 이걸 좀 해 보시지." 하고 주먹 쥔 손의 엄지가락과 새끼가락을 뿔처럼 뻗쳐 들고 엄지가락을 제 입에 갖다 대 보였다. 선장이가 무슨 뜻인지 몰라서 배를 부둥킨 채 어리둥절해 쳐다보니까 그 사람은 "아주 햇내기로구먼……. 약담배두 몰라? 만병통치약." 하고 싱글싱글 웃었다. 선장이가 큰일 나는 줄 알고 머리를 절레절레 흔드니 방 안에서 보고 있던 사람들이 모두 웃음보를 터뜨렸다.

복통이 좀 너누룩해지기를 기다려서 선장이가 정거장으로 나오는데 그 약담배를 피워 보라고 권하던 사람도 들가방 하나를 들고 따라 나섰다. 볼일이 있어 진황도란 데를 간다는 것이었다. 홈에서 엊저녁의 그 헌병이 선장이를 보더니 제법 상냥하게 알은체를 하였다.

"이제 가나?"

국경을 넘어선 까닭인지 열차가 산해관역을 떠나자 곧 검표가 시작되었다. 선장이는 태평으로 차표를 내보이는데 한 손에 펀치를 든 일본인 차장이 차표를 받아서 한번 번드쳐 보고는 곧 "차를 잘못 탔습니다. 당신의 승차권은 중국 철도의 승차권입니다. 이 열차는 남만 철도 소속입니다. 그러니 다음 역에서 일단 하차했다가 저녁차를 타도록 하십시오." 하고 차표를 그냥 돌려주었다. 맞은편 좌석에 앉았던 동행 — 약담배를 권하던 얼굴이 두리넙적한 사람 — 이 들었다 보았다 하고 "잘됐소, 나하구 같이 내립시다. 다음 정거장이 바루 진황도요. 처음 와 보지?" 하고 싱글벙글하였다.

역에서 내리는 길로 곧 인력거를 불러 타고 한 십 분 달리니 벌써 그 사람이 단골로 다닌다는 여관에 와 닿았다. 규모가 상당히 큰 여관인데 방들은 모두 비둘기장같이 칸살이 작았다. 역시 조선 거류민이 경영을 한다는 것이었다.

같이 온 사람은 볼일 보러 나가고 선장이는 밤에 못 잔 벌충을 하려고 혼자 드러누워 잠을 자는데 문이 바스스 열리더니 무색옷을 매무시 곱게 입은 젊은 여자 하나가 소리 없이 들어와 선장이의 자는 모습을 살펴보았다. 선장이가 눈을 한번 떠 보고 속으로 적잖이 놀라며 곧 벽 쪽으로 돌아누우니 그 여자는 한동안 서 있다가 킥 웃고 살그머니 도로 나가 버렸다. 선장이는 '이거 내가 여우한테 홀린 거나 아닌가?' 하고 의심이 들어서 슬그머니 무섬증이 났다.

보리저녁 때 동행이 돌아와서 이른 저녁상이 겸상으로 나오는데 전이 없는 큰상을 맞들고 들어오는 두 젊은 여자 가운데의 하나를 선장이가 대번에 알아보았다. 낮에 누워 잘 때 들어왔던 여자였다. 두 여자가 나가지 않고 그대로 상머리에 붙어 앉아 시중을 드는데 선장이의 동행과 무람없이 갖은 잡소리를 다 하며 시시덕거렸다. 남자 측의 만수받이하는 품도 더할 나위 없이 능란하여 마치 물을 만난 고기와도 같이 자유롭고 또 자재로왔다. 선장이는 웃을 수도 없고 안 웃을 수도 없고, 열적고 쑥스럽고 어색하고 게면쩍어 몸가짐이 몹시 어줍었다.

상을 물릴 때 낮에 들어왔던 쌍년이 또래의 얼굴이 동글납작한 여자가 선장이를 보고 "왜 저 학생은 새색시처럼 말 한마디가 없으셔? 오늘 밤 묵어서 내일 떠나셔두 되지요?" 하고 상글상글 웃었다. 선장이가 대번에 얼굴을 붉히고 고개를 푹 숙이니까 옆에 앉은 농행이 얼른 가로채어 가지고 "옳지, 네가 맘이 있어서 그러나 보다만 썩 틀렸다. 이 총각은 소문난 도덕군자야, 네 따위는 백이 와두 소용이 없어……. 일찌감치 맘 놓구 쳐다보지두 말아라." 하고 익살을 부렸다. 나중에 선장이가 조용히 이제 그 여자들은 다 무엇 하는 여자들이냐고 물어보았더니 그 사람이 "무언 무어야, 다 갈보들이지. 이 집이 여관 겸 갈보집이야. 이제 그런 것들이 우글우글해. 이 방이 다 그런 데 쓰는 방이야." 하고 예사롭게 대답해 주어서 선장이는 벌린 입을 다물지 못하였다.

선장이가 진황도에 모두 열 시간을 머물렀다. 그러나 인생의 학문을 배우기는 십 년어치를 배웠다.

32

천진에서 상해까지 가는 길은 생각 밖에 순리로왔다. 압록강을 건너고 산해관을 넘을 때는 그렇게도 지장을 갖다주던 교복, 교모가 도리어 훌륭한 경계색으로 됐던 것이다. 그 먼길을 오는 동안 아무도 선장이를 건드리지를 않은 것이다. 열차원이나 차장은 물론이요 열차 안을 빈번히 순찰하는 철도경찰들도 선장이 하나만은 곱게 빼놓고 지나다녔다. 선장이가 처음에는 그 원인을 몰라 속으로 괴이스레 여겼다.

'이게 대체 무슨 놈의 감투끈이야?'

그러나 차차 시간이 흘러감에 따라 깨닫게 되었다. 선장이의 복색만을 보고 일본 학생으로 잘못들 알았던 것이다. 무릇 일본 놈은 건드리지 않고 내버려 두는 것이 안전하다는 기괴한 인생철학이 작용을 한 것이었다. 반식민지 특유의 처세관, 처세술이 작용을 한 것이었다. 선장이가 속으로는 쓴웃음을 웃으면서도 '아무튼 해롭진 않다' 생각하고 그런 얼토당토아니한 대우를 그대로 받아들였다. 아니 받아들이면 또 어찌하랴, 입이 있어도 말을 못 하는 벙어리인 주제에!

이 동안 선장이 호주머니에는 각전 즉 동전, 은전들이 차차로 늘어갔다. 말을 모르는 까닭에 이게 얼마냐고 값을 물어볼 재간이 없어서 무엇을 사거나 무엇을 먹고 값을 치를 때는 잠자코 큰돈 즉 지전을 내주고 거스름돈을 받아 넣기 때문이다. 지전이 줄어드는 만큼 각전은 늘어나 마침내는 선장이가 조금만 움직여도 호주머니 속의 은전, 동전들이 잘랑잘랑 아름다운 음악을 연주하여 네 이웃에 그 존재를 알리게끔 되었다.

선장이 머리에 혼란이 일어난 것은 남행열차의 오른쪽 즉 서쪽에 바다가 나타난 것이다. 바다는 의당 왼쪽 즉 동쪽에 나타나야 할 것이었다.

'그런데 이건 대체 어찌 된 셈판이냐? 기차가 되돌아서 북상을 한단 말인가, 아니면 하늘땅이 뒤집혔단 말인가?'

선장이가 미산호를 황해로 잘못 안 것이었다. 대안이 바라보이지 않고 아득한 수평선만 바라보이는 큰 호수를 처음 보았기 때문이다.

각종 조명등의 휘황한 불빛으로 불야성을 이룬 포구 도선장에서 거대한 연락선이 14량 편성의 열차를 서너 동강을 내어 싣고 기적을 울리며 어두운 양자강을 서서히 건너는 광경을 선장이는 열차 좌석에 앉은 채 놀라운 눈으로 지켜보았다. 수면이 어두워 물이 맑은지 흐린지는 헤아릴 수가 없었다. 그저 한강물처럼 맑으려니만 여겼다. 밝은 낮에 보았더라면 얼마나 실망을 하였으랴. 세상에 그 이름 높이 난 양자강의 치런치런한 강물은 투명도가 거의 영에 가까운 탁류였다.

급기야 대망의 상해역에를 낭도하고 보니 이세 또 웬일이냐. 역사의 단층 건물이 초라하기가 원산역의 자매 역이 아닌가 싶을 정도였다. 세계적인 거물 도시 대상해에 전혀 어울리지 않는 현관 — 철도역이었다. 양복 차림의 신사 양반이 애기들이 신는 고무신짝을 발에 꿰기라도 한 것처럼 도무지 격에 맞지를 않았다.

선장이가 커다란 트렁크를 들고 사람들 틈에 끼어 역사 밖으로 나오니 여덟팔 자로 늘어서서 대기하던 인력거꾼들이 와 몰려드는데 입입이 외치는 소리가 와글와글, 귀가 따갑고 또 귀에 설어서 머리가 떵할 지경이었다. 그중의 약삭바른 하나가 어리둥절해 서 있는 선장이를 외국 사람으로 선뜻 짐작한 듯 재빨리 질러 나오더니 "호텔? 고 호텔?" 하고 영어로 외쳐서 선장이는 긴말 않고 곧 그 사람의 인력거에 올라 탔다. 그 인력거꾼이 선장이를 물정 모르는 외국 놈으로 넘보고 톡톡히 좀 우려낼 요량으로 손가락 둘을 뻗쳐 들고 "투 달러즈, 투 달러즈." 하며 내흔들어서 선장이는 속으로 '2달러? 이 자식이 뉘게다 올가미를 씌울 작정인가?' 생각은 하면서도 "오케이, 오케이." 하고 고개를 끄덕였다. 우선 가고 나서 볼 작정이었다.

일금 2원야를 식은 떡 떼어먹기로 벌게 된 것이 마음에 합당하여 인력거꾼은 인력거 채를 잡자마자 눈이 팽글팽글 돌 만큼 사람과 차량들로 붐비는 거리를 요리조리 누비며 어깻바람 나게 달렸다. 선장이가 어림짐작으로 '인제 한 20전어치쯤 달렸을 게다' 속셈을 잡을 즈음에 인력거가 갑자기 멎어서기에 눈을 들어보니 '야마도여관'이란 글자가 눈에 왈칵 끼쳤다. 인력거꾼이 선장이를 일본 놈으로 지레 채고 제 딴에는 잘한답시고 일본 여관으로 끌고 온 것이었다.

'이런 제기!'

선장이는 기가 막혀 벌린 입을 다물지 못할 지경이었으나 하릴없이 트렁크를 집어 들고 인력거를 내렸다. 인력거꾼이 등 뒤에서 "투 달러즈, 투 달러즈." 찻삯을 채근하는 중에 여관의 하녀인 듯싶은 젊은 여자 하나가 진동한동 달려 나와 트렁크를 받아 들여갔다. 이어 여관의 사환인 듯싶은 대머리 벗어진 남자가 나와 저 인력거를 어디서 타고 오셨느냐고 물었다. 역에서 타고 왔다는 대답을 듣고 그 사람은 깍듯이 "제게다 맡기시구, 어서 드십시오." 하고 두 손바닥을 잦혀 들고 안을 가리켰다.

이튿날 여관을 떠날 때 숙박료 계산서를 보니 '찻삯 선대 30전'이라고 적혀 있었다. 에누리가 무려 육칠 배나 되었던 것이다.

선장이가 울며 겨자 먹기로 일본 여관에서 하룻밤을 지내게 되었다. 하녀가 와 목욕물이 더웠다고 알려서 욕실에 가 시원히 목욕을 하고 방에 막 돌아왔는데 마침맞게 하녀가 차를 가져왔다.

"상해 시가도를 어디 가면 구할 수가 있을까요?"

"네, 저의 여관에두 있습니다. 곧 갖다드리겠습니다."

선장이가 널직한 자개상 위에 새 지도를 펼쳐 놓고 열심히 들여다보

며 궁리가 많았다. 프랑스 조계를 아무리 올리훑고 내리훑고 해 보아
도 무슨 임시정부라는 표식은 눈에 뜨이지를 않았다.

'적어도 한 나라의 정부 청사인데, 지도에 표식이 없을 리 있나.'

그렇지만, 없었다. 소련 영사관, 일본 영사관, 영국 영사관, 미국 영
사관, 프랑스 영사관, 이탈리아 영사관 또 무슨 영사관, 무슨 영사관 다
있어도 선장이가 찾는 그 임시정부만은 종시 없었다. 종적이 묘연하였
다. 선장이는 번화한 상해 거리가 갑자기 막막한 광야로 변해 버린 것
같았다. 망연자실하여 창 밖의 혼잡한 거리를 한동안 내려다보다가 다
시 지도에 달라붙었다.

이번에야 비로소 자신의 위치를 알게 되었다. 홍구라는 데 와 있
었다. 지지난달에 윤봉길이 폭탄 사건을 일으킨 홍구공원이 얼마 멀
지 않은 곳이었다. 그러나 이번에도 임시정부는 나타나 주지를 않았
다. 그도 그럴 것이 선장이가 찾는 그 임시정부란 국제사회에서 승인
을 받지 못하는 한낱 망명 단체에 불과하였다. 그리고 또 그 정부 청사
란 것도 프랑스 조계의 중심 거리인 아베누이 조프르 즉 하비 거리에
2층 건물 한 동을 세내어 가지고 그 옥상에 태극기를 띄워 놓은 데 불
과하였다. 그나마 이때는 지지난달에 있은 윤봉길의 폭탄 사건으로 저
의 장령들이 폭사를 하자 일본 놈들이 눈이 발갛게 뒤집혀 가지고 조
선 반일 세력을 비호한다고 프랑스 당국에 압력을 가하는 한편 프랑
스 조계 안의 조선 반일 세력을 뿌리 뽑으려고 직접 월경 기습 소탕을
자행하는 통에 임시정부와 그 외의 많은 독립운동가들이 견디 배기지
못하여 분분히 남경, 진강, 항주 등지로 피난을 가 버린 뒤였다. 이러한
사태의 급격한 변화를 캄캄히 모르는 선장이는 오로지 애국애족의 일
념으로 헛애를 쓰고 있건만 당자는 그것을 모르고 있으니 딱한 노릇

이었다.

　실망한 나머지 지도를 접은 금대로 도로 접어 한 손에 들고 여관을 나섰다. 비슥맞은편 길목에서 대기하고 있던 인력거가 쏜살로 달려왔다. 윤봉길의 전적지 ─ 홍구공원에를 한번 가 볼 생각이 나서 인력거꾼에게 지도를 내대고 갈 곳이 여기라는 뜻으로 풀색의 고르지 못한 장방형으로 표식되어 있는 홍구공원을 가리켜 보이니 인력거꾼이 지도를 한번 들여다보고는 곧 머리를 가로흔들었다. 인력거꾼이 무식하여 글도 모르고 또 지도도 볼 줄을 모르는 모양이었다. 네 눈이 멀뚱멀뚱 마주 보았다. 까막눈과 벙어리가 다 코 막고 답답한 노릇이었다.

　선장이가 인력거 타고 홍구공원 갈 것을 단념하고 포도를 따라 발길이 닿는 대로 시적시적 걸었다. 한 3분 걸었을까 앞길에 '항리여사'라는 그 뜻이 매우 탐욕스러워 보이는 간판 하나가 나타났다. 문 앞에 가까이 가 안을 기웃거려 보니 중국 사람이 경영하는 여관이 틀림없었다. 삼사류에나 속함 직한 허술한 여관이었다.

　'진작 이런 데를 왔어야 하는걸.'

　일본 여관이 마음에 꺼림직한 것은 더 말할 것도 없거니와 보다도 그 으리으리한 품이 숙박료를 톡톡히 떼일 것 같은 게 더 큰 걱정거리였다. 만리이역 백사지 땅에서 돈 떨어지면 곧 끈 떨어진 뒤웅박이지 어떡한단 말이.

　'이왕 들었으니 하룻밤은 그대로 묵고…… 내일은 천하없어도 이 여관으로 옮겨야겠다.'

　선장이가 마음을 질정하니 기분이 한결 거뜬해졌다. 얼마 아니 가 영화관 하나가 나섰다. '홍구전영원'이란 간판이 신기스러웠다.

　'아하, 영화를 전영…… 전기 그림자라구 하는구나. 딴은 그럴듯해.

비치는 그림이나 전기 그림자나 크게 다를 게 없지.'

감탄을 한 김에 우선 한번 들어가 보기로 하였다. 20전을 내고 표 한 장 사 가지고 들어가 보니 영화는 이미 돌리기 시작하였는데 빈자리가 얼마든지 있었다. 나중에 알고 보니 이 영화관은 아침부터 밤중까지 간단없이 같은 필름을 되풀이로 돌리는데 관람하는 시간은 제한이 없었다. 한 번을 보아도 그만이요, 두 번을 보아도 그만이요, 밥을 사 가지고 와 온종일 곱배기로 장복을 해도 그만이었다. 그렇지만 베개하고 담요를 가지고 와 드러누워 자는 것만은 안 되는 모양이었다.

여관에 돌아와 저녁을 먹는데 하녀가 잘 차린 밥상을 들여오고 또 나무밥통을 갖다 놓더니 "어서 많이 잡수세요." 인사만 하고 그대로 나가 버렸다. 원래 격식대로 하자면 밥상머리에 꿇어앉아 상이 날 때까지 시중을 들어 주어야 하였다. 밥도 떠 주고 차도 따라 주어야 하였다. 그런데 요 맨망스러운 것이 선장이를 조선 학생이라고 깔보고 또 팁을 듬뿍 집어 줄 주제가 못 됨을 넘겨다보고 하녀로서 마땅히 해야 할 소임을 뭉때려 버린 것이다. 선장이는 그 계집의 소행을 괘씸히 여기는 마음이 없지는 않았으나 또 한편으로는 그따위 쭈그렁바가지 년을 앞에 앉혀 놓고 꺼림직한 밥을 먹느니 차라리 혼자 먹는 게 저우 낫다는 생각도 들어서 도리어 다행히 여기는 마음도 없지는 않았다.

목욕하러 갈 때 입으라고 갖다주던 유카타(욕의)며 깔아 주는 이부자리의 커버들이 모두 깨끗이 빨아서 풀 먹여 다린 것이라든지, 벗어 놓은 양복바지에 주름 없애는 버티개를 박아서 옷장 속에 걸어 놓고 또 구두를 반들반들하게 닦아 놓은 것이라든지, 옳게 차린 밥상이며 다다미 여덟 장 깐 깨끗한 방을 혼자 차지한 것이며가 다 선장이에게는 어마하였다. 엄청난 숙박료를 치러야 할 일이 근심이 되어서였다.

'에라, 모르겠다. 눈 딱 감구 하룻밤 자고 나서 보자.'

선장이의 상해에서의 첫날 밤은 불안하고도 편안하였다. 정신적으로는 불안하고 육체적으로는 편안하였다. 날 샐녘에 숙자 아주머니가 버선발로 쫓아오는 바람에 도망을 치다가 낭떠러지에서 떨어지는 꿈을 꾸고 놀라 깨니 해가 벌써 한 발이나 올라왔다. 선장이가 부지런히 일어나 세수하고 아침 먹고 또 예료한 대로 하품을 칠 만큼 비싼 숙박료를 치러 준 뒤에 도망치듯 야마도여관을 나와 가지고 곧장 항리여사를 찾아왔다.

등잔 밑이 어둡다는 속담이 있다. 수상쩍은 인물, 위험한 인물로 보이기가 쉬운 선장이가 일본 총영사관 경찰서 형사 나부랭이의 기찰을 받지 않은 것은 전적으로 일본 여관에 투숙을 한 덕이었다. 하긴 세고에 어두운 선장이로서는 그런 이허를 알 턱이 없었지마는.

항리여사의 상고머리를 한 사환 하나가 선장이를 비둘기장같이 좁은 방에다 안내를 하더니 첫밧에 하는 소리가 "커미션, 커미션." 선장이가 무슨 뜻인지를 몰라 어리뻥해 쳐다보니까 또 "커미션, 커미션." 하면서 제 호주머니에 손을 넣더니 은전 몇 잎을 꺼내 보이는 것이었다. 꼬락서니가 숙박료 외에 구전 즉 팁을 요구하는 눈치였다. 팁이란 원래 주면 받고 안 주면 못 받는 것인데 이 녀석은 손님이 방에 들어와 미처 앉기도 전에 팁 채근부터 하는 것을 보니 아마 세계 낯가죽 두껍기 내기에서 신기록을 세울 결심인 모양이었다.

선장이가 그자의 말은 대척 않고 "더블유시(WC)?" 하고 변소가 어디 있는지를 물어본즉 낯바닥이 땅 두께 같은 사환 녀석은 예사롭게 "나, 나." 하고 침대 밑을 가리켰다. 보니 침대 밑에 뻘건 칠을 한 항아리 모양의 나무통 하나가 놓였는데 역시 뻘건 칠을 한 뚜껑이 덮였다.

선장이는 놀랍고도 기가 막혀 어안이 벙벙하였다.

'이런 데서 사람이 어떻게 산담?'

생각하니 걷잡을 수 없이 고향이 그리워났다. 그런데 또 알고 보니 이런 식의 여관에서는 잘 '숙' 자 숙만 제공하지 밥 '식' 자 식은 제공하지를 않았다. 즉 자는 것만 들어와 자고 먹는 것은 나가 먹어야 하였다.

'별놈의 법두 다 많지! 간편하게 제우구 먹이구 하면 될 것을 구태여 갈라놓을 건 무어람?'

선장이가 두덜거려 보았자 아무 소용이 없었다. 방이 너무 좁아 숨이 막힐 것 같아 넓은 거리로 나왔다. 행여나 무엇이 걸려 줄까 해 어슬렁어슬렁 걸었다. '우치야마서점'이라는 간판을 붙인 서점 하나가 나섰다.

'아하, 여기두 일본 놈의 서점이 있구나. 어디 한번 좀 들어가 보자.'

들어갔다. 가지가지의 책들이 꽂힌 서가를 한 바퀴 돌아보는 중에 점원과 고객들 사이에 오가는 일본말이 귓속으로 흘러들어 왔다. 말이 통하지 않는 중국 여관에서 걸린 병 아닌 병 — 고독감이 봄눈 슬듯 하였다. 귀에 익은 일본말에 — 원쑤 놈의 일본말에 — 고향 말씨 같은 친절감까지 느꼈다. 이 얼마나 기괴한 인연이냐!

한낮 때가 거의 되어 어디 가 점심을 좀 먹으려고 전후좌우를 두리번거리며 발맘발맘 걷는 중에,

조선요리 - 경성식당

이런 간판이 눈에 띄었다. 지옥에서 부처를 만난 것 같다고나 할까, 어두운 밤에 반짝이는 등댓불을 본 것 같다고나 할까.

'이젠 살았다.'

선장이는 후유 안도의 숨이 나왔다. 서울 연갑수 법률사무소의 현관문을 열기라도 하는 것 같은 친숙함을 느끼며 경성식당의 출입문을 가볍게 열고 들어섰다. 보니 식당 안의 구조와 차림새만은 서양식이었으나 사람들은 — 주인이고 손님이고 — 다 조선 사람인 데다가 벽에 붙인 메뉴의 글자들도 '국밥', '냉면', '갈비탕', '영계찜' 등등 모두가 한글이었다.

한 식탁에 우연히 마주 앉게 된 손님이 냉면을 청하기에 선장이도 덩달아 냉면을 청하였다.

"학생, 조선서 오잖았습니까?"

마주 앉은 손님이 선장이의 눈에 띄는 학생복 차림에 흥미를 느끼는 듯 물었다. 나이 근 마흔 되는, 평안도 사투리가 알리는 빈틈없는 양복 차림의 점잖은 신사였다.

"네, 그렇습니다."

선장이가 여공불급하게 공손히 대답을 하였다.

"조선 어디?"

"서울입니다."

"오, 서울…… 서울 좋지요. 그래, 혼자서 왔습니까?"

"네."

"온 지 오랩니까?"

"아니, 어제 왔습니다."

"무슨 일루?"

"상해에서…… 학교를 좀 다녀 볼까 해서요."

"음…….." 하고 선장이를 위아래로 한번 훑어보고 나서 그 신사는 다시 "그래, 지금 어디…… 여관에 들었습니까?" 하고 물었다.

"네, 여관에 들었습니다."

"어느?"

"요기서 멀잖습니다. '항리'라든가요…… 중국 여관입니다."

"계속 여관에 있어서야 어디 되겠습니까."

"아닌 게 아니라 그것 때문에 지금 골머리를 앓는 중입니다. 말은 통하지 않지 비용은 갑절 들지……. 게다가 커미션인가 뭘갈 내라구 자꾸 커미션, 커미션 합니다."

"음, 그거 안됐구먼……."

이때 냉면이 나와서 이야기는 잠시 중동무이되었다. 다 먹고 나서 그 신사는 권연 한 가치를 피워 물었다. 해적이 칼을 짚고 갑판 위에 서 있는 그림이 그 권연갑에 그려져 있었다. 세상에서 일컫는 '칼표'였다.

"어디 조선 집에 기숙을 하는 게 좋을 것 같은데……."

선장이가 들었다 보았다 하고 "그런 데가 있으면 어디 한 군데 좀 지시해 주십시오. 이대루 지내기는 정말 곤란합니다." 살고 죽는 일이 우연히 만난 그 신사의 말 한마디에 달린 것처럼 바싹 달라붙었다. 신사가 한참 생각해 보다가 "프랑스 조계두 괜찮겠습니까?" 하고 운을 떼어서 선장이가 속으로는 곧 이게 웬 떡이냐 하고 생각했지만 내색은 하지 않고 그저 선뜻 "네, 아무 데두 다 좋습니다." 당길마음을 보였다.

"그럼 지금 나하구 같이 그 여관으루 갑시다. 행구가 거기 있을 테지요?"

"네, 그렇지만 처음 뵙는 어른께 이렇게 번거로움을 끼쳐 드려서……."

"괜찮습니다. 같은 거레가 아닙니까. 만리이역에서 서루 돕는 거야 당연한 일이지요. 그리구 또 요만 일이야 뭐 도와준다구 말할 것두 없지요."

선장이가 인복이 있어서 어디를 가나 귀인을 만나는 모양이었다.

하룻밤 자지도 않은 여관에다 하루치 숙박료를 물어 주고 그 대신에 커미션을 한 푼도 아니 주고 트렁크를 찾아 들고 밖으로 나왔다. 같이 온 신사가 인력거 한 채를 불러서 선장이를 태운 다음 인력거꾼에게 갈 곳을 분명히 일러 주고 또 찻삯도 에누리 못 하게 아주 정해 주었다.

"그럼 가 보십시오. 인연이 있으면 또 만나게 되겠지요."

"고맙습니다. 그럼 안녕히……."

인력거가 달리기 시작한 뒤에 신사가 수첩에다 몇 글자 적어서 한 장 뜯어 준 종이쪽지를 들여다보니,

법조계 복후 거리 애인리 42호 김혜숙

이렇게 적혀 있었다(나중에 알고 보니 법조계란 중국말로서 프랑스 조계란 말이었다. 그리고 복후 거리의 '복후' 두 글자는 중국말로 '포슈'라고 발음을 하는데 '포슈'는 프랑스의 유명한 원쑤의 이름이었다. 프랑스 당국이 중국 땅 위의 한 거리를 저의 나라 원쑤의 이름으로 명명한 것이었다). 선장이가 얼마 동안 인력거에 앉아 가다 문득 생각해 보니 그 고마운 양반의 성명도 물어보지 않았다.

"이런 탯덩이 좀 봤나!"

선장이가 후회하여 혼잣말로 지껄이는데 귀가 밝은 인력거꾼은 저를 보고 무어라는 줄 알고 일변 달리며 일변 뒤를 돌아다보았다. 선장이는 아니라는 뜻으로 손을 한번 내저었다.

애인리는 상해의 전형적인 아파트 단지의 하나로서 회색 벽돌로 된 똑같은 규격의 3층 건물이 중심 통로를 중추로 하고 회늑골형으로 겹겹이 들어섰다. 아파트 단지도 층하가 많은데 애인리는 일이류에는 물론 못 들고 또 그렇다고 사오류에 속하는 것도 아닌…… 삼류쯤 되는 쑬쑬한 축의 아파트 단지였다.

선장이가 '42호'라는 문패를 확인하고 나서 인력거를 돌려보낸 뒤에 조심스레 문발을 두드려 보았다. 문발이란 꺼먼 칠 혹은 뻘건 칠을 한 육중한 대문에다 문고리 겸 초인종 겸 달아 놓은 중국 고유의 바라로써, 역시 놋쇠로 만든 둥근 문고리로 꽝꽝 울려 사람을 부르게 된 장치였다. 몇 번 두드려도 집 안에서는 아무런 동정이 없어서 선장이는 자신이 없어지고 또 맥이 풀렸다.

'사람이 없나?'

'이사를 갔나?'

'내가 혹시 잘못 찾아온 거나 아닌가?'

종이쪽지와 문패를 다시 한번 대조해 보았다. 틀림이 없었다. 마음이 안정되지 않아 공연히 그 어름을 서성거리고 있을 즈음에 홀지에 인력거 한 채가 중심 통로에서 이쪽으로 꺾어 들어왔다. 선장이가 트렁크를 놓아 둔 42호 문 앞에 와 멎어서는 그 인력거에 앉았는 것은 숙자 아주머니 연갑세의, 하늘색의 중국식 여자 홑두루마기를 입은 여인이었다. 자연히 선장이와 눈길이 마주쳤다.

인력거를 내려서 돈을 주어 돌려보낸 뒤에 그 여인은 대문 앞에 놓인 큰 트렁크와 어줍은 몸가짐으로 서 있는 학생복 차림의 선장이를 잠시 번갈아 보더니 "누구를 찾으시죠?" 나직이 묻는 말은 틀림없는 조선말이었다. 선장이가 너무 반가와 겉으로 튀어나올 것 같은 마음을 누르고 얼른 앞으로 쫓아 나오며 "네, 저 김혜숙 씨란 분을 찾아왔습니다. 혹시?" 하고 말끝을 흐리니 그 여인은 의아스런 눈으로 선장이를 여겨보며 "어디서 오셨나요?" 하고 물었다.

"아, 네. 저, 어떤 분이 이런 쪽지를 적어 주시면서 찾아가면 기숙을 할 수 있을 거라구 해서…… 왔습니다."

"네, 그래요. 그럼 우선 들어갑시다."

간소하나 정갈하고 밝으나 호젓한 방에 들어와 우선 선장이부터 안락의자에 앉혀 놓고 그 여인은 들고 온 핸드백을 옷장 서랍에 넣고 또 유리창들을 열어 놓은 다음에 비로소 앞에 와 엇비슥이 대하고 앉았다. 선장이가 보니 그 여인은 갸름한 얼굴에 이목구비가 단정하고 몸매는 대살지나 강기가 있어 보였다. 특히 그 눈은 산속의 호수같이 맑으면서도 어두운 그늘이 비끼어 깊이를 헤아릴 수가 없었다. 미우에는 범접하기 어려운 위엄이 서리었고 음악적인 목소리에는 강단이 어리었다. 숙자 아주머니를 평화롭고 화려한 공작에 비한다면 이 여인은 수수하면서도 날파람 있는 새매에다나 비겨야 할 것이었다. 왼쪽 뺨에 까만 점 하나가 박힌 것이 한 폭의 그림에 둔 낙관처럼 매력적인 조화를 이루었다.

그 여인 즉 김혜숙은 선장이의 찾아온 뜻을 잠착히 귀담아듣고 나서 선선히 "좋습니다. 한지붕 밑에서 한번 같이 지내 보십시다. 3층에 마침 방 한 칸이 비었는데…… 그 방을 쓰도록 하시지요. 같이 올라가 보십시다." 말하고 곧 앞을 서서 선장이를 안내하였다.

3층에는 널찍한 베란다와 큰방 하나, 작은방 하나가 있는데 선장이에게 차례진 것은 작은방이었다. 들어가 보니 일인용의 작은 침대 하나와 책상 하나 그리고 걸상 둘, 아주 단출하였다. 선장이가 들고 들어온 트렁크를 반반한 책상 위에 턱 내려놓으니 그 방의 입주식은 간단히 끝이 났다. 식사는 하루 세때 아래층 부엌 겸 식당에 내려가 해야 한다는 것과 옆방은 미국 영화발행공사에서 타이피스트로 일하는 김혜숙 여인의 시누이가 쓴다는 것을 안 뒤에 대문 열쇠 하나와 방문 열쇠 하나를 받아 쥐니 선장이의 동거인 자격은 얼추 갖추어진 셈이었다.

하늘이 굽어살피신 덕분에 선장이가 일로에 계속 순풍으로 큰 고생을 면하였다.

33

저녁 전에 선장이가 행장을 풀고 방을 정리하려고 하는 참에 층층계에 발자국 소리들이 나더니 이어 열어 놓은 방문 앞에 여자 셋이 나타났다. 김혜숙 여인이 스무남은 살씩 되어 보이는 젊은 여자 둘을 데리고 와 인사를 시키려는 것이었다. 선장이가 보니 하나는 엷은 하늘색의 투피스를 입고 또 하나는 연분홍색 원피스를 입었는데, 투피스 입은 여자는 손에 핸드백을 들었고 원피스 입은 여자는 맨발에 슬리퍼를 꿰었다. 투피스 입은 여자는 동글납작한 얼굴에 알릴 듯 말 듯 하게 엷은 화장을 한 데 비하여 원피스 입은 여자는 갸름한 얼굴에 짙은 화장을 하였는데 특히 까맣게 그린 초생달형의 눈썹과 빨갛게 루주를 바른 끈기 있어 보이는 입술이 눈에 띄었다.

김혜숙 여인이 먼저 투피스 입은 여자를 가리키며 "우리 시누이 미스 전, 전보경. 지금 막 퇴근해 돌아오는 길인데…… 앞루 미스터 서하구는 제일 가까운 이웃이 될 겝니다." 하고 미소를 짓고 다시 원피스 입은 여자를 가리키며 "우리 외사촌 동생 미스 송, 송일엽. 바루 요 아래 2층에 들었는데 앞으루 역시 한솥의 밥을 먹게 될 겝니다." 하고 웃으며 소개를 하였다.

두 미스와 한 미스터의 여섯 눈이 잠시 마주 보았다. 두 여자는 조선서 온 청년이라니까 저희들의 맞잡인 줄 알고 은근히 호기심을 가지고 보러 올라왔는데 막상 와 보니 대여섯 살 아래의 동생뻘밖에 안 되므로 적잖이 실망들 한 모양이었다. 그러나 또 한편으로는 선장이의 인물이 워낙 준수한 데다가 아주 순진해 보이기까지 하여 부지중 호감을 갖게들 된 모양이었다. 김혜숙 여인이 인사를 붙이고 내려간 뒤에 원피스와 투피스는 서로 눈짓하더니 방에서 나갈 생각을 아니 하고 도리어 몇 걸음 더 안으로 들어왔다. 그러고는 짓궂이 침대에 가 나란히 걸터앉아 선장이의 하는 양을 구경들 하였다.

나중에 알게 된 일이지만 2층에 들어 있는 송일엽은 공공 조계의 유명한 댄스홀 '메트로폴리스'의 댄서였다. 그녀는 영어와 상해말은 잘하였으나 글은 잘 몰라 영어는 알파벳이나 겨우 알고 한문자는 '일이삼사' 따위 쉬운 글자나 좀 알았다. 그리고 한글은 철자가 엉망진창 틀리게 편지장 겨우 쓸 만한 정도였다. 이에 반하여 전보경은 영국 사람이 운영하는 공공 조계의 교회 학교를 나온 까닭에 영어가 말, 글 다 능숙하여 막히는 데가 없었다. 상해말도 잘하였으나 한문 글자는 모르고 또 조선말은 하기도 하고 듣기도 하지만 한글은 볼 줄도 쓸 줄도 다 몰랐다. 그 대신에 프랑스어를 어느 정도 알았다.

전보경은 미국 회사에 다니는 까닭에 한 주일에 이틀 ― 토요일과 일요일이 휴일인 반면에 댄서인 송일엽은 토요일과 일요일이 제일 바빴다. 전보경은 낮에 출근하고 밤에 쉬고 송일엽은 그와 반대로 매일

밤 자정이 넘도록, 한 번 추는 데 티켓 한 장씩 받고 춤을 추고 낮에 쉬었다. 그래서 선장이가 아까 인력거에서 내려 조심스레 대문을 두드릴 때도 그녀는 자느라고 듣지를 못하였고 또 인사하러 올라올 때도 한집이므로 그대로 슬리퍼를 끌고 올라왔던 것이다. 직업이 직업들인 만큼 송일엽은 그 성격이 카르멘처럼 자유분방하고 또 활달하였고 전보경의 성격은 비교적 안존하고 또 곰살가왔다. 말하자면 성품이 살뜰한 아가씨였다. 그러나 둘이 다 대도시의 물을 먹은 직업여성들이고 또 현대 여성들임에는 틀림이 없었다.

선상이는 초면 인사를 거우 나누었을 뿐인 두 여자가 가까이 앉아 검사관처럼 지켜보는 바람에 몸가짐이 몹시 어줍었으나 할 수 없이 하던 일을 마저 하려고 트렁크의 뚜껑을 열었다. 그런데 이번에도 맨 먼저 튀어나온 것은 서울서 떠나올 때 속내 모르는 어멈이 합숙 훈련을 간다니까 의례건으로 넣어 준 유도복이었다. 침대에 나란히 앉았던 두 여자가 다 유도복이라는 것을 처음 보는 모양으로 눈들이 동그래졌다.

'누비처네두 아니구 저게 뭐야?'

애기를 업을 때나 쏨 직한 물건이 총각의 짐 속에서 나오니 신기하지 않을 리 없다. 송일엽이 호기심을 감추지 않고 솔직히 "아니, 그게 뭐예요?" 하고 물어서 선장이는 목구멍에서 그러당기는 소리로 "유도복입니다." 대답하고 얼굴을 붉혔다.

"유도복이란 게 뭐 하는 거예요?"

"저, 유도 아시지요? 일본 사람들의 무술, 그 유도를 할 때 입는 옷입니다."

"그런데 그건 무엇 하러 갖구 오셨나요?"

선장이가 대답이 막혀 고개를 숙이니 두 여자는 팔꿈치로 옆구리를 서로 직신거리며 깔깔 웃었다. 선장이를 햇내기로 보고 초면부터 놀려 줄 심산들이었다. 그 바람에 선장이는 점점 더 몸가짐이 어줍어졌다.

"조선에 형님 기세요?"

송일엽이 또 물어서 선장이가 머리를 가로흔드니 "그럼 누나는요?" 하고 제2문을 던져 왔다.

"누난…… 있습니다."

송일엽이 잇달아 또 누나의 나이를 물어서 선장이가 바른대로 대 주었더니 "우리 또래로구먼." 하고 송일엽은 전보경을 돌아보며 또 공연히 깔깔거리는 것이었다.

"누나가…… 이쁜가요?"

"아니요, 밉습니다."

"거짓부리."

"정말입니다."

"나하구 어때요?"

"당초에…… 비교두 안 됩니다."

"아이고, 조런 입에 발린 소리!"

선장이는 수가 까맣게 높은 두 상해 아가씨와 피동적으로 응수를 하느라고 진땀을 뺐다.

나중에 알고 보니 아래층에는 김혜숙과 그녀의 나이 지긋한 이모가 각각 방 한 칸씩을 들었고 또 2층에는 어느 신문사에 다니는 호남 사람이 안해와 젖먹이 하나를 데리고 세들어 있는 외에 송일엽이 작은 방 한 칸을 차지하고 있었다. 호남 사람 내외는 따로 살림을 하였다. 그리고 3층의 전보경과 선장이는 송일엽이랑 같이 아래층에 내려가

식사를 하는데 집안 살림은 주로 김혜숙의, 인자하게 생긴 경상도 말씨의 남색 중국 홑두루마기(치파오)를 입은 이모가 맡아 하였다.

저녁식사를 부엌 한옆에 놓인 식탁에 둘러앉아 하게들 되었다. 부엌의 구조가 조선집의 부엌과는 전연 달라서 부엌 겸 식당으로 쓰는 것이 가능하고 자연스럽고 또 아주 편리하였다. 한상에 둘러앉은 다섯 사람 중에 남자는 하나뿐이어서 선장이는 밥을 먹는 것이 여간만 어설프지가 않았다. 어서 많이 드시라고 권하며 김혜숙이 자신의 젓가락으로 맛있는 반찬을 집어서 밥공기 위에 놓아 주는 바람에 선장이는 속으로 쌈짝 놀랐으나 내색하지 않고 그대로 받아먹었다. 식탁에서 그런 식으로 친절을 표시하는 것은 중국에서는 보통 일이었으나 우물 안 개구리 출신인 선장이로서는 적이 놀라왔다.

귀밑머리가 희끗희끗한, 집안 식구들에게 '이모'라는 애칭으로 불리는 김혜숙 여인의 이모가 선장이의 얼굴을 유심히 보다가 "그 학생 잘두 났네, 어쩌면 저렇게 귀하게 생겼을까." 하고 칭찬하여 선장이는 얼굴이 붉어졌다. 송일엽이 웃으면서 "이모, 칭찬 고만하시오. 총각이 부끄러워 밥 못 먹겠소." 하고 한술 더 떠서 식탁이 온통 웃음판으로 되었다.

송일엽이 저녁에 댄스홀에 나갈 준비로 미리 두 귀에 진주 귀엣고리를 걸었는데 그것이 쉬임 없이 한들한들하는 것을 보고 선장이는 '대체 저걸 어떻게 걸었나? 귓방울에다 구멍을 뚫었을까?' 혼자 속으로 헤아려 보았다. 선장이의 눈길이 자주 저의 귀에 머무르는 것을 눈치 채고 송일엽이 밥을 먹다 말고 얼른 귀엣고리 한 짝을 떼어 주며 "어서 실컷 보시오, 어떻게 생겼나." 하고 말하여 선장이가 당황한 눈으로 피뜩 보니 거기에는 귓방울에 대고 죄게 된 조꼬만 나사가 달려 있었다.

하나도 아프지 않게 다 되어 있었다. 송일엽이 전보경을 돌아보며 "이 담에 색시 얻을 때의 유념인가 보지." 하고 빈정거려서 식탁은 또 한바탕 웃음판으로 되었다.

석후에 김혜숙이 선장이를 자기 방으로 데리고 들어가 여러 가지로 물어보았다.

"상해루 오는 걸 집안의 어른들두 다 동의하셨겠지요?"

선장이가 대답 대신에 머리를 가로흔들었다.

"어른들의 동의가 없이 자의적으로 왔단 말입니까?"

"네, 집에선 아무두 모릅니다. 혼자 몰래 떠나왔으니까요."

"아니, 그럼 그건…… 어째서인가요?"

"임시정부를 찾아오는데…… 알면 놓아 보냅니까. 어림두 없지요."

"오, 임시정부를……."

김혜숙이 적이 놀라는 눈치로 선장이의 얼굴을 새삼스레 말끄러미 쳐다보다가 다시 물었다.

"임시정부는 찾아 무엇 하시게요?"

"제2의 윤봉길이 되구 싶어서요."

선장이의 너무나 솔직한 고백을 듣고 김혜숙은 억이 막히는 모양으로 "네……." 하고 뒷말을 잇지 못하였다. 이렇게 탄솔한 사람을 그녀는 평생 처음 보았던 것이다.

선장이가 자러 올라간 뒤에 김혜숙은 죽은 남편 친구의 소개로 자기 앞에 갑작스레 나타난 애숭이 청년 ─ 서선장이에 대하여 골똘히 생각해 보았다. 제2의 윤봉길이 되겠다고 말할 때 그 얼굴에 나타나던 결심의 빛을 본 순간 김혜숙은 직감적으로 그의 애국심이 진지함을 믿어 의심하지 않았다. 그리하여 이튿날 둘이 다시 만나 담화하게 되었을 때 김혜숙이 애승이 애국자에게 저도 모르게 끌려들어 마음의 문을 활짝 여니 두 사람 사이의 이야기는 급전직하로 옳은 곬을 잡아 들었다.

"미스터 서, 내 이 말을 듣구 낙심은 마십시오. 나라와 겨레를 위하 는 길은 여러 갈래니까요."

이렇게 정중히 허두를 떼어 놓고 김혜숙은 선장이 눈앞에다 그의 파 멸된 환상세계의 해부도를 펼쳐 놓았다.

"미스터 서가 그렇게 바라구 찾아온 임시정부란 것은 기실 유명무 실한 거였습니다. 그나마 시난번 폭탄 사건으루 난리가 나 이 조계 에서 견뎌 배기지를 못하구 지금은 풍비박산해 버렸습니다. 우리는 물론 임시정부를 타박하거나 반대할 이유는 없습니다. 하지만 그런 상징적인 존재만을 믿거나 의지하구 우리나라의 독립을 꾀할 수는 없단 말입니다. 그러게 보다 약동적이구 또 보다 효과적인 노선을 개척해야 하겠단 말입니다, 내 말은."

선장이는 정신이 황홀할 지경이었다. 모든 것이 다 처음 듣는 소리 였다. 그래서 넋을 놓고 김혜숙의 입만 바라보았다.

"우리 남편은 지지난해 봄 조직의 경비를 마련하려구…… 단신 홍 구에 있는 일본인 자본가의 집을 떨다가 희생이 됐습니다. 경보를 받구 쫓아온 경찰과 맞총질을 하다가 머리에 총탄을 맞구, 그 자리 에서 절명했답니다."

선장이는 놀라서 "아, 네. 그렇습니까, 그러세요?" 거의 부르짖다시 피 하였다. 이때까지 김혜숙이 과부인 것도 몰랐고 또 남편이 어떻게 죽은 것도 다 몰랐던 것이다.

"뿐만 아니라 지난해 봄에는 또 내 친동생이 역시 조직의 경비를 조

달하려구 '하이알라이'를 떨다가 실패해…… 일본 경찰에 인도돼 가
지구, 강도미수죄루 5년 징역형을 받았지요. 현재 서울 서대문형무
소에서 복역 중이랍니다."

선장이는 듣는 이야기가 점점 더 험악해지는데 놀라 벌린 입을 다물
지 못할 지경이었다.

'알구 보니 이 집은 그런 집이었구나!'

선장이는 온몸의 피가 끓어오르는 것을 느꼈다. 바야흐로 감격성과
환상력이 가장 풍부한 나이였기 때문일 것이다.

"그 하이알라이라는 게 무업니까?"

"하이알라이 말입니까. 하이알라이라는 건…… 원래는 스페인식의
구기를 말하는 건데, 실상은 공개된 대도박장입니다. 하룻밤 사이에
수십만 원씩 왔다 갔다 한다니까요……."

이어 김혜숙은 하이알라이라는 것은 실내 코트에서 대리석 벽에다
대고 딱딱한 뽈을 치기 내기하는 건데 그 승부에 돈을 건다는 것을 이
야기한 다음 "이담에 한번 가 보면 아시겠지만…… 거기서는 밤마다
수백 명 사람이 들끓거든요." 하고 선장이를 한번 데리고 가 구경시킬
의향을 비치었다.

"그래, 그 하이알라이가 어디 있습니까?"

"여기서 과히 멀지 않습니다, 하비 거리라는 번화가에 있는데……."

나중에 이야기가 거리 이름 이야기로 번졌을 때 김혜숙은 애인리가
위치한 복후 거리는 공공 조계와 프랑스 조계의 경계인 까닭에 영국
경찰은 길 건너편, 북쪽만을 순찰하고 프랑스 경찰은 길 이편, 남쪽만
을 순찰한다는 것을 이야기해 들렸다. 그리고 공공 조계에서 일을 저
지른 강도 따위가 경찰에 쫓기다가도 이 길 하나만 넘어서면 영국 경

찰은 빤히 보면서도 더 따라오지를 못한다고도 하였다.

"남의 영토를 침범하는 걸루 되니까 말이지요. 프랑스 조계에서 일을 저지른 사람두 마찬가집니다. 이 길 하나만 저편으루 넘어서면 프랑스 경찰은 더 따라가지를 못하니까요. 두 조계 사이의 이런 틈을 잘만 타면…… 일을 하는 데 큰 도움으루 될 수두 있을 겝니다."

선장이는 우선 복색부터 상해 사람으로 차릴 필요가 있어서 이튿날 김혜숙을 따라 정안 사거리 양복점에 가 여름 양복 한 벌을 맞추고 또 남경 거리 영안공사라는 백화점에 가 파나마모자와 넥타이 — 선장이가 생후 처음 머리에 써 보고 또 목에 매어 보는 물선 — 을 샀다. 그리고 유명한 체코양화점 바자에 가서 단화 한 켤레를 샀다. 그런 연후에 김혜숙에게 당장 필요한 중국말을 배우기 위하여 서점에 들러《중국어입문》,《일상회화》따위 책 몇 권도 샀다. 김혜숙은 영어와 중국어에 다 능통하였다. 중국어는 상해말만 아는 것이 아니라 보통화 — 표준어도 알았다. 선장이 눈에 김혜숙이 하늘같이 높아 보이게 된 것도 무리가 아니었다.

이때부터 선장이가 죽어라 하고 중국말 공부에 달라붙었다. 더는 벙어리 놀음을 할 수가 없었다. 김혜숙의 침착하고 조리 있는 교수 방법과 선장이의 배우려는 열의와 총명한 이해력, 기억력이 이상적으로 배합되어 학습 성적은 짧은 시일에 벌써 괄목할 만한 것이 있었다.

한 주일 후에 선장이가 새 양복, 새 모자, 새 구두로 말쑥하게 차리고 나서니 손톱을 빨갛게 매니큐어 한 손가락 사이에다 미국 궐련을 끼워 들고 담배 연기로 동그라미를 그리던 송일엽이 눈이 부신 듯 짐짓 두 눈을 가늘게 쪼프리고 바라보다가 "핸섬!" 하고 엄지손가락을 내들며 농조로 감탄을 하였다. 핸섬이란 영어로 말쑥한 미남자란 뜻이다.

아닌 게 아니라 선장이 제가 체경을 들여다보아도 몰라보리만큼 변하였다. 옷이 날개란 말이 헛말이 아니었다.

아이낳이를 못 해 슬하에 자식을 두어 보지 못한 김혜숙이 선장이를 아들 맞잡이로 사랑하게 된 것도 무리는 아니었다. 김혜숙은 일삼아 선장이를 데리고 영국 조계 즉 공공 조계와 프랑스 조계를 이곳저곳 돌아다니며 길을 가르쳐 주고 또 견문을 넓혀 주었다. 프랑스 조계의 전차와 버스, 공공 조계의 전차와 무궤도전차, 버스와 2층버스 그리고 인력거와 택시…… 이런 교통수단들을 이용하는 데 알아야 할 사항 일체까지를 다 자세히 가르쳐 주었다. 홍구공원, 조풍화원, 프랑스공원, 경마장, 포구장, 하이알라이 같은 데도 다 데리고 다니며 구경을 시켜 주었다. 홍구공원에서는 윤봉길이 폭탄을 던진 장소를 찾아보고 묵도를 하였다. 경마장에는 대문에,

중국인과 개는 입장을 불허함.

이런 모욕적인 패찰이 버젓이 붙어 있었으나 김혜숙이 영어로 몇 마디 하니까 관운장같이 우람스럽게 생긴 문지기는 두말없이 한옆으로 얼른 비켜서는 것이었다. 김혜숙이 장내를 둘러보다가 우스운 소리를 하여 선장이를 웃겼다.

"연전에 서울 연희전문학교에서 축구 팀이 원정을 와 가지고 바로 여기서 시합을 했었지요. 그때 우리 교포들이 응원을 한다는 게 짓궂이 '까라, 까라!' 소리들을 질렀지 뭡니까. 그랬더니 외국 사람들 두 덩달아 '까라, 까라!' 소리들을 지르는 거예요. 아마 '까라'를 무슨 좋은 말인 줄 알았던 모양이지요."

그리고 또 김혜숙은 조선의 저명한 정치활동가 려운형이 그때 축구 구경을 왔다가 사복한 일본 경찰에 체포되어 조선으로 압송되었다는 이야기도 들려주었다.

포구장에서는 조명등이 푸른 잔디밭을 대낮같이 밝히는 가운데 말이 아닌 개들이 번호 찍힌 조끼들을 입고 경주를 하는 것이 신기하였다. 전기로 움직이는 토끼를 따라잡겠다고 개들이 기를 쓰는데 그 번호에다 사람들은 돈을 대는 것이었다.

처음 타 보는 2층버스는 신기하고도 호사스러웠다. 조풍화원 즉 공공 조계의 공원은 변소라는 것이 일류 이발소만큼이나 정갈하여 세면대마다에 거울이 붙어 있을 뿐 아니라 수도꼭지도 셋씩이나 달려 있어 왼쪽의 시(C) 자를 누르면 찬물이 나오고 오른쪽의 에이치(H) 자를 누르면 더운물이 나오고 또 중간의 에스(S) 자를 누르면 비눗물이 나오는지라 선장이는 혀를 홰홰 내두르지 않을 수가 없었다. 큰 백화점이나 큰 영화관에는 다 냉방 시설이 되어 있어 물건 사고 영화 보는 게 다 신선놀음인 것도 조선서는 맛볼 수 없는 쾌심사였다. 외국 경찰들이 불시에 달려들어 행인들의 몸수색을 하는 것도 조계지가 아니고서는 볼 수 없을 해괴한 풍경이었다.

밤에 번화가 하비 거리로 하이알라이를 보러 가서의 일이다.

"여기가 바루 거깁니다, 저 네온사인을 좀 보십시오. 영어루는 하이알라이, 한문으루는 회력구라구 쓰이잖았습니까."

선장이가 보니 그것은 멋진 현대식 건물인데 아래층 창문으로는 조명이 휘황찬란한 장내가 들여다보이고 또 건물 밖에는 각양각색의 승용차들이 빼곡히 들어섰는데 으리으리한 회전식 유리문으로 들락날락하는 남녀들의 청초한 모습이 외국영화에서 본 몬테카를로의 도박

장을 방불케 하였다.

"이런 데를 언감생심 어떻게 혼자서 떨 엄두를 냈을까요? 너무 좀 무모하지 않았습니까?"

네온사인과 가로등의 불빛이 엇비끼는 가운데 선장이가 경아를 금치 못하는 어조로 이렇게 의문을 표시하자 김혜숙은 "혼자는!" 하고 고개를 외쳤다.

"그럼 누구하구…… 같이했습니까?"

김혜숙이 그렇다는 뜻으로 고개를 끄덕였다.

"그럼 그 같이한 사람은 어떻게 됐습니까? 그 사람두 붙잡혔습니까?"

"같이한 사람들 중의 하나는 붙잡히구 하나는……."

"아니, 그럼 둘이 아니구 셋입니까?"

"셋이야요. 그 셋 중의 하나는 미스터 서두 이미 만나 보셨구요."

"아니 그게 무슨 소립니까, 내가 누굴 만나 봤단 말입니까?"

"리춘근 씨를 만나 보잖았습니까?"

"리춘근?"

"애인리 42호루 가 보라구 주소를 적어 주시던 분."

"네?" 하고 선장이는 저도 모르게 무춤 한 발자국 뒤로 물러섰다.

"그분이…… 그런 표표한 신사분이?"

"그래요." 하는 김혜숙의 얼굴을 알릴 듯 말 듯 한 웃음이 스쳐 지나갔다.

선장이는 너무나 뜻밖의 일이라 더 말을 못 하고 머리만 설레설레 저었다. 한참 만에 겨우 붙었던 입이 떨어져서 "그럼 또 한 사람은 어떻게 됐습니까?" 하고 물어보았다.

"그 사람은 일단 우리 동생하구 같이 잡혔다가 후에, 압송하는 도중에…… 뛰었답니다."

"그럼 그 사람두 지금 상해에 숨어 있습니까?"

"아니, 상해엔 없습니다. 용감한 청년이었지요……. 양씨동이라는 배꾼 출신의 함경도 사람이었는데."

"네?" 하고 선장이는 숨이 막히는 것 같은 소리를 지르다 말고 김혜숙 여인의 얼굴을 새삼스레 쳐다보았다.

1929년 2월 원산총파업 때 수갑을 차고 경찰에 연행되면서 자신을 보고 "선장아, 걱정 말아. 내 꼭 뛰구야 말 테니까……. 두구 봐라." 하고 씩씩하게 장담하던 씨동이 형님의 종적을 여기서 — 1932년 6월의 상해에서 — 한 여인의 입을 통하여 알게 될 줄이야!

이날 한낮이 거의 되었을 때 김평산이 애인리 42호를 찾아왔다. 김평산은 김혜숙 여인의 사내 동생으로서 스물대여섯 살가량의 젊은이인데 그 누이하고 한집에 같이 살지 않았을 뿐 아니라 독신으로 살면서도 늘 이 아파트 저 아파트를 전전하여 언제나 종적이 황홀하였다. 얼굴의 모습은 그 누이와 비슷하였으나 낯색이 철색인 것이 남매가 서로 달랐다.

"누님."

"아니, 너 웬일이냐?"

"나 밥 좀 얻어먹으러 왔소. 점심을 여기서 먹게 해 주우."

"왜 요즘 통 볼 수가 없냐?"

김평산이 누이의 묻는 말에는 대답을 않고 "있소?" 하고 명토 없이 되물어서 그 누이는 "누구? 일엽이? 일어났는지 모르겠다." 하고 대답해 주었다.

김평산은 곧 좁은 복도로 도로 나와 가벼운 걸음걸이로 통통거리며 층층대를 뛰어올라갔다. 송일엽의 방문 앞에서 발을 멈추며 곧 노크를 하였다.

"이애 일엽아, 있니? 나다."

"거 누구요? 아, 오빠요? 잠깐만, 나 옷 좀 입구……."

방 안에서 잠 덜 깬 목소리가 들리고 또 한동안 보스락거리는 소리가 나던 끝에 "이젠 들어오시오." 하고 청해 들이었다.

김평산이 들어와 보니 송일엽은 노랑색 비단에다 하늘을 나는 용을 수놓은 화장 옷을 입고 하얀 맨발을 드리우고 침대에 걸터앉아 있었다. 방 안에는 만성적인 화장품 냄새와 담배 냄새가 떠돌았다.

"자는 걸 깨웠구나."

"이젠 일어날 때두 됐소."

말하며 송일엽이 화장대 위에 놓인 탁상시계로 눈을 보내었다. 김평산이 걸상 하나를 가볍게 집어 들고 와 송일엽과 마주 대하고 앉으며 곧 용건부터 말하였다.

"너 일전에 어떤 미국 놈 하나가 자꾸 지분지분 귀찮게 군다구 했지? 그 자식 지금두 그 모양이냐?"

"그건 또 왜 묻소, 갑자기?"

"글쎄…… 좀 알구 싶어 그런다."

"내처 그 모양새요."

"그 자식 어디 다니는 자식이냐?"

"뉴욕시 은행에 다닌다지요, 아마."

"화기은행?"

"응."

"그 자식 직위가 무어냐, 높으냐?"

"높기는! 그저 보통 은행원이지."

"그 자식 몰구 다니는 차가 어떤 거든?"

"30년형 포드…… 싸구려판에서 주워 온 거야."

김평산이 곧 양복 호주머니에서 파라핀지에 싼, 성냥갑만 한 물건 하나를 꺼내더니 외사촌 누이동생의 손에 쥐어 주었다.

"이게 뭐요?"

"석고다. 오늘 밤, 그 자식의 자동차 열쇠를 좀 찍어다 다우."

"그건 무엇 하려구?"

"용도는 묻지 말아. 꼭 부탁한다. 20세기의 논개두 진주에서 나와야지…… 다른 데서 나와서야 쓰겠니."

이들의 고향은 경상남도 진주였다. 그래서 임진왜란 때 촉석루에서 술잔치를 하다가 만취한 왜장 게야무라 로쿠스케를 껴안고 남강에 뛰어들어 함께 죽었다는 애국기생 논개는 이들이 가장 숭상하는 존재였다.

이날 밤 댄스홀이 파할 때 송일엽은 수욕을 채우지 못하여 끈덕지게 치근거리는 그 미국 놈, 린드버그가 끄는 대로 그자의 자동차에 올라탔다. 열 번 찍어 안 넘어가는 나무가 없다는 인생철학을 굳게 신봉하는 린드버그가 싱글벙글거리며 차를 몰아, 대서 거리 저의 아파트로 향하였다.

한 시간 후에 린드버그가 머리맡의 전기스탠드를 끄고 침대 위에서 원을 풀었다. 곱배기로 풀었다. 그리고 맥이 빠져 세상모르고 자면서 만족하고 흡족한, 행복하고 편안한 꿈을 꾸었다. 그러나 아침에 눈을 떴을 때는 이미 양복 호주머니 속의 자동차 열쇠가 송일엽의 파라핀지로 싼 석고에 또렷한 자욱을 남긴 뒤였다.

오후에 김평산이 부랴부랴 리춘근을 성도 거리 그의 아파트로 찾아왔다.

"어떻게 됐습니까?"

"자." 하고 김평산이 파라핀지에 싼 석고를 책상 위에 턱 내놓으니 리춘근은 대번에 "야, 우리 논개 만세!" 하고 얼굴이 금세 웃음투성이가 되었다. 리춘근은 영국 신사적 풍도가 있는 점잖은 사람이었으나 웃을 때만은 어린아이같이 천진난만해 보였다.

사흘 후 밤 9시경, 하이알라이 앞 주차장에 30년형 검은색 포드 한 대가 조용히 와 멎어섰다. 링컨, 크라이슬러, 벤츠, 캐딜락 따위 고급 차들이 줄느런히 들어선 가운데 하나도 눈에 뜨일 것이 없는 보통 차였다. 차를 모는 것은 서른대여섯 살가량의 점잖은 신사이고 뒷좌석에 앉은 두 사람은 스물대여섯 살씩 먹은 청년들이었다. 셋이 다 양복을 쭉 빼었는데 청년 하나는 연회색의 스프링코트를 껴입었다. 핸들을 잡은 신사의 낯색은 희고 스프링코트를 입은 청년의 얼굴은 철색 그리고 나머지 한 청년의 얼굴빛은 좀 거무스름하였다.

그들이 버젓이 타고 온 자동차는 조금 전에 훔친 것으로서 더 말할 것도 없이 미국인 은행원 린드버그의 소유물이었다. 이때 자동차 임자는 아직 차가 잃어진 것도 모르고 여급을 데리고 희영수하며 태평으로 위스키를 마시고 있었다. 차를 모는 신사는 리춘근이고 스프링코트를 입은 청년은 김평산 그리고 얼굴빛이 거무스름한 청년은 양씨동이었다. 김평산이 스프링코트를 입은 것은 허리에 둘러 띤 즈크 자루를 가리기 위해서였다.

김평산과 양씨동이는 차에서 내리는 길로 곧 태연스레 사람들이 들락날락하는 회전식 유리문으로 향하는데 리춘근은 차에 그대로 남아 발동을 끄지 않고 대기를 하였다.

여느 때와 마찬가지로 장내는 돈을 대는 사람과 돈을 찾는 사람들로 붐비었다. 대리석 벽에 딱딱한 공이 가 부딪쳐 나는 귀 따가운 소리, 흥분한 남녀 구경꾼, 노름꾼들의 웅성웅성하는 소리…….

역시 여느 때와 마찬가지로 카키색 터번을 머리에 두른 사천왕 같은 인도 수위 하나가 불룩한 앞배에 특대호 리볼버 — 자동권총을 차고 문가에 서서 큰 눈을 두리번거리고 있었다. 김평산은 들어서는 길로 곧장 출납 창구들이 있는 쪽으로 걸어갔다. 거기에는 1원짜리, 5원짜리, 10원짜리 지전들이 늦가을의 낙엽처럼 흔하였다. 양씨동이는 인도 수위의 코앞을 슬쩍 한번 지나쳐 보았다.

김평산이 허리에 둘러 띠었던 즈크 자루를 풀어서 왼손으로 출납 창구에 들이미는 것과 동시에 오른손의 권총을 바싹 들이대고 "꼼짝 말구 이 자루에 그 돈 다 그러담아라!" 하고 명령하며 눈을 부라리니 날벼락을 맞은 출납원은 혼비백산하여 부들부들 떨리는 손으로 자루를 받아 쥐고 닥치는 대로 한 움큼씩 한 움큼씩 지전을 움켜 자루 속에 쓸어 넣었다. 이와 동시에 양씨동이도 재빨리 권총을 빼어 인도 수위의 가슴패기를 겨누며 "홀드 업(손들어)!" 하고 소리치니 불의의 습격을 받은 인도 수위는 어떻게 해 볼 겨를도 없이 두 손을 번쩍 들었다. 양씨동이가 번개같이 대들어 그자의 자동권총을 케이스에서 잡아뺐었다. 그리고 권총 두 자루를 양손에 갈라 들고 "비 사일런트(조용히 해)!" 하고 벽력같이 호통을 하니 술렁거리던 장내가 갑자기 물을 친 듯이 조용해졌다. 양씨동이가 상해에서 모험활동을 하자면 반드시 알아야 할 간단한 영어는 미리미리 리춘근과 김평산에게서 배워 두었던 것이다.

즈크 자루에 마구 주워 담은 지전이 그득먹해져서 김평산이 이젠 고만 자루에 달린 끈으로 아가리를 졸라매라고 명령을 하여 출납원이 허둥지둥 시키는 대로 할 즈음에 별안간 요란한 사이렌 소리가 났다. 그와 동시에 모든 출입문과 창문들에 셔터(결창)가 일시에 내려와 닫히었다. 양씨동이의 총구 앞에서 할 수 없이 두 손을 쳐들기는 하였으나 맡은 바 직무에 개같이 충실한 인도 수위가 조심스럽게 우물우물 뒷걸음질을 쳐 가지고 벽에 달린 비상경보기의 단추를 등판으로 누르는 데 성공을 한 것이었다.

두 젊은 권총 강도는 옴치고 뛸 데가 없어졌다. 무장해제를 시킨 인도 수위와 함께, 여러 백 명의 노름꾼, 구경꾼들과 함께, 수많은 하이알라이의 선수, 직원들과 함께 독 안에 든 쥐가 되어 버렸다. 리춘근, 김평산, 양씨동 세 사람은 하이알라이에 그런 방범장치가 설치되어 있으리라고는 꿈에도 몰랐다.

밖에서 긴장해 자동차의 핸들을 틀어쥐고 대기하던 리춘근은 불시에 사이렌이 울리는 것과 동시에 셔터들이 내리 닫히는 것을 보고 일이 글러진 것을 선뜻 짐작하였다. 두 동지가 함정에 빠진 것을 뻔히 보면서도 구원의 손을 뻗칠 수 없는 리춘근의 가슴은 미어지는 듯하였다. 그러나 어찌하랴. 리춘근은 눈 꾹 감고 액셀러레이터를 밟았다.

이때 상해, 청도, 인천 사이를 한 주일에 한 번씩 왕복하는 연락선이 있었으니 그 선명을 평안환이라고 하였다. 상해 일본 총영사관 경찰서의 사복순사 둘이 수갑 채운 범인 둘을 앞세우고 평안환에 오른 것은 하짓머리 — 해가 한껏 길어진 6월 하순의 일이었다. 하이알라이를 떨다가 실패한 두 강도를 프랑스 조계의 경찰 당국이 취조해 보고 그 국적을 따라 일본 경찰에 인도한 것을 일본 경찰서에서 다시 사법 영사가 예심을 한 다음 조선으로 압송을 하는 판이었다.

배가 고동을 울리며 황포강의 선창을 떠나자 순사 하나가 와서 아무 소리 없이 두 범인이 찬 수갑을 벗겨 주었다. 그렇게 하는 것이 아마 그들의 이른바 문명한 법치의 구체적 표현인 모양이었다. 물 위에 뜬 배 위에서 범인이 도타할 염려가 없는데도 구태여 수갑을 채워 둔다는 것은 비문명적으로 보일 우려가 있기 때문이었을 것이다. 그러나 두 범인이 서로 접촉하는 것만은 금하였다. 김평산과 양씨동이는 서로 먼발치에서 바라다보기만 하며 심히 불안하고 또 불쾌한 여행을 해야 하였다.

씨동이는 기선이 청도를 향하고 줄기차게 파도를 헤가르는 동안 도망칠 궁리에 골똘하였다.

'어떻게 뛴다? 김평산이와 의논을 좀 했으면 좋겠는데, 근방엔 얼씬 두 못 하게 하니…… 어떡헌다?'

씨동이가 뛴다는 대강령만 정하고 구체적인 방안은 아직 세우지 못하였는데 어느덧 평안환은 청도항에 입항하여 닻을 내렸다. 배가 정박하는 동안은 규정에 따라 또 수갑을 차야 하였다. 내릴 사람 다 내리고 오를 사람 다 오르고 또 부릴 짐 다 부리고 실을 짐 다 실은 연후에 배가 다시 닻줄을 감고 고동을 울리며 안벽을 떠나니 압송하는 순사들이 또 두 범인이 찬 수갑을 다 벗겨 주었다.

배가 안벽에서 차차로 사이 떠갈 때 '요 기회를 놓치면 영원히 다시 없다!' 하는 발광적인 절박감이 번개 치듯 씨동이를 꿰뚫고 지나갔다. 씨동이가 거의 본능적으로 몸을 날려 뱃전 난간에 올라서는 결로 죽을힘을 다하여 내리뛰었다. 아슬아슬하고도 멋진 표범식 도약이었다.

배와 안벽 사이가 사람으로서는 도저히 건너뛸 엄두를 내지 못할 만큼 떨어졌다. 씨동이가 콘크리트 바닥에 일단 푹 고꾸라졌다가 다시

470

벌떡 뛰어 일어나 장달음을 놓을 때 비로소 혼란한 정신을 수습한 순사 하나가 잽싸게 권총을 빼 들었다. 그러나 쏠 수는 없었다. 사람이 너무 많이 웅성이어서 총질을 하다가는 생사람을 상하기가 쉬웠다. 그리고 또 배가 차차 안벽에서 멀어지므로 도주하는 범인이 벌써 사정거리를 벗어났다. 두 사복순사는 뱃전 난간에 붙어 서서 닭 쫓던 개 꼴이 되어 버렸다. 걸음아 날 살려라 도망질을 치는 씨동이의 뒷모습을 멍하니 바라다보기들만 하였다.

34

7월 달에 접어들며 날씨가 어찌나 더운지 날마다 목욕을 하건만 선장이는 목과 앞가슴에 땀띠가 돋았다. 원산이나 서울서는 있어 본 적이 없는 일이었다. 선장이가 새삼스레 벽에 붙어 있는 지도를 들여다보니 상해는 조선에서 제일 덥다는 제주도보다도 두어 도나 더 위도가 낮았다.

"내꽤!"

선장이가 감탄 비슷한 탄식을 하고 다시 《일상회화》를 들여다보며 "칭, 닌, 께, 워, 나, 델……." 하고 복습을 하는 중에 열어 놓은 방문 밖에서 메아리처럼 "랠라(왔어요)!" 하는 소리가 나기에 뒤를 돌아다보니 미색의 하르르한 원피스를 입은 송일엽이 손에 무슨 분갑 같은 것을 하나 들고 웃으며 들어왔다. 송일엽의 예명은 프란시스였다.

러닝 바람으로 앉았던 선장이가 놀라서 벗어 놓았던 반소매셔츠를 부지런히 주워 입으니 송일엽은 손을 내저으며 "입지 마, 입지 마…….

땀띠분을 발라 주러 왔어요." 하고 땀띠분 갑의 뚜껑을 열었다. 향내가 몰큰 났다. 서로 알게 된 지가 이제 한 달도 채 못 되었건만 송일엽은 어느새 선장이를 동생 취급을 하여 — 당자의 동의도 얻지 않고 제멋대로 — 하오와 반말을 섞어작으로 하였다.

"거기다 놓구 가시지요, 좀 이따 내가 제 손으루 바를 테니."

선장이가 방색하니 송일엽은 "잔말 말구 입은 옷을 도루 벗어요. 냉큼! 남이 일껏 발라 주러 왔는데…… 고마운 줄두 모르구." 말하며 분첩을 꺼내 들고 바싹 다가드는 것이었다. 선장이는 하릴없이 옷을 벗고 앞가슴을 내대었다. 부끄러워 죽을 지경이었다. 송일엽이 목은 물론이요 땀띠가 돋지 않은 명치끝까지 다 발라 주고 나서,

"돌아서요."

"뒤에는…… 없습니다."

"돌아서라면 돌아설 게지. 어서요!"

멀쩡한 등까지 골고루 다 발라 주었다. 그리고 두 발자국 뒤로 물러서서 마치 조각가가 완성한 작품이라도 감상을 하듯이 기분 좋게 바라보다가 "나이스(훌륭해)!" 하고 깔깔거리는 것이었다.

"그래, 상해 재미가 어때요?"

송일엽이 그만하고 나갈 생각을 아니 하고 도리어 걸상에 턱 걸터앉으며 땀띠분갑을 책상 위에 놓고 이렇게 물어서 선장이는 "상해 재미가…… 좋습니다." 입으로 대답을 하면서도 속으로는 '이렇게 눌어붙는 건 좀 곤란한데' 하고 생각하였다.

"그냥 좋대서야 어떻게 좋은지 알 수가 있에요……. 구체적으루 말을 해야지요."

"구체적으룬 글쎄요, 처음 왔을 때 한번은 거리에 나갔다가……."

"거리에 나갔다가?"

"선녀같이 생긴 서양 아가씨 하나가 검은색 안경을 쓰구 지나가는 걸 보구 속으루 '야, 저렇게 이쁜 아가씨가 장님이라니!' 하구 애석히 여기잖았겠습니까. 그런데 나중에 집에 돌아와 미세스 전께 그 이야길 했더니, 미세스 전이 '아이고, 그건 선글라스예요. 햇볕을 가리는 안경이예요' 하구 허리를 잡지 뭡니까. 난 그때까지 장님만 그런 안경을 쓰는 줄 알았거든요."

미세스 전이란 김혜숙을 지칭하는 것이다. 전 선생의 부인이라는 뜻이다.

"어 컨트리 제이크(시골뜨기)!" 하고 송일엽은 선장이의 어깨를 한번 탁 쳤다. 그리고 배를 그러안고 웃는 것이었다. 한바탕 웃고 나서 겨우 웃음을 거두며 "또요." 하고 다음 이야기를 재촉하여 선장이는 "이젠 없습니다." 하고 머리를 가로흔들었다.

"그러지 말구 어서 마저 해요, 얼마든지 더 있는 걸 내가 다 알고 있는데."

선장이가 권에 못 이겨 한마디 더 하였다.

"한번은 버스를 타려는데…… 차장이 나를 보더니만 빨리 올라타라구 '어서어서!' 재촉을 하지 뭡니까. 난 속으루 저자가 나를 어떻게 조선 사람으루 알구 조선말을 하는가 생각하구 아무리 제 몸을 살펴보아야 어디 유표한 데가 있어야지요. 괴이한 일이다 생각하구 돌아와 미세스 전께 그 이야기를 하구 '내가 이렇게 차리구 나섰는데두 어디 조선 사람 같은 데가 있어 보입니까?' 하구 물었더니 미세스 전이 '그게 조선말이 아니라 상해말이예요. 상해말루 어서어서를 오소오소라구 해요' 하구 또 허리를 잡지 뭡니까."

송일엽이 또 한바탕 깔깔거리고 나서 일어나갈 때 "그 땀띠분 두고 쓰세요. 목욕을 하고는 꼭 발라야 해요." 하고 말을 일렀다.

조선에서 청년 하나가 왔다는 소식이 조선 교포들 사이에 속살속살 퍼져 나간 모양으로 이따금 낯모를 사람들이 선장이를 찾아오군 하였다. 와서는 이런 말 저런 말을 하기도 하고 또 묻기도 하는데 그것이 대개는 드레질을 하거나 자기를 떠보는 것같이 선장이에게는 느껴졌다. 그런 사람들이 왔다 간 뒤에는 김혜숙이 의례히 인물 소개를 하는 것이었다.

"이제 왔던 그분은 전문적으로 일본 자본가들을 떨어서, 그 돈으루 단체의 기관지를 낸답니다."

"헤, 그렇게 색시같이 안존한 이가요?" 하고 선장이가 놀라면 김혜숙은 "표범 넋을 지닌 사슴이지요." 하고 웃는 것이었다. 그리고 또 "이제 그분은 중국 조병창에 교섭을 해 윤봉길이 사용한 보온병형 폭탄을 만들어 냈지요." 하고 말해 줄 때 선장이가 "그렇습니까. 그런 줄 알았다면 좀 더 말씀을 들어 보는걸!" 하고 아수해하면 김혜숙은 "앞으루 또 만날 기회가 얼마든지 있을 텐데 뭘 그러세요." 하고 위로해 주었다. 그리고 또 "아까 오셨던 그분은 열여덟 살 때 조선총독을 암살하려다가 사전에 탄로가 나, 폭탄을 압수당하구…… 7년 동안 징역을 살구 나왔답니다." 하고 말해 줄 때 선장이가 "그렇게 약하디약한 이가요?" 하고 눈이 동그래지면 김혜숙은 "겉보기엔 그래두 속은 언제나 활화산이랍니다." 하고 자랑스레 웃는 것이었다. 그리고 매번 다 "우리 남편 생시의 가까운 친구였지요. 훌륭한 애국자예요." 이렇게 끝을 맺는 것이었다.

불청객들의 방문을 받은 뒤부터 애인리 42호 서선장 앞으로 신문,

잡지들을 부쳐 오기 시작하였다. 〈앞길〉, 〈독립신문〉, 〈남화통신〉 등등…… 모두가 조선문 간행물이었다. 윤봉길이 태극기 밑에서 양손에 폭탄을 갈라 쥐고 선서하는 사진을 보고 선장이는 지대한 감명을 받았다. 그리고 그 간행물들에서 처음으로 '일본 강도' 운운하는 표현을 보고 '일본은 사람이 아니구 한 개 나란데 어떻게 강도라구 할까?' 하고 고개를 비틀고 또 '미제국주의'라는 표현을 보고는 '미국은 공화국인데 왜 제국주의라구 할까?' 납득이 잘 아니 가기도 하였다. 그러던 어느 날 선장이도 잘 아는 손님 한 분이 찾아왔다. 리춘근이었다.

"어서 오십시오."

"오래간만입니다. 무고하셨습니까?"

"네, 덕분에……."

"벌써 한번 찾아와 뵌다는 게 그럭저럭 이렇게 늦어졌습니다."

"어서 앉으십시오."

"아, 고맙습니다. 그런데 그동안 중국말이 많이 늘었다면서요, 이제 막 아래층에서 미세스 전한테 들었습니다. 칭찬이 대단하시더군요."

"뭐를요."

리춘근은 풍채와 태도만이 신사다운 것이 아니라 목소리까지 부드러워서 접촉하는 사람에게 푸근한 느낌을 주었다. 그에게는 봄날의 화창한 기운이 감촉되었다. 살벌한 기운 같은 건 꼬물도 찾아볼 수가 없었다.

'이렇게 점잖은 양반이 그런 엄청난 짓을 하다니.'

생각하니 선장이는 웃음이 입가에 절로 떠올랐다.

"무슨 우스운 일이 있습니까?"

"아닙니다. 아무것두 아닙니다."

"미스터 서, 오늘은 내가 볼일이 좀 있어서 이 근처엘 왔다가…… 어떻게 지내시나 궁금해서 잠깐 들러 본 겁니다. 그럼 우리 이담에 조용히 한번 만나 이야길 해 보십시다." 하고 리춘근은 곧 걸상에서 일어났다.

선장이가 따라 내려가 김혜숙과 같이 대문 밖까지 배웅하고 돌아 들어올 때 김혜숙이 자기 방으로 선장이를 끌어들였다. 그리고 "이제 그분은 평안북도 강계가 고향인데……." 하고 선장이가 안락의자에 앉기를 기다려 가지고 리춘근의 지나온 소경력을 이야기해 들렸다.

"군청에서 서기 노릇을 하는데 임시정부를 찾아올 생각이 긴해, 은근히 기회만 노렸다나요. 그런데 추수가 다 끝이 나구 압록강의 물이 얼 무렵에 하룻밤은 숙직을 서게 됐는데…… 마침 그때 금고에는 세금을 받아들여서 미처 은행에 갖다 넣지 못한 현금이 몇천 원 있었더랍니다. 이 양반이 옳다, 됐다 하구 곧 맡았던 열쇠루 금고를 열구는 그 속의 돈을 몽땅 꺼내 들가방에 채우는 즉시 자동차부에 전화를 걸어 전세차 한 대를 불렀더랍니다. 그리구 차를 몰고 온 운전사를 보구는 '만포에 급한 공무가 있어 가니 차를 전속력으로 좀 몰아 주시오. 자, 이건 술값이요' 하구 10원 한 장을 쥐여 주었더니 운전사가 기분이 나서 '네, 염려 맙시오' 하구 차를 냅다 몰아 백여 리 길을 잠시 동안에 달려 만포에 득달을 했더라지 뭡니까. 그 밤으루 즉시 등빙을 해 압록강을 건너니 거기가 곧 중국 땅이라……. 아침에 발각이 돼 가지고 강계군청이 발끈 뒤집혔지만 무슨 소용이 있습니까, 사람을 찾을 수가 없는데야. 불과 며칠 후에 리 씨는 아무 탈 없이 벌써 상해에 와 닿았다지 뭡니까."

선장이는 안락의자에 앉아 김혜숙의 이야기를 듣는 것이 아니라 자신이 몸소 그 활극영화 같은 모험에 참여라도 하는 것처럼 정신이 황홀하였다.

이날 낮이 좀 기울어서 소나기 한줄금이 통쾌하게 쏟아지더니 온 상해시가 갑자기 가을이 되기라도 한 것처럼 선들선들해졌다. 선장이가 한증탕에서 땀을 빼다가 시원한 바람이 부는 한데로 나오기라도 한 것 같아 후유 긴숨이 다 나갔다. 《일상회화》에 달라붙어 한창 시벌시벌하는 중에 열어 놓은 방문으로 누군가가 기척 없이 들어와 선장이 어깨에 손을 얹었다. 돌아보니 송일엽이다. 얼굴에는 여느 때와 달리 알릴 듯 말 듯 엷은 화장을 하고 그리고 옷도 눈에 뜨이지 않는 수수한 연회색 투피스를 입었다.

"어서 일어나 옷 갈아입어요, 나하구 바람이나 쐬러 나갑시다."

선장이가 주니가 나 꾸물꾸물하니까 송일엽은 대번에 "레이디(숙녀)가 일껏 와 청하는데……. 이런 실례가 또 어디 있어요!" 하고 선장이를 잡아 일으켰다. 선장이가 마지못해 따라 나가 바람을 쐬이기로 하였다.

"그럼 미안하지만 잠깐 나가 주십시오, 나 옷 좀 갈아입어야겠습니다."

"나가긴! 나 이대루 돌아서서 안 보면 되잖아요. 자, 됐지요?"

할 수 없이 선장이가 문 쪽을 향하고 돌아선 송일엽의 뒷모습을 흘끔흘끔 곁눈질해 보며 옷을 갈아입었다. 송일엽이 갑자기 돌아설 것만 같아 서투른 도둑놈처럼 마음이 조마조마하였다.

거리로 나왔다. 번잡한 큰 거리를 벗어나 한적한 고급주택 거리로 꺾어 들었다. 정원수와 가로수 그리고 포도와 아스팔트길이 모두 비에 씻겨 산뜻한 데다가 시원한 바람까지 불어 길 가는 이의 마음이 곧 날 것만 같았다. 송일엽이 한 발자국 좋이 간격을 두고 따라오는 선장이를 돌아보고 팔꿈치를 내밀며 "어서 와 이 팔 끼세요." 하고 말하여 선장이가 대번에 뒷걸음질을 치려 드니 송일엽은 "어 풀(바보), 허리 업(빨리)!" 하고 한 발을 통 굴렀다.

선장이가 죽지 못해 여자의 팔을 끼고 걷기는 걸으면서도 혹시 누가 아는 사람이 보지나 않나 해 전후좌우를 두리번거리니 송일엽은 "졸장부, 뭐가 무서워 그러죠?" 하고 타박을 주었다. 선장이가 체메에 들었다. 사내대장부의 체모를 세우기 위하여 여자의 팔을 끼고 짐짓 태연한 체 걸었다. 속으로는 죽을 지경이었다. 가슴이 자꾸 두근두근하였다. 그러나 그렇다고 또 아주 싫은 것은 아니었다. 당길마음도 어느 구석엔가 조금은 있었다. 모순된 선장이의 마음이었다. 하느님께서나 아실 노릇이었다.

길 왼편에 푸른 잔디로 뒤덮인 정원을 격하여 백색의 2층 건물 한 동이 나서는데 베란다를 떠받친 이오니아식 원주가 매우 단아해 보였다. 송일엽이 그 저택 앞에서 홀지에 걸음을 멈추더니 선장이를 돌아보고 "저 집 한번 자세히 좀 보세요." 하고 말하여 선장이가 무엇이 어떻게 되었나 해 유심히 바라보니,

"똑똑히 봤어요?"

"네."

"그럼 가요."

하고 다시 걸으면서 아래와 같은 이야기를 해 들리는 것이었다.

"리애리스를 아시지요?"

"모릅니다."

"아니, 리애리스를 몰라요?"

"네, 모릅니다."

"조선의 유명한 여가수 리애리스를 몰라요?"

"아, 네. 그 리애리스……. 보지는 못했지만, 노래는 더러 들어 봤습니다."

"그가 내 친구였에요. 메트로폴리스의 동료였에요……. 선배 격이긴 했지만서두."

"그렇습니까, 그러세요. 그가 상해를 건너온 줄은 몰랐습니다."

"작년 가을 죽을 때의 나이가……."

"죽었습니까? 아니, 아직 젊었을 텐데……."

"젊어두…… 총을 맞으면 죽는 거지요. 총을 맞아 죽었에요."

"아니, 그게 웬일입니까?"

"내 이야기할게 들어 보세요."

선장이가 의외의 소식에 놀란 끝에 갑자기 그 본 적 없는 여인의 죽음에 관심을 가지게 되었다.

"그가 메트로폴리스에서, 아마 재작년일 거에요……. 루드비히라는 독일 청년 하나와 친했에요. 어느 독일 회사의 사원인데 아주 순직한 청년이었지요. 나도 몇 번 같이 춤을 춰 봤에요. 애리스가 그 루드비히하구 서루 정분이 깊어져 가지고 동거를 하던 중에, 루드비히가 심심풀이 삼아 샀던 항공장권이 일등을 맞았단 말이에요……."

"항공장권이란 게 뭡니까?"

"거리에서 가게마다 집게루 집어서 줄을 매달아 놓구 파는 표 쪼각을 못 보셨에요?"

"아, 그건 봤습니다."

"그게 항공장권이란 거에요. 국민정부에서 항공 사업에 쓸 돈을 거두기 위해 만들어 놓은 채표예요. 한 달에 한 번씩 추첨을 해 맞은 사람에게 돈을 태워 주는데 그 일등이 25만 원이란 말이예요. 10원어치 한 줄을 샀으면 25만 원, 1원어치 한 장을 샀으면 2만 5천 원……. 대단한 금액이지요.”

“딴은 대단하군요.”

“벼락부자가 된 루드비히가 애리스를 보구 이젠 우리 둘이 한평생 먹구살 건 걱정이 없으니까 너 그 댄서 그만두구 나하구 정식으루 결혼을 하자구 하잖았겠어요. 그런데 애리스가 고개를 가로흔들었단 말이예요, 싫다구.”

“그건 왜요?”

“맘이 변했어요. 역시 메트로폴리스에 드나드는 클라크라는 영국 청년에게 사랑을 옮겼단 말이예요. 이것을 알게 된 루드비히가 최후의 담판을 하려구 이제 그 하얀 2층집으루 애리스를 찾아오잖았겠어요. 그 집이 클라크의 삼촌의 집이든지 그렇지요, 아마. 루드비히가 곧장 2층으루 뛰어올라 가 클라크의 방문을 열어젖뜨리구 들어서 보니 아나나 다를까 둘이 같이 침대에 누워 있지 뭐예요. 하지만 루드비히는 워낙 순직한 사람이라 부드러운 목소리루 ‘애리스, 어서 일어나오나. 나하구 같이 집으루 돌아가자. 우리 둘이 영원히 이 상해를 떠나 어느 먼 나라에 가 살자’ 하구 애원을 했더래요. 그러니까 애리스가 뭐랬는지 아세요? ‘노!’ 하구 침대에 일어앉아 루드비히를 빤히 보기만 하더래요. 루드비히가 두 번, 세 번 간청을 해두 애리스는 번번이 고개만 가로흔들 뿐 침대에서 내려올 염두 안 하더란 말이예요. 나중에 참다못한 루드비히가 속에다 차구 온 권총을 빼 들구 나하구 같이 가 살겠느냐 아니면 이 자리에서 죽겠느냐 양자택일을 하라구 으르니까…… 이게 글쎄 ‘노!’ 하구 고개를 외치더라지 뭐예요. 그 입에서 '노!' 소리가 나오는 것과 동시에 총소리가 나는데 연거퍼 세 방……. 애리스는 피투성이가 돼 침대 위에 쓰러졌지요. 그게 마지막이었어요. 돈 호세의 칼에 맞아 쓰러진, 카르멘의 최후를 방불케 하는 죽음이었지요."

"그래, 그 남자는…… 그 루드비히는 어떻게 됐습니까?"

"그길루 권총을 들구 공부국(경찰서)을 찾아가 자수를 했지요. 지금 공공 조계 외국인 감옥에서 복역을 하는 중이예요."

이야기를 끝내고 송일엽은 끼었던 팔을 빼며 "우리 공동묘지루 가요." 하고 곧 지나가는 인력거 두 채를 불러 세웠다.

"아니, 갑자기 공동묘지는 왜 갑니까? 기분이 상하게."

"아무 소리 말구 어서 그냥 따라와요. 기분이 상할지 안 상할진 가보면 알 테니까."

송일엽이 먼저 인력거에 올라타서 선장이도 하릴없이 다음 인력거에 올라앉았다.

선장이가 처음 상해시가도를 펼쳐 놓고 연구하다가 시내 거의 한복판에 ─ 정안 사거리와 복후 거리 어간에 ─ 대면적의 외국인 묘지라는 것이 끼어 있는 것을 보고 적이 괴이히 여긴 적이 있었다. 선장이의 상식으로는 묘지란 의례히 인가 근처에서 멀리 떨어진 산비탈에나 있어야 할 것이었다. 그런데 급기야 정안 사거리 중단에 있는 외국인 묘지의 정문에를 와 보니 상상과는 전연 달랐다.

꺼먼 철격자문이 달린 콘크리트 문주에 영어로 외국인 묘지라고 쓴 커다란 쇠 패찰이 걸려 있는데 아름드리나무들이 우중충한 묘지는 사통오달한 통로가 모두 아스팔트로 포장이 되었고 또 봉분을 제외한 땅거죽은 전판 잔디로 뒤덮여 파란 양탄자를 펼쳐 놓은 것 같았다. 봉분이라는 개념도 완전히 달라 궁륭형의 흙더미는 전연 볼 수가 없고 모두가 화강석, 대리석, 한백옥 따위의 석재를 사용하였는데 대개는 평평한 장방형으로써 석곽이라고나 해야 마땅할 것이었다. 개중에는 동화에 나오는 왕자나 공주가 삶 직한 석조건물을 아담하게 지어 놓고 그 속에다 알라딘의 등롱불 같은 자명등을 켜 놓은 호화판도 있었다. 벽이 담쟁이덩굴로 뒤덮인 교회당은 영원한 침묵 속에 잠겨 있는 듯 괴괴하고 각양각색의 조각들로 꾸며진 석곽들은 인생의 희로애락을 가슴속 깊이 간직하고 고요히 안식하는 듯하였다.

시내 한복판에 이렇게 한겻지고 숙연한, 후미지고 장엄한 별유천지가 있을 줄을 선장이는 미처 몰랐다. 조풍화원을 세속적이라고 한다면 이 외국인 묘지는 철학적이라고 해야 마땅할 것이다. 선장이의 황홀해하는 모습을 보고 송일엽이 적이 웃으며 "어때요, 미스터 서. 이래두 기분이 상해요?" 하고 물어서 선장이는 대답을 못 하고 그저 고개만 가로흔들었다.

돌을 깎아 만든 계절들에는 대개 이 역시 돌로 깎은 꽃병들이 고정되어 있는데 찾아오는 사람이 없는지 꽃병들이 많이는 비었고 어떤 데는 갓 꽂아 놓은 생화 묶음이, 또 어떤 데는 거의 시들어 가는 생화 묶음이 꽂혀 있기도 하였다. 특히 선장이의 이목을 끈 것은 무덤 앞에 기둥처럼 우뚝 서 있는 원통형의 검은 대리석이 흡사 도끼로 마구 찍어 버리기라도 한 듯이 윗부분이 뭉청 끊겨져 나간 것이었다. 그런 것이 한둘이 아니었다. 선장이가 그 뜻을 해득하지 못하여 당혹해하는 것을 눈치채고 송일엽이 상글상글 웃으며 "왜 그런 얼굴을 하구 섰지요?" 하고 선장이의 팔죽지를 잡아당겼다.

"저건 왜 저렇게 중동이 뭉청 나갔습니까?"

"오, 그거요. 그걸 몰라 그렇게 심각한 얼굴을 하구 있었군요."

"아무리 생각해두 모르겠습니다."

"젊은 나이에 요절한 걸 애통히 여겨 세운 거예요."

'오, 그런 거였구나!'

선장이가 받은 감명은 충격적이었다.

'이 얼마나 형상적이구 또 철학적이냐!'

"이제 고만 저리루 좀 거닐어 보실까요, 도련님?"

송일엽이 웃음의 소리를 하는데 선장이는 '도련님' 소리에 찔리어 불현듯 어멈 생각이 났다. 실눈에 빈대코에 얼굴은 보잘것이 없어도 마음씨만은 곱고 무던하고 그리고 아름답고 살뜰한 어멈이었다.

'불쌍한 어멈! 지금쯤은 어떡허구 있을까?'

외국인 묘지에서 애인리까지는 직선거리가 불과 몇백 미터밖에 안 되었다. 옆문으로 돌아 나간대도 한 500미터밖에 더 안 되었다. 이렇게 좋은 데를 여태 모르고 있었다니! 선장이는 이제부터 날마다 이 묘지 나무그늘에 놓인 벤치에 와 앉아 공부를 하리라 마음먹었다.

"이렇게 나하구 같이 다녀 보니까 기분이 어떠세요?"

"좋습니다."

"어떻게 좋으시죠?"

"그저 좋습니다."

"말씀이 너무 좀 모호하시군."

선장이가 대답할 말이 없어 잠자코 있으려니까 송일엽은 다시 자기 말에 주를 달았다.

"구체성이 희박하단 말이예요."

선장이가 그래도 가만있으니까 송일엽은 제 무안에 눙쳐서 상글거리며 "미스 전하구 나하구 누가 더 이쁘지요?" 하고 물었다. 미스 전이란 전보경을 말하는 것이다.

"둘 다 이쁩니다."

"아주 공평하시군!"

송일엽이 코웃음을 치고 잠시 새초롬해 서 있다가 곧 다시 싹싹하게 마음을 돌려 가지고 "사교춤 출 줄 아세요?" 하고 물어서 선장이가 큰일 날 소리를 다 한다는 듯이 "모릅니다, 그런 거." 하고 도리머리를 흔드니 송일엽은 적이 웃으며 "현대인의 예의를 몰라서 쓰나요. 최소한으루 사교춤쯤은 출 줄 알아야지요. 내 가르쳐 드릴까요?" 하고 살살 달래었다.

"싫습니다."

"왜 싫지요? 싫은 까닭을 말해 보세요."

"그저 싫습니다."

송일엽이 깔보는 어투로 "에이, 고리삭은 샌님!" 하고 선장이의 이마를 손가락으로 한번 콕 찔렀다.

해가 서쪽에 많이 기울어서 땅 위에 비낀 그림자들이 길어질 무렵 둘이 함께 집으로 돌아오는데 대문 밖에를 나서니 근처에서 어정거리던 백인 거지 하나가 부지런히 앞으로 나와서 "쇼제(아가씨)." 하고 송일엽에게 손을 내밀었다. 송일엽이 핸드백에서 돈 한 잎을 꺼내 주니 그자는 좋아서 "샤샤눙(고맙습니다), 샤샤눙!" 상해말로 연송 치사를 하였다.

"백계노인."

송일엽이 가는 목소리로 선장이에게 귀띔해 주었다.

묘지의 담모퉁이를 돌아서니 이번에는 어디서 헐벗은 거지 아이 하나가 파초선을 들고 쫓아와 가지고 "싱싱하오(도와주세요), 싱싱하오." 하고 두 사람의 등 뒤에다 대고 부채질을 하며 따라왔다. 송일엽이 또 돈 한 잎 집어 주어 거지 아이를 떼쳐 버린 뒤 선장이를 돌아보고 "오늘은 거지 복이 터졌나베." 하고 웃고 잇달아서 "젖비린내 나는 인간 하구 같이 다니니까 재수가 없어 그렇다니까." 하고 거짓으로 입이 뾰족해졌다.

35

이때 상해의 해관(즉 세관)은 영제국주의의 관할하에 있었는데 무릇 황포강을 드나드는 상선 — 여객선, 화물선, 화객선들은 다 그 검사를 거쳐야 하였다. 그 해관 관리들 중에 조선 사람 하나가 있었으니 그 이름을 신영호라고 하였다. 해관에서 사용하는 이름은 찰스 신이었다.

신영호가 상해 해관에서 없지 못할 존재로 중용되는 것은 그가 사람이 워낙 영리할 뿐만 아니라 영어, 일어, 중어 세 나라 말에 정통하여 막히는 데가 없었기 때문이다. 쌀 한 마대에 팔구 원밖에 안 하던 시절에 월급이 280원이라는 것만 보아도 그가 어느 만큼 중히 쓰이는지는 가히 짐작을 할 수가 있을 것이다. 스물여섯 살부터 이 일에 투신하여 서른아홉 살이 되는 이날까지 열네 해 동안을 밤낮 세계 각국의 유명짜한 밀수업자들과 꾀를 겨루는 것으로 살아온 까닭에 이젠 미립도 나리만큼 나 '핀셋 찰스'라는 별명까지 붙은 까닭에 밀수업자들이 모두 꺼리는 존재로 되었다. 그의 별명을 핀셋이라고 지은 것은 속속들이 파고들어 잘 집어낸다는 뜻일 것이다.

그렇지만 무능한 영국인 동료들에 비하여 그가 받는 대우는 박해도 이만저만이 아니었다. 무릇 영국 국적을 가진 백인이기만 하면 대학을 갓 나온 햇병아리들도 초임급이 400원 이하는 없었다. 그리고 십 년만 근속하면 600원은 땅 짚고 헤엄치기고 또 25년을 근속하면 4계단 숫자는 떼어 놓은 당상이었다. 그러나 영국인이 아닌, 피부색이 누른 신영호 따위는 30년을 근속하고 정년퇴직을 한대도 규정에 따라 500원의 한계를 벗어날 수는 없었다. 그것이 제국주의 식민지정책의 구체적 표현이었다. 그래서 신영호는 위는 쳐다보지 않고 아래만 내려다보고 살기로 하였다. 이삼십 원 월급에 목이 매여 아등바등하는 불쌍한 인생들에 비하면 자기는 의심할 바 없는 신선이었다.

비록 그렇기는 하지마는 또 막상 월급날이 되어 햇내기 무능지배들이 저의 두 달치, 석 달치에 해당하는 월급을 당지 당연하듯이 척척 받아 챙기는 것을 보면 심사가 뒤틀리지 않을래야 않을 수가 없었다. 대영제국에 개처럼 충실해 보았자 개는 어디까지나 개였다. 생전 식탁 밑에 엎드려 있다가 던져 주는 턱찌끼나 얻어먹을 가련한 신세였다. 이러한 신영호에게 뜻하지 않은 기회가 닥쳐왔다. 천재일우라고나 할 것이었다.

희랍 선적의 '사로니카'라는 한 척의 화물선이 말레이시아의 쿠알라룸푸르에서 고무, 석, 목재, 원유 따위를 만재하고 입항을 하였다. 선장은 이탈리아 사람이었다. 그리고 고급선원들은 대개가 백인이었지만 하급선원들은 거의 다 동양인 — 인도인, 타이인, 필리핀인 및 남양 화교들이었다.

핀셋 찰스가 해관의 모터보트에서 닻을 내린 '사로니카'호의 현제로 뛰어오르는 것을, 여러 번 맞부딪쳐 보아서 그 솜씨를 익히 아는 선장이 뱃전 난간에서 굽어보고 손톱여물을 썰었으나 어쩔 도리가 없는 일이었다. 해관에다 이 사람은 싫으니 다른 사람을 바꿔 보내 달라고 요청을 할 수는 없는 노릇이었다. 이런 배의 선장치고 뒤가 칩칩하지 않은 자는 거의 없었다.

제6감각으로 냄새를 맡고 배에 오른 핀셋 찰스가 온갖 군데를 샅샅이 다 뒤져 보았으나 검사망에는 허접쓰레기 금수품들이 송사리 떼 걸리듯 걸릴 뿐 정작 걸려야 할 것은 걸려 주지를 아니하였다. 하찮은 금수품들을 일부러 싣고 들어와 가지고 떼우거나 또 벌금을 바치는 것은 밀수업자들의 즐겨 쓰는 눈가림법, 상투 수단이었다.

아무리 찾아보아도 없었다. 보기 좋은 허탕이었다. 줄곧 같이 모시고 다니던 이탈리아 선장의 얼굴에 회심의 미소가 떠오르는 반면에 핀셋 찰스는 아랫입술을 지그시 깨물었다. 단념하고 호주머니에서 검사증을 꺼내니 선장이 여공불급하게 손을 내밀었다. 핀셋 찰스가 다시 생각해 보고 검사증을 도로 넣으니 희색이 만면하였던 선장의 얼굴이 헐쑥해졌다. 핀셋 찰스가 피뜩 머릿속을 스쳐 지나가는 것이 있기에 급히 되돌아서서 고물 쪽으로 걸어가니 선장은 얼굴에서 초조한 빛과 긴장한 빛을 감추지 못하며 뒤질세라 그 뒤를 따랐다. 선미 갑판 한구석에 아무러하게나 놓여 있는 허술한 드럼통 앞에서 핀셋 찰스가 발을 멈추니 선장의 얼굴빛이 금세 새카매졌다. 드럼통의 마개가 열린 대로 있는 아가리로는 거머번지르한 콜타르가 무디게 햇빛을 반사하고 있었다.

"선장 선생."

"네, 검사관 선생."

"이 드럼통에 들어 있는 게 뭐지요?"

"아, 네. 보시다시피…… 콜타르올시다, 검사관 선생."

"그렇습니까. 그럼 어디 한번 좀 쏟아 보실까요."

"쏟아 보다니요?"

"혹시 속에 무에 딴 게 들어 있지나 않나, 한번 좀 보잔 말씀입니다."

"아, 네. 물론…… 좋습니다, 검사관 선생. 그렇지만 검사관 선생, 이 정직한 해원을 믿어 주시기 바랍니다. 청천백일하에 언감생심……."

"물론 본인두 선장 선생의 고상한 인격을 믿어 의심하잖습니다. 그렇지만 워낙 직책이 직책인 만큼, 사정에 구애될 수는 없습니다. 미안합니다만 사람을 불러 주십시오. 얼른 한번 쏟아 보십시다. 이런 일은 데걱 해치우는 게 좋으니까요."

"아, 네. 좋습니다, 그럼 곧 부르겠습니다. 하지만 검사관 선생, 사람을 부르기 전에 이런 걸 한번 고려해 보시는 게 어떻겠습니까?" 하고 선장은 얼른 제복 호주머니에서 비상용으로 미리 준비해 두었던 '홍콩 — 싱가포르은행'의 어음 한 장을 꺼내 보였다. 핀셋 찰스가 번개같이 그 액면에다 눈길을 쏘았다.

$ 100,000

미화 1달러의 환산율은 중국 돈 3원 30전이다. 10만 달러면 33만 원, 실로 핀셋 찰스의 100년분 봉급에 해당하는 거액이다. 핀셋 찰스가 컴퓨터 찜쪄먹을 속도로 — 5천분의 1초 동안에 — 계산을 하고 또 결심을 채택하였다. 잽싸게 어음을 받아 넣었다. 눈 깜박할 사이에 검사관과 선장이 다 같이 경사가 났다. 검사관은 일확천금으로 벼락부자가 되고 또 선장은 선장대로 밀봉한 양철통 속에 넣어 콜타르 밑에다 감추어 둔 시가 300만 달러어치의 헤로인이 무사히 해관을 통과한 것이다. 검사증을 주고받으며 검사관과 선장은 저들도 모르게,

"굿 럭!"

"굿 럭!"

이러한 성질의 공식적인 장소에는 전연 어울리지 않는 엉뚱한 인사를 나누었다. 굿 럭이란 영어로서 행운을 빈다는 말이다.

24시간 후에 핀셋 찰스, 신영호 씨는 해관 당국에 사표를 내고 그리고 한 달 후에는 프랑스공원 근처에 화원이 딸린 2층 양옥 한 채를 버젓이 사들였다. 상해에서는 웬만한 부자가 아니고서는 독챗집은 사들이지 못하는 법이었다. 전에 몰고 다니던 초라한 소형 오스틴차도 최신형 크라이슬러로 갈고 또 집지킴으로 성질이 몹시 사나운 불독 한 마리를 사다가 길들였다. 이리하여 신영호 씨는 완전히 때벗이를 하고 유한계급으로 되었다. 숙원을 이룬 것이다. 그러나 노자의 말대로 복의 뒤에는 화가 숨어 있는 법이었다.

처음에 김혜숙은 선장이에게 중국어와 영어를 개인교수 하였다. 그러는 동안에 차차로 과목 하나가 더 늘어 정치가 주요한 자리를 차지하게 되었다. 어느 날 김혜숙이 시국에 관한 이야기를 선장이에게 해들리고 있을 때 송일엽이 복도를 지나다가 열려 있는 방문으로 들여다보고 우스갯소리를 하였다.

"미스터 서, 복수의 여신하구 이마를 맞대구 무슨 쑥덕공론을 그렇게 하구 있지요?"

사실이 그러하였다. 남편을 총격전에서 잃고 또 동생이 현재 옥중에서 고역을 치르고 있는 여인이 복수의 일념에 불타지 않고 어쩌랴! 비록 우스갯소리일망정 거기에는 진실이 담겨져 있었다. 선장이는 김혜

숙을 어느 모로 보나 자기의 스승이라고 생각하고 또 가르침을 받는 것을 영광으로 알았다.

한번은 어떡하다 아편전쟁 이야기가 났다. 아편전쟁의 역사는 동양사에서 배운 적이 있으므로 선장이도 그 윤곽은 대략 짐작을 하는 터였다(이때의 중학교에는 세계사가 없고 동양사와 서양사가 있었다). 영제국주의가 아편무역에서 거액의 이윤을 추구하느라고 중국 백성의 죽고 사는 것을 통 헤아리지 않는 데 분격한 흠차대신 림측서가 영제국주의의 아편을 무수히 몰수하여 불태워 버리고 또 수입금지를 명한 것이 전쟁을 유발하였다는 것도 대강 알고 있었다.

"그런데 우리가 제국주의 강도를 도와 대량의 마약을 밀반입해다가 중국 민중을 해친다면…… 그게 뭐가 되겠습니까? 그건 용서 못 할 비행입니다. 범죄행위란 말입니다. 그런데 이번에 신영호는 그런 죄악을 저질렀거든요. 시가 1천만 원어치의 헤로인이 밀반입되는 걸 눈감아 주구 뇌물을 받아 벼락부자가 됐단 말입니다. 우리가 일본놈의 압박을 피해 중국 땅에 와 살면서 도리어 중국 사람을 해치는 일을 한다면…… 그게 뭡니까? 배은망덕두 유분수지요! 신영호의 이번 행위는 용서할 수 없습니다. 버릇을 한번 톡톡히 가르쳐 놔야 합니다."

이와 같이 야무진 목소리로 또박또박 말하고 나서 김혜숙이 "안 그렇습니까, 미스터 서?" 하고 묻는데 선장이는 선뜻 "네, 맞습니다." 하고 수긍하였다.

"그럼 그자를 혼뜨검 내 주는 데…… 미스터 서두 한번 참여해 볼 생각이 있습니까?"

"하겠습니다."

선장이가 씩씩하게 호응해 나서는 것을 보고 김혜숙은 빙그레 웃고 "그렇다면 내 한 가지 보여 드릴 게 있습니다. 잠깐 기다리십시오." 하고 곧 일어나 뒷방으로 들어가더니 한동안이 지나서 약장사 가방 같은 자그마한 가방 하나를 들고 나왔다. 앞상 위에 내려놓고 뚜껑을 열어젖히고 또 씌워 덮은 보를 벗겼다. 선장이가 눈이 휘둥그레졌다. 그 속에는 네댓 자루의 모양이 각기 다른 권총이 들어 있는 것이다.

"어디 한번 좀 만져나 보십시오…… 처음이지요?"

김혜숙이 빙글거리며 말하여 선장이는 단 부젓가락이라도 쥐듯이 조심스레 그중의 한 자루를 집어 들었다.

"그건 미국제 브라우닝."

"이건 독일제 모젤…… 손잡이에 나무쪼각을 덧댄 게 특색입니다."

"그리구 요건 역시 미국제루, 콜트. 자, 어떻게 다른지 다 한 번씩 쥐어나 보십시오."

선장이는 희열로 하여 가슴이 벅차올랐다. 너무나 대견하였다.

"그럼 그건 뭐라는 겁니까…… 그 육혈포 같은 거?"

"오, 이거…… 이건 리볼버, 자동권총입니다. 탄피를 튀기지 않구 여섯 방을 쏠 수 있습니다. 암살용, 회전식 6연발. 자, 한번 쥐어 보십시오, 어떤가."

이로부터 며칠 동안에 선장이는 김혜숙의 차근차근한 지도로 탄약을 재우는 법으로부터 분해하는 법까지 실탄사격만 빼놓고 권총 다루는 법을 다 배웠다. 끝으로 김혜숙은 "무슨 행동을 하려구 권총을 휴대할 때는, 그냥 몸에다 지녀선 안 됩니다. 위험합니다. 수시루 경찰에게 몸수색을 당할 염려가 있으니까요. 그럴 때는 이런 특제의 양말대님으루, 알겠습니까? 왼편 종아리 안쪽에다 차야 합니다. 일반적으루 종아

리까지는 수색을 안 하니까요." 하고 특별하게 만든 양말대님까지 꺼
내 보이는 것이었다.

처서가 지나서 더위는 채 숙지지 않았지만 아침저녁에 선선한 바람
기가 좀 생기는 것 같은 때였다. 오래간만에 리춘근이 선장이를 찾아
왔다.

"미세스 전을 통해 이야기는 대강 들었습니다만, 우리의 모험적인
사업에 투신할 의향이 있으시다구요?"

자리 잡아 앉아 인사수작을 마치자 곧 리춘근이 단도직입적으로 이
렇게 물어서 선장이는 선뜻 "네, 우리 민족을 위하는 일이라면, 무어나
다 하겠습니다." 하고 결심을 표시하였다. 리춘근은 대번에 선장이의
손을 굳게 잡으며 "그럼 우리 이제부터 행동을 같이해 보십시다." 말
하고 잇달아서 "하지만 그러기 위해선 먼저 해야 할 일이 한 가지 있는
데……. 내 말은, 모험활동에 필요한 기능을 몸에 지녀야 하겠단 말입
니다." 하고 선장이의 얼굴을 가늠하듯 똑바로 보았다.

"어떻게 할 것을 말씀해 주십시오, 지시대루 하겠습니다."

이틀 후에 선장이는 북정거장에서 남경행 열차에 올랐다.

"하관정거장에는 헌병과 남의사 요원들이 씨글씨글하니까 하관까
지 가지 말구 화평문역에서 내리십시오. 내리는 길루 인력거를 잡아
타구 곧바루 중산북 거리에 있는 금릉여사루 가십시오. 가서 숙박부
에 '관동성'이라는 가명을 적어 넣으면 됩니다. 그러면 몇 시간 안으
루 우리 사람들이 찾아올 겝니다."

떠나올 때 리춘근이 일러 준 대로 행동을 하며 선장이는 모험활동에
대한 호기심으로 하여 신비경 속에 이끌려 드는 것만 같았다.

숙박부를 들고 들어왔던 금릉여사의 사환이 선장이가 적어 넣는 '관

동성' 석 자를 보더니 선장이의 얼굴을 다시 한번 쳐다보고 나서 아무 말 없이 숙박부를 도로 덮어 들고 나갔다. 아니나 다를까 점심때가 거의 되었을 때 복도에 발자국 소리들이 나면서 곧 누군가가 와 방문을 노크하였다. 들어온 두 사람 중의 하나는 양복을 입었는데 나이는 스물서너 살가량이고 다른 하나는 연회색의 따과 — 중국식 홑두루마기를 입었는데 나이는 서른 전후였다.

"잘 오셨습니다, 서 동무."

"원로에 수고가 많습니다, 서 동무."

처음 보는 선장이와 열렬하고도 친근한 악수를 나누는 두 사람의 입에서 자연스럽게 나오는 '서 동무' 소리에 선장이는 야릇한 것을 느꼈다. 자신의 성 밑에 '동무'가 붙어 보기는 생후 처음이다. '이제 정말 내가 혁명의 테두리 안에 한 발을 들여놓았구나' 하는 긍지와 자부심에 도취되어 머리가 횡할 지경이었다.

"오늘은 하루 푹 쉬구…… 내일 떠나도록 하십시다."

양복 입은 사람이 위로하듯 보살피듯 말하는데 선장이가 "아니, 어디 또 다른 데를…… 가야 합니까?" 하고 의아스레 물으니 그 사람은 웃으면서 "이 남경에서 남동쪽으루 진회하를 끼구 한 30리 가면 강녕이라는 읍거리가 나섭니다. 거기서 다시 동쪽으루 대여섯 마장을 더 가면 수풀 우거진 잔산 밑에 우리의 별장들이 서 있습니다. 거기가 서 동무 이번 나들이의 종착점입니다." 하고 옆에 앉은 따과 입은 사람을 돌아보니 그 사람도 웃으며 수긍하는 뜻으로 고개를 끄덕였다.

밤에 선장이가 불을 끄고 침대에 누워 남경에서의 첫날 밤을 지내는데, 밝은 날 가게 될 강녕에 있다는 별장들에 대하여 상상의 나래를 활짝 펼쳤다. 수목이 빼곡히 들어선 잔산 밑에 졸졸 흐르는 도랑물……

파란색 양탄자를 편 것 같은 잔디밭과 바람에 설레는 정원수들……
햇빛을 받아 7색 무지개를 이루는 분수의 물줄기…… 이 가지 저 가지
로 날아다니는 새들의 지저귀는 소리…… 그리고 소파와 등의자……
시원한 가을바람을 내보내는 선풍기와 유백색의 전기냉장고……. 선
경 같은 강녕별장의 아름답고 그윽한 상상화가 선장이 머릿속에서 거
의 완성이 되어 갈 무렵 홀지에 베개를 벤 목덜미가 따끔따끔했났다.
어찌 된 영문을 모르는 중에 이번에는 또 엉뎅이가 따끔따끔했났다.
문득 선장이는 '갑자기 물을 갈아 먹어 신경세포가 어떻게 잘못됐나?'
하고 의심하였다. 그러나 곧 다시 '습관이 되면 괜찮겠지. 설마 어떨라
구' 태평으로 생각하고 두 다리를 쭉 뻗고 편안히 누워 강녕 선경의 상
상화를 마저 완성하려 하였다.

　그러나 유감스럽게도 그 아름다운 뜻은 이루어지지를 못하였다. 이
번에는 또 등판과 허벅다리 그리고 팔죽지와 종아리까지 일시에 따끔
따끔해 난 것이다. 깜짝 놀라 벌떡 일어났다. 데꺽 전등을 켜고 보니
누웠던 요 위에서 수십 마리의 빈대가 와그르르 흩어진다. 사방으로 도
망치는 놈들을 눈결에 보니 배때기가 터지도록 피를 빨아먹어 한껏 통
통한 놈에, 여름내 피 한 방울 구경 못 하고 배때기를 곯았는지 메밀껍
질 모양 얄팍한 놈에, 별의별 놈이 다 있었다. 남경성 안 금릉여사 ― 그
이름도 아름다운 금릉여사 ― 의 그악하고 염치없고 이악하고 운치 없
는 빈대들이 선장이의 미완성 상상화를 산산쪼각을 내 놓았다. 낭만의
꿈에서 깬 선장이는 초련 하룻밤을 무사히 날 일이 난감하였다.

　이튿날 아침 후에 요제나조제나 하고 사람이 와 줄 때를 기다리는
중에 여관 앞에 사이드카 한 대가 와 서더니 측차에서 우람한 체구의
헌병 하나가 내리는데 보니 영장에는 소성이 셋 ― 대위였다. 뚜벅뚜

벅 걸어 들어와 계산대 안에서 얼른 맞아 일어서는 서사에게 명토 없이 "있는가?" 한마디를 묻고는 "네네. 있습니다, 있습니다." 하는 서사의 여공불급한 대답을 귓전으로 들으며 곧장 선장의 호실로 향하였다.

노크를 하며 곧 방 안에 들어서는 것이 헌병 대위인 것을 보고 선장이는 깜짝 놀라 엉거주춤 일어나 가지고 두 눈이 멀뚱멀뚱 쳐다보기만 하였다.

"서 동무지요?"

또렷한 조선말이다.

"네, 그렇습니다."

"갑시다, 그럼."

"네."

선장이는 어리둥절하여 무조건 따라 나섰다. 이런 어마한 국민당 정부의 헌병 대위가 자신을 데리러 올 줄은 꿈에도 몰랐다.

헌병 대위가 손짓하여 선장이를 먼저 뒤 안장에 태운 뒤에 자신도 측차에 올라앉으니 핸들을 잡은 헌병 하사가 곧 발동을 건 다음 대위에게 나직이 행선지를 물었다.

"광화문 밖."

대위의 말이 떨어지자 사이드카는 곧 고르로운 폭음을 울리며 큰 거리를 내닫기 시작하였다. 남경 시내를 헌병대 차에 헌병과 동승하고 달리니 동정 칠백 리 내 말 내 타고 가기로 거치는 것이라군 없었다. 광화문을 언뜻 지나 진회하에 걸린 다리를 남으로 하나 건너고 또 동으로 하나 건넌 뒤 사이드카는 평탄 대로를 경쾌하게 바람을 일으키며 달렸다.

강녕읍 조금 못 미쳐 꽤 포실해 보이는 주막거리 하나가 나서는데 그 길가에 허술한 옷차림의 늙은 행인 하나가 쓰러져 있었다. 대위가 하사를 돌아보고 "잠깐 정거." 명한 뒤 사이드카가 급히 멎어서기를 기다려서 길 위에 내려섰다. 내려서는 길로 곧 늙은 행인에게로 다가가 허리를 구푸리고 들여다보며 "여보시오 영감, 어떻게 된 일이요?" 하고 물었다. 늙은 행인이 감았던 눈을 게슴츠레 뜨고 "허기증이나…… 걸을 수가 없쉬다……." 죽어 들어가는 소리로 대답을 하다가 대위의 영장이 눈에 뜨인 모양으로 잊지 않고 끝에다 "나리." 한마디를 덧붙였다.

대위가 곧 하사를 시켜 가까운 주막집의 주인을 불러다가 은전 몇 잎을 쥐어 주며 허기증 난 노인을 좀 잘 돌보아 주라고 부탁하니 주막집 주인은 "네네. 염려 맙쇼, 나리. 죄송합니다, 나리." 하고 허리를 굽신굽신하였다.

다시 달리기 시작한 사이드카는 강녕읍 거리의 복판을 꿰고 나가자 이내 큰길에서 벗어나 촌길을 잡아들었다. 사이드카가 배처럼 홀렁거리며 울퉁불퉁한 길을 한 십 분 달렸을까……. 앞길에 수풀이 우거진 잔산 하나가 나서는데 그 산밑에 볼품없는 단층 건물 서너 채가 산재하였다. 그중의 한 채는 무슨 창고 모양으로 길고 멋없고 그 외의 것들은 보통 농가를 대수 손질하여 고쳐 꾸민 것 같았다. 실도랑은 있으나 수양버들은 두어 주밖에 서 있지 않고 길은 있으나 행인의 그림자는 보이지를 않았다.

초입에 섰는 작은 집 마당에 반원을 그리며 사이드카가 멎어서니 활짝 열린 창문으로 머리를 길게 기른 해사한 얼굴 하나가 나타났다. 그 사람이 헌병 대위를 보자 "아, 반 동무." 알은체하고 문으로 돌아 나오기가 귀찮던지 그대로 펄떡 창문으로 뛰어나왔다. 서른 전후의 키가 후리후리한 남자였다. 그 사람은 헌병 대위 반 동무와 악수를 나누고 또 선장이와도 악수를 나눈 뒤에 헌병 대위와 둘이 저쪽에 가 서서 몇 마디 말을 주고받더니 이내 "그럼 고만 난 돌아갑니다.", "수고가 많습니다." 선장이도 들리게 작별인사들을 하였다. 헌병 대위 반 동무가 선장이에게도 가는 인사하고 사이드카에 올라앉아 온 길을 도로 가 버린 뒤에 그 사람은 선장이에게 다가와 새삼스레 "서선장 동무지요? 나 조경산이라구 합니다." 통성명을 하고 잇달아서 "어서 들어가십시다." 하고 선장이를 집 안으로 인도하는 것이었다.

집 안에를 따라 들어가 보니 마루를 놓지 않은 방바닥은 고르지 못한 흙바닥이요, 보꾹을 쳐다보니 갈빗대 같은 서까래가 앙상하다. 서랍이 달린 장방형의 헌 책상 하나와 서랍이 없는 정방형의 때 낀 각탁 하나가 창문 편으로 놓였다. 그리고 안쪽에는 참대 격자 밑에다 긴 걸상 두 개씩을 받쳐서 만든 침대 둘이 놓였는데 너비와 길이가 침대와 비슷한 모기장 하나씩이 처져 있다. 선장이는 자신의 선경같이 아름답고 그윽한 강녕별장의 상상화가 너무나 무참히 깨져 버리는데 어처구니가 없다 못하여 도리어 웃음이 나왔다. 그러자 앞에 앉았는 조경산이란 사람까지 포장이 조잡한 상품처럼 값이 없어 보였다. 실망감이 경멸감으로 번지는 것을 선장이는 느꼈다.

조경산이 책상 위의 권연갑을 집어서 선장이에게 내밀며 "담배 피우시지요." 친절하게 권하는 것을 선장이가 피우지 않는다고 받지 않으니 "그래요?" 하고 웃으며 조경산은 한 가치 뽑아 입에 물고 성냥을 그었다.

"이제부터 우리는 생사를 같이해야 할 동무니까…… 무슨 일이나 사양 말구 서루 의논해 가며 잘 지내십시다."

"녜."

"중국엔 언제 건너오셨습니까?"

"이제 서너 달밖에 안 됩니다."

"말씨만 들어선 고향이 어디신지 잘 모르겠군요."

조경산은 나이가 자기보다 십여 년이나 아래인 선장이에게도 초면이라서 그런지 깍듯이 경어를 썼다. 하긴 상해의 리춘근이나 김혜숙도 다 그러하였다.

"원산입니다."

"아, 원산……. 원산은 좋은 데지요."

"원산을…… 가 보셨습니까?"

"네, 가 봤지요. 송도원두 가 보구 명사십리두 가 보구……. 현재 우리 여기두 원산 동무가 하나 있는걸요."

"그렇습니까."

"아, 이제 곧 만나게 되실 겝니다. 저쪽 집에서들 지금 수업 중이니까요."

이때 밖에서 굵은 남자의 목소리가 "경산 동무." 하고 불러서 조경산은 "아, 나 여기 있습니다. 어서 들어오십시오. 마침 잘 오셨습니다. 여기 동향 친구 한 분이 와 계십니다." 하고 문 쪽을 돌아보며 웃었다.

얼굴이 거머무트름하고 체구가 건장한 남자 하나가 성큼성큼 걸어들어왔다. 그 남자를 한번 보자 선장이는 앉았던 걸상에서 누가 잡아 일으키는 것처럼 벌떡 일어섰다. 조경산이 무슨 일인지 몰라 좀 어리둥절하는데 선장이가 큰소리로 "씨동이 형님!" 하고 부르니 그 사람은 잠시 어리뻥뻥하고 서 있다가 "아니, 너 선장이가 아니냐?" 하고 앞으로 와락 달려들었다. 둘이 서로 부둥켜안고 좋아하는 것을 옆에서 조경산이 어이없는 듯이 바라보았다.

한동안이 지나서다. 양씨동이와 선장이는 실도랑 맑은 물에 발들을 잠그고 도랑가에 나란히 앉아 끝이 없이 긴 이야기의 실꾸리를 풀어 나갔다.

"그래, 넌 학교를 고만뒀니?"

"피가 끓어서 글이 어디 머릿속으루 들어와 줘야지. 제2의 윤봉길이가 되구 싶어 공부구 나발이구 다 걷어치우구 뛰쳐나왔소."

"그럼 집에서들은 모르겠구나?"

"상해를 온 뒤에 편지를 내었소."

"우리 집에선 어떡허구들 지내니?"

"그저 그렇게들 지내지. 별일은 없소. 그렇지만 큰어머니가 아주 폭 늙었습니다."

"흠……."

"원동이 형님은 올가을에 잔치를 할 모양입디다."

"해야지……." 하고 씨동이는 잠시 입을 다물고 있다가 말머리를 돌렸다.

"정실이는 어떻게 됐니?"

"시집가서 벌써 아들 하나 낳았소."

"그래여? 그거 잘됐구나. 매부가 누구냐……. 나두 아는 사람이냐?"

"아는 사람이 아니구."

"내가 아는 사람…… 누구냐?"

"바루 한정희요, 한정희."

"뭐시 한정희? 한정희라구? 음, 거참 생각 밖이다. 그래 한 진사가 맏손자며느리를 귀여워하니?"

"한 진사는 벌써 세상 뜬 지가 옛날이요."

"응, 그래여? 그럼 너의 매부가 지정을 물려받았겠구나?"

"물려받기는 했어두…… 집안 형세는 자꾸 기울어져 가우."

"어떡허길래?"

"원체 수완이 부족한 데다가 맘까지 들떠 있으니 일이 될 게 뭐요."

"그럼 거 탈 났구나."

"누가 아니라우."

"쌍년이는 어떡허구 있니?"

"그 누나가 불쌍하우. 왜 소식두 좀 전하잖소?"

"어디 그렇게 잘 되니……. 나두 가엾이는 생각한다."

"형님이 봉천서 부친 그 전보 같은 편지는 나두 봤소. 모셔 두구 있습디다."

"그 후에는 그럭저럭 소식을 못 전하구 말았다."

주고받던 말이 잠시 동이 끊겼다.

"이 도랑에 소천어가 많소? 미꾸라지란 놈이 내 발뒤꿈치를 자꾸 콕콕 쫐소."

"야, 말 말아. 원산 바다가 그리워 죽겠다. 이게 어디 사람이 살 놈의 데냐!"

두 사람의 눈앞에서는 졸졸 흐르는 도랑물이 아니라 원산항 푸른 바다의 시원한 물결이 늠실거렸다.

"이제 그 조경산이란 이는 무어 하는 이요?"

"우리 여기 지도원이다. 용맹하기가 비길 데 없는 사람이야."

"그 사람이?"

"깎은선비 같지, 겉보기엔?"

"응."

"그래서 다들 속는다. 무서운 사람이야. 사람을 얼마를 죽였는지 모른다. 적에 대해선 무자비한 사람이야."

"예?" 하고 선장이는 눈이 둥그래졌다.

"너두 앞으루 그한테서 배워야 해."

"내가 잘 배워 낼 수 있을까."

"다 사람이 하는 노릇인데 배우면 되지야. 걱정 말아."

"아까 나를 여기 데려다준 그 헌병 대위는 어떻게 된 이요? 반 동무라든가."

"아, 반해량. 우리 사람이다. 중앙군교 8기 졸업생."

"중앙군교?"

"중앙육군군관학교, 황포군관학교의 지금 이름이다. 그런데 지금 그 사람의 역할이 크다. 헌병 대위의 제복을 입구 우리 일을 해 주니까…… 어떻겠니, 생각해 봐라. 없어선 안 될 존재지."

"그러구 보니 대단한 이구려."

"훌륭한 애국자지."

선장이가 등 뒤의 집들을 한번 둘러보고 "그런데 저 집들이 왜 모두 저렇게 허술하우? 난 별장이라기에 뭐 대단한 줄 알았지." 하고 머리를 설레설레 저으니 씨동이는 하하 웃고 "왜, 실망했냐?" 하고 선장이의 어깨를 한번 툭 쳤다.

"실망을 안 하게 됐소?"

"경비가 부족해서 그래 경비가. 경비가 나올 구멍이라군, 우리들의 모험활동밖에 더 바랄 게 없는 형편이야. 그러게 우리 행동대는 경비를 벌어 대는 게 주요한 직책이야."

"행동대?"

"그래여, 행동대. 너두 이젠 행동대의 일원이야."

'너도 일원'이란 말에 선장이는 좋아서 입이 벌어졌다.

"그래두 이건 너무 좀 초라하우. 살풍경이요. 낭만이 붙을 데라군 없소."

"초라하거나 말거나 우리 배울 것만 다 배우면 고만 아니냐? 너 전에 원산 있을 때 나하구 같이 사기막에 한번 가 봤지? 얼마나 초라하구 어설프디. 그래두 거기서 구워 낸 사기만은 일등이거든. 그거나 마찬가지야."

두 사람이 끝이 없이 지껄이고 있을 때 두 번째 집 마당에 앞치마를 두른 작달막한 늙은이 하나가 나서서 "카이판나(밥 먹읍시다)!" 네 이웃이 다 들리게 소리를 쳤다.

"형님, 저게 뭐요?"

"우리 밥해 주는 취사원이다, 왕 첨지. 가자, 밥 먹으러 가자."

씨동이와 선장이는 발에 묻은 물을 부지런히 닦고 제각기 신발들을 주워 신었다.

36

출입문으로 들어가면 왼쪽이 주방이고 오른쪽이 식당인데 식당에는 헌 각탁이 두 개 덩그렇게 놓였을 뿐 걸상은 하나도 눈에 보이지 않았다. 두 상에 각각 국 한 소래기, 반찬 네 접시씩 벌여 놓았는데 밥을 담은 위에다 나무주걱을 올려놓은 대먹서리는 두 상 사이의 땅바닥에 놓였다. 밥은 풀기 없는 쌀밥으로 제각기 떠먹게 되었으나 반찬은 제한이 되어 있었고 또 그 질도 변변치 못하였다. 고기반찬은 하나뿐이고 그 외는 모두 두부, 당면, 무우, 시금치 따위였다. 급기야 식당에 모인 전원이라는 것을 보니 선장이까지 쳐서 모두 여덟 사람뿐이었다.

조경산이 지도원의 자격으로 여러 사람에게 간단히 새로 온 서선장 동지를 소개한 뒤에 곧 한 상에 넷씩 둘러서서 식사를 하였다. 선장이는 난생처음 서서 밥을 먹어 보았다. 후일 군대에 들어가 반찬 그릇을 땅바닥에 놓고 먹을 때에야 비로소 상에다 놓고 서서 먹는 것쯤은 신사 놀음이라는 것을 깨달았지만 이때는 속으로 여간만 우습지가 않았다. 그래서 밥을 다 먹고 밖으로 나왔을 때 씨동이를 보고 조용히 "여기선 걸상 하나두 없어서 다들 그렇게 밥을 서서 먹소?" 하고 물었더니 씨동이는 가장 재미나는 질문을 받은 것처럼 "임마, 선술집이란 게 있는 세상에 선밥집이라구 왜 없겠니?" 하고 하하 웃었다. 씨동이가 선장이가 한 말을 큰 소리로 옮겨 들리니 다른 사람들도 하하 웃고 제각기 흩어져 낮잠들을 자러 갔다.

씨동이가 자신의 거처하는 방으로 선장이를 데리고 들어가 임자 없는 침대 하나를 가리키며 "이제부턴 저게 네 침대다, 우선 한잠씩 자구 나서 보자." 하고 눕는 길로 곧 잠이 들었다.

선장이는 조금만 움직여도 삐걱삐걱 소리를 내는 침대 위에 번듯이 나가누웠다. 눈이 말똥말똥해 가지고 보꾹에 얼기설기한 거미줄을 쳐다보았다. 어떡하다가 소르르 잠이 들어 꿈같지도 않은 꿈을 꾸는데 쌍년이가 원산 바닷가 잔교 다리목에 서서 빨리 오라고 손길을 치길래 엎드러지며 곱드러지며 쫓아가 보았더니 쌍년인 줄 알았던 것이 쌍년이가 아니고 송일엽이었다. 어찌된 영문을 몰라 어리둥절하는 중에 송일엽이 상긋 웃으며 손목을 잡아당겼다. 깜짝 놀라 잡힌 손을 뿌리치다가 뿌리치는 손이 무엇엔가 부딪치는 통에 잠이 깨었다. 눈을 뜨고 옆의 침대를 보니 씨동이는 그저 자는데 코까지 골고 있었다. 선장이가 삐걱거리는 침대 위에서 벽을 향하고 돌아누워 잠을 청하였으나 잠은 영영 달아나 버리고 다시 오지 않았다.

이윽고 마당에서 호르래기 소리가 호르르 나는 것이 아마 기상 신호인 모양이었다. 씨동이가 벌떡 일어나 줄에 걸린 세수수건을 벗겨 들며 선장이더러도 나가자고 하였다. 마당에 나서니 이 방 저 방에서 사람들이 세수수건 하나씩을 들고 나왔다. 도랑에 나가 세수를 하여 잠기를 가셔 버린 뒤 다들 멋없이 길고 우뚝한 집으로 들어가는데 선장이도 따라 들어갔다.

허술한 늑목, 철봉, 윤, 목마, 고리틀, 모래주머니 따위를 갖춘 체육관 명색이었다. 철봉대에 매달리는 사람에, 줄뛰기를 하는 사람에, 모래주머니에다 주먹벼락을 안기는 사람에⋯⋯. 제각기 운동들을 하는 중에 씨동이가 선장이의 팔죽지를 잡아끌고 열려 있는 뒷문으로 해서 뒤꼍으로 나왔다.

산밑에다 구멍이 숭숭 뚫린 사람 모양의 과녁을 서너 개 세운 외에 또 말장 서너 개를 벌려 박고 상중하 세 층으로 빨랫줄 같은 줄을 건너 매었는데 그 줄들에는 각각 손바닥만 한 널쪼각 하나씩이 매달렸다. 그 널쪼각들도 여러 겹의 동그라미가 그려진 것이 역시 과녁인 모양이었다. 여러 개의 도르래에 걸린 줄들은 맨 끝의 말장에 늘어뜨린 줄을 잡아당기면 널쪼각을 단 채로 왔다 갔다 하게 되었다. 씨동이가 시범동작처럼 그 줄을 당겨 보이면서 "여기가 사격장이다. 그리구 이것들은 과녁이다, 가동과녁. 사격 연습을 할 때 저 고정과녁을 쏠라면 그냥 쏴두 되지만, 이 과녁…… 이 움직이는 과녁을 쏠라면 꼭 사람 하나가 옆에 와 붙어 서서 이 줄을 이렇게 잡아당겨 줘야 한다. 이렇게…….” 하고 설명을 해 주는 것이었다.

“대단히 원시적이구려.”

“원시적이라니?”

“낙후하단 말이요. 현대적이 못 된단 말이요.”

“경비가 부족하니 할 수 있니. 다 제 나라가 없는 탓이다.”

선장이는 잠자코 씨동이의 한 말을 속으로 되새겨 보았다. 씨동이가 중동 끊긴 설명을 마저 하였다.

“처음엔 고정과녁으루 연습을 하다가 어느 정도 익숙해지면 그때는 가동과녁으루 해야 한다. 난 벌써 그전에 졸업을 했다. 그렇지만 상해에서 하이알라이를 떨다가 한번 붙잡힌 까닭에 놈들에게 얼굴을 알려 놔서 인제 당분간 제일선엔 나서지 못하게 됐다. 그래 여기서 임시 보조원 노릇을 하구 있다.”

“그럼 형님이 날 가르쳐 주우?”

“처음 한동안은 아마 내가 가르치게 되겠지.”

“그럼 우리 지금 당장 시작을 해 봅시다, 실탄사격을 못 해 봐 손이 근질근질하우.”

“급하기는 우물에 가 숭늉 달라겠다. 지금 당장은 몸 단련부터 해야 하니까…… 들어가자. 들어가 줄뛰기부터 해 봐라.”

선장이가 이날 오후 한나절을 줄뛰기와 철봉에 매달리는 것으로 보내었다. 저녁에는 새로 온 동지를 환영한다고 별찬을 장만하고 또 술을 받아다가 환영연 명색을 베풀었는데 정작 잔치의 주인인 선장이는 독한 술내가 싫어서 한 모금도 아니 마시고 다른 사람들이 권커니 작거니 실컷들 마셨다. 술들이 거나해진 뒤에 마당에다 모깃불을 놓고 둘러앉아 쪼각달을 쳐다보며 노래들을 부르는데 선장이로서는 난생 처음 들어보는 애원스럽고 비장한 노래였다.

"풍찬노숙 몇몇 해냐 이역의 하늘 아래."

앳된 테너가 망명생활의 신산을 하소연하면,

"꿈에도 그리운 고국산천은 의구하련만."

씩씩한 바리톤이 남아대장부의 기개를 떨치려는데,

"이족의 철제 밑에 신음하는 겨레들아."

풍상 겪은 베이스가 탄식해 마지않으니,

"이 노래를 듣느냐 이 원한 맺힌 노래를."

높고 낮은 목소리들이 서로 얼싸안고 사나이의 울음을 터뜨린다.

선장이는 거미줄이 얼기설기한 보꾹도, 걸상이 하나도 없는 식당도, 허술한 체육관도, 원시적인 사격장도 다 잊었다. 그따위 시시한 것들은 귓속으로 폭포수처럼 쏟아져 들어오는 노랫소리에 허접쓰레기처럼 다 씻기어 떠내려갔다. 옆에 앉아 노래를 부르는 사람들이, 대수로와 보이지 않던 사람들이, 포장이 조잡한 상품처럼 값이 없어 보이던 사람들이 개개 다 고상한 성품을 지닌 애국투사로 보이고 또 소박한 영웅으로 보였다. 가까운 벗으로 생각되고 또 미더운 동지로 생각되었다. 선장이는 인제 자신도 완전히 녹아서 그들 속으로 스며들어가 섞인 것 같았다.

노래가 일단 끝이 나고 한담들 할 때 조경산이 북벌전쟁에 참전하였던 이야기를 꺼내었다. 선장이가 북벌이란 말의 뜻을 몰라서 옆에 앉았는 씨동이에게 "뭐요, 북벌이라는 게?" 하고 소근소근 물어보았더니 씨동이도 역시 가는 목소리로 소근소근 설명을 해 주는 것이었다.

"지금으루부터 오륙 년 전에 있은 전쟁이다. 국민혁명군이 북경의 군벌정부를 타도하려구 일으켰던 전쟁이다. 광동서 출발을 해 가지구 북으루 쳐 올라왔다구 해서 북벌이라구 한다."

"그 전쟁에 조선 사람두 참가를 했더랬소?"

"참가하잖구. 들어 보려무나 경산 동무의 이야길."

"제남성을 공격하는데 그 높은 성가퀴에 선등으루 기어오른 게 바루 로을룽이란 말입니다……."

조경산이 이야기하는 중간에 한 사람이 "로을룽이가 누굽니까?" 하고 물어서 조경산은 그 사람을 돌아보며 "우리 사람이지요, 조선 사람." 대답해 주고 다시 말을 잇는 것이었다.

"이 군이 어깨에 기관총을 엇메구 선등으루 바라오르더니 글쎄 그 기관총을 데꺽 벗어서 두 손에 받쳐 들구 냅다 갈기잖겠습니까. 이렇게 뻣뻣이 선 채루 막 쏴 재끼더란 말입니다."

선장이는 장쾌한 이야기에 끌리어 저도 모르게 엉뎅이를 들고 몸을 앞으로 기울였다.

"나중에 제남을 완전히 해방한 뒤에, 대대 전원이 정렬한 앞에서 대열 검사를 받았지요. 대대장이 '용감한 국제주의 전사 로을룽 동지를……' 할 때 난 공연히 눈시울이 뜨거워집디다……."

"그때 북벌군엔 조선 동지들이 많았습니까?" 하고 누군가가 물어서 조경산은 "많았지요. 황포군관학교에 다니던 조선 학생들이 대부분 다 참가했으니까요. 그렇지만 광주봉기 때 숱하게 희생이 됐습니다. 우리 사람이." 하고 설명해 주었다.

"그럼 경산 동문 용히 살아남으셨습니다그려."

"용히 살아남은 셈이지요." 하고 조경산은 빙그레 웃었다.

선장이는 이름난 윤봉길 외에도 이름 없는 조선의 용사들이 숱하다는 것을 알고 가슴이 뻐근해졌다.

어느 날 조경산과 양씨동이의 지도 밑에 여럿이 권총으로 실탄사격을 하였다. 선장이처럼 고정과녁에다 대고 익히는 신참도 있고 또 가동과녁을 맞추는 고참도 있는데 가동과녁의 줄은 씨동이가 도맡아 당겼다. 한 순을 쏘고 나서 다들 땅바닥에 퍼더앉아 우열 장단에 대한 강평을 조경산에게서 듣고 있을 때 "야옹." 지붕 위에서 고양이 우는 소리가 났다. 고개를 젖히고 지붕을 쳐다보니 무지스레 큰 도둑고양이 한 마리가 노란 눈깔을 가늘게 쪼프리고 앙칼스럽게 아래를 노려보고 있었다. 앨런 포의 탐정소설에 나오는 '검은 고양이'를 방불케 하는 놈이었다.

"조런 발칙한 놈의 고양이 또 왔네."

"조 눈깔 좀 봐."

"에이 그저……."

이런 소리들을 지껄일 때 맨 뒤에 처져 앉았던 씨동이의 손이 피뜩 쳐들리는 것 같더니 야무진 총소리 한 방이 나며 동시에 지붕의 고양이가 야앙, 하고 껑충 뛰었다가 곧 마당으로 굴러떨어졌다. 이것을 보자 강평은 듣다 말고 서넛이 후다닥 뛰어 일어나가더니 곧 죽어 뻐드러진 고양이를 집어 들고 왔다. 피가 뚝뚝 떨어지는 고양이를 보고 선장이는 징그러워 소름이 끼칠 지경인데 옆에서 고참 중의 덜렁쇠 야만인 하나가 "야, 고놈 먹음직스럽다." 하고 입맛을 다시어 사격장은 웃음판이 되었다.

"어서 껍질을 벗겨라, 삶아 먹자."

"전기가 찌릇찌릇하는 고기 좀 먹어 보까."

일반적으로 고양이는 전기띠기율(대전율)이 높은 동물로 알고 있다.

"개고기하구 어떨까?"

"개고기보다 퍽 더 고소하다, 노린내가 좀 나 그렇지."

"아, 양고기두 먹을라네."

"그야 그렇지."

"어서 도랑에 가지구 나가 손질을 해야지."

중구난방으로 지껄여 대는 바람에 강평은 자연히 뒷전이 되었다. 조경산이 웃으며 일어나 바지 궁둥이에 묻은 흙을 터는 것으로 이를 묵인하여 실탄사격은 흐지부지 고양이 추렴으로 번졌다.

씨동이가 선장이더러 "너 저 아래 구멍가게에 가 술 두어 근만 받아 오나, 고기 추렴에 술이 없어 쓰겠니." 하고 심부름을 시키어 선장이는 두어 마장 떨어진 구멍가게로 술을 받으러 가며 속으로 괴이히 여기기를 '술을 되로 되어 팔지 않고 저울로 달아 팔아? 야, 그것참.' 이날 저녁에 선장이는 자신이 받아 온 술만 마시지 않았을 뿐 아니라 남이 손질을 해 먹음직스럽게 해다 주는 고양이고기도 입에 대지 않았다. 께끈한 생각이 들어서였다. 고양이고기 안주를 놓고 술들을 마시며 흥이 나서 서로 지껄이고 웃고 하는 것을 구경하듯 바라보며 선장이는 《로빈슨 크루소》에 나오는 생번들 같다고 속으로 웃었다.

저녁이 끝난 뒤에 또 마당에 모깃불을 놓고 둘러앉아 이야기장을 폈다. 선장이가 술기운에 얼굴이 벌개진 씨동이를 돌아보고 "전기가 찌륵찌륵하잖우?" 하고 웃음의 소리를 하니 씨동이는 "찌륵찌륵은커녕 자릿자릿두 안 한다. 정전인 모양이다." 하고 너털웃음을 웃었다.

"사람이 고양이고기를 어떻게 먹소."

"야, 얼빠진 소리 좀 하지 말아. 광동 사람들은 고양이고기, 뱀고기,

쥐고기, 원숭이고기…… 안 먹는 고기가 하나도 없다. 네발 가진 건 책상, 걸상만 빼놓구 다 먹구 날아다니는 건 비행기만 빼놓구 다 먹는단다. 무슨 소릴 하니."

"이봐 오셀로, 그 여자하구 갈라지던 이야기나 한 번 더 하라구."

옆에서 누군가가 이렇게 청하니 그 오셀로라고 불린 사람이 "그게 무에 그리 좋은 이야기라구 되풀이루 듣겠나." 하고 방색하는 것을 또 다른 사람 하나가 "그 잘난 이야기 하나 가지구 비싸게 굴 것 무어 있어? 못 들은 사람두 있는데…… 한마디하라면 할 게지!" 타박을 주어 이야기 임자는 더 비싸지 못하고 버릇으로 헛기침 한 번을 하고 나서 이야기를 시작하였다.

"우리 거기서 예배당엘 다니다가 눈이 맞아 가지구 서루 죽자 살자 하게 됐는데…… 이 기집애가 갑자기 맘이 변했거든. 전문학교 다니는 목사 아들의 사각모에 반했지 뭐야. 치마 앞에 찬바람이 도는 것 같이 쌀쌀하게 구니 내 맘이 어떻겠나. 그래 최후의 담판을 하려구 전에두 가끔 다니던 다방엘 데리구 갔지. 가서 피차에 툭 터놓구 한 번 이야길 해 보자구 했지. 그렇지만 이미 맘이 변해 버린 기집애하구 툭 터놓으면 무슨 속 시원할 게 있어. 내 속만 뒤집혔지. 정말이지 눈에서 불이 나더군. 기집애는 새침해 가지구 딱 잘라 말하는 거야, 이젠 고만 손을 끊자구. 더 뭐 말을 해 볼 나위두 없어. 그래 난 일이 이왕 이렇게 된 바엔 작별인사나 한번 톡톡히 해 보자 하구 얼른 상위의 빈 맥주병을 거꾸루 집어 들구 시멘트 바닥에다 한번 탁 치니까 중동이 뭉청 나가는 거야. 그걸루 해끔한 상판대기를 한번 콱 찍어 주었더니 기집애는 새된 소리를 지르며 얼굴을 싸쥐구 폭 엎드러지지 뭐야. 피투성이가 됐지. 난 그길루 고향을 하직하구 곧장 중국으루 도망쳐 들어왔으니까 모르지, 뒷일은 어떻게 됐는지. 그렇지만 그 흉터는 죽는 날까지 가실 리가 없으니, 목사 아들두 아마 손을 끊었기가 쉽지."

"나 같으면 작별 키스를 하자구 해 놓구 코를 꽉 물어떼 놓겠다."

"이 식인종 좀 봐라."

"개를 잡으면 날간으루 회를 쳐 먹는 인간인데…… 능히 할 거야."

"잡소리 좀 작작들 지껄여라."

한 친구가 목청을 돋우어 가지고 수심가 조로,

코 떨어진 색시라두 하나만 있었으면
이내 신세 이다지 처량하진 않으련만…….

하고 노래 쳇것을 불러 이야기판은 웃음판으로 변하였다.

두어 주일 지나서 선장이가 가동과녁에다 대고 실탄사격을 하게 되었을 때 개별지도를 해 주던 조경산이 이런 말을 해 들리는 것이었다.

"이 자동권총은 조선에서 흔히 말하는 육혈포라는 건데…… 우리 여기선 주루 암살용으루 사용하지요. 그 이유는 이렇습니다. 이 자동권총은 사격을 할 때 탄피를 튀기지 않는 까닭에 혹시 불발탄이 있더라두 격발기를 당겨 총신강에 걸린 탄약을 물어내는 동작이 필요 없습니다. 격발기 한 번 당겼다 놓는 게 무에 그리 어려운가구 생각들 하기 쉽습니다. 그러나 암살이란 일반적으루 경계가 삼엄한 가운데 눈 깜박할 사이에 해치워야 하는 거니까 격발기 한 번을 당겼다 놓는다는 군동작이 여간만 큰일이 아닙니다. 왕왕 그런 단순한 군동작 한 번에 일을 낭패 보는 수가 있습니다. 그에 반해 이 자동권총은 불발탄이 있건 없건 방아쇠만 당기면 탄알이 나간다는 특점이 있습니다. 그러니 백분의 1초, 천분의 1초를 다투는 위급한 경우에 이것이 얼마나 유리합니까. 뿐만 아니라 또 자동권총으루는 보십시오, 이렇게…… 담담탄을 쓸 수가 있습니다. 담담탄, 납탄입니다. 이놈을 한 방만 맞으면 제아무리 목숨이 질긴 놈이라두 살기가 어렵지요. 물렁물렁한 납탄이 몸속에 들어가 확 퍼지는데 어떻게 삽니까. 관통을 하면 상처가 나팔 모양이 됩니다. 들어간 구멍은 좁지만 나간 구멍은 나팔 아가리처럼 돼 버린단 말입니다. 그리구 또 연독은 없습니까, 연독. 한마디루 말해 살 생각 고만두고 곧장 저승 행차를 하라는 거지요. 그래서 우린 자동권총을 흔히 암살용으루 씁니다. 그러니 서 동무두 자동권총으루 익힐 때는 이런 내력을 알구 익히는 게 좋습니다."

선장이가 알았다는 뜻으로 고개를 한번 끄덕하고 나서 "그렇지만 그건 너무 좀 참혹하잖습니까?" 하고 의문을 제기하니 조경산은 "참혹? 일본 강도가 우리 민족을 대하는 건…… 자비롭습니까? 참혹하지 않습니까?" 되묻고 잇달아서 "토벌대를 풀어서 부락을 에워싸구, 온 마을에 불을 질러 놓구, 불구뎅이 속에서 살겠다구 기어 나오는 어린 것들을 총창으루 찍어서 불 속에 들이뜨리는 야수들에 대해…… 우리는 인도주의를 베풀어야 합니까?" 하고 선장이의 얼굴을 빤히 보았다.

선장이는 그 눈길을 피하여 고개를 숙였다. 귀밑이 빨개졌다. 짧게 단호하게 "잘 알았습니다." 잘못을 뉘우쳤다. 조경산이 비단 옷갈피에 끼인 비수 같은 사람이라는 것을 선장이가 이때 비로소 똑똑히 알았다.

선장이가 사람이 달리는 속도로 움직이는 가동과녁들을 15미터 밖에서 어지간히 명중시킬 만큼 숙달되었을 때 사전에 예고 없이 손님 둘이 강녕별장을 찾아왔다. 씨동이가 데리러 와 선장이는 그 뒤를 따라 조경산이 거처하는 집으로 갔다. 열어 놓은 창문으로 흘러나오는 말소리 가운데 '사로니카행동'이라는 구절이 귀에 설었다. 들어가 보니 남경에 도착하던 날 금릉여사로 선장이를 보러 왔던 두 사람이 조경산과 담화를 하고 있었다. 서른 전후의 중국 옷차림을 한 여윈 사람을 윤대성이라고 하고 그리고 스물서너 살가량의 양복 입은 고수머리를 리정호라고 하였다.

피차에 만난 인사를 나누자 조경산이 바로 선장이를 향하여 "불일내루 서 동무는 여기서의 수업을 마치구 상해루 돌아가야 합니다. 그리구 돌아가면 이 두 분과 행동을 같이하게 됩니다. 사로니카행동의 콤비……. 조직에서 무어 준 겁니다. 아무쪼록 잘해서 성공을 거두십시오." 하고 말하는데 선장이는 사로니카행동의 뜻을 몰라 좀 어리뻥하였다.

고수머리 리정호가 그 눈치를 채고 웃으면서 "신영호를 아시지요? 찰스 신, 핀셋 찰스. 그자가 사로니카호의 선장 놈하구 결탁을 한 결과 시가 1천만 원어치의 엄청난 헤로인이 지금 암시장에 범람을 하구 있습니다. 그래서 이번에 신영호를 징벌하는 행동을 사로니카행동이라구 이름 지은 겁니다." 하고 설명해 주는데 옆에서 명태같이 빼빼 마른 윤대성이 "이번 행동두 총책임자는 역시 리춘근 동무지만, 표면에는 나서지 않기루 했습니다." 하고 그 말에 동을 달았다.

씨동이가 옆에서 "나두 가 한바탕해 봤으면 좋겠는데, 제기." 하고 탄식을 하고 조경산이 웃으며 "갈아 놓은 비수에 녹이 슬까 봐요? 조금만 더 참으십시오. 때가 올 테니." 하고 위로하였다.

선장이가 강녕별장을 떠날 날을 이삼 일 앞두고 씨동이가 걱정을 하였다.

"너 꽤 해낼 만하니?"

씨동이 눈에는 선장이가 아직도 원산 바닷가에서 알몸으로 자맥질하며 뛰놀던 장난꾸러기로 보여 마음이 덜 놓이는 것이었다.

"걱정 마우. 능준히 해낼 테니."

"그렇게 간단하지가 않아. 상대편두 다 살아 있는 놈들이야, 죽은 송장이 아니란 말이야. 나 잡아 잠수 하구 가만있지를 않아. 빈틈없이 짠 계획도 뜻밖의 저애가 생겨 가지구 틀어지는 수가 여간 많잖아."

"글쎄 괜찮단데두……. 두구 보구려."

선장이가 미지의 모험활동을 앞두고 가슴이 부풀어 하도 패기만만해하니까 씨동이는 더 말을 못 하고 말았다. 하룻강아지 범 모르는 식의 단계는 씨동이도 거쳐 왔다. 권총 한 자루 차고 나서면 세상이 돈짝만 해 보이던 철부지 세월은 씨동이도 거쳐 왔다.

"그나저나 떠나기 전에 실물사격을 한번 해 봐얄 텐데……."

"실탄사격을 그만큼 했으면 됐지 또 무슨?"

"이때까지 쏜 것은 생명이 없는 거, 죽은 것들이야."

"아무거든 척척 쏴 맞추기만 하면 고만 아니요?"

"안 그래. 산 거하구 죽은 건 완전히 달라. 바깥세상은 강녕별장이 아니야."

가을볕이 따가운 잔디밭에 둘이 다 벌렁 나가누워 높고 푸른 가을하늘과 서서히 흘러가는 구름장을 쳐다보았다. 원산항 씨동이네 고깃배 위에서도 곧잘 이렇게 둘이 나가누워 하늘에서 나는 갈매기 떼를 쳐다보며 이런 소리 저런 소리 지껄였다.

"쌍년이 누나가 보구 싶잖소?"

"보구 싶으면 소용 있니."

씨동이가 두 손을 깍지 껴 머리 밑에 받치고 번듯이 나가누운 채 굵은 한숨을 쉬었다.

"그 누나두 팔자가 험하구려."

"누가 아니라니."

"그렇지만 낙심할 건 없소. 조만간 나라가 독립을 할 테니까……그때 만나지."

"그렇게만 된다면야 오죽 좋으랴."

"왜, 희망이 없소?"

"희망이 없기야 왜. 시일이 걸릴 것 같으니까 말이지."

씨동이가 머리 밑에 받쳤던 손을 빼며 곧 벌떡 일어앉기에 선장이도 따라 일어났다.

"속상한 이야기 인제 고만하구 딴 이야기나 하자."

"딴 이야기 무슨 이야기?"

"너 그동안 상해에서 지내던 이야기나 좀 해라. 들어 보자."

"무어 또 할 게 있소, 다 했는데……."

"송일엽이가……."

말을 하다 말고 씨동이가 "저놈의 개새끼!" 하고 허리의 권총을 잽싸게 빼 들어서 선장이가 그 눈길이 가는 곳을 바라보니 바로 언덕 밑 오솔길에 검둥개 한 마리가 꼬리를 늘어뜨리고 어슬렁어슬렁 걸어가는 것이 눈에 띄었다.

"옜다, 이 총……. 어서 쏴라!" 말하며 씨동이가 얼른 장탄을 해 가지고 선장이 손에다 권총을 쥐여 주었다.

"남의 개를?" 하고 선장이는 권총을 받아 쥐고 미심쩍은 눈으로 씨동이를 쳐다보았다.

"쏘라면 쏴, 어서!"

선장이가 마음을 질정하지 못한 채 거의 기계적으로 방아쇠를 당겼다. 총소리가 나자 날벼락을 맞은 개가 한번 펄쩍 주저앉더니 곧 다시 뛰어 일어나 죽어라 하고 내빼는데 배때기에 뚫어진 구멍으로 밸이 쏟아져 나와 길 위에 질질 끌렸다.

"따라라!"

소리치고 씨동이가 죽을 둥 살 둥 따라가는데 선장이는 양심의 가책을 받으며 후회의 벌레에 마음을 좀먹히며 덩달아 뛰었다. 첫째는 남의 개를 임자의 허락 없이 함부로 쏜 것이 죄스럽고 둘째는 죄 없는 짐승을 불의에 해친 것이 궂은고기 먹은 것같이 꺼림직하였다. 그리고 셋째는 난생처음 살생을 하는 것만도 손이 떨릴 일인데 그 결과가 또 너무 참혹하였기 때문이다. 개는 쏟아져 나온 밸을 끌며 줄곧 뛰어 두어 마장 떨어진 곳에 있는 마을로 향하더니 마을 초입 외따른 농가의 생울타리 안으로 사라졌다.

"저런 망할 놈의 개새끼, 아무 데서나 뒈질 게지……. 꼭 집을 찾아 들어갈 건 무어람!"

씨동이가 먼발치에서 발걸음을 멈추고 뒤따라온 선장이를 돌아보며 이렇게 말하고 맞갖잖은 듯이 혀를 쯧 찼다.

"이젠 고만 돌아갑시다."

"돌아가기는 왜."

"그럼 들어가 잘못했다구 사과를 할 작정이요?"

"미친 소리 말아."

"그럼 여기 서서 무어 하우? 괜히 의심이나 받기 쉽지."

"그 권총 인 다우."

씨동이가 권총을 받아 웃웃 자락 밑에 차고 겉으로 한번 쓰다듬어 보고 나서 "시침 따구 슬슬 한번 가 보자." 말하고 앞을 서서 어슬렁어 슬렁 걸어갔다. 할 수 없이 선장이도 간이 콩알만 해 그 뒤를 따랐다.

"부질없는 짓 하지 말구 고만 돌아갑시다. 예, 형님."

"잔소리 말구 어서 따라와."

그 다급한 통에도 개는 저의 집을 잊지 않고 찾아와 마당에 엎드러 져 죽었는데 피투성이 되고 또 흙범벅이 된 밸이 땅바닥에 얼기설기 하였다. 헛간에서 자귀질을 하던 주인이 손에 자귀를 든 채 나와 서서 멍하니 죽은 개를 내려다보고 있었다. 웬 영문인지 모르는 모양이었 다. 선장이는 광경이 너무 끔찍해 바로 보기가 어려워 슬쩍 외면을 하 였다. 그러나 씨동이는 아닌 보살 하고 주인에게 말을 건네는 것이었 다. 아주 예사로운 음성이었다.

"여보 주인, 닭 팔 것 좀 없소?"

왼쪽 눈썹에 흠이 있는 근 오십 된 주인이 고개를 들고 씨동이를 한 번 보더니 말없이 고개를 가로흔들었다.

"값을 달라는 대루 줄 테요."

주인이 또 고개를 가로흔들었다. 씨동이는 그제야 비로소 죽은 개가 눈에 뜨인 것처럼 깜짝 놀라는 시늉을 하며 "아니, 이게 웬일이요! 그 개가…… 죽잖았소? 어떻게 된 거요?" 하고 다우쳐 물었다.

"나두 모르우 어떻게 됐는지."

"거참, 아까운 개가 죽었구먼. 어디서 유탄에 맞았나……."

"모르지요."

"그래, 이 개를 어떻게 처치할 작정이요?"

"어떻게 처치하다니, 죽었는데……. 내다 묻어야지. 어느 몹쓸 놈이 이런 짓을 했는지, 죄를 안 받을까."

강소성 농민들은 자고로 개고기를 먹지 않았다.

"여보 주인, 내다 묻으려거든 내나 주오. 약으루 쓰게. 개고기가 산
중에는 당약이랍디다. 내가 산중으루 벌써 여러 해째 고생을 하는
중이요."

주인이 씨동이의 얼굴을 한동안 물끄러미 보더니 "아무려나 하우."
허락하는데 눈앞에 서 있는 두 놈이 하수인인 줄은 의심하지를 않는
모양이었다.

"고맙소, 주인." 하고 씨동이는 얼른 1원짜리 종이돈 두 장을 꺼내
가지고 주인의 손아귀에다 밀어 넣어 주며 "약소하지만 이건……." 하
고 인사를 차리니 주인은 받지 않고 손을 뿌리쳤다.

"그러지 말구 어서 받아 넣으시우."

"나더러 죽은 개를 팔란 말이요? 이 양반이……."

"그런 게 아니라……."

"난 싫소."

"자, 어서……."

씨동이가 우격다짐하듯 억지로 개 값을 주인에게 떠맡겼다.

이날 저녁 강녕별장 사람들은 푸짐한 개고기로 선장이의 송별연을 베
풀었다. 술이 얼근한 씨동이가 선장이의 어깨를 툭 치고 충고를 하였다.

"임마, 큰일을 하려거든 네 가당찮은 자비심은 일찌감치 빼내 던져
라. 개 한 마리두 못 죽이는 놈이 사람을 죽여?"

보잘것없는 강녕별장도 그동안에 정이 들었는지 막상 떠나려니까
아수한 생각이 들어 선장이는 마음이 좀 허우룩하였다.

(하권에 계속)

김학철 문학 전집 제 1권
격정시대 상

2022년 8월 15일 1판 1쇄 펴냄

글쓴이 김학철
편집 김로미, 박은아, 이경희, 임헌 | **디자인** 서채홍, 이종희
제작 심준엽 | **영업** 나길훈, 안명선, 양병희, 원숙영, 조현정 | **독자 사업(잡지)** 김빛나래, 정영지
새사업팀 조서연 | **경영 지원** 신종호, 임혜정, 한선희
인쇄와 제본 (주)상지사P&B

펴낸이 유문숙 | **펴낸 곳** (주)도서출판 보리 | **출판등록** 1991년 8월 6일 제9-279호
주소 (10881)경기도 파주시 직지길 492
전화 031-955-3535 | **전송** 031-950-9501
누리집 www.boribook.com | **전자우편** bori@boribook.com

ⓒ 김해양, 2022

보리는 나무 한 그루를 베어 낼 가치가 있는지 생각하며 책을 만듭니다.

ISBN 979-11-6314-245-4 04810
      979-11-6314-244-7 04810(세트)

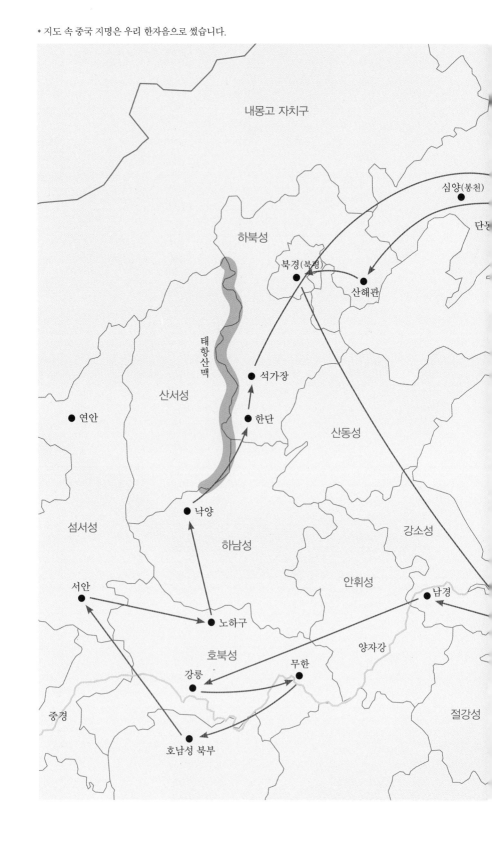

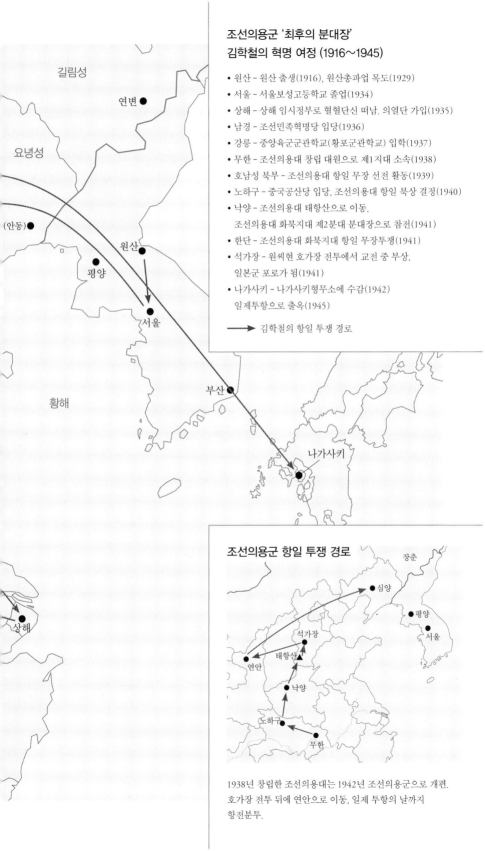

조선의용군 '최후의 분대장'
김학철의 혁명 여정 (1916~1945)

- 원산 – 원산 출생(1916), 원산총파업 목도(1929)
- 서울 – 서울보성고등학교 졸업(1934)
- 상해 – 상해 임시정부로 혈혈단신 떠남. 의열단 가입(1935)
- 남경 – 조선민족혁명당 입당(1936)
- 강릉 – 중앙육군군관학교(황포군관학교) 입학(1937)
- 무한 – 조선의용대 창립 대원으로 제1지대 소속(1938)
- 호남성 북부 – 조선의용대 항일 무장 선전 활동(1939)
- 노하구 – 중국공산당 입당, 조선의용대 항일 북상 결정(1940)
- 낙양 – 조선의용대 태항산으로 이동,
  조선의용대 화북지대 제2분대 분대장으로 참전(1941)
- 한단 – 조선의용대 화북지대 항일 무장투쟁(1941)
- 석가장 – 원씨현 호가장 전투에서 교전 중 부상,
  일본군 포로가 됨(1941)
- 나가사키 – 나가사키형무소에 수감(1942)
  일제투항으로 출옥(1945)

⟶ 김학철의 항일 투쟁 경로

조선의용군 항일 투쟁 경로

1938년 창립한 조선의용대는 1942년 조선의용군으로 개편.
호가장 전투 뒤에 연안으로 이동, 일제 투항의 날까지
항전분투.